Nackt Unter Wölfen

Bruno Apitz

群狼环伺

[德] 布鲁诺·阿皮兹 著　　李昭 译

生活·讀書·新知 三联书店　　生活書店出版有限公司

图书在版编目（CIP）数据

群狼环伺 / (德) 布鲁诺·阿皮兹著 ; 李昭译. -- 北京 : 生活书店出版有限公司, 2020.5
ISBN 978-7-80768-290-5
Ⅰ. ①群… Ⅱ. ①布… ②李… Ⅲ. ①长篇小说-德国-现代 Ⅳ. ①I516.45

中国版本图书馆CIP数据核字(2019)第074838号

策 划 人　冯语嫣
责任编辑　冯语嫣
封面设计　梁依宁
版式设计　罗　洪
责任印制　常宁强
出版发行　**生活书店出版有限公司**
（北京市东城区美术馆东街22号）
图　　字　01-2018-5470
邮　　编　100010
经　　销　新华书店
印　　刷　北京顶佳世纪印刷有限公司
版　　次　2020年5月北京第1版
2020年5月北京第1次印刷
开　　本　145毫米×210毫米　1/32　印张 16
字　　数　330千字
印　　数　00,001-6,000册
定　　价　58.00元
（印装查询：010-64052066；邮购查询：010-84010542）

我用这本书，

向我们所有死去的战友致敬，

无论种族国籍；

在这条充满荆棘的牺牲之路上，

他们永远地留在了布痕瓦尔德集中营。

我向他们致敬，

以书中众多角色之名。

© 布鲁诺·阿皮兹

目　录

第一部分

埃特斯堡山巅的树木沉默着，巍然矗立于茫茫湿气之中，仿佛要滴下水来。山丘被林木环绕，与周围其他景物隔绝开来。冬日里脱落殆尽的树叶腐烂在地上，散发出湿润的光泽。

这里的春天总是来得那么迟疑。

树林中间立着一块牌子，上面写着警告语：

“布痕瓦尔德集中营司令部辖区。注意，有生命危险！私自进入者将被直接击毙。”下面还画了一个骷髅和两根交叉的骨头作为标志。

在1945年3月的这个傍晚，水泥台上列队站了50名纳粹党卫军军人。他们头上有遮雨棚，而无休止的绵绵细雨还是往他们的大衣上沾。这个水泥台子，就是被称作“布痕瓦尔德站”的站台了。它位于从魏玛到埃特斯堡山顶的这段铁路的尽头。而火车站附近，就是集中营所在地。

向站台北面的下坡延伸处，就是犯人们的集合地。此刻，他们正在向那里走去。一个营区挨着一个营区。德国人、苏联人、波兰人、法国人、荷兰人、奥地利人、捷克人、犹太人；又或是神职人员、罪犯……一大群“乌合之众”，向着同一个明确的方位聚拢列队，等待命令。

今天，在列队的犯人之中悄悄流传着耳语声。不知是谁在集中营里散播出了一个消息：美国人已经在雷马根渡过了莱茵河[1]……

“你听说了吗？”奥托·伦基问他身边站着的赫尔伯特·博科夫。伦基是营区里资格最老的犯人。博科夫站在第38营区的第一列，两人挨着。博科夫点点头。“估计他们是造了桥头堡。”

海因里希·舒普站在第二列，在这两个人的后面偷偷插话：“雷马根？路还很长。”他没有得到回答，便眯缝着眼睛，盯着博科夫的后脖颈。集中营电工舒普的脸上总是保持着天真又惊讶的表情：圆张着嘴，瞪圆了眼睛，在那副黑色圆眼镜后面净是新鲜事带来的兴奋。营区内其他的犯人也在交头接耳。伦基嘀咕了一声“注意”，打断了窃窃私语。营区长，也就是党卫军里的低阶军官，从上面走下来，纷纷走到自己负责管辖的区内。耳语声消失了。兴奋感躲到了麻木的脸孔后面。

雷马根！

从那里到图林根[2]，确实还有很远的路要走。

无论如何，苏联红军已经穿过波兰、直刺德国，由于这场决定性的冬季反攻，西线战场也开始有动作了。

消息极大地震动着犯人，但是他们的脸上依旧波澜不惊。

---

1 1945年3月，盟军已经杀入德国境内，莱茵河成为唯一能够阻止盟军的天然屏障。为了阻止盟军继续前进，希特勒下令炸毁所有架设在莱茵河上的桥梁。3月7日下午，美军先头部队抵达雷马根，他们发现耸立在雷马根的鲁登道夫大桥竟然没有被炸毁。德军由于种种原因没能及时炸毁这座大桥，美军进攻部队迅速巩固了这座桥头堡。尽管后来德军还是摧毁了这座大桥，但在鲁登道夫大桥倒塌之前，已经有超过2.5万名盟军士兵通过这座大桥渡过莱茵河，对德国腹地发起进攻。——译者注

2 布痕瓦尔德集中营位于德国图林根州。——译者注

他们沉默地站在排头后面。按照队列方向，他们悄悄注视着在营区里来回溜达、清点人数的营区长。他们一如既往地保持着沉着和镇定。瓦尔特·克莱默在坡上的大门处。他是集中营里的犯人头目。克莱默把集中营里全部人员清单上交给党卫军参谋官后，便按照规定，站在了庞大的犯人队伍的前头。尽管他的想法和坡下数万犯人一样，但他也依然不动声色。

营区长们早就得到了参谋官海尔曼·雷涅博特的通知，在大门前排列起松散的队伍，纷纷上交各自营区的名单。这持续了大概一个小时，直到数字确认完毕。终于，雷涅博特走到了架在三脚架上的麦克风前。

“完毕！注意！”

庞大的队伍突然紧张了起来。

“脱帽！”

犯人们唰地从脑袋上摘下了又脏又破的帽子。站在铸铁大门那儿正等雷涅博特做汇报的集中营“二把手”克鲁提希，潇洒地举起了右手臂。

数年来都是这样。

此刻，那个消息一直浮现在舒普的大脑里。他实在忍不住，顺着博科夫的后脖颈，从嘴角溜出一句话：“上面的这帮傻瓜马上就要滚蛋了……”

博科夫把笑容隐藏在他麻木不仁、充满褶皱的脸皮后面。

雷涅博特又走到麦克风前。

“戴帽！”

嗖！油腻腻的破帽子又纷纷飞回到脑袋上。在力道的作用下，它们各自向前向后向旁边歪着，这让犯人们看起来十分滑稽。所谓的军事化标准在这里退化成了一个笑话，雷涅博特早就习惯了。他通过麦克风喊道："调整——"

几千人同时摆弄帽子。

"结束！"

数千双手一下拍到裤线上。现在犯人们终于把帽子戴好了，队列站得笔管条直。

战况被集中营里的党卫军刻意忽略了。在这里日子一天一天过，就好像时间没有变化。然而就在这机械的日复一日之中，也有暗潮涌动。几天前战线已经推进到了科尔贝格和格鲁琼兹[1]。

"……在英雄的战争中，我军以压倒性优势牵制住了敌人。……"

红军！

"在雷马根的莱茵通道……"

盟军！

他们迅速行动了！

雷涅博特还发布了一个通知："装备仓库小组的犯人马上到装备仓库集合。营区理发师去浴室集合！"

对于集中营来说这都不是什么新鲜事儿，几个月来经常出现类似的命令，通常意味着又有转运火车抵达了。东部的集中营已经被清空了，奥斯维辛、卢布林[2]……

---

1 科尔贝格和格鲁琼兹均位于波兰。——译者注

2 奥斯维辛，此处指奥斯维辛集中营，位于波兰南方小城奥斯维辛；卢布林，此处指马伊达内克集中营，位于波兰卢布林。——译者注

布痕瓦尔德尽管已经饱和，但还是不停接纳着新来的犯人，就好像体温计里的汞柱，新来者的数字每天都在攀升。这些人要如何安置？为了让大批的人有待的地方，必须要在集中营内寻找偏僻的地方，搭建一些临时窝棚。之前的马厩已经关了上千人，并被围上了双层的铁丝网。自打建造以来，这个地方就被叫作“小集中营”了。

这个集中营里的集中营被完全隔绝，并且有一套自己的生存法则。这里关押着来自欧洲各个国家的犯人，没有人知道他们从前的家在哪儿，没人猜得到他们的想法，也没有人听得懂他们在说什么样的语言。他们没有名字，没有容貌。（党卫军对“小集中营”里的情况漠不关心，就让他们自生自灭。）

那些从其他陌生集中营来的人，有一半死于长途行进或者党卫军的枪下。街上到处都是尸体。转运名单里没有更多明晰的信息，名单里提到的犯人编号都乱七八糟，错误百出。哪些是活人，哪些是死人？谁还知道这些人的名字和出身？

“带回！”

雷涅博特关掉麦克风。庞大的矩阵开始活动。营区里资历最老的犯人开始指挥大家。一个营区接着一个营区开始拐弯。庞大的人群如同退潮一般，从集合地退到坡下，回到各自的营房。坡上，营区长穿过大门，随后便消失不见了。

与此同时，在火车站，运载转运人员的火车已经到达。进站时，一些肩上扛着卡宾枪的党卫军士兵沿着列车站着，面露凶相。他们拉开锁，撞开瓦罐车车厢的门。

“滚下来，你们这群混蛋！滚下来！滚！”

犯人们人挤人站在臭烘烘的拥挤的车厢里，突然流入的氧气让人头晕。在党卫军的叫喊下，他们逐一通过车厢上的豁口。一个车上的党卫军士兵叫骂着把他们推下去，下边的党卫军士兵把他们驱赶到一起。人们杂乱无章地站着，毫无秩序。车厢就好像一个被撕裂的脓疮，里面的东西不断地流出来。

波兰裔犹太人扎哈里亚斯·彦科夫斯基是最后一个跳下车的人。当他想拖下自己箱子的时候，一个党卫军士兵用枪托打了他的手。

“该死的犹太佬！”

不过，彦科夫斯基还是成功拿到了箱子。一个党卫军士兵怒冲冲地把箱子扔给了他。

“你这头蠢猪，这里面有你诈骗来的钻石吗？”

彦科夫斯基拖着他的箱子躲进了人群。

党卫军士兵爬进瓦罐车，用棍棒“清扫”剩下的人。有些人生了病，没生病的那些人也都筋疲力尽，被他们像扔烂布口袋似的扔下来。剩下的还有许多死人。在长途行驶过程中，他们终于从疲劳中解脱了，尸体被安放在角落里。其中一具尸体半直立着，向党卫军露出微笑。

每一个营区的墙面上，或者营区犯人头目的斜面桌上都贴着地图。所谓的“犯人头目”，通常是由一名关押时间长、资历老、经验丰富的犯人担任。犯人很久以前就把图从报纸上剪了下来，那时法西斯大军正春风得意，他们浩浩荡荡穿越明斯克、斯摩棱斯克、维亚济马，朝着莫斯科而去，之后穿越敖德萨、罗斯托夫，又直指斯大林格勒。[1]

营区长基本上都是些令人作呕的、有打人嗜好的党卫军军人。但是他们对在墙上贴地图这件事采取了睁一只眼闭一只眼的态度。有时候，比如当他们心情好或者战争吹响胜利号角之时，他们甚至会沾沾自喜地敲打着地图上那些城市的名字，挑衅地问：

“现在，你们的红军在哪儿呢？”

这已经是很久以前的事了。

现在，他们对这些地图视而不见。犯人们在地图上画的许多标记——蓝色的、红色的、黑色的，有粗有细——他们也故意忽略。

上千根手指的上千次触摸落在这薄薄的报纸上，落在那些曾经发生战斗的城市名上。那些地方已经变成了一块块黑色的污迹。戈梅利、基辅、哈尔科夫……[2]

谁还在意这些事呢？

---

1 明斯克，现白俄罗斯首都；斯摩棱斯克位于俄罗斯西南部，距离莫斯科 419 公里；维亚济马，位于俄罗斯斯摩棱斯克州东部，维亚济马河畔发生的维亚济马战役（1942 年）是莫斯科会战（1941 ~ 1942 年）过程中的战役；敖德萨，乌克兰南部城市；罗斯托夫，现位于俄罗斯联邦的雅罗斯拉夫尔地区，罗斯托夫地区的行政中心；斯大林格勒，现伏尔加格勒，1925 ~ 1961 年名为斯大林格勒，旧名察里津。1942 年 7 月德国法西斯先后动用 150 多万兵力，企图攻占斯大林格勒，切断伏尔加河并控制高加索地区，然后北攻莫斯科。斯大林格勒军民浴血奋战了 200 多个日夜，将德军全部歼灭，最后迫使德国法西斯停止了战略进攻并且开始走向崩溃。1943 年 2 月 2 日在斯大林格勒的胜利成为第二次世界大战的转折点。——译者注

2 戈梅利，白俄罗斯城市；基辅，乌克兰首都，基辅战役（1941 年）是一场大型保卫战，在苏联历史中它被称为基辅防御战役；哈尔科夫，位于乌克兰东北部，和俄罗斯接壤，哈尔科夫反击战役是斯大林格勒会战的序曲。——译者注

现在，战争已经蔓延到科斯琴、什切青、格鲁琼兹，以及杜塞尔多夫和科隆，[1]地图上的这些城市名称基本上已经变成粗糙的污点了。人们不停在纸上书写，标线，擦掉又重新写上些什么，直到报纸已经无法再使用。

上千根手指上千次沿着那些标记线，触摸这些前线城市的名字。这些名字早就模糊了，甚至完全消失了。一切马上就要结束了！

犯人们涌进营区，原本安静的白天再一次被聒噪声填满。犯人们像一串串葡萄似的，挤在地图前。

第 38 号营区里，舒普挤出人群，走到伦基的斜面桌旁边研究着地图。

“雷马根。在这儿。在科布伦茨和波恩[2]之间。”

“还有多少公里到魏玛？”一个人问道。

舒普做了一个惊讶的表情。接着，他眯起眼睛，做出思考的样子：“一旦过来了……”

他的手指摩挲着将来的路：爱森纳赫、朗根萨尔察、哥达、爱尔福特……[3]

舒普停住了思考：“当他们到达爱尔福特的时候，就离布痕瓦尔德不远了。”

什么时候？就这几天？这几周？还是要几个月？

1 科斯琴，现奥得河畔科斯琴，又名屈斯特林，位于波兰；什切青，波兰城市，又称斯德丁（德语）；格鲁琼兹，位于波兰；杜塞尔多夫和科隆均为德国重要城市，位于北莱茵一威斯特法伦州。——译者注

2 科布伦茨和波恩都是位于德国西部北莱茵－威斯特法伦州的重要城市。——译者注

3 这四座城市皆位于德国图林根州。爱尔福特为图林根州首府。——译者注

“现在只能等着。我对咱们的未来不抱任何希望。想想吧，我们上面那群家伙会把我们留给美国人吗？估计在他们到来之前，我们就已经在这儿被干掉了。”

“你这张臭嘴现在还没被填上是吧。”舒普提醒了一下那个发出怀疑的人。值日生的到来让这群人开始紧张激动起来。“拿上饭碗，这还不够让你们开心的吗？”

木头鞋子和饭碗纷纷发出声响。

党卫军组织着散漫的人群，让他们排成队列。在这些狂暴的野蛮人的押送之下，人们踉跄蹒跚，向集中营移动。

彦科夫斯基成功了。他在队列之间悄悄地滑来滑去，轻巧躲过了党卫军的暴打。在队伍里，没有人会去注意旁边的人。每一个人都不知道未来在等待自己的会是怎样的命运，每个人都在为自己忧心。在恶疾缠身和精疲力竭的重压之下，人最原始的自我保护本能便被激发了。这支庞大的队伍浩浩荡荡，在甬道上排开，一直延伸向前，穿过了大门，进入集中营内部。

彦科夫斯基的一只手被打伤了。这只手已经变得麻木，虽然长在他的身体上，但好像不是他自己的手一般。而且，这只受伤的手就像敌人一样，带给他可怕的疼痛。但是，他无暇顾及这只手。他必须将全部精神集中在那只箱子上。而这也让彦科夫斯基几乎察觉不到手带来的疼痛了。无论如何，他都要带着这只箱子通过那道门，进入这所新的集中营。

彦科夫斯基眼神敏锐，他悄悄窥测着周围的一切。密密的人群裹挟着他，通过那道拥挤的大门。丰富的经验此刻帮了他大忙。他麻利熟练地掩藏起自己，没有吸引到党卫军的注意。彦科夫斯基躲在人群中混了进去，没有受到丝毫阻挠。

这可真是一个奇迹！至此为止，他仍然携带着那只箱子。彦科夫斯基控制自己不要在头脑内产生一丝一毫犹豫的想法。他要让奇迹一直发生。此刻，他只有一个疯狂执着的信念：他坚信慈悲的上帝肯定不会允许这只箱子落在那些党卫军手中。

在集合场上，人群再次被整肃。

为了能够维持着不掉队，彦科夫斯基用尽了全部的力气。现在，队伍已经进入集中营了。他要做的就是尽量不踉踉跄跄的，因为这样会引起别人的注意。困乏在他耳边咆哮着高歌，但是他心里涌起一阵轻松，看着陪伴在自己周围的其他囚犯。

在石质建筑间的空地上，营区理发师已经就位。他们排成长长的一队，拿着小板凳。队伍虽然已经到达，但还是一团乱。新来的人必须脱光衣服，然后去洗澡。这对于他们来说并不是一件容易的事，因为分队长们在浴室入口处愤怒地叫喊着，像驱赶一群鸡一样驱赶着他们。

终于安静了。分队长的身影消失在浴室那边。筋疲力尽的彦科夫斯基昏昏沉沉地倒在石头地面上。他手上原本尖锐的疼痛已经变成了迟钝的跳动，渐渐地消退了。彦科夫斯基想抬起头看看情况，却大吃一惊—— 一直待在队伍中的一个犯人，此刻就正站在他面前。而这个犯人，是集中营守卫队中的一员。他对彦科夫斯基说了一句波兰语：“你，不要睡着。”

彦科夫斯基心中不免多了几分警惕。

此时，大部分犯人已经脱得赤条条的。在冰冷刺骨的毛毛雨里，他们悲惨地当着理发师把自己已经破烂不堪的囚服脱掉。他们的头发被理发师手里的推子全部推光。

彦科夫斯基试图用那只没有受伤的手脱掉破破烂烂的衣服。此时，那个集中营守卫队的波兰犯人帮助了他。

在此期间，另外两个犯人在四周被丢弃的东西里到处翻找。他们的工作是在这些物品中找到类似口袋一样的行李，拿走进行检查。对此，彦科夫斯基很是惊慌。

“他们在那儿找什么呢？”

集中营守卫转向那两个人，看起来笑得很友善。

“那是从物资库来的霍费尔和皮皮希。”

他示意彦科夫斯基镇定下来。

“没人要偷你的东西。现在他们已经走了，老兄，赶紧去理发。”

彦科夫斯基光着双脚走在路上，尽力保持着平衡，尖锐的石头硌得他双脚生疼。他走向理发师。

浴室入口处再次发生了骚动。一名分队长冲着人群咆哮。他把犯人们赶进一个大圆木桶。

五六个人同时进入一个木桶。他们不得不浸泡在那由于重复使用过久已经发臭的消毒溶液里。

“整个人都泡进去，你们这些臭东西！”

粗粗的木棒在这些光溜溜的脑袋上横扫，让他们消失在那些粪水里。

“又喝多了……”卢迪·皮皮希低声地说。他个子小小的，有点儿弓形腿，从前在德累斯顿是一名排字工人。

霍费尔对他的评论无动于衷。他推了推彦科夫斯基的箱子：“咱们得弄清楚，他们都随身带了些什么……”

当皮皮希向箱子弯下身子的时候，彦科夫斯基趺趺撞撞地走了过来。他的脸上浮动着惧色，并把皮皮希推向一边，向他俩叽叽咕咕地说话。然而他们都听不懂这个波兰人在说些什么。

“你是谁?”霍费尔问，“名字，名字。”

波兰人看起来是明白了。

“扎哈里亚斯·彦科夫斯基。华沙人。”

“这是你的箱子吗?”

“是的，是的。”

“你这里面装什么了?”

彦科夫斯基说着些什么，打着手势，同时将双手捂在箱子上面，意图保护这个箱子。

分队长从浴室出来，咒骂着驱赶人群。为了避免惹人注意，霍费尔把波兰人重新推入赤裸的队列。分队长立马就把彦科夫斯基推进去，抓着他的胳膊，摇晃着他进了浴池。彦科夫斯基只能站在那个大木桶里泡着，同时满怀压力，担惊受怕。

然而温暖和湿润还是在他彻底冻僵的身体上起了作用，他感到一阵舒适惬意。彦科夫斯基由于愉悦而失去了意志力。紧张和害怕消失了，他的皮肤贪婪地吸吮着这温暖。

皮皮希蹲下，带着好奇心打开了箱子。

然而，他马上“嘭”地关上盖子，惊慌失措地看向霍费尔。

“是啥?”

皮皮希再次打开了箱子。但这次，他只开了一条缝。霍费尔弯下腰，恰好能够瞧见一点点里面的东西。

“我的老天爷，快关上!”他嘘了一声，迅速直起腰来，惊慌失措地看向分队长。他还在浴室那边。

“要是有人看穿了……”皮皮希轻轻说。

霍费尔做了一个不耐烦的手势。

“快拿开！藏起来，快！”

皮皮希像做贼一样偷看了一眼浴室，同时小心翼翼地、尽量不引人注目地拿着箱子匆忙走向石头建筑，然后消失了。

浴室里，雷奥尼德·博果斯基来回踱步，同时打量着入口处。他只穿着一条薄薄的斜纹布裤子，脚上穿着木拖鞋。他强壮的上半身上浮着水汽，皮肤闪闪发光。这个苏联人是管理这个浴室的囚犯工头，最喜欢把自己掩藏在大队人马之中。在这里，他不会被那些分队长打扰，可以在那些木桶之间享受片刻的安静。

在水的温暖雾气里，那些惊慌失措的人终于迎来了进入集中营以来的第一次平静。就好像水能把所有的不安、恐惧和惊吓从他们身上彻底赶走一样。博果斯基最清楚不过，这种适应的变化过程，总会在新来的犯人身上发生。博果斯基还年轻，还不到35岁，曾是个空军军官。当然，集中营里的法西斯们不知道此事。对于他们来说，他不过是一个普通的苏联战俘罢了。和其他人不同，博果斯基是从一个宿营地被带到布痕瓦尔德来的。博果斯基为了隐藏身份做了他能做的一切努力。他属于国际集中营委员会，ILK，[1]一个极其严格保密的集中营内部的组织。除了个别新吸收的成员外，没有任何犯人知道这个组织的存在，更不要提那些党卫军了。

博果斯基在淋浴头之间来回来去地溜达。他的微笑，已经足够

1 国际集中营委员会（Internationalen Lager Komitee）的缩写。——译者注

给新来的人一点点安全感。他停留在彦科夫斯基面前，注视着这个瘦弱的男人。此刻彦科夫斯基正闭着双眼，惬意地站在温暖的淋浴喷头下。

怎么会是现在呢？博果斯基想着，保持平静的笑容，然后用标准的波兰语问道："你们在路上走了多久？"

彦科夫斯基瞬间从一个遥远陌生的梦里被拽了回来，张开他惊恐的双眼。

"三周。"他回答，同时报以微笑。尽管按照他已知的经验，沉默才是最好的保护，特别是在一个未知的新环境里。然而彦科夫斯基还是马上回答了，并且毫无保留地讲述了一路上的艰辛。

伴随着闪烁的目光，彦科夫斯基快速且低声地讲述了他们是如何到达布痕瓦尔德的，还如实讲述了转运撤离带给大家的恐惧，讲述了他们如何被党卫军从奥斯维辛集中营赶出来，也讲述了那些驱赶着他们的狂吠的鬣狗和劈头盖脸打下来的枪托。几周以来他们在乡间公路上步履蹒跚，饥饿虚弱，没有平静，没有休息。到了晚上，人们被赶成一大堆，躺在田野里，躺在石头般坚硬的、冻透的耕地上，彼此保护着，熬过那恐怖的寒冷的夜晚。许多人第二天早上就再也无法踏上行军的路了。押送队伍的党卫军分组在耕地上巡检那些倒下的人，如果还有没断气的，就直接将他击毙。农民们看到尸体就将其埋葬在田间。在路上，许多人膝盖折断，许多人死于卡宾枪的射击。每一次庞大的队伍被驱赶着跑步行进，都伴随着致命的射击或殴打。

"跑步，你们这些猪，跑步，跑步！"

终于，彦科夫斯基沉默了，因为没有什么可再讲述的了。于是博果斯基问道："原本从奥斯维辛列队来了多少人？"

彦科夫斯基轻声回答："3000人。"

他的脸上显现出一种屈服的笑容。他不想再多说一句了。他箱子里的秘密逼迫着他，要赶快在这个陌生的集中营里找到一个值得托付的人。但是分队长的哨子发出了尖锐的声音。这是一个信号。淋浴头突然干涸，分队长开始驱赶人群。

一个大概60岁的老年党卫军军人来到物资库门口。几名集中营守卫队的犯人惊慌失措地耳语："当心！贝特霍尔德老爹来了。"他们立刻从这个老人面前溜走。贝特霍尔德脚上穿着严重变形的短靴，在坑洼不平的地面上笨重地行走。在他褐色的、由于年老而变得松弛的、充满皱纹的脸上，排列着两只有趣的小眼睛，双眼间距很近。在他不停蠕动的下唇上，挂着一个短短的烟斗。

贝特霍尔德先是抓了两个想要开溜的集中营守卫——他们没能在他眼前迅速溜走，一个手势，就把他们支使到了洗衣房对面的墙根下等着。他注意到这两个守卫对自己的命令十分抗拒，然而他只是露出友好的龇牙咧嘴的笑。他就像一个捡破烂的人，把所有由于体力透支而倒下的人编号，并让守卫将这些人带到墙边等待。他走到墙边，对那些犯人表现得十分友好，特别是对那些看起来生病的、年纪大的人。冒出来帮助贝特霍尔德的浴室分队长冲着他呼喊："你这是又出来找乐子了，威尔海姆？"

贝特霍尔德笑着，用牙齿咬着烟斗。等他收集够了人数，就命令守卫们把这些身体状况格外糟糕的人另外分出一个队伍单独收容。贝特霍尔德认真负责地清点人数。

"够了，32个。"他冲守卫们点点头，然后让他们带着这些人去该去的地方。守卫们不敢看彼此的眼睛，因为他们知道等待这些人的将是如何残酷的事情。

彦科夫斯基蹒跚着，走到湿冷的室外。

箱子消失了！

霍费尔正在等着这个波兰人。他快速把手按在他的嘴巴上，低声说：“管好你的嘴！一切都没问题。”

彦科夫斯基一下明白了。他尽量保持平静，注视着眼前的德国人。霍费尔则催促道：“拿上你的东西赶紧走。”

霍费尔把衣服扔到彦科夫斯基的怀中，然后不耐烦地把他推入队列。人们正在从浴室往更衣室移动，好换上干净的衣服。

彦科夫斯基一个劲儿地催促着这个德国人。尽管霍费尔听不懂波兰话，还是从他一连串的话语里听到了恐惧。出于抚慰，霍费尔拍了拍他的后背：“对对对，一切都好。现在赶紧走，走。”

被推搡着，彦科夫斯基不得不进入更衣室。

“没有事？完全没有事？”

霍费尔在他前面示意。

“没事。完全没事……”

在小集中营第61号营区的传染病区域内，躺着上百个死人。所有在集中营里被痢疾、伤寒、发热或者其他致命疾病感染的人，都被隔离到这里。一个平和虔诚的好人，波兰人约瑟夫·茨德科夫斯基，是这里的犯人头目。其他几个波兰犯人帮他照顾一切护理事宜。他们也不能做什么更多的，只是等待，直到人们在这里死掉，然后把这些死者存放在营房后面。一般在晚间集合期间，尸体会被卡车运走，送到火葬场焚烧。

现在还没到集合时间，然而卡车已经停在传染病隔离区的营房后面了。卡车的车斗翻了下来，一打赤裸的尸体已经躺在车斗里了。

贝特霍尔德老爹已经在工作了。

32 个被带到隔离区的人中，有不到 20 人站在那扇闭锁的大门前等待着。他们光着身子，伛偻着，带着恐惧瑟瑟发抖。

贝特霍尔德待在一个独立的小房间里。小桌子上摆有一个大大的棕色药瓶，桌子前面有一把靠背椅，这就是房间内的全部陈设。贝特霍尔德穿着医生的白大褂，站在扶手椅前面，手里拿着一个注射器，在他前面躺着一具赤裸的尸体。

贝特霍尔德走到房间后门那里，用靴子尖踢了踢门。两个波兰看护走进来，安静地把尸体搬出去。贝特霍尔德关上了身后的门，又走到前门处，同样用靴子尖踢了踢了门，然后坐在扶手椅上等着。一个人被带了进来。犯人疑惑地看着贝特霍尔德，并冲他点头，带着局促不安的笑容。

贝特霍尔德老爹也笑了，对那个刚刚踏入房间的一无所知的犯人笑了。他也冲犯人示意，又把自己手里的东西丢到在角落的衣服堆里，吸着烟斗，冲那个赤裸的人友好点头。

胳膊是如此的瘦弱，腿……贝特霍尔德老爹叹息着摇摇头，抓着那个赤裸的犯人的手，轻轻拍着以示安抚。然后他打开棕色瓶子，看着那个犯人，表情狡黠，好像在玩斯卡特牌[1]似的。

“放松。”他说道，并拍了拍犯人上臂的肌肉，冲这个赤裸的人鼓励地点点头，又抓起注射器。他将针头快速刺入犯人的皮肤，又

1 一种德国的三人纸牌游戏。——译者注

检查了犯人肘部的动脉。之后，他把注射器再度填满，放回桌子上。

被注射的犯人站在他面前，贝特霍尔德老爹愚蠢的烟斗噼里啪啦地冒着稀薄的烟雾。

突然，犯人面色一变。他的嘴巴惊奇地张开，变成一个黑洞，眼睛由于充满恐惧而变大，胸腔高频抽搐，好像想要深深吸入空气。

但是很快，犯人就倒了下去。他的手臂仍高高举起，膝盖则弯曲跪倒在地。他晃动的胳膊把贝特霍尔德老爹的烟斗从嘴里打掉了。

很幸运，烟斗没有被打碎。

皮皮希拿着箱子匆忙踏上物资库的台阶，像是一个被赐福的幸运的年轻人一般兴奋。

物资库和更衣室连在一起。这里堆着成千上万件破烂的衣物。傍晚时分，这里已经没有任何其他的犯人了，只有老奥古斯特·罗瑟站在长长的方板子前面，翻看着不知道是谁留下的小纸片。

他惊奇地看着蹑手蹑脚的皮皮希。

“你把什么玩意儿拖进来了？”

皮皮希很快打了个手势，掩饰着这个问题。

“茨威灵在哪儿？”

罗瑟用拇指指了一下一级分队长、上士茨威灵的办公室。

“小心点儿！”皮皮希匆匆说道，身形灵巧地溜到后面，进入半黑暗的衣物室。罗瑟目送他进去，然后观察着分队长——通过办公室大大的玻璃窗，这位分队长可以轻易看到他们的行动。

茨威灵坐在写字台前，面前摊着报纸，双手支着头。他看起来似乎是睡着了。但其实这个瘦长的人并没有睡着，而是在沉思。最新的前线报告让他感到不安。茨威灵考虑着各种各样的逃跑的可能性。前线往后方推得越近，党卫军的处境就越危险。最好是向平民方向紧缩。

如果美国人突然出现，我就没有时间了。离开集中营吗？可以混在人群中间。那么，怎么对待这些犯人呢，要对他们做什么及时全面的处理吗？要怎样做呢？茨威灵思考着这些问题。这并不容易。这些家伙并不值得信任，谁能保证犯人们不会暴起杀人呢。这些十分危险的想法在茨威灵的脑海里来回盘旋，一个个想法就像浓汤里的小渣渣一样来回地漂着。

假如把克鲁提希、雷涅博特和其他几个人“咔吧”一声锁在司令部里……假如有人给美国人通风报信，甚至以反法西斯主义者的名义……茨威灵窃笑着。但是很快，他又否定了自己的想法。现在的情况真是该死。如何才能安全地躲过这一切？

皮皮希回到物资库，向罗瑟做了一个安慰的动作。然后，他大剌剌地打开茨威灵办公室隔壁的书记办公室的门，大声喊：“马利安，过来帮忙！”

茨威灵吓得不轻。他看到了正在嚷嚷的波兰人马利安·克罗皮恩斯基随着皮皮希一同离开。

“你又想出什么歪招了？”罗瑟不情不愿地发着牢骚。他看见皮皮希正用手抓着那个一脸不情愿的波兰人。皮皮希靠近一脸不满的罗瑟，压低声音说道：“你就别管了，老哥！你最好留神茨威灵。”

他飞快地示意克罗皮恩斯基，两个人悄悄走到了下面。衣物室最深处的角落里堆着无数死掉的犯人的衣服，他们就隐没在那高高的衣服堆之后。在那里，立着一个箱子。

皮皮希显得十分激动，坐立不安。他伸长了脖子，透过衣服堆再三观察之后，摩擦着双手，向克罗皮恩斯基咧嘴笑着，似乎想说“注意看了，看看我带来了什么”。然后，他“咔吧”一声打开箱子锁扣，抬起顶盖。他颇为得意地把双手塞进口袋，享受着他意料之中的惊讶。

箱子里躺着一个孩子。他弯曲着身子，双手盖在脸上，身上包裹着囚服。这个小家伙，最多不超过三岁。

克罗皮恩斯基蹲下身子，直直地盯着这个孩子。孩子躺着不动。皮皮希温柔地抚摸着他小小的身体。

“我们这里跑来了一个‘小猫咪’。”

他扶着这个孩子的肩膀，想要把他旋转过来，但是孩子强烈地反抗着。最终，克罗皮恩斯基只说了一个词：“小可怜虫。”他用波兰语问道：“你从哪儿来的？”由于听到了波兰语，这个孩子把他的小脑袋立了起来，就好像一个昆虫竖起了自己的小触角。这个小小的、生命的信号，给两个人带来了前所未有的吸引。他们被这个孩子的目光所吸引了。尽管他瘦削的脸上已经有了成年人般的严肃，然而他的双眼中依旧流动着孩子才有的光芒。孩子看着眼前的两个人，带着无声的期待。他们几乎都不敢呼吸了。

罗瑟还是没有忍住好奇心。他轻轻走到拐角处，突然站到两人面前。

“现在该怎么办？”

皮皮希被吓了一跳，赶紧冲惊讶的罗瑟做手势，发出嘘声：“你疯了吗？你过来干吗？你想要茨威灵过来弄死我们吗？”

罗瑟示意：“他在打盹儿。”他又把手好奇地放在了孩子身上，“你们打算拿他怎么办？”

皮皮希把罗瑟往后推，让他远离箱子，同时恐吓他："你要是敢说出去一个字……"

罗瑟笑着："现在你给自己找了一个好玩意儿。"他尴尬地笑着走回去，离开了这个危险地带。

"偏偏在这个时候打扰我们。"罗瑟消失后，皮皮希愤怒地哑声说道。

在物资库的长板子上放着一些小东西，是那些新来的犯人上交的。或是结婚戒指，或是一串钥匙之类的小物件，不知它们原本属于谁。

工队的犯人把这些东西用纸包起来。霍费尔作为物资库的工头，监督着这项工作。

在他旁边，茨威灵站着看着。他永远半张着的嘴巴给他面无表情的脸带来了一种特殊的空洞感。

这些破烂货并不能引起他的兴趣。他离开了。霍费尔的目光跟随着这个党卫军。茨威灵瘦削的手指看起来就像弯曲的钉子，做出漫不经心的动作，随即他便回到了自己的办公室。

这些接收新犯人的工作很快结束了。霍费尔终于有了机会，回来看看那个孩子。罗瑟走了过来，把他拉到一边。

"如果你在找皮皮希。"罗瑟指了指后面，脸上带着好奇和兴趣。霍费尔简短地回应："我知道这个事情。你别四处胡说八道，明白吗？"

罗瑟被激怒了："我是个打小报告的叛徒吗？"

他看着霍费尔，仿佛受了侮辱。两人吸引了其他犯人的注意力。他们集中过来，询问发生了什么，但是罗瑟什么也没回答。带着神秘的微笑，他走进了书记办公室。

那个孩子笔直地坐在箱子里，克罗皮恩斯基跪在他面前，试图发起对话。

“告诉我你叫什么？爸爸呢？妈妈呢？”[1]

霍费尔走了过来。皮皮希不知所措地冲他耳语：“我们现在拿这小东西怎么办？要是他们发现他，会把他打死的。”

霍费尔跪在地上，看着孩子的脸，仿佛在审视着什么。

“他不说话。”克罗皮恩斯基疑惑地解释。

孩子面对陌生人极其紧张不安。他扯着自己的破夹克，脸上有一种奇怪的僵硬表情，看起来像是连哭都不知道怎么哭了。

霍费尔拉紧了那双小手。

“你是谁呀，小不点儿？”

孩子的嘴唇动了动，又咽了回去。

“他饿啦。”皮皮希突然明白了，“我去给他搞点儿吃的。”

霍费尔直起身子，深呼吸。三个人都无措地看着他。霍费尔不安地把帽子从额头上拉下来。

“是的，是的是的……当然了……”

皮皮希以为霍费尔同意了他的想法，想要急忙离去。但其实霍费尔只是因为在思考着别的，他不知道该说些什么，所以随便说出了几个没意义的词语。这个孩子是从哪里来的，他又要到哪里去？眼下他在这儿，只是暂时留下而已。霍费尔把皮皮希拉了回来，继续思考着。

1 原文为波兰语。——译者注

“给他找一个合适的地方。”他示意克罗皮恩斯基，“找一些旧大衣，把它们堆在那边的角落里，然后……”他停顿了。皮皮希带着疑问看着他。霍费尔的脸上突然露出了一丝惊恐。

“如果这个孩子喊叫该怎么办？”霍费尔把手压在额头上，“小孩子害怕以后就会发出喊叫……太该死了！”

他盯着这个孩子，过了很长时间。“也许，也许他根本就不会喊叫呢？”他抓住孩子的双肩轻轻摇晃，“你可不能喊出声，听见了吗？不然的话党卫军就要来了。”突然，孩子的脸上变得十分惊恐。这个小家伙奋力挣扎着，想要回到箱子里，他试图紧紧蜷缩成一团，用手盖着脸。

“他听明白了。”皮皮希指出。

为了证明自己的推测，他盖上了箱子盖。他们倾听着，小孩在箱子里恢复了平静。

“现在清楚了，”皮皮希重复道，“他已经明白了。”

他重新打开箱子，孩子已经不动了。克罗皮恩斯基把孩子高高举起。孩子挂在他两手中间，就好像蜷作一团的小虫子。三个人一起迷惑地看着这个特殊的小生物。皮皮希慢慢说道：“人类的孩子！这个小东西身后到底藏着什么故事呢？”

霍费尔从克罗皮恩斯基手里接过孩子，上上下下地检查。他缩着腿和头，小手盖在脸上。这个孩子看起来好像刚刚吃过妈妈的奶，又像一个要死掉的甲壳虫。依旧震惊的霍费尔把小东西还给克罗皮恩斯基。他牢牢抱着他，为了安慰，不停向他喃喃说着波兰语的单词。

“看来这确实能起到镇定的效果。”霍费尔闷闷说罢，又抿着双唇。三个人又互相看着。每一个人都期待着其他人在此刻——在这个不寻常的时候能做点儿决定。霍费尔忧心忡忡，害怕茨威灵发现他离开了工作岗位。他拉着皮皮希说道：“来，我们必须回到前面去。”接着又对克罗皮恩斯基说：“你待在这儿，直到我们回来。”

克罗皮恩斯基把那个僵硬的小东西放回箱子。他颤抖着双手，用几件大衣做好一个小窝，让他躺好。他温柔地把孩子放在里面，用衣服把他盖好，又小心地把孩子的小手从他脸上拉下来。他注意到了孩子对此有轻微的反抗，他的眼睛颤抖地眯着。

过了一会儿，皮皮希带着一些咖啡和一块面包溜回了这个角落。在此期间克罗皮恩斯基一直哄着孩子，他成功地让孩子又睁开了双眼。克罗皮恩斯基让他坐直，然后把铝杯递给他。孩子贪婪地喝着。皮皮希鼓励地拿着面包片送到孩子面前。然而孩子没有拿面包。

“他害怕呢，”皮皮希想着，把面包塞到小手里，“吃吧。”他又友好地冲孩子点了点头。

“你现在必须吃点儿东西再睡觉，别害怕！”克罗皮恩斯基低声说，“皮皮希是好兄弟，我也是，我会把你送回波兰的。”他脸上露出笑容，“在那儿我有一所小房子哦。”孩子极其认真地看着克罗皮恩斯基，聚精会神，脸上写满了紧张，连嘴巴都张开了一点点。猛然间，他像小动物般伶俐地爬回大衣下面。两个人等了片刻，但是孩子没有再爬出来。克罗皮恩斯基小心地拿起大衣。那个孩子平躺在一侧，咀嚼着面包。克罗皮恩斯基轻柔地把大衣盖回去，锁上箱子，用一堆烂衣服把这个角落堵住。两个大人又偷听了一会儿外面的情况，一片安静。

皮皮希他们回到外面的时候，工队的犯人们已经集合，开始准备每晚的例行点名。物资库隶属于“工队司令部”，他们要在这里长时间地工作，也可以不参加集中营的所有集合行动。茨威灵是党卫军低级军官，他作为在工队工作的长官，会在物资库里清点人数，然后直接报告给参谋官。趁着茨威灵离开办公室的时候，皮皮希和克罗皮恩斯基赶紧溜回了队伍。霍费尔在茨威灵面前演戏，配合着这两个迟到的人，假装生气地发牢骚：“你们还得要人专门去请吗？”

霍费尔把帽子拿在手里，站在茨威灵面前报告说：“物资库工队，20 名犯人集合完毕！”然后他回到队伍。

茨威灵标注上队伍清点结果。

霍费尔极度紧张，他的一切注意力都在里面那间屋子。他竭力听着里面的动静。这个孩子不会被吓到，然后突然喊叫吧？

茨威灵在清点完人数后用手随意做了一个指示，意味着“解散”。队伍解散了，犯人们回到了自己的工作上。只有霍费尔还站在那里，他没有注意到茨威灵的手势。

“怎么了？”茨威灵用他毫无感情的软乎乎的声音问道。

霍费尔惊醒了，吓了一跳。

“没事，队长。”

茨威灵走到木板前面，给库存报告签字。

“你在想什么呢？”

他的声音听起来十分友好。

“没有什么特别的，队长。”

茨威灵的舌头抵到下嘴唇上，当他笑的时候他就会这样。

“你觉得已经回家了，是吧？”

霍费尔挺直了肩膀：“为什么？”他没有明白。茨威灵没有回答，带着一种表达了千言万语的微笑，走进了办公室。片刻后他离开了房间，去送点名报告。他穿着那件棕色的皮大衣——这是一个标志，意味着他不会再回来了。霍费尔会在工作结束后把钥匙上交给门岗。

在文书房里，犯人们带着好奇心把霍费尔团团围住。他们想知道罗瑟胡说八道的那件事情到底是不是真的。罗瑟吵吵嚷嚷为自己辩护，就好像他已经被霍费尔谴责了似的。

“我真受不了这个傻瓜了。”

犯人们嘈杂起来。“那现在那个孩子呢？”“安静！”霍费尔让大家安静下来，转向罗瑟，“我相信，这里没有人会告密。那个孩子就在这儿待一夜，明天就把他带走。”克罗皮恩斯基听他这么说，感觉很受伤。皮皮希也沉默了。霍费尔只是想转移注意力吧？犯人们想看看孩子，于是他们悄悄走到拐角处。克罗皮恩斯基小心地拿起大衣。犯人们一个个脑袋叠着肩膀看着，观察着这个小东西。他像一个金龟子幼虫一样蜷缩着睡着了。犯人们的脸上闪着光芒，他们好久都没有见过孩子了。太让人惊奇了！“多小的一个人儿啊……”

霍费尔让他们痛快地观看，然后轻轻地提出请求：“让他好好睡觉，兄弟们，千万不要和别人说这件事。”

克罗皮恩斯基对于他的“财产”喜形于色。其他人踮着脚尖轻轻离开后，他轻柔地把大衣盖在这个沉睡的小孩身上。这个夜晚，他们无所事事地围坐一圈，在书记办公室里，或者坐在那长长的木头板子上闲聊着，愉快地期待，没有人知道是为了什么。最开心的人是克罗皮恩斯基。“是一个波兰小孩。”他总是突然笑起来，带着满满的骄傲。

然而皮皮希却注意到了霍费尔的躲闪。工作结束后，在营区的房子里，霍费尔坐在自己的桌子旁边发呆，用勺子毫无兴趣地舀着已经变凉的汤。霍费尔内心拒绝和皮皮希交流，但他也感受到了皮皮希沉默中的疑问。他把勺子丢在碗里，振作了一下精神。

“那个孩子必须要走吗？”

霍费尔拒绝回答皮皮希的问题。他挤过坐满犯人的桌子，走进盥洗室刷碗。皮皮希跟着他。这儿就只有他们两个人了。“你想把他送到哪儿去？”

又是这个没完没了的问题！霍费尔怒气冲冲，眉毛拧到一起说：“让我静静。”

皮皮希沉默了。他并不习惯霍费尔的这种声音。这让他感觉霍费尔对自己又是愤怒，又是拒绝。霍费尔没好气地训斥着：“我有我的原因。明天就要把他送走。别再问了！”

他离开了盥洗室。皮皮希回去了。霍费尔在想什么呢？

他很快离开了营区。外面又下起了绵绵细雨。霍费尔打着冷战，肩膀缩在一起。他很懊悔如此粗鲁地对待皮皮希。然而他不能把自己拒绝的理由告诉那个老实人，那是他心中最深的秘密。皮皮希和其他人都不知道，他曾是德国国防军柏林卫戍部队的一名中士，当时是德国共产党组织的成员，而此刻在集中营里正是国际反抗组织的军事教练之一。没有人知道这些。

随着时间的推移，国际集中营委员会的成员变成了集中营里反抗法西斯的核心力量。从本质上来说，ILK 将这些党内的同志重新团结到一起。他们代表着自己的国家，在和其他成千上万的犯人一起被关押到集中营之后，组成了这个新的组织。这个组织并非之前就已经存在，而是在集中营中，在来自不同国家的同志们的共同努力之下成立的，大家彼此互相帮助，休戚与共。诚然，集中营的绝大多数犯人并不能够保证思想和行动上的统一。德国籍的犯人会在独立营区内进行单独关押，被定性为所谓的“职业犯人”。犯人中也确实存在许多道德败坏的人，他们为了个人好处，帮着党卫军，为虎作伥。他们伪装起来，被党卫军安插在营区和工队里，打小报告，搬弄是非，就好像集中营里经常发生的那样。在一些突发事件里，那些缄默不言、正直的犯人，往往由于被这些危险的人出卖而遭到党卫军的折磨。在每个营区里也关押着许多政治犯。在他们当中也有着无数“不安定因素”，哪国的人都有。在他们眼里，只有自己的事情最重要。

也就是说，并非每一个在囚服上被标记着红色角标的人都是真正意义上的所谓“政治犯”，也就是有觉悟的反法西斯主义者。盖世太保已经抓获了一些可恶的叛变者，他们曾经也是正直的红色分子。营区内带有政治色彩的犯人中，有许多摇摆不定的角色，还有一些隐藏的叛徒，更有一些人早已经被标记为彻头彻尾的叛徒。除了德国营区以外，那些外国国籍营区中，波兰人、苏联人、法国人、荷兰人、捷克人、丹麦人、挪威人、奥地利人，以及许许多多其他不同国别的犯人，从一开始就因为语言不通以及其他障碍，而很难取得思想和行动的一致。那些在ILK中已经明确身份的同志，必须克服这诸多的难点。首先，他们要取得其他犯人的信任，并且习惯这些难处，在犯人们中间尽可能发现自己的同志。要知道就算一个人站在你的面前，你也不知道在他的这身人人都穿着的囚服之下，是否跳动着一颗正义之心。对于所有ILK的同志们来说，这是一项坚忍、隐秘、极具危险性同时也是十分必要的工作：如何赢得上千人的信任，并且在他们心中唤醒一个共同的目标。每个营区里的同志们都在想方设法寻找值得信赖的人，而在工作进行的同时，又要绝对保密，让无关人等不会察觉这样一个隐秘组织的存在。服务于 ILK 的那些同志，不能在营区里拥有引人注目的地位，或者明目张胆地谈论此事。他们毫不起眼地活着：博果斯基在浴室工队工作；科迪茨克和普里布拉作为专业人员在光学工棚工作；范·达伦在病房里做专业护工；身为法国厨子的里奥蒙德在党卫军的赌场里做饭，在那里他的手艺被那些党卫军美食家品评鉴赏；而博科夫在 38 号营区只是一个下级营区文书。在这里，来自不来梅港的前共产党联盟代表为他们自己和他们危险的工作找到了安全的庇护所。机敏的博科夫很好地利用了那位可笑愚蠢的营区长—— 一个党卫军低级军官。他用自来水笔和那些印刷好的小册子，在进行编辑工作的时候也做了许多其他事情。营区长要求博科夫为他写下一打打有意义的小格言，用来消磨时光，同时还利用博科夫的书写特长为自己在朋友圈子里赚取一些小小的利润。博科夫写道："我的荣誉是忠诚。""一群人民，一个国家，一个领袖。"营区长根本不知道，这个机灵的营区书记员和其他那些"无害"的犯人一样，在工作的掩护下在集中营里也做了许多其他的事情。

在某一次 ILK 的会谈中，博科夫了解到，安德烈·霍费尔以军事教练的身份曾经给一个反抗组织提供过建议。"我认识霍费尔。他是一个成熟可靠的朋友，我会和他谈一下。"

那是在一年前。一次晚间集合之后，博科夫叫霍费尔去散步。两人来到一个很隐蔽的地方，因为博科夫要说的话不能被任何一个人听到。那天晚上，和今天也一样，也是一个雨夜。50 岁的博科夫在身材细长、比自己大概年轻 10 岁的霍费尔旁边，步伐沉重地走着，手插在口袋里。博科夫洪亮而缓和的声音回响在霍费尔耳朵里。博科夫每说一句话都仔细斟酌，只说出霍费尔可以知道的内容。“我们必须提前准备，安德烈……在结束……国际集中营组织……你明白吗？武装……”

霍费尔露出惊讶而敬佩的表情，博科夫用一个简短的手势，把霍费尔可能提出的问题截断：“关于此事晚些再说，不是现在。”

结束后，博科夫在他俩分开时叮嘱道：“你不能引人注目，即便是最小的事情上也不许，明白吗？”

这已经是一年前的事情了，从那之后，一切都很顺利。霍费尔在这期间知道了什么地方可以弄到武器，博科夫之前完全不会说这些事。他们拥有能砍杀和刺杀的武器，这些武器是在集中营不同的工作间内秘密制作出来的。在魏玛军工厂的车床上，苏联战俘们除了他们必须做的工作以外，还秘密将手榴弹“走私”到集中营里。在犯人病房和传染病隔离区工作的专业人员也明白自己的任务，他们留出一部分化学试剂，和手榴弹组装到一起，作为引爆装置。霍费尔现在知道了这一切。每个秘密的夜晚，霍费尔教授组织里的同志使用武器的时候，他都感到特别愉快。根据命令，他有权使用 7.65 毫米口径的瓦尔特手枪。这把枪是从集中营二把手克鲁提希那里偷来的，当时他在党卫军军官俱乐部喝得烂醉。一个犯人负责照顾这些喝醉的军官，他趁机把枪偷了出来。党卫军从来没有为此公开处决过任何犯人，因为克鲁提希怀疑了他的一个酒鬼同事。然而在这个大胆鲁莽的行为之后，愤怒的敌人克鲁提希再也不信任任何人。到底是一种怎样冷漠的平静，才能顺利瞒过每一个人，才能在宴会过后，和其他被党卫军奴役驱使的人们一起，经过层层党卫军的检查，同时在衣服下面藏了一把7.65毫米口径的手枪之后，还能穿过那扇大门？当霍费尔手中拿着这珍贵的武器时，那种冰冷的感觉一次又一次提醒着他。每一次霍费尔将枪从伪装物里拿出来贴身藏着，走在去参加教学的路上时，他都需要穿过集中营，穿过那些党卫军，还要和路过的朋友们不动声色地问好。那冰冷的金属贴着他的身体，时刻提醒着他保持冷静。

进展总是很顺利！

然而集中营里却突然来了一个孩子！秘密且危险，就像当时那把7.65毫米口径的瓦尔特枪。这件事他不能和任何人说。唯一能说的人是博科夫。到38号营区是一条很长的路，然而霍费尔感觉没走两步就到了似的。霍费尔的胸口好像压着一块沉重的石头。他还有什么别的法子吗？一个小小的生命的火花跳动着，集中营的死神疏忽了，才会把他遗漏下来。难道他真的无法保护这个小东西，非要让这个火花就这么熄灭吗？

霍费尔站住了，看着脚下闪烁着湿润光泽的石头。毫无疑问，全世界都不会做出那样的妥协。

全世界！

但不是这里！

现在，他在思考这件事。

集中营里任何危险都可能让这火花熄灭。这火花在集中营某个隐蔽的角落里闪闪烁烁，脆弱无比。霍费尔迷迷糊糊地走着，但是他清楚这一事实。也许博科夫可以帮忙？

38号营区是一个单层的石质建筑。建成几年之后，又和前排的木头营房连接到了一处。和其他的石质营区一样，它包含了四个巨大的寝室。在物资库工作的囚犯出现在任何营区里都不是什么新鲜事，因此当霍费尔进入38号营区的大门时，没有人注意到他。博科夫坐在犯人头目专属的写字台旁边，登记着营区名单，在明天早上集合的时候，他要把名单交上去。霍费尔勉强穿过挤得满满当当的房间，走到博科夫的斜面桌子旁边。“你能出来一下吗？”

博科夫无言起身，穿上大衣，离开营区。在外面，他们也没有交谈。他们先是沿着通往病房的路走着，在这里还有许多犯人走来走去。霍费尔开口了：“我必须告诉你一件事。”“很重要吗？”“是的。”

他们轻声交谈，不引人注目。“有一个波兰人，扎哈里亚斯·彦科夫斯基，带来了一个小孩。”“这就是你所谓的重要？”“这个小孩在我这儿，在物资库的更衣室里。”“哦，然后呢？”“我把他藏起来了。”在黑暗中霍费尔看不清博科夫的脸。一个犯人顶着毛毛雨，从病房方向急匆匆走过来，从他们身边撞过去。博科夫站住了。“老兄，你疯了？”霍费尔举起双手。“你听我给你解释，赫尔伯特。”“我什么也不想知道。”“不行，你必须知道。”霍费尔固执地说道。他了解博科夫，冷酷不妥协。他们继续散步，霍费尔突然来了热情。他没头没脑地说道：“我家里有一个孩子，现在已经10岁了。然而我再也没见过他。”“多愁善感，你有严格的命令要遵守，要从一切事物中摆脱出来。你忘了吗？”

霍费尔为自己辩解：“如果这个孩子被上面那些爪牙抓住了，那倒不用去多想了。可是现在我不能把他拖到大门那儿，说这个孩子是我们在一个箱子里发现的。”他们马上就要走到病房大门处了，于是转身，又把这条路走了一遍。霍费尔感受到了博科夫散发出的坚决。他深深地责怪博科夫："老天，赫尔伯特，你的身体里就没有心吗？""现在不是多愁善感的时候！"毫无预兆地，博科夫突然大声说道，他的话脱口而出，然后又压低声音，"身体里没有心？这里不光是一个小孩，而是5万条人命！"

霍费尔沉默地走在他身旁。他被深深激怒了，博科夫的反对切断了他所有的路。"那好吧，"走了几步路之后他说道，"那我明天早上把孩子交到大门那儿去。"博科夫摇了摇头："你想用另外一个愚蠢的方法去弥补这件愚蠢的事吗？"霍费尔愤怒了："我要么藏着那孩子，要么把他交出去！""你可真是个聪明人啊……"

"那我该怎么办？"霍费尔把手从口袋里伸出来，并无助地摊开。博科夫不想再让霍费尔这么激动了。为了控制一下这位朋友激动的情绪，博科夫用他实实在在又有点儿无所谓的方式说："我在书记办公室的时候听说，有一辆转运车就要离开了。需要考虑一下如何把这个波兰人加进去。你把孩子还给他。"霍费尔对这个强硬的决定感到惊慌失措。博科夫停住脚，紧紧挨着霍费尔站着，直直盯着他的眼睛。"不然呢？"

霍费尔感觉呼吸异常艰难。博科夫察觉到了他正在思忖着什么。

在集中营里，经过必要的权衡之后，责任自然是最重要的。毫无疑问，博科夫对于ILK和反抗组织是要负责的。为了一个孩子而让组织的军事教员，甚至他自己陷入险境，他会允许这样的事情发生吗？或者说，他会允许让整个艰难组建的组织因此涉险吗？还有集中营守卫队，这个外表看起来完全符合规矩的犯人工队，事实上是组织中重要的军事力量，他们一直完美地隐藏着。一件看起来人畜无害的事情可能导致任何结果，没有人知道究竟会发生什么。一个小孩有可能衍变成一个溃口，导致一连串灾祸，甚至让一切成就化为乌有。当博科夫面对面望着霍费尔的时候，这些念头在他脑海里全部过了一遍。他开始继续散步，同时用一种近乎悲伤的语气说道："有时候，人心是一件很危险的事情。那个波兰人和那个孩子那么亲，这个道理他也应该马上就要明白了。他已经把孩子带到了这里，那就让他继续带着孩子去别的地方吧。"

霍费尔依旧沉默着。他们在营区小路上拐弯，站在了营房之间。这里十分偏僻。冰凉的倾盆大雨让两个人都觉得十分寒冷。在一片黑暗中，他们几乎无法辨识彼此的面容。霍费尔把双手深深插入口袋，肩膀由于寒冷紧紧缩在一起。他停在原地，没有去别的地方。博科夫抓住他的肩膀晃动着："别幻想什么故事了，安德烈。"他带着温暖的语调说道，"原地待命，我会再给你通知。"

两人分别了。

博科夫目送着霍费尔。霍费尔带着疲惫的步伐离开了。博科夫尽可能控制住自己，让自己不被同情心控制。他也说不好这种同情心出于何处，是对霍费尔，是对那个孩子，还是对那个陌生的波兰人。这种不可知的同情的命运在一瞬间就已经被判决了。这个判决，是由那些犯人，以及和他们状况类似、受情势所逼的人们所宣布的。

博科夫把这些想法驱赶出脑海。现在必须迅速果决地处理这件事。他简短地考虑了一下，迅速冲了回去。他营区的犯人头儿伦基，刚刚填好人员清点名单，正要交到书记办公室的集中犯人人总头目那里。博科夫在营区大门处把他截住了。"给我吧，奥托，我自己把它拿过去。""发生什么事了吗？"伦基问道。他注意到了博科夫那不寻常的声音。"没什么事。"博科夫躲闪道。伦基知道，博科夫是属于集中营内什么秘密圈子的一员。但是他并不知道 ILK 的存在，更别提博科夫就是 ILK 的一分子这件事了。秘密协作的法则对于政治犯们来说是很起作用的：他们无条件彼此信任，彼此联合。在这里没有什么好奇心，只有对集中营里发生的一切事情都保持着了然的沉默。对于全员来说，有一条严格的内在准则，也是一种无条件的自觉性，那就是对于一切事情都不要未经考虑就提出问题——假如这件事情不需要知道的话。在这里，还有一条不成文的规定：保持沉默就是每个人要做的最重要的事。这让他们保护着彼此，也守护了秘密不被发现。这个犯人内部的圈子非常广大，并且在整个集中营里播散。到处都是用沉默把他们知道的事情牢牢锁在心里的同志。因此，这个让他们团结起来的秘密组织，在集中营里看不见、摸不着，却无处不在。当然，他们也会让一个或者一些同志对其他同志亮明身份，这往往是因为得到了组织允许。除此之外，他们彼此看起来完全一样：在肮脏不堪的囚服的胸口部位，有一个红色的角标，连带着一串数字编号；囚犯的脑袋也被理得光秃秃的。所以在博科夫直接把登记名单拿走的时候，伦基也没有额外再问些什么。

晚间活动已经结束。在书记办公室的隔壁房间，两个集中犯人人头目克莱默和普略勒正在他们的位子上。弗里茨·普略勒是集中犯人人头目中的“二把手”，在书记办公室里还有些工作要做。克莱默是犯人头目中的“一把手”，他需要把整个集中营的名单登记表准备好，好在第二天的早间集合时确保能将每一个单独营区的名单整理清楚。还有几个营区犯人头目和书记员还在，他们已经把自己的报表交了，现在都在闲聊。

博科夫进来了，他迟疑地把名单交了过来。通过他的动作，克莱默就意识到，这位38号营区的书记员有着什么心事。克莱默也属于那个了然而沉默的圈子的一员。他的前任是克鲁提希亲选的一名职业罪犯，却因为滥用职权捞好处而被迅速罢免了。克莱默被任命负责集中营内的“一级工作”，这在克鲁提希和党卫队上校、集中营总指挥官阿罗伊斯·施瓦勒之间还引起了些许分歧。克鲁提希更加喜欢给有犯罪前科的犯人安排岗位，好让他们当自己的探子和眼线。然而施瓦勒——根据他以往做监狱检察官的经验来看，更喜欢用些聪明的、符合标准的政治犯。他亲自任命克莱默从事这项一级工作，而接下来的时间，也让他觉得自己的确做了一个正确的决定。自从克莱默从事一级工作以来，那些令人恼火的事情和徇私舞弊就通通不见了。施瓦勒明白，这项一级工作可以信赖地交付给克莱默了。克莱默永远都处于各类事情的核心地带，集中营里发生的一切事，都集中在了他本人身上。他从施瓦勒、集中营的各位长官或者参谋官那里接收命令。在他这里，集中营司令部和整个集中营直接联系了起来。命令需要上令下达，当然，更重要的事情，是保护犯人们的生命安全。这项工作需要聪明才智和随机应变的能力才能胜任。克莱默，这个来自汉堡的肩膀厚实、身材结实的铜匠，简直就是“安稳”的代名词。没有什么事能够轻易撼动得了他。在和其他同志们共同协作的、需要隐蔽缄默的工作里，他担任的岗位就显得十分艰巨了。按照党内规定，他是不允许和赫尔伯特·博科夫私下接触的。所以根本不用博科夫说什么，克莱默就知道，博科夫的到来是党的意思。博科夫也在尽自己的最大努力，减少和这位犯人头目不合规范的接触。

“什么都别问了，瓦尔特。这对你来说比较好。”每次当克莱默想要知道一些指令的意义的时候，博科夫总是以如此回绝提醒他。通常而言，克莱默都会保持缄默，尽管有时候这些“秘密”指令看起来十分莫名其妙。然后他就总是试图去拍拍博科夫的肩膀，说：“别老这么紧张，赫尔伯特，我懂得规矩……”有时候，他会由于了解到了一些本来他不该知道的事情而安安静静地开心，但很多时候也会因此而懊恼。其实开诚布公一点儿说，许多时候博科夫更乐意按照克莱默的想法去做。现在也是一样，克莱默正友好地把其他拜访者撵出去。他看着博科夫，带着催促。

“一件蠢事儿。”博科夫以此开头。

“怎么了？”

“你在整理新的转运名单吧？”

“是的，然后呢？”克莱默反问道，“普略勒在那边整理名单。”

“这回最后一拨人员里需要带上一个波兰人扎哈里亚斯·彦科夫斯基。他肯定是在小集中营里。你能把他加到转运名单里吗？”

“他怎么了？”

“没事。”博科夫低沉地回应，“你必须要和霍费尔联系这件事。他会告诉你关于这个波兰人的事情。”

“什么事？”

“一个孩子。”

“一个什么？”

克莱默把铅笔扔下——原本他正在拿着它做登记。博科夫注意到了克莱默的惊讶。“拜托你别问我了。这件事必须要做。”

“可是……一个孩子？我的老天爷啊，赫尔伯特！谁知道那辆转运车会发生什么！你明白那意味着什么吗？”

博科夫变得十分紧张。“我不能再和你继续说下去了。”克莱默站了起来，“这个孩子怎么样了？谁和他在一起呢？”

博科夫阻挡了这个问题：“什么都没有，都是不相干的事。”

“我可以自己去想。”克莱默喘着粗气，“听着，赫尔伯特。我从来不多问什么，因为我向来都明白，我……”

“那就什么也别问了。”

克莱默看着眼前的黑暗说：“有时候你让我真觉得特别为难，赫尔伯特。”

博科夫将手放在克莱默肩头以示和解：“其他人都不可以知道这件事，消息到你这里结束。霍费尔已经得到命令了。说吧，你会参与我的计划。”

克莱默喉咙里发出悻悻的呼噜呼噜的声音。他十分不满意。

霍费尔也无法平静下来，他跑过一列列的营区，直到他来到了属于自己的住处前。一些迟归的犯人们急急忙忙进入各自的营区。很快便吹哨了。集中营的犯人头目开始在整个营区进行晚间巡查。哨声是一个信号，表示不允许再有犯人在营区外停留了。哨声总是远而轻地响着。而被雨淋湿的营房的房顶，发出淡淡的光芒。霍费尔的步伐落在鹅卵石上，咔嚓作响。他时不时地还会趔趄一下，对博科夫的怒火让他根本无法集中精神看路！他们要对一个小孩做什么？霍费尔带着一身寒意回到了他的营区内。休息室已经空了，所有人都已经回到了床上。几个值日生拿着汤盆，盆子发出咕叽咕叽的响声。营区的犯人头目坐在桌子边。房间内还盘桓着晚饭中卷心菜汤带来的冰冷污浊的气味，这气味和长凳上码放好的衣服的臭味混合到了一起。没有人注意到霍费尔，他把自己的衣服脱掉，放到了长凳上空着的位置上。

然而博科夫就一点儿对的地方都没有吗？这个孩子会给我带来什么相关的影响吗？霍费尔思考着。带着他只是给我徒增负担罢了。

这个想法实在是太不好了。霍费尔因此而感到羞耻。就在他想要把这个赤裸裸的想法驱走的时候，关于妻子朵拉的回忆一下进入了他的脑海。为什么突然会想到朵拉呢？角落里的那个孩子勾起了他心中深深埋藏着的疼痛记忆，令它们喷涌而出。而他感到惊讶的是，他的妻子已经渐渐远离了他的世界，似乎变得陌生起来。关于她的记忆，在他眼前如鬼火般跳动。他有一个儿子，但他一眼都未曾见过。他曾有一套公寓，一所真正的公寓，带有几间屋子、窗户和家具的公寓。然而一切都不是规规矩矩地好好连在一起的，而是像一个已经支离破碎的世界里零落的碎片那样，在黯淡无光的房间里笼罩着他。霍费尔用双手捂住脸，不知道该如何是好，眼神忧伤。每过四个星期，他都会向那无尽的黑暗中发送一封信："亲爱的朵拉，我很好，我很健康，小家伙怎么样了？"然后，每过四个星期，从那个深渊之中他也会收到一封回信，每次在结尾处，他的妻子都会写上这样的结束语："真挚地吻你。"

这是从哪个世界来的呢？我的上帝，从哪个世界呢？霍费尔这样想着。肯定是来自某一个世界，在那里也有许多小孩子，只不过他们不会被拎着双腿在空气中旋转着甩出去，然后像一只小猫似的，脑袋撞上墙面。霍费尔呆呆凝视着前方。回忆的力量使他无法思考任何事情，大脑中空空如也。他唯一能感受到的就是来自捂在脸上的双手的温度。猛然间，他产生了一种奇异的幻觉，似乎还有第二双手从黑暗中伸出，压在他的脸上，一个毫无生气的声音在耳边响起："安德烈，这是多么可怜的一个孩子啊。"霍费尔吓了一跳：我是疯了吗？

他放下双手，面颊一下重新裸露在冰冷的空气中。霍费尔又看看自己已经放下的双手。那双手顺从地做着该做的事情：把裤子叠好，然后把带着编码的夹克按照规定的那样，放到上面。

是的，博科夫是正确的。这个孩子必须离开这里。这里对一切来说都太危险了。在那个波兰人把孩子带来的那一刻，他就已经都看到了。霍费尔走到寝室内，那熟悉的恶臭味让他重新回到现实中来。"真挚地吻你。"霍费尔爬到垫子上，抓起濡湿的铺盖，盖到自己身上。

然而，由成列的三层床板组成的寝室长时间无法安静下来。美国人在雷马根度过莱茵渡口的消息带来了一种令人愉悦的刺激感。霍费尔仔细聆听着这些喃喃细语。他隔壁床铺的人已经睡着，发出轻微的鼾声，与周围的兴奋感形成了对比。如果美国人真的首次渡过莱茵河了，那么他们马上就会来到图林根，那么离那一天就不会太久了！不会太久！然后呢？什么不会太久了？那个词语包含着某种禁忌。它包含着常年的监禁，包含着希望和怀疑。那是在这危险的处境之下，由于种种压力而带来的怀疑。那个词语如此轻巧，又如此沉重，就好像拳头中握着一个手榴弹。而且如果"那个词"其实离他们还很远很远的话……霍费尔被低语和讨论声包围。隔壁床铺满意地抽了抽鼻子。霍费尔突然感觉到自己心里也在思考着，"那个词"也许离他们真的不远了，也许可以把那个孩子一直藏在角落里不被发现……他机械地听着周遭那些低语，如同受到了什么指引一般，好像已经得到了某种赞同，就如同那双陌生的手给他的赞同一般……突然，霍费尔睁开了眼睛，猛然坐起了身子。不，一定要离开。离开！明天，后天，那个孩子必须上路！

已经入夜了。施瓦勒依旧和另外两名集中营长官怀桑科和克鲁提希一起，在他的办公室里没有离去。施瓦勒，身材矮小敦实，近于肥胖。这个60岁的男人有着松弛的面颊、圆圆的脸庞，习惯在说话的时候绕着一件家具走来走去。正是因为这个习惯，在这间装潢豪阔的办公室正中间，立着一个巨大的写字台。这位指挥官说起话来就好像发表节日演说一样，总是伴随着夸张的姿势，还时不时夹杂着一些令人印象深刻的停顿。莱茵渡口的事情给他——更多的是给克鲁提希——制造了一种紧张的氛围，因此让他们更加易怒。在雕刻着花纹的会议桌后面的沙发上，坐着党卫队少校怀桑科。他叉着双腿，面前放着一瓶缴获来的法国白兰地，正在听着施瓦勒和克鲁提希的激烈争论。怀桑科已经喝多了。他用猎狗一样浑浊的目光，捕捉着他的两位长官的每一个动作。

由于预见到了渡过莱茵河之后即将发生的事情，施瓦勒已经有了计划：在犯人之中组建一支医疗队。因为现在空袭警报不断，如果美国人真的对集中营发起猛烈攻击，那么这支医疗队可以投入战斗，协助支持党卫军。建立医疗队的理由已经讨论过了，然而对话始终十分尖锐。身材细长瘦削的克鲁提希有一个长长的、漏斗形状的鼻子，他35岁左右，是一个非常无趣的男人。此刻他正站在写字台前，他高度近视且严重感染的双眼透过眼镜片，射出充满恶意的目光。他和集中营指挥官之间有着无法消除的分歧。克鲁提希对施瓦勒根本没有尊重之心，他也从不掩藏这一点，他总是用傲慢的沉默来回应施瓦勒的一切命令。如果他最终执行了这些命令，也仅仅是因为上校的军衔高于上尉这一简单事实而已。施瓦勒在面对克鲁提希的时候，仅仅能维持的就是他作为上司的优越感。虽不能明着表示，但实际上他感觉和克鲁提希共事是一件痛苦而复杂的事情。他真心希望克鲁提希不要再这么胆大妄为，但同时也嫉妒他可以这样做。

施瓦勒胆小，优柔寡断，缺乏安全感。因此他确信，克鲁提希，这个曾经拥有一家绸缎厂的小业主，确实在谋略上有一些天赋。同时他也知道，克鲁提希明显缺乏一切自己在30多岁的时候拥有的优点。那时，他是一名监狱官员，后来又一直做到监狱检察官。很久以前，在他们喝得烂醉的时候，偶尔也会用彼此过去的身份调侃对方是“牢头”或者“绸子佬”等。没料到的是，后来这些开玩笑的称呼却变成了对彼此的恶意攻击：就在这个晚上，这件事发生了。

争吵是围绕着医疗队的人员组成展开的。克鲁提希坚决反对施瓦勒的观点，因为施瓦勒只想选择集中营里关了很久的那些政治犯。施瓦勒作为集中营总指挥官可以主导这件事。作为这间办公室一直以来的拥有者，他以主人的身份自居，教育着面前的人。

“您缺乏长远的目光和对人的了解，我亲爱的。我们必须要利用那些共产党员的纪律。我们不是要给他们建立什么慈善机构。他们行动起来可是非常团结的。”克鲁提希早就不想听他说这些了。他总是尖锐地回答施瓦勒，声音听起来又刺耳又可恶。施瓦勒暗地里甚至觉得有点儿可怕，因为从克鲁提希的这种声音里，他又回忆起了早年自己在监狱里当检察官的日子。

“我必须提醒您，在现在这种情况下，让共产党员为我们工作是十分危险的行为。您还是选择其他的犯人吧。”

施瓦勒全身的汗毛都竖了起来。他发出一阵夸张的感叹声，站在克鲁提希面前，挺了挺肩膀，又往前腆了腆肚子："其他的犯人？那些职业罪犯？那些贼？"

"在集中营里肯定有共产党的秘密组织存在！"

"他们还能干什么呢？"施瓦勒开始重新围着写字台绕圈。

"在集中营里藏着秘密电台！"克鲁提希突然一脚迈到写字台前，截断了施瓦勒绕圈的路线。

总指挥官试图在这位僭越的下属面前演出一副作为上级的、宽容的样子来。他理了理克鲁提希制服上的纽扣："您知道的，我检测了这个所谓的隐藏电台，可是结果呢？什么都没发现！您太不镇定了，上尉先生。"

"我对您的过于镇定感到震惊，总指挥官先生！"

他们用冰冷的目光打量着彼此。施瓦勒此刻胸腔中有一种绷紧的感觉，他带着与对方同样的目光，同时带着尽可能的克制，突然喊了出来："我从来没有忘记保持警醒，就像您一样！如果我下达命令，半个小时内，整个集中营就可以被集体枪决！整个集中营，是的，包括您的共产党组织！"

就连克鲁提希都无法克制住自己了。他瘦削的脸上瞬间毫无血色，他也冲施瓦勒嚷嚷了回去。怀桑科被两人之间的争吵震惊，他连忙跑过去，试图推开克鲁提希："冷静点儿，克鲁提希，冷静。"

克鲁提希充满鄙夷地冲着少校说道："走开，你这个傻瓜！"然后又开始冲着施瓦勒大喊大叫："说不定这群混蛋已经有了武器，您以为他们什么都不会做吗？也许他们已经和那些美国人秘密联系上了！我拒绝您的命令！"

怀桑科还在试图斡旋："你还没有得到什么命令呢，应该是雷涅博特……"

然而他只是撞到了克鲁提希的气头上。克鲁提希冲怀桑科喊："闭上你的臭嘴！"

"上尉！"施瓦勒咆哮着，晃动着面颊。

"我拒绝接受命令！"

"我现在还是总指挥官呢！"

"这事儿不过……"

克鲁提希猛然停住了。他转身走到沙发旁边，坐到了之前怀桑科的位子上。

尽管克鲁提希没有直说，施瓦勒也明白了。他迈步走到会议桌旁，将双手撑在胯上问道："您原本想说什么？"

克鲁提希一动不动。他坐在那儿，垂着头，软弱无力的胳膊放在分开的双膝之上。施瓦勒看着他的这种过分举动，并不期待得到任何回答。他走到角落处的餐具柜旁，拿出玻璃杯，放在会议桌上，往里面倒了酒。"让我们为了惊恐喝一杯吧。"说着，他贪婪地满饮了一杯。怀桑科拿起两杯白兰地，自己碰了一下杯，然后将其中一杯递到克鲁提希手中："喝了它，安静会儿吧。"

克鲁提希不情不愿地从怀桑科手中接过酒杯，像喝药一样把酒倒进喉咙，目光阴沉。他们没有继续更加恶劣地侮辱对方，清醒过后，精神上的疲惫似乎也消退了一些。施瓦勒拿起香烟，躺到扶手椅上。他深沉缓慢地吸着烟。克鲁提希依旧盯着前方，在怀桑科沉闷乏味的脸上，他读不到任何思想。施瓦勒挨个儿打量着他们。最终，他带着一丝苦笑说道："那么，我的先生们，这事儿就这么定了。”克鲁提希的手捶着桌面，歇斯底里地尖叫：“不行！”他咬牙切齿道，“不行！”施瓦勒感受到了克鲁提希内心深处的恐惧。他把手中的香烟扔掉，站起身来。带着一丝惬意，他再次回到了对于权力的享受中来。在他的写字台后面，挂着一张巨大的地图。施瓦勒踱步到地图前面，用行家一般的眼光打量着。然后，他指着那些花花绿绿的箭头：“那么现在这里是前线，这里，这里，还有这里。”他转动着箭头标志，将双手僵直地撑在写字台上，“然后呢？”

怀桑科和克鲁提希沉默了。施瓦勒则举起了双拳：“四周之后，一切会变成什么样子？八周之后，或者仅仅三周之后？”他已经给出了答案。他的拳头猛烈砸在地图上，砸在柏林、德累斯顿和魏玛上面。挂图纸的木头板子发出噗噗的声响。施瓦勒满意了。在克鲁提希光滑瘦削的脸颊上，在怀桑科无助的“狗眼”里，他看到自己的话语奏效了。就像一位真正的统帅那样，他走回到会议桌前，傲慢地说道：“我们难道不需要提前准备吗？我的先生们。这件事儿就这么定了，对，这么定了！”他坐下，继续说道，“东边有布尔什维克，西边有美国人。我们在正中间。那么，然后呢？您好好想想吧，我的先生。我们孤立无援，不会得到任何帮助。我们在这儿唯一能迎来的就是地狱里的恶魔。”

出于一种愚蠢的勇猛，怀桑科突然将自己的手枪拍到了桌子上：“我管不了那么多。”他含混地说着，“哪儿都一样。”施瓦勒并不认为这个巴伐利亚锻造工人的这个动作是一种英雄主义的行为。他默默地把武器递还到怀桑科手中，然后双臂环绕在胸前：“我们在这儿根本就是多余的，只能尽量找到一些支撑点。”克鲁提希一跃而起：“我算是看明白您了！”他又进入了那种歇斯底里的状态，嚷嚷道，

“您想要巴结那些美国人，您这个胆小鬼！”

施瓦勒十分不悦地为自己辩护：“您可别用这么严重的词。无论够不够勇敢，我们都需要开始做点儿什么了！我们需要找到最安全的方式，这就够了。这需要动用智慧，上尉先生，智慧、计谋、灵活。”施瓦勒把他的手枪拿在手里展示给他们，“这就不够灵活。”克鲁提希也从口袋里掏出枪来，愤怒地喊着：“但是我算是看清楚您了，总指挥官先生，我算是看清楚了！”他们又开始争吵了。

怀桑科拦在他们两人之间：“都平静点儿，友好点儿，自己人别打自己人。”

“您这是想要枪毙谁啊？”施瓦勒用一种近乎消遣的口气问道。

“所有人，所有，所有！”克鲁提希勃然大怒地吼道，同时迈着大步踱来踱去。接着，他灰心丧气地跌坐回沙发上，用手梳理着他原本是金色但现在已稀疏灰白的头发。施瓦勒嘲弄地说：“有这种英雄气概，您什么事儿都能迎刃而解。”

翌日清晨，克鲁提希给雷涅博特传达了来自司令部的命令。他将这个还不满25周岁的年轻上士叫到他位于集中营入口侧方的办公室里。雷涅博特站得离克鲁提希远远的。这个爱慕虚荣的年轻人非常喜欢优雅得体的外表，因此此刻也是精心修饰过自己的外形。他皮肤上泛着一层薄薄的粉红色，脸的下半部分犹如扑了粉一样，下巴上看不见一丝胡茬。雷涅博特看起来就像是一个轻歌剧里的男丑角，但其实他不过是一个平凡的啤酒酿造商的孩子罢了。

雷涅博特潇洒地靠到椅子上，用膝盖顶住桌子的边缘。他接受了命令：“医疗队？了不起的想法。”他嘲讽地撇了撇嘴，“有人好像很惧怕那些人啊。怕什么呢？”

克鲁提希没有回答他的问题，而是走向了收音机。他两腿分开，双手插在胯上，站立在那个小箱子前。从小箱子里传出了播报新闻的声音：“……在重炮火的掩护下，昨天晚上下莱茵地区争夺战已经打响。美因茨驻军已经撤回到莱茵河右岸……”

雷涅博特看了他一会儿。他知道克鲁提希正在想什么，但他把对于即将到来的危险的恐惧隐藏在了恶劣的、伪装出来的无礼举动中。“迟早你也要学学英语的。”他说。雷涅博特从始至终保持着傲慢无礼的笑容，而此刻那笑已经僵成了一个艰难的褶皱，挂在他的嘴角。克鲁提希没有注意到他嘲笑的口吻，只是不满地嘀咕着：“所以，要离开的人，是他们还是我们？”

“我们。”雷涅博特优雅地回答道，把正在把玩着的尺子扔回桌子上，站起身来。两人相对无言，沉默中隐藏着彼此在想着的、同样的事情。克鲁提希变得暴躁起来。“如果我们不得不离开，”他晃动着拳头，从牙缝中挤出，“我一只老鼠都不会放过！”雷涅博特已经全明白了。就如他通过克鲁提希做出的判断那样，他明白，来自地狱的雷声已经开始了它的前奏。他恶意嘲讽地笑着说道：“希望你的行动不会太迟，长官先生。我们机灵的总指挥官已经把老鼠从捕鼠夹中都……”

“这群混蛋！”克鲁提希朝着空气挥舞着双拳，“谁知道这群猪猡是不是已经悄悄地和美国人串通好了？美国人能在一夜之间武装整个集中营，甚至还能派轰炸机过来。”他紧张地补充道，“他们有能力武装集中营内的5万名犯人。”

雷涅博特高傲地反驳：“那些人都是笨蛋，只要从塔楼上往下扫射一番，然后……”

“然后呢？如果美军空降兵部队到了怎么办？然后呢？”

雷涅博特高高耸起肩膀。“然后这场混乱就可以在这里结束了——呼，”他无不讽刺地做出了一种平和的姿态，“我可以趁机移民西班牙。”

“你可真是条狡猾的狗，”克鲁提希鄙夷地嘶吼，“现在这事儿关乎的可不只是你那张皮。”

“完全正确，”雷涅博特冷酷地讽刺着，“现在也关乎于你的那张皮了。”

雷涅博特幸灾乐祸地笑话着克鲁提希：“现在也不用再提什么上尉或者上校了，”他嘲讽地举起双手，就好像空气中有一位长官，“这事儿已经这么定了，尊贵的大人。安慰你一下吧，我也是你的难兄难弟。”

雷涅博特就这样赤裸裸地拆穿了一切真相，这可真令人愤怒。克鲁提希跌坐回椅子上，凝视前方。这回真的完了！现在只能尽力保证他们自己内部还是安全可靠的。他愤怒地咒骂着不在场的其他长官：“这帮废物，这群混蛋！他们心里明明清楚，集中营里的这群混蛋已经组织起来了。必须每 12 个人中选一个出来杀掉……”

“先想想，他们用的那些人里有没有你要找的人。”雷涅博特说道，“否则你这样盲目地枪决就是错误行为，亲爱的。首先，第一枪要打在正确的人身上，那个领导者，头头儿。”

“克莱默！”克鲁提希很快说道。

“他是其中一个，其他的人呢？”雷涅博特坐在桌子一角，点燃了香烟。他懒散地晃动着放平的双腿。

克鲁提希发出愤怒的嘶嘶声：“我要把他和狗锁在一起，把他像柠檬一样压碎！”

雷涅博特傲慢地笑了：“天真，长官先生，太天真了。第一，克莱默一个人搞不出什么花样，你从他那儿从来没能套出什么话；第二，你应该先把克莱默关起来，给其他人一个警告。”他走到喇叭那里说道，“你好好看看那些家伙们。等会儿你就明白了，你一个屁都问不出来。”

他打开麦克风：“犯人头目克莱默马上到参谋官处。”

这道命令通过喇叭响在集中营各处的时候，克莱默和霍费尔正在物资库里。茨威灵还没有回来，克莱默和霍费尔退到窗户边的角落里，轻声讲话：“明天转运车就要出发了。你知道通知，安德烈。”

霍费尔无声地点点头。第二遍广播传来：“犯人头目克莱默马上到参谋官处，马上。”

克莱默不情愿地看了一眼喇叭。霍费尔闭上了嘴。

克鲁提希窝着胸膛坐在椅子上，雷涅博特恼怒地用胳膊捅捅他：“收好你的皮带，老哥，不然这位好汉一眼可就都明白了。你这是想把我们的计划扼杀在摇篮里吗？”

克鲁提希顺从地起身，把制服和腰带整理好。

几分钟以后，克莱默出现在办公室里。他一眼就看出了形势不妙。克鲁提希靠在墙边。自克莱默踏进来的第一步开始，他就一直在用怀疑的眼光打量着他。那位漂亮的年轻人在写字台后面的椅子上，与其说是坐着，不如说是躺着。“有个新闻要告诉您，听一下。”克莱默熟悉这个懒散中带着嘲讽的声音。雷涅博特不慌不忙起身，双手插入裤子口袋，从容地在房间内散起步来。公布司令部的命令只是次要的，他真正的意图并不在此。雷涅博特这种刻意的漠不关心，和从另一边传来的克鲁提希那针对自己的、不怀好意的目光，让克莱默一下就感受到了异常。

要挑选出16个犯人。傲慢的年轻人一边说着，一边走来走去，靴子发出咔嗒声。要选16个老练的政治犯组成医疗队。这个年轻人一边对着空气研究着名单和人员头衔，一边来回踱步。空袭警报响起的时候，医疗队需要部署在警戒线以外。克莱默的血液凝固住了，然而他脸上波澜不惊，丝毫没有泄露他心中是如何万马奔腾：我们要安排16个同志部署在警戒线以外……克鲁提希暴躁地站直身体，来到克莱默面前，冲他大声嚷嚷："医疗队的犯人是不会有任何职权在身的，明白吗？"

说完这句话，克鲁提希艰难地克制住自己的愤怒，又从牙缝中挤出："您别做梦了，咱们走着瞧。"然而他也不知道，走着瞧到底要瞧什么。他们沉默地看着彼此。克莱默感受到了冰冷的仇恨从克鲁提希冷漠的眼中射出，恨不得将自己刺穿。突然，一种胜利带来的安全感向他袭来。在这种仇恨背后，在呆板的、泛着血丝的红眼睛中，他看到了恐惧。赤裸的恐惧。克鲁提希总是在愤怒地大喊大叫。当然，此刻的克莱默也不是像他看起来那般冷静。他头脑里正在不断思索，这些事情之间究竟有何种联系。雷涅博特看起来十分担忧，因为克鲁提希每一瞬间都有可能会突然失去控制。他尝试着制止他。

"明天一早您带16个人到我这里来。"雷涅博特在克莱默背后这样说道，克莱默转过身来回答道："是。"

克莱默在心里咀嚼着雷涅博特这句话。

"是。"他重复着。

年轻人溜达到克莱默身边，抓住了他的胸口。“如果有任何一个人出现什么问题，”雷涅博特狡诈地笑着，带着一种危险的亲切补充道，“那我们就要用别的来补偿了。”

在克莱默回答之前，克鲁提希站在他面前，恐吓着说道：“整个集中营都要付出代价！”

“是。”

克莱默始终顺从地用一个词回答，让克鲁提希的攻击无从施展。他大吼：“我想知道，您到底明白了没有？”

“是。”

克鲁提希想要找机会爆发，但是克莱默的沉着扼杀了这一切。最终，他只爆发出一声嘶吼：“解散！”然而当克莱默走到门口的时候，克鲁提希失去了控制，朝他大喊：“留下！”然后走了过去。克莱默受惊吓般转过身。克鲁提希一步跨到他面前，恶毒地问：“您曾经是一位干事吗？”

克莱默一边飞快思索：他想干什么？然后一边回答：“是。”

“共产党的吗？”

“是。”克莱默的坦率让克鲁提希出乎意料，不由得结结巴巴道：“您就这么跟我说了，就这么……”克莱默的嘴角浮现出一个不易察觉的微笑：“所以我现在还在这里……”

“不！”克鲁提希尖锐地回答，他恢复了常态，“您被关在这里，是为了防止您建立搞阴谋的队伍，搞什么秘密组织，就像您现在在集中营里谋划的那些事！”克鲁提希直勾勾盯着克莱默的眼睛。年轻人站在克鲁提希身后，双手大拇指塞进制服夹克的扣眼儿里，双膝晃动。

秘密组织？克莱默迎上他凶狠的目光。他们知道什么？然而马上他就意识到，克鲁提希只是想诈他一诈。就是这样。克莱默想着。他以为我就是那个组织者！那他可就大错特错了。他有一种感觉，自己正在用他宽厚的脊背保护着博科夫。于是他平静地回答道："您所谓的这个组织，长官先生，您已经在活生生地和他说话了。"极度震惊的克鲁提希拖长音说了一句："什——么？"雷涅博特一步跨到他身边。

"什么都没有。"克莱默知道，自己这种勇敢主动的方式能让自己占据有利地位。于是他继续补充道，"这并不是什么秘密。整个集中营几年来都是犯人们在自行管理，我们严密传达着所有集中营司令部的命令。"

克鲁提希看着雷涅博特寻求帮助。然而雷涅博特笑得幸灾乐祸，看起来就像在他身上找到了有意思的消遣。这让克鲁提希爆炸了，他叱责着克莱默："很好！您自觉地让您的人占到了所有的岗位之上。"

"集中营指挥部的命令是把岗位委托给可靠的、诚实的、值得信赖的犯人。"

"共产党员，不是吗？"

克莱默不动声色地回避："每一个犯人都在集中营管理处有存档，被划分了级别，而且都有职业记录。"

克鲁提希没有继续对付克莱默，他愤怒地在屋子里来回踱步，大喊："骗子，恶棍，你们这群人全部是犯罪分子！"

克莱默一动不动站着，让克鲁提希的愤怒无处着力。他再次走近克莱默，挥舞着双手："我们知道命令！您一定觉得我们是傻瓜。"雷涅博特在克莱默和咒骂不停的克鲁提希之间来回踱步。

"解散。"克鲁提希瓮声瓮气说道。

克鲁提希在克莱默身后关上门，支着门嘶吼："这条狗，这个混蛋！"雷涅博特靠着桌子，带着讽刺的笑说道："我跟你说过了，在这些人嘴里你一个屁也问不出来。"

克鲁提希迈着沉重的步伐在房间里来回来去地走。

"我真不想知道，他会为了这个……这个医疗队挑选出些什么样的家伙……"他用拳头击打空气，"我真想一拳打在那张脸上！枪毙了那条狗！"

雷涅博特在桌子后面伸了伸懒腰。

"你把事情全部搞颠倒了，长官先生。你干吗朝他喊叫呢？这个家伙早就嗅到火药味儿了。"

克鲁提希还在气头儿上。"他应该的，这条狗！他应该知道，我们已经看到他的狐狸尾巴了！"

"错。"

克鲁提希猛然站住了。他直勾勾盯着这个年轻人。他的愤怒瞬间转移到了他身上。

"你是想教训我该如何和那些混蛋打交道吗？"

他咒骂的声音并没有给雷涅博特带来什么影响。他点燃了一支新的香烟，沉思着向天花板吐了一口烟。

"这群布尔什维克一定有一个秘密的组织，这一点毫无疑问。克莱默肯定是他们的重要成员之一，这也显而易见。"他朝克鲁提希溜达过去。

"听着，长官先生。用您的四只眼睛瞧清楚，我们机灵的指挥官先生的命令让我俩都不太满意，对吧？如果让这些老鼠溜了，那我们的陷阱就白设计了。我们需要他们的首领！我们应该把那家伙揪出来，一击即中！”

他把脑袋冲着集中营的方向一摆。

“归根结底并不是所有人都是布尔什维克。那么他们就需要用一副无害的、友好的面孔把自己伪装起来。不过他肯定有一个好鼻子，因为他要好好地闻气味儿，您明白吗？”

他幸灾乐祸地望着克鲁提希，带着狡猾而复杂的微笑。克鲁提希看起来瞬间想到了些什么。

“你能从什么地方迅速抓住这个家伙，这个……”

雷涅博特快速而肯定地回答了他：“交给我吧，我能弄到他。”

克鲁提希不得不承认雷涅博特比自己更加聪明。他突然大笑一声：“你真是一条狡猾的狗。”

这一次，雷涅博特笑得就好像很有资格得到这种表彰一样。“看来我们也挺机灵的……”

彦科夫斯基被安置在小集中营内的一个马厩之中。那里现在十分嘈杂吵闹。在一大堆团在一起的囚服旁边，囚犯们拥挤在值日生身边，看着他从一个巨大的烧水壶中倒出热汤。人们用各种不同的语言嚷嚷着，喋喋不休，相互打着手势。一些“老住户”从大壶旁边走回来，穿过饥肠辘辘的人群。营区犯人头目挤开众人，在人群中喊叫着。他始终尝试着让这群贪婪的人维持一定的秩序。

“回到最后面去，你这头蠢牛，你这个蠢蛋！你们就不能排队吗！”

没有人听懂他的话，没有人注意到他。往回拖拽的举动反而让人们更加野蛮地挤向水壶边。人群互相推搡着。犯人们一拿到盛着食物的碗就迫不及待地吃光，就算没有勺子，也直接将汤倒进嘴巴里。汤从他们的嘴角流出来，弄脏了上衣。一只只手都想抓到一只碗。拿着碗的人最后一口还没有咽下去就被推开了。碗掉到了地上，发出叮当声。所有人都互相推搡着。一个幸运的人碰巧抓到了那只掉落的碗，又被抢走。碗被抢来抢去，在水壶和人群中来来回回，忙碌不停。这群衣衫褴褛的人争抢着碗，都只为了能得到最后一口吃的。

唯一一个对此不感兴趣的，就是值日生本人。他沉着地倒出最后一点儿汤，不言不语。当他做完所有工作之后，便在人群中强行用手肘和屁股给自己弄出一块地方。

皮皮希进来了。营区犯人头目，一个有着圆脑袋的矮小敦实的男人，筋疲力尽，绝望而死心地高举着胳膊。幸好，他至少还能看到皮皮希这样一个还有理智的人。犯人头目哑着嗓子说道："每一天都是这样，每一天都是这样！假如我们能有足够的碗也好啊！这群家伙已经丧心病狂了。"

皮皮希希望能够带给他稍许安慰，于是如此回应着他高举的胳膊："把他们关在外面，然后只让一部分人靠近热水壶。允许过来的人数保持和你手里碗的数目一致。"

"那么他们就会像狮子一样在外面喊叫。"

皮皮希知道实在没什么可以安慰的了。他伸长了脖子窥视着周围乱七八糟的人群。

"你看见彦科夫斯基了吗？"

"他已经在那边了。"犯人头目试图喊出来，"彦科夫斯基！"虽然他已经扯着脖子叫喊了，可惜还是无法盖过嘈杂的噪声。

皮皮希还是穿过人群，自己找到了那个波兰人。彦科夫斯基站在一个角落里，双手支着下巴，拘束地瞧着周围的一切。就在他看到皮皮希的时候，他的脸上表现出了一种“我认识你”的神色，然后他跑到了这个德国人旁边。

“你！你！孩子在哪儿？”

皮皮希在嘴边举起警告的手指，示意彦科夫斯基，让他跟着自己过来。

克莱默和普略勒一起，把开往贝尔根 - 贝尔森集中营的转运名单拟定完成了。

必须要运走小集中营内的1000名人员。布痕瓦尔德需要空气（关键的不是人们是否真的能得到新鲜空气，而仅仅是在数字上好看一点儿）。普略勒有转运总权，他给小集中营内的每一个营区都分摊了一点儿转运名额，这样营区犯人头目们也都松了一口气。转运这件事能给他们过度饱和的马厩腾出一点点空间。

每一队的最终编整权留给了营区犯人头目和值日生。他们和营区书记员对（挑选后的）全体人员进行编整。每一次转运的都是那些实在过于老弱的人——他们是一群废人中的“废人”。如果对着一个营区犯人头目喊：“嘿，你在那儿干吗呢？你赶走的可都是些半截身子入土的人了！”那么他就会愤怒地回答：“所以呢？那我们要怎么办呢？”

这种有自保性质的无情铁律饱含着悲情。在坏的当中挑出最坏的。就好像选水果，没那么坏的扔进小盆子，彻底不好的扔进……

营区犯人头目中间产生了一阵尴尬的沉默。克莱默坐在桌子旁边，低着头研究普略勒交给他的转运名单，普略勒就站在他身边。克莱默从头到脚看了普略勒一遍，胡乱揉着额头。两个人什么都没有说，然而在大脑里闪现着同样的想法。普略勒的嘴角原本就藏着尴尬的笑容。现在这个笑容害羞地爬出来，卷曲着。

“又是1000个（在旅途中会变成尸体的人）……”

克莱默高高地噘着嘴，双肘在桌子上撑着岔开，看着自己交叠的双手。

“有时候我在想，”他轻声说道，“有时候我在想，我们还是变成了一群该死的、麻木不仁的人。”

尽管普略勒明白克莱默的意思，但他还是问道：“我们？你是说谁？”

“我们！”克莱默毫不留情地回答，站起身。他走向窗户，将双手插入裤子口袋，看着远处的集合场。坡上面是一排低矮的建筑，后面是塔楼。它们远远延伸出去，通向大门。四周屋顶上安装着12个巨大的探照灯。它们喷射出残酷无情的冷光，将黑夜刺穿，又笼罩着整个集合场。每个工作的夜晚和清晨，它们的光就像明晃晃的刀锋，割裂集中营里所有困乏的面庞。集中营被一座座塔楼环绕着。在这三月寒冷的早上，塔楼上的岗哨一不留神就会扭伤腿脚。一挺笨重的机枪从过道的栏杆中间伸出来，枪头直指营区。

犯人们或三三两两，或成群结队，在集合场上走来走去，在大门和营区之间进进出出。他们紧张地拿着帽子，在大门窗口处登记。负责门卫事务的营区长负责办理这件事。此刻，他又发怒了。他大吼大叫，要么踹一脚犯人的腰，要么随意在犯人的脖子上使劲揍上一拳。

克莱默看着这些（日常景象），没有丝毫的同情。他想着那个让他坐立不安的任务。那个孩子将会面对什么？危险吗？毫无疑问！他和霍费尔之间肯定有着什么联系。一旦有人发现了他的存在，那么这个孩子有可能……博科夫这个该死的，干这种偷偷摸摸的事情……他眼前只有茫然。

“什么也别问，做我告诉你的（党要求的）事就行了。”

克莱默的眉毛拧到了一起。他知道这是党要求的，难道是要我把这个孩子送给死神吗？贝尔根－贝尔森……谁会去那儿呢……克莱默的手臂支撑在窗棂上，用拳头捶着木头。

“你干吗呢？”他听到普略勒的声音从背后响起。

他吓了一跳，转过身。“没什么。”他勉强说道。

普略勒猜测克莱默在思考着关于转运人员的命运，想要安慰他。

“这是最后一次转运了。也许他们在半路就会被美国人截获。”克莱默无声点头，把名单还给普略勒。

“我还要说的是，你要留心那个昨天新来的人，那个波兰人，你明白的，转运过来的……”

在物资库的书记办公室内，工队的犯人们围成一圈儿，蹲在彦科夫斯基身边。皮皮希的口袋里塞着一块面包。彦科夫斯基把面包小心翼翼地撕成一块一块的，一小口一小口偷偷塞进嘴巴。对于自己的饥饿，他感到万分羞愧。

“嚼嚼再咽，老兄。”皮皮希想让他高兴一点儿，“今天我们有饺子配山葵酱。”说着，他把一杯咖啡送到彦科夫斯基鼻子底下。彦科夫斯基朝着皮皮希感激地笑了。霍费尔坐在彦科夫斯基对面，让他先把东西吃完，然后由克罗皮恩斯基担任口译，好跟他讲话。

“他说，他不是那个孩子的爸爸。孩子的爸爸已经死了，妈妈也在奥斯维辛被毒气毒死了。他说，这个孩子跟着父母从华沙[1]的居民

1 原文为波兰语。——译者注

区到奥斯维辛已经三个月了。他说，党卫军杀死了所有的小孩，但是这个小孩一直被藏着。”

彦科夫斯基打断了克罗皮恩斯基，又和他激动地说着什么。克罗皮恩斯基继续翻译道：“他说，这个小孩不知道什么叫作‘人’，他只知道什么是‘党卫军’，什么是‘囚犯’。但是这个孩子特别机灵。他知道，如果党卫军来了，就要好好藏起来，一直保持绝对的安静。”

克罗皮恩斯基沉默了。其他人也沉默了，大家纷纷低下了头。彦科夫斯基胆怯地看着周围。霍费尔沉默地把双手放在了波兰人手上，于是他温和地笑了。这个举动很好理解。

“马利安，”霍费尔对克罗皮恩斯基要求着，“问问他，那个小伙子叫什么名字。”

克罗皮恩斯基转达了霍费尔的问题，然后翻译给大家：“小家伙名叫史蒂凡·茨利亚克，他的爸爸是一名华沙的律师。”

霍费尔看着眼前这个虚弱的人，目光中饱含同情。他看起来肯定有 50 岁了。

彦科夫斯基满怀信任地看着周围的犯人们，这些对他如此友好的人们。他略带羞怯的笑容仿佛告诉所有人，自己有一种信心，那就是在历经种种磨难后，那个孩子终会得以重生。霍费尔的心变得沉重了。这个波兰人一定没有预料到自己为什么会把他叫过来；他一定觉得开心，认为自己终于找到了好伙伴。霍费尔思考着，他这个“好伙伴”该如何和这个波兰人说明一切：赶紧带走你的孩子，我们这儿不需要他。然后，这个瘦弱沉默的男人会不带任何抱怨地带走他的累赘。他会继续拖着箱子，继续拖着，筋疲力尽，担惊受怕，保护着这个小小的生命，好让他不致惨死于党卫军的铁靴之下。彦科夫斯基似乎察觉到了，眼前这个德国人正在用一种特殊的方式打量自己。他冲霍费尔笑了。霍费尔的思考越发深沉了：这个无助的人拖着一条小生命来回来去地打转，他先是好不容易把孩子从奥斯维辛死神的指缝间偷了出来，继而又要遭遇贝尔根－贝尔森的死神——这是怎样一种无意义的行为啊！霍费尔简直想要把箱子直接从这个傻笑着的波兰人手中夺过来，告诉他，看看你给我带来了什么好玩意儿……开往贝尔根－贝尔森的转运车马上就要发出了，霍费尔很清楚。对此，他内心极其抗拒。如果需要有个人来阻止那个荒谬的决定，那么就应该是现在，就应该是在这里。不是在这个世界上其他任何地方，只有在这里，这个孩子才有得救的可能。霍费尔看着大家。只有沉默。没人知道此刻该说些什么。霍费尔的目光停留在皮皮希身上。两人沉默地看着彼此的眼睛。两种不同的责任重重压在霍费尔的心头。愧疚感给他带来了巨大的心理负担。同时，他感受到了强烈的痛苦，那种痛苦与此刻他独自承受着皮皮希目光的这种感觉不相上下。皮皮希沉默地盯着他。霍费尔原本试图带着一种无声的理解之情，向皮皮希点点头。然而，他只是深深地、沉重地呼了一口气，站在原地。

“孩子留下。”他对其他犯人说道，“小心点儿，那个讨厌的茨威灵估计快回来了。”

霍费尔和彦科夫斯基、克罗皮恩斯基连同皮皮希一起，走到角落里。当孩子看到彦科夫斯基的时候，马上迎着他举起了自己的两只小胳膊，那样子就像对他人满怀信任的小狗。

彦科夫斯基紧紧搂着孩子，无声地流着泪。人们中间一阵压抑的沉默，皮皮希再也受不了了。“别跟开追悼会似的。”他粗鲁地说，尽管他的声音已经哽咽了。彦科夫斯基急急忙忙问了霍费尔什么，想都没想这个德国人根本听不懂他在说什么。

克罗皮恩斯基插了句嘴：“他在问，是不是这个小家伙能留下来了？”

霍费尔原本此刻应该要告诉这个波兰人，他明天要跟随转运车离开了，这个孩子……但是他一个词也说不出口。皮皮希替他回答了问题，让霍费尔感觉轻松多了——皮皮希拍打着彦科夫斯基的脊背表示安慰：很明显，孩子当然要留下。同时，皮皮希挑衅地看着霍费尔。霍费尔沉默了，也没有力气去反驳他什么。然而，他心中一阵恐惧袭来。他沉默地迈出了违背博科夫命令的第一步。尽管在平静下来后他告诉自己，明天依旧有时间把孩子和波兰人送走。但他也感觉到了，自己原本坚定不移的职责感是如何一点一点溜走的。

皮皮希明白霍费尔的沉默代表了什么。他笑着向彦科夫斯基说道：“什么都别担心，老兄，我们知道如何照顾孩子。”霍费尔粗鲁地斥责他：“别说那些没用的。”

然而这个抗议太弱了，根本无法吓唬住皮皮希。他现在就光顾着笑了。

彦科夫斯基把孩子放在地板上，感激地晃动着霍费尔的双手，整个人开心得冒泡。霍费尔马上制止了他。

普略勒去小集中营后，克莱默让办公室里的一个犯人去叫博科夫。

“你跟霍费尔说明白了吗？”博科夫上来就问。

“我会再说一下，”克莱默没好气地背对着他说道，“你最好先仔细点儿听我说说他们现在要干什么。”

他用简短几句话给博科夫讲述了自己与克鲁提希、雷涅博特之间发生的事情，并且把指挥部的命令明确告诉了他。

“很显然他们是察觉到什么了，不过他们应该还不知道什么具体的事情。只要他们把我当成典型对象去怀疑，你们就安全了。”克莱默宣布了他的结论，博科夫则聚精会神地听着。

“所以，他们确实是在找我们。”他思索着说道，“那好吧。只要我们不出问题，他们就无法找到我们，而且我一点儿也不想让你当替罪羊。”

“别担心，我后背足够厚实，可以挡住你们所有人。”克莱默带着轻微的戏谑说道。博科夫审视着克莱默，他有点儿激动：“是，瓦尔特，我知道。我信任你，我的意思是我们都信任你。这对你来说还不够吗？”

克莱默粗暴地从博科夫身边走开，坐到自己的桌子旁边：“不够！”

博科夫仔细听着：“那要如何呢？”

克莱默没有再走回来：“为什么我要把一个小孩送上开往贝尔根－贝尔森的转运车呢？贝尔根－贝尔森，我的老天爷！他跟着我们是最安全的！你还不明白吗，带着一个孩子又能怎么样呢？”

博科夫用一只拳头打在另一只手掌上：“做这个决定对我来说一点儿也不难，瓦尔特！留着这个孩子意味着一切都完了！一切都会变得更加艰难！”

克莱默站起身，走来走去。很明显，他在强压着怒火。他站住脚，目光阴沉。

“无论从何种标准而言，这都越过我的底线了。”他低沉地说道，“没有别的办法了吗？”

博科夫没有回答。他抬起了双手，茫然无措。克莱默面对着他。

“这件事霍费尔逃脱不了干系，对吧？”

博科夫回避了他的提问。

“你只是把一切都自己承担了。”

“你们真的信任我吗？”克莱默讽刺地说，“滚蛋吧！”

“瓦尔特！”

“什么东西！狗屁都不是！都是废话！你该死的秘密！什么混账禁令！”

“瓦尔特！别吵了！为了你的个人安全，你不该再管这件事了。这对你来说才是最重要的，你不明白吗？这关乎你的安全！”

“这关乎一个孩子的安全！你指望我呢。你、你们，我知道的，你们指望我盲目固执地把一个孩子送进地狱！”

“谁说这个孩子要进地狱了……”

“贝尔根－贝尔森！还不够吗？我不是一个冰冷的杀手！”

博科夫发出了一声严厉的斥责，这个声音打断了克莱默的怒火。他只能换一种方法，试着请求博科夫：“关于这个孩子，难道就没有别的方法了吗？我藏着他！啊？嗯？你相信我吧，他跟着我是安全的。”

有那么一瞬间，博科夫看起来像是要屈服了。但马上，他更加暴躁地拒绝了：“不可能！绝对不可能！这个孩子必须马上离开集中营，马上！”

克莱默极其失望地闭上了嘴。博科夫看着眼前这个呆立着的、情绪低落的人，心里突然产生了一种休戚与共的情感。这给他的心带来了一丝温暖。他摇了摇克莱默的肩膀。

“我当然知道，我对你的要求、我下达的这道命令，对你来说非常艰难。但是条件实在太恶劣了。当然这和霍费尔有关系。虽然我对你有所隐瞒，但你已经知道了。那我不妨再和你说点儿吧。你应该知道，我并不喜欢保密禁令。霍费尔现在处于非常时期。你听着，瓦尔特！这是非常紧急的时期。要是在这儿掉了链子，那所有的关节就都完了。”

博科夫沉默了片刻。他的话让克莱默无言。他眼神依旧沉郁。很明显，克莱默的愿望不可能实现了。博科夫感受到了他的想法。

“你可以从霍费尔那儿把孩子带走，然后藏在任何地方。好。但是你能隐藏这个孩子是从霍费尔那儿来的这一事实吗？万一发生了什么不可预知的事情，假如那个孩子被发现了……”

克莱默抬起双手想要制止他的话。博科夫没有中断。

“只要一个突发事件，瓦尔特。我们有过教训，老兄。一件小事就够了。很有可能，你看，这个孩子就是那件小事。你不可能像埋一只死猫一样把这事儿埋起来。关于这个孩子的一切都必须加倍小心。假如任何人因为此事进入刑讯室，他们都有可能……出卖你。”

现在克莱默不再克制自己的情绪了，他大笑了出来。

“我宁愿他们打死我，如果我……”

“我相信你，瓦尔特。”博科夫温和地回应，“毫无疑问，我信任你。如果你死了，会怎么样？”

“嗯，会怎么样呢。”克莱默一副开心的样子。

“然后还是会轮到那个孩子。”

克莱默又一副很开心的样子：“啊，这样啊！”

博科夫痛苦地微笑：“我们已经有 7000 名苏维埃军官被枪杀了。他们中没有任何人预料到，哪个穿着白大褂的医师，或者哪个站在酒吧吧台旁边的人就是党卫军，是杀手。”

“那么这又关那个孩子什么事呢？”克莱默恼火地咕哝着。

博科夫带着极强的说服力继续说道：“他们根本不用从你这里得到什么信息，就可以置你于死地。他们的方法，你心里清楚得很。谁知道他们会不会把那个孩子带到魏玛呢。在那儿，某位接到命令的纳粹保姆会把他抱在怀里然后说：你来自布痕瓦尔德集中营，你这个可怜虫。那个好心叔叔叫什么？那个在坏蛋党卫军面前把你藏起来的人……”

克莱默听着。“这个好阿姨会慢慢地问那个孩子，用德语、俄语、波兰语，直到那个孩子听懂为止，直到……然后，瓦尔特，霍费尔想要靠着自己的脊梁去隐藏的人，一个也不会留下来。”博科夫说够了，他把手插进口袋，两个男人都沉默了。

最后，克莱默满怀艰难地做出了决定，他说：“我……现在去找霍费尔一趟……”

他终于下了决心。博科夫送给他的朋友一个温暖的微笑。

“不用再讨论那个孩子，他应该去贝尔根－贝尔森。我想，那个波兰人把他带到了这里，那么他也会继续带着他。这是一种幸运，但也是一种偶然，瓦尔特。除了担心和期望，我们什么也做不了。”

克莱默无声地点头。对于博科夫来说，这个动作意味着关于这件事的讨论可以结束了。

“医疗队，”他说，“我们现在需要很快整编医疗队。”他首先想到的是，要把医疗队组建成情报组。这个机会十分诱人。然而很快，他对这个想法产生了怀疑。克鲁提希已经开始着手查着些什么了。

博科夫思考着，摩挲着他鬃毛一样的头发。

“要是知道他们到底在找什么就好了。”

“医疗队的事情已经在办了，”克莱默说道，“命令是从司令部下达的。”

博科夫不信任地摇了摇手。

“施瓦勒下达的命令和克鲁提希做的事情，不是同一件事。”

“所以我说，”克莱默突然想起，“把医疗队交给我吧，把它完全交给我。”

博科夫长时间注视着克莱默。

“你想做什么呢？”

“和你做的事一样。”

“和我一样？”博科夫装模作样地说道。

“天，现在不要再管什么禁令不禁令的了。”克莱默咒骂了一句，“我受够了。关于医疗队你脑袋里已经有了些什么想法了，是吧？”克莱默叩了叩太阳穴。“说不定你那里和我这里想的是同一件事。”

博科夫觉得自己被逮了个现形。他把两只手撑在胯上。

克莱默抓着他死命不放：“你看看！我们两个想的，和其他那些朋友们想的，和我现在正在做的，都是一样的事情。你信不信，他们就等着我的一个眼神了？他们只要一有机会到外部区域勘察，就一定会睁大双眼看好一切的，不论有没有保密禁令的要求……”为了让博科夫保持安静，他飞快地补充道，“你放心吧，我什么都没有透露。他们在外边的时候打探的那些消息，反正我也都知道了。如果通过我手中现有的权力就可以做好这些事，你确定还要建立一个完全没必要的情报机构吗？”

博科夫没有马上赞同。克莱默给了他思考的时间。这个建议非常合理，但是如果没有 ILK 的允许，博科夫不能批准此事。一旦这样做了，那么原本被动的营区犯人头目们就会变成主动角色。克莱默注意到博科夫在沉思。

“你好好考虑考虑，”他说道，“不过得快点儿。”

博果斯基很容易争取，还有彼得 · 范 · 达伦，那个荷兰人。但是普里布拉和科迪茨克呢？他们在集中营里的光学营房工作。那个营房位于集合场，是生产瞄准器的地方，禁止随便进入。还有里奥蒙德，那个法国人，他什么也不懂。他被安排在集中营外部，在军官赌场的厨房里。这些人太难接触到了，只能通过使用指挥控制权传递信息。

博科夫并不是很乐意用这种特殊的形式传递消息，因为这只适用于特别紧急、特别重大的事情上。而这次的事情既不够着急，又不够严重。博科夫看着克莱默问道：“你可以行使一次控制权吗？”

“我可以。”克莱默马上意识到了事情的走向，点点头。对于这样的任务，他已经有所感觉了。

博科夫终于决定了。

“那么你记一下数字：三,四,五，最后是八。”

克莱默再次点头。“是 ILK。”他狡黠地说道。

集中营电工车间里，一个犯人拿着老虎钳，正站在一个金属零件前面工作。他看起来心事重重。

克莱默走过去。

“舒普在吗？”他问道。那个犯人用钳子指了指车间后方的木头小隔间，当他注意到克莱默脸上的不乐意之后连忙改口：“里面没人。”

舒普坐在负责领导的分队长的桌子旁，摆弄着一个小闹钟。他一下就注意到了克莱默的到来。他圆圆的、发黑的眼镜，圆圆的眼睛和圆圆的、小小的嘴巴让他的脸上看上去有些许天真的惊奇感。

“我们需要行使一次控制权，海因里希。”克莱默说道。

舒普一下就明白了。

“我们现在就来看看。”克莱默走近了一步，“下面这些数字：三,四,五，最后是八。”

舒普站了起来。这些数字背后的意思，他没有多问。这些数字代表着某些人要向某些人传达一些重要的信息。他把桌子连同那些琐事丢下，拿起了自己的工具箱。

“我马上就去，瓦尔特。”

“你可一定要顺顺利利的，听见了吗？”

舒普又在脸上露出他那种惊奇的表情。

“我什么时候都顺顺利利的。”

从舒普那里离开后，克莱默又找到霍费尔。茨威灵也在。当他看到集中营总犯人头目正和霍费尔站在那长长的横条木板前面的时候，他马上从办公室里走出来。

“发生什么事了？”

“霍费尔该把名单清点完毕了。”克莱默快速回答，“明天就要转运了。”

“去哪儿的？”茨威灵把舌头顶在下嘴唇上，一脸好奇。

“我也不知道。”

茨威灵露出白森森的牙齿：“您可真是守口如瓶。您知道的可比我们多多了。”

“啊？为啥呢？”克莱默一副傻呆呆的样子。

“我可不希望你们在背后搞什么鬼。”他迈着四方步回到自己的办公室。

克莱默看着他的背影，咕哝着：“这耳朵真好使……”接着，他从牙缝中悄悄吐出两句话，“我从博科夫那儿来，必须和你谈谈。我们去门那边儿。”

手里抱着一大堆衣服的皮皮希从衣物室走到了板子前面。他捕捉到了克莱默最后几个词，满腹怀疑地目送二人离开。他们站在外面石头台阶的小平台上，台阶是通往二楼去的，左右两侧是物资库的墙。克莱默倚靠着平台上的铁栏杆。

“长话短说，安德烈，我知道所有的命令。明天有转运。那个彦科夫斯基和他的孩子必须离开，明白吗？”

霍费尔看上去就好像被人宣判死刑了一样。他垂着脑袋。

“就不能有别的办法了吗？”他轻轻问。

这个问题本身就是答案。同样的问题，克莱默也问过博科夫一回。在如此令人绝望的情境下，这世界上再没有其他的话可以作为回应了。博科夫曾经用这句话作为对他的回答，现在克莱默也如是：“没有商量的余地。绝对没有！”

过了很久很久，霍费尔才问道：“这辆转运车，是开往贝尔根－贝尔森的吗？”

克莱默痛苦地用拳头砸向铁栏杆，没有回答。霍费尔看着他。

“瓦尔特……”

克莱默失去耐心了。

“我们不能在这儿待得太久。你比我更清楚自己现在的处境。别干蠢事儿。为了明天的转运我已经做了足够的工作。这个孩子到底能不能好好的，我实在是管不了那么多了。所以……”

他把霍费尔一个人留在那儿，自己走下台阶。霍费尔慢吞吞地转过身，一步一步走回物资库。

“他想要你做什么？”皮皮希探究地询问。霍费尔没有回答，他面容阴沉，直接忽略了皮皮希，走进书记办公室。

湿冷的风在营房之间咆哮着。克莱默把双手深深插入大衣的口袋。他穿过一条小路。在小路的左边，一眼就可以瞥见火葬场，瞥见那幢矗立在集合场东面的、带着一个突兀烟囱的可怕建筑。一圈厚厚的、棕色的、被煤油混合物浸透的木板墙环绕着整个建筑，阻隔了好奇者窥测的目光。那些木板后面发生了什么……从来没有犯人亲眼看见过，因为那里严格禁止犯人进入。尽管如此，克莱默还是明白的。

曾经有几次，由于新来的转运车辆带来了几百具尸体，作为集中犯人人总头目的他去了木板墙的后面。在火葬场的院子里，那些尸体堆成了小山。在火葬场负责搬运尸体的一般都是波兰人。他们需要把尸体从一堆扔到另一堆，并且把尸体身上的衣服剥掉。这些都是很有价值的纺织材料，是不允许被一同烧毁的。给尸体除掉衣服并不是一件轻松的工作。由于死前最后的挣扎以及死亡后产生的尸僵，尸体的关节都变得像铁一样坚硬，那些衣服就好像长在了尸体身上一样。不过尸体搬运工也是越来越有经验了，他们一般都是两个人负责搬一具尸体。首先，要把大衣或者夹克的纽扣解开；然后，让尸体呈坐姿。一个搬运工扶着尸体，另外一个扯掉衣服上的纽扣。这是一个可怖又滑稽的场面。死者们垂着头，向前伸着手臂，就好像是喝多了，真的在让人帮忙脱掉衣服，然后送到床上去睡觉似的。那些垂死挣扎过的手指头，总是牢牢倒挂在袖子上。必须要大力猛拽，才能把衣服从死者倔强的手上剥离。许多——特别是每一次来自奥斯维辛的转运车上下来的——女尸在赤身裸体之前，都穿着真丝质地的女士内衣，款式精致优雅，从浅三文鱼色到海绿色。揭开那些束胸衣，露出的是干瘪的胸部和嶙峋的锁骨。这些尸体无助而赤裸，躺在污浊不堪的地上。可怜而僵直的手臂直挺挺地伸着，被剃光头发的脑袋歪向一边。有些尸体的嘴巴已经撕裂，就像一个黑黑的裂口一样，看起来就像是在哈哈大笑，笑彼此在脱光衣服之后竟然还来参加化装舞会。

尸体搬运工们会用钳子把鞋带钳断——通常来说，鞋带都是打了结的棉线或者捻绳——然后把鞋子脱下来，尸体就赤着双脚了。有一些尸体还穿着薄薄的女士丝袜，这些也要从大腿上脱下来。脱好衣服的尸体被杂乱无章地扔在地上。这时，会有一个手里拿着拔钳的搬运工在尸体间逡巡。他的工作是在一张张空洞的嘴巴里寻找金牙，他手里的钳子就是用来拔假牙的。如果拔出来的假牙不值钱，他就会把它塞回之前的黑洞里，再用钳子敲一敲。接下来，就会有两个搬运工抬着这具被洗劫一空的尸体的胳膊或者腿，保持着原有的姿势，丢进赤裸的尸堆。工人们有自己熟练的韵律，该如何去拖，如何去搬，然后如何让尸体飞出去，又如何让他们噼里啪啦落在赤裸的肉堆之上……

克莱默回忆起这个场景的时候，不由得停住脚步。

焚烧尸体的臭味弥漫在整个集中营内。极具穿透力的气味腐蚀着每个人的呼吸黏膜。高高的烟囱冒着猩红的火焰，冷却以后，那火焰就会变成夹杂着火星的、黑棕色的滚滚浓雾。风将这浓雾撕扯吹散。

克莱默想着 1944 年 8 月的一个夜晚。几天之后，美国人的炸弹袭击了集中营。那天，他透过自己营房的窗户，看着烟囱冒出的红红的火苗想着：大半夜的，他们把谁给烧了？然而几天之后，一个隐秘的传言在集中营里不胫而走：台尔曼[1]在火葬场被枪决后，尸体被焚毁了。这是谣言还是事实？谁也不能给出确切的回答。

不！有一个人可以！

1944 年 8 月 18 日，火葬场的全体员工接到了参谋官的命令：晚上留一台焚尸炉不要熄灭。那天晚上，火葬场指挥室里的人也都被锁进寝室了。党卫军不希望有任何证人。然而，一个波兰搬尸工还是偷偷溜了出来，藏在火葬场院子中间高高的煤堆后面。他观察到，围墙的木板门打开以后，一群党卫军分队长踏进了院子。他们带着一个非军事人员。他很高大，肩膀宽阔，没穿大衣，只穿着一件深色西装。他没有戴帽子，有些谢顶。

那个陌生人被带到焚化间入口处，然后从那儿传来了一声枪响。之后，那群党卫军带着那具中枪的尸体消失在焚化间门口。过了好几个小时—— 一具尸体彻底焚毁就是需要这么久—— 一群党卫军离开了火葬场。就在离开的时候，一个分队长对他的同伴说：“你知道

1 恩斯特 · 约翰内斯 · 弗里茨 · 台尔曼（Ernst Johannes Fritz Thälmann，1886 年 4 月 16 日—1944 年 8 月 18 日），工人阶级革命者，德国共产党主席，著名的反法西斯战士。1933 年 3 月 3 日，台尔曼在柏林被盖世太保逮捕，由此开始了长达 11 年的监禁生涯。1944 年 8 月 17 日，他从包岑集中营被转移到布痕瓦尔德集中营。8 月 18 日，希特勒下令杀死台尔曼。当天夜里，台尔曼惨遭杀害。——译者注

我们刚刚丢进炉子里的那人是谁吗？共产党的领袖，台尔曼。”

过了几天，怒气冲冲的舒普一溜小跑来找克莱默。舒普从参谋官的报告上读到了枪决恩斯特·台尔曼的登记信息。

克莱默直直盯着烟囱。曾经，那高涨的火焰喷薄向黑色的天空，也烧红了他的眼睛。他曾为此整夜不能入眠。现在，那曾经的火焰又在他的心中熊熊燃烧起来。他知道，为何那面旗帜会如此鲜红。

就在克莱默想要踏上书记办公室的木质台阶的时候，他听到舒普的声音通过大喇叭回荡在整个集中营里：

“注意，设备测试……”

克莱默听到后，悄悄藏起笑容。

在克莱默和他谈过之后，舒普立马采取了行动。他把工具箱的皮带挎在肩上，走向位于集中营大门口处的参谋官办公室。

他有被准许进入办公室的证件。因为到处都是需要修理的东西，所以舒普非常清楚自己存在的必要性。他很好地利用了自己那种质朴率真的感觉和天真无邪、善于交谈的能力。现在，他正用一种紧张无比的姿态站在雷涅博特面前。雷涅博特想要训斥他，然而他却表现得十分无辜：“参谋官先生，我必须再进行一遍测试。您看，集中营里好几个喇叭都不响了。”正坐在写字台前办公的雷涅博特想都没想就说道：“您又在那儿瞎折腾了，对吧？”舒普的脸上带着一种孩子般的惊讶：“我没有瞎折腾啊。不过有一根线路已经脆了，所以传输信号总是中断。这应该是军需用品吧。”“您别跟我这儿胡扯。您还是对着麦克风胡说八道吧，然后麻烦您赶紧滚出去。”这意味着，雷涅博特准许舒普摆弄一会儿广播了。

“好的，参谋官先生。”舒普满脸写着可信，除此之外再无其他。

然后他转过头，继续摆弄广播。然而他脑子里想着：要是你这个蠢蛋知道我现在在对你做什么事情……

他打开设备的开关，电流发出嗡嗡声。舒普对着麦克风吹了吹，又清了清嗓子，开始了他的测试："注意，设备测试。注意，设备测试。计数开始：三,三,四,四,五,五。八。重复一遍：三,三,四,四,五,五。八。"

所有的营区和工作车间都能够听到广播的声音。在光学营房，正在工作的科迪茨克和普里布拉抬起头看了一眼喇叭；还有亨利·里奥蒙德，那个为赌场工作的法国厨子，听到广播后也是一阵紧张。三,四,五。这是ILK中的这几位同志的独立识别码和隐藏编号。广播告诉他们，今晚八点钟，他们要准时出现在老地方。炉子旁边，里奥蒙德搅拌着锅里的东西。普里布拉和科迪茨克了然地对望了一眼。一定是发生了什么特别的事情。

"设备测试结束。设备测试结束。"舒普关掉广播。只听了半耳朵不到的雷涅博特无不讽刺地说："老天爷，您应该是知道怎么从一数到三吧。""是呀，参谋官先生。这对我来说就足够啦。"舒普用他那圆圆的眼睛瞧着那个优雅的年轻人。雷涅博特正在冲他摆手，示意他赶紧走。舒普心满意足地回到自己的工作间。

ILK的集会活动看起来毫不起眼。快到规定时间的时候，博科夫出发前往约定的会面地点。外面又冷又黑。营区间只有寥寥无几的犯人。暗淡无光的营区入口处，可以看见几个正在吸烟的人。他们手里的烟头闪烁着火光。只有从集合场出发，向下延伸至犯人病房区的路上还有些人气。犯人们或走向门诊处，或从那里出来，急匆匆回到营区。在黑暗的病房区，博科夫踏入了一间负责贮存犯人睡觉用的草垫子和医疗用品的工棚。在房间里，两个犯人护理人员正在灯泡发出的昏暗光芒下工作着，把那些草垫子塞满。当博科夫走进来的时候，他们停下了手里的工作，推走了一大摞稻草，好腾出一块地方。在粗糙的木头地板上，有一块毫不起眼的四方形活板门。博科夫将它抬起，钻进那个狭窄的入口。那两名犯人在地面上又把稻草堆到入口处。在工棚下面的这个空间，原本是一个大约 1.2 米深的地基洞。洞的四周是短短的砖墙的承重柱。整个营房就建在这个地基上面。洞顶横向排列着一些支撑栏杆，架着地板。这个坑洞看起来就像是矿坑里面的地道。洞底裸露的土地上撒着石灰石碎片。博科夫被小石片绊了一个趔趄。

ILK 的同志们手里拿着蜡烛蹲在这里。他们看到博科夫进来，停止了谈话。博科夫蹲在他们身边，想听听他们在争论些什么，导致约瑟夫·普里布拉看起来很激动的样子。党卫军从美因茨撤退的消息已经是不争的事实。美国人已经拆除了雷马根桥头堡，并且长驱直入，刺入腹地。真是一个好消息！普里布拉眉飞色舞，一只手握拳，砸在另一只手里："我们马上就要开战了！"然而，普里布拉信心十足的样子引起了其他人的反感。科迪茨克不满地咕哝着，范·达伦拍了拍普里布拉的肩膀。"你可真有本事。"他说着一嘴腔调奇怪的德语，"不过也很缺乏耐心。"这个荷兰人有一张和善的、看家狗一般的脸，脸上布满宽宽的皱纹。两条浓重的眉毛横在清澈如水的眼睛上方，就好像两道桥。普里布拉是所有人中最年轻的一个，也的确是最没耐心的一个。他老觉得什么事情进展得都不够快。

"太缺乏耐心了。"范·达伦像一位老师似的竖起了食指，又重复了一遍。博果斯基把手放在这位年轻的波兰人的膝盖上，告诉他奥斯维辛里都发生了些什么事情。

“开战？马上？”博果斯基怀疑地摇了摇头，又把身子向前弯了弯。蜡烛闪烁的光芒如鬼火一般，照在他下巴的线条上，显出一个可怖尖锐的影子。他意味深长地说：“3000 个人里面，只有 800 人到达了布痕瓦尔德。”他突然抬起胳膊作为结束，同时他幽灵般的影子在屋顶上瞬间放大：“大撤退总是带来死亡，也只能带来死亡。”他们明白博果斯基为什么要说这些。在其他人主导着对话的时候，里奥蒙德手里一直把玩着一小块石灰石碎片。现在，他把小石片丢到大家面前。只有普里布拉听不懂博果斯基的意思。“我说，我们不能再等了。不能干等着法西斯把我们赶出集中营。我说，我们破坏铁丝网逃走吧！跑到美国人那儿去。”

大家正在争论不休，博科夫不得不先歇歇。博果斯基摇着头：“不行，当然不行。美国人太远了。非常非常远。我们穿过铁丝网，党卫军会枪毙我们，我们会全都死掉。一点儿都不好。我说了，等着，我说了慢慢地，那个词叫什么来着？”[1] 他转过头看着其他人求助。

“推迟。”博科夫帮他说出来。

“谢谢[2]，对，推迟。”博果斯基朝他感激地一笑，然后继续表述着他的想法，“一天又一天。再看看，美国人在哪儿，再看看，法西斯要干什么。美国人来的时候，党卫军不会把营房留着。党卫军会带着手枪，然后在我们穿过铁丝网的时候打死我们……”

1 博果斯基德语说得不太好。——译者注

2 原文为俄语“谢谢”的德语注音。后文中博果斯基所说的“好”“不好”都是俄语。——译者注普里布拉老大不乐意地帮他接话：“然后我们拿着我们自己的那点儿武器。”

原本博果斯基可以自己回答的，但是里奥蒙德打断了他的话。他用一个承接的手势表明自己接替那个倔强的波兰人：“你自己也说了，我们只有‘那点儿’武器。难道你想用‘那点儿’武器就组织一次大越狱吗？这实在是……”他打着响指，因为他的德语也不大灵光，“这实在是太荒谬了。”

大家都开始劝普里布拉。一时窃窃私语声在众人间响起。他们都在试图向他表明，如果过早就采取这样的行动，很有可能会导致整个集中营的覆灭。但这些言之凿凿的劝说之辞并不能令普里布拉完全信服，他的两道眉毛之间拧出一道不满的纹路。范·达伦又和善地拍着他的肩膀，告诉他，他必须清醒意识到，这是5万条人命，是不可以当儿戏对待的。

博科夫希望让大家不要这么激动下去：“你们别大脑一热就在这儿说话。”他打断了大家的争吵，“现在我们都需要冷静一下。”

他稍微坐直，双肘远远地分开，两只手撑着膝盖：“还有另外一件事。都听好了。我现在也不确定我们该怎么做。”于是同志们仔细听着博科夫讲了关于医疗队的事情，以及他心中的迟疑。博果斯基摇了摇头。“好的，”他说道，“他们在找我们，他们已经找了好久，而且没有找到我们。如果他们找到我们，无论是故意的还是无意的，你们明白吗？我是说，我们不要害怕。我说，我们必须要一直非常小心，这16个同志需要聪明，特别聪明。你们听懂了吗？”他用他那令人费解的德语和同志们交流着，那个医疗队的事是件无害的事还是一个陷阱，这都不重要。重要的是，医疗队使得在整个营区范围内安插观察哨位成为可能。他们可以四处溜达，可以去兵营，去各个部队，去师部的补给站……

博科夫打断了他："也许他们只是想直接把医疗队锁定呢。如果他们锁定了某个人，甚至于说是所有的16个人呢？如果有人被抓了呢？如果他们被带入刑讯室折磨，直到供出自己到底是在向谁汇报自己观察的结果呢？"

"他们只需要针对其中某一个人去做软化工作，就可以找到组织的关键连接点。"博果斯基依旧固执己见。

"不，不，不。不是组织。绝对不是组织。"

他认为，这个联系只不过建立在他本人和医疗队中的某一个成员之间。无论如何博科夫还是坚持自己的想法："那么假如你被出卖了呢……？"

博果斯基笑了："组织不会死。死的只有我！"

所有人都在闹哄哄地反对。博果斯基恼火了。危险永远都存在，他说。或者有些事确实不危险，比如说坐在这儿不停提建议。确实不危险。一个如此伟大的组织，一个有国际反抗联盟支持的组织，不危险？那还要什么武器啊？

"我们曾经立下伟大的誓言。假如被党卫军抓走，绝对不出卖，宁可被杀死。我们到底有没有发誓？好！现在，我只想要忠实于我的誓言，你们明白吗？"

上升到这个意义层面来，博科夫就无法再反对什么了。

"除了我们以外，我们还有别人吗？"博果斯基问道。

"是的。"博科夫回答道。同志们听他说了说克莱默的建议。他自己每每想起，都会觉得这个主意十分可靠。其他的同志们也知道这样做的好处。这样的话，就无须再新设任何的传递环节，而且博科夫就可以和集中犯人人总头目光明正大地维持固定联系。博果斯基也放弃了自己的计划。他举起双手，笑得和蔼可亲："现在，我让你们……德语是怎么说的……给劝服了……"

这番谈话持续了不到半个小时。同志们一个一个地离开会议地点，尽量不引人注意。他们的身影四散在各自的营区里。

克莱默正准备到犯人病房区那边去，开始着手组建医疗队的事宜。队伍必须从病房的护理人员中挑选组成。这时，博科夫来找他了。他们只能短暂地说上一两句话。博科夫告诉克莱默，同志们都很赞同他的建议。他可以接管医疗队。他们也给克莱默了一些选择队员方面的建议——必须都是久经考验、值得信赖的同志。过了一会儿，克莱默来到了病房区。在门诊室前长长的走廊上，拥挤着一大堆等着看病的可怜犯人。

克莱默穿过等待着的人们，进入了门诊室。现在这里正忙着。病人们需要分批进入，一般都是十人左右分成一组。酸酸的鱼石脂[1]的气味混着带有人体温度的、刚刚处理过的创口的臭味，让屋子里空气变得十分污浊，几乎让人无法呼吸。犯人护理员们穿着已经破了的白大褂，正在处理着病人。他们沉默而熟稔地工作着，从病人的四肢上撕扯下那些已经脏了的、磨损得起了毛边的纸制"绷带"，清洗干净伤口。他们的伤口周围环绕着结痂的硬皮，有些已经由于溃烂化脓而张开了口。护理员们在病人们的伤口上涂上已经发硬的鱼石脂

1 鱼石脂的作用主要是消炎、防腐，可以消毒，对于溃烂和脓疮类的外科疾病有作用。——译者注

软膏，他们用一把木头刮刀把敷在脏污伤口上的鱼石脂抹平，好覆盖住整个创口，并快速熟练地用新的纱布绷带缠绕住伤口，就好像在给盆栽花套纸套。在整个治疗过程中，他们几乎不发一言。

“好了，下一个。”

下一个人已经把裤子脱掉了。他面带无言的恳求，给护理员展示了自己瘦削大腿上一大片黑青的湿疹。经过分诊后，他抓着不停滑落的裤子，一瘸一拐地向手术台的方向走去。在一队人中，那个人已经在手术台旁准备就绪了。

埃里希·科恩，他是一流的护理员，共产党员，从前是一名演员。现在，他是主刀医生。对于那个躺在手术台上的病人，他连多看一眼的工夫都没有。这个所谓的手术台，不过就是一块固定住的木头板，上面摆着一个黑乎乎的毛巾做成的枕头。病人就躺在上面。在手术助理给患者进行乙醚麻醉的时候，科恩看着那一大片溃烂的疙瘩，估算着要切出多长的十字切口。然后，他的手术刀就直接切到患者的肉里去了。他用两个大拇指挤出里面的脏东西，然后又清洗了伤口。一旁，护理助理已经拿着鱼石脂和纱布绷带准备好了。一瞬间，伤口包扎完毕。

一个二级助理将这名刚刚做完手术的患者的身子竖起，呈现坐姿，然后大力扇了他几个耳光，在脸颊上一左一右，试图把他弄醒（朋友，这也没什么不对的。我们真的没时间等着你自然醒）。

那名患者还完全处于一种迷迷糊糊的状态。他猛地被人在手术台上弄醒，还没弄明白自己到底发生了什么事儿，就晕晕乎乎不辨方向地缓缓向墙边的板凳走去。他可以在这儿多坐一会儿，与那些和他一样还在发晕的人一起。没有人照顾他们。时间一分一秒地过去，护理员们只是来到摇摇欲坠的板凳前，选出一些可以离开的人。

“呐，朋友，你现在醒过神儿来了吗？回家吧，来，腾腾地方。”

带着发自内心的抵触，克莱默看着眼前的一切。这些病人心甘情愿地躺倒在手术台上，他们像是成瘾般贪婪地吸入麻醉剂。简直无法计算到底是刀子下得更快，还是睡去得更快……时间一分一秒地过去了，19 秒，20 秒，21 秒……不到半分钟，手术结束……有些人还在抱怨，说刀子实在太快了。

对于克莱默的到来，科恩只是简短地冲他点了一下头，并没有额外再和他寒暄些什么。尽管他知道，这位犯人总头目一定是有话要对他说。在又进行了三例手术之后，科恩终于结束了工作。他和克莱默来到护理员的寝室，然后洗了洗手。克莱默依旧震惊于刚刚的景象。他说道：“你是怎么做到的……”

科恩擦干了双手，坐到克莱默旁边的板凳上，笑得意味深长：“唉，还能怎么做呢。”几年前，科恩由于胃病的缘故被送到了病房区，他在这里得到了良好的照顾，然后，也被留在了这里。接下来的时间里，他差不多成了半个药剂师，也逐渐半被迫半必须地掌握了一些实际手术的技能。现在，他开刀的样子和医生没什么区别了。“唉，还能怎么做呢。”在他说出这句话的时候，带着自己一点儿小小的虚荣心。

他在手术室里工作的时候，聚精会神，沉默寡言。当他真的完美无缺地完成了工作的时候，他总是感觉分外轻松惬意。这位瘦小的 40 岁男子最喜欢和他病房区的朋友们滔滔不绝地讲述自己关于剧场的回忆，一聊就是好几个小时。这些回忆就像是取之不尽用之不竭的泉水，总是汩汩而出。每当他在医疗大厅里说起这些往事的时候，他心里就会无比的快乐，原本已经熄灭的生命火花又被重新点燃。

“呐，年轻人，你还想再变成这样吗？”当他走到床边的时候，他叫醒了一个病人，“你瞧瞧你，我都跟你说过多少次了，‘其实没那么糟’相当于‘还是一样的糟’。”

埃里希·科恩在任何不利条件下都能巧妙应变。他也总是对自己的这个特长大加利用。然而现在，他坐在克莱默旁边，严肃地思考着。

“是的是的。”当克莱默解释过他的来意之后，科恩点了点头，“伴随着闪电战开始，伴随着一个犯人组成的医疗队结束。先是胜利号角，然后是防空警报……”

他站起身来，用指甲勾着一条毛巾。

“德意志公民啊，你们简直太蠢了，一切都是如此愚蠢！你们先是蒙蔽了大脑，然后又蒙蔽了双眼……”

他苦笑着。突然，他转过身子面对克莱默，灰色的眼睛里闪烁着尖锐的光芒。

“所以警戒线以外完全没有监视吗？天啊，这可真是……”

“所以我要跟你谈谈。”克莱默回应道。

科恩满怀兴趣地看着他。他们谈了很久，直到克莱默不得不离开病房区。夜幕已经悄然落下。他们选出了 16 名医疗队的成员。

“什么都别透露，”克莱默如此建议，“我亲自找他们去谈。”

第二天上午，皮皮希从书记办公室那里拿到了转运名单。他把名单交给霍费尔，脸上写满忧虑。霍费尔接过名单，以沉默作为回应。自从他们收留了那个孩子，这两个人之间就变得有些陌生了。以前的关系被打破了。

霍费尔虽然还是一如既往地友好，但是变得沉默了许多。主要是因为那个孩子。皮皮希一次又一次地劝说他留下那个孩子，但是他都充耳不闻。他们并不习惯于在意见相左的时候对于原因刨根问底。一般来说，如果其中一个人有更好的想法，另一个人都会屈服。但在孩子这件事情上，皮皮希有些看不懂他的这位朋友了。他觉得这实在不是什么复杂的事。

前线一直推进，离集中营越来越近了。反正一切也过不了多久了。他们所有人无非要么突然恢复自由，要么突然死掉，再无其他可能。

在这个时刻，把这个孩子留下来照顾其实变得更简单了。天平的指针跳向哪一边，又有什么关系呢？他要么和所有人一起重获自由，要么和大家一起走向死亡。

得出这个显而易见的结论之后，皮皮希完全不能明白，为什么霍费尔如此坚决地要把这个孩子送走。他难道是害怕吗？

霍费尔把名单丢在长木板上，简短交代道："把东西都准备好。我们要在周三把东西上交，然后你去接那个波兰人，把他的箱子还给他。"

皮皮希把双手插进裤袋，紧紧闭上双眼。"那肯定是还给他一个空箱子呗？"这个问题就像是对霍费尔的一次进攻。

"不！"他简短反驳，随即想要离去。

皮皮希拽着他的胳膊，把他拉回来。"那个孩子要留在这里！"

霍费尔迅速说道："你绝对不可以这样做！"

"你这样也不可以！"皮皮希回击。

他们看着彼此，目光都十分坚定。两个人眼中都高涨着怒火。

"你是害怕吗？"皮皮希问道。

霍费尔鄙夷地转过身。"别给我胡说八道！"

皮皮希再度抓着他的胳膊把他拉了回来，请求道："让这个孩子留下吧，安德烈。你什么都不用管，我可以承担一切责任。"

霍费尔干巴巴地笑了："责任？要是出什么事儿了，谁来擦这个屁股？你还是我？我！犯人总头目！什么都别说了，那个孩子要跟着波兰人离开。"他丢下皮皮希一个人，转身进入书记办公室。

皮皮希悲伤地看着他的背影。现在他明白了：霍费尔就是害怕了！皮皮希心中鄙视和愤怒的大潮一浪高过一浪。好吧，要是霍费尔害怕，也不想冒险的话，那么就让我来负责这个孩子的安全。必须马上把孩子带离那个储藏室。要是先赶紧把他藏到别处，霍费尔也不能拿他怎么样。皮皮希忧心忡忡的。

能把孩子藏到哪儿呢？皮皮希一时也没有主意。但是，这并不能动摇他的信念。

他想要和克罗皮恩斯基谈谈。他们两人总能找到点儿什么方法的。

要去如此生硬地回绝勇敢的皮皮希，这对于霍费尔来说并不是一件容易的事。他也知道，皮皮希是怎么想自己的。

只需要说一个词，皮皮希就能明白一切。然而他不能说。

晚些时候，克莱默来了。他和霍费尔回到储藏室的一角。

"下午转运车就要出发了。"

霍费尔点点头："我已经得到名单了。"

"怎么了？"克莱默问道。

霍费尔的目光从克莱默身上移开，望向窗户外面。

"还要怎么样？"他回答，耸耸肩。

"那个孩子当然会一起跟着离开啊。"

克莱默听出了霍费尔言语中的痛苦。他想要对他好言相劝。

“我也不是没有人性，安德烈。但你必须明白……”

“我有什么事是不明白的吗？”几乎是带着敌对的口吻，霍费尔迅速打断克莱默。克莱默完全不想谈论这件事。他必须逼迫自己变得更加残酷，一种充满痛苦的残酷。因此他只是沉默地点点头，向霍费尔伸出双手，用缓和的口吻说道：“我不想再管这件事情了。我就是告诉你一声，现在都是你的事儿了。”他走了。

霍费尔阴郁地望着克莱默的背影。现在这都是自己的事儿了。他疲惫地走到后面的角落里。那个孩子正坐在他的位子上玩儿着“小彩画”：克罗皮恩斯基为他找来的一些破旧的斯卡特牌。

克罗皮恩斯基正蹲坐在孩子旁边，带着感激之情看着霍费尔。霍费尔把帽子塞进后脖领子，轻轻摸着自己的额头。

那个孩子已经完全信赖霍费尔了，朝他笑着。然而霍费尔却维持了一种奇异的严肃。他的目光掠过那个孩子，用一种自己都觉得陌生的声音对克罗皮恩斯基说道：“你必须把这个孩子还到那个波兰人手里。”

克罗皮恩斯基一下子没明白过来。所以霍费尔又生硬地补充道：“他要跟着转运车离开。”

克罗皮恩斯基缓缓说道：“转运车？”

霍费尔觉得又恼怒又困窘。他想要赶紧把这件事结束。突然他朝着克罗皮恩斯基愤怒地嚷嚷：“这有什么特别的吗？”

克罗皮恩斯基机械地摇了摇头。转运车没有什么特别的，可是为什么霍费尔要跟他发这么大的火呢？

“开到哪儿去的？”克罗皮恩斯基问道。

霍费尔的脸色又变得阴沉了，他粗暴地回答道：“这关你什么事儿啊？我跟你说什么来着。”

多么陌生的声音啊！

猛然间，克罗皮恩斯基的眼睛里快速生出一种惧色。贝尔根－贝尔森！一个想要反对的词语已经在他的嘴边成形，但是又被他咽了回去。克罗皮恩斯基只是带着空洞、悲伤的笑容看着霍费尔阴郁的面容。霍费尔害怕会绷不住劲儿，他叱责克罗皮恩斯基：“带上那个孩子，一旦茨威灵回来了就……就……”

克罗皮恩斯基蜷缩着蹲下身子，小心翼翼地把“小彩画”从那双小手里拿出来。他把纸牌细心整理到一起，然后把孩子抱在怀里。

就在霍费尔想要离开的时候，他轻轻抚摸了孩子那软软的头发。

克罗皮恩斯基的脸上露出带着希望的暖意。他冲霍费尔鼓励地点点头，语带恳求：“你真应该好好看看这个小、小不点儿。”他轻轻说道，“看看他的眼睛，多漂亮啊。看看这小鼻子。这小鼻子，小耳朵，小手手……都是小小的呢……”

霍费尔的心渐渐紧绷，他的胸口也变得暖了起来。他再次温柔地抚摸着孩子那小小的脑袋，又轻轻往下虚晃抓了一把，就好像他想把孩子脸上盖着的东西抓下来似的。他轻叹道：“是啊，多小的一个波兰的犹太孩子……”

克罗皮恩斯基又来劲了。他晃了晃脑袋：“怎么能说是波兰的孩子呢！孩子属于全世界！我们应该爱护他们，保护他们……”

折磨感再次袭来。霍费尔咒骂道：“该死的！我没别的法子！克莱默……他要求我要把这个孩子……”

克罗皮恩斯基很快就明白了他要说出的话。他眼睛里闪动着亮光：“你没必要听克莱默的。克莱默是一个狠心人。你想想红军吧。

他们离我们越来越近了，还有美国人。越来越近了。那么之后会怎样呢？再过几个礼拜，法西斯就滚蛋了，我们就自由了……孩子也自由了。”

霍费尔明白了。他马上闭上了嘴，没有继续说下去。他直勾勾盯着前方，就好像灵魂已经出窍。终于他回过神来，做了一个驱赶的手势，就好像他想把那些杂七杂八的想法清除似的。

“我已经考虑清楚了。”他的口气完全改变了，“现在你还不能把孩子交给波兰人。他带着孩子能干吗？上了转运车，一切就都完蛋了。等到下午再说。”

克罗皮恩斯基的呼吸变得轻快起来。

就在霍费尔与克罗皮恩斯基谈话期间，克莱默来到了病房区。在一个房间里，16 个已经确定的医疗队护理人员已经在那里等着他了。他们还不知道，等待他们的将是什么样的任务和目标。克莱默会亲自告诉他们——他匆匆进入房间，开门见山道：“同志们，从今天开始，你们就是医疗队了。”

护理员们围着他，急于知道发生了什么。克莱默认识他们所有人。他们年轻、冷静、值得信赖，而且在集中营里已经被关押了很久。

“医疗队是什么意思？”

克莱默用简短几句话解释了安排他们的意义。如果集中营遭遇袭击，他们要作为医疗辅助人员帮助党卫军完成任务。

“要是他们尿裤子了，我们要帮他们换尿布吗？”一个护理员讽刺道。其他人笑了，同时满怀兴趣，认真听克莱默的通知：他们会装备上钢盔、防毒面具和医药箱，而且在外部警戒线以外，将不会有任何监视……

年轻人，年轻人！这群年轻的护理员还没有真正开始工作，就已经开始按捺不住激动，窃窃私语。克莱默紧闭双唇，冲他们点头致意。“马上就要结束了。”他说道。

“上面那些人看起来已经开始紧张了，是吗？”一个人问道。克莱默再度点点头。

“我不能跟你们解释太多。一切视情况而定，看你们能自己了解多少。”他看着他们每一个人，然后继续说道，“是我把你们一个一个选出来，不是上面。他们对你们的了解，除了医疗队以外一无所知。明白吗？”

他突然停止了讲话。这 16 个人马上意识到，一定是关于什么不寻常的事情。克莱默更加轻声且更加紧迫地继续道：“睁大你们的眼睛。你们要看仔细，你们可以去任何地方。一旦你们有所发现，马上告诉埃里希·科恩，他将担任你们的指挥。其他的事情我已经跟他说明了。”

科恩赞同地点点头。

“听着！”克莱默让他们汇聚成一个圈，“我带你们去集中营大门那里。然后，同志们，听着……”

克莱默突然被打断了——犯人病房区的长官贝特霍尔德老爹进入了房间。从在场犯人们的脸上完全看不出来，这里正在开一场重要的军事会议。贝特霍尔德看起来也没有料到会遇见他们。他抠着自己鼓囊囊的短靴上的一块污渍说道：“你们在这儿开大会呢？”

他满是皱纹的脸上露出嘲弄的表情，迟缓地走进自己的房间，脱掉大衣，穿上白大褂，然后马上溜达了过来。

“你们在这儿干吗呢？”他冲着围绕着克莱默的犯人们动了动脑袋。

“新的医疗队，分队长。”克莱默和善地回答着贝特霍尔德的问题。

“医疗队？”贝特霍尔德咕哝了一句。他给烟斗里塞了些烟草，含混不清地说道：“挺好的。”烟斗不太通气，他用力猛嘬了几口。他面对着这16个人：“我说也是，无论发生什么，赖克特肯定得掺和进来。”

对于贝特霍尔德的废话，赖克特只是报以微笑。当他又回到这16个人面前的时候，克莱默完全没有搭理他。

“司令部赋予了你们特殊的职能，你们就要好好做事，不能随随便便放弃，明白吗？”

这16个人当然明白了！

贝特霍尔德嘬着烟斗看着克莱默，听完他的发言，认同地点点头。

“我会对你们负责，”克莱默继续说道，“要记住严格的纪律，严格的军事约束，当然还有保守秘密。你们绝对不能做涉及集中营内部的事情，明白了吗？你们要严格遵照我说的这些……”

“您刚刚还说什么了？”

“都是参谋官先生让我吩咐的。”克莱默回答。贝特霍尔德满意地嘬着烟斗。

雷涅博特带着傲慢自大的笑容迎接了他们。他从自己的房间走出来，站在这16个人面前，带着欣赏的目光戴上自己那双黄色的猪皮手套。他在队伍面前迈着优雅的步伐走来走去。犯人们笔直地站着，脸上的肌肉纹丝不动。

雷涅博特的笑容变得阴险起来。

“您把最好的都挑选出来了吗？”他对克莱默说道。

“每一个人都是最棒的，参谋官先生，是的！”克莱默毫不怯懦地回应。这一问一答都语带双关。

“希望您已经给您的同志们提过醒了，如果谁想搞什么花招儿，在集中营里会发生什么样的事情。”

“是的，参谋官先生。我已经指导过犯人们注意事项了。”

“了不起。”雷涅博特轻巧地回应，别有深意。

“谁是工头？”

科恩向前迈了一步：“我！”

“啊哈！”雷涅博特把两只大拇指塞进他别致的大衣的扣眼儿里，轻快地舞动着其他手指，“科恩，当然了。哪儿都有你的事儿。”

克莱默为科恩辩解：“他是病房区的首席护理。”

“啊哈，”雷涅博特又来了，“那怪不得呢。”

他动了动脑袋，示意克莱默这里已经不需要他了，让他赶紧带着医疗队解散。

角落里的那两个人完全没有预料到，有一个人已经偷听两人对话很久了——那个人就是茨威灵。

他出乎意料地出现在储藏室。站在衣服堆之间的皮皮希一直关注着角落里发生的事，根本没有察觉到他。不过，他一进来就立马发现了皮皮希的动作，知道后面一定发生了什么。

他蹑手蹑脚走到毫无察觉的皮皮希身边，然后用他那软绵绵的声音说道：“您在这儿发什么呆呢？”

皮皮希吓了一跳。他震惊地看着茨威灵张开的嘴巴。

这位分队长狞笑着，无不恶毒地说道：“现在你乖乖地闭嘴，安静待着。”

“队长先……”

“闭嘴！”茨威灵恫吓地冲着皮皮希发出嘶嘶声。他轻轻地踮着脚尖走到后面，在一大堆衣服旁边躲着偷听。霍费尔和克罗皮恩斯基并没有看到他。他们藏在角落里，入口堆了一大堆的衣服。当他们想要离去的时候，猛然间看到这位分队长就站在两人面前。

霍费尔的血一下就凉了，心瞬间结冰。

但是他马上又恢复了力量。

他保持了绝对的冷静。他指着那几堆衣服，然后用一种出奇的平静声音向克罗皮恩斯基说道：“然后你去把这些衣服整理一下。”

茨威灵也是同样的平静：“你们在这儿整理什么呢？”

“是的，队长先生，以免生蛾子。”

克罗皮恩斯基配合地继续把一些衣服堆到了入口处。

茨威灵几步迈了过来，用膝盖撞了一下克罗皮恩斯基的腰部，又将所有的衣服堆推到一边。

前面站着的皮皮希看到茨威灵往角落里去的时候，心都提到嗓子眼儿了。霍费尔和克罗皮恩斯基无言地看了彼此一眼，明白此刻的处境是多么凶险。

当茨威灵出现在角落里的时候，那个孩子已经爬到了一个小拐角，蜷缩了起来。霍费尔也在那里堆了很多衣服。

茨威灵脸上扯出一个愚蠢的笑容，他下巴上的褶皱看起来就像是一顶小王冠。

“没错，这儿有‘蛾子’……”他狡猾地说道。

他危险的友善态度警告着霍费尔，他马上决定要把危险扼杀在咽喉处。现在，只有勇气和毫无保留的诚实，才能补救这一切。

“队长先生……”霍费尔说道。

“嗯？”

“我想跟您解释……”

“很好，您需要这么做。”茨威灵用靴子尖儿指了指孩子，“一会儿您把‘蛾子’也一同带上。”

克罗皮恩斯基跟着两个人一起走到了分队长办公室。霍费尔放下孩子，他马上胆怯地爬到角落里藏起来。茨威灵冲着克罗皮恩斯基甩了甩手。克罗皮恩斯基必须离开这间屋子。

就在茨威灵和霍费尔单独相对、刚刚坐到写字台旁边的时候，集中营大门处的警报像野兽般号叫起来。茨威灵看向窗户，霍费尔赶紧利用这令人愉快的事实分散茨威灵的注意力。

“防空警报，队长。您不去地下室吗？”

茨威灵脸上露出狰狞的表情，看起来就像他想要笑出来似的。渐渐地，警报声呜咽着平息了。他回答道：“不，这回我留在上面，跟你们在一起。”

他给自己点了根烟，一边抽烟一边看着前面。他咧着嘴，看起来似乎在思考什么。

霍费尔已经做好了最坏的准备。他极其不信任地密切注视着茨威灵这独特的姿态。终于，茨威灵抬起眼皮，看了看霍费尔。他的眼光里充满了试探。

“昨天，他们穿过爱尔福特了。”茨威灵突然说道。

霍费尔沉默了。茨威灵想要从他这里得到什么？

茨威灵把舌头伸出来抵住下唇，仔细打量着眼前的这个犯人。霍费尔却没有流露出对此事有一丝一毫关心的痕迹。过了一会儿，他继续说道：“其实我对你们一直都挺好的……”

他眯上眼睛，从眼缝里盯着霍费尔。他在等着他的回答。然而霍费尔始终保持沉默，他不知道茨威灵究竟要干什么。

茨威灵站起身。他慢吞吞地走到角落处，孩子正蜷缩在那里。他用空洞的眼神瞧了一会儿那个小生物，然后用靴子尖小心地碰了碰他。那个孩子挪了挪身子，离靴子远了一点儿。霍费尔紧张得要命。

克罗皮恩斯基和皮皮希站在外面的长板子那里。他们一边清点着已经出发的转运车要带走的东西，一边迫切地想知道里面的情形。他们期待着一个戏剧性的场面，期待着奇迹降临。茨威灵的房间里太安静了。现在他们看到，茨威灵走近霍费尔，而且看起来似乎在用一种很友好的方式和他说着什么。里面到底发生什么了？

事实上，茨威灵正带着一个大大的微笑站在霍费尔面前。

“如果我想，”他说，“如果我想，那么今晚您就在刑讯室了……”他和气地眨着眼睛，等待着霍费尔的反应。

板子前面的两个人看到，茨威灵狞笑着伸出食指，在喉头横着划过。

“天啊，这太可怕了。”皮皮希悄悄和吓坏了的克罗皮恩斯基说道。霍费尔的脸上依旧波澜不惊。他一动不动地站在茨威灵面前，然而他的大脑却一刻不停息地运转。他一定是想从自己这里得到什么。

茨威灵抬起头倾听着。空军部队发出的该死的嗡嗡声正在他们头顶掠过。他听了好一会儿那恐怖的声音，然后继续看着霍费尔。他们沉默地看着彼此的双眼，各自有着自己的盘算。茨威灵的脸实在是没什么表现力，无法反映出他内心究竟在想什么。只有他闪烁的目光显示出，在他单调乏味的额头后面确实在耍着什么花样。

“但是我不想这样做……”长久的沉默之后，他缓缓说道。

“要是我知道他打算拿他怎么样就好了。”皮皮希不安地低声说道。克罗皮恩斯基低声回答他：“他会把他送到刑讯室吗？”

霍费尔的血往脑袋上嗡嗡地冲。猛地一下，他领悟了茨威灵这种行为的意义所在。这种刺激太强烈了，他实在不知道该如何回答。茨威灵注意到霍费尔已经明白了自己的意思。他被自己的勇气折服了。他离开霍费尔，坐回到写字台边，在储物箱里漫无目的地翻找。霍费尔用不信任的目光检视着他，但是现在已经没有回头路了。

事情已经败露，大家开诚布公。

茨威灵还是用一种诚恳的语调说道：“如果在这里的话，他是安全的……”

话已经说得很清楚了。霍费尔一下明白了该如何去做。所有心头的重担瞬间卸下了。他看到了把孩子安全藏起来的可能性。他急忙向茨威灵迈了一步。然而茨威灵却突然害怕了。他暴躁地晃动着食指，向霍费尔尖声说道：“如果您被抓住了，那么是您要对此负责而不是我！您明白了吗？”

霍费尔带着万种小心，却一点儿也不惊讶。他回答道：“我非常非常明白您的意思。”

茨威灵忧虑地认为自己实在是太过冒进了。他挺直了脊背。他的那种平时惯有的下达命令的声调又占了上风。他生硬地冲着孩子摆了一下头：“带上他出去！”

霍费尔一把抱起孩子，头也不回地就想离开。当他走到门口的时候，又被茨威灵叫了回去。“霍费尔！”他们看着彼此，无声地掂量着对方。茨威灵闭上眼睛：“您肯定是想活着离开这里的，对吧？”

相互窥测了一番之后，霍费尔回答道："和您一样，队长先生。"

他马上离开了房间。

当霍费尔来到板子前面的时候，他发现皮皮希依旧紧张着，并且努力用理智克制着自己想要发问的心。霍费尔强迫他们先安静下来。

"把他还带回后面去。"他对克罗皮恩斯基说道，把孩子还给他。克罗皮恩斯基想要发问，然而皮皮希却冲他低声说道："赶紧带走，快！"

克罗皮恩斯基抱着孩子，急匆匆走到后面。

原本以为会到来的灾难并没有降临。瞬间，他们反而进入了一种全新的、尚不明朗的境地。霍费尔实在不知道该如何解释，皮皮希也完全不需要解释。皮皮希看着霍费尔的眼神流露出一副早已经看穿在茨威灵的办公室里到底发生了什么事的样子。他们彼此一个字都没说。霍费尔艰难地转身离去，他把自己强行推进了书记办公室。皮皮希没有跟过去，而是让他自己待会儿。

茨威灵用他带着愤怒和仇恨的眼睛观察着办公室窗户外面的过道。现在，他成了外面那群人的同谋了。一般来说，他会通过冲过去对他们大吼大叫来将自己的不安全感掩藏在普通的权力欲中。而这次，他把这种欲望遏制住了。突然，他受到了惊吓。他很清晰地听到了远处子弹发出的狂躁的砰砰声，一声紧挨着一声。他害怕地张开嘴，盯着前方的空气，仔细聆听。紧张让他两颊发青，就好像他没有刮胡子似的……

防空警报也让那 16 个人着实吓了一跳。当时他们正在司令部办公室里，穿戴着看起来有些奇怪的新装备，准备介绍自己。

犯人们往自己的营区里跑着。集中营里的道路上一下熙熙攘攘起来。正在外面工作的劳工们都一路小跑着回到集中营里。党卫军们也都急匆匆地回到各自的宿舍。

由于警报响起，高层军官们也都聚集在司令部办公室里。雷涅博特正在办公室准备登记医疗队人员，施瓦勒绕着这位参谋官走来走去，紧张不安。

“怎么了？啊，好吧。”

他着急忙慌地做了一个手势。现在施瓦勒没工夫跟谁谈话。这16个人可能要马上开始准备工作了。

飞机发出的嗡嗡声充斥在空气里，盘旋在四周。可以听到不远处落弹的声音。

雷涅博特离开了办公室，并且用他粗鲁无礼的方式给医疗队下了一道指挥部命令：“滚蛋，你们这些蠢货！”

科恩指挥道：“医疗队，立正！”

大家站直身体。

“向左转！准备跑步……走！”

雷涅博特带着怀疑的目光看着他们匆匆离去。他叹了口气，也赶忙回到了自己的防爆宿舍里。

在他们头顶上，一群群飞机掠过，发出嗡嗡的声响。不断有炮弹落地的轰鸣声传入耳中。

他们到哥达[1]还是爱尔福特了？

到达外部警戒线之后，科恩带着队伍向警戒官报到。他表现出一副很乐意让自己的人马上接受分配的样子。

“四个人去党卫军军营！四个人去分队补给站！四个人去车库，

1 图林根州的一个小城。——译者注

剩下的人跟我去家属区。安全信号发出后 10 分钟内所有人回到这里集合，明白了吗?!”

“明白!”他们齐声大声回答。

“解散！出发!”

安排好任务后，队伍四散开来，各自奔向自己的任务所在地。哨兵队队长无声地站着，这次，他没有下达什么命令。

霍费尔坐在自己的桌子旁边，直勾勾地盯着面前摆着的转运名单。幸好书记办公室里的犯人们没有注意到刚刚外面发生的事情，所以霍费尔不至于被怀好奇心的人提问一大堆问题。茨威灵行的这个不怀好意的方便并没有让霍费尔感到恐慌，他反而看到了一种意料之外的可能。也许，他可以利用这一点救助这个孩子。这诱惑轻而易举地长驱直入，在他胸口横冲直撞。不过无论怎样他都会告诉克莱默，孩子已经送走了。克莱默十分信任霍费尔。那如果霍费尔这次打破了这种信任呢？如果他悄悄地把孩子留下呢？会怎样？他根本不害怕茨威灵。霍费尔看着名单上的数字。每一个编号都是一个人，然而里面缺了一个数字，就是那个孩子。他没有任何编号。他是不存在的。他只是被人塞进箱子藏起来，然后……跟随那 1000 个人，在下午时分穿越那扇门，像一件行李一样被带出去……霍费尔闭上了双眼。责任心难道不是他面对个人良知的一个最好的托词吗?

那种痛苦的负罪感又侵袭了他。霍费尔仿佛又感觉到了那双不知名的眼睛，在远处沉默而持久地注视着他。这是那个孩子的双眼吗？还是自己的妻子?(“真挚地吻你。”)这是自己的眼睛吗？究竟是谁的眼睛呢？他就不能再伸出一根手指，给自己一个提示吗？这双安静的眼睛在朝他叫喊着，叫喊着，叫喊！在他多年的监禁生涯里，霍费尔从未像此刻这样孤独过。

他咒骂着这个可恶交易的诱惑，他咒骂着皮皮希看着自己的沉默眼神，然而他却无法逃避自己。尽管他觉得，仅凭自己的力量去做这个决定实在是太无力了。

霍费尔找到了皮皮希。他还在长板子前面站着，就好像在等着霍费尔回来。天空中飞机发出的轰鸣声依旧未散。这次一定是一次很大型的袭击。茨威灵站在自己办公室角落的窗户旁边，观察着天空中的情况。霍费尔飞速瞥了一眼，确定茨威灵没有看见自己，然后马上对皮皮希说："跟我来。"

他们走到后面的隐蔽处。克罗皮恩斯基正坐在那里，抱着那个孩子，和他低声说着波兰语的单词。见到这两人过来，他便放下孩子，走向他们。他整个人由于深深的期望而变得紧张无比。三个人紧挨着站在一起。霍费尔朝着前面的位置抬了一下头。"他要跟我做个交易，这个孩子可以留下了。"

克罗皮恩斯基渴望的事情终于从霍费尔嘴里说出来了。然而与他不同，皮皮希还是惴惴不安。"我想过这事儿了，"他有些干涩地说道，"他一定想要什么其他的作为交换。那你……"

霍费尔犹豫不决地耸耸肩膀。皮皮希有些生气了。"我想知道，你到底为什么害怕。如果他准许了这件事，那你就把他握在手心里了。天啊，安德烈，他是不会出卖你的。"

霍费尔依旧游移不定。他无力地反对道："如果我们留下孩子，那么他就会觉得，我同意了他的交易……"

皮皮希回答道："那又怎么样，我觉得无所谓啊。"

"如果罗瑟再出去胡说八道呢？"

皮皮希鄙夷地说道："我绝对不会允许，别害怕了。"很快他就果断表示，"孩子留下！"

霍费尔依旧心存反对，他还想说些什么。这时，克罗皮恩斯基已经拍上了他的肩头："你是个好哥们儿。"霍费尔假装没看见这两个人是多么高兴。尽管他心中对孩子如巨石般的负罪感消失了，但是一想到克莱默，他就头疼不已。霍费尔无言地把双手插进口袋，愣愣地站着，苦笑着感叹自己的优柔寡断。

空袭警报又持续了一段时间。营区里的犯人们蹲坐在自燃炉周围。炉子快要熄灭了，但还是可以散发出稀薄的温暖。人们挤挤挨挨地拥在房间里，彼此也传导着热量。有些人枕着胳膊睡在桌子旁边，四周的嘈杂声也不能打搅他们。整个集中营一片死寂，巨大的集合场上也是一片荒凉，大门口处也没什么动静，只有环绕着集中营的一圈灯塔下，岗哨们还在自己的岗位上，观察着天空。

医疗队的四个人在党卫军部队营房地带巡逻。他们在营房间看似闲庭信步，实则睁大了自己的双眼留神观察。这些营房里驻扎着多少名人员？

在集中营北面的林区，另外一队也在巡视。假如人的视线可以穿越这片森林，那么从这里就可以看到图林根州的土地。在岗哨猜忌的眼光里，这四个人沿着铁丝网走着。

他们也有任务。铁丝网设置的区域，是连接集中营、灯塔和树林的地方。这里可以作为突围的地方吗？这几个戴着钢盔的苏维埃侦查员就在岗哨的眼皮子底下观察着形势。他们时不时站住，良久环顾着周围地带，好像在消磨着无聊的巡逻时光。当然这看似无害的打量其实是评估和测量。这四个人用岗哨听不见的声音交流着自已的观察结果。

下午的时候，警笛发出长时间的刺耳声音，通报着警报已经解除。集中营里再度骚动起来。犯人们从营区里涌出。

厨房里，汤桶发出吱吱呀呀的声音。午饭姗姗来迟，这些清汤寡水早就变凉了。在大门口处也有人开始活动。不过这持续了没多久，因为雷涅博特开始用大喇叭通知转运人员到大门口集合。一声令下，小集中营里的人开始像成群结队的蚂蚁一样蠕动起来。犯人们乱哄哄地从马厩里走出来，而冬日的冰雪已经开始融化，四处都是泥浆。人们在泥泞中艰难地走着，发出噼里啪啦的声音。犯人头目们和值日生们试图将这些人组织出秩序来。他们叫喊着，拥挤着，跌跌撞撞。吵吵闹闹之中，他们这儿一堆，那儿一堆，勉强站出队形。

物资库分发个人行李的任务很快就结束了，因为本来也没多少东西。霍费尔、皮皮希和克罗皮恩斯基站在一起，就好像三个阴谋家一样。无论是什么境地，都让霍费尔觉得危机四伏。他很紧张地拒绝了皮皮希的建议，没有允许将彦科夫斯基带来和孩子道别。他不想看见他，不想听见他说话，也不想知道他的事情。

“天啊，安德烈，你不能这样对那个可怜的家伙……”

“让我安静一会儿！”所有的可能都让霍费尔觉得头疼。他扔下那两个人，独自躲进了书记办公室。

皮皮希有些失望。“去，马利安。”终于他开口道，“赶紧去小集中营，把彦科夫斯基找来。”

此时彦科夫斯基神经高度紧张。转运车部队马上就要开拔了，没有人告诉他孩子的情况。他不断地跑出行进队列，喋喋不休地用波兰语恳求那个脑袋圆圆的犯人头目，准许他去一趟物资库。犯人头目只顾着高兴队伍终于能够集合完毕，根本没有空闲听彦科夫斯基说了什么，只是不断把他驱赶回队伍里。彦科夫斯基就像一只被抓住的小鸟那样扑腾来扑腾去。

终于，克罗皮恩斯基找到了他。彦科夫斯基一看到他就变得更加激动，紧紧抓住了他。眼泪流淌在他惊慌失措的脸上。他不明白为什么自己一定要把孩子留在集中营独自离开。克罗皮恩斯基根本找不到任何词语来安慰这个不幸的人。“别哭了，兄弟。”他再次说起这句话，“我们可以保护小史蒂凡，比你保护得更好，相信我。”彦科夫斯基激烈地摇着头。他站在那里，好似一幅悲祈者的肖像。他耳朵上面戴着一顶避寒用的发灰的破帽子，帽子深深遮盖过他的额头。那件西服外套对于他来说太大了些，穿在身上晃晃荡荡的。他光着的双脚上蹬着一双不合尺码的木鞋。彦科夫斯基用他那过长的、磨破的外套袖子不停擦拭着从他浑浊的双眼中流下的泪水。他是这样一个一无所有的可怜人，然而此刻，他的心中迸发出一股无穷尽的力量。他简单地请求着：“把他还给我，兄弟，求求你，把他还给我。”他想要在克罗皮恩斯基面前跪下。克罗皮恩斯基连忙牢牢抓住他的双肘，摇晃着他，就好像这样可以把他带回到理智中来：“别哭了，兄弟，别哭了。”他惊慌失措地请求，“为什么你老是哭啊？你又不是他的爸爸。”彦科夫斯基带着渴求说道：“我比他爸爸做得还要更多！”克罗皮恩斯基心中涌动着强烈而异样的感情，他紧紧压住这个不幸的人，亲吻了他：“走吧，兄弟。伟大的圣母玛利亚会保佑你。”

彦科夫斯基紧紧拉着他，不让他离开。然而克罗皮恩斯基再也忍不住这种痛苦的折磨了。彦科夫斯基一次又一次紧紧拉住那个要离去的人，终于他逃离了。

“兄弟！兄弟！”彦科夫斯基在他后面喊着。但是跑掉的克罗皮恩斯基已经什么都听不到了。彦科夫斯基无力地垂下双臂。他依旧轻轻啜泣。犯人头目紧张地发现，这个波兰人再次站到了队列外面。他恼怒地驱赶着他：“该死的，你干吗老站到外面来，你这个该死的玩意儿！”

彦科夫斯基认命地回到自己的队伍中去。由于心痛的压迫，他步履蹒跚。长长的队伍从山丘一直排到集合场。咆哮和咒骂声不绝于耳。

雷涅博特清点着转运数量，自己又重新整理了一遍，然后打开大门，看着这条巨大的千足虫队列辛苦地蠕动出集中营。

在发车处，忙忙碌碌的克莱默没有多想那个孩子的事。然而此刻，当他在这辆可怕的火车前工作，又看到一个背着包裹的犯人进入车厢后，他突然想到了这件事。他会在那个包裹里吗？他想着。

但那并不是波兰犹太人扎哈里亚斯·彦科夫斯基。此刻的他正踉踉跄跄走向下一个站台，身上没有任何行李。

这事儿居然就这么发生了！这不可挽回的事实就在霍费尔眼前。没有回转的余地了。

过了很久，集中营转运车依旧没有离去。皮皮希一直避免和霍费尔碰面。一看到霍费尔，他就立马弹起身离去，生怕霍费尔在最后一分钟改变主意。

霍费尔没有再考虑别的了。他坐在书记办公室里等待。等待着……

皮皮希试图用深呼吸放松自己。一切都没问题，孩子安全了。很清楚！他暗地里有一种幸灾乐祸的愉悦感，好像摆脱了什么似的。什么呢？党卫军吗？那个可怜的波兰犹太人彦科夫斯基？生活？命运？所有的一切都太过复杂了。实在是不想去思考。想想那只小猫咪吧，他已经留下了。这让人快乐多了。

克罗皮恩斯基呢？在受到彦科夫斯基的刺激之后，他此刻正坐在安全的拐角处，抱着孩子，轻轻地给他唱着来自家乡的歌谣。

霍费尔把财务单上缴到办公室。“因为那只‘蛾子’，”茨威灵说，“原本他应该随着转运一起离开的。对吗？”他把下唇微微噘着，舌头抵在上面。霍费尔犹豫了片刻该如何回答。紧接着他说道：“是的，队长先生。”“现在您和其他人都要严守秘密。”“是的，队长先生。”

茨威灵脸上露出恼怒的表情：“是的，是的。”他学着霍费尔的腔调，“我们也不用装模作样了。再过几周，美国人就要来了。到时候您就可以把您的‘蛾子’抱在怀里，找到美国人，告诉他们说，这是我们在我们的总分队长协助之下藏起来的……”

霍费尔勉强挤出答案：“是的，队长先生。”

茨威灵丢掉了他的友好态度：“我的天，您永远都是一个词回答我！事实上这是一件很了不起的事情，我……要是出了什么差错，您会一个人被关进刑讯室。但是我根本没有让这件事发生，难道您不清楚吗？”

“是的！”

茨威灵看着难以捉摸的霍费尔：“我没有让您的事情败露，对于这件事您到底是怎么想的？”

针对这个问题，霍费尔没办法再躲避了。他不情不愿地回答："您非常高尚，总分队长先生。"

"真的吗？"茨威灵再次把舌头抵在下嘴唇上，"希望您不要忘记自己说过的话。"

"不会的，总分队长先生……"霍费尔对于自己的回答感到一阵恶心。可是他还能说些什么呢？他突然对自己感到一阵厌恶，而和这个孩子有关的事情也变成了一笔肮脏的买卖。

茨威灵靠回到椅子上："您也要这么告诉您的人，让他们闭嘴，别再骂了。"

"是的，队长先生。"

皮皮希给孩子带来了一杯刚冲好的热乎乎的咖啡，还在里面加了一勺甜菜汁。孩子举着杯子，呼呼喝着。

皮皮希充满担忧地叹息着："就算是我也喝不下去这玩意儿啊。"

"我们该给小孩吃点儿什么呢？"克罗皮恩斯基无助地耸耸肩，"他的小胳膊小腿儿都太瘦弱了……"

皮皮希抬起他的小脑袋检查了一番："也没有什么东西能给他吧。"

"小孩需要吃面包，要白面包。要吃糖和奶。"

皮皮希笑了："奶？我的天啊，马利安！我又没有妈妈的乳房。"克罗皮恩斯基忧虑地垂下头。皮皮希用双手摩挲着剃得短短的头发茬，突然脱口而出："是的，小孩子需要吃奶。"

"你想从哪儿弄呢？"

皮皮希看起来一副胸有成竹的样子。一旦有了决定，他就不再犹豫了。“你放屁还是我放屁？都听我放屁！”[1] 皮皮希调皮了起来。他蹲下身子，轻轻拍着孩子的小手：“听好啦，我的小宝贝。明天皮皮希叔叔要去一个大牧场，那里有好多牛，哞哞哞哞……”孩子笑了。皮皮希开心地把孩子的小脸捧在双手里：“跟着我们你都学会笑了，小朋友。”克罗皮恩斯基一脸惊讶。皮皮希用一根手指指着他的肩膀：“明天你要好好抱着他，知道吗？”

在书记办公室里，霍费尔用寥寥数语解释了一下，情况有变。孩子留在物资库，一切顺利。他脑袋朝着茨威灵办公室的方向点了一点，做了解释。指挥部的犯人们马上就明白了。

“在集中营里不许谈论这件事，关于我们物资库的……”最后，他用了一个掩盖住什么东西的手势结束了话语。这个手势已经说明了一切。

只有罗瑟还在发着牢骚。他对这一切并不满意。在犯人们都在反对罗瑟的时候，皮皮希走过来骂了他脏话：“你这个胆小鬼！死胖子，臭不要脸！你要是敢在外面胡说八道一个字，今天我们就把你揍得大小便失禁！”皮皮希挤过恼怒的人群，这样骂着。

“你对那孩子有什么不满意的？”他问罗瑟。罗瑟正坐在桌子旁边，和其他人表明自己的态度。他看着皮皮希的眼神颇有敌意：“可是假如他被发现了……”

“假如他被发现了，就说明我们当中的某些人出去胡说八道了……”

1 皮皮希拿自己名字（Pippig）的谐音编了一个顺口溜，意在夸耀自己比别人都厉害。——译者注罗瑟愤怒了："你觉得我会干得出这种事?"皮皮希讽刺地朝他笑了，笑容已经表明了自己的态度。

霍费尔不想让这两个人再吵架了。他把皮皮希推到一边，用和事佬的口吻说道："别动气，奥古斯特。对我们多些信任。"

其他的人则有不同的想法。"如果他觉得在我们这儿会有什么危险，他可以去别的工队工作。"

罗瑟暴跳如雷："我才不会被你们赶走!"几个犯人笑得幸灾乐祸。"这个傻子在这儿待得还挺舒坦。"

罗瑟在椅子上坐直身体，用手指关节敲击着桌面："我在这儿的任务就是做好我的工作，其他的，没有！你们听见了吗?"

争吵变得激烈了起来。霍费尔把愤怒的罗瑟按回椅子上："没有人要赶走你。冷静点儿，朋友们！罗瑟不是叛徒。"

"但是是胆小鬼。"大家讥讽地说着。

在霍费尔的安慰之下，满脸愠怒的罗瑟继续开始了他的工作。他写字的时候，双手还在颤抖着。

工作结束以后，霍费尔独自坐在营区的桌子旁边。皮皮希不在这里。许多犯人已经钻进了被窝里。霍费尔后面的桌子旁边坐了一组人，他们正在热烈地低声讨论着什么。

霍费尔脑海中思潮汹涌。他心中有着巨大的压力。一切事情都是如此复杂！他用双手支着头，闭上眼睛。他早就知道，自己需要向博科夫解释这件事情的原委。他太胆怯了吗?他是不是一早就应该把孩子直接藏起来，然后不和任何人说明呢?不和博科夫说，也不和克莱默说?

霍费尔正在冥思苦想的时候，身后的低语声已灌入他的耳朵。

美国人在奥彭海姆[1]建立了一个新的桥头堡。装甲部队已经深入东部腹地了！先锋部队已经通过哈瑙[2]和阿莎芬堡[3]到达美因河。从波恩[4]东部打移动战。科布伦茨[5]的占领军已经从东岸撤回。在宾根[6]双方发生巷战。

霍费尔的注意力被吸引了。他们已经走了这么远了，而且走得如此之快。

把孩子藏起来是一件很容易的事情……他心中那个小小的声音再次响了起来。他睁开眼睛。

他真的已经清晰而冷静了吗？他追随了本心，这让他自己都感到吃惊。本心的力量已经强大过理性了吗？同时他也在思考：难道博科夫的理智要强大于他的本心吗？

感性，理性；理性，感性……

就像一艘失控的船，他任由自己的想法随波逐流，又给自己找了千万个理由。如果他正面对着凶猛湍急的洪流，而一个孩子正面

---

1 德国莱茵兰－普法尔茨州的一个城市，位于莱茵河上游。盟军为歼灭莱茵河左岸德军并夺取右岸登陆场，于 1945 年 2 月至 3 月发起了莱茵兰战役。在盟军第一集团军夺取雷马根作为登陆场之后，第三集团军又向沃尔姆斯、美因茨（莱茵兰－普法尔茨州首府）方向发起进攻，迂回齐格菲防线，掩护第 1 集团军右翼。3 月 23 日，美第三集团军的一个师在奥彭海姆偷渡成功，另十个师随后渡河，建立起牢固的登陆场。此前，苏联红军已经抵达距离柏林仅有 60 公里的奥登河，准备对德国进行最后的突击。——译者注

2 德国黑森州城市，位于莱茵河与美因河流域。——译者注

3 德国巴伐利亚州的一座城市。哈瑙与阿莎芬堡均位于美因茨东部。——译者注

4 北莱茵－威斯特法伦州的一座城市，位于莱茵河畔。——译者注

5 位于莱茵兰－普法尔茨州，摩泽尔河入莱茵河处。两河合流之处，称德意志之角。——译者注

6 莱茵兰－普法尔茨州的一座城市。——译者注

临着溺毙其中的危险，那么他该如何是好？他会不计后果地跳入水中，这是不言而喻的。如果他对此并没有极大的责任感，假如他就这么眼睁睁看着那个溺水的孩子从眼前漂过去，只是怯懦地考虑着自己的安全，他难道不会感觉到，永远有一根沉默的手指远远地指着自己吗？那么他对于那个在隐蔽角落处发现的孩子，就没有同样的责任感吗？如果他遵从了博科夫的指挥，他就不会在内心受到千夫所指了吗？

就是这样！理由是如此简单。

霍费尔深深呼吸。他站了起来。现在他准备去找克莱默，至少和他说说这件事。

在第3号营区，所有的“军令”都被中断了。无论是在军官赌场当服务员的，还是给党卫军当裁缝、鞋匠、跑腿儿的或者勤杂工的犯人们都暂停了工作。

“那什么，卡尔。”皮皮希坐到了在党卫军厨房工作的温德里希身边，狡黠地朝他眨着眼睛。温德里希瞧出来了，这个小个子肚子里正打着什么鬼主意。“你要干吗？”

“牛奶。”

“牛奶？”温德里希惊呆了，“干吗用的？”

“喝的啊，呆瓜。”

“你喝啊？”

皮皮希感觉受到了冒犯。“要是能选择，那我要喝啤酒。”他把温德里希拉到自己身边，冲他耳语，“我们有一个孩子。”

“一个啥？”

“小声点儿。”皮皮希谨慎地看看周围。他把这个秘密告诉了温德里希，然后把手放到了他的肩膀上。

“你瞧，卡尔，所以我们需要一点儿牛奶来喂养那个小家伙。他的小胳膊小腿儿都太瘦弱了。那个小虫子在我们那儿都快死了。那么，卡尔——半升，可以吗？”

温德里希思考了一番。“你打算如何带着牛奶顺利通过大门口呢？”温德里希这是答应了。皮皮希喜形于色。

“没关系，这件事我来搞定。”

“他们要是把你抓住了可怎么办？”

皮皮希有点儿生气了：“你放屁还是我放屁？”[1]

温德里希笑了。他们讨论了一番——这件事并没有那么容易。皮皮希要如何带走牛奶呢？他可以随便拿点儿什么需要到“外面”去做的“小任务”，比如拿点儿破布去党卫队缝纫车间一类的。这是可行的。那么牛奶就必须被拿到缝纫车间里去。

温德里希在营区内环顾了一番，然后示意一个跑腿的犯人过来。

“什么事？”这个犯人问道，走到桌子旁边。

“听着，明天一早你找我一趟，拿一瓶牛奶去缝纫车间，然后把东西交给卢迪。”

这名犯人冲着皮皮希做了一个打招呼的手势：“晚上好，卢迪。”

“晚上好，阿尔弗雷德。”

对于这个犯人来说，这件事情不过小事一桩。他总是在党卫军的整个区域内跑来跑去。

“没问题。”他只说了这么一句，别的完全没有多问。他自然而

1 同前，是皮皮希名字（Pippig）的谐音梗。——编者注

然地如此做了，因为总是会有这种特殊的任务。

“我们必须要和奥托说一声。”温德里希说道，和皮皮希去了营区的另外一边。

奥托·朗格，党卫军缝纫车间的监工，岁数已经很大了。他曾经就是一位裁缝师傅，由于听到了集中营里的风言风语而跑了过来。他站在喇叭旁边，偷偷听着新闻广播。

温德里希把他拉到旁边。

“明天一早我会给你送一瓶牛奶过去，皮皮希会去你那儿把牛奶取走。”

这位裁缝点点头，轻轻摸了摸嘴唇上面。他还保持着当老百姓时的习惯，那时候他嘴唇上面还留着小胡子。

“注意，”皮皮希提点着裁缝，“我会给你带一些旧大衣。这是你之前问我们要的，明白吗？”

朗格点头：“是的，拿过来就是了。”

要搞到半升牛奶真是大费周章。对于每一个愿意参与其中的人来说，都充满了危险。如果皮皮希不小心在大门那里被抓到了，事情就败露了。他一定会被送进刑讯室。如果他够幸运，会在屁股上挨 25 下板子（对这个小个子来说，那真是谢天谢地了）。如果他倒霉，就会被送到火葬场。一切就都完蛋了。皮皮希也是有点儿害怕的。对于自己安排妥当的这些了不起的事情，他总是持有一种乐观的态度：慈爱的上帝不会抛弃任何一个追求自由的人。当他站在营区门口处和温德里希告别的时候，温德里希提醒他：“老天爷，你可千万别被抓住。”

皮皮希生气地想要辩驳，但是温德里希笑着阻止了他：“我知道，都听你放屁……”

皮皮希心满意足地离开了。温德里希回到营区，他碰到了党卫军病房区来的卫生员。

“嘿，弗朗茨，明天早上可以给我送一点儿葡萄糖吗？”

卫生员怀疑地摇摇头。

“葡萄糖？我们自己也没有多少了啊。”

“我要拿给咱们的一个伙伴。”

卫生员叹了口气：“就一包，多了没有。我明天一早让跑腿的犯人拿给你。”

温德里希拍了拍弗朗茨的肩头。

当霍费尔走进来的时候，克莱默还坐在桌子旁边，为了明早的集合做着准备。他坐在一个板凳上，给自己点燃了一支烟。克莱默看了他一眼：“完事了吗？”

霍费尔沉默地吸着烟。

“火车上有一个人背着包裹上去了，那大概……？”克莱默一边写一边问道。

霍费尔只能点头。克莱默似乎对他的表现很满意。他对此却并无反应，而是盯着地板。克莱默怀疑了起来：“怎么了？”

霍费尔把剩下的烟在鞋底子上蹭了蹭：“我必须告诉你……”

克莱默放下铅笔：“你大概是没把孩子送走吧？”

霍费尔看着他的脸：“没有。”

两人之间突然就沉默了。

“老天爷……”克莱默弹起身，打开屋门。无论是否只有他们两人，他都习惯确认一番。书记办公室里空无一人。克莱默重新关上房门，靠在上面，就好像他需要什么支撑似的。他把双手插进口袋，紧紧抿着嘴唇，看着前面。霍费尔等着他突然发作——他已经决定要抗住一切压力了。

然而克莱默就是那么安静地站着，过了好一会儿他才开始说话：“你违抗了命令！”

“是的，也不是！”在克莱默的逼视下，霍费尔不是很确定，“是的是的，瓦尔特。当然。”

克莱默等着霍费尔继续说话，但是迎来的只有沉默。

“然后呢？”终于，克莱默问道。

霍费尔深深吸了口气。

“发生了一些事情……”他停顿了一下，然后继续报告他和茨威灵之间发生的事情。他的报告既像是解释，又像是道歉。

克莱默动着下颌骨，保持沉默，一直到霍费尔把话说完。他脸上呈现出一种极其生硬的表情，瞳孔都缩紧了。终于，他用一种极其沙哑的声音说道：“你跟我说的这些，你自己信吗？”

一听这话，霍费尔的自信又回来了。他十分不友好地回答：“我可没有对你撒谎。”

克莱默用肩膀把自己从门上慢慢推了起来。他来回走了几圈，嘴里叨叨咕咕，更像是在和自己说话：“你当然不会对我说谎，但是……”他站在霍费尔面前，停住，“但是也许你是在对自己说谎？”

霍费尔做了一个恼怒的动作。这让克莱默彻底爆发了：“你让一个流氓卷了进来！”他几乎是在冲霍费尔喊叫，“茨威灵就是一个流氓！那个家伙就是想找我们当靠山！”

但是已经决定接受这项挑战的霍费尔反而来了精神：“所以我们已经把他攥在手心里了。”

克莱默干笑了两声。

“攥在手里？我的天啊，安德烈，你在集中营里多久了？六个月还是怎么的？”他转动着两个大拇指。

“他也在他们自己人那里找靠山，他要看看风向如何。他们只需要把美国人逼退五公里，我们亲爱的茨威灵就会立马掉转过头，然后把你连同那个小可怜虫一起弄死！我的天，安德烈，你都干了些什么啊！”

霍费尔抬起双手，看起来就好像他想要把耳朵堵住一样：“这对我来说并不难！”

“你让我们为难了！”克莱默冷冷地回击。

霍费尔痛苦地沉吟：“我不能把那个孩子……”

“你应该把那个孩子还给照顾他的人。这就是命令。你没有遵守，这是违反纪律的！”

“如果我们能活着出去，我会和党组织表明对这件事负责，这与你无关。”霍费尔说道。

克莱默狠狠地看着他的眼睛：“党就在这里！”

霍费尔原本准备激烈地回应，但是话到唇边却消失了。

在克莱默的注视之下，霍费尔垂下了目光。他不得不承认，他十分后悔，克莱默是对的。当他思考着自己该如何决定这个孩子的命运的时候，他的内心深处又开始了斗争。就如同有一只强有力的手用一把锁将他的心锁上了似的。他感觉到对这个孩子有责任，同时也对党有责任。他把头沉到胸口。

“我没有别的办法……我不能……”霍费尔轻声说着，带着请求和痛苦。

此刻，克莱默有些同情眼前这个痛苦的人。但是他克制住了这种同情："现在，在这里，这件事必须要处理好，而不是等到别的什么时候。"他毫不留情地说道。

两个人都沉默了。克莱默眉头之间皱起一道深深的皱纹。他又开始焦虑不安地踱步，看起来在寻找解决方案。

"我不会再送走那个孩子了。"最终，克莱默（更像是对自己）说道，同时他对霍费尔说，"还是你心存幻想，我还能找到什么人像带行李似的把他带走？"

他又开始生气了，来回来去走着。

"你要是把孩子还给那个波兰人，此刻他就已经离开集中营了，一切就都没事了。现在呢？现在呢？"

他坐到桌子旁边，双手交叉在岔开的膝盖上。霍费尔在低矮的板凳上坐得累了。在他心里没有什么比尊重自己的内心更重要的事了……

原本应有的冲突并未发生。事情的严重性把一切都平息了。现在他们又回到了那个赤裸又实在的问题上来：霍费尔确实违反纪律了！霍费尔呆呆看着前方。

克莱默把交叠的双手换了一下位置。终于，他用一如既往的和缓声音说道："我不想与你为敌，安德烈，不想与你为敌。为了那个流氓，并不值得如此。"

他缓缓地从桌子边滑开，然后突兀地结束了谈话："你必须要和博科夫谈这件事。必须！"他坚持要求，然而霍费尔激动地反对着："就让他再留在我们那里吧，瓦尔特，就让博科夫以为孩子已经随着波兰人离开了吧。"霍费尔紧张地请求。

“现在，这个孩子不得不留在集中营了，不得不！你听到了吗？”他抱怨着，“现在这不单单是我们的事了。我不知道你的职务。你不需要跟我解释任何事情，但是你必须知道，你和这个孩子已经陷入了何种危险。”

“我该怎么做，假装我又找到他了？”

“胡说八道！当然不行。你有任务要执行，你的任务就是把孩子送出集中营。”

“送到贝尔根－贝尔森！”霍费尔失望的呼喊声就像一把刀。克莱默呼吸急促，他的眼神暗了暗。两个人面对面无言地站着，绞尽脑汁思索着。克莱默忍不下去了。他来来回回走着，试图想出什么办法。

霍费尔在他耳边烦着他，但是他只听进去一半。

“用不了多久了，瓦尔特，肯定用不了太久。每一天美国人都有可能会来。瓦尔特！我们只要坚持几天就够了。为什么我还要去和博科夫说这件事，搞得他也烦躁不安呢？那个孩子反正也要跟着我们，不会离开集中营了。你自己说的。然后呢？就让他悄悄跟着我们吧。没有人会知道。只有你和我，除此之外没有人了。”

“还有茨威灵？”

“他会乖乖闭嘴的。”霍费尔有些激动。

克莱默讽刺地苦笑。现在的处境逼着他们必须如此行事，无论博科夫是否能够理解。他还能做些什么呢？无非就是骂一骂，抱怨一下霍费尔，但是孩子是无法离开集中营了。孩子不会留在他这个集中犯人人总头目身边，他能把霍费尔从自身犯下错误的危险中拉出来吗？克莱默早就准备好了。他隐隐觉得，要是不把现在的情况告诉博科夫就好了。博科夫交给他的任务，他也没有好好完成。原本他的职责应该是指挥好霍费尔，但是他没有做到。现在呢……？“可恶。”克莱默咒骂着。他生自己的气，生一切的气，依旧来回踱步。向霍费尔妥协是违背他的意愿的，他粗暴地指责霍费尔：“要是我们不和博科夫说？然后呢？然后呢？”

他已经同意了一半了！霍费尔高兴地举起双手，看起来像是想要扶住克莱默的肩膀。但是克莱默躲开了他，又说道：“孩子必须要离开财务科，离开你！”

“去哪儿呢？”霍费尔问道。

“是啊，去哪儿呢？你看看自己做了什么好事？现在我们该把这个孩子藏到什么地方去？必须把孩子送到一个远离你的地方，也远离那个混账茨威灵，去一个没有党卫军的地方。”

那就只有一个地方：小集中营的传染病营区。每个党卫军对那里都心怀恐惧，生怕自己会传染上伤寒或者什么疱疹一类的。

克莱默站在霍费尔面前，严肃地看着他。

“第61号营区！”他快速说道。

霍费尔吓了一跳：“传染病区？绝对不行！”

“又胡说！”克莱默果决地截断了霍费尔的反对意见，“把孩子送到61号营区！好了，就这样！走吧！”克莱默自说自话，决定了这个结果。

“那里长年累月住着一些波兰看护，他们不会惹来什么麻烦。他们也在我们的线上，会对这个孩子施以援手，你放心吧。这也是他们的孩子，一个波兰孩子。不然呢，你要我把他藏在废纸篓里吗，嗯？”

霍费尔沉默了。他咬着嘴唇。克莱默瓮声瓮气地说："没有别的办法，就这样了。你把我卷入得也够多了！总归还是比去贝尔根－贝尔森要强很多。别再幻想着什么了！这个孩子要去61号营区！我会跟那里的波兰犯人头目说明情况，他们会把那个小可怜虫照顾好的。"

霍费尔呆呆地凝视着前方，总归还是比去贝尔根－贝尔森要强很多。

他嗫嚅着问："那博科夫呢？"

克莱默又生气了："我觉得这不是我的事吧？你不自己去和他说明一切吗？"

霍费尔无言地点点头。他再也没有一丝一毫的力气，让自己变得开心起来。

茨威灵住在一个离集中营不远的住宅区内。这个漂亮的住宅区是由犯人建造，专门供党卫军居住的。两年前，他和25岁的霍顿斯结婚了。住宅区里有一些分队长对此也暗暗嫉妒。霍顿斯胸部丰满，丰腴健康。不过出于种种原因，他们的婚姻并不事事如意。霍顿斯曾经被那身漂亮的制服深深吸引，然而婚后不久，随着时间的推移，这个家伙的无聊乏味和软弱无能再也无法被得体考究的华服所掩盖。霍顿斯经常悄悄把自己的丈夫和纠察队长克鲁提希进行比较。克鲁提希虽然不够漂亮，但是更有男子气概。比较之下，她对茨威灵所剩下的就只有轻视和鄙夷了。这段婚姻是那么无聊乏味，两个人之间几乎无话可说。然而，这对于这个女人来说还不是最令人失望的。霍顿斯没有孩子——医生也帮不了她——内部器官的畸变让她无法顺利受孕，但是她并不能接受这个理由。她暗暗把责任推到了她的丈夫身上，和克鲁提希一比，茨威灵窄窄的胸膛、从未锻炼过的身体和苍白的皮肤都让她那么厌恶。霍顿斯的情感变得十分冷漠。她总是在床上拒绝自己的丈夫，丝毫不带留恋：“啊，离我远点儿。”

有时候他会顾及她的感受。当她表现出对他毫无兴趣的时候，他就像一只期待爱抚的小狗一样爬回自己的床上。在家务事上，霍顿斯表现得相当自主，事事都不与茨威灵商量。她独自做好一切事情，事先也根本不会询问他的意见。

这天晚上，霍顿斯坐在起居室的餐柜前，打包瓷质餐具。为了防止磕碰，她用报纸把餐具包好，再放进箱子里。

茨威灵回到家中。他脱掉一只靴子，把光着的那只脚放到沙发椅上。他用厚厚的灰色袜子在湿热的脚趾间来回擦着。一股子酸臭味挥发了出来。他又满怀担心地看了看磨损的脚后跟。

霍顿斯根本不看他，她正在专心致志地打包。茨威灵穿上袜子，又脱下另外一只靴子。他脚上趿拉着靴子走过来，敞着制服外套。他来到起居室，坐在了沙发椅上。

他盯着霍顿斯看了一会儿，把下嘴唇收了回来。这让他觉得有趣。这位分队长带着饶有兴趣的微笑自言自语：“你的妻子有一双好腿……哦……”

茨威灵上上下下地打量了霍顿斯一番，看了看她饱满的小腿，以及在高高滑上去的裙子下面露出的一截大腿。比例非常匀称。

“你在干吗呢？”

霍顿斯不经意地回答：“人们永远也不知道……”

茨威灵不明白这个回答是什么意思。他试图思索这个答案的意义，但是没有成功。他又问：“什么意思？”

霍顿斯满意地看着自己的成果，妩媚地说道："你觉得我在买这些昂贵又漂亮的瓷器时考虑过把它们扔掉吗？"

茨威灵现在明白了，他做了一个不知所云的动作："现在应该还不用吧。"

霍顿斯突然轻蔑地"哈"了一声。她继续打着包裹，有些生气。茨威灵躺在自己的椅子上，双腿惬意地伸着，两只手放在肚子上。过了一会儿他说道："不过我已经做了准备……"

霍顿斯没有马上回应。这看起来对她无足轻重。但是，她还是回过头，冲着茨威灵带着好奇的语气问道："是吗？然后呢？"

茨威灵朝她笑着。

"嗯，说说吧？"霍顿斯有些恼火地说。

"我那里——在我手下的犯人头目那儿——藏了一个犹太小鬼。"

茨威灵自己对这件新鲜事感到好笑。霍顿斯把自己柔软的座椅完全调转过来，冲着她的丈夫："那么，然后呢？"

"我和他做了交易。"

"你让他把孩子送走了吗？"

"哈哈，我可没那么笨。"

"那，你怎么做的？"霍顿斯有些不耐烦了。

茨威灵牵了牵嘴角，又闭上一只眼睛，做出一副阴险的表情。他屈身向霍顿斯，神神秘秘地说："你藏好瓷器，我藏好犹太小鬼。"他哧哧笑着。

霍顿斯催促着他："快点儿解释！"

茨威灵把身子靠回沙发椅上说道："还有什么可解释的吗？我和他做了一个交易，一切事情都很显而易见。如果我把他送去刑讯室，他现在估计已经凉了。”

霍顿斯越听越紧张：“是的……为什么你没有这样做呢……？”

茨威灵狡猾地叩了叩太阳穴：“你欺负我的犹太人了吗？没有。我欺负你的犹太人了吗？没有。毫无疑问。”

然而茨威灵有些惊讶地发现，霍顿斯正用充满恐惧的眼神看着他。因此他有些不满地问道：“怎么了，你看我干什么？”

“那么那个孩子呢？”霍顿斯有些喘不过气。

茨威灵耸耸肩，无所谓地说道：“还在我的物资库呢。那帮家伙会小心的，你可以放心他们。”

霍顿斯坐在椅子上说不出话来。“你就这么信任那些家伙？美国人来的时候你还想留在集中营里？你给我说说……”

茨威灵有些厌倦地蜷起身子。“别在那儿胡扯了。留在集中营？但是你要知道，如果美国人来了，我能足够迅速地逃离集中营吗？那个犹太小鬼是一个很了不起的宝贝。你不觉得吗？至少他们能明白，我是一个好人。”

霍顿斯恐慌地拍了一下手：“我的上帝啊！你做了什么？！”

茨威灵对她的激动感到有些恼怒：“你要干什么，一切都很顺利。”

“你到底是怎么想的？”霍顿斯激烈地说道，“要是真的发生了什么，那些家伙可不会问你到底是不是个好人。一旦美国人来了，他们还是会干掉你。”

她又拍了一下手：“你为党卫军工作已经六年了……”

茨威灵想要大发雷霆。他不允许霍顿斯对他的党卫军身份有任何嘲讽，对此他不接受任何批评。然而这个女人还在用丝毫不带尊重的口气和他说话：“你还想什么呢？嗯？要是真的发生了什么，你还想着翻身吗？”

茨威灵被她的激动所激怒。他抬头看着天花板。霍顿斯双臂支着，颇有攻击性地站在他面前。茨威灵眯起双眼，什么都不愿想。霍顿斯突然失控地大喊：“我可以工作！我可以去做饭！你呢？你什么都不会，什么都不会！要是没有了党卫军，你能干什么？”

茨威灵只是用一个轻飘飘的姿势作为回应。霍顿斯对此并不满意：“是不是还要我养活你啊？”

“别胡说八道了！”茨威灵感受到了霍顿斯对自己的鄙夷，“你就等着吧，等到他们来的那天。到那时候你就知道我都准备了些什么。”

“用你的犹太小鬼？”霍顿斯刺耳地笑了，“准备！什么东西！和那些共产党手拉手！”

“你不懂。”

茨威灵猛地愤然起身，又在房间里激动地走来走去。霍顿斯跟在他后面，拉着他的袖子。他傲慢的训斥并没有对她起到任何作用。

“要是到了需要逃跑的时候呢？”

茨威灵震惊地看了霍顿斯一眼：“什么要逃跑？”

她摇晃着他的袖子，咄咄逼人地重复：“如果需要逃跑……”

茨威灵不情不愿地向她伸出手。但是霍顿斯根本没有理会他，而是顺着他刚刚在屋子里转圈的路线走了起来。

“天！你是被上帝抛弃了吗？你可真是安排了妥善的结局！你不明白吗，到那时候你会怎么样？要是到了逃跑的时候，你们那些自己人会在最后一刻乱枪打死你。”

茨威灵变得有些狐疑。他咆哮道：“那我该怎么办？”

“别那么大声嚷嚷。”霍顿斯发出尖锐的嘶嘶声，“你必须马上把那个犹太小鬼弄死，越快越好！”

霍顿斯的极度恐惧感染到了茨威灵，他突然感觉到了危险：“我想知道自己到底该怎么做！”

霍顿斯喊道：“我不知道！你才是队长，我不是！”

她喊叫的声音太大了，然后马上由于震惊而沉默。谈话戛然而止。

霍顿斯跪在篮子前面，继续开始打包。她带着赤裸裸的恐惧，愤怒地撕扯着报纸。整个晚上他们两人之间几乎都没再说话。

茨威灵想给自己找一个出路。他躺在床上辗转反侧，苦苦思索着这件事。突然他坐了起来，推了推他的妻子：“霍顿斯！”

霍顿斯受惊吓般地弹起身子，睡眼惺忪。她丝毫不知道发生了些什么。茨威灵仿佛胜利般喊着：“我知道了！”

“什么？”

茨威灵打开灯：“走，跟我出去！”

霍顿斯用冷冷的目光看着他，不满地发着牢骚：“你又要我干什么啊？”

茨威灵已经走到门边，他不满地命令着：“快点儿过来！”

现在，他是那个令霍顿斯恐惧的分队长了。她从温暖的床上爬下来，穿上了裙子和紧身衬衫，跟着茨威灵来到外间。茨威灵已经在餐柜的抽屉里翻找着什么了。

“给我一张可以写字的纸。”

霍顿斯把他推到一边，在抽屉里那些乱七八糟的零碎东西里翻了一通。

“给你。”她递给茨威灵一张旧的纳粹妇女联合会邀请函，然而茨威灵却愤怒地把这张纸条扔回了柜子。

“你疯了？”他继续找着。椅子上放着一个已经包好的包裹。茨威灵把包装纸撕下来一块。

“这才对。”他把这张小纸片放在桌子上，命令霍顿斯，“铅笔，快！坐在这里，你写！”

他兴奋地摸着脸。

“该怎么写呢？”

“我还不知道你要干什么。”霍顿斯说道。她拿着铅笔坐在桌子前。

“写！”茨威灵命令道。霍顿斯刚刚把铅笔放下，马上又抓了起来。“别这样，要用印刷体写。必须要看起来像是一个犯人写的那样。”

霍顿斯把笔丢下：“你听着……”

“闭嘴！写！”

他摸着脸，然后开始口述：“工头霍费尔和波兰人克罗皮恩斯基在物资库里面藏了一个犹太小孩儿，然而分队长茨威灵并不知道此事。”

霍顿斯用印刷体重重地在纸上写下了这些字。茨威灵思索着。这还不够。

他又撕下一块包装纸，扔给霍顿斯：“物资库的霍费尔和波兰人克罗皮恩斯基欺瞒了分队长茨威灵，他们在衣物室右后方的角落里藏了一个犹太小孩儿。”

茨威灵站在霍顿斯身后，穿过她的肩膀看了看。

“这就对了。现在，在下面写：物资库某犯人。”

霍顿斯写的时候问道：“你想用这张纸条做什么？”

茨威灵得意地摩挲着双手：“我要把这张纸条藏到雷涅博特的背心下面。”

“你可真是个骗子。”霍顿斯轻蔑地说道。

茨威灵把这当成了称赞。霍顿斯浑圆的胸部吸引了他的目光。他笑着抱住了她。

翌日清晨，在早集合完毕之后，皮皮希跑到病房区。在门诊处他刚好碰到了科恩。

“嘿，我需要一个橡胶暖瓶。”

“干吗用的？”科恩有些讶异地看着皮皮希，带着拒绝摇了摇头。皮皮希跑得太快，有点上气不接下气。

“我们只不过是有需要而已。”皮皮希祈求着。他用尽了自己的说服技巧，试图让对自己毫不信任的科恩让出一个宝贵的暖瓶。然后他又跑回物资库，让克罗皮恩斯基帮自己把暖瓶捆在身上。克罗皮恩斯基已经把大衣准备好，又帮皮皮希捆好了暖瓶。皮皮希离开物资库，穿过集合场，来到大门处。他需要在这里进行出入登记。窗口后面的党卫军冷漠地签着通行证。站在窗户前面负责通行事务的营区长审视着皮皮希。

“你带着这堆抹布干吗？”

皮皮希已经做好了临时出岔子或者被问问题的准备。他直直站好，左转，完全按照标准的军事化要求行动。对于党卫军来说，这是最好的通行证。他们很看重这一点。

“为党卫军缝纫车间挑选可以用作织补用途的羊毛制品！”皮皮希汇报着，并且用重音突出了“羊毛制品”这个词。这个词在营区长耳朵里听着一定是格外的悦耳。毕竟战争已经持续了五年……

皮皮希带着取悦的意图将大衣送到营区长面前查看。这个毫无瑕疵的理由和大衣的良好品质让这位营区长没有任何理由再继续为难这个犯人。他快速朝他点了一下头。

“滚，混蛋。”

皮皮希又用脚后跟做了一个非常不必要的、极其标准的掉头的动作。当他穿过大门之后，他感觉自己刚刚好像是从一个针眼儿里挤过来似的。

在缝纫车间里，他又被一名下士拦住。

“你带什么来了？”

皮皮希还是那套回答。朗格站在这名党卫军后面，大声说：“修补用的材料，下士先生，物资库让来的。一切正常。”下士也放皮皮希过去了。

皮皮希抱着那一大堆大衣穿过了一行行正在机器旁边辛勤工作的犯人们。然后他把衣服扔到了朗格面前的缝纫桌上。这位犯人头目慢慢检查了每一件衣服。他把衣服拿起来，在板子上铺展开，查看着衣服的里子和料子，非常认真。只不过在他仔细工作的时候，他的眼睛看向了某个确定的方位。皮皮希一下子心领神会。

啊哈，在板子下面的破衣服箱子里！

皮皮希迅速弯下腰。朗格用高高堆起的大衣来掩盖住他的动作。皮皮希蹲在下面，拨开那些伪装。皮皮希用灵巧的手指解开了外套和衬衫，拧开了暖瓶的盖子。他在破衣服箱子里翻找着，摸到了一个瓶子。他把牛奶倒进自己的暖瓶，然后又把空瓶子放了回去，用破衣服藏好。他在上面又摸到了一个小包。葡萄糖！皮皮希看向朗格。朗格冲他眨了一下眼。此时无声胜有声。

皮皮希收起小包，又检查了一下自己的着装。完全没有问题。又说了几句无关紧要的话之后，这个小个子慢吞吞地离开了。那名下士给他的通行证上签了名。

冰凉的牛奶冻着皮皮希的肚皮。在途中他把那一小包葡萄糖放到了他没有帽檐的囚犯帽的抓手处，这样假如他遇到党卫军而不得不脱帽的时候，就可以一直抓着它了。

就在皮皮希往集中营大门处走的时候，远远的他就已经看到窗口处聚集了一群犯人。他看到营区长正在对犯人逐个进行检查。

混蛋！那个家伙在单独检查！

皮皮希既不能掉头就走，也不能站着不动。因为他离门已经太近了。怎么办？就这么轻易地被打败了吗？你放屁还是我放屁？都听我放屁！皮皮希无所畏惧地向那个针眼儿走了过去。他挤过那群犯人，把藏着小包的帽子一把扯下来，挺直了脖子大声喊："2398 号犯人从党卫队缝纫车间回到集中营！"

正在忙于搜检的营区长转过身来。皮皮希把自己的通行证递过去，优雅地转身，然后——他还是穿过了针眼儿。只是几秒钟，但是他感觉自己被巨大的压力灌满，整个人几乎都要撕裂了。好像随时都会有一个声音在他背后叫喊："嘿！物资库的！回到大门这儿来！"

皮皮希每离开大门口一步，他的紧张都会舒缓一点儿。他已经感受不到腹部传来的冰凉感了。传唤声没有出现！皮皮希身后只有无尽的、极具安全感的虚无。当皮皮希穿越了半个集合场之后，他突然开始小跑了起来。紧张已经消失殆尽，现在，他胸腔里面只激荡着剧烈的欢呼。

皮皮希飞快地跑着！恭喜你，小宝贝！有牛奶了！

克罗皮恩斯基眼睛里流淌着欢乐的泪水。当他俩一起蹲下，全神贯注地看着孩子的时候，克罗皮恩斯基总是不停地摩挲着皮皮希的胳膊。小家伙看起来很享受。孩子用两只小手紧紧抓着大大的铝制水杯，看起来就像一只小熊，喝得咂咂作响……

“好兄弟，勇敢的兄弟。”克罗皮恩斯基喃喃自语。

皮皮希回答道：“天啊，你要知道，我吓得差点儿拉在裤裆里……”

他笑了。他自己都不敢相信。

霍费尔突然出现在两人身后。他们愉快地看着他。

“你们从哪儿弄来的牛奶？”

皮皮希没有直接回答霍费尔，而是冲着孩子，用食指指着自己的肚皮：“牧场上站着大奶牛，它们叫着：哞哞哞……”

孩子笑了。

皮皮希转向站在身后的两个人，拍着手说道：“他笑了！你们听见了吗？他笑了！”

霍费尔依旧一脸严肃。他看起来十分疲惫，因为他度过了一个不眠夜。就在早集合之前，他还通过克莱默和61号营区的波兰犯人头目茨德科夫斯基安排好了一切。

现在，霍费尔站在孩子面前，看着他是多么喜欢这些牛奶。是时候和这两个人说明一切了。

“听着。”霍费尔开始了。

皮皮希早就注意到了克莱默在早上的时候来过。霍费尔转达了集中犯人人总头目的话。皮皮希马上就明白了，他们确实有将孩子送出物资库的合理原因。但是送去传染病区？

霍费尔让这两个人安静。白天的时候是无法将孩子送去小集中营的，只能在天黑了以后做这件事。全体集合之后，按照常规来说茨威灵就离开物资库了。那是最适合的时机。皮皮希双手插进口袋，用充满悲伤的声音说道："真是只可怜的小猫咪……"

一个犯人走过来警示着他们：茨威灵马上就要过来了。他们需要马上停止谈话。

顷刻间茨威灵就回到了他的办公室。他还没有机会把纸条放出去。当他回到集中营的时候，他先是小心翼翼地去参谋官办公室查看了一番。雷涅博特正坐在办公桌前。当茨威灵尴尬地朝他打了个招呼旋即离去之后，他看起来非常生气。这个物资库的蠢蛋要干吗啊？

整个上午茨威灵出去溜达了无数回，但没有一次成功。大门口处总是会发生点儿什么。

午休的时候，茨威灵盼着能有一个机会。因为那会儿所有人都会去赌场。茨威灵在赌场里转悠了好久，但是雷涅博特一直都没有来。

下午快结束的时候，茨威灵坐在他的办公室里冥思苦想。晚间集合以后，雷涅博特通常都会骑着摩托车去魏玛找他的情妇。茨威灵可以让纸条出手的时间不多了。他就这么等着，晚集合过去了，雷涅博特也离开了集中营。

这可恶的纸条是正确的路子吗？

霍顿斯带给他的恐慌让他的身体十分麻木。他在党卫队已经这么久了，从来没觉得思考一下自己的未来是多么必要。迄今为止，他人生的全部努力都献给了骷髅部队[1]和集中营党卫队。自从他昨天和霍顿斯谈过以后，他惊恐地看到，集中营的末日就在前方。这已经不是什么遥不可及的事情。茨威灵并没有想过自己有可能会死。他实在是懒得想这件事。他透过窗户，无聊烦闷地看着在衣物间忙忙碌碌的犯人们，脑海中渐渐产生了一些新的想法。他会怎么样呢？

“我要养活你吗？你什么都不会，什么都……”她的话又来拉扯着他。不可知的未来会让生活导向不安，这令他感到厌烦。战争注定要失败！

茨威灵刚刚领了他的薪水。日子不会就这么继续走下去吗？元首错误地估计了形势。元首？滚蛋吧！对于当下的茨威灵来说，这个人就是一个完全陌生且遥不可及的人。此刻，他一定正坐在某处安全的地下室里，完全防轰炸的安全地带！在那里，有一架专门为他准备的飞机，停在那里已经有些日子了。

茨威灵感觉自己被抛弃了。集中营总指挥官平时几乎不会注意到他的存在。其他的人呢？克鲁提希？雷涅博特？他们只有在想要从自己这里捞点儿什么好处的时候，才会对自己和颜悦色。一个犹太人的镀金香烟盒，钻石戒指，一支金笔……队长先生，我的朋友……然后，拍拍他的肩膀。

朋友？茨威灵对自己嘲弄地一哂。如果他有什么需要帮助的地

1 骷髅部队指“二战”时期管理纳粹集中营的党卫队，是专门从事灭绝活动的组织，其中包括辅警、武装党卫队、普通党卫队、特别队员等。后来以这些部队中的一部分军官、士兵为基础组建的党卫军第三骷髅装甲师是纳粹军强有力的精锐部队。——译者注

方，这些“朋友”先生们会对他施以援手吗？所有的恐惧瞬间转向了克鲁提希和雷涅博特。如果那个犹太小鬼被发现了，他必然会被置于死地。

霍费尔站在长板子前面，和犯人们聊天。茨威灵充满敌意的目光透过窗户，注视着他们。他心中的恐惧慢慢变成了对外面这群恶狗的恨意。都是这群人，他们和那个犹太小鬼那些乱七八糟的事儿把他也搞得一团糟。“我真该好好谢谢你们，”茨威灵想着，“我要把你送到火上变成烤肠，你这个混蛋！”

“闭上你的嘴，你又开始流口水了……”

霍顿斯经常说这句话，因为她非常厌恶茨威灵永远都张着嘴。

就好像此刻她又冲他说出这句话了似的，茨威灵惊惧地从自己的思索中醒来，猛地合上了嘴。他走到门边，一下打开门：“霍费尔！”

霍费尔抬起眼睛，遵从茨威灵的命令，来到办公室。两个人面对面站着。在他们之间，有些事情被刻意忽略了：那个孩子！他们把那些危险的想法都藏在脑袋里面，表面不露声色。霍费尔总是带着一种了然的紧张感，等着茨威灵对他说些什么。他平静地直视着这位分队长。而分队长正坐在他的写字台后面，双腿长长地舒展开来。

“今天就没有转运了。集合之后你们全部都要回到各自的营区内。”

这是什么意思？

“今晚你们可以休息了，这难道不是一件好事吗？”他的语气听起来和蔼可亲。

“我们还有许多事情要做。”

茨威灵眨眨眼：“明天。今天的工作结束了。反正也都快要结束了。”他补充道。

“您是怎么想的，队长先生?”霍费尔看起来一派天真。

“您可别这样，”茨威灵带着伪装出来的信任，“我们两个都明白的……”

他们打量着彼此。

“您去点名吧。今天我自己拿钥匙。”

霍费尔离开房间的时候，他感觉到了背后茨威灵阴险的视线。皮皮希正站在板子那里，带着怀疑的目光密切留意着事情的进展。霍费尔快速地用一个眼神告诉皮皮希：有事情发生了。两个人没有说什么，只是通过眼神交流着：要当心了！

“点名集合！”霍费尔来到物资库。

“点名集合！”

指挥部的犯人们对于提前到来的点名多少有些讶异。他们在房间内的长板子前面集合。集合过程中，霍费尔把物资库内的窗户全部关好。他思索着。这回，茨威灵自己把钥匙拿到大门处。那么他们就被锁在外面了，只能在办公室的外部走动。

原本的计划不得不暂停。

霍费尔心中原本隐隐的担忧也消失了。

茨威灵为什么要在财务科多留一会儿呢?平时他并不这样。他要做什么?尽管克罗皮恩斯基对提前点名感到诧异，他还是从角落里走了过来。

“怎么了?”

霍费尔安抚了一下这个波兰人，然后让他到前面去。当只剩他一人之后，霍费尔将两扇窗户中的一扇打开。这是整栋建筑的正面，霍费尔向前弯曲着探出身子。窗户下面大概不到三米的地方，是建筑的连接部分的屋顶。那是一层从更衣室通往浴室的过道。霍费尔心满意足地看着外面的风景。他将窗户关上，但没有完全锁死。这样的话，从外面就可以推开窗户来到屋里。做完这些，他回到了前面。

集中营的晚间集合早就结束了，外面的天色也已经完全黑了下来。然而茨威灵还在物资库里。在厨房和浴室之间的一个黑暗角落里，站着霍费尔、皮皮希和克罗皮恩斯基。他们沉默地注视着那栋高大的石质建筑二层的窗户。

在刺骨的毛毛雨中，他们穿着薄薄的裤子，双手深深插进口袋，目光向上，紧盯着窗户。集中营被凝滞的沉寂所笼罩，一个犯人也看不到。只是不时会有从书记办公室出来的营区犯人头目向自己的营区跑去，偶尔踏在一块碎裂的路石上，发出咔吧咔吧的声响，。当突然被打破的沉寂再度回归之后，他们继续盯着窗户。铁丝网那边的小灯发出红色的光亮，时明时灭。远处集合场上的沥青在潮湿雨水的冲刷下显得有些苍白褪色。整个集中营被黑暗的森林环抱。

克罗皮恩斯基低声说着什么。两个人都没有听懂，也都没有回应。

孩子是不是已经睡着了？

茨威灵把灯放到写字台下面，又在上面挂了毛巾，这样光亮就不会透过窗户散出去。现在，他安全了。雷涅博特已经离开集中营了，大门处的值班岗哨已经换班了。纸条就放在他制服上衣上面的口袋里，触手可及。茨威灵把灯关掉，放回到写字台上。他走到衣物间的窗户一侧，在黑暗中摸索着，向后面的角落处走去。他把那一大堆衣物推到一边。他用手电筒在屋子里面照着亮。那个孩子在手电筒发出的光圈里睁开了睡眼，然后爬到了那堆伪装下面。

在外面，克罗皮恩斯基突然扯了扯霍费尔的胳膊：“看那儿！”

三个人注视着最后一个窗户。有些光亮从窗户里透了出来。皮皮希突然朝向物资库跑去。霍费尔拉住了他，尽管之前他也曾经通过那扇上锁的门进入了物资库。霍费尔把皮皮希拉回来说道：“你疯了吗？！”

皮皮希骂道：“我要去打死那条狗！”

克罗皮恩斯基也加入其中。上面的一道门发出嘎吱嘎吱的声音。只有几秒钟的时间做决定了。三个人低声讨论着，十分激烈。

霍费尔消失在建筑里。剩下的两个人像老鼠一样溜进了前侧楼梯下面黑暗的小隔间里。霍费尔迅速将大门关上。他踮着脚尖，小心翼翼走上楼梯。一束暗淡的手电筒发出的细小光束如鬼魂般照向楼梯下面。走廊十分黑暗。霍费尔只有几秒钟的时间思考自己可以藏身何处。他没有选择的余地，只能躲在距离入口大门两米远的墙壁拐角处。站着还是蹲下？霍费尔急忙紧张地蜷起身子，尽量将自己和赤裸的墙壁融为一体。他用双臂护住头部，紧紧贴着膝盖。他甚至闭上了眼睛，就好像这样做可以让他变得隐形似的。

茨威灵走下了最后一节台阶，来到门口。决定命运的时刻到来了。接下来的时刻，他能够幸运度过，还是……只要手电筒稍微往旁边移动一点儿，霍费尔就彻底暴露了。然而茨威灵只是将这一点点光芒对准了门把手。

霍费尔把呼出来的空气紧紧压回肺里。他仔细听着茨威灵的一举一动。他们两人相安无事。

霍费尔听到门是如何打开又如何锁上的。他终于彻底放轻松了。

钥匙从外面插进锁眼里，旋转了两圈。脚步声渐渐远去。

霍费尔抬起头。他知道自己在刚刚的几秒钟内疯狂而快速地想了什么。但是没有时间去回想了。他站起身。

石头台阶下面的小隔间里的两个人屏住呼吸，让自己在墙上贴得更平一点儿。茨威灵从离他们很近的地方经过。他的皮大衣发着光，高高竖起的领子顶着帽子的边缘。

他双腿修长，膝盖永远伸不直。用这双腿，他顺着向上的小路往坡上走去。他瘦长的、向前微微弯曲的身形像幽灵般渐渐消失在细雨和黑暗之中。

现在正是时候。就像他们在集中营集合的时候谈好并且准备好的那样。

皮皮希和克罗皮恩斯基悄悄地沿着物资库的墙根往前溜着。在地面立着一排地下室的换气窗。他们需要悄无声息地滑进最后一间地下室。轻轻摇晃了几下那扇窗户之后，窗页便打开了。两个人溜了进去。

与此同时，霍费尔来到了二楼。他把一切都盘算到位了。他必须顺着连接建筑的屋顶飞速进入物资库，而且不能带着孩子原路返回。这个过程花费的时间太多了，暴露的危险也过于巨大。

霍费尔将走廊的窗户打开，跳进了黑暗之中。这一刻，他感到万分紧张，也万分警觉。干得好。他精准地规划着接下来的行进路程。首先，停下来听一听动静。片刻之后，他感觉安全了。四周确实什么都没有。没有犯人，没有党卫军。在此刻，他们应该已经离开集中营了。远处矗立着铁丝网。在黑暗中看不到它，只有那些闪烁的红色光斑暴露了它的存在。后山墙对面立着一个岗楼——霍费尔对此并不担心——在岗楼和财务科楼之间的浴室已经把所有亮光都挡住了。下一个岗楼在25米之外。这已经很危险了。但是霍费尔也已经考虑过这个危险的情况了。在这种黑暗的雨夜里，岗哨只会把他们的目光注视向一个固定的方位。那些岗哨没有任何理由在霍费尔从屋顶走到二层窗户那里的时候突然转移视线。当然也有可能发生什么倒霉的事情。如果探照灯照过来了，那……一切都完了。

冒险无处不在，幸运也无处不在。所以，上吧，安德烈！霍费尔悄悄地贴着连接建筑的屋顶爬行，尽量放平身体，向前滑行——什么都没发生。

他小心翼翼地溜到物资库的山墙旁边，蜷起身子——他必须在跳起来之后抓住上方的窗沿。

霍费尔就像一个在起跑线上的运动员一样蹲在那儿，全神贯注。然后他用尽全力纵身一跃。双手紧紧抓住了窗沿。他挂在了那里！不过，做引体向上的动作比他想象中慢了很多，也耗费了大量体力。几秒之内，霍费尔感觉灯光似乎照到了他身上，一切都暴露在视野内。瞬间一阵恐惧袭来。他感觉身体灼热，发出被切割般的剧痛。但是这种痛苦马上分散到肌肉上，转化为顽强不屈的力量。他的身体往上移动了一些。他的额头抵住了窗户框。墙面紧紧贴着他，这种感觉挤压着他的身体，给了他支撑。毫无准备地，他松开了一只手，推向窗页。这个动作就好像是身体自动发出的一般。接着，霍费尔的手马上又紧紧抓住了窗框。他又用力一跳，进入了房间。霍费尔立刻关上了窗户。然后，他闭上眼睛，一阵轻松感涌入四肢百骸。

片刻的休息之后，霍费尔又恢复了警惕。他把那堆伪装挪到一边。他的双手摸到了那个孩子。

“我来了，小家伙，安静，千万别出声！”

原本克罗皮恩斯基是想把自己留在物资库的，这样方便接孩子。但是霍费尔提出了反对意见。万一茨威灵把自己抓住的话，这个波兰人的下场也许还能比自己好一点儿。

茨威灵对孩子并没有做什么，霍费尔感到非常高兴。霍费尔把孩子小小的身体抱在怀里，急匆匆地穿过长长的衣物室，来到了前面的书记办公室。他必须动作迅速。那两个人还在地下室里等着他。这个孩子已经习惯了在集中营里发生的不同寻常的一切，而且克罗皮恩斯基已经为他做了示范。霍费尔把他放在地板上，又从衣物间里取出一副折叠梯。这些折叠梯是用来悬挂装衣服的口袋的。他拿出来的这副梯子上挂着一个口袋，看起来就好像是被谁忘在那儿似的。口袋上面还拴着一根长绳子。霍费尔把绳子解下，又把孩子装进口袋，然后用绳子把口袋牢牢拴紧。之后，他把折叠梯立在桌子上，爬了上去。在烟囱旁边，有一个通往屋顶的天窗。霍费尔小心翼翼，避免扬起灰尘，他打开了天窗，又进入了无边的黑暗。他将绳子攥在手里，在向下倾斜的屋顶上爬着。他藏在天窗后面，手里拖着口袋。他把自己的身体尽量平平地贴在屋顶上，向低一些的烟囱处匍匐前进，注意着周围的动静。然后，他果决地一把将口袋挂在烟囱上。

在地下室里的两个人倾听着烟囱里的动静。失去耐性的皮皮希把脑袋伸到那个小小的孔洞里面。他什么也看不见，长长的烟囱里一片漆黑。一些脏东西掉到了他的脸上。皮皮希缩回脑袋，擦了擦落入眼睛里的灰尘。绳子在烟囱里发出沙沙的声音。他们要是受伤了，擦破了，怎么办呢？

霍费尔收起恐惧的心情，快速思索了几秒。他无视了暴露的危险，在烟囱旁边站起身子，把袖子垫在绳子下面作为保护，然后将绳子展开。

绳子从袖子上滑了下去。他赤裸的手腕和皮肤因为摩擦而灼热发红。霍费尔一声不吭地用额头顶住烟囱。终于，从地下室里发出了约定好的信号：绳子被猛地一拽。霍费尔松开绳子，疲惫不堪地跌坐在屋顶上。他交叉着双臂，把火烧火燎的双手塞到腋下，仿佛能缓解疼痛似的，同时又垂下脑袋。他坐了好一会儿才从疼痛中缓过劲儿来。

在地下室里的两人正在努力顺着烟囱把口袋拉出来。孩子正在低声抽泣着。

“我的老天爷，马利安，千万小心！”

克罗皮恩斯基停止了动作，对着孩子低声说了些什么。孩子不再发出任何声音，自己开始移动。口袋垂下来一部分之后，克罗皮恩斯基小心地把他拉出来。孩子通过自己的努力，爬出了这个狭小的缝隙。

“好了吗？”

“好了。”

克罗皮恩斯基飞快解开绳子，打开口袋。“感谢上帝，”皮皮希叹息道，“这简直就是难产。”

这个小小的人儿整个身体都在发抖，他的整个灵魂都被震慑了。克罗皮恩斯基抚慰着这个小家伙，他正在低声啜泣着扑向克罗皮恩斯基寻求帮助。终于，孩子平静了下来。他们现在要冒着极大的风险，穿过集中营内的荆棘路了。他们重新把孩子放进口袋，然后把烟囱恢复原状。霍费尔已经把绳子从上面收回去了。他们商量了几句。克罗皮恩斯基先出去探路。如果在20米之外他都没有被发现，他再回来接皮皮希。他们爬出换气窗，来到室外。幸运的是，雨下得更大了。他们将目光投向了无边的黑暗。

“上吧，马利安！”

克罗皮恩斯基出发了。皮皮希留在了小隔间黑暗的角落里。克罗皮恩斯基沿着第一排营房走着。几扇门打开着。门口扔着一些抽剩下的烟头。克罗皮恩斯基停下脚步，仔细聆听着动静。他用自己敏锐异常的听觉仔细探索着寂静之中的任何声响。他甚至可以从脚步声中准确分辨出走来的是分队长还是犯人：分队长的步伐是沉重坚硬的靴子发出的，吱嘎作响而且十分肯定；而犯人穿着不舒服的木头鞋，再加上这可恶的雨，走路的声音是急匆匆又噼里啪啦的。克罗皮恩斯基听到附近什么都没有，便飞快地跑回去接皮皮希。他们一起走到了克罗皮恩斯基刚刚站立的位置。皮皮希在营房阴影的保护下站着，克罗皮恩斯基再继续往前走下一个20米。他就这样引领着皮皮希顺着营房走下去，又穿过了中间的岔路，直到到达小集中营附近。最后一段路是最不安全的，这一段通往病房区的路没有了营房的掩护，他们需要走过去，直到拐弯处为止。由于下雨的缘故，来门诊的犯人数量也比往常少了许多。两人躲在一个营房后面观察着这段路。路上只有几名犯人。这是一个信号，意味着马上就要鸣熄灯哨了。他们中的一些人用薄薄的外套或者一片什么东西遮着脑袋，防止淋雨。

“我们走不走，马利安？”皮皮希问道。

“怎么都需要一点儿运气。”波兰人回答。

“那么，我们跟着那三个人走。出发。”

皮皮希已经跑到了路上，克罗皮恩斯基跟在他后面。他们跟在三名犯人之后。那三个人往病房区走去，其中两个人把脑袋裹在衣服里避雨。没走几步，克罗皮恩斯基就抓住了皮皮希的胳膊：“党卫队的人！”

在不远处，两名分队长迎面走了过来。皮皮希受的惊吓并不比克罗皮恩斯基少。不过，他在集中营里久经考验的强大内心还是让他在几秒钟之内就做出了反应。那两名分队长离他们还有几步路的距离时，皮皮希一把就将口袋从肩膀上举到了头顶。他能够感觉到孩子的身体压了下来，口袋里的小手想要试着抓住什么东西。他把自己伪装成用口袋避雨的犯人，就这样机智地通过了那两名分队长的身边。前面三名犯人给他们打了掩护。分队长们完全没有注意到这里发生的一切。他们不悦地在被雨水打湿的地面上走着。

他们终于向小集中营的方向拐弯了。走到铁丝网后面，他们就安全了，党卫军不会到这里来。第 61 号营区是一个连窗户都没有的马厩，当他们踏入那拥挤不堪的房间之后，一股令人震惊的气味迎面扑来。几个裸露的灯泡凑凑合合还能发光。营房的地面上铺满了茅草垫子。茨德科夫斯基和他的帮手需要在这个什么都没有的房间里把一切小物件利用起来，以安置好所有的病人。那些行将就木的病人躺在茅草垫子上。过不了多久，一个死人就会从地板上被拖到外面，就好像之前他们被从那些三层的木头板子上拖下来，放到墙边那样。这是一种很合理的分配方式，要把情况没有那么严重的人放在三层板上。给病人们提供几个茅草垫子并不能解决什么问题。

毫无疑问，病情较轻的人比那些将死之人的需求更为急迫，反正后者也不会活多久了。重病人员无一例外都被安置在软垫上。在这里不是凭所谓的理性标准去判断谁病得比较严重，而是纯凭人类的感性意识。因此，病情较轻的人可以躺在光秃秃的木头板子上，身上盖着一块破布或者旧的囚服外套御寒。

这些病人，无论是病情较轻的，还是即将死去的，都麻木而僵硬地躺在那里。他们的生命只剩下一口气，只有在偶然发出的孩子般的啜泣声中或是在一声急促的呼吸声中可以感知到，他们还没断气。

皮皮希和克罗皮恩斯基急匆匆地穿过堆满了草垫子的狭窄过道，来到前面。一名波兰看护走出小隔间，迎向他们。两个人跟随这名波兰看护，消失在小隔间里面。茨德科夫斯基已经为他们的到来做好了准备。他帮着皮皮希把小家伙从口袋里放出来，用他父亲般的双手将孩子高高举起，又小心翼翼地把他放在床架上。所有的人都围着小家伙站着，向他报以好奇的微笑。孩子还没有从刚刚的惊吓中缓过神来，他带着恐惧的目光打量着周围这些陌生人。他想要哭，又向克罗皮恩斯基伸出渴求的双臂。

皮皮希催促着。他必须要在鸣哨结束之前回去，向自己营区的犯人头目汇报情况，告诉他今晚霍费尔要留在物资库。他们现在必须要道别了。

就在二人走向营房的时候，克罗皮恩斯基沉吟道："我忘不掉那两个分队长。要是他们俩问你口袋里装的是什么，那该怎么办？哦，哦……"

他还是无法克服刚刚侥幸逃过一劫所带来的恐惧感。为了安慰他，皮皮希拍了拍他的后背："别害怕，马利安。仁慈的上帝不会遗弃我们。”

舒普要去部队车库给负责监管的下级分队长布鲁尔修收音机。同时，他要执行克莱默下达的任务。

“趁着这个机会，你可以偷听一些信息。”克莱默这样说道。他想让舒普借机偷听一下外国电台。自从雷马根之后，关于前线的消息就越来越难以获得了。

“集中营电工人员请求准许进入！”舒普做了例行报告后进入了办公室。然而房间里不光只有布鲁尔一个人。麦斯盖尔，一名下士，正在和布鲁尔一起做监视工作。

“过来，修收音机的！”布鲁尔咆哮着，看起来心情不错，“五分钟之内你要是修不好这个破玩意儿，我就掰折你的手指头。”

舒普一眼就看出来这两个人都喝多了。那位身材瘦小、一脸脓包的下士正歪戴着帽子，坐在坏掉的收音机面前，试图调出一些毫无意义的声响。他用他尖锐破碎的声音朝舒普说道：“电子管里有什么东西坏掉了，你要赶快把它修好。要是你这个蠢货做不好，我就拧断你的脖子。”

舒普没有理会他们这些无礼的言语。他把工具箱摘下，回答得毫不胆怯：“我现在帮你们把这个东西修好，你们是更愿意待在这儿还是干点儿别的？反正总有些可以供你们消遣的东西。”

“可供消遣。”麦斯盖尔用嘶哑的声音愉快地说道。他轻蔑地推了一把刻度尺。这个粗鲁的动作引起了舒普这名专业人士的抗议。

“不要这样做。”舒普抗议道。他可以很直爽地说出自己的意见，因为党卫队对他的专业技能还是十分倚重的。这两个家伙笑了。坐在桌边的布鲁尔跟跟跄跄地走到收音机旁，冲舒普咧着嘴笑着。

突然间，他的脸色变了。他惊讶地指着舒普，朝麦斯盖尔示意。

“你看看这张愚蠢的脸！”他这样说道。两个人一同看向这名电工。舒普不明就里，睁大了他圆圆的眼睛。布鲁尔猛地怪声叫道：“这个修机器的长得像我们的‘有钱傻老帽’[1]！”

麦斯盖尔对他这个重大发现十分认同。舒普心中却闪过一丝没来由的恐惧，这很有可能是一个危险的发现。下一秒钟，布鲁尔的拳头很有可能就会揍到他脸上，因为他竟然如此放肆，胆敢长得和希姆莱如此相像。

不过这惊险时刻马上就过去了。布鲁尔和麦斯盖尔同时爆发出嘲讽的大笑。布鲁尔赞许地拍着舒普的肩膀，笑得十分粗野，同时麦斯盖尔在旁边附和地发出尖锐的笑声。

危险过去了。对于这种很常见的游戏，舒普很聪明地露出友好的表情。然而这两个人的伟大发现还没有就此结束。

布鲁尔把麦斯盖尔头上的党卫军帽子扯了下来，一把套在舒普的脑袋上，又把他的犯人帽从他手里抢过来，戴在了麦斯盖尔尖尖的脑瓜顶上。

现在，这个玩笑就完整了。在他们面前站着一幅颇为成功的“有钱傻老帽”的讽刺肖像画。麦斯盖尔哧哧地笑着，用一个滑稽的

---

1 指的是党卫队全国领袖海因里希 · 希姆莱。希姆莱是纳粹德国的一名法西斯战犯，是对欧洲 600 万犹太人、同性恋者、共产党人和 20 万 ~ 50 万罗姆人的大屠杀以及德国对苏联的东方总计划的倡导者和鼓励者。德国《明镜》周刊中对希姆莱的评价是“有史以来最大的刽子手”。“有钱傻老帽”是用希姆莱的头衔和名字组合在一起的谐音起的外号。党卫队全国领袖是纳粹德国党卫队的最高领袖，在党卫队级别中是一个比较独特的存在。这个头衔创建于 1925 年，一共有五个人获得过此头衔，而海因里希 · 希姆莱在位时间比其他四个人加起来都要长。——译者注

姿势站在他们面前。

一刻钟以后，英国的电台会播报战况。舒普必须要听到这条新闻。他勇敢地与这种人格上的侮辱所带来的痛苦搏斗着，小心翼翼地等待着，直到这两个粗鲁的人笑够了，也玩闹够了。然后，他把党卫军的帽子从头上摘下来，放到桌子上。舒普的这个动作用意非常清晰明了。布鲁尔一下就明白了。他一副了然的样子，额头上拧出皱纹，和麦斯盖尔说道："看看，他还觉得委屈了呢。"

对此，舒普心里是有回答的。然而他并没有任何表示。

假如他此刻对这种侮辱行为做出任何反应，那么这个"游戏"就会没完没了。对此他很有经验。他知道这些家伙是多么反复无常。他们就像凶残的野兽，他们的利爪此刻在玩乐，下一秒钟就可以将人撕碎。因此舒普在面对这种情况的时候往往并不做出什么反应，而是直接走到收音机旁边开始自己的工作。

现在，沉浸在事务性的工作中后，舒普对外界的一切就都"免疫"了。他十分满意地注意到，那两个人的笑声渐渐平息了。麦斯盖尔把那个已经没有价值的游戏工具——犯人帽子扔给了舒普，然后戴上自己的帽子，离开了房间。舒普呼了一口气：已经有一个人滚蛋了。

舒普已经找到收音机的毛病出在哪了。只是接触不良而已。如果他愿意，三两下就可以修好。然而舒普没有这样做。因为布鲁尔还没有离开。他把头埋在自己的工具箱里，似乎在思考着到底是哪里出了毛病。舒普不止一次差点儿就成功地摆脱这个磨人的党卫军了。然而布鲁尔一直摆出一副专业人士的姿态，不停发表着可怕的"专业意见"。这些党卫军越是对这些专业技能的东西一无所知，反而越要做出一副无所不知的姿态来，好显得自己在这些卑贱的犯人面前毫无弱点。舒普利用了这一点，开始和布鲁尔讨论起相关的问题，讲述着冗长的收音机起源发展史。他从法拉第开始，谈到麦克斯韦，从海因里希·赫兹又说到了马可尼。他那点缀着专业术语的连篇废话犹如一道道电波冲击着这位下级士官的耳膜。不一会儿，布鲁尔的大脑回路就被电容和线圈彻底阻塞了，他听得云山雾罩：振荡回路啦、电磁场啦、电磁感应啦、高频低频啦……这些词来回来去在他脑袋里转磨。

布鲁尔终于烦了："那现在这个破玩意儿到底是哪儿坏了啊？"

舒普的脸上又露出那种天真无辜的神态。"我们首先要检查之后才能明确。"

布鲁尔觉得受够了。他戴好帽子咆哮道："要是你不能在一刻钟之内把它修好，我就把你捣成肉酱。听明白了吗，你个修收音机的！"他愤怒地撞门出去了。

舒普心中的小混蛋邪恶地笑了。他很快就把收音机的接触故障修理好，然后调好频道，准备接听消息。遥远而飘忽地，他听到了四声定音鼓锤击的声音。那是英国人！然后，依旧是遥远而飘忽，他听到了带着英国口音的德语：

"战场已席卷莱茵河河湾北部直抵科布伦茨，战役已取得阶段性胜利。

"美军装甲部队已通过奥彭海姆桥头堡刺入东部腹地。先锋部队已从哈瑙和阿莎芬堡直取美因茨。在奥登瓦尔德[1]北部通道和莱茵河

1 位于德国黑森州、巴伐利亚州、巴登-符腾堡州的山脉。——译者注

之间强有力的移动战正在进行中……”

舒普瞬间就被广播声吸引住了。每一个字眼都在他的大脑中留下了难以磨灭的烙印。

当布鲁尔回到房间的时候，舒普还听着广播。他马上把接收声调得模糊不清，又把音量调到最大。收音机发出刺耳的尖叫。布鲁尔十分兴奋：“我的天，你个修收音机的！你是怎么弄的？我自己瞎忙活了半天，但是就是不灵。你还真是……”

对于一个犯人来说，过多的称赞是毫无益处的。因此，布鲁尔用一种很粗鲁的方式修正了他原本的钦佩：“啊，全都去他妈的吧。反正现在这个盒子又能使了。”

舒普收拾好自己的工具箱。

不久之后，他和克莱默一道站在房间里悬挂着的地图前面。这张地图是克莱默亲自贴上去的。短短几天之内，他们就从雷马根到达奥彭海姆了。从那里可以通往法兰克福[1]，往北边去，通过科布伦茨可以直抵卡塞尔[2]。毫无疑问，他们马上就要到达图林根了！

两个男人相顾无言。两个人想着一样的事情。克莱默拿起尺子，测量从雷马根到法兰克福的直线距离。他换算着从雷马根到魏玛的日程。从距离上来讲还剩下差不多三分之二的路程……

克莱默做了一个深呼吸。他把尺子放回到桌子上，用沉重的语调说道：“还有 14 天我们就自由了，或者就死了……”

---

1 美因河畔法兰克福，属黑森州，城市分布于美因河的两岸。这座德国西部重镇距离科布伦茨已经非常近了，只有 100 多公里的路程。——译者注

2 位于德国黑森州。——译者注

舒普笑了："死？天啊，瓦尔特，上面不会再有空对我们做这些事了。他们自己都自身难保了。"

克莱默警告道："等等……"

突然，他抓住舒普的胳膊，示意他看向窗外。他们看到克鲁提希和雷涅博特正在快步穿过集合场。一路上的犯人们摘掉帽子行礼，又偷偷地转过头看着他们急匆匆的样子。克莱默和舒普紧张地盯着两人，直到他们消失在视野之内。

"一定发生什么事了。赶紧的，海因里希，你跟着他们，小心点儿，看看他们去哪儿了。"

舒普马上跑开了。

一阵紧张不安向克莱默袭来。他突然有一种感觉，就好像这两个人是因为他的缘故才来到集中营的，就好像他们随时随地都可能闯进门来，然后克鲁提希会用那冷酷的声音冲他喊叫："你马上过来一下！"

克莱默用拳头抵住太阳穴。这种不安已经升级为恐惧，就好像一切都已经暴露了似的。一切！

门真的被撞开了。克莱默吓了一跳。舒普焦急地跑了进来。

"他们向物资库去了。"

克莱默有那么一瞬间觉得解脱了。然而一种新的、更加剧烈的恐惧又向他袭来。他盯着舒普，惊呆了。

早晨的时候，雷涅博特在门后面发现了小纸条。他不明就里，来回来去看着这张条子。

"物资库的霍费尔和波兰人克罗皮恩斯基欺瞒了队长茨威灵，他们在衣物室右后方的角落里藏了一个犹太小孩儿。"

雷涅博特读了好几遍。

“一个财务库的犯人。”最下面写着这样一行字权做署名。

雷涅博特马上回忆起前一天早晨遇到茨威灵的场景。茨威灵打开门，一脸惊讶地站了一会儿，结结巴巴地跟他打了一个尴尬的招呼，然后就走了。

雷涅博特从牙齿缝里吹着口哨，把字条装进口袋。晚些时候，他又把字条展示给了克鲁提希。克鲁提希也反复看了几遍，不知道这是什么意思。他带着红血丝的双眼挤在一起，厚厚的眼镜片上折射出凶狠的光芒。

雷涅博特坐在写字台后面伸了个懒腰：“你对这个署名有什么想法吗？”

克鲁提希没头没脑地说道：“这是一个暗示。”

“一个犯人吗？”

“不然是谁？”

雷涅博特露出意味深长的笑容。

“茨威灵。”他不带丝毫情感地说道。

他把字条从克鲁提希手里拿过来：“幸亏啊，你已经来不及当总指挥官了，不然他们要弄死的第一个人就是你……”他突然用一种尖锐的腔调说道，“绝对不是别人，就是茨威灵，自己写了这张纸条！”

克鲁提希脸上露出一种愚蠢而困惑的表情。这让雷涅博特十分生气。他刻毒地说道：“天啊，你还没明白吗？这件事再简单不过了。那个愚蠢的混蛋和那些共产党做了什么下流买卖，但是现在他玩儿砸了。”

克鲁提希尽可能地想跟上这个年轻人敏锐的思维。雷涅博特把左臂别到后腰上，又把右手大拇指塞进制服上衣的扣眼儿里。他就这样僵直地在克鲁提希面前来回大步走着，他说的每一个字都充满了讽刺："不知道我们亲爱的少校先生是否愿意将国防军最高统帅部[1]发布的、有重大意义的消息与英国人的广播稍微进行一下比较呢？"

他站在克鲁提希面前，尖刻地说道："然后你就会明白，我亲爱的，美军从奥彭海姆挺进了。他们已经到达阿沙芬堡了。战事喜人吧？"

雷涅博特带着殷切的讽刺指着墙上的地图。

"进攻方向，图林根！那么，然后呢？我们不要再自欺欺人了，我的先生们——咱们那位聪明的指挥官如是说过。我说，把事情关联起来看看！"他满意地大步走着，敦促着沉默的克鲁提希，"我只求求你，长官先生，把事情关联起来！"

克鲁提希试着将所有的事情相结合。

"你认为，茨威灵已经和共产党……假如失败了……？"

"聪明。"雷涅博特讽刺地笑了，"如意算盘打得好。也许会很快，意想不到的快。一周内就从雷马根到达法兰克福，那么你可以算算，他们还有几天就到咱们这儿了。听着，我告诉你我想到的是什么：他们用那个犹太小鬼把茨威灵软化了。'队长先生，您睁一只眼闭一只眼，等到万一有那么一天，我们也会这么做的。'是不是？"

1 国防军最高统帅部（Oberkommando der Wehrmacht，通称 OKW）是二战期间纳粹德国的最高军事指挥部，直接隶属于希特勒指挥，下辖"陆军司令部""海军司令部"和"空军司令部"，是陆海空三军最高指挥机关。

雷涅博特没等克鲁提希有回应，就直接将一根手指刺向空气说道：“这事儿是那个霍费尔干的，这是他们组织要干的。那么，谁是藏在后面的那个人？这个违禁组织，这是一个缺口，对吧？我们必须要抓住霍费尔还有那个波兰人，那个谁，叫什么来着？”

现在克鲁提希终于明白过来了。他愤怒地把两手叉在腰间。

“我们要怎么处置茨威灵？”

“什么也不用做，”雷涅博特回答道，“我们只要抓住霍费尔和那个谁，线头就牵在我们手心里了。那个半死不活的傻瓜还会高兴呢，他会帮我们找到些蛛丝马迹。”

克鲁提希惊讶地表达着自己真诚的钦佩：“天啊，你可真是一条狡猾的狗……”

这种对他聪明才智的全然称赞极大满足了这个年轻人的虚荣心。他用手指抠着扣子眼儿的边缘。

“这件事我们绝对不能告诉我们那位聪明的指挥官，或者说明白点儿，咱们现在就是要和他对着干。我们要聪明点儿，少校先生，要非常聪明！不然就可能失败。我已经跟你说过一次了，现在我再重复一遍：如果我们要出击，就要一击必中！明白吗？我们只能出手一回，一定要一击必中！”

雷涅博特紧挨着克鲁提希，用紧迫的口吻说道：“现在你绝对不能再做蠢事了。关于他们组织，一个词都不要说，就当它不存在，明白吗？现在这件事是关乎犹太小鬼的，明白？”

克鲁提希点点头。他十分信赖雷涅博特的聪慧。他一分钟都不想再等了，果决地将帽子拉到额头上：“行动！”

他们撞开物资库的门，急匆匆冲了进去。

正在衣物室里工作的犯人都被吓了一跳。一个人命令道："注意！"

所有人都在原地立正站好。正在书记办公室里的霍费尔也注意到了这声"注意"的命令。当他看到集中营的高层长官和雷涅博特的时候，他也吓了一跳。他连忙来到衣物室，按照规定通报："物资库劳工随时待命！"

雷涅博特的大拇指还插在扣眼儿里。他命令道："全体集合！"

霍费尔大声将命令传达到各个房间。他心里盘算着这两个人来此的目的。犯人们四面八方地赶来集合。此刻情况危险，他们心知肚明，因为这两个人突然出现一定没好事。犯人们按照规定迅速站成两排。克鲁提希问起茨威灵。

霍费尔报告道："分队长茨威灵今天早晨到现在还没有来过。"

啊哈。雷涅博特想着。这个老小子溜了。

房间里充斥着不祥的平静。犯人们一动不动地站着，凝视着一语不发的克鲁提希和雷涅博特。他们目露凶光，打量着犯人们，那样子就像是残暴的鸟类看着自己的猎物。这种安静就像寒冬一样可怖。

克鲁提希给了雷涅博特一个指令。雷涅博特快速走近衣物室的右后方。在这期间，克鲁提希坐到了长板子上，晃动着抬起来的那条腿。后排，皮皮希和克罗皮恩斯基站在一起。皮皮希用拳头悄悄杵了杵克罗皮恩斯基。罗瑟站在第一排。他脸上露出显而易见的惧色，和其他人毫无改变的脸色形成了鲜明对比。霍费尔站在第一排末尾的位置，脑子飞速运转着。

他的心都要跳到嗓子眼儿了。他感觉到心脏在剧烈跳动。他没有想着那个孩子，而是想着那把 7.65 毫米口径的瓦尔特枪。除了他以外，没有人知道那把枪藏在何处。

一瞬间，那个古老的孩童寻宝游戏的顺口溜冲进了他的脑海：一摊水，找不到，一摊水，找不到……他在脑海里搜索着藏匿武器的地方，算计着伪装暴露的可能性。他就好像玩游戏的小孩一样在脑海里欢呼着顺口溜，期待着对方无论如何努力想要搜寻，都无法找到自己藏起来的宝贝。

一摊水，找不到！一摊水，找不到！他渐渐平静了，心跳也不再那么剧烈。激动的情绪渐渐消退。现在他甚至可以用余光观察克鲁提希：他的手指正在膝盖上敲着。克鲁提希阴险的目光扫视着一动不动的队伍。每一个人都在他的审视之下。犯人们的眼睛都盯着自己前面的空气。房间里弥漫着一种麻木的紧张，每一个恫吓的眼神都可能将一切撕裂。过了好一会儿，雷涅博特回到前面来了。他带着讽刺的笑容，眉毛高高挑起："什么都没有。"他言简意赅地说道。

克鲁提希一跃而起。紧张的氛围被打破了。愤怒像一阵疾风，席卷了克鲁提希。

"霍费尔出列！"

霍费尔走出队伍，站到距离克鲁提希两步距离的地方。克鲁提希想在眼前这名犯人身上发现什么不同寻常的地方："谁是那个波兰猪克罗皮恩斯基？滚出来！"

克罗皮恩斯基缓缓出列，穿过队伍，站到霍费尔身边。雷涅博特摇晃着膝盖。罗瑟直挺挺站着，把全身的力气都灌在了腿上，尽量站直。他已经吓得腿软了。其他犯人的脸上则只有冷漠、阴沉和不为所动。皮皮希的眼睛从雷涅博特滑向克鲁提希。

克鲁提希的怒气已经冲到嗓子眼儿了。他的脑袋僵硬地站在他长长的脖子上。他尽量控制着自己，从牙齿缝里发出阴森的嘶嘶声：

“那个孩子在哪儿？”

克罗皮恩斯基不安地吞了口口水。没有人回答。克鲁提希彻底失控了。他尖叫着：“我要知道，那个犹太小鬼在哪儿！！！”

同时他冲到霍费尔面前吼道：“你告诉我！！！”

口水从他的嘴唇间喷了出来。

“这里没有孩子。”

克鲁提希看向雷涅博特寻求帮助。愤怒在他的喉头间，把话都粘住了，令他一个词都说不出来。雷涅博特漫不经心地走到克罗皮恩斯基旁边，扯了扯他的外套，用近乎友善的口吻说道：“说说吧，波兰人，那个孩子在哪儿？”

克罗皮恩斯基连忙摇摇头：“我不知道……”

雷涅博特一把拉住克罗皮恩斯基。他经过良好训练，身手敏捷，重重在克罗皮恩斯基下巴上揍了一拳。打得实在是太狠，克罗皮恩斯基站立不稳，向后倒下去，倒在了身后那排犯人的身上。他们扶住了他的胳膊。他的嘴角流下一丝鲜血。

雷涅博特又拉过克罗皮恩斯基，在同样的地方又打了一拳。克罗皮恩斯基瘫倒在地。

雷涅博特掸掸手，又把大拇指伸到扣眼儿里。

这两下子给克鲁提希释放了信号。现在反正是要动手了。克鲁提希不再压制自己的野蛮，双拳不停揍到霍费尔的脸上，咆哮着：“你们那个犹太小鬼在哪儿？你给我说！”

霍费尔举起胳膊护住自己的头。克鲁提希用尽全力踹向他的小腹。霍费尔痛得喊了出来，蜷缩成一团。

皮皮希无法顺畅呼吸了。他的双手痉挛地握成拳头。他毫无意义地想着：坚持住！坚持住！他们已经到达奥彭海姆了！不会太久了。坚持住，坚持住！

他是在为自己鼓劲儿呢，还是在为那两个挨揍的人？他也说不出来。他怀着一种说不清道不明的心情想着这些，就好像他坚信的这些事情会注入他们体内，带给他们力量似的。

克鲁提希下唇抖动着。他将滑落的制服重新拉紧，整理平整。霍费尔艰难地站起身。那一脚差点让他断气。他喘着粗气，垂着脑袋站着。克罗皮恩斯基一动不动躺在地上。

雷涅博特懒洋洋地看了一眼手表。

“我给你们所有人一分钟的时间。谁要是告诉我那个犹太小鬼藏身何处，我就会给他奖励。”

犯人们还是直挺挺地站着。皮皮希在沉默中扫视着大家。会有人说出什么来吗？他的目光停留在罗瑟身上。他只能看到罗瑟的后背，但是他看到了，罗瑟的手指在颤抖。

这半分钟过得格外漫长。雷涅博特看了一眼手表。他看起来泰然自若，其实心里也在紧张地留意着秒针的跳动。已经引起这群家伙的恐慌了。他这样想着。这会让他们变得不堪一击。

“还有 30 秒。”他和蔼地说道，“然后我们就要送这两个人去‘操练’了……”

他停顿得意味深长，在唇边咧出一个危险的笑容。

“要是他们发生了什么不测，这笔账可要算在你们头上。”

他故意避开了和犯人们的目光接触，像一个发令员一般盯着自己的手表。

克鲁提希凶狠的目光在犯人们脸上打转，从一个到另外一个。

犯人们就好像铜铸的一般，一动不动。皮皮希心里盘算着。我是不是应该拦下一切呢？上前一步，然后说：我知道那个孩子，都是我一个人……？

一分钟结束了。雷涅博特垂下手腕。皮皮希感觉有什么人在自己后背上推了一把似的。现在！往前走一步！但是他还是僵硬地站着。

雷涅博特用靴子踩着克罗皮恩斯基的身体："站起来！"

现在，现在，现在！皮皮希心里有一股力量在拖拽着他。他此刻感觉轻飘飘的，犹如在梦里。克罗皮恩斯基摇摇晃晃站起身。雷涅博特在他胯上踹了一脚。他踉跄地跌向门口。一股力量把皮皮希拉了回来，不是恐惧，也不是胆怯。他呆呆凝视着霍费尔，他也同样走向门口……

在那四个人离开之后，犯人们又僵硬而沉默地站了好一会儿。他们尚在刚刚的震撼之中不能回缓。直到罗瑟对着空气挥舞着拳头，用破碎而紧张的声音失声喊出："我什么都没做啊！"

队伍终于活了起来。皮皮希也从僵硬中缓了过来。他穿过解散了的、乱成一团的人群，用力抓住罗瑟，恐吓地抬起拳头："闭嘴！"

茨威灵在耐心等待一切结束之后，终于出现在了物资库。他用鄙夷的目光看着犯人们。他们坐在书记办公室的桌子旁边，没有人在工作。衣物室的长板子旁边站着另外一些人。他们明显什么都还没做，在茨威灵来到之后才开始装模作样地忙碌起来。

茨威灵对犯人们的低落情绪装作视而不见，想要溜回自己的办公室。然而，一种不安的情绪爬上了他的心头。他们会不会察觉到那个纸条是自己写的？他犹豫不决地站在那儿，脸上露出笨拙的笑容："你们做出那副蠢样子是干吗呢？那个霍费尔去哪了？"

皮皮希还站在长板子那。他不去看茨威灵，拽着一包衣服，扯着口袋的绳子。

“在刑讯室。”他阴沉地答道。茨威灵听到了这个低沉的声音，又问：“他干了什么蠢事了吗?”茨威灵用舌头抵住下嘴唇。皮皮希没有回答。其他人强硬的沉默把茨威灵堵住了，他没法再提任何问题。他一言不发地回到自己的房间，身后是犯人们不信任的目光。皮皮希送给了他一句无声的咒骂。茨威灵把他棕色的皮大衣不经意地扔在椅子上，开始思考。那种不安的情绪丝毫没有消减。直觉告诉他，犯人们对他已经起了疑心。他混沌地看着前方。现在最好的方法就是保持友善，在其他人面前装傻充愣。

他把皮皮希叫了进来：“您给我说说吧，都发生了些什么?”

皮皮希没有马上回答。

这一刻关乎他亲爱的伙伴们的命运。皮皮希有一种强烈的诉求，将他人性中最真实的一面释放出来。就是他面前的这双窥视的眼睛，给了他虚假的希望，又将他的心穿透。那也许是一件高尚的事情，是皮皮希所能给予一个党卫军的最大的原谅。那源自于他不变的人道精神，是在他那身灰蓝条纹的囚服后面支撑着他的力量。他渴望着像一个人那样和人交谈，这种渴望太强烈了，让他的心剧烈地疼痛起来。某一瞬间，皮皮希的确相信，从那个不可消除的声音中传达出的力量可以克服一切阻碍；他在脑海里已经组织好了语言。然而当他看到茨威灵脸上那种赤裸的贪婪表情的时候，就又被拉回了现实。

他囚服上的条纹就好像一个栅栏，把他的天性压制住了。而党卫军的灰色制服就像一辆无法穿透的装甲车，在后面藏着狡诈、胆怯和危险，就好像丛林中的猫科动物，伺机而伏。

在他面前坐着的，是一个告密者，是一个十足冷血的人。这个人虚弱的眼神里表演出了人道的关怀，而一旦他利用这种人道得到了自己想要的东西，就会立刻将其毁灭。

皮皮希觉得十分羞愧。有那么一分钟，他内心的渴望差点儿毁掉了一切。

“那么，现在您给我说说……”

皮皮希的心变得冷了。

“还能发生了什么？霍费尔和克罗皮恩斯基因为那个孩子的事被送到刑讯室了。”

茨威灵目光闪烁：“看来有人告密。”

皮皮希快速回答道：“是的，队长先生，有人告密！”

茨威灵心里掂量了一下这个回答，然后继续说道：“看来你们中间有内鬼？”

“是的，队长先生，我们中间有内鬼！”他的回答掷地有声。

“那么他们……把孩子……也一起带走了吗？”

“没有，队长先生！”

“那么现在孩子在哪儿？”

“我不知道。”

茨威灵露出一副吃惊的样子：“为什么？昨天晚上他还在那儿。”

“我不知道。”

茨威灵跳了起来：“我亲眼看过！”

现在，他把自己暴露了。皮皮希心里已经完全确定了自己的怀疑：茨威灵就是那个告密者。他就是！

茨威灵注视着皮皮希毫无表情的脸。突然他朝皮皮希咆哮道：

“所有人集合，所有工队的犯人！我们就能找到那个内鬼了！”

然而几乎是同一时刻，他又改主意了。他一下跳到皮皮希身边——皮皮希已经握住门把手。茨威灵带着一丝信任说道：“不，皮皮希，我们现在不要这样做。我觉得我们最好先不要提这件事。就是因为我帮了你们，这件事对我来说也是性命攸关了。我们不要搞出太大动静。您把这个内鬼找出来，然后报告给我。我们让他原形毕露。”

茨威灵把舌头抵在下嘴唇上，渴望皮皮希赞同自己的说法。然而皮皮希沉默了，只是按照规定动作转身离开房间。茨威灵透过窗户看着皮皮希，他的嘴一直张着。

克莱默在自己的房间里看到克鲁提希和雷涅博特押着两个被捕的人穿过集合场。克罗皮恩斯基踉踉跄跄走着，霍费尔垂着头。

在书记办公室的窗户后面，犯人们带着好奇的目光紧紧注视着那几个人。

普略勒焦急地来找克莱默。现在那四个人已经走到大门口处了。距离太远，必须使劲观察才能看到点儿什么。普略勒和克莱默贴着玻璃使劲看着。两个被抓的人已经被带到大门右侧那边去了。

他们消失在刑讯室里。

“结束了。”克莱默逼着自己这样说道。

普略勒看着克莱默，一个字也没说。他只用眼神问道：为什么？

克莱默的脸色变得十分阴沉。

消息很快在集中营里传播开来。霍费尔的被捕预示着——出大事儿了。发生什么了？营区里，犯人们带着紧张的好奇心打听着。在光学工棚里，犯人们逮到了一个跑腿的。

“他们把霍费尔和一个波兰人送到刑讯室去了。克鲁提希和雷涅博特亲自送的。这说明……”

普里布拉和科迪茨克担忧地对视了一眼：军事教练被关进刑讯室去了？这意味着什么？消息也传到了病房区。范·达伦听到这个消息后还是一如既往的平静。他在清洁间里洗着脏绷带，但他浓密的眉毛因为沉思拧到了一起。这是一件非常危险的事情。他差点儿不管不顾地就跑去找博科夫了。然而他想到了上级的接触禁令，便明智地及时终止了自己的做法，保持低调。如果真的发生了什么危险的事情，他也要在正确的时间完成下达给自己的指令。

舒普来到物资库附近，向浴室周围的犯人们打听了情况。他们也把消息告诉了博果斯基。博果斯基把自己的担忧藏在了漠不关心的态度后面。

“现在该怎么办？霍费尔大意了。”

博科夫从厨房来的值日生那里了解到了情况。不安让他没办法再在营区里多停留片刻。他找了一个借口，来到书记办公室。幸运的是，克莱默正一个人在办公室里。博科夫的悄悄出现，让克莱默吓了一跳。克莱默心里清楚，为何他让困惑的霍费尔独自去完成博科夫的指令。这是隐秘的人性矛盾之所在，所谓的良知注视着他的双眼。然后他将这道命令传达了下去。然后，再也不管这件事了。什么也不看，什么也不知道！

带着同样的矛盾，他现在不得不面对博科夫。他准备接受博科夫的斥责，因为自己没有监督那个孩子随着转运车一起离开。“我做了自己该做的事！”他用过于响亮的声音为自己辩护。博科夫没有回应。他的组织纪律风格，是在面对每一次形势变化的时候都能有相应的措施。因此他马上就明白了，再因为已经犯下的错误而争吵是毫无意义的。霍费尔的被捕将组织置于险境。凭着准确的直觉，博科夫判断，克鲁提希和雷涅博特一定想通过被捕事件努力找出与组织相关的蛛丝马迹。他们一定已经推测出了，霍费尔心中肯定是要掩护什么人。他们一定在努力试图不要因为这个孩子而把自己置身于风口浪尖。这个孩子对于他们来说无足轻重，和一只小猫没什么区别。要是想找出一只小猫，一个营区长就足够了。然而他们却亲自来物资库抓人了。

博科夫紧闭着双唇，想要找到什么方法。然而他并没有。“现在，怎么办?”

克莱默无助地耸起肩膀:“我们现在不能把孩子送出集中营了。值得庆幸的是，我还来得及做些什么。茨威灵也插了一脚。”

克莱默的话博科夫没怎么听进去。他在思考着。现在，只有身为集中犯人人头目的克莱默还有可能去查探一下在刑讯室里的霍费尔和克罗皮恩斯基到底怎么样了。尽管博科夫首先要和ILK的同志们说一下这件事，然而眼下情况紧急，博科夫现在只能自己做决定了。他认为这个计划是正确且必要的。

“听着，瓦尔特。”终于，他说道，“你必须要帮忙。现在还没有具体的目标，一直以来你都只是一知半解的。反正除了我告诉你的事情之外，你也不知道更多的事情。”

“不该我知道的事情，我都不知道。知道也装不知道。”克莱默回答道。

“现在我们不会被打扰吧?”

“你就说吧。”克莱默咕哝着。

博科夫用气声说道："你知道，我们是持有武器的。至于我们把它们藏在哪儿了，这无关紧要。霍费尔是反抗组织的军事教练，是我们极其重要的一员！明白了吗？"

克莱默拧着眉，无声地点头。

"他们在刑讯室里要对他做些什么，没人知道。"博科夫继续说道，"如果霍费尔松口了，整个组织从他那儿就暴露了。他知道武器都藏在哪儿，他也知道反抗组织的成员都有谁。他知道我们的接触禁令……"

博科夫停顿了一下。克莱默也沉默了。他慢慢把双手插进口袋，看着前面。整个集中营的命运都拴在霍费尔一条命上了，都拴在了他个人的意志上！

事情的严重性深深震撼着克莱默。

"要是我能及时告诉你就好了。"过了一会儿，博科夫说道，"那样，在茨威灵发现之前，你就会盯着霍费尔把孩子送走……"

克莱默无声地点点头。

"听着，瓦尔特，你必须要去看看霍费尔是否严守秘密。我们不能去刑讯室。只有你能做这件事，我必须要委托于你。我没办法给你什么有用的建议。也许你可以和舒普一起。"

克莱默已经开始思考如何做这件事了。

"一旦你获得了什么消息，马上全部报告给我。你现在知道这件事的严重性了。一定要小心，瓦尔特。如果你需要帮手，告诉他这件事的急迫性，然而其他的——什么都不要说！"

"你也不用上来就把这件事推给我。"克莱默瓮声瓮气地说道。

博科夫拍了拍他的肩膀。"我知道，我知道……"

博科夫天性并不是那种遇到危险就龟缩起来的人。他的勇气并非表现在鲁莽蛮干，而是表现在权衡、观察和考量。一旦博科夫认准了一件事情，他就会坚持做下去，尽管有时候并不能得到同志们的理解。比如1944年8月那次，组织利用一次美军对集中营空袭后的混乱，偷偷运进来六支卡宾枪，然后需要把它们妥善安置。

博科夫接到的命令就是以最快的速度将这些珍贵的武器藏到一个绝对安全的地方。同时要保证随时就能拿出这些武器，也要保证它们不会被损坏。当天晚上，博科夫就用一个简单的方法解决了这道难题。科恩帮了他一把。

后来，他向ILK的同志汇报了任务的情况。针对他们提出的把武器藏到什么地方的问题，他这样回答："在病房区。"并没有给出确切的伪装位置。

"如果我告诉你们确切的藏匿点，你们一定不会同意的。"其他同志开始担心了。然而博科夫还是什么都没有说。

"找吧，"他说，并不为任何质疑和顾虑所动，"谁能找到这些武器，我就让出我一周的面包配额。"

本身就在病房区工作的范·达伦将四处翻了个底儿掉。科迪茨克和普里布拉白天只要一有机会就会到病房区，推测着哪里可能是伪装，在所有隐蔽的角落里搜寻着可能存放武器的地方。他们对此有些恼火，然而对于博科夫来说，这是一个好玩的寻宝游戏。只有博果斯基没有参与进来："赫尔伯特已经做了正确的事情。"

在8月末的一个周日下午，博科夫和科迪茨克、普里布拉来到病房区。范·达伦加入了他们，四个人坐在一条长凳上，面对着病房区的主营房。他们聚集到一起，是因为博科夫想要告诉他们，他究竟把枪藏到了何处。

“赶紧说，”普里布拉催促着，“它们在哪儿呢。”他想着那些卡宾枪。

博科夫嘴角露出一丝微笑：“你现在就坐在它们面前。”

普里布拉和其他人一起，看着空空的座位，又带着怀疑的目光探寻着面前的主营房。博科夫没说话，只做了一个提示性的动作，好帮他们猜到。他冲着窗前绿色的花槽一点头。花槽里面正盛开着红色的天竺葵。

范·达伦第一个明白过来。

“在那里面?”他惊讶地低声说道。博科夫用眼神确定了他的答案。他们无言地凝视着花槽。博科夫很享受他们的惊讶。

“要是我说了，”他问道，“你们还会同意吗?”

没有人回答。他们的沉默意味着否定答案。

“这太大胆了。”范·达伦终于说道。

“但是很正确。”博科夫很快补充。

“想找到秘密的人，通常都会去那些角落搜寻，但是却看不到自己眼下都有些什么。而且……”

博科夫突然闭上嘴。一个党卫军从病房区小路拐进了主营房。他径直走过花槽，一眼都没多看。然而在进入大门的时候，他还是站住了。花槽上的什么东西吸引了他的兴趣。普里布拉吓得抓住了博科夫放在凳子上的那只手。他们看着那个党卫军是如何把一株斜着冒出花槽的天竺葵扶正，然后埋在土里。他们带着前所未有的紧张，看着那个党卫军的一举一动。博科夫笑得十分轻松。笑过之后，他看着那名党卫军的身影消失在主营房里，然后继续说起刚刚被打断的话："……而且这群残暴的家伙虽然杀人，却不会伤害花……"

他们沉默了。刚刚的事情他们都看在眼里。博科夫平静地说道："任务完成。它们很安全，任何时候都可以拿出来使用，而且不会被损坏。"

科恩早就把那些武器用防水的油浸布小心翼翼地缠起来了。

在他们离开的时候，博科夫眨了眨眼："我能留着我的面包配额了吧？"

范·达伦摇着头回到了病房区。普里布拉佩服地撞了一下博科夫的腰。

博科夫笑了。

冬天过去了。天竺葵都已枯萎。花槽还站在窗户下面，无人问津。干裂的泥土看起来并不美丽……

博科夫向来坚信自己的安排都很牢靠，然而今天他动摇了。那种不安的感觉促使他来找博果斯基。每一个小时都弥足珍贵，因为每一个小时都有可能发生无法预估的灾祸。时间紧急，这迫使博科夫无法再顾虑必要的安全问题。也许现在就是一个靠谱的时机，可以和博果斯基一起商量一下，看看下一步该怎么办。现在博科夫也遇到突发的难题了。

负责浴室的党卫军分队长正在自己的办公室里闲溜达。淋浴间空无一人。工队的犯人们正拖着一些旧衣物经过浴室门口。这些旧衣物是从不久前到来的转运车上搜刮出来的，现在要拿去消毒。博果斯基就在这群人之中。博科夫一下就抓住了他，然后又飞速地把一大堆成山的破衣服收拾好，跟着其他人一起往消毒室走去。博果斯基立马就明白了博科夫此举的用意，并悄悄跟在博科夫后面。他们并不担心要穿过那群犯人，而在消毒室里无人打扰他们。他们用一大堆待丢弃的破衣服挡住自己的身影，透过这堆衣服，他们还可以注意入口处的动静。博果斯基已经听说霍费尔被逮捕的事情了。

“假如霍费尔对上面的人屈服了……假如他没能严守秘密。”

他们沉默地看着彼此。博果斯基只是稍微抬了抬胳膊，没有多说什么。面前的危机巨大，他们不敢对此多发表意见。黑暗和沉重的心情像一座大山，压在他们身上。此刻他们感觉自己是如此无力。假如霍费尔说出了一些名字，他们该如何是好……

那么链条的缺口就打开了！他们所有人都会被卷进来。组织伪装得很好，然而组成组织的是人，那么危险的最终也还是人。要知道，在刑讯室的那些小关押室里，行使的完全是另外一套法则。人们会被单独关押。没有人敢打包票，在面对身心的双重折磨之下，被刑讯的人还能保持钢铁般的不屈意志。也许他们会退缩，会变得软弱，也许会被彻底击垮。在刑讯室里，人们要面对的是无穷无尽的痛苦和死亡般的折磨。同样，最原始的对于死亡的恐惧是否会比任何信念和勇气都更为强烈？每一个变节的人也都曾经发过誓要效忠至死。然而在誓言和刑罚之间，有太多人性不可估量的变数存在。

也许在这一分钟里，霍费尔已经被刑讯折磨了。也许他的灵魂因为想到了妻儿而震颤，而薄弱。然后，他会说出一个名字，一个他自认为不那么重要的名字。然后，链条就被撕开了豁口。

反抗组织的上千名成员中，是否有人真的确定，他们的组织的确足够强大，可以坚持到最后时刻？

“这可能是一次山崩地裂。”博科夫低声说道。

博果斯基把自己的视线投向空气。他在沉思。他艰涩地笑了，把混乱不安的思绪隐藏其中。然后，他眼神中的脆弱消失了。

“会怎么样，”他轻声说道，“我们完全不知道。也许危险的只有孩子。霍费尔和克罗皮恩斯基会很勇敢的……”

博科夫的脸色变得更加阴沉。

“我们必须要信任霍费尔。”博果斯基说道。

“信任，信任！”博科夫恼怒地回答，“你怎么就这么确定，他一定会坚持到底呢？”

博果斯基抬了抬眉毛。

“你这么确定我，或者你，或者其他人，可以坚持到底吗？”

博科夫做了一个不满的手势，将这个尖锐的问题抹去了。

“当然是谁也无法做这个保证的。假如霍费尔没有把孩子留下的话，一切就都不会发生了。那么，看看现在吧。他先是自作主张地藏起了孩子，然后又破坏了纪律，现在他进入刑讯室了，而且，而且……”

“而且你也同样在孩子的问题上犯错了。”

“我？”博科夫十分惊讶，“我做什么了？”

“你说过：这不是我的事，这是霍费尔的事。”

“然后呢？”博科夫为自己辩护着，“难道我没有给霍费尔下命令，让他把孩子送出集中营吗？”

“那是谁说的？你的心也是这么说的吗？”

博科夫惊愕地举起了双手。

“看在上帝的分儿上，雷奥尼德，你究竟是怎么想的？难道霍费尔被他的感情用事所误导还不够吗，现在你还想让我……”

“不好，完全不好！”博果斯基生气地皱起眉头，“因为你的头脑做了错事，所以霍费尔的心做了错事。都是孤独的，你的头脑和安德烈的心。不好。”

博科夫没有辩驳。靠着情绪化做判断不是他的作风。他把几件破衣服扔进了旁边的衣服堆里，怒气冲冲、闷闷不乐，听着博果斯基的劝诫。

博科夫只是简单地下达了命令，做了些安排，却把霍费尔的心理问题留给他自行解决。博科夫把霍费尔打发走了，并没有给后者提供任何帮助，而且还说："你必须把那个孩子送还给那个波兰人！就这样了，干吧！"

博科夫恼怒地一拳头捶在衣服堆上："除此之外我还能做些什么呢？"

博果斯基歪了歪脑袋。"我不知道……"他说。

"那么就这样办吧。"博科夫别无选择。

博果斯基依旧十分平静："不。"错误与正确总是相伴，就如阴影与光亮始终随行。那么如果博科夫已经犯下了错误，他一定可以自行校正。很好！

把那个孩子带离集中营！博科夫一直坚持此事，并如此要求着霍费尔。

"好吧。"博果斯基承认了。但是为什么霍费尔没有这样做呢？

博科夫十分生气地回答："因为他……"然而，在博果斯基的注视下，愤怒的博科夫突然停住了。自己是不是真的太不在乎霍费尔的"心理问题"了？

孤独的头脑——孤独的心……

也许他应该认真思考一下，假如那个孩子真的被送走了的话……他是不是应该紧紧盯着霍费尔的行动，直到最后一秒？也许，他对霍费尔听之任之，正是因为即便是在如此冷酷理智的博科夫的心中，那种相同的人性的矛盾也悄然起了些作用。如克莱默一样，他对这件事也采取了睁一只眼闭一只眼的态度，所以霍费尔才会如此“出色”地完成了任务。然而，霍费尔把全部责任都担在了自己的双肩之上。责任？谁的责任？没有人吗？还是所有人？错误吗？谁犯了错？没有人！所有人！……博科夫看着他的好朋友的双眼……

人类的眼睛啊！它的光芒如同深不可测的海洋，在这面镜中隐藏着的是全知和无知的秘密，是心灵的迷茫和歧途，是理解、共情，和所有的爱。

博科夫心中涌起一股热流。他想着：你是一个人，去证明这件事……

他是因为自己才有了这种想法吗？还是因为霍费尔呢？这个想法太广大了，它包罗万象。它究竟师出何名？

你是一个人，去证明，你是一个人！

博科夫感觉到，无论用何种方式去理解这想法的意义，它都无边无际，深不见底。无论自己投入何种思想和言语，都不会得到任何回声。没有人能够回答他的任何疑问。也许霍费尔直接将自己投身于这深渊之中了。他只是依照自己的理解行事而已。不需要提问和回答。

责任？错误？

当一个人背负着更大的权力的时候，他的一切所作所为同样也肩负着更大的责任。

博科夫的内心做着强烈斗争。他不想变成一个懦夫。

“那么，我们要做些什么？”他这样问道，用冷静客观的态度来掩饰自己的羞愧之心。

博果斯基又耸了耸肩。他们能做什么呢？一切军事训练必须马上叫停，组织的会议和武器教学课程都必须暂时中止。由于现在必须要更加小心地隐藏行踪，组织内部紧密的关系网必须彻底沉寂下来。这就是他们能做的一切。只能是等待，只能是观望。

刑讯室里，讯问工作正在进行。然而在那两个人身上并没有发生什么，通常的那些虐待也没有施加到他们身上。刑讯室分队长曼德拉克正在吃早餐。从他的宿舍间里飘出了烤土豆的香气。在克鲁提希的示意下，他把霍费尔和克罗皮恩斯基关在了一起。接着这位少校又示意他，跟着他们两人去雷涅博特的办公室一趟。曼德拉克一点儿也不着急。他让两个人在前面走着，自己先是在房间里穿好了制服上衣。然后，他泰然自若地走进参谋官的办公室，扣好了衣服扣子。尽管克鲁提希和雷涅博特请他坐下，他还是站在那里。克鲁提希紧张地点燃香烟，雷涅博特懒散地靠在椅子上，把大拇指插在扣子眼儿里。曼德拉克还在嚼着他没吃完的早饭。

“听着，朋友，”克鲁提希说道，“这两个人身上有很特别的事儿，我们需要通力协作。”

“审问他们，直到得到供词。”雷涅博特插话道。他嘴角向上，咧出一个阴险的笑容。克鲁提希用手做了一个拜托的手势：“看在上帝的分儿上，您可不能把这两个人弄死。我们需要他们。”

他把事情的前因后果解释给曼德拉克，并且告诉他，霍费尔就是那个关键的人。在他身上可以揪出集中营里存在的那个秘密组织。曼德拉克听着，没有说话。只有一次，他把舌头顶在嘴唇上，似乎要说些什么。在他那布满痤疮疤痕的土灰色脸庞上看不到一丝关心的迹象。他灰暗无光的眼眸里投射出的眼神也没有泄露任何情绪。就好像他站在集中营长面前那样，现在的他几近于卑躬屈膝。克鲁提希站起身来："您现在明白了，"他迫切地说道，"这件事关乎什么。"

曼德拉克把双手缓缓插进口袋。他轻声问道："我应该怎么做？"

雷涅博特的手指不断叩击着。"关爱他们，山魈[1]，关爱。"他讽刺地说道。

曼德拉克拿眼角瞥了雷涅博特一眼。他咧着嘴，好像是在狞笑。他非常喜欢别人叫自己"山魈"。这个可怖的名字带有一种神话传说般的阴森感和恐怖的刺激感，这让曼德拉克十分享受。他不怎么说话，更鲜有发问。当克鲁提希愤怒地插嘴说"不，山魈，目前你暂时先不要管那两个人，我们还要再商量一下"时，山魈只是冲着集中营长沉默无声地缓缓点头。他离开了房间，把手从口袋里伸出来，压下了门把手。这个动作似乎让他看起来很不舒服。他撞上门，脚步声渐远。他踱步到刑讯室的侧面。那条延伸出来的、不到两米宽的过道有一半被阴影所覆盖。屋顶上吊着几个光秃秃的灯泡，光线朦胧。过道上立着一扇大栅栏门。在过道末端的墙上，装着几扇带栅栏的小窗。在每一个单独关押犯人的小隔间那沉重的、包着铁皮角的木门后面，是一片死气沉沉。那些木头门在过道两边排列着，僵硬呆滞，犹如一个个荒废巢穴的入口。唯一穿梭于此间的活物，

1 "山魈"的德语拼写 Mandrill 与"曼德拉克"（Mandrak）发音相似。因此曼德拉克的外号是"山魈"。而山魈本是一种外表恐怖的灵长类动物，通常认为山魈生性残暴好斗，各类文化中山魈的形象都与鬼怪相关联。——译者注

除了曼德拉克就是在刑讯室工作的犯人福斯特。

山魈走到五号关押室门口，将猫眼上的锁推到一边，透过那个孔洞窥测了好一会儿。关押室里空空如也。没有任何的家具，无论是桌子还是椅子。没有草垫子，也没有任何铺的盖的。这完全就是一个四四方方的盒子。两米长，三米高，最多也就一米半宽。房间里唯一的“财产”就是屋顶上吊着的那只灯泡。在关押室前方的墙壁上，有一扇装了密实栅栏的小窗户。山魈打开了关押室的门。霍费尔和克罗皮恩斯基带着一种军人的镇定。山魈没有说话，只是抓住克罗皮恩斯基的胸口，一把把他推到前面，让他脸朝着门。然后山魈又用同样的方式对待霍费尔，让他站到克罗皮恩斯基的旁边。他控制着这两个犯人的姿势和位置，用脚踹着他们的膝盖骨。“给我站直了，”他阴沉地说道，“谁要是敢动一下，我就揍到他亲妈都不认识他。”他离开关押室，示意福斯特过来。

“不许给食物。”

福斯特用立正的姿势来回应山魈的命令。

霍费尔和克罗皮恩斯基一动也不敢动地站着，仔细听着外面的动静，就像两只受到惊吓的动物。他们呆呆地凝视着房间的门，等待着随时可能到来的毁灭性的灾难。他们的大脑都凝固住了，只有听觉系统还异常警醒。他们聆听着从大门处传进来的集中营里的响动。外面一切如常。多么奇怪的感觉……

执勤的营区长正在大门处大声叫嚷。木头鞋踩在地上发出噼里啪啦的声音，充满了惊恐和焦急。开启的麦克风发出咔啦咔啦的声音，透过大喇叭传了出来。电流嗡嗡作响，还有一个声音传唤着负责统计工作的犯人工头。过了一会儿，有一个广播声响起，请冲锋队高层长官去司令部。然后，一双双木头鞋子穿过大门的声音传了过来，听起来就像是一大群马在奔跑。营区长在大叫，在咒骂。霍费尔全神贯注地听着。冰封般的呆滞渐渐瓦解，他的大脑又开始活动了。他听着集中营中日常发生的各种尖锐的噪声，那些平常他不会格外关注、此刻却像电车铃声般令人警觉刺耳的声音。他头脑中不断出现疯狂的念头。你现在还在集中营里！这究竟意味着什么？他猛然发现，他已经把真实的世界、外面的生活，忘得一干二净了。铁丝网外面的世界，他无法想象，也无法感知。唯一真实可感的事物，就是来自营区长们的咆哮声，一成不变的叫喊声，木头鞋子发出的咔啦咔啦的声音。在聆听的时候，霍费尔突然感到这种真实感如幽灵般可怕阴森。有那么一瞬间他甚至清晰地认为：这都不是真的，这都是鬼怪在作祟！

就在这种可怖的真实之中，似乎从远处传来了一个令霍费尔感到无限温柔的声音："……真挚地吻你……"

然而这个声音也如幽灵一般，它飘忽不定，孤独迷茫，似乎在寻找着自己的前路。它冷冷地看着霍费尔，而霍费尔凝视着门上的铁合页，根本不记得克罗皮恩斯基此刻就站在他身后……

此刻，那个声音注视着霍费尔，高高在上，清醒睿智，就好像一个旁观者一般。一瞬间，霍费尔看到了"真实"。虽然遥远，但是在向他悄然靠近。它势不可当，乘坐着装甲战车和火炮向这里袭来！那是真实的，只有那才是"真实"！而不是其他的任何东西！

突然，他意识到了克罗皮恩斯基的存在。"马利安……"他用气声叫了一声克罗皮恩斯基——因为他们之间禁止交谈。

"嗯？"克罗皮恩斯基也用气声回应。

“美军离我们越来越近了……不会太久了……”

过了一会儿，克罗皮恩斯基回答道：“我早就说过了，越来越……”

他们没有再说些什么。他们一动不动地站着。然而，在他们心中，都有一个强大的信念在支撑着他们。那种死而复生的感觉在他们身体内流动，让他们感觉到温暖……

克鲁提希真真正正地紧张起来了。他和雷涅博特坐在军官赌场里。他们带着一瓶红酒，躲在一个不被打扰的角落里，埋首低语。克鲁提希的眼镜片因为狩猎带来的刺激闪动着光芒。他们已经捕获到的猎物一定可以起到关键作用！雷涅博特紧紧闭上双眼建议道：“首先我们要狠狠给他们些教训。然后，把他们分别关起来，用不同的方法调教。夜里的时候，我们对他们进行刑讯逼供，直到他们招供。”

克鲁提希一杯接一杯地喝着，他不安地从椅子上勉强起身。“如果我们什么都得不到呢？”

雷涅博特安慰道：“我们可以慢慢修理他们，直到他们连自己是男是女都不知道。别担心，这些家伙会像夜莺那样乖乖唱歌，我们要什么，他们就说什么。”

雷涅博特享受地将杯中酒一饮而尽。看着克鲁提希又给自己倒了一杯，他不满地责备：“别喝这么多。”

出于紧张，克鲁提希咬牙切齿又忧心忡忡地说道：“假如这次打偏了呢？我们必须命中要害！”

雷涅博特还保持着他那种泰然自若的样子。他靠在椅子上，冷漠地说道：“我知道，罗伯特，我知道。”

克鲁提希变得更加焦躁：“天啊，海尔曼，你怎么就能这么冷静呢？”

雷涅博特傲慢地牵了牵嘴唇，从椅子上探起上半身，越过桌子欠了欠身，离克鲁提希更近了些。雷涅博特低声说的每一个字，都被克鲁提希听进了耳朵。

“现在我们必须要展示出我们的实力。你了解心理学吗？听着，长官先生。必须要让霍费尔和那个谁对集中营死心。唯一能和他们接触的只有我们，你，我，还有山魈。必须要让他们觉得，自己已经被仁慈的上帝所抛弃了。”

他拍了拍克鲁提希的手肘。克鲁提希看着雷涅博特狡诈的脸。雷涅博特满怀期待，希望能将自己的想法渗透给克鲁提希，然后，他继续说道：“他们越是觉得自己已经被上帝所抛弃，我们就越容易从他们嘴里得到些什么。山魈爱怎么折腾就怎么折腾，他可以全权代表我们做这些事情。反正他知道，我们只要留个活口，剩下的都无所谓。”

克鲁提希赞同地点点头：“我们只要不停地给霍费尔上刑，只要从他口中得到任何一个名字作为证据，这就够了。没错。[1]”

“好好学英语，密切关注一切，明白，长官先生。”雷涅博特站了起来，“人民快武装。[2]”他又补充道。

“你要去哪儿？”克鲁提希问道。

“去揍那些混蛋。”雷涅博特和颜悦色地回答。

---

1 原文为英语。——译者注

2 “人民快武装”（Volkans Gewehr）是纳粹德国时期广为传唱的歌曲《你看东方有黎明》（*Siehst du imOsten das Morgenrot*）中的副歌部分。这首歌是献给纳粹德国时期担任国民教育与宣传部长的保罗 · 约瑟夫 · 戈培尔的。——译者注

“现在就去?”克鲁提希醉眼蒙眬，看着雷涅博特。

雷涅博特认真地说道：“打铁要趁热。”

山魈打开了关押室的门，他一句话没说，就抓住霍费尔的胸口，把他拽到了过道上。克罗皮恩斯基紧随其后。然后，山魈再度锁上了门。这一瞬喘息的机会已经足够霍费尔和克罗皮恩斯基交换眼神了。这个眼神中充满了恐惧和期待，又满是果决。山魈用脚踹着他们的屁股，把他们驱赶出刑讯室。福斯特从他们身边经过。在狭窄的过道里，福斯特将身体贴向墙面。在大门斜对面那宽敞的分队长办公室里，已经摆好了拷问台。一群无所事事的分队长好奇地围观着，就像在等待好戏开场。拷问台后面，克鲁提希坐在一张临时搬过来的椅子上，晃动着双腿。当山魈押着两人进来的时候，雷涅博特走到克罗皮恩斯基面前，一把抓住了他的上衣。

“那个犹太小鬼在哪儿?”雷涅博特问道。克罗皮恩斯基没有回答。雷涅博特带着告诫的口吻说道：“好好想想，波兰佬。”

克罗皮恩斯基努力找着借口。他眼神闪烁：“我听不懂德语……”

这个借口太无力也太拙劣了。

“啊，”雷涅博特说道，“你听不懂德语。那我们就给你上一堂德语课。”

雷涅博特早有预谋要先对波兰人动手，霍费尔只能在旁边看着。雷涅博特示意身边的人行动。三个营区长抓住克罗皮恩斯基，把他推向拷问台。克罗皮恩斯基不得不把双脚伸进一个被拉出来的箱子里。等他把脚放进去后，箱子被重新推合，这样他的双脚就被紧紧夹住了。

营区长们把克罗皮恩斯基的裤子扒下来，又让他头朝下靠在倾斜的木头板子上。他的屁股高高竖了起来。两个营区长动作熟练地抓着他的胳膊放到身体前侧，把他的手腕固定了起来，又按住他的肩膀。还有一名营区长把克罗皮恩斯基的脑袋按在木板上。他的身体就像一个拧紧的螺丝。在这期间，雷涅博特和山魈已经准备就绪。雷涅博特小心翼翼地除去了手上的猪皮手套，又检测般地弯了弯那根像花剑一样的长长的、手指粗的棍子。然后，行刑正式开始。

霍费尔激动不安地站在一旁。他将叫声扼杀在咽喉里，他的心扑通扑通疯狂跳着。在他眼前摆着的，是残酷无情的事实。雷涅博特岔着双腿。他别有用心地把棍子支在克罗皮恩斯基赤裸的臀部上。他上身灵巧地向后仰，双臂优雅地展开，又向后挥动。棍子在空气中呼啸作响。啪！克罗皮恩斯基的背部被营区长按住了，他的身体被固定成一个蜷曲的姿态。雷涅博特打完之后，又换上了山魈。他没有雷涅博特运动员般的优雅身姿，力道却毫不逊色。他猛烈抽打着克罗皮恩斯基的屁股。

克罗皮恩斯基发出窒息般的呻吟声，他的腰部在颤抖，而营区长狠狠按着他的肩头。雷涅博特又拿起棍子。从第一棍子开始，他的目标就十分明确：他旨在红色组织。在他挥舞棍子的时候，他的下巴向前伸着，露出一种满足的神情。他施以暴刑，就是为了窥测到那张红色网络的一角。克罗皮恩斯基在哀哀号叫。山魈带着不假思索的熟稔指点着雷涅博特，如何准确打在肾脏的位置。他一下又一下打着。雷涅博特那种运动员式的精准，让他几乎每一棍都能准确无误地打在相同的位置。鲜红的血痕交织在一起，肿胀了起来。沾着灰尘的血渍四处乱溅，流到了克罗皮恩斯基的大腿上。他痛苦地低吟着。而雷涅博特看起来似乎正在期待着什么。

雷涅博特阴森的笑容看起来残酷无情。他眯起双眼，接下来的每一下鞭打都准确无误地落在已经撕裂流血的伤口上。克罗皮恩斯基昏厥了过去。雷涅博特和山魈暂停了行刑。就在营区长松开那具毫无生气的身体，又将一桶早就准备好的凉水浇到那个晕厥的人头上的时候，雷涅博特向霍费尔投去了一个审视的眼神。霍费尔自始至终都直挺挺地站在那里，就像一根木棍。他脸上的惊恐已经变成了石头般的僵硬表情。他此刻感受到了雷涅博特的目光正注视着自己。两人的眼神相遇了。雷涅博特感受到了自己的所作所为对霍费尔产生的影响，他对此十分满意，嘴唇间露出一个毫无生气的笑容，又将目光从霍费尔转移到克鲁提希身上，那眼神仿佛在说：你就等着看好戏吧。这时候，山魈点燃了一支烟。

克罗皮恩斯基动了动，他试着直起身子，但是看起来已经无法控制自己了。然后，营区长们又抓住了他，把他按回到板子上。山魈把烟扔掉，又继续开始鞭打。克罗皮恩斯基被凉水浇过之后变得十分清醒。他开始喊叫。营区长们努力按着他的身体，让他保持蜷曲的姿势。疯狂的鞭打持续到两人觉得足够为止。营区长们扯着饱受折磨的克罗皮恩斯基，把他从拷问台上拉下来，把他扔到一边。克罗皮恩斯基委顿地摔在地上。

“站起来！”克鲁提希咆哮着。

克罗皮恩斯基机械地努力遵守命令。他四肢颤抖，尽力想要支撑起自己的身体，摇摇晃晃想要起身。

“穿上裤子，你这头蠢猪！”克鲁提希又喊道，“还是你想就这么露着你那玩意儿？”

克罗皮恩斯基唯有做出机械性的反应。

雷涅博特用带着血的棍子指着霍费尔的胸口，又指了指拷问台。这个动作就好像在邀请他似的：请就位……

迈着僵硬的步伐，霍费尔几步就走了过去，然后他被营区长们按在了拷问台上。

距离两人被捕已经过去几个小时了。然而依旧什么也没有发生。这实在是太磨人了。集中营和刑讯室之间没有任何联系，没有任何消息传入集中营，没有人知道刑讯室到底发生了什么。以往，只有到了早晨的时候，大门处负责搬运尸体的人被传唤了，人们才清楚，山魈又结果了一个。

可以确定，霍费尔和克罗皮恩斯基不会这么轻而易举地被干掉。然而这也是最让博科夫无法平静的一件事。他独自一人在营区一侧待着。伦基在书记办公室里，值日生们将饭桶拎到厨房。博科夫为营区长抄写着那些毫无意义的小格言，心中痛苦而烦躁。他把笔扔掉，双手支着头。必须要通报组织。在晚上集中营合闸的时候是一个好机会。然而在那之前，事情会变成什么样子呢？博科夫绞尽脑汁思考着。也许所有的担忧都是毫无道理的？也许霍费尔能够坚持到底，或者干脆被打死算了……然而他还活着。他活得越久，情况就越危险。博科夫呆呆凝视着桌面，他希望霍费尔死掉吗？——他心中出现的这种残忍而堕落的想法，让他十分吃惊。那是他心中最深的黑暗。是的，他希望霍费尔死掉！

博科夫心中还有许许多多其他的想法。这些想法不断膨胀，一波一波袭来。他考虑着武器的事情，那些武器已经被好好藏起来了。霍费尔知道某几处藏匿点，但花槽下面藏着的卡宾枪，他是不知道的。

然而霍费尔不是自己藏起来了几把手枪吗？藏在物资库那成千上万的破衣服后面。那些枪是苏联和波兰的同志们很久以前带入集中营的，原本是准备作为美军攻破集中营之前的军备保障的。

不知底细的人是无法在编号错误的大量衣服包中找到那些武器的。然而对于知情人来说，一个窍门就已足够。霍费尔是唯一的知情者。只有背叛，才有可能让武器暴露……

博科夫闭上眼睛，躲入自己的黑暗世界之中。他什么都不想思考，什么都不想！然而那一波一波的杂乱想法总是不停在他脑海里扩散着，他尽可能将那个残忍的想法沉入心中的深渊，然而它却不停袭来……

只有背叛……

这真让人无法忍受！假如一个懵懂无知的指挥部犯人由于什么愚蠢的偶然事件，发现了藏着武器的包裹怎么办？

博科夫叹着气。对组织的担忧让他的躯体变得疼痛而麻木。他感觉四肢僵硬沉重，胃里一阵重压。要怎么做呢？首先要做的是让组织在有可能发生的背叛行为面前保证安全吗？到底有没有所谓的安全呢？还是说，首先要做的事情是把那些失去保护的手枪带到安全的地方藏起来？究竟该如何去做呢？

博科夫无法从他的避难所中走出来，无法走到物资库，随便抓住哪个同伴，然后告诉他：听着，我告诉你，但是你可不能嚷嚷出去，明白吗？

博科夫把拳头按在眼睛上。好像有一只老鼠在啃噬着他的心，扰得他不得安宁。组织保护网的安危问题就像绳索，捆住了他的双手双脚。猛然间，对于霍费尔的厌恶就像风一般席卷而来。霍费尔要对一切潜在的危机负责，而他的冒失行为又会逼着他去泄露其他的秘密。然而很快地，博科夫抑制住了这种仇恨的情绪。他明白，此刻任由主观感情发酵是一件多么危险的事情。他的理智很快起了反应。博科夫旋即意识到，必须去向克莱默说明藏匿武器这件机密的原委。克莱默再次成了唯一能够承担起保护武器任务的那个人。博科夫必须要把任务交给克莱默，让后者找到指挥部的某个能够可靠接管武器的伙伴。该死的！机密就这样通过网眼滑了出去！

博科夫将手从眼睛上拿下来，强迫自己重新神志清明起来。胡思乱想又有什么用呢？事情还是没有得到任何解决。

克莱默也坐在自己的房间里，双拳紧握，暗自咒骂着霍费尔的慈悲心，以及那个孩子——他本不该对集中营里所有营犯的生死负责，然而这个责任偏偏就落在他的肩上。他的头脑中也无法平静，在危险面前，他也是同样感到软弱无力，就好像面对自然之力的恐惧一般。他当然不会允许自己只是在这里呆坐着胡思乱想，他必须要有所行动。

突然，克莱默兴奋了起来。作为集中犯人人总头目，他有使用手电筒的权力。于是他把自己那支手电筒里的电池抠了出来，又换上了没电的旧电池，之后离开了房间。

克莱默去找了舒普。他按照自己的计划行事，带着手电筒。分队长正好在营房里，克莱默已经为自己的造访想好了托词：他想让舒普帮自己换电池。克莱默悄悄说了几个词，又迅速用一个眼神做了暗示。舒普了解了克莱默的用意。不一会儿，他就来找克莱默了。

“你必须要尽最大可能查出他们要从霍费尔那里得到些什么。我需要知道这些。”

舒普满怀担忧地摸了摸脖子问：“我要怎么做？”

克莱默朝着空气不耐烦地挥了挥手。

“无所谓，想想你是怎么完成其他任务的。比如说去刑讯室修修照明系统什么的。”

舒普不满地咕哝着：“那它们也得先坏掉才行啊。”

突然，他脸上又出现了那种天真而惊奇的表情。他的眼睛和嘴巴圆圆地张开，这意味着他有了主意。“福斯特。”他只说了一个词。克莱默怀疑地摇摇头：“我也想过这件事，然而福斯特究竟是怎么想的？他会向着我们吗？或者他其实是山魈的爪牙？”

舒普紧张地眨眨眼睛，他透过窗户看了一眼集中营大门口的大钟——时间很紧张了。

“我试试吧。”

“小心点儿，海因里希。”

克莱默又叮嘱了一句。然而舒普已经到外面去了。他知道，每天这个时候，那个与集中营严密隔绝的、在刑讯室工作的犯人会有半小时的自由休息时间。他通常会到集中营大门的外围处散一会儿步。舒普对福斯特知之甚少。在那条路上，舒普经常会看到正在散步的福斯特。出于纯粹地想要证明人类本性的好奇心，舒普经常在路过的时候向他亲切地眨眼。

福斯特对这种示好行为从未有过回应，然而在他的脸上也没有任何拒绝的神情。当舒普背着自己的工具箱走向大门的时候，一切迹象显示福斯特是信任自己的。这对于他来说是件好事。

舒普不需要打出门报告，他的证件就是最好的证明。在大门附近办公楼的外围，舒普着手进行他的工作。他检查了三角麦克风的电线。这条线从参谋官办公室拉出来，绕过了整个办公楼，又引进集中营。此刻，它正安安静静地待在大门处。当值的营区长百无聊赖，吊儿郎当地坐在闸口窗旁边。就在舒普在电源接点处忙忙碌碌的时候，营区长总是时不时抬眼瞧瞧他。

“什么东西坏了？”营区长问道。

“现在还没有，”舒普的回答充满哲学意味，“然而假如参谋官先生打开麦克风，发现它是坏掉的。那么我就要倒大霉了。”舒普鼓捣着接触点，“这也是战略物资，总会有些这样那样的毛病。您看，这里面的晶片总是烧坏。”

营区长面部变得扭曲了。“赶紧闭嘴吧！”他和和气气地说道，对舒普的科学小讲堂丝毫不感兴趣。舒普心满意足，便一样一样做着自己的工作。刑讯室的犯人随时有可能出现。事实上刑讯室的铁栅栏门马上就唧唧作响了。福斯特走了出来，向营区长登记报告了自己的放风时间。舒普心里一下紧张了起来。在针对接点的一系列冗长烦琐的检修之后，舒普顺着线走了出去。他做好了全面的准备，以防自己的行动被营区长察觉。舒普直截了当地问福斯特：“你们那儿的线路一切正常？”

那个犯人面对舒普的突然提问显得毫无防备。他惊讶地看着舒普，轻轻点了点头作为回答。营区长没有注意到，舒普闭上了一只眼。不需要任何说明，福斯特也能明白他这个动作的意思。舒普的小诡计进入了第二阶段。顺着电线，舒普悄悄穿过大门，绕到了办公楼后面。假如福斯特对他的暗示感兴趣，他一定会来找自己——舒普是这么盘算的。看到福斯特正在附近寻找着什么，他感到十分开心。舒普在电线旁边做出忙忙碌碌的样子，福斯特带着疑惑的神情看着他。当福斯特从身边经过的时候，舒普从牙缝里轻轻吐出几个字："真遗憾，我倒是希望能去你们那儿修一修电路……他们想从霍费尔那里得到什么?"舒普匆忙地说出问题。

福斯特继续向前走着，穿过大门入口处，好让营区长能够看到自己。舒普紧张得快要窒息了。他已经把最关键的话说了出来。这个犯人会作何反应呢？现在什么也看不出来。他还是散着步，一切如常。然而当他再一次经过舒普身边的时候，舒普在他脸上看到了一种确定的神情。他看起来还是那么严肃呆板，然而他把目光长时间地投向了舒普。这就是确认了。舒普已经足够明白，他把工具箱挎在肩上。麦克风一切正常。

舒普回到克莱默处，告诉他："我觉得，他们一定被刑讯逼供了……"

组织的联络网中每一个小组都仅仅由五名成员组成。他们遍布于营区内，来自各个国家。每一个营区内都有一个或者多个这样的小组，除了本组成员外，其他人一概不知。只有他们自己知道组内成员构成。ILK 有着一套自己的情报联络系统。每个小组都有一个受过专门培训的人负责指导事务。他的任务是将消息和命令快速与本组上峰传达交接，然后单方面告知自己的组员。

针对博科夫本人，也只有一个联络人员与他进行对接。这个联络员负责将指令传达给其他小组的组长，然而博科夫不知道那些组长都是谁。博科夫需要等到晚间集合结束以后，直到他的联络员来找自己为止。等待的过程是痛苦的。现在，唯有让他的指令如火花一样飞快在集中营里传播开来，从一个营区到一个营区，才能在最短的时间内让每一个反抗组织的成员都对眼前的危机有所了解。他们需要知道，所有的会议行动和武器教学课程都必须马上终止。一旦危险真的降临，整个组织就会死无葬身之地。每一个独立成员都必须知晓保持缄默的重要性，一旦不幸被捕，必须至死也不能吐露任何秘密。

一种无声的麻木，从坡上那沉默的刑讯室中流出，又从大门处悄然穿过，然后蔓延至整个集中营，将一切笼罩。

当晚，在刑讯室工作的福斯特辗转反侧。他躺在自己那间关押室的草垫子上，独自等待。通常在这个时候，山魈都会坐在赌场里痛饮，等喝完回来以后，会随便抓一个刑讯室里关押的囚犯，然后揍人家几拳，号称是“审讯”。

痛苦的喊叫声刺透了刑讯室夜的宁静，福斯特可以从那喊叫声中推断，刑讯进行到了何种程度。有时候，他需要负责将那浑身血污的人拖回关押室。有时候，在早晨搬运尸体的人到达之前，他会在山魈的行军床下面看到尸体。然后，他需要把尸体拖到盥洗室那边去。

刑讯室里有一种死亡般的宁静。福斯特双手交叠着枕在脑后。之后事情会走向何种境地？外面，绵绵不休的雨笼罩着整个集中营。

福斯特坠入蒙眬的浅睡。猛然间，他被外面的响动惊醒。过道里有声音，那是沉重的步伐正拖沓着前进。福斯特已经全然清醒，他仔细听着。那脚步声离他的关押室越来越近，福斯特听出来了，这是山魈。在离他房间不远的地方，一间关押室的门被打开了。

雷涅博特、克鲁提希和山魈一起回来了，他们把自己潮湿的大衣挂起。雷涅博特坐在行军床上。克鲁提希上衣扣子敞开着，来回来去踱步，烦躁不安。山魈的桌子上摆放着一个骷髅头灯，发出光来。旁边摆放着一条皮质长鞭，鞭子上配备了可伸缩的四棱刀和一个粗厚的黄铜手柄。这些东西不只是装饰品而已。

在山魈的推搡之下，克罗皮恩斯基和霍费尔跌跌撞撞地走进房间。他们勉强站着，摇摇欲坠，身体颤抖不止。他们的衣服已经湿透。克罗皮恩斯基蜷缩着站在那里，脑袋垂在肩头，都快要冻僵了。霍费尔也在由于寒冷而瑟瑟发抖，尽管他想要努力对抗虚弱，尽量不要打寒战，然而牙齿还是不受控地哒哒作响。

雷涅博特带着行家的眼光观察着这两个人。痛打似乎在他们身上起了作用。他缓缓起身，摆出傲慢自大的神态。

"听好了，你们两个。"他带着鄙夷的口吻说道，"今天中午我们已经玩儿过一回了，现在该来点儿严肃的了。"他还是先抓住了克罗皮恩斯基。

"据我看，你德语还是挺好的。乖一点儿，好孩子。"雷涅博特拿起桌上的皮鞭，在克罗皮恩斯基的鼻子尖前面晃悠。

"你们把那个犹太小鬼送到哪儿去了？"雷涅博特问道。克罗皮恩斯基看着雷涅博特，神色痛苦，其中又带着祈求的意味。雷涅博特对着空气挥舞着鞭子："我数到三，回答！"克罗皮恩斯基张了张嘴唇，他面部扭曲，看起来就像是想哭似的。"一，二，三……"克罗皮恩斯基用力摇着脑袋。雷涅博特的皮鞭在他脸上横七竖八地落下。克罗皮恩斯基疯狂喊叫着，鞭子在他脸上噼啪作响，他头晕眼花地向后倒去，撞到了克鲁提希，克鲁提希又一脚把他踹了回去。皮鞭又疾风暴雨般落在他身上，终于，克罗皮恩斯基倒下了。雷涅博特残忍地抽打着这个倒下的人。克罗皮恩斯基在地上不停打着滚。这一切就发生在霍费尔身后，他站在那儿，向前伸着脑袋，仔细听着身后的响动。霍费尔看到山魈凶残的脸上露出一种漫不经心的表情，看起来似乎在思考什么。山魈也观察到霍费尔喉头动了动，做了一个吞咽口水的动作。山魈猛然间把自己的爪子掐到了霍费尔的脖子上，又用拇指按住了他的喉咙。霍费尔的眼睛失去了光泽。强烈的窒息感和呕吐欲向他袭来。就在他灵魂快要出窍的瞬间，空气又回到了体内。山魈松开了手。

霍费尔艰难地喘着气。在他身后传来克鲁提希的怒吼声，以及克罗皮恩斯基痛苦而野蛮的呻吟声。雷涅博特直到地上的波兰人彻底发不出任何声音之后才停手，又把鞭子扔给了山魈。山魈一把就抓住了它。雷涅博特那细心保养过的、年轻的面容不再闪闪发光，而是出于狠毒而变得扭曲。雷涅博特的双手抓住了霍费尔的胸口，由于打人打得太过用力，雷涅博特有些气喘："现在轮到你了！"克鲁提希突然也从霍费尔身后一把抓住了他，将他的手臂扭到后面。霍费尔感到一阵钻心的疼痛。克鲁提希用膝盖抵着霍费尔的髋部，让他的手臂在身后抬高。刻骨的疼痛感让霍费尔开始大叫，他的膝盖不禁弯曲了起来。霍费尔的脸撞到地上，在殴打中失去了意识。

"现在够了，"雷涅博特制止了山魈，"半小时后继续。"

山魈将两个重伤的人拖回关押室，往他们身上泼了一桶冰水，又锁上了门。

克罗皮恩斯基在冰水的刺激下醒了过来，动了动身体。他尝试着直起身子，然而双臂根本无法支撑他的身体。他脸着地摔了回去，躺在地上。苏醒过来的血液在他大脑中汹涌呼啸而过。渐渐地，他又重新掌控自我意识了。他嘴里感受到一阵腥咸。克罗皮恩斯基睁开双眼，包裹他的只有未知的黑暗和死寂。他感到后背上那火辣辣的疼痛。每一次呼吸都如同刀割。他感觉自己一个头有两个大。他在那儿躺了好一会儿。尽管疼痛不止，他还是陷入了一种如梦般的感觉，他那不甚清醒的意识也渐渐沉了下去，如同泡在温暖的水中。“……看那小小的手和小小的鼻子，什么都是小小的……”他听到了自己的声音。他感觉自己露出了笑容。猛然之间，那漂浮着的如梦似幻的感觉全部碎裂了。克罗皮恩斯基惊出了一身冷汗。他摸索着四周，只感受到潮湿和寒冷。他的双手似乎触碰到了什么人的身体。这让克罗皮恩斯基彻底清醒了。尽管四周围漆黑一片，他也明白，现在他已经被囚禁在关押室。而他摸到的身体，是霍费尔。克罗皮恩斯基还需要一点儿时间才能缓过来，好让他饱受摧残的身体重新受意识控制。他尽可能地靠膝盖撑起自己。

他想要努力说点儿什么，但他的嘴唇已经疯狂地肿胀起来。他挤出一点儿声音，喊着霍费尔：“安德烈……”

霍费尔没有反应。直到克罗皮恩斯基摇了摇他的肩膀，霍费尔才发出一声空洞的叹息。

“安德烈……”

克罗皮恩斯基期待着对方的反应。他感觉到自己脸上的伤痕突突跳着。

霍费尔无法抑制开始地哭泣，哭声微弱而苦涩。克罗皮恩斯基摸索着霍费尔的身体和脸颊，知道这于事无补。

“安德烈……”霍费尔哑然失声。他直挺挺地躺了片刻，然后直起身子。这让他费了不少力气。他精疲力竭地用双手撑起身子，脑袋垂着，看起来累得不轻。霍费尔的身上不停往下滴着水，他去撑着疼痛欲裂的后脑，发现头发已经完全粘连到一起了。他只有小心翼翼地在身上摸来摸去，才能感受到什么地方被鞭子抽了，一碰到就会疼。哦，从他脸上不停滴落的不是水……霍费尔用手背擦了擦嘴，低声叹息。

“马利安……”

“安德烈？”

“他们对你做什么了？”

克罗皮恩斯基轻巧地回答，他想尽可能安慰霍费尔。

“我还是——已经——完全——挺好的……”

他们都沉默了，只能听到彼此的呼吸声。他们还在为劫后余生而心惊胆战。

突然，关押室屋顶上吊着的灯泡亮了。门打开了，克鲁提希急匆匆地迈了进来，在他身后是雷涅博特和手中拿着几根绳子的山魈。

“起立！”克鲁提希如利刃般无情的声音仿佛将两人身上覆盖着的那层起保护作用的孤独感彻底割碎了。他们的灵魂赤裸无助，面对接下来的严刑拷打只有瑟瑟发抖的份儿。他们拼尽全力想让自己站起身。克鲁提希贪得无厌地冲着霍费尔喊：“都有谁，是你们秘密组织的成员？”霍费尔被震惊了，他感到周身一阵冰冷。“你说不说？”克鲁提希粗鲁地抓住霍费尔的胸口，将他抛向墙壁。霍费尔重重跌落。山魈走过去，将霍费尔的双臂扭到后面，用绳子紧紧捆住他的双手，把霍费尔高高拉起。霍费尔感受到克鲁提希的呼吸喷在自己的脸上，冲着自己大声叫嚷：“谁是你们的人？说话！否则我就弄死你！”

霍费尔痛苦地呻吟。克鲁提希的手噼里啪啦打在他的脸上，继续冲他嚷着：“谁是你们的人？说出名字！”雷涅博特让克鲁提希停手，又把这位暴怒的集中营长推到一边。他用一种带着极强说服力的从容不迫的态度说道：“说吧，霍费尔，不然我们就要开始摇晃你了，直到你哭着喊妈妈为止。”

此刻霍费尔十分清楚他们想从自己这里得到些什么。他也同样清楚，如果持续沉默下去，等待自己的将会是什么。他将自己的全部力量集中起来，尽可能对抗身体内部的痛苦所带来的负担。雷涅博特从霍费尔的脸上观察到了他正在进行的抗争。这表明他清楚即将发生什么事情。雷涅博特示意山魈：“吊起来！”

霍费尔感到火烧火燎的疼痛，他发出了长长的叫喊声。这种非人的折磨带给他的痛苦太过剧烈和赤裸，那种感觉就好像他没有皮肤一般。他大喊着，想要和山魈对抗。山魈把他拉到窗户旁，又将绳子穿过窗户上的栅栏。山魈正要把霍费尔吊起来的时候，雷涅博特又阻止了他。他提高声音，盖过霍费尔混乱的喊叫声，咆哮道：“说两个名字！说一个，听着，只需要一个名字！快点儿！说！”

雷涅博特等了片刻。他等待着恐惧能够摧毁霍费尔意志的大坝，洪水决堤，将他吞没。

“快！说！”然而霍费尔听不到。他在叫嚷。他扯着脖子，四处乱摆，身体由于痉挛发出咔吧咔吧的声音。山魈猛地一拉绳子。

霍费尔的胳膊在背后被高高拉起。肩关节被折断了。他被吊了起来！霍费尔发出撕心裂肺的号叫声。脖子上的肌肉像是爆裂开一样，变得像铁一般坚硬。他的脖子向前挺着，就像一块石头。山魈把绳子在栅栏上系好，又将蜷缩在角落里惊恐万分的克罗皮恩斯基抓了过来。

“我什么都不知道！”克罗皮恩斯基哭了出来。他被捆住，在霍费尔旁边吊着。两个人像动物一样叫喊着。雷涅博特知道接下来会发生什么。

差不多两分钟之后，喊声渐渐平息。他们已经耗尽了全部力气，只能像孩子般啜泣着。克鲁提希双手叉腰，站在两人面前。他的眼皮颤抖着。两个人喊了这么久，然而却还是什么都没有说。克鲁提希一伙明白，要想从那两人口中得到些什么，还需耐心等待。山魈点了一根烟。三个人站在那儿，仿佛在做什么试验似的。霍费尔的头垂到了胸前。他只剩下垂死挣扎了。

“听着，霍费尔！现在把你解开。你要是还什么都不说，你知道的，你还会被吊起来，直到变成一个提线木偶为止。”雷涅博特转向克罗皮恩斯基：“你也一样，波兰佬！”为了让自己的恫吓更有效果，雷涅博特抓住了两人的裤腰带，像拉灯绳一样用力拉扯。每拉一下，悬挂起来的身体的重量又会成倍地增加，两个人感觉到刀割般的疼痛。他们的脸完全变了颜色。雷涅博特一边玩着这魔鬼般的游戏，一边和颜悦色地说道：“为了让你们明白，我们也不是那么没人性，现在要把你们松开了。我建议你们好好想想吧。”在他的示意下，山魈松开了绳子。两个人坠落到地板上。

雷涅博特和克鲁提希交换了一个眼神。克鲁提希同意地点点头。山魈把身体靠在墙上，半坐着。雷涅博特用靴子尖抬起霍费尔低垂的头颅。

“关于克莱默，你都知道些什么？”霍费尔闭上了眼。有那么一瞬间，他感觉下巴上抵着的靴子尖甚至让他的身体轻松了不少。雷涅博特等了片刻，放开了霍费尔的脑袋，让它垂了回去。“很好，”他说道，“那么我们从另外一个方面开始。关于你自己，你对我们有什么要解释的吗？”

那几秒钟安静的等待已经让克鲁提希烦躁不安了。带着狂暴的愤怒，他咆哮着，像一个足球运动员一样跑到了两人身边。

“说不说，你们两个混蛋？”

和克鲁提希相比，雷涅博特更聪明，也更有分寸。他趁着克鲁提希没有进一步犯错之前，把后者拉了回来，又示意后者不要轻举妄动。雷涅博特弯下身子，朝着躺在地板上的两个人说道：“听着。现在，我们让你们休息一会儿。我们马上回来。这段时间足够你们考虑清楚了。要么你们好好给我们说说我们想知道的事情，然后你们就能活命，要么我们就把你们吊起来，这样你们的小朋友就要失去他可爱的叔叔们了。”

雷涅博特直起身子，满怀嘲讽地说道：“来吧，我的先生们，病人们需要好好休息，外加好好思考。”

锁眼里传出钥匙无情的旋转声。灯又熄灭了。

最温柔不过的是黑夜。时间就像他们的守护者，无声地流过。好像有一双圣洁的手，在他们身上抚慰着。福斯特不需要再听下去了。他明白，今天算是过去了。

他睡着了。然而，在他不远处的关押室里，那两个人开始窃窃私语。他们的声音是如此之轻，房间里的空气似乎都凝固住了。

“他们想从我们这里得到什么名字？”

霍费尔没有回答克罗皮恩斯基的问题。他们两个人彼此扶持着，靠着墙边直起身子。这样，他们湿漉漉的衣服就不会被冻在冰冷的水泥地上。

“你完全不想告诉我吗？”过了片刻，克罗皮恩斯基继续说道。

然而霍费尔依旧沉默着。他垂着头，黑暗保护着他，克罗皮恩斯基完全看不清他的脸。这些问题就像锄头一样在霍费尔心里刨着，把过去的那些错误像泥土一样翻起又堆积。他心里的疼痛和身体所受的折磨合二为一。霍费尔像一块烂石头一样被磨碎了。现在他把克罗皮恩斯基也牵连进来了！由于自己的过失，这个无辜的人不得不遭受这一切的痛苦，而且不可避免地跟自己一起走向死亡。除了死，没有其他的方法可以离开这间关押室。

克罗皮恩斯基还以为自己是因为孩子才被关进来的。所以他无心地发问，为什么那些人想要知道名字，而这和孩子根本毫无关系。水泥墙的冰冷透过湿透的上衣，浸入霍费尔的后背。由于被吊而变得麻木的手臂毫无生气地垂着。克罗皮恩斯基不再追问了。他警觉了起来。他也感受到刺骨的冰冷正在入侵自己的身体。在关着他们的这个小匣子里面，夜幕就像是一团腐朽的黑暗。随着每一次呼吸，身体都会产生割裂般的剧痛。他们的心脏依旧跳动，像孜孜不倦的时钟。而此刻他们反而不想拥有这种感觉。

霍费尔不再去考虑在营区里犯下的过错了。他的意识迷失在“本我”铺成的卵石路上，趔趔趄趄地想要在混乱的绝境中找到一条出路。他的神经就好像发红灼热的铁丝，在他的体内号叫着，如同他还在被吊着一般。为了驱赶走这些恐惧，他快速地低语着：“他们又回来了！你！他们又回来了！我们马上又会被吊起来！……你，我再也坚持不下去了！我……”霍费尔喉头发紧，随着呼吸急速吐出的这些言语仿佛被堵住了。霍费尔听着身边的动静。毫无声响。克罗皮恩斯基什么也没说。霍费尔心有怀疑。自己身边的那个人也带着同样的恐惧，然而却没有说出任何无助的言语。霍费尔捕捉不到任何胡言乱语。

“我太懦弱了。”霍费尔轻轻说道，心如死灰，只想要将自己心中最后的坚持击垮。他看不到的是，克罗皮恩斯基坚决地摇了摇头。霍费尔只是贪婪地吸收着克罗皮恩斯基对自己说的话。“你只是害怕了。我也很害怕，”克罗皮恩斯基亲切地说道，“我们只不过是两个可怜的人，无足轻重。可怜，无足轻重，就像那个孩子。”他质朴的本性让他说不出什么豪言壮语。

霍费尔的双臂突然灼热起来。他无声地叫喊着：“这根本和那个孩子无关！这完全是别的事！”他叹息着，“当他们回来的时候！我不能再被吊一次了，不能！我的上帝啊！你什么都不知道，马利安，什么都不知道……”这到底是什么事啊？克罗皮恩斯基担心地问道：“那些名字……？”

“啊，那些名字！他们肯定什么都不知道！然而其他的，其他的……”

克罗皮恩斯基迫切地想要帮助霍费尔，他轻轻说道：“是什么呢？你必须告诉我。”

霍费尔尽量控制自己什么都不要说出来，他不想让克罗皮恩斯基承担这个责任。但他心中又挣扎起来，他想要倾吐心中的秘密。他身边的这个人已经是他的生死弟兄了，他应该知道——这种想法震荡着他，霍费尔开始解释。一开始，他有些犹豫不决，用只言片语，断断续续地说：“他们想要知道，谁是组织的人……我们其实有一个组织……集中营不知道这件事。任何人都不知道……”他解释说自己的工作是军事教练。

“你知道吗，在晚上，我们会去病房区的一个营房下面开会，在地下，明白吗？……我向他们演示如何用手枪射击，如何瞄准……”他讲述着苏联的同志们是如何将武器秘密带入集中营的。当克罗皮恩斯基问起这个组织里是否有波兰人的时候，霍费尔给了他肯定的回答，并且描述了约瑟夫·勒文多夫斯基的勇敢事迹。“在集中营受到空袭之前，那时候古斯特洛夫的厂子[1]还在，大厅里是生产卡宾枪的车间。我们想要往集中营里弄些枪。勒文多夫斯基负责这件事……我们等了一天，等到19号营区的营区长在大门口当值的日子。他是个奇怪的人，看不得血。那天，勒文多夫斯基执行了任务，完全没有考虑自己的结果。他在机器旁边摔倒了，然后他……”霍费尔哽咽了一下，“然后他故意把胳膊伸到了切割机下面——他的整个小臂都被切下来了，鲜血直流，多得吓人。我们把勒文多夫斯基放在担架上，他身子下面藏着卡宾枪……血一直流着，然而勒文多夫斯基非常镇静。我们到达大门处的时候，他一动不动。那个奇怪的营区长吓坏了，一句都没有多问。然后，我们带着勒文多夫斯基快速穿过了大门。后来我们把卡宾枪的枪管和枪托拆开，这支枪就变成了我们练习时候使用的卡宾枪了。我们用这支枪给同志们演示如何上膛、射击和拆卸。”

霍费尔停住了。他说得已经够多了。那种恐惧的感觉，已经被彻底驱散……

现在他十分开心。在他旁边的这个人已经知道了一切，并且和

1 威尔海姆·古斯特洛夫军工厂（Wilhelm Gustloff Werke）前身为威尔海姆·古斯特洛夫基金会（Wilhelm-Gustloff-Stiftung），是在德国中部最大的军工厂之一，在图林根州各处均有分点。1943年3月开始，在布痕瓦尔德集中营旁边也建立了一个军工厂分点。——译者注

他同气连枝了。

克罗皮恩斯基听着，大气不敢出。他很想要表达些什么，但已经完全被征服了。“很好[1]，”他喃喃自语着，“很好，很好。”

通过这个故事，霍费尔心中确定了一些事情。他明白，出于一些原因，他不会再怯懦了，又有了坚持到底的意志。那骇人的恐惧感仅仅是来自体内的神经。他只要一想到，他们回来之后自己还是要被吊起来，就忍不住不寒而栗。他的肌肉在颤抖，恐惧感席卷而来。在这战栗的一刻，他感觉力量和意志力之间的桥梁快被摧毁了。为了坚持下去，他找到克罗皮恩斯基作为支撑自己的力量。他带着几近于谦卑的恳请，想要抓住这个支撑点。过了一会儿，他跟克罗皮恩斯基说道：“现在你知道他们要的是什么名字了。”

“但是你不会背叛的，对吗？”

“背叛，背叛，我不想背叛！他们会再把我吊起来，我坚持不下去了！”克罗皮恩斯基明白。他想要帮忙，然而他自己也是孤立无援。“我也会被吊起来，我现在和你一样，什么都知道了。我们是无足轻重的可怜人，彻头彻尾的孤单之人。没人能保护我们。但是我们什么也不会说，一个字都不会。不会的，安德烈，我们什么都不会说，一个字都不会。我们只是叫喊，一直叫喊，如果他们想要名字的话，咱们号叫就是了。这比说出些什么来得更好……”

面对克罗皮恩斯基简单的话语，霍费尔用一种饱含谢意的方式答复。“是的，没错！你说对了。我们只要喊就好了，没别的，这样我们就不会成为叛徒了。”就这样，他们彼此帮助着，把虚弱变成力

1 原文为波兰语。——译者注

量，将桥梁间的柱子进行加固，这样就可以在马上到来的汹涌潮水之中坚持下来了。

克莱默的整个上午都在痛苦的未知感中度过了。尽管博科夫已经告诉过他，他还是不能确定，舒普是否能够成功潜入刑讯室。作为集中犯人人总头目，克莱默经常会被大门处传唤。这对于他来说向来不是什么愉快的事。今天，雷涅博特已经找了他两回了。现在，雷涅博特懒散的声音又通过广播传到了克莱默的房间里："集中犯人人总头目马上到大门处来。快！"

克莱默穿上大衣，戴上帽子。该死，这个家伙又要干什么啊？

克莱默穿过集合场，向大门走去，如履薄冰。还会持续多久？这段时间里，霍费尔有没有交代出什么？对于自己，克莱默从不怀疑。无论如何，他都不会惧怕在自己身上发生的事情。他确信，即便身处险境，自己也不会变得懦弱胆怯。他的脉搏不会因为任何事情的冲击而加速。他有咬紧牙关的能力。克莱默让大脑放空，让一切情绪冷却下来，然后认真思考着眼前的状况。

就这样，他再次站到了雷涅博特面前。雷涅博特跷着二郎腿坐在桌子边上，甚至还给克莱默递了一支烟。

"我不抽烟。"

"没错，我们的集中犯人人总头目是不抽烟的。一位奇怪的犯人头目……"克莱默脸上没有丝毫波澜。尽管雷涅博特向自己开着玩笑，他也没有任何表示。就在点烟的空当，雷涅博特决定直奔主题："关于霍费尔您都知道些什么？"

"两个物资库的犯人因为藏起来了一个孩子而被监禁了，参谋官先生。"

“您了解得十分到位。”

“这是我作为犯人总头目的职责。”

“那么您是否知道，那天晚上在刑讯室都发生了什么？”

“不知道。”

“一丁点儿都不知道？”

“不知道。”

“霍费尔死了。”

雷涅博特眯起双眼，就好像在拿着一把左轮手枪进行瞄准。然而他什么都没发现。克莱默的眼睛里和面容上都没有流露任何信息。雷涅博特看不透克莱默，但他看明白了一点——克莱默的表情分明在说：你在说谎！由于克莱默的这种确定，雷涅博特跳到地板上，开始走来走去，他用一种十分明显的、漫不经心的口吻说道：“晚间集合的时候，您记得删除两个人名，作为离开人员吧。霍费尔和那个波兰人，那个谁……”

“克罗皮恩斯基。”

雷涅博特感觉有些不快，他嘟囔着：“对，克罗皮恩斯基。”

他没能掌握一切，而是犯了个错误。

“那两个家伙在正确的时间翘辫子了，对吧？”雷涅博特咧着嘴唇说道，他有一种能力，就是能将最难听的话用最优雅的方式说出来，“您对此应该感到开心，不是吗？”他的目光掠过克莱默的脸。

“还是有一点儿遗憾。他们在进入极乐世界之前，还是对您的事情做了忏悔。”又是一道眼神掠过。

克莱默挑了挑眉毛，问道：“您找到那个孩子了吗？”

这句话突然袭来，抓住了狐狸的尾巴。雷涅博特又犯了一个错误："孩子？我十分感谢那个孩子。他帮我们识破了那些花招儿。"

彻头彻尾的谎言！

只有霍费尔可能"忏悔"，克罗皮恩斯基什么都不知道。霍费尔还活着，而且什么都没有说。

他们围绕着事情的核心打着太极。雷涅博特什么也没捞着，他害怕自己由于太着急得到什么而过于冒进。为了享有最后的胜利，他走到克莱默面前，再一次瞄准了准星："那么，您去注销吧。"

"是。"面对对方的目光，克莱默泰然自若，眼皮都不抬一下。他们面对面站着，都在尽量控制着自己。雷涅博特的目光是冰冷而危险的。这个年轻人听到了自己内心深处是如何对着克莱默大吼大叫的。然而，他还是尽可能不动声色，不要让克莱默窥测到自己的任何想法。最终，他只给了一个简短的命令："去！"

克莱默走了之后，雷涅博特扔掉手里的烟，双手插进裤袋，跌坐到椅子上。他呆呆地看着前方。心理战没能打响。

假如霍费尔真的被他们打死了呢？一个明明还活着的人却被当作死者，继而除名，这种事毫无道理。克莱默深深思索着，朝自己房间走去。

雷涅博特对自己说实话了吗？哪句话才是谎言？这一切根本不是孩子的事！

自从霍费尔被带进刑讯室之后，每一个小时都是如此令人害怕，如此危险！时间还在一分一秒地流逝，炸弹随时可能引爆，自内而外，炸毁一切。极有可能在下一秒钟，营区长们就会倾巢而出，将指挥部团团包围，在集中营和各个营区间来往搜捕——在这些地方，把组织里的同志们挨个儿找出来。用不了一个小时，所有同志就都会惨遭逮捕，刑讯室将会是他们最终的归宿！

现在克莱默又有了那种感觉，就好像刚刚他急匆匆赶到雷涅博特那里之时那种如临深渊、如履薄冰的感觉。就在他正要回到书记办公室的时候，大门口处挂在集中营上方的最大的那个喇叭响了：“集中营电工马上到大门处来。”克莱默站住了。这条命令又重复了一遍：“集中营电工马上到大门处来。速度！”克莱默马上转头向电工营房跑去。肩膀上挂着工具箱的舒普正好迎着他走过来。

“听着，瓦尔特。联络上福斯特了。”

克莱默马上明白了舒普的意思。“霍费尔也许是死了……”

舒普由于惊恐睁圆了眼睛。“天啊，瓦尔特！”

克莱默说道：“赶紧去，海因里希。说不定你能打听到什么确切信息。”舒普急匆匆走了。克莱默目送他而去。

福斯特做到了。不知道是什么原因，刑讯室的电路系统短路了。保险丝烧断了。在山魈的宿舍里，舒普正在检查电闸箱。福斯特站在旁边，随时准备帮忙。山魈带着满腹怀疑地站在一旁，有犯人进入了他的领地，对此他感到十分不悦。舒普和福斯特保持着默契的沉默。舒普尽可能避免一切亲近的行为，他简短而客观地给福斯特下达指示，告诉后者要如何去做。福斯特需要把电闸箱抓紧，好让舒普能顺利地卸螺丝。舒普检查着电闸箱的内部结构，尽管这个过程烦琐而冗长，也并没有发生什么中断他的事情。

“电闸箱一切正常。”舒普有点儿碎碎叨叨的，“通常来说，如果发生短路现象了，一定是有什么东西坏了。”

山魈粗鲁地说道：“别跟我废话，把它修好。”

“是的，长官先生。”舒普马上回答道，然后给福斯特安排工作。

检查完开关之后，他对福斯特说道：“线路好像是坏了……”出于一个囚犯的本能，福斯特马上明白了这句话隐含的意义。两个犯人马上开始了必要的接触，尽管山魈还在场。

“长官已经亲自检查过了，没有发现任何问题。”福斯特说道。舒普用一种令人不易察觉的提醒方式化解掉了暗语：“必须要检查一下线路，否则不知道短路的地方在哪儿。”他们在追查组织的下落，霍费尔还没有死，他也没有交代任何事情。舒普心里把这段对话自行翻译了一遍。这是一条很有价值的信息。然而要如何安排，才能通过福斯特知道那两个人命运的具体去向呢？舒普又不能成天在这里修电路。

“你为什么一定要检查线路？”山魈突然用一种扎人的声调问道。舒普安抚着他：“很快就结束了，长官先生，估计就是某处的铁丝断了而已。”他让福斯特去拿梯子，然后开始检查上方的线路。福斯特需要帮他扶着梯子。从宿舍开始，他们在刑讯室阴暗的过道里一米一米地推进着。山魈站在房间门口观察着他们。舒普沉默地工作着。身后的那只野兽虎视眈眈，他必须要小心翼翼。在他的脑袋里紧张地思考着该如何安全地和福斯特谈话。看起来似乎只有当山魈不再盯着他们的时候，两个人才能从沉默的状态转向交流。他们继续在过道里摸索着，距离山魈越来越远了。他还在紧紧盯着他们吗？

为了让山魈放松警惕，两个人做出一副孜孜不倦的忙碌姿态，还大声说着话，好让山魈能够听到：“把梯子竖起来一点儿……现在可以了……抓牢……”他们悄悄传递着只言片语，速度飞快又十分轻巧，甚至比耳语还要轻声。

“我会留神，在你自由活动时……”没等福斯特回答，舒普就爬上梯子，然后摸索着铁丝。

两个人的一举一动都在山魈锐利的注视下进行着。福斯特满怀兴趣地关注着那个电工的工作。舒普从梯子上爬下来，两个人一起把梯子往前搬了搬：“现在只要再查看最后一段就好……”福斯特说道：“如果霍费尔松口了，我就弯下身子摆弄鞋……”

舒普明白了。这已经足够了。传递消息的方法已经定了。他爬上梯子看了一会儿，又朝下面的福斯特喊道：“一切正常！”他们冲对方点点头，使了个眼色，然后没再多说什么。两人一起把梯子拿了回去。

“怎么样？”山魈不耐烦地问道。舒普无奈地耸耸肩：“上面的线路我也没有找到什么不对劲的地方。我需要去查看一下外面的接口。”

上方线路顺着刑讯室侧面的山墙一路向下，和地上的接口相连。接线设备在地面上突出短短的一小截。这里的铁丝被扯断了。舒普微微一笑。这个福斯特真是个聪明的家伙。

舒普很快修好了这个小毛病，然后回到刑讯室。他换上了新的保险丝，灯又亮了！那个沉默寡言的山魈看起来十分满意。

“哪儿坏了？”

“没什么大事，长官先生。就是地面接口有一个小地方短路了。”

“你为什么没有在那里仔细检查一番？”

舒普无辜地摊开双手：“要是一眼就能看见毛病出在哪儿的话……”

山魈没有再和眼前的电工说些什么。他蛮横地摆了一下头，那意思是让他赶紧滚蛋。舒普背起了他的工具箱。在他离开刑讯室的时候，福斯特根本没有抬眼看他一下。

舒普报告了整个过程。克莱默看起来似乎很认真地在听着，他按照自己特有的方式，坐在桌子前面，手肘打开，双拳紧握，支着下巴。舒普绘声绘色地描述着自己是如何成功转移山魈的注意力的。霍费尔挺住了！克莱默这才意识到，该如何总结自从霍费尔被捕以来自己的感受。原本他认为霍费尔是自己的挚友，但孩子的事让他们生了嫌隙。克莱默开始埋怨霍费尔，甚至有了憎恨。而现在，克莱默又恢复了对霍费尔的敬爱。

电工的发问让他从自己的沉思中回神。“霍费尔在领导班子里吗？”好像被自己的这个问题吓了一跳似的，舒普马上补充道：“你不需要回答我。”

克莱默抬起眼睛，无言地看着舒普。舒普明白其中的意义，他没有再问。足够了。两个人相对而坐，各自沉思。克莱默心中最后一丝顾虑打消了。他现在对霍费尔有着一种极其强大的、兄弟般的感情。

“因为那个孩子的愚蠢错误，他们还是像狗一样地盯着我们……”他深思熟虑地说着。

“不得不冒险行事。”舒普说道，“这样才能把他们从刑讯室弄出来。”克莱默不太相信地笑了笑：“你打算如何安排？”

“茨威灵！”舒普飞速地回答，却不是突发奇想。克莱默拒绝了：“那个混蛋就是第一个把他们供出去的……”

“我知道，”舒普点头，“皮皮希都告诉我了。我们现在去试试就可以了。特殊连队的事不也成功了嘛。”

克莱默依旧不赞同："那是另外一回事。"

几年前，由于大规模的告密行为，一批政治犯被送到了特殊连队，然后又被集中营中的同志团结一心营救了出来。克莱默的拒绝并没有让舒普打消念头。他充满热情地坐到椅子边缘。

"茨威灵一边想给自己找条出路，一边又谁都不想得罪。我们要利用这点。皮皮希能办这件事。需不需要我去和他说说？"

一瞬间，克莱默感到十分厌烦。不，他不想利用党卫军办任何事情。他抗拒这种行为。他不愿意在面对危险的时候利用他们的帮助，就像当时面对特殊连队的境况一样。那时候，集中犯人人中真正的犯罪分子和政治犯之间的权力斗争将同志们置于险境。而这一次，事关一个党卫军，正是这个人亲手将霍费尔和克罗皮恩斯基送入了绝境。

偏巧这个告密者……茨威灵到底怎么想的？他到底想要什么？多么古怪的想法。尽管对与党卫军合作十分抗拒，这个想法还是钻进了克莱默的心里。也许舒普的意见可行？总指挥官和克鲁提希之间有着不可调和的矛盾。克鲁提希想要启用集中营里的那些罪犯，而总指挥官更想任命政治犯。假如茨威灵能够挑拨成功的话……克莱默相信皮皮希有这个机灵劲儿。舒普满怀期待地看着克莱默。克莱默的双手摩擦着桌面，发出闷闷的声响。他不置可否。

"小心行事，及时汇报。"终于，克莱默如此说道。

舒普一和皮皮希说完，皮皮希就立马想到了该如何通过茨威灵帮助自己的好伙伴，而且这个方法会立竿见影。他抓到了一个和茨威灵对话的机会。

"您还没有找到那个告密者吗？"皮皮希去办公室交清单的时候，

茨威灵这样问道。

“没有，队长先生，我们完全没有找到他。”

“为什么还没有？”茨威灵伸出舌头，抵住下嘴唇。

和好心眼的霍费尔不同，皮皮希像是用另外一种材料做的。他勇敢地直奔主题。皮皮希像一个走钢丝的人一般小心谨慎，又极其肯定地迈着每一步。他语带双关，又像刀子一样割人。

“那个家伙伪装得实在太好了。”然后他又狡猾地补充道，“不过我们已经知道了他为什么要这样做。”

“那我倒要听听。”

“那家伙觉得自己太聪明了，他觉得自己能送给长官一条大火腿吧。”

“这是什么意思？”茨威灵问得别有用心。

皮皮希迟迟不做回答。他的头脑在如闪电般飞速运转着，然后又迅速做了决定。现在他正站在钢索上，这意味着他必须走过去。

“根本不需要问太多，队长先生。看看前线地图就一目了然了。”

茨威灵不自觉地转向墙壁，看着挂在墙上的地图。皮皮希紧张地注视着茨威灵的一举一动。当他转过身来，再度看向皮皮希的时候，皮皮希给了他一个意味深长的笑容。茨威灵心里不确定了。这是什么意思？现在他也走到钢索之上了。他决定参与到这个捉迷藏的游戏中来。

“您觉得那个告密者是想找个什么出路，如果发生了什么事情的话？……”

“没错，”皮皮希干涩地回答，谈话僵持住了，此刻他必须故意引导对话方向，“如果真的发生了什么事情，”他[illegible]着茨威灵的话，双手做了一个翻转的动作，“但是会是怎么发生呢？谁也不知道……”

茨威灵靠在椅子上，用事不关己的语气空洞地回答道：“啊，不会那么严重的。”

皮皮希感到一阵紧张。他明白了茨威灵的意思。他又向前冒险地走了一步：“这由您决定，队长先生。”

茨威灵又把舌头抵到下唇上，他心里一点儿也不比皮皮希轻松。他没有说什么，皮皮希不得不继续下去：“我们很乐意这样说：分队长茨威灵先生是一个好家伙，他把霍费尔和克罗皮恩斯基从刑讯室里带了出来……”

茨威灵心中涌起一阵热浪。这是很明显的交易条件了。这句话引起的效果在他心里快速翻滚着。他和犯人们之间的鸿沟依旧是保护他的屏障。要是有朝一日他们翻天了，那他们可就有的说了：你对霍费尔和克罗皮恩斯基是有良心的！对于党卫队而言，也存在着残酷的两种可能。对于犯人们来说，他们要么自由，要么死亡。对党卫队来说，要么他们战斗到最后一人，要么前途未卜，开始逃亡。茨威灵根本没兴趣跟着他们一起战斗到最后。交易成交。

“我该怎么做？”他不确定地问道。

成功了！现在，皮皮希已经从钢索上走了下来，双脚下面是坚实的地面。

“对于您来说这也不是什么难事。您只要去和总指挥官谈谈就好，您知道的，总指挥官很看重政治犯。”茨威灵不客气地站起身，快步走到窗边。皮皮希的话在他心里起了作用。他应该把皮皮希赶出去呢，还是应该答应他？两种想法在他心里纠缠不清。他转向皮皮希野蛮地喊着："滚出去！"

皮皮希正要离开的时候，他又说道："在外面闭上你的嘴，明白吗？"

皮皮希能不明白吗！他坦率地回答："队长先生，没有人会知道这件事……"

茨威灵都要气炸了！他坐到了写字台旁边。他的目光在地图上扫视着。

就在几天之前，他才把箭头图标移到了美因茨的位置。现在他们已经推进到法兰克福了……

上面，在西部防线，箭头图标已经指向杜伊斯堡[1]。还需要多久，他就得把箭头放到卡塞尔[2]的位置上了？然后就要从威斯特法伦和黑森向图林根挺进了……

皮皮希挑起的巨大愤怒此刻已经变成了无尽的恐惧……你对霍费尔和克罗皮恩斯基是有良心的……这帮家伙为什么已经如此肯定了……和总指挥官谈谈？该怎么开这个口呢？

中午时分，博科夫来找克莱默。

"有什么新鲜事吗？"

"没什么新鲜的。"

博科夫闭上了嘴，从他的脸上可以读出他内心的不安。

"发生什么了吗？"克莱默问道。博科夫没有回答。他把帽子从额头上拉下来，然后作势要坐下来，但是又停住了。克莱默想要把藏匿武器的重任委托给一个毫不知情的人，这个决定让他觉得非

1 杜伊斯堡是位于德国北莱茵－威斯特法伦州的重要城市，鲁尔区的核心城市之一。——译者注

2 卡塞尔是德国黑森州唯一的大城市。——译者注

常难办。他不知道该如何开口。克莱默看着博科夫自己做着思想斗争。“赶紧说吧！”

博科夫嗫嚅着：“哎，天啊，瓦尔特，一条命，一条命……有时候我真想骂那个家伙。”他指的是霍费尔。

“别这样。”克莱默提示着他，同时也是安慰，“说到底他是我们的伙伴。他做了错事，当然，但是骂有用吗？老兄！镇静一点儿。”克莱默真诚地劝慰着博科夫。

“是是，说得对，说得对。所以还有一件事，需要马上处理。”博科夫接下来说出的话，丝毫不让克莱默感到惊讶。对于他来说也是一样，物资库的武器藏匿点只能告诉一个人，只有这个人是完全值得信赖的——皮皮希！

“我会办这件事，别管了。”克莱默安慰着他。博科夫告诉他藏有武器的口袋的编号和位置，然后叹息道：“这件事情最要命的地方在于，我们只能站在一边干看着，什么也做不了……”

克莱默噘了噘下嘴唇。“为什么说我们什么都做不了呢？我们可以试着干点儿别的，比如说，把刑讯室里的那两个人救出来。”

博科夫笑了，好像听了一个笑话似的：“你疯了？”

“没有。”克莱默干巴巴地回答，“我希望你能理解。”然后他解释了自己和舒普商量的事情。

“可以确定的是，茨威灵最近找皮皮希当面训斥过。那个皮皮希你大可以放心，绝对是个机灵小伙儿。他能把茨威灵牵着鼻子走。难道不值得放手一搏吗？”

“现在怎么样了？”博科夫用双手捂住脸，从牙缝中挤出这句话。克莱默摇了摇头，注意到博科夫由于担心这种冒险行为的代价太过高昂，而表现得十分紧张。“那个霍费尔，我一直这么说，就是一个傻瓜。这个傻瓜永远也没办法镇定下来。现在看看这个傻瓜的样子吧……”

博科夫对克莱默的这番话毫无反应，并依旧把脸藏在双手后面。过了一会儿，他才把护着自己脸的双手放下，冲克莱默点点头。他脸上绽放出一个疲倦的笑容。

“你说得对，瓦尔特，此刻不能昏了头。”博科夫转身想要离开，却站着没动，“关于茨威灵的事……好，为什么不放手一搏呢……”博科夫离开了房间。

克莱默带着深深的同情目送他离去。博科夫肩膀上承担了太多太多……

也是在这个午间时分，在军官赌场里，山魑正在餐厅一角处看着一个犯人修理坏掉的桌子。山魑索然无味地看着犯人熟稔的动作。他看着那个犯人是如何旋上一个金属螺栓，又用力按压着让木头牢牢固定在一起。这就是日常。

当天晚上，当山魑正在赌场里喝着酒的时候，他突然想到了那个螺栓。那个东西突然勾起了他的兴趣。他走到立在一旁的桌子旁边，观察着它的构造。然后他试图把套圈摘下来。然而螺栓固定得十分牢靠，需要用很大力气。在这个时间，赌场里面已经没几个人了。桌边坐着几个营区长，他们看着山魑奇怪的行为。进行服务的犯人也在悄悄观察着他。山魑手里拿着螺栓，他脑子里不知道转着什么念头。山魑拿着螺栓回到自己的位子，那几个营区长对这个奇奇怪怪的人没有发表任何意见。山魑察觉到了四周悄悄投来的目光，他毫无血色的嘴角露出一个苍白的笑。时间已经很晚了，山魑离开了赌场——他从来不会流露出任何醉意。

他喝得越多，步伐反而越稳健，尽管他已经完全无法自控，也不知道自己在干什么。他只是行尸走肉一般，关节机械性地运转着。

“审讯到他们交代为止。”

那个金属螺栓带给了他新的灵感。

深夜，他来到了第五号关押室。霍费尔和克罗皮恩斯基紧紧靠在一起，躺在冰冷的地板上。山魈打开灯的一刻，他们两人坐起身来。他们冻得哆哆嗦嗦，受到了惊吓。山魈站在他们的面前。

山魈土灰色的脸上没有任何表情。他问霍费尔：“嗯，你想好了吗？”霍费尔咽了口口水。沉默。如同受惊的鸟儿，恐惧向他袭来。灯泡发出的昏暗光亮好无力度，整个关押室泛着一波一波锐利的影子。对于这种沉默，山魈等待了片刻，就好像马上会发生什么一样。接着山魈推搡着霍费尔身边的克罗皮恩斯基，把克罗皮恩斯基逼到关押室最后面的角落里，又问霍费尔：“你说不说？”

霍费尔感到喉头发热。他又咽了一口口水，呼吸变得更轻。

站在角落里的克罗皮恩斯基被紧紧压着，就好像山魈要把他按进自己身体里似的。山魈不紧不慢道：“现在怎么样？说不说？”

霍费尔的胸腔就像一个空荡荡的车站，在其中呼啸过一阵尖锐的悲鸣。他想要冲到克罗皮恩斯基身边，然而他的双腿就像灌了铅一样，迈不开步子。

“看来是不说了。”

山魈一步跨到霍费尔身边抓住了他。就像是从那个修桌子的人那儿看到的那样，他把套圈按在了霍费尔的太阳穴上。

“你说不说……？”

霍费尔惊恐地闭上了眼睛。山魈把螺栓活动的一端按在他的太阳穴上，然后开始转动，把螺栓旋进去。

克罗皮恩斯基发出了一声轻轻的、吐气般的尖叫。

霍费尔的太阳穴上，血液开始旋转着飞溅出来。他喉头处的那声叫喊从他嘴里冲出来，又被扼杀在这间简陋的关押室里。

山魈双手插在口袋里，用膝盖顶了顶霍费尔的肚子权作鼓励："我已经知道一个名字了，就是你的。第二个是谁呢？你说不说？"

血液从霍费尔的头上滴下，犹如地狱之火熊熊燃烧。他双手握拳，恐惧在他心中滋生。

山魈用舌尖划过嘴唇，惬意地把双手从口袋中拿出，旋转着螺栓。霍费尔呻吟着，他好像站在两块巨石之间，惊恐万分却又无法躲避，等待着被彻底磨碎。

克罗皮恩斯基跪下了。由于无助带来的难以言喻的痛苦驱使他一边啜泣一边爬向山魈。山魈将他赶回角落里。"你给我在这儿待好了，你这个混蛋。别乱动。"

这片刻的喘息时间足够霍费尔将那死亡螺栓一把扯下。它们掉在地上，发出乒乓声。血液从他的头上喷溅出来。霍费尔眼前发黑，他把拳头按在太阳穴上，一阵头晕目眩。山魈对眼前这个摇摇晃晃的人突然生出一股无名火，于是他用力将霍费尔打倒在地板上。由于摔倒产生的冲击力，霍费尔的神志又清醒了过来。

山魈的殴打没头没脸地落在霍费尔身上。为了躲避殴打，霍费尔在地上滚来滚去。两个人扭在一起。饱受折磨、虚弱不堪的霍费尔很快便屈服于山魈的铁拳。山魈跪在霍费尔面前，将后者的胳膊按在膝盖上，然后又将螺栓塞进了后者的太阳穴。霍费尔号叫着来回甩着头，然而螺栓依旧牢牢地钉在那儿。山魈将螺栓旋得更紧。

霍费尔的喉咙发出咕咕声，他的眼睛快要从眼窝里掉下来了。

“谁是第二个？”

克罗皮恩斯基把拳头按在嘴巴上。他的兄弟遭遇的这些不幸过于骇人了。

“谁是第二个？”

由于这令人发指的疼痛，霍费尔的双拳双脚不断在地板上敲击。

名字！名字……！

那些名字就在他的喉头叽叽咕咕，它们潜伏在那里，马上就要溜出来了。

“谁是第二个？说不说？”

山魈的手拿开的瞬间，一声凄厉的尖叫从霍费尔口中喷射了出来：“啊啊啊啊……”

“谁是第二个？”

“啊啊啊啊……”

这就是那些名字了。霍费尔每叫一声，就好像喊出了一个名字一样。“啊啊啊啊，啊啊啊啊……”

突然，克罗皮恩斯基也开始叫了起来。他用双手抱着脑袋，开始大喊……

房间里的空气都开始尖叫。墙壁无法吸收叫声。一种歇斯底里的氛围在关押室里弥漫。

山魈立起身子，双腿分开，站在狂叫的霍费尔上面。这个犯人现在还不能死，因此山魈把螺栓取了下来。

霍费尔狂乱的喊声渐渐变成空洞干涩的苟延残喘，他伸展开了四肢。

克罗皮恩斯基恐惧地缩成一团。在山魈关上灯、离开房间之后，他爬向霍费尔，用自己颤抖的双手轻轻抚摸着霍费尔，同时因绝望而抽泣着。

霍费尔只觉得生命再一次击退了死神。血液犹如被鞭笞驱赶着一般在身体内激荡。大脑似乎从疼痛中渐渐解脱了出来。他脑海中的念头就像炽热的火焰一样乱蹿。他的呼吸跳动不安。“……名字……马利安……”克罗皮恩斯基不断抚着霍费尔起伏不定的胸膛。

“你什么都没说，你只是在叫喊，兄弟，只是不断地叫喊……”

霍费尔不停喘着粗气。他太虚弱了，根本无法回应克罗皮恩斯基。他痛苦至极，在昏迷的边缘徘徊，然而还是强撑着没有坠入那舒适的深渊。

“我的上帝，”霍费尔啜泣着，“我的上帝……”这凄惨的景象令人不忍睹，亦不忍闻。

过了一天，福斯特放风时在大门口处遇到了电工舒普。他们看了彼此一眼。舒普走得慢了一些，想看看对方会不会蹲下来把鞋带捆紧。

福斯特看起来似乎根本没注意到电工。福斯特将两手在身后握拳，又尽可能抬起胳膊，挤压着后背的肌肉，看起来就像是在锻炼身体似的。舒普向登记窗口处走去的时候，经过了福斯特。福斯特将一只手抬起，放在胸口心脏的位置。舒普暗暗记下了，回到集中营里。他明白了。他们遭遇了严刑逼供。然而那放在心脏处的手也证明了，他们是多么英勇无畏。

才只过去了两天而已。然而，这两天的时间却异常沉重，慢得犹如过了两年。整个组织都瘫痪了。每一个反抗小组都已经接到了通知。由于这次逮捕事件，一切行动都停滞了。组织里的同志们尽可能地避免任何谈话。如果他们在集中营里打了照面，也只是擦身而过，最多悄悄递个眼神。他们绝不能再被发现了。空气中都是不明朗的气息。虽然头两天什么也没发生，但这也绝不意味着可以彻底放松了。每一个人都有一种感觉：危险在暗处，正伺机而动。只要人们觉得终于可以松口气的时候，它就会瞬间冲出来，打破一切安宁。然后，一切就都完了。

ILK 的成员也全部被严格地隔离了。博科夫这两天只和博果斯基一个人见面。在克莱默告诉他关于霍费尔的行为之后，博科夫就十分确定，再和 ILK 的同志们举行会面的话，风险实在太大。博果斯基对此非常理解。在晚间时分，同志们再次来到病房区营房的地基坑里。他们都沉默着，用沉默回应着博科夫带来的消息。他们明白其中的关键所在。对于克鲁提希和雷涅博特而言，那个孩子是最好的机会，只要抓住这个机会就一定可以追寻到组织的痕迹。大家知道霍费尔和克罗皮恩斯基正在经受着何种非人的折磨，同样也清楚，此刻这种情境对两人而言是多么巨大的考验。只是，有一件事他们没有预料到：也许是明天，也许是后天，总之马上就要来临……

这次会面充满了火药味儿。

平时，大家的谈话总是很积极；而今天，他们围坐在小蜡烛头周围，静静听着火焰燃烧时发出的轻微的噼啪声，不发一言。逮捕事件后的这种平静只是一种幻象。他们并没有被这种幻象迷惑。博科夫知道，自己此刻所经历的那种煎熬的感觉，周围的这些人也同样在经历着。

准备起义的过程是何其小心谨慎，而将武器弹药运送进来的过程又是何其危险隐秘！牵一发而动全身，任何一个冒失的行为都有可能导致全盘覆灭。在病房区，已经妥善藏匿了成千个绷带包。药品储配量也已足够，手术器具也留出了一部分。破坏铁丝网用的撬棍和独立钢丝剪也准备到位了。一切都已就绪。

这些战略部署都是为了迎接自由到来的那一刻。每一个不同国籍的战斗小组，都殷切期盼着这一时刻的到来。他们早就分配好了各自的任务。集中营已经被划分成若干战略区域。楔形突击行动将向各个方向挺进，领导战斗行动。波兰小组的任务是向集中营北面进行突围；苏维埃小组负责抵御党卫队的火力攻击；法国、捷克、荷兰，还有德国小组负责占领党卫队总指挥部区域；总攻向西侧推进——为了与最近的美军取得联系，同时保障起义成果；小组之中还有专项小队负责特殊任务。这个枝叶繁茂的组织，无处不在，危机四伏，难以捉摸，随时准备出击。这是一件杰出的政治艺术品。然而此刻还不是时候，美军也还在远方……结果，现在他们中的一员竟然被关押在坡上面的刑讯室里……他只要说出一个词就够了。无论是出于不小心还是出于对死亡的恐惧，只要他说出一个词，集中营的地板就会被掀开，一切秘密就会被公之于众。战争，战争！到了那时，还不如说是5万个一无所知的犯人将惨遭集中营内灭绝风暴的横扫……

同志们呆呆凝视着他们面前跳动的小小火焰。博科夫克制而平静地说出了自己掌握的消息。他解释说，霍费尔和克罗皮恩斯基已经挺到了现在。同志们听着，所有人的大脑仿佛都融汇到了一处，每个人的想法都是相同的。

什么都不必说了。沉默侵蚀着每个人的表情。博科夫不是很高兴："别这样，同志们。我们在干什么？坐在一起垂头丧气？该死的！我们需要想想我们能做些什么，如果……"

"如果！没错，如果！"科迪茨克尖声说道，"我们能做什么，藏起那些武器吗？"他尖刻地笑了，"它们已经藏好了。"紧张在他的眼中乱闪。

"废话，"博科夫低声咒骂了一句，"武器该放哪儿就放哪儿。"他捡起一大块石灰石，然后把它扔得远远的。他的双眼不安地凝视着石头地面。他想要通过凝视地面找回丢失的控制感。现在是不能吵架的。科迪茨克此时又开始沉沉地思考。博科夫向他做了一个确定的手势。

"上回我已经告诉过你们了，他们在找我们。"博科夫沉沉地说道，"我们还笑话这件事儿来着。现在霍费尔被关进刑讯室了，可算是严肃对待了。假如他挺不住……"

博科夫迫切地看着每一个人。他们都在咬着嘴唇。博科夫无情地说出了他们每个人脑子里的念头："如果他们发现了我们，那么每个人都将面临死亡。"

蜡烛的火焰轻轻跳动着。

"我们可以尝试做一些安排，在正确的时间里，也许还来得及让我们转危为安。"博科夫如此说道。他感觉自己又拥有了力量。同志们仔细听着。博科夫继续说道："我们要把霍费尔送上转运车，去其他的集中营潜伏起来……"

长时间的安静。终于，范·达伦说道："这不是你的真心话吧，赫尔伯特？"

“这是我的真心话。”博科夫坚持道，“霍费尔知道我们的名字。只要他说出一个……”

范·达伦认命地耸耸肩膀：“反正就是一死。”

“那他要是供出我们所有人呢？”

“那我们就一起死。”范·达伦简单地回答。普里布拉激动了起来。博科夫摇了摇头。

“谁愿意跟着转运车一起走？”博科夫还是固执地问道。

普里布拉在膝盖上捶了一拳：“你想让我们变成懦夫吗？”他轻轻地问出这个问题，却掷地有声。过了一会儿，博科夫才用一种奇怪的平静语气说道：“这是我的责任，同志们，我必须要问你们。”他停顿了一会儿后继续说道，“我对至今为止发生的事负全部责任。我是个罪人。”他的声音听起来异常陌生。同志们都惊讶地看着博科夫时，他却闭上了嘴。

“我把霍费尔抛弃了。”博科夫轻轻地继续说着，“我要是一早就安置好那个孩子该多好啊，那样一切就不会发生了……”这是博科夫的自白。像其他人一样，博果斯基心里明白博科夫说的每一个字，然而却一言不发。里奥蒙德轻轻咳嗽了两声：“不，赫尔伯特，我的好朋友。”他善良地说着，“你确实犯错误了，但绝对谈不上是罪责。”

博科夫看着这个法国人：“从错误当中生出了罪责。”他低沉地说道。科迪茨克无法自控地咒骂道：“该死的霍费尔，该死的孩子！”

普里布拉一下蹦得老高。“霍费尔和那个波兰朋友还在刑讯室里关着呢！”他尽量压低嗓音，还是克制不住激愤，“然而你还在这儿骂他们该死？一个德国人，一个波兰人，保护了一个波兰孩子，然而你呢，你在这儿骂他们该死？你才该死！”

普里布拉的嘴唇颤抖着，脸色发白，眼中射出猛烈的怒火。范·达伦抓住了普里布拉的胳膊。这位年轻的波兰人甩开了荷兰人的双手，眼中瞬间射出一股敌意。

这太不正常了。博果斯基笑了起来，声音虽轻，肩头却在晃动。在当下这种剑拔弩张的情况中，他的笑声成了一种紧张的刺激，所有人都像吓着了一样看向这个俄罗斯人。博果斯基摊开双手，又苦笑着说道："我们是一群多么有趣的人啊！"

博果斯基想说"奇怪的"人，但是却说成了"有趣的"，因为他脑子里没有找到合适的德语词。[1]

突然，博果斯基的面颊扭曲了。他的脸抽搐着，眼睑颤抖着。他高举双臂，愤怒地落下拳头："然而我们不是有趣的人，我们是共产党员！"他开始用俄语不断咒骂，接着又向同志们诉说着什么，连他自己都被这串俄语吓到了。没有人听得懂他在说什么。他停住了没说完的话，开始用磕磕绊绊的德语解释。错误，罪责，对于孩子和自己同志的咒骂！共产党员在面临险境的时候，就是这样交流的吗？我们还要不要掌握主动权了？还是说这不是共产党员的责任，而是全凭老天爷做主？他停下了。他的怒火宣泄完毕。然后，他又用平静的口吻继续说了下去。很好，很好。集中营里的某处藏了一个孩子，然后一切就陷入混乱了。

普里布拉想要知道，孩子到底在哪儿。博果斯基做了一个安抚的手势。孩子在小集中营的第61号营区，别担心，他马上补充道。孩

---

1 德语中"奇怪"（komisch）和"有趣"（lustig）有意思重合的部分，都有"好笑，滑稽，有趣"的意思。——译者注

子被照顾得很好……他挨个儿看着每一个人。难道那两名同志真的仅仅是由于这个孩子才进入刑讯室的吗？难道 ILK 的任务中不包括保护儿童吗？博果斯基笑了一声。现在更重要的事情应该是想办法给孩子搞点儿吃的东西。说到这里，他向里奥蒙德挤了挤眼睛。这位法国厨子立马就明白过来，笑着点点头。博果斯基对他报以微笑。很好！是个小伙子，还是个小丫头？博科夫没好气地答道："我也不知道。"

博果斯基的两只手在身体一侧向前伸着，做出一个夸张的惊讶动作："我们有了一个孩子，结果却不知道，是个小伙子，还是个小丫头……"他这个样子逗得大家都笑了起来。原本一个个垂着的脑袋又都昂了起来。博果斯基心里畅快了许多。很明显大家又活跃起来了，开始热络地讨论是否有可能给霍费尔和克罗皮恩斯基提供些什么帮助。

大家交流着各自的冒险计划，从暴力解放到武装营救，然而所有的意见都被否决了。谈话产生了一个共识，那就是想要从山魈的魔爪中救出那两个人，难于上青天。博科夫很快就意识到，这不过是博果斯基的一种特殊手段。博果斯基以此作为杠杆扭转了士气低迷的局面，然而其实自己也已经把那两人视作牺牲者了。博科夫虽然明白博果斯基心里打着什么样的算盘，但眼下必须阻挡同志们的激进势头。所以，尽管对博果斯基的花招儿十分不满，博科夫还是很快压下了这种情绪。要想营救他们只有一条路，起码和其他方法比起来还有一点点希望。于是，博科夫向大家解释了自己和克莱默商讨的结果：利用茨威灵。令人绝望的一幕！可是除此方法之外还有其他出路可言吗？ILK 的同志们愿意一试。然而，担忧又重新笼罩了每个人。他们面面相觑。要是霍费尔没能挺住可怎么办？博果斯基果断地截住了这可怕的怀疑，他直截了当地回答："不可能，不可能。""那么有人愿意跟着转运车离开吗？"博科夫的这个问题让同志们无言以对。他们彼此小声交流着。没有人愿意离开集中营。所有的人都想留下。很好！博果斯基点点头。他压根儿也没有把博科夫的提议当回事。他知道，博科夫这样说只不过是出于他莫名的负罪感罢了。无论如何，死气沉沉的氛围被驱散了。这是今天这次会面所能达到的最好效果了。首先要击败恐惧，恐惧是最可怕的敌人。

"同志们，和你们一样，我也担心。"博果斯基说道，"但是我们要相信，直到现在霍费尔都在对抗折磨！谁给我们的权力怀疑他？我们难道不是在怀疑自己吗？危险不在于霍费尔和他的波兰兄弟，而在于法西斯！从屈斯特林[1]到但泽[2]，到下面的布雷斯劳[3]，红军已经步步逼近，将法西斯赶回德国。第二条前线已经穿过法兰克福了。"博果斯基用两条胳膊捞了一把空气，好像他把远处的什么东西拿了过来似的。然后他将双手合在一起，握成一个拳头。

"所以，同志们，看起来就像是这样，"他说着，带着一种安静的力量，"法西斯的末日越近，他们就越疯狂。希特勒是这样，施瓦勒和克鲁提希也是这样。他们想将我们消灭，我们早就知道。我们要用我们隐藏已久的力量回击他们。只要我们保持强大，就像霍费

---

1 屈斯特林，即奥德河畔科斯琴的德语名称，该城市位于波兰。——译者注

2 但泽，即格但斯克的德语名称，是波兰北部沿海地区的最大城市和重要海港。1939 年 9 月 1 日，纳粹德国的军舰炮击但泽，标志着第二次世界大战的正式爆发。——译者注

3 布雷斯劳，即弗罗茨瓦夫的德语名称，该城市位于波兰西南部的奥德河畔。——译者注

尔和克罗皮恩斯基那样，是的，”博果斯基的热情已经被点燃，“是的，他们一直保持着强大！只要我们也能如此，法西斯就绝对不会发现我们隐藏的力量，但是他们会感觉到它的存在。就让他们去找，他们什么都找不到。一个人都找不到。”他握在一起的双手放在膝盖上，如同一块巨石，那里面握着的是力量。“法西斯，”他继续说着，更加镇定，“把我们的脑袋剃秃，拿走我们的面目，拿走我们的名字，只给我们一个编号。他们夺走我们的衣服，让我们穿上条纹囚服……”

博果斯基撕扯着自己的条纹上衣。“我们是他们勤劳的小蜜蜂，为他们盖房子和花园。嗡嗡，嗡嗡，嗡嗡！每一只小蜜蜂都有自己的条纹衫。我看起来像你，你看起来像我。”他松开了拳头，“很好，”他低声说道，表情难以捉摸，“然而小蜜蜂也有毒针。嗡嗡，嗡嗡，嗡嗡。现在克鲁提希也该加入了……彼此看起来很相像……不错，他们剥夺我们的面目，给我们条纹囚服，不错。你们懂了吗，同志们？”

博果斯基轻轻地抚平了上衣，身体微微后倾，闭上了眼睛。他的这种勇气让博科夫感到羞赧。博科夫不善言辞的天性让他难以将那种坚毅的情感用灵巧柔和的方式表达出来，博果斯基生动的言语则自带一种魔力。同志们的脸上都变了表情，蜡烛小小的火焰跳动着，照耀着他们。这次会谈并没有一个具体的结果，事实上结果也已经不重要了。每一个人心里都沉甸甸的。只是在大家即将离开的时候，普里布拉突然问，是否需要明确由一名同志具体负责保护孩子的安危。“没必要，”博科夫用他简洁的语言回答道，“我已经去安排了……如果你给小家伙找到了吃的，直接拿给克莱默，他会办好后面的事。”他转向里奥蒙德。“好的，好的！[1]”这个法国人连连点头。

他们三三两两地离开了地基洞，彼此之间隔开一定距离，走向外面漆黑的小路，在集中犯人人总头目吹响晚间哨的时候回到各自的营区。

霍顿斯已经整装待发。万事俱备，只欠离开的机会。茨威灵没有车，然而克鲁提希却有一辆。霍顿斯早就打好了主意，她十分确定这位果决的少校一定乐意带走她的行李。和那个懒洋洋的胆小鬼比起来，他完全是另外一种人。有时候，在同事晚会上，克鲁提希会邀请她跳舞。霍顿斯的女人天性让她很明白这位少校非常陶醉于她丰满的身形，而她也乐得如此。跳舞的时候，他们也调调情。然而两人之间从未发生过什么。克鲁提希没有妻子，几年前他就离婚了。

另外，克鲁提希身上并没有什么流言蜚语。这在霍顿斯眼里很珍贵。而且，从根本上来说，她对那种冷漠迟缓、毫无精神的人没有丝毫热情。她那令人失望的婚姻生活让她附加上了这个条件。

这天晚上，在茨威灵还没有回来的时候，霍顿斯站在卧室的镜子前面仔细端详着自己。她在心里做着斗争，要不要去找克鲁提希？这并不是什么难以抉择的事。克鲁提希和自己的丈夫之间存在的那种高低差别实在是太显而易见了。高低差别？霍顿斯鄙夷地噘起嘴唇。很快就不存在这种事情了。还要多久茨威灵才能够改变自己？几乎不可能了。克鲁提希呢？霍顿斯毫不在意地耸耸肩膀。她明白，克鲁提希曾经不过是一间绸缎作坊的主人罢了。但无论如何他是个男人！对于自己归宿的忧心超过了其他所有的顾虑。她最终

1 原文为法语。——译者注

决定去找克鲁提希。

霍顿斯审视地查看着镜子里的自己。她不喜欢身上那件罩衫。她换了一件紧身套头衫，衬得她身材火辣性感。她托了托自己的胸部，在镜子面前照来照去，嘴里嘀嘀咕咕："倒也不用带上全部的东西，不值钱的扔掉就好了。"可惜，她无法把那些漂亮的家具一起带走了。

克鲁提希正在家中。在指挥官居住区，他拥有一栋独立住房。对于霍顿斯的拜访，他感到十分惊讶。霍顿斯脱掉大衣，坐到了会客椅上："只是我的一些私人事情。哥特霍德没有车。"克鲁提希的目光中流露出不解。霍顿斯将双手恭谨地放在膝盖上，眼含祈求："我可否在您的车上放一些行李呢？就只是几个箱子而已。"

"去哪儿？"克鲁提希突然问道。

霍顿斯不知所措地耸耸肩膀。现在，克鲁提希全明白了。他咯咯笑着，双手插进口袋，挺直后背，在霍顿斯面前走来走去。

"您是想着，如果……"

霍顿斯激动地点点头。

克鲁提希叉着腿站住。

"一次军事行动，"他果断地说，"一次军事行动不代表着需要搬家。"

霍顿斯叹了口气，她又不懂军事行动什么的："您是唯一可以帮助我的人了。我还能怎么办呢？哥特霍德又没有车……"这个女人的突然拜访打扰了克鲁提希，实际上此刻他心情很糟。山魈没有从霍费尔和那个波兰人口中得到一点儿有用的信息。带着这种挫败的怒火，克鲁提希看着眼前这个女人。她的大衣已经脱掉了。克鲁提希的眼睛粘在她的胸脯上，他悄悄咽了咽口水，喉结动了动。霍顿斯看到这位总纠察队长的表情发生了变化。出于成就感，也是抱着希望，她笑了。然而，她还是感到困惑。克鲁提希脸上显现出的情欲并不像霍顿斯所期待的那样强烈。霍顿斯的眼神让克鲁提希微微愠怒，这个充满魅力的女人怎么就遇上了茨威灵那个傻瓜？她完全可以出色地扮演少校妻子的角色。

克鲁提希快速地坐到了霍顿斯对面的椅子上。“您真的快乐吗？”他突然问道。

霍顿斯吓了一大跳。她被他的眼神所吸引：“不，少校先生。不，完全不。完全不快乐……”

克鲁提希把自己的手放到了她的膝盖上：“很好。我会帮您拿行李。”

“哦，少校先生……”霍顿斯带着绵软无力又愉悦动人的语调，轻轻抚上那只手，向一侧慢慢滑行，几乎放到了她的两腿之间。有那么一会儿，克鲁提希屈从于那种愉悦感，但他还是抽走了手，靠回椅子上，审视着霍顿斯。霍顿斯感到自己被他锐利的目光所刺透。那是一种极具克制力的目光。

“您是知道实情的。”克鲁提希说得丝毫不婉转，“您的丈夫对那个犹太小鬼做了什么？”霍顿斯吓了一跳。她张开了嘴巴。在她想要说些什么之前，克鲁提希阴森地说道：“他还写了那个纸条，对吧？”情况猝不及防地逆转了。霍顿斯震惊于克鲁提希竟然十分清楚茨威灵的背叛行为，以及他后续的补救行动。突然挑明所带来的强烈震动甚至让克鲁提希自己都稍稍吃惊。出于强烈的恐惧，霍顿斯简直要瞬间石化了：“我真的什么都没有做……”

“当然不是你的错，”克鲁提希下了结论，包庇了这个女人——他一下子感到自己和她已经拴在一起了，他尖刻地说道，“背叛者只有死路一条！”

霍顿斯猛然站了起来：“我的上帝啊，少校先生，我的上帝！”她的脸上充满了惊惧。克鲁提希也随之起身。两个人面对面站着。霍顿斯的体温却让克鲁提希误会了。他抓着霍顿斯的双臂，她的恐惧竟然使他燃烧起熊熊的情欲之火。她一下子刺激到了克鲁提希。此刻，克鲁提希看着霍顿斯，眼神中有着赤裸的欲望。

“你这样的一个女人，”克鲁提希突然激动地说道，“这样一个女人……”然而霍顿斯根本无心听这些，她只是在不停地颤抖：“您要杀死他吗？”克鲁提希放开了霍顿斯，笑得刻毒。这个女人的恐惧已经让他甘之如饴。他没有回答。雷涅博特是这样评价茨威灵的：“那个懒洋洋的傻瓜估计自己还美呢，他以为把我们给耍了……”他产生了一个念头：将雷涅博特提供的蛛丝马迹做一个大胆的结合。

“杀死他，”过了一会儿他终于说道，“这对他来说算是便宜的了。本来应该给他点儿颜色看看！”

“怎么做？”霍顿斯大着胆子问道。克鲁提希飞快地回答道：“如果他已经和共产党有联系了，那么他一定有自己的弟兄。不管他具体和谁联系——反正我们都认识——重点在于，和他联系的人必定是那个地下组织中有点儿权力的人。”对于集中营里的事，霍顿斯毫不知情。这对于她来说没有什么额外的意义，不过就是她丈夫的工作罢了。对于这些她刚刚听到的事情，她感到十分震惊：“我的上帝啊，少校先生！”她目光乱闪。克鲁提希贴着她站着。他比她高了一头，所以霍顿斯不得不仰视着他。他紧紧盯着那双不安定的眼睛，欲望在他心中激涌，紧紧勒住了他的喉咙。

“去和您的丈夫谈谈。”克鲁提希尽量克制住自己声音里的欲火，用嘶哑的声音说道。霍顿斯恐惧而顺从地点点头，一把抓起大衣捂在胸口，然后转身想要离去。克鲁提希生硬地抓住了她的胳膊。他还打着其他的主意，想和霍顿斯说些重要的事情。霍顿斯疑惑地看着他，在克鲁提希的面容上透露出的只有赤裸的渴望。

“您让他滚吧。”克鲁提希喘息着说道，“您的东西，我来帮您拿。”他给了她承诺。霍顿斯此刻只有一个愿望，就是马上离开这里。这个男人的淫欲原本是她想要换取的，然而此刻她突然感到一阵恶心。

霍顿斯离开后，克鲁提希跌坐到椅子上，揉搓着自己的脸，呼吸沉重。那种欲望的刺激依然令他喉头颤抖。

就在霍顿斯去找克鲁提希的时候，茨威灵正在雷涅博特的办公室里。茨威灵并不敢去找总指挥官，而雷涅博特尽量表现出心情很好的样子。“现在，我亲爱的，”他这样对茨威灵说道，“现在你那儿的工头出了点儿小意外。”同时，他脸上带着高傲自大的笑容。茨威灵把这当成了一种善意的信号，他小心翼翼地搜肠刮肚，想找出一个合适的词汇评价霍费尔。雷涅博特充满同情地摇了摇头。

“太愚蠢了。这不仅仅是霍费尔一个人的事儿，也是你的事儿。”茨威灵紧张了起来：“我干了什么了？”他感觉自己被生生噎住了。雷涅博特静静地看着他的样子，觉得十分有趣。

“我也想问这个问题。”雷涅博特做作地回应，又把茨威灵写的那张小纸条从通讯录里拿了出来。

“我简直不敢相信……”茨威灵马上认出了这张字条，他心里一下毛了。雷涅博特带着极大的同情深深叹了口气，他为茨威灵在折磨之下表现出的紧张感到快乐。

“我们把霍费尔和那个波兰人，那个谁，只是轻轻捶了那么两下，然后……”雷涅博特俏皮地眨眨眼。他的话虽然没说完，但是意思已经很明确了。

“简而言之，那两个人把责任都推到了你身上。”

茨威灵非常想替自己辩驳。然而为了不说漏嘴，他还是从震惊带来的强烈冲击中回过神，用手做了一个无关紧要的动作表示否定。“这不过是他们对我的报复行为罢了。”

雷涅博特靠在椅子上，双臂展开撑在桌子边缘。“我也是这么说的。”

他停顿了一会儿，故意摆弄着那张小纸条。茨威灵无力地试图为自己辩护：“你难道不觉得我……”

“我不觉得任何事情。”雷涅博特打断了茨威灵的话，“这件事儿办得一点儿也不漂亮。有很多小瑕疵，比如说这张纸条……”

雷涅博特懒洋洋地把那张纸扔给茨威灵。茨威灵在看字条的时候故意装出一副吃惊的表情，然而雷涅博特看穿了茨威灵的小把戏，这让他对自己的判断更加肯定了：“这张字条不是你指挥室里的任何一个人写的。”

这让茨威灵越发紧张。

“你是如何知道的？”茨威灵壮着胆子问道。雷涅博特露出一个复杂的笑容，拿回那张纸条，把它叠好，塞进口袋。他这一大堆啰唆的动作使茨威灵受尽煎熬。他没有可以机智应对的那种精明老练，而此刻的沉默简直等同于不打自招。

雷涅博特已经了解得足够多了。他带着满满的成就感又靠回椅子上。他把大拇指塞进扣眼儿，得意扬扬地乱摆。“那什么，亲爱的……”

茨威灵面色灰白。他此刻就像一个溺水的人，想要拼命浮到水面上去。

"谁能够为你证明呢……"雷涅博特突然向前弯起身子，"谁能为你证明，你真的什么都没做？"

雷涅博特的目光狡猾地闪烁着。很快地，他又换上了那张和蔼可亲的脸："我很确定你跟这件事毫无关系。"

这显而易见是在套话，茨威灵也是这么认为的。

"目前只有我和克鲁提希知道确切的情况。"雷涅博特笑了笑，颇有恫吓的意味，又晃了晃手指，"目前而已！也许有人会说：分队长茨威灵搅和在这件事儿里了，他藏了一个犹太小鬼，目的在于找到那个地下组织的蛛丝马迹……是的，人们甚至可以推测，总分队长茨威灵是在执行什么秘密任务……"

雷涅博特用食指刮了刮下巴："人们爱怎么说就怎么说……"

茨威灵又恢复了讲话的能力："可是……我又不能……"

雷涅博特马上用食指指了指他："你看看，就是这样，我可能还是没有说清楚。我诚意十足，亲爱的。我在好好跟你说呢。"

茨威灵想要赌咒发誓，雷涅博特生硬地打断了他："现在别说这些没用的，茨威灵。你还要不要脑袋了！现在已经差 5 分钟 12 点了！别想在我面前耍花招！"

茨威灵感到彻头彻尾的无助："那我到底应该……"

雷涅博特站起身。他圆滑的性格消失不见了，转而冰冷阴险地斥责着茨威灵："交代你都做了些什么——你干的好事。你和那群共产党勾勾搭搭，纠缠不清——你干的好事。你想把自己择干净，把上吊绳从脖子上摘下来——你干的好事。一切都是你干的好事，明白吗？我们要知道，谁藏在后面，你都认识谁，明白吗？”

茨威灵的目光四处乱闪着：“我知道霍费尔和克罗皮恩斯基。”

“还有谁？”

“我知道皮皮希。”

“皮皮希，很好。还有谁？”

茨威灵不知所措地耸耸肩膀，开始试着碰运气：“我知道克莱默。”

“你也知道克莱默，当然了。”雷涅博特讽刺地说道。

“很可惜这些人我们也已经都知道了，我们需要其他的名字。”

“什么其他的？”

雷涅博特用拳头捶着桌子，然而瞬间又恢复了控制力。他站直身体，整理了一下制服上衣，然后机灵地说道：“没有多少时间了。抓点儿紧，我亲爱的……”

茨威灵疲惫不堪地回到家中。

“天啊，你知道吗，他们抓住你的小辫子了！”霍顿斯劈头盖脸地就是一句。

茨威灵实在是筋疲力尽了。他没有力气问霍顿斯是从何处得知这些事的。他瘫倒在椅子上，把领扣松开。“我要替他们把那个秘密组织挖出来。”

“那就去挖啊！”霍顿斯敦促他。

“我什么都不知道！”

霍顿斯双臂盘在胸前。“就是因为那个该死的犹太小鬼，这事儿就没完没了了。你一早就该把他打死！”

茨威灵茫然地走来走去。“我他妈的到底该把谁供出来？”

霍顿斯尖声说道：“我不知道！认识集中营里那些混蛋的人是你

不是我!”

“要是我说错了怎么办?”

霍顿斯讽刺地笑了:“那又能怎么样?你现在保命要紧!”

茨威灵感觉喉头一紧。

茨威灵一夜无眠,他浑浑噩噩地度过了夜晚的几个小时。他身边躺着他的老婆,她也是时不时不安地翻动着身子。

过了一天,物资库工队里出现了一张新面孔。据说这个人是来代替两名被捕的犯人的。这个新来的人刚一来到工队里,不光是皮皮希,其他所有的人都对他充满了怀疑。在集中营里没有任何一个重要的工队——病房区也好,物资库也罢,抑或统计室、书记室——会进来一个没有被调查过身份背景的新人。无论如何,集中犯人人总头目都会明确犯人的背景,而且统计室和书记室的工头也会做调查,然后再把这个人派去其他的工队。在党卫队递送的一系列备选名单中,他们有一套犯人之间的自我评定标准,经过这套标准的审核之后才会让挑选出来的人参与到各个工队的工作之中。党卫队集中营管理部没有注意到这套审核标准在悄悄进行,也没发现有什么内在联系。他们只关心一件事,那就是集中营里的各项事务是否能顺利进行,因为他们既没有能力也没有意愿去亲自支配这些复杂的责任部门。由于犯人们尽职尽责,党卫队的头头们也乐得清闲。多年来他们已经全然依赖于这些犯人们进行自我管理。这个突然出现的新人实在是太不寻常了。物资库里的其他犯人们都警惕了起来。茨威灵声称,这个新人是负责工队事务的长官送过来的,除此之外——他信任地看着皮皮希,此刻皮皮希正站在茨威灵的办公室里,和他面对面——“除此之外,我已经安排好了,也许我们马上就可以救出霍费尔和克罗皮恩斯基了。”

皮皮希敏锐地察觉到了茨威灵根本没有说实话，于是不置可否，只是询问这个新人要干些什么工作。

“他该干什么工作？”茨威灵的语气听起来就好像他根本不情愿接受这个新人似的。这个人虽然伪装成了政治犯，但是指挥室里没有一个人认识他。他是从哪里来的？

皮皮希无法让自己保持镇定。他找了个借口离开了房间，然后急匆匆地去找克莱默说明了情况：“我们那儿来了一个新人。他肯定有什么猫腻。”克莱默让普略勒从书记室拿出了这个新人的资料卡，资料卡上没有什么有意义的信息。伍拉赫·马克西米连，之前曾隶属于纳粹德国国防军。两年前被捕。然而被捕原因却没有在卡上说明。这人一定是个奸细，克莱默如此推测。

几个月之前，伍拉赫被从萨克森豪森集中营单独转运到布痕瓦尔德。

资料卡上是这样写的。单独转运？

几个月前，在萨克森豪森的一批政治犯由于被出卖而惨遭屠杀……而这个犯人正是从萨克森豪森转运到布痕瓦尔德的——这说明了一切。普略勒、克莱默和皮皮希面面相觑。

“天啊，瓦尔特……”皮皮希眼睛发直。克莱默用手捂住额头。“该死的！”

伍拉赫·马克西米连，单独转运者，被工作组长官亲自送到了物资库工队——这是一个奸细！

“天啊，瓦尔特……”

克莱默默默地把卡片还给普略勒。普略勒将它放回到原本的位置。

皮皮希无法镇定了。

“那个家伙会不会打听出我们把孩子藏在什么地方?”

克莱默坐在桌子旁边，手肘支在桌子上。他看着皮皮希紧张的面孔，也在想着那个小家伙有可能遭遇的命运。

在指挥部里，没有什么能比一个奸细和他不知不觉中进行的那些渗透工作更为危险的事了。

克莱默首先想到的是武器的事情。一种不舒服的感觉侵袭了他。由于嗅到了危险的气息。他把武器和奸细关联到了一起。克莱默无法不做这样的联想。这个奸细的任务是什么?克莱默瞬间意识到，衣服包已经不安全了。武器必须从衣服包里转移!是否需要先和博科夫商量一下这件事呢?克莱默马上否定了这个想法，他决定立刻采取单独行动。克莱默站起身，注意到皮皮希似乎想要劝他什么，但他用一个简短有力的动作打断了对方的话头:“听好了。”

皮皮希不说话了。

克莱默走到门口，听了一会儿外面的动静，然后走到这个小个子男人面前，用食指指了指皮皮希的胸口。“仔细听好了我接下来要和你说的话——千万别和任何人说，明白吗?”

皮皮希点头，脸上写满了觉悟。

克莱默抿了抿嘴唇，组织着语言。然后他快速说道:“三个小衣服包，明白吗?”他把编号告诉了皮皮希，“挨着中间那个窗户，第七行最上面，挂在那儿了。”

克莱默的话让皮皮希不明就里，他紧张地等着这位集中犯人人总头目进一步解释。克莱默沉默了一会儿，坚定地看着皮皮希，直接说道:“三把手枪!一个包里面有一把。”

皮皮希的呼吸凝固住了，然而在他的脸上完全看不出任何惊讶的表情。这很好，克莱默确定自己没看错人。

“东西必须马上转移，明白吗？”

皮皮希咽了咽口水，没有说话。他的喉结动了动。他太……幼稚，太幼稚了……皮皮希突然就想到了霍费尔为什么会拒绝留下那个孩子。他感到万分羞愧，想当然地认为霍费尔就是因为怯懦才这样做的。现在缘由已经明了了。克莱默提醒他道：“你必须找到一个更好的藏匿点。一旦发现任何情况，都要马上向我汇报。”

皮皮希感觉被压得透不过气来，甚至无法开口说话。他只能点点头，向克莱默坚定地伸出一只手。这代表了约定。

然后皮皮希便回到了物资库。武器！

他挺起了腰杆。他看集中营和集中营里这些人的眼光也完全变了。那些低矮的营房排列出的一道道曲线，也不再让他有那种恨不得钻进地缝里的恐惧。在一片木质建筑上方，耸立着石质的建筑。物资库就在那里。那里藏着武器。此刻皮皮希已经完全接受了这巨大的秘密。这件事完全占据了他的心。那股无形而又无所不在的真实力量包裹着他，充盈在他的体内，那种愉悦感是他从未感受过的。

武器！

一名营区长从他身边经过。皮皮希必须脱帽致敬。他已经习惯了这个动作。盯着党卫队的人看是被明令禁止的。那些穿着制服的人也不屑于多看这些犯人们一眼。现在，他已经不在意这些事了。皮皮希将帽子从头上摘下。这是无声的挑战。你放屁还是我放屁？这位来自德累斯顿的、个子小小的、稍微有点儿罗圈腿的排字工从来没有这样痛快过。听我放屁！你滚蛋！听我放屁！

营区长从他身边直接走了过去。皮皮希把帽子戴了回去。很好，听我放屁……他的心怦怦跳着。然而猛然之间，皮皮希又感受到了一种巨大的恐惧。在他的想象里，他仿佛看到那个新来的人正在衣服包中搜寻着。

我的老天爷！

皮皮希开始跑了起来。他上气不接下气地进入了书记办公室。犯人们等他等得十分不耐烦。

“你去哪儿了？半个小时以前那个新来的就去找茨威灵了。他们在搞什么鬼？”

罗瑟发着牢骚：“接下来他们就该把我们集体关到刑讯室里去了。他们宁可错杀一千，不会放过一个。”

皮皮希顶了回去：“这件事我负全责，我自己，明白了吗？我不会让你们跟着倒霉。”

罗瑟反对道：“都是因为你，我们也都被放到火上烤了。”

皮皮希生气地说道：“都是因为我，那你是想今天还是明天就回家，回到你的小花园里去露天烧烤？”

犯人们劝着两个人，让他们别再吵下去。

皮皮希愤愤地离开了办公室，他快速看了一眼茨威灵的办公室。那个新来的人笔直地站在写字台前。

衣物室里空无一人。皮皮希穿过层层叠叠的衣服包，尽量不引人注目。东西应该在中间的地方。皮皮希一排一排地找着。衣服包挂在第二层，然而只有站在梯子上才能够到上面的东西。在第七排对着中间窗户的位置，克莱默是这样告诉他的。上面吗？皮皮希看着编号，它们写在包裹外面，一目了然。他站在梯子上，摸索着其中一个袋子——什么也没有。这个袋子里只装了些很普通的东西，西服、大衣、内衣、鞋子……皮皮希把三个袋子摸了个遍。什么都没有。

不过他突然发现，每个袋子里都有一只长筒靴。他用手掂了掂重量，每一只靴子都很重。皮皮希把梯子放回原处，深呼吸了几下。更衣室里弥漫着干燥剂和樟脑球的味道。

工作组长官将伍拉赫分派给茨威灵，让伍拉赫协助工队的工作。茨威灵转动着脑子，想要找到一条出路。他所处的境地是多么进退两难！现在可倒好，来了一个监视他的人。犯人和党卫队都不信任他了。他必须在雷涅博特面前洗白自己，然而却不知道如何去做。就算他能揭发出100个犯人又能如何呢？或者他再随便给出几个名字，碰碰运气又怎样呢？雷涅博特完全误会他了，居然把他当成了叛徒。霍顿斯最终还是给他找了一个可行的方法，尽管她也是老大不乐意。她愤怒地朝他叫骂道："现在两头落空了吧！天啊，你也算个男人？你还想当个党卫军吗？看看你自己现在的德行吧！集中营里肯定有些什么混蛋玩意儿，他们能帮你找到几个正确的名字。"这让茨威灵想到了伍拉赫，这个人的任务就是向"上面"汇报茨威灵的一举一动。

伍拉赫由于自己的奸细行为得以从萨克森豪森脱身，然后又被押送到了布痕瓦尔德集中营。工作组长官起用了他。"怎么了？"伍拉赫问茨威灵。

"你心里清楚我这儿有什么事儿。"茨威灵如此回答。说其他的没有意义。现在伍拉赫就站在茨威灵面前。他观察着这名犯人。

他粗壮敦实的身体上有一个硕大的脑袋；在那张宽大的脸上，有一个小小的鼻子，比例非常不合理，就跟个小扣子似的。一脸凶相！

“当过兵？”

“是的，队长先生。”

“您这是犯了什么事儿了？”茨威灵将舌头抵在下嘴唇上。很显然伍拉赫不想回忆起那件事情，他试图蒙混过关。

“我犯了一回蠢。”

“出卖朋友了还是什么？”

伍拉赫看着茨威灵，就好像看着一条狗。他不信任这位长官。茨威灵递给了伍拉赫一盒香烟，看到这个人犹豫的样子，茨威灵催促他道：“哎，您拿着吧……”

伍拉赫迅速收起了那盒烟。

“在萨克森豪森，您全凭一张嘴就办了一件如此了不起的事情。”茨威灵继续说道。伍拉赫原本指望通过那件“了不起的事情”获得自由的。他没有流露出任何失望的情绪，只是耸耸肩。

“我能得到什么好处？”他带着平静的愤怒问了回去。

“我会尽可能帮助您从这里出去。”

伍拉赫被吸引了。茨威灵直截了当地说明了：“我们的总指挥官是一位公正的人，他一定知道，像您这样的人遭遇了何种不公平的待遇……”

伍拉赫满怀兴趣地问道：“您是说，我可以……？”

“否则我就不会让自己的工队接收您了。”茨威灵继续给希望之火添着柴，“当然我也要得到些什么，您可以考虑一下。”

伍拉赫点着头，这让他产生了希望。

“您肯定知道，在我身上到底出了什么事儿吧？”茨威灵伸长了脖子看着窗外。在确定外面没有人监视他们之后，他继续说道：“我们现在脑袋上都扣着屎盆子。我们这儿也有些见不得人的东西，就像你们萨克森豪森一样，明白吧？我们必须把他们搞定。这是一个秘密任务，您知道。是指挥官的私人命令，您明白吧？反正您是有经验的，对吧？”

茨威灵的牙齿闪闪发光。伍拉赫已经在考虑了。茨威灵继续说着：“如果我们把那些家伙揪出来，我就可以这么和指挥官汇报：犯人伍拉赫……是这样，我需要首先得到些什么东西。”

伍拉赫舔舔嘴唇：“我当然知道很多事情。我最早在消毒室的时候，可以去集中营的任何地方……”

“那么，您看……”茨威灵突然打断了他。

伍拉赫扬了扬头：“这事儿有什么确定的方向了吗？”

“那就需要您自己去找了。在我的工队里肯定藏着些什么，那么是什么呢？”

伍拉赫做了一个阻止的手势：“不可能这么快，我需要好好想想。”

“好好想想吧，老兄，好好想想。”茨威灵站了起来，“我现在告诉您，皮皮希绝对有问题。我们两个之间，您要明白，我们可没有任何关系。”伍拉赫明白这是什么意思，在他的嘴角飞速闪过一丝不易察觉的阴险笑容。

茨威灵把皮皮希叫了过来。他指了指伍拉赫，说道：“我已经给这个家伙交代规矩了，现在您把他带到书记办公室去，然后好好看着点儿他。要是他不听话，就还是得滚蛋。我们这儿可不要混蛋。”

当皮皮希带着这个新来的人来到办公室的时候，除了罗瑟以外，没有人看他们一眼。伍拉赫察觉到了冷冰冰的不信任感：在这儿要当心了。

要把手枪藏到哪儿去呢？这个问题在皮皮希脑海里不断翻腾着。

整个下午，皮皮希都故意忙碌着，伺机查看合适的藏匿点。他把物资库从屋顶到地板都研究了个遍。要把东西藏到哪儿呢，藏到哪儿？他实在是找不到一个起码看起来真正安全的地方。真是太可恶了！

透过窗户，皮皮希看到茨威灵坐在自己的写字台旁边。

写字台，皮皮希无不鄙夷地想着。那个坐在写字台后面的人要说这辈子真的写过什么东西的话，估计就是在各种登记表格上签下的潦草字迹了吧。然而他的写字台气派得了不得，就好像他是一位大经理一样。

突然，这位小个子排字工神色一变，表情也紧张了起来。他瞬间产生了一个念头：他已经找到了一个最好的藏匿点了！

如同往常一样，在晚间集合之后，茨威灵离开了物资库。指挥部的工作还要持续一段时间，直到晚间熄灯哨吹响之前。

霍费尔被捕之后，皮皮希便接管了他的职务。皮皮希需要在物资库上锁之后把钥匙交还给大门处，然后在早集合之前，再把钥匙取回。这天时地利的条件在皮皮希的计划里占有至关重要的一步。

假如霍费尔之前转移孩子的计划没有被茨威灵打乱的话，现在应该一切太平美满了。

这回，一切顺利。茨威灵已经走了。指挥部的人会在吹晚间哨的一个半小时前离开物资库。皮皮希锁上了门。他用钥匙在锁眼里转了两圈，这不过只是一个小小的障眼法罢了。事实上，门还是开着的。皮皮希把钥匙交到大门处。

四周一片漆黑。对于皮皮希来说，让他的营区犯人头目给他行个方便不过是小事一桩：“小心点儿，马克斯，我今天晚上不睡在营区里。我要睡在物资库。”尽管营区犯人头目用他那和善的口吻发着牢骚，“你又要干什么去，你这个狡猾的东西?”，皮皮希还是一溜烟儿不见了。

物资库毗邻一些杂乱的建筑：厨房啦、洗衣房啦、消毒室啦、浴室啦等。皮皮希必须小心行事，不要让犯人或者某个晚离开集中营的党卫军看到自己的行踪。这些建筑投下的巨大阴影对于他来说是一种安全的保护。他轻轻地打开门，溜了进去……

在伸手不见五指的衣物室的角落里，所有的东西都藏在一大堆衣服垛后面。那个角落也曾经庇佑过那个孩子。皮皮希在等待着时机到来的那一刻。今天完全没有下雨，也没有风。一轮满月挂在晴朗的夜空之中。不会太久了。皮皮希听到集中犯人人总头目吹响了尖锐的熄灯哨。远远近近的灯光开始熄灭。然后，整个集中营就被寂静和黑暗所覆盖了。

皮皮希等待着。一个小时，两个小时……他没有表，只能凭感觉计算时间。差不多到了午夜时分，已经可以保证整栋建筑都不会有任何其他人存在了，皮皮希开始了他的行动。他拿着锤子、钳子、凿子等一堆工具离开了书记办公室。这些工具很容易拿到。然后，他悄悄溜进茨威灵的办公室。对于接下来发生的一系列步骤，皮皮希都经过了长时间的思索，每一步单独的操作都经过深思熟虑，以确保能够一气呵成。首先，皮皮希抬起了沉重的写字台，小心翼翼地将它放到一边。然后，他又将地上那块磨损严重的地毯卷起一半，同时精确地记忆着每件物品原来的摆放位置，以便在事毕之后将它们准确复位。绝不能让茨威灵注意到，他写字台上的东西被移动过了。

接下来，皮皮希开始工作中最为重要也是最为烦琐的一个步骤。他需要从暴露在外的地板上卸下一块大约一米长的木板，而这些地板条已经拿钉子钉死了。在茫茫夜色那一点儿朦胧的微光之中，他努力睁大眼睛，手指来回来去地摸索，企图找到钉子的位置。这些钉子在木头里钉得太深了！真该死！这是他没有考虑到的。

现在不是紧张的时候。你放屁还是我放屁……

在大概和写字台一样宽的一个范围之内，他感觉到了可以下手的地方。在那里，有一颗钉子没有钉得那么死，露出了一点儿头来。但是冒出来的部分太少了，不够下钳子的。皮皮希试了试凿子。凿子没有把手，在露出的钉子头上根本用不上力气。

冷静，卢迪，冷静！千万别把木头弄坏了！好好想想！

皮皮希摸着铁质的钉子头。他全神贯注地感受着这块铁。它肯定是挂在什么地方的。这世界上就没有一颗钉子是丝毫不带倾斜地钉进木头里的。皮皮希找到了那个位置。那露出来的一点点也就是一毫米的样子，然而终究还是有缝可钻的。这是一项需要工具、肌肉和神经精准配合的工作。露出来的钉子头实在是太少了。皮皮希颤抖着开始了他的尝试。他一次又一次地挑战着，不知疲倦。他用上了百分之二百的小心，终于成功将钉子头周围那一圈铁向上扳了起来，这样钳子就有地方固定了。使用钳子的时候，他还要万分小心，避免任何一个粗鲁的动作在木头上留下任何痕迹。在终于可以确定钳子稳固地钳住钉子头了之后，皮皮希将帽子垫在钳子把上，用极轻柔的杠杆力一毫米一毫米地把钉子拔出木板。

终于完成了！

然而，还有五个钉子需要拔出。他把凿子架在卸掉的钉子那头儿作为杠杆，一举一动都谨慎小心。他始终将帽子垫在下面，并缓缓把木板上的钉子彻底卸掉，再将板子抬起来。皮皮希已经在指挥部工作五年了，他知道地板下面只有些炉渣而已。现在，一切行动都快了起来。他按了按地板下面的炉渣，然后溜回衣物室，摆好梯子，把衣服包取了下来。直到这一步，皮皮希都很镇定。然而当他在口袋里乱翻乱找、摸到了长筒靴的时候，紧张和慌乱也随之而来。镇定，再说一遍。然而，当他在靴筒里发现了那用布缠着的、陌生又神秘的东西的时候，他的双手还是无法避免地颤抖起来。他把它们紧紧握在手中，感受着武器的形状。他将那几把手枪取了出来。

它们，可谓沉重、傲慢，又承载着无上荣光，在那双颤抖的人类之手之中被丈量着。皮皮希只是匆匆欣赏了一小会儿，便将手枪全部迅速拿出，把口袋扎紧，重新挂回它们原本的位置。他又把梯子归位，急迫地带着这些宝贝回到茨威灵的办公室。

他没有花费时间打开外面裹着的东西，仔细看看那些手枪，而是快速地将它们放进了已经撬起的那块地板之下，就好像他的秘密行为随时都会被人拆穿似的。就在皮皮希把地板重新铺回去的那一刻，一阵致命的战栗感瞬间穿过了他的身体。

外面有声音！

皮皮希听得十分清楚，门被轻轻地打开，然后又被锁上了。

外面安静了一瞬间。

接着，响起了小心翼翼的脚步声。皮皮希手里还拿着木板，在听到开门声之后，他连忙跪下了。他吓得魂飞魄散，对于外面的脚步声也丝毫没有心理准备。皮皮希冷汗涔涔，豆大的汗珠噼啪滚落，就像一阵急雨一般。脚步声越来越近，毫不迟疑地向半开半掩的办公室的房门走来。皮皮希几乎不能呼吸了。就在房门打开的一瞬，黑暗中的两个身影就这么与他相遇了：是集中营守卫队的穆勒和布兰登。他们正在例行巡视，好巧不巧地进入了物资库的小楼。

“你在这儿干吗呢？”布兰登轻声问道，语气低沉。皮皮希张了张嘴，但是他的灵魂都已经不在了，根本没办法做出任何回答。布兰登和穆勒走向前，探下身子，看了看地上的口子。布兰登费了好大劲儿才在黑暗中看到地上放着什么，于是他伸出手去。

皮皮希终于从惊吓中回过神来。他用力地推着布兰登：“把你的爪子拿开！”然而穆勒也把手伸了出去。他们两人一人手里拿着一把手枪。

“你是从哪儿弄到这东西的？”

皮皮希急得不行：“这和你们没关系！”

孔武有力的布兰登一把就把个子小小的皮皮希制服了。

“哪儿来的？说！”他目光森严。

穆勒站在两人中间，把他们分开。

“卢迪，你可以告诉我们实情。如果你不是内鬼，也不想做什么糊弄我们的事情的话，那么你就说说，你在这儿……”

“内鬼？你说的是人话吗？”皮皮希说道。“你们自己心里明白现在的情况。我们这口大锅里有一颗老鼠屎。这些东西都是霍费尔的。现在你们既然已经看见了，就不该站在那儿废话，而是应该赶紧过来帮我把它们埋好。”

这两名集中营守卫互看了一眼——霍费尔是他们的教练员——他们马上就想明白了其中的关联所在。一开始，他们的怀疑是大过当下产生的震惊感的；而他们又考虑到，皮皮希的确是他们在狱中相识多年、值得信赖的朋友。他们的嗅觉已经在多年的监狱生活中训练得异常敏锐，即便是面对突发状况，也可以从种种诡异而不合理的表象中一下抓住其中最真实的地方，然后把一切推向正轨。于是，他们没有丝毫犹豫，开始帮助皮皮希把手枪藏好。只是布兰登对于这个藏匿点感到十分讶异。

“老天爷，”他咕哝着，“你是怎么想到这个点子的，要把东西藏到茨威灵的写字台下面？”皮皮希低声回答：“因为一个分队长的蠢屁股就是最好的密封盖。假如他们瞄准了我们，他们也万万不会想到这里。明白了？”

这个有趣的逻辑震撼了布兰登。

“卢迪，你可真是个天才……”

“别废话了……”皮皮希被夸得沾沾自喜，轻飘飘地回应。

他们用炉渣填满了手枪和地板间的空隙。就在他们把木板放回去的时候，布兰登从房间的外侧墙壁开始计算，确认了枪就藏在第十一块木板下面。他们尽可能地避免一切噪声，把木板钉了回去。

皮皮希把帽子垫在钉子上面，以消除锤子落下的敲打声。他们清理了所有痕迹，然后重新铺好地毯。他们一起将写字台抬回原位。皮皮希记住了地毯的花纹作为标记。借着夜晚室内朦朦胧胧的光线，他们谨慎确认好所有物品是否各归旧位。现在，皮皮希才开始担心起保密事宜来。

“兄弟们，”他轻声说，“你们不会出去乱说的，对吧？”

假如他们可以和他解释一下，所谓的集中营守卫到底是怎么一回事就好了——他们只能拍拍皮皮希的肩膀：“别担心，小个子，我们知道，事关重大。”

他们蹑手蹑脚地，就如同进来时一样，溜了出去。

皮皮希将工具放回去后，自己躲到角落里，开始耐心等候黎明的到来。但他睡不着。他蹲在自己准备好的几件旧大衣上，双臂抱着蜷起的膝盖。

集中营里的武器绝对不止那三支手枪。尽管皮皮希心里对纪律十分清楚，要克制住自己的好奇心，但他此刻非常想要知道多一些秘密。皮皮希知道，一定有什么秘密组织，但是还有什么呢？皮皮希把下巴抵在膝头上。真是混蛋，卢迪，你在这地狱里已经这么多年了，是无数伤痕累累的可怜老狗中的一条。你和所有的人一样，脑袋里总是有不切实际的愚蠢幻想，幻想着这没有尽头的日子终会走向尽头，要么这样要么那样……你想象的所谓的“要么这样要么那样”究竟是个什么样啊？你这个傻瓜！

命运的荆条驱赶抽打着皮皮希走向尽头——生存或者死亡。他并非仅仅是一条可怜的狗，此刻只能蹲在角落里，周围堵满了杂乱的东西。他能不能和其他的可怜的狗一起，将那早就腐朽不堪的荆条牢牢抓住，并且将“要么这样要么那样”中听天由命的成分变成果断的自我选择？

皮皮希想到这些后，心里突然一阵苦涩。为什么自己不能够和霍费尔一样，属于某个组织呢？因为他个子小又有些罗圈腿，所以别人就不信任他吗？他还认识“那个组织”的人吗？没有了！

克莱默是他们的人吗？

肯定是！

早上。皮皮希思忖着：早上我就去和他说，我不要当可怜的只能说“要么这样要么那样”的狗！

起床哨吹响后，皮皮希离开了物资库的小楼。晨曦中依旧透着夜的黑暗。营区之间的小路上已经开始渐渐活跃了起来。值日生们从四面八方向厨房走去，把盛着早餐咖啡的大桶抬回各自的住处。

营区里，没有人发现皮皮希彻夜未归。寝室里，人们从床上爬起来。皮皮希回来的时候，他邻铺的人问他这一晚上去哪儿了。

“找姑娘去了。”皮皮希干涩地回答。他的语调让人不想再继续问下去。

在此期间，博科夫已经神不知鬼不觉地得到了消息。起床哨吹响后不久，他在集中营守卫处的联络人就把物资库夜里发生的事情告诉了他。在昏暗的清晨，联络人和博科夫在营区前面进行了简单的交谈。一开始，博科夫对于克莱默的武断专权非常不满，后者的行为已经完全超过了自己的权限范围。然而这段时间里，博科夫知道在物资库工队里有了一个可疑分子，因此转移武器的任务迫在眉睫。特别是他现在已经意识到了，这个小个子皮皮希确实有过人的才智。联络员在评价皮皮希的时候，给博科夫原封不动地转述了皮皮希的想法：“一个分队长的蠢屁股就是最好的密封盖……”博科夫忍不住笑了。

福斯特知道，在五号关押室里，那两个人都遭受了怎样的痛苦。通过夜间的刑讯，以及雷涅博特、克鲁提希和山魈三个人的谈话，他多少知道了一点儿。然而因为他被隔离在集中营外，他不确定该如何把消息送到集中营里去。

无论如何，一定是有一个秘密组织存在着，而五号关押室里的人就是通往那个组织的关键所在。这是福斯特已经明确了的。

福斯特的父亲曾是维也纳的一位高官，而他自己，汉斯·阿尔伯特·福斯特，在完成学业后也同样参与了公共事务的工作。在奥地利被占领后，他和他的父亲一同被捕，在年复一年的囚禁岁月中四处辗转，直到他最终被关押到布痕瓦尔德集中营。福斯特被交到刑讯室进行收押，他在这里成了为山魈服务工作的犯人。不同于他的前任上司（一名冲锋队长官，后来被山魈弄下台了），山魈从不允许福斯特参与虐待刑讯犯人，因此在山魈和福斯特之间没有任何关系可言。

福斯特沉默而顺从地做着自己的工作，他在刑讯室里活得像一个影子。山魈从来不需要叫他，而福斯特总是在需要的时刻出现。山魈从来不用担心任何事，福斯特总是把所有事情都安排得妥妥当当。所以，一段时间以来，山魈已经习惯了他这个“影子”的存在。

自从霍费尔和克罗皮恩斯基被关押，自己又和电工舒普之间建立了了不起的联系之后，福斯特就产生了一种强烈的愿望，想要争取帮助这两个不幸的人。然而他该怎么做呢？

福斯特明白，霍费尔和克罗皮恩斯基是不会被弄死的，起码现在不会。自从霍费尔遭遇了螺栓酷刑之后，他就一直躺在湿冷坚硬的地面上，发着高烧。不光是克罗皮恩斯基，连福斯特都十分害怕霍费尔会在病中坚持不住，把秘密吐露出来，导致一切的忍耐和坚持功亏一篑。福斯特假装忙忙碌碌，在关押室外面来回来去地溜达。雷涅博特、克鲁提希和山魈正在五号关押室里满怀兴趣地弯下身子，看着由于发烧而不断痉挛的霍费尔。

霍费尔开始说出呓语了。

他被打伤的地方已经变成青紫色，肿得不像样子。他的下巴疯狂颤抖着，就像被冻坏了似的，牙齿不停地互相敲打着。

山魈漠不关心地站在一旁，点燃了一根香烟。克鲁提希深深地弯下身子，靠近这个发着高烧的人，倾听着他的只言片语。他颤抖着的嘴里吐出了零碎的词句。有些只是混乱急切的私语，有些则是如刀锋般锐利的呼喊："你……是正确的……瓦尔特……你……是正确的……"

霍费尔呻吟着。他睁开双眼，眼睛黯淡无神，眼睑不断颤抖，呆呆地看着前方，没有认清周遭的环境。他抽搐地缩着胳膊，拳头在胸口上不住发抖。猛然间他大声喊道："党在这里……这里……！"他的身体缩在一起，面如死灰。霍费尔拼命呼吸着，他可怖的嘶吼声带着痉挛："啊啊啊啊……我——说——名字……啊啊啊啊……"喊叫声从他的喉咙中钻了出来。

克鲁提希一下兴奋起来，他的声音由于激动而变得有些嘶哑："他要交代了！"就好像能唤醒这个发着高烧的人似的，克鲁提希用靴子挑起了霍费尔的身体。霍费尔的头胡乱抽动了几下，挥舞着的手臂垂到了一边。霍费尔突然哭了起来，他的整个身子都歪到了一边。"这里……这里……"他啜泣着，"你——是——对的，瓦尔特……她在这里，在这里……那个孩子，那个孩子……她必须要保护那个孩子，保护……"就好像在遭受酷刑的折磨一般，霍费尔的手脚不断捶击着地板。他的身体还在不住颤抖，大声的哭喊变成了孩童般的啜泣。口水在他灼热的嘴唇上泛起泡沫。

雷涅博特把大拇指塞进扣子眼儿里，挥动着手指头。克鲁提希则直起身子，满脸狐疑地看着雷涅博特。雷涅博特从霍费尔的病中呓语里总结出了有意义的信息："瓦尔特给他们的党布置任务，要保护那个孩子。"雷涅博特闭上双眼，"明白了吗，长官先生？假如我们能找到那个孩子，那么我们就能找到他们的党。”雷涅博特快步走到角落里，把克罗皮恩斯基一脚踹起来，又恶狠狠地抓住后者的胸口，将他的脑袋残暴地抵在墙上：“孩子在哪儿？该死的波兰佬！孩子在哪儿？不说的话，我就先弄死你！孩子在哪儿？”雷涅博特神经质地冲克鲁提希喊道：“那个孩子一定就在这里！”带着病态的狂热，他的目光又投向了高烧中的霍费尔。

“这个家伙还不能死，我们留着他还有用。现在需要找到新的方向。走！”雷涅博特叫上克鲁提希，离开了关押室。山魈跟在他们后面，走向过道。当山魈再回来的时候，霍费尔身下多了一个破旧的草垫子，还盖着两床破破烂烂的被子。福斯特跪在病人前面，他的脸完全是平静的，那样子就好像他在这里做的这些都是理所应当的。他也没有回头看站在身后的山魈。

由于震惊，山魈的呼吸几乎停滞了。福斯特快速而冷静地做出了决定，他将所有赌注都压在了同一张牌上。

“这是什么意思？”福斯特听到身后响起一个刺耳残酷的声音，他大胆的、无把握的行径渐渐看起来有了成功的可能。现在是巩固胜利成果的时候了。福斯特适时地站起身说道：“他现在还不能死。您还需要他。”然后离开了关押室。不一会儿，他又带着一块早就准备好的湿布回来了，并将那块湿布放到了霍费尔滚烫的额头上。在刑讯室里，从来没有任何犯人得到过照顾，更不要提一个即将死去的人了。然而福斯特正在做的，就是这样一件不同寻常的事情。山魈震惊地看着这个勤杂工。他正在用一些最简单的手段，试图让一个垂死之人还能够发挥“用处”。

山魈发出了一声咕哝，这个声音代表了双重意思，既有不满，又有赞同："确实是必要的。"

"我们这里不比疗养院。"福斯特回答道。

孩子就在这里！克鲁提希恨不得马上把集中营翻个底朝天。雷涅博特笑了。"天！你怎么想的？5万个人！这个集中营就是一座城市！你有可能把一座城市里的所有角落搜刮一遍吗？那帮家伙把孩子丢来丢去，我们只能在圈子里像一群白痴一样横冲直撞！你想要笑到最后吗？"雷涅博特倒在椅子上，把大拇指插到扣眼儿里。

"该死的混蛋！"他咬牙切齿，怒气冲冲。他心里感到一阵难言的烦躁，不由得将帽子甩到桌子上。"我们的出路在哪儿？"

克鲁提希讽刺地提出设想："我在想，你想要移民西班牙吧？"

"啊，西班牙……"雷涅博特不快地挥挥手。

克鲁提希点燃一根烟："现在你不再那么神经兮兮了吧？"

"不再神经兮兮？"雷涅博特恶毒地笑了。突然他站起来，来到地图前。

前天，国防军的消息已经传来，也许六天之后，英军和美军便可成功地将桥头堡推进到博霍尔特、博尔肯和多尔斯滕，进而攻击汉博恩了。今天早晨又有了新的情况："军事重镇奥得河畔科斯琴进行残酷的争夺战之后，敌军势力目前处于优势……"

这群布尔什维克党！

从昨天到今天，西部战线已经换了一轮名字。北面，看起来帕德博恩争夺战马上就要打响了。南部，从兰塔尔方向进宫的敌人直刺特赖萨，黑施费尔德，以及富尔达。

美国人！

特赖萨是通往卡塞尔的必经之路。从富尔达则可直抵爱森纳赫。

雷涅博特的目光就像惶恐不安的苍蝇似的，在地图上看来看去。

“真该死！”

雷涅博特把身子转向克鲁提希，脸上露出值得玩味的表情。“是是，我亲爱的……我们八面玲珑的指挥官已经筹备好欢迎会了：请进，我的先生们！非常欢迎。犹太人，布尔什维克党，我愿为你们鞍前马后！”他的下颌向前伸着，上嘴唇因为仇恨而颤抖，“真该死！”

突然，雷涅博特换了一种态度说道：“我们在抓刑讯室里的那两个人的时候犯了一个错误！”

克鲁提希几乎忘了把烟塞进嘴里：“错误？听着……”

雷涅博特愤怒地对克鲁提希继续说着：“当然不是关于他们那个组织的，这件事毫无疑问，至少霍费尔逃不了干系。然而那个混蛋什么都不说！我们必须把整个工队的人都抓起来挨个儿审问！其中肯定至少能有一个人扛不住松口。这才是正确的做法！”

“你想再到物资库去一趟？”克鲁提希有些生气地问道。雷涅博特漫不经心地挥挥手。

“就这一个人，我们什么都做不了，没有时间了！盖世太保！”他的话像飞刀一样射了出来，命中克鲁提希最敏感的神经。

“这事儿扯得太远了！我真是受够了，每个人都在自导自演着一套！还指望盖世太保呢？如果指挥官知道了这件事情……”

雷涅博特冲克鲁提希弯下腰：“那么我们自己来当指挥官如何……反正过不了多久，大家就都要脱下这身衣服跑路了。一旦那天真的来了，一切就都失控了。然而既然我已经穿了这身制服这么久……”他沉默了，然而沉默中充满了挑衅。克鲁提希在这个年轻人面前再次感觉自己在才智上落了下风。这位曾经的绸缎厂小业主现在穿着一身少校的制服。他的目光变得越来越阴险。

“好吧，”他决定了，“盖世太保。”

尽管物资库指挥部的犯人们清楚，自己已经被集中营的长官们盯住了，他们也随时随地都做好了大难临头的准备，然而当克鲁提希和雷涅博特突然再次出现的时候，他们还是感觉受到了致命一击。他们马上集合。茨威灵自己看到这两个人的时候也着实困惑，和这两个人打交道，他实在是头疼。自己会不会被拉下水？伍拉赫站在后排的位置，他沉着地悄悄观察着前面的动静。假如真的发生什么，他也有绝好的为自己解释的话。罗瑟站在第一排。他已经吓得不轻了。他努力绷直身体，好克制住颤抖。皮皮希站在霍费尔的位置上。现在，他向前一步走，报告道：“物资库工队全员集合完毕！”

“新的工头，嗯？”雷涅博特阴阳怪气地问道。他走来走去，审视着队列。克鲁提希跟在他后面。

皮皮希猜测着这危险的拜访究竟是出于何种原因。难道说霍费尔……这是皮皮希所能想到的最坏的可能。伍拉赫，茨威灵？皮皮希的目光掠过茨威灵的脸，就好像他可以从中解读出事情的原委似的。

茨威灵笔直僵硬地站在那儿，跟一个犯人也没什么区别。

雷涅博特在队伍中溜达着，观察着每一个犯人的表情，想要揪出些什么。在一张张面孔上表现出的僵硬的恐惧中，在死寂的房间里，唯有他靴子发出的咔嗒声清晰可辨：一步，两步，三步……在这种寂静里，雷涅博特享受着权力带来的快感。一步，两步，三步……他的嘴角露出一个贪婪的表情。一看见我们，这帮家伙就吓得要尿裤子了。要是他们知道，我们会把他们打出馅儿来……雷涅博特讽刺地想着。犯人皮皮希也在想着：他们肯定觉得我们都很害怕，因为我们安安静静、笔管条直地站在他们面前。才没有人害怕。你们已经被打出馅儿来了。你也没什么机会可以这么大剌剌地把手指头塞进扣子眼儿了，你这个笨蛋……

七行队列就站在正中间的窗户对面……

一步，两步，三步……

雷涅博特停在罗瑟面前。他的眼中流露出恐惧。这是正确的那个人吗？

雷涅博特揪着罗瑟的衣服领子，把他拉扯出队伍。

“您也是一位有点儿岁数的人了，也明白事理。为什么您要做这么愚蠢的事情呢？”

“参谋官先生……我……我什么都不知道……真的……”

雷涅博特感觉十分愉悦，他一上来就抓住了要害。这就是那个正确的人！

“您有没有或者您知道不知道，这些还有待证明。”雷涅博特用他那惯有的讽刺语气说道。他抓住罗瑟的领子，把他推到一边。这个被选出来的家伙吓得要命。

“参谋官先生……我真的什么都不……”

再多说一句，只要掐住他的要害，就该轮到皮皮希了。雷涅博特突然开始冲罗瑟大吼大叫：“说！你这个混蛋！”他的话像是突然射出的子弹。战术！没有什么能和冰冷的恐吓战术相媲美。雷涅博特感到十分满意，他已经把他们全部掌控于股掌之中。雷涅博特动了动手指，对下一个人发出了无言的指示，让他走到罗瑟身边。轮到皮皮希了。皮皮希走出队列，站到了罗瑟身旁，极其迅速地用髋骨悄悄撞了罗瑟一下。这下撞击里面包含了他无限的怒火。

克莱默出其不意地来到了 61 号营区。

孩子正坐在床脚后面。茨德科夫斯基正想赶快把孩子藏起来，省得让这位集中犯人人总头目看到孩子。然而克莱默阻止了他：“行了，我知道这件事。”里奥蒙德让一个跑腿的给他送来了一瓶牛奶和一点儿面饼。克莱默把东西从口袋里掏出来，想要递给孩子。

然而强烈的害羞让他没能这样做，他把东西递给了茨德科夫斯基：“给！”那个波兰人伸出充满感激的双手，接住了这珍贵的食物。在他布满皱纹的脸上露出了一种快乐。他把这些宝物藏在床架之间。

克莱默走向了孩子。孩子抬头，用他像漂亮小动物一般毛茸茸的、温暖的眼睛，看着眼前这个高大严肃的人，好像世界上没有什么比人类更令他好奇的了。

然而在孩子稚气的小脸后面，克莱默却看到，这孩子有着极其成熟的思维。这震撼了他。

他环视了房间一圈。房间的前部是治疗室。那里简单地陈设着一张桌子，几把椅子，架子上摆着几个瓶子，放着软膏的小罐子，几把刀和绷带剪。这些是处理伤口和病患所需要的最最简陋的设备了。

“有危险的时候，你把孩子藏在哪儿？”他带着些傲慢问道。

茨德科夫斯基露出平和的笑容，摇了摇头。

“没有危险。这里不会有任何人进来。没有医生，没有党卫军。尽管这样，孩子还是会呼呼地爬到床底下去。”

茨德科夫斯基笑了。克莱默焦急地指责道：“没有危险？老兄，你可真有主意！他们物资库指挥部的人快折了一半了！他们现在在找这个孩子！只要有一个人没能挺住，把这里交代出去，他们就会冲过来搜遍每一个角落！然后呢？嗯？”

茨德科夫斯基被深深吓到了。他一下紧张了起来。他抱起孩子，把他紧紧贴在自己怀里，四周看着。

“藏哪儿呢？”他叨叨着，流露出焦急的神色。

“你说藏哪儿？”克莱默忍不住骂骂咧咧了起来，“安全！你们要记住这一点！这孩子不是个玩具，该死的混蛋！”

茨德科夫斯基几乎没怎么听进去。他正在用眼睛四下寻找着可以藏孩子的地方。把孩子埋到病人下面？他马上断了这个念头。孩子只能待在这个房间里；然而哪里才是安全的藏身之所呢？

“那么，藏哪儿呢？”克莱默老大不乐意。茨德科夫斯基耸了耸肩膀，突然，他有了一个想法。他把孩子放到床架上，走到了房间的前部。角落里站着一个大大的圆形锌制垃圾桶。

茨德科夫斯基情急之下想到了那个垃圾桶，他走过去告诉克莱默：“藏在这里……”他打开盖子。

“你疯了？”克莱默只看了一眼，就吃惊地说道。那个桶里已经装了一半垃圾，都是带着血痂的绷带。

茨德科夫斯基还是解决了这个难题。他又笑了起来，提醒克莱默注意看接下来发生的事情，同时把两个助手从病房里叫了过来。

克莱默听着茨德科夫斯基流利地说着波兰语，又用动作示意着他的老乡们。他们分散开来：一个人毫无顾忌地把桶里那些肮脏恶心的绷带拿了出来，另外一个取来了刷子和抹布。不一会儿，又拿来一个大碗。

他们把消毒液倒进去，又把大桶刷洗干净。在刷桶的时候，茨德科夫斯基用锤子在桶盖边缘敲敲打打，让那一圈儿翘了起来。这下，盖子变小了一些。把盖子放到这个上面粗下面细的锥形桶里之后，刚好卡在了一半的地方。他又把盖子加固了一下。

茨德科夫斯基把绷带扔了回去，绷带从桶的边缘处冒了出来。看起来就好像整个桶都已经填满了。

假如发生什么危险，这就是孩子的容身之所！

如果党卫军了解到情况，在他们搜查每一个角落的时候，也会对桶里恶心的东西避而远之。克莱默也明白这点。茨德科夫斯基只需要和集中犯人人总头目再确认好一件事情：今后要确保有自己人站在岗哨附近，一旦党卫军靠近了，就会第一时间通知他们，然后他们就可以把孩子藏进去……

“如你所见，”茨德科夫斯基由于这个突发奇想的绝妙点子而表现出极大的兴奋，“拿出绷带，迅速把孩子藏到桶里，盖上盖子，把绷带放进去。完美。”茨德科夫斯基略带紧张地看着克莱默的脸，希望得到他的肯定。

克莱默有些认命地垂下眼睛。找不到比这更好的方法了。剩下的就是需要一点儿运气了。如果党卫军根本不靠近那个桶，只是要求他们把桶里的东西清空——克莱默看着身边站着的这三个波兰人——然后那个孩子连同这三个胆大包天的人就会一同丧命。

克莱默的沉默已经说明了一切。在那种情况下，他们只有死路一条。三双眼睛一同看向了克莱默。他面前站着这三个可怜的波兰人。他们被迫离开故土。他甚至记不清楚他们的名字，对他们也一无所知。那灰蓝色的条纹囚服勉强遮蔽着他们的身体。尽管他们布满皱纹的面庞上刚刚长出来的胡子茬就好像土地缝隙中的苔藓，尽管他们写满苦难的颧骨突兀而高耸，然而他们的眼睛十分明亮，在这些人备受摧残的荒芜面容上绽放出坚不可摧的熠熠神采。死亡和苦难也无法让他们眼睛中的光芒黯淡下去。他们就像是小小的火炬，即便在最黑暗的底层也依旧照耀出一片光明。唯有那些穿着灰色制服的禽兽枪中射出的子弹才能让那光芒沉寂。然后，那浅浅的生命之光熄灭，就如同一颗星辰安静地陨落，死神的黑暗也如同轻柔的面纱，轻轻笼罩着那永恒的美。

克莱默不会想到这些，然而在他心底最深处却有了这种强烈的感觉。

茨德科夫斯基友好地向他点点头。这种发自天然的最质朴简单的问候方式，也像一座桥梁，坚不可摧。

克莱默走到床架旁，他带着羞怯的手轻轻地抚摸着孩子的小脑袋。他没有说话，只是默默想着：可怜的孩子……他尘封的记忆之门打开了，很久很久以前，他也是这样一个小小的孩子。

现在他心中压着怎样的重担啊！他已经为这个孩子尽可能地做了一切。然而其他的事情还是毫无头绪！那个无知懵懂的孩子无辜的双手，正牵动着那条看不见的线，一切人和事的命运都拴在那条线上。

克莱默看着那个孩子，沉思着。霍费尔和克罗皮恩斯基为了他被关进了刑讯室。物资库里的人也都出于他的缘故被盯住了。数以千计的反抗者们，他们隐姓埋名，却都处于相同的危险之中。如今站在他面前的这三个可怜的波兰人，又在用他们一无所有的双手保护着这个孩子。

这命运的复杂与纠葛是多么令人迷惘啊。在这迷宫中一步踏错，就会通向由人类变成蛮兽的地狱之路！危险无处不在，随时可能降临，每个小时，他们似乎都在等待着坠入无边无际的深渊……不！不应该是这样！应该是另外一种情况！在孩子周围聚拢的、数量日益增长的人们，并不是一群随时担惊受怕、随时处于覆灭危险的乌合之众。他们是一张网，织得绵绵密密，铺散开来，保护着一切。

那根关乎所有人命运的线并非牵在孩子手中，而是牵在霍费尔和克罗皮恩斯基的勇敢无畏、皮皮希的忠诚可靠，以及面前这些简单的人那份质朴的决心和奉献之上。他们把命运之线拉得越紧，这张网就越牢固，越坚不可摧。

就是这样，没有其他的可能！克莱默感觉头脑一阵清明，他向茨德科夫斯基伸出手。

“老兄，”他满腔真诚地喊道，“只能破釜沉舟了。”

茨德科夫斯基没有任何想法。

小集中营里一阵混乱嘈杂。毫无秩序的人群从浴室方向一路磕磕绊绊地经过过道，穿过了铁丝网入口，进入了小集中营的内部。

很多人没有足够的时间在更衣室里把衣服穿好再出来。他们或赤身裸体，或只穿着裤子，其他的衣服搭在胳膊上，就这么走了回来。大部分人把不合脚的木头鞋提在手里，光着脚走过卵石路。集中营守卫引领着他们。营区犯人头目们烦躁不安地迎接他们的到来，也不知道该如何把这一大群人赶进早就拥挤不堪的马厩中去。这些由于一周以来的艰难跋涉而筋疲力尽，又对接踵而来的新环境暂时无法适应的人们，显得对一切都十分紧张。人们彼此之间推来搡去，总是形成新的人堆。

每一个营区犯人头目都力图将过道处这群毫无秩序可言的人整理出一个头绪来。从茨德科夫斯基那里过来的克莱默不得不挣扎着穿过这群人，并且假装听不到任何反对的声音。他用自己的权力和强势将人们划分到不同的营区中。营区犯人头目们跟着他，想看看他是如何把这一大堆人妥善安排的。

要把人群在集中营里像自来水系统一样进行分流，才能保证不会发生拥堵事故。营区犯人头目们满腹牢骚，异常怨怼，将人们分别赶进了各自的营区。这又引起了新的牢骚和新的叫喊，人们的身体纠缠交错在一起，推推搡搡。马厩里充满了混乱的嗡嗡声，简直像一个错综复杂的蜂巢一般。那些“老住户”早就学乖了。他们占据着三层床板，那是可以睡觉的地方。他们牢牢地钉在自己的地盘上，用利齿守护着自己的势力范围，好让那些不速之客远离自己。各种语言交织在一起的声音就像婴儿在牙牙学语一般，值日生们早就麻木了，他们勉力对抗着受惊的人们，尽可能将新来的人整理就位，用他们有力的手臂尽可能在“老人”们中间再挤出一点儿空间来。尽管只是一点点缝隙，但总算是有地方安身了。如同塞得满满当当的瓦罐车一样，现在房间也已经超负荷了。人们挨挨挤挤。粗糙的木头地板上，跳蚤们成群结队，精神抖擞地跳跃着。

克鲁提希亲自到魏玛，将犯人交给盖世太保。这段时间内，雷涅博特都在不耐烦地等待着这位集中营长官赶紧回来。克鲁提希回来之后，两人来到了他的办公室。他手中有一份茨威灵递上来的名单。克鲁提希贪婪地看着那些名字，又用快慰的语气感叹道：“终于还是拿到了！这些名字都确定了吗？”

雷涅博特把这种怀疑只看成是无事生非。

“这里提到的每一个人都属于那个秘密组织。那么现在，您说什么？现在不是对此有疑问的时候！”

他紧张地走来走去。

“您听说了最近的战况了吗？已经到了卡塞尔了。从卡塞尔扔块石头都能砸到爱森纳赫。你知道这意味着什么吗？”雷涅博特笑得令人毛骨悚然。

克鲁提希从雷涅博特的话语中听出了斥责之意——假如连这个人都惊慌失措了……

克鲁提希又快速浏览了一遍名单，克莱默的名字排在第一个。这都是些跟随了他很多年的老犯人了，是集中营里的“名人”。克鲁提希紧紧抿着双唇。他在思考着——就算这些给出的名字里只命中了一半，对于直取那个组织的核心领导层也已经足够了。不久之后，前线的情况将决定集中营的最终命运。实在是没有时间再去啰啰唆唆地询问检查了。现在就需要马上抓住机会。

克鲁提希小心翼翼地收起了这份宝贵的名单，他紧抿着的双唇咧出一个丑恶的笑容。“现在咱们那位聪明的总指挥官只能任由咱们吊打了。要是他这回不上钩，我也会在最后一分钟把他拖上荣誉法庭。”克鲁提希跌坐到椅子上，“我们的确布下了一张好网，你觉得呢？魏玛的盖世太保一定会从他们嘴里挖出孩子的下落。两面夹击。”他摸了摸口袋，那张名单好好躺在里面，“不过前线的战况紧急，”他向雷涅博特眨着眼睛，“我们该拿这些人怎么办？”雷涅博特停下了躁动不安的脚步，向克鲁提希怒吼：“全部杀死，我的天！不然还能怎么办？还是你想先从那群小傻瓜里选出几个好汉来？把他们都带到采石场去，然后乱棍打死！”

克鲁提希用一个十分不自在的动作松了松制服的领口，好让自己能喘口气。雷涅博特看着他的动作。“又对总指挥官产生恐惧之心了？是的，我亲爱的，有一就有二，我可以帮你织网，但是你现在也被裹入其中了。现在这是你的事情。说到底，你才是集中营指挥官而不是我。”

尽管克鲁提希费劲地思考了半天，他还是空洞地看着眼前这位年轻人，最终点了点头。“很好。你说得对。这是我的事。”他站起身，“霍费尔呢？你是怎么想的？我们还需要他吗？有其他人就足够了。”

“把他和那个波兰佬再留些日子。”雷涅博特如此建议。“反正他们也跑不了。让山魈再玩儿一会儿，也许他还能从他们嘴里得到什么消息。最后再弄死他们也不迟。反正他们已经被除名了……”

福斯特勇敢的行为让备受折磨的霍费尔退烧了。尽管山魈还是死死守着关押室，但是福斯特通过他安静而果决的方式，成功地被默许进入关押室。他总是提醒着山魈，并让他从愤怒中平静下来，进而不仅仅是给霍费尔带来一些湿抹布敷额头，还带来了一些必要的热乎乎的饮食。他成功地将霍费尔从死亡边缘拉了回来。这个勤杂工总是像影子一般溜进关押室，在霍费尔滚烫的额头上敷上降温的东西，然后给他灌下一些热热的饮料。而山魈全程都站在门口监视。

蹲在角落里的克罗皮恩斯基被他兄弟身上发生的奇迹所感动了。权衡利弊之后，山魈也不再去继续伤害霍费尔，好让他康复到可以继续接受新的折磨为止。一旦发现霍费尔的眼睛能够清楚地睁开了，他就会禁止一切援助。

关押室再度对福斯特紧紧关上了它的门。然而福斯特很清楚，自己已经从死神手中将霍费尔抢了回来。山魈还把草垫子留在了关押室里。

在山魈将关押室的门锁上之后，克罗皮恩斯基依旧一动不动地蹲在角落里。出于恐惧，他没有向霍费尔移动。霍费尔直直地躺在那儿，了无生气。他的呼吸安静平稳，嘴巴一直张着。霍费尔用干涩的声音挣扎着说道：“马利安……”

“嗯？”

“多久……”霍费尔的手指不安地抠着身下的草垫子，“我们到这里多久了？”

角落里一片沉默。过了一会儿，霍费尔听到了答案：“五天了，兄弟……”

这个回答久久回荡在这间寂静的、宛如被遗弃的关押室里。霍费尔直勾勾地看着天花板，他的目光犹如蜡烛安静燃烧时的火焰。

“五天……”

霍费尔开始眨着眼睛。他目光中的火焰跳动不已，犹如被微风拂过。

“嘿，马利安……”

“嗯？”

“我有没有……你在听吗，马利安？”

“嗯。”

“我有没有说些……什么？”霍费尔声音异常干涩。

“没有，兄弟……”

“什么都没有吗？”

“没有……你就是在不停地号叫。”

“真的吗？”

“嗯。”霍费尔闭上了眼睛。

“你呢？你做了什么？”

“我也是……”

“号叫？”

“嗯。”

寂静——两个人之间，没有再发生任何对话。

第二部分

一个跑腿的犯人从外面跑进集中营，穿过了集合场。他没有找到克莱默，只能到处打听："他在哪儿？"

他跑向小集中营，穿过泥泞不堪、布满碎石的小路，直到他抓到克莱默。

"瓦尔特！"

克莱默隐隐感到事情不妙，他把跑腿的拉到一边问："怎么了？"那个年轻人喘着粗气。

"电报！还好被我发现了。"他的眼中闪烁着恐惧，"大撤离！"

克莱默震惊了："真的吗？"克莱默心中的惊惧感一下将他的一切感官闭塞住了。他呆呆地盯着眼前这个也是一样恐惧的年轻人的脸，脑子都不转了。

大撤离，这个危险的词语把他们等待了数月的事情一下推到了风口浪尖。

由于那个孩子的存在而产生的诸多危险，现在都被捆成一团，变成了最大的危机。一切就在突然之间走到了尽头。克莱默现在感觉自己的脑子已经跑丢了，要在后面飞快地跑着，才能追赶上它。

"现在怎么办？"跑腿的问道。

克莱默的脸上浮现出一阵紧张。"耐心静候。"他如此回答，因为他也实在想不到其他的答案了。他感觉自己在面对大结局的时候，并不知道要从何处开始着手。

和耐心静候相比，还有许多其他的事可以做。克莱默心中有一个不切实际的想法，就是立马吹响嘴边的信号哨，在营区之间来回奔走，用尖锐的哨声将整个集中营搅得鸡犬不宁：“大撤离！大撤离！”

为了让自己重拾理智，克莱默问道：“你还知道些什么具体的消息吗？”

年轻人摇了摇头。“我就是想尽快地告诉你这件事。上面那些人已经开始讨论了。”

克莱默呼吸沉重，将双手插进大衣口袋。这一天终于变成了事实。它的到来恐怖而直接，看起来是那么不真实。克莱默的冷静理智都被它驱散了。不到一周之前他还和舒普说过：“再有 14 天，我们就自由了，或者我们就死了……”

这曾经都是空话而已。而现在，却如此真实地摆在他们面前！

克莱默犹如被当头浇了一盆冷水，里外都是透心凉。霍费尔会面临着什么下场？克罗皮恩斯基呢？物资库里的那些人呢？皮皮希！那个孩子！所有的一切都会迎来怎样的结局？

在魏玛，物资库那些被捕的人们被锁在监牢里。监牢是盖世太保为了自己办事方便，而在马厩里特意设立的。

鲁库斯·盖伊，帝国保安部的一员，正在办公楼一层的办公室里会见克鲁提希。这间光秃秃的房间里除了配发的基本陈设外——就是几把椅子，一张桌子，在窗边有一台打字机，还有一些带着轮子的难看架子，窗台上有一盆早就无人问津、长得半死不活的植物——再也没有别的什么了。

陈旧的棕色墙纸上印着明亮的四边形，有太阳光的时候，可以看出纹样是颇为可人的花卉。

克鲁提希坐在打字机旁边的椅子上，无精打采。盖伊嘴里叼着香烟，站在房间的中间。他的头垂在宽阔的肩膀之间，他破旧的西装懒散地挂在强壮的身体上。这名帝国保安部的军人把双手插在旧旧的裤子口袋里。在他松垮的外衣上，那条每天都要系的领带已经滑到了一边。盖伊用他嘶哑的声音向身旁的集中营长官说道：“我想要知道，你们山上的那群圣诞老人到底为你们做什么了？现在还需要我们帮你们找孩子了！我们可不是儿童保护组织。”

盖伊咬着牙，叼着雪茄。而克鲁提希对盖伊说：“我需要你们的帮助……”

克鲁提希尝试给盖伊解释其中的关系。前线情况危急，已经没有时间可以拖延了，必须快速抓出那个隐秘的共产组织……

盖伊不耐烦地摇晃着胳膊肘。因为双手插在兜里，不太方便自由活动。“现在差 5 分钟 12 点，你还跑来烦我，恐怕不大合适。”

克鲁提希为自己辩护着：“我们已经找了他们很久了……”

“你这个傻瓜……”盖伊轻蔑地说道，“这么多年来你们一直让那些白痴们吃饱穿暖，过着好日子，你们是救世主吗？”

克鲁提希想要抗议。然而盖伊更加尖刻地说道：“别废话！你和你们其他人都一样，都是圣诞老人！”他用舌头来回来去地拨弄着雪茄，“真是个有趣的游戏，对吧？脱帽，戴帽！向你们立正站好！那些胆小鬼越是在你们面前卑躬屈膝，你们越是觉得：我们什么也不用做！一群蠢货！你们这个破地方的人根本就没意识到，他们有多乐意向你们表示屈服。所以他们的胆子才越来越大，敢在你们的眼皮底下钻地洞。现在呢？怎么样了？”

克鲁提希像霜打了的草一样坐在那儿。

“你们要是一天到晚只是在那儿傻晃悠，我什么都不说。”盖伊继续说道，“可是你们呢，胡吃海塞，酗酒成性，搞女人……你们这群妄自尊大的傻瓜！现在呢，你们都要收拾东西滚蛋了，终于注意到了还有共产党的存在……”他停下了，开始一口一口地抽烟，让自己的暴怒转化为冷静。

克鲁提希觉得这种指责有失公允，他试图为自己辩解：“跟你说实话，我做了一切可以做的事情……”

盖伊重新点燃了雪茄。他闭上了眼睛，因为烟雾有些呛人。他听了一会儿克鲁提希的辩白。“给我解释解释，你带到我那儿去的那群废物是怎么回事？”

为了转移盖伊的视线，好让自己轻松一点儿，克鲁提希详细地向他报告了一切。在此期间，盖伊垂着脑袋在房间里踱步，看起来毫无兴趣的样子，然而他还是认认真真地听了，而且把所有事情结合到了一起。

很明显，孩子和共产党之间的确有关联。克鲁提希对于皮皮希和罗瑟的评价似乎也是对的。如果一切正如克鲁提希所说的那样，那么这两个人中一个是好家伙，另一个则是胆小鬼。盖伊心中燃起了捕猎的热情。他让克鲁提希说着，自己心中思考着对策。

罗瑟和皮皮希！

看来这两个人需要棍棒伺候了。

这是多年经验总结出的刑讯技巧！

克鲁提希请求着盖伊："我们没有多少时间了，前线越推越近了……"他突然受到惊吓般站起身，拦在了盖伊面前。盖伊的思绪被打断了，他看着眼前这位集中营指挥官，他的脸上由于当下的情形露出了焦急的神色。盖伊并没有因为时间急迫而乱了阵脚，他甚至觉得这是一个很好的机会，可以利用这个时机将集中营里那些搞鬼的人一网打尽——他已经有过太多同类经验。他明白，当人们面临生死选择的时候，到了最后一刻，往往总是生的欲望会占上风。到了那个时候，什么人都会变得软弱，都会说出自己之前坚持不肯交代的信息。克鲁提希交给自己的那十个物资库的家伙很明显已经在集中营里关了很多年了。他们心里清楚得很，大结局就在眼前。盖伊闭上双眼，好让自己的思路更加清晰敏锐。

谁又想在结局到来之前让自己的生命处于危险之中呢？假如他有一线机会，那为什么又要让自己陷入绝境？盖伊转着雪茄，然后不耐烦地挥挥手，让喋喋不休的克鲁提希闭嘴。"好了，我知道该怎么办了！"

克鲁提希走后没多久，盖伊就动身前往监牢。尽管已经人满为患，他还是专门腾出一间关押室，并且将布痕瓦尔德来的名单交给了看门人，并命令把这十个新来的人分别单独看守。

他们必须被"打乱"。关于皮皮希和罗瑟，盖伊另有安排，这两个人被关押在新腾出来的关押室里。"不要打草惊蛇，明白吗？！必须要让他们觉得谁和谁关押在一起都只是偶然的！不能让这些家伙意识到这都是故意安排的。"

于是，罗瑟和皮皮希一起被关进了第16号关押室。这两个人都不知道，这是盖伊刑讯策略的第一步。

罗瑟已经被吓坏了。他坐在关押室的凳子上，上半身松松垮垮的。他呆呆地看着前方，由于紧张不停地搓着手。他面色惨白，紧张感让他胃里像灌了铅一般恶心。

皮皮希环视了一圈这个光秃秃的房间。然后，他鼓励地拍了拍罗瑟的肩膀："坐起来，老兄！"

罗瑟呼吸困难，从他颤抖的嘴唇中吐出来几个字："你这个混蛋……"

皮皮希惊讶地看着罗瑟。罗瑟内心的痛苦让他的上半身开始摇摇晃晃的。"你这个混蛋……要是我一会儿就死在这儿，那绝对是你的责任！"

皮皮希看着眼前这个痛苦的人："可是奥古斯特……"

罗瑟突然一跃而起，掐住了皮皮希的喉咙。皮皮希想要挣脱束缚，然而罗瑟死不放手。皮皮希用力推着罗瑟，两个人扭在一处。

皮皮希终于把发疯的罗瑟推开了。凳子扑通倒地。关押室的门打开了，看守走了进来。

"嘿嘿嘿，你们干吗呢？"

他将纠缠在一起的两个人分开："你们是要杀死对方吗？我看你们就是这个意思。你们就偷着乐吧，你们两个人能被单独关在一起。其他的房间里可都是15个人一间。"这名经验丰富的老看守马上就意识到了两人之中谁是那个精神状态比较差的。他将罗瑟按到了椅子上："现在您安静安静。"

然后他转向皮皮希，皮皮希正在把自己被抓得乱七八糟的夹克重新穿好。看守说："这样只会让你们的情况更糟糕。"

皮皮希从话语中听出了一种出于人性的怜悯，他感激地冲那个老人点点头，而看守将关押室的门锁上之后就离开了。

被看守按在凳子上之后，罗瑟就老老实实坐在那里了。他用无助而恐惧的声音颤抖着说："我什么都没做。这件事跟我无关。我就只是做我该做的工作而已，别的什么都没有了。我想回家。我不想到了最后还要被弄死。"

皮皮希对他充满同情："是的，你根本没有参与孩子的事情，奥古斯特。"

罗瑟站了起来，乱挥着双手："我根本不知道什么孩子！我什么都不知道，什么都不知道！"

"嗯，是这样的。"皮皮希干涩地回答。一瞬间，他对于罗瑟强烈的恐惧又觉得气不打一处来。他靠在墙上，看着罗瑟蔫头耷脑的样子。罗瑟被剃得光光的圆脑袋看起来就好像秃顶了似的。

皮皮希有一种感觉，其实他们也没打算从罗瑟身上挖出其他同志们的下落。而这也让他觉得事情没有那么简单。皮皮希越来越惊讶，因为他发现，自己对罗瑟的了解实在太少。他为党做了事情，这是他被捕的原因。其他的，皮皮希就不知道了。尽管工作待遇不佳，但罗瑟还是用自己持之以恒的热情完成着工队里每日的书记工作。尽管他穿着条纹囚服，但他就好像穿着一身精纺西装一样，每天坚守着自己的岗位。由于罗瑟总是小心翼翼，一惊一乍的，所以他总是成为大家开玩笑的对象。没有人严肃地对待过他。尽管他也是物资库的一员，而且没有任何不被信任的理由，然而和其他人相比，他总是独来独往的。

看着罗瑟佝偻的脊背，皮皮希一下明白了：和自己蹲在一起的是一个会背叛大家的人！

然而皮皮希马上便打消了这怀疑的念头。他脑海中有了这样的想法：罗瑟实在没有理由变成一个坏家伙。他只是害怕而已。是的，只是害怕。

皮皮希离开墙边，走到罗瑟那里："你不是个坏家伙，奥古斯特。"

罗瑟没有回答。他沉默地思考着。皮皮希踌躇片刻，然后坐到了凳子旁边的地板上。

"听着，奥古斯特！要是因为那个孩子，你完全不用害怕。你根本什么都不知道。"

罗瑟咆哮道："可是我知道！"

"不！"皮皮希向他说道，"你什么都不知道！什么都不知道！正因为你不知道，所以你什么都交代不出来！"罗瑟琢磨着他的话，固执地沉默着。皮皮希把手放在他的膝盖上："你听到了吗？我也什么都不知道，其他的人也什么都不知道。如果我们所有人都是什么也不知道的话，那么，奥古斯特……"罗瑟没有回应。皮皮希对于他的沉默感到十分心焦。

"我的天，奥古斯特！你难道想成为唯一的那个……？无论如何你是我们的一员！现在别再想什么孩子的事儿了！想想我们所有人！也许就是茨威灵把我们弄到这里来的。也许是那个叛徒伍拉赫？你听着，奥古斯特！叛徒不该是你！"

罗瑟由于痛苦颤抖了起来。他沉默着，脸上满是苦楚，喉头一动一动的。"我不想死，我不想……"

皮皮希急得拍着大腿骂道："混蛋！"他用力抓住罗瑟的肩膀。

"奥古斯特，我的老天爷啊！你好好想想！你有没有想过，在一切都结束之前，我们还有的是翻身的机会？他们也不傻。他们也小心着呢！这对我们来说是巨大的机会！我们必须团结一致！”

罗瑟装腔作势地说道：“团结一致！他们会把我们打个稀巴烂。”

皮皮希放开了罗瑟，之后把手插进口袋，在关押室里走来走去。“有些事情我们必须口径一致，如果已经……”

关押室的门开了，看守扶着门：“提审皮皮希！”

皮皮希被吓了一跳。他看着眼前这个老头，对方正忠心耿耿地办着这并不光彩的差事，等在门口处。

皮皮希无所谓地耸耸肩膀走了过去。在门口的地方，他转过身，再度看着罗瑟笑了：“呐，奥古斯特，你放屁还是我放屁？都听我放屁！”

罗瑟直勾勾盯着门口。皮皮希离去后，门又被重新锁上了。

与此同时，博科夫正和博果斯基在一起。最后一拨人离开浴室后，分队长们也都相继离去了。工队的犯人们留下，负责清理淋浴房。

“已经开始了，雷奥尼德。”博科夫重重地坐在一张凳子上，“我也不知道什么具体的，不过——克莱默还是告诉我了。他们想要大撤离。”

这条消息对于博果斯基来说似乎没有产生什么巨大的影响。或者说，他只是在博科夫面前刻意压制？博科夫站起身来，看着眼前的地板，然后又抬起视线，看向博果斯基。

“那么，现在该怎么办？”这个问题不意味着一筹莫展，而是浓缩了5万个人的命运。几个月以来他们总是在不断地讨论着针对这一时刻的各种计划，现在，它近在咫尺。应该任由大撤离就这样发生，然后将5万人送到死神手中，还是应该……

博果斯基把桌子上的抽屉拉开，拿出了一张德国地图，这是他早就准备好的，他示意博科夫过来看。

博果斯基的手指沿着奥得河滑下去，然后停在了科斯琴。“红军在这里。”他的手指按住了那个点，“柏林！”到柏林的路已经并不遥远。他解释着，又比对了一下东部和西部战线。在西线，战线已经从帕德博恩移动到维尔东根、特赖萨、黑施费尔德、富尔达。毫无疑问，他们马上就要进入图林根州了。马上就要经过卡塞尔、爱森纳赫、爱尔福特。博果斯基将手指又按到一个点上。“魏玛……”他补充道，“布痕瓦尔德！”然而从西部出发到达柏林的路远比从东部走要远得多。谁攻占了柏林，谁就打败了希特勒的纳粹德国。

“美国英国这些资本主义国家会战胜苏联吗？当然不会。”

博果斯基用自己的大手把东部和西部的战线推到柏林，聚集到一处。

“美国人会全力以赴，因为他们到达柏林还有很长的路程，然而时间却很紧张。”

博科夫听懂了他的话，点点头。博果斯基尽力用他不大灵光的德语去表达自己的观点，美国人会日夜兼程，好和苏联红军同一时间到达柏林。他们会算计好时间，迅速推进图林根。这是一场赛跑。谁会是更快的那个？美国人还是法西斯的大撤离？

“我们刚好处于中间，”博科夫苦涩地笑了，“一股脑儿全都来了！今晚我们必须和ILK的同志们谈一次，不能仅靠我们两个人就决定现在到底该如何行动。”

博科夫坐回到凳子上，给博果斯基解释着自己的想法：“现在集中营里还有一个小东西——是，是，雷奥尼德，我不是那个意思。

不过好好想想：霍费尔和克罗皮恩斯基已经被关在刑讯室里了。是因为他！我们不得不中断整个组织的活动。是因为他！现在物资库的十个人又被抓到盖世太保那里去了。是因为他！这真让人绝望！”

博果斯基无言地听着，他急着想和博科夫说说自己的心里话。然而博科夫还在解释着自己的想法：“那个孩子，雷奥尼德，一切都拴在那个孩子身上。目前为止他们还没有找到他，霍费尔还很坚挺，克罗皮恩斯基和那十个人也是一样。但是如果他们发现了那个孩子呢？

“天啊！你明白，然后会发生什么！这是自古就有的教训。霍费尔为了那个孩子坚持到了现在。他们只需要把孩子带到他面前：看看，我们找到他了，现在张开你的嘴！我告诉你，然后霍费尔就会和盘托出。然后呢？然后？”

博科夫把双手按在太阳穴上：“这个孩子相关的事情太多太多了。实在是太危险了！这是无法改变的事实，”他疲惫地说着，“我们现在已经无法置身事外，我们必须要行动起来，这样做才是对的。”博科夫穿上大衣，他又精神百倍了，“今晚我会集合ILK的成员，我现在先通知你。”

在离去之前，博科夫又顿了顿，然后用一种认命的口吻说道：“这也是件危险的事情了，但是我们已经没有退路。”他们沉默地握了握手。

博果斯基独自想了很久，他想找到一条出路。现在孩子的事情已经牵涉得太广。这实在是太危险了！和孩子相关的链条已经延伸到了茨德科夫斯基那里。链条必须被破坏掉。这样对于保护每一个同志来说都是好的。要毁掉这条链条，博果斯基这样想着。但是该如何去做呢？

皮皮希已经走了一个多小时了，罗瑟一直瘫坐在凳子上。不管等多久，都会有轮到他的时候。“提审罗瑟！”这种疯狂的恐惧侵袭着他。罗瑟仿佛已经看到盖世太保就站在自己的面前。

“警官先生，我真的没做任何坏事。我就是好好地做我的工作，别的什么都没有。”为了让自己显得可爱一点儿，他在问话前先自报家门。那名警官问道：“您在集中营里多久了？”

“八年了，警官先生。”

“八年！（我的妈呀……）您就这么忍下来了吗？”

罗瑟很认真地回答着问题：“那可真是苦日子。您知道的，警官先生，八年前我被送进来，那时候集中营可不像现在这般光景。老早以前，我第一次在警察监狱里听说了布痕瓦尔德的名字，当时我还觉得十分陌生，布痕瓦尔德……听起来十分——我不知道——但是我想过，我马上就要去一个漂亮、干净的集中营了，在那儿我可以得到党卫军的好人们的帮助——呵呵——然后过几个月，我就可以回家了——呵呵……”

罗瑟的自言自语突然停住了，他呆呆地看着前方。八年前他第一次来到魏玛火车站的场景历历在目。他从转运的瓦罐车上被赶了下来。党卫军士兵跟在火车后面押送着犯人们。回忆的细节一下涌上了他的心头。罗瑟看了看站在站台上的人们。他们和自己有一点儿距离，仿佛在看戏。他们满怀敌意，沉默不语。党卫军们也是同样的满怀敌意，沉默不语。他们穿着陌生的灰绿色制服。钢盔，卡宾枪，还有黑色的骷髅袖标。全都是些年轻的家伙，不会超过 18 岁，然而看起来又吓人又危险。

所有人登上了一辆超载的运货卡车。车斗的前面和后面放着板凳，是党卫军的位置，卡宾枪就放在他们的膝盖上面。负责押送的头目在车子之间跳来跳去，迈过高高的隔板，带着恫吓的口气说道："禁止聊天。谁要是敢说话，小心挨揍。有逃跑嫌疑的人会被立刻枪毙——开车！"

车子向山上开去。一停车，原本沉默的押送兵就开始野蛮地大呼小叫。卡车的隔板咚咚地放了下来，党卫军们从座位上一跃而起，开始靠吼叫和棍棒驱赶犯人。营房就矗立在车子前面，犯人们跑步进入。

罗瑟又看到了那条长长的、黑暗的走廊，两边有无数扇门。党卫军们跑来跑去，他们的靴子蹬在地板上噼啪作响。犯人们排成长长的队伍，脸冲着墙，双手抱头。在他们身后，响起野蛮的、急匆匆的、军事化的责骂声。不时有一名党卫军军人停下脚步咒骂道："你们这是干吗呢？立正站好，混蛋！"毫无预警地，屁股上就会被踹上一脚，或者后脖颈子上挨上一拳，然后脑袋就会狠狠撞到墙上。

这些画面浮在眼前，罗瑟坐在凳子上，大脑空空如也。渐渐地，回忆的景象又浮上心头，如此生动，如此鲜活，好像就发生在昨天一般。

到了晚上，政治部门的犯人要被带入集中营。罗瑟看到一群犯人踏上了松软的黄土路，向未知的地方行进。一名分队长在队伍后面驱赶着他们。围绕着木桩的岗楼清晰可见，他们看起来就好像是猎人自己建造的瞭望台似的。篱笆墙处立着许多没有剥皮的树桩，上面缠着铁丝网，看起来就像是拉起来的警戒线。

在气象观测箱旁边站着一名哨兵。他戴着钢盔，长长的大衣一直垂到脚面。摇摇欲坠的大门简陋得和篱笆墙几乎没什么区别，生锈的门闩吱嘎作响。他们眼前出现了一大块场地，在那黑暗中空无一人。只能看到一些高高耸立的树木，它们的枝丫犹如伸开的手臂，刺入昏暗的雨夜。四处散落着的电线杆也岿然不动。灯发出红色的光芒，在地上投射出一个光圈，在薄雾般的雨水中闪闪烁烁。泥污也发出肮脏的光芒。黑色的树墩七零八落，几幢小破板房……这恐怖的景象充满了僵硬死亡的气息。

“跑起来，你们这些畜生！”

通过浸没脚踝的烂泥地的时候，犯人们不得不把裤管拉到膝盖处。泥里面到处都藏着石头和坑洼，犯人一个不留神就会失去平衡，只好为了保护自己把胳膊伸向前面。

“跑起来！混蛋！”

“过去就是这样，警官先生。您觉得我们刚进来的时候会是什么处境呢？洗洗涮涮是不可能了，只有很少的一点儿水，勉强够厨房用的而已。衣服永远都干不了，晚上脱掉的时候是潮湿的，早上穿起来的时候还是潮湿的……就那么离开温暖的床铺，警官先生……我们所有人都得拉屎。营房后面就是茅坑，臭不可闻，就是一个大坑，上面有一根横梁。从来都不给手纸，没法擦屁股。我们也都无所谓了。我们以前的饭够吃吗？您要注意了，我的警官先生！我得好好给您描述一下，要不然您不知道……”

罗瑟并没有“描述”，而是陷入了对过往的沉思。早上四点，犯人头目就会吹响起床哨。然后值日生会在寝室里大喊：“起床！”

外面还是黑夜。在昏暗的灯光下，泥泞的地面看起来就像是湖泊一般闪闪发光。灯光照在营房之间的小路上，流动着一直通往山顶。雾霭沉沉。身上的衣服冰冷而沉重，湿漉漉的鞋子坚硬无比。

夜晚和睡眠已经过去了。来到外面就是新的一天。在休息室里可以喝一杯温热而稀薄的咖啡，好抵御外面的寒冷和潮湿。往往这杯咖啡就是一整天的饭了。

“是的，警官先生。”罗瑟悲叹道，他完全被回忆的力量所吞没了，“晚上的时候我们会分到一些面包头，通常还可以喝汤。”

营区犯人头目在外面吹响了哨子：“集合！”然后犯人们就要离开屋子，迅速穿越泥泞和污浊。

“注意步伐！整齐一致！”

齐步——走！一二一,一二一……

到达山上的时候，我们早就彻底湿透了。探照灯直射着我们的眼睛。然后分队长们晃晃悠悠地走过来，开始点数。他们脚下也都是泥泞，但是他们有坚硬的靴子。集合真是没完没了！上面的人肯定不需要这样做。又少了一个！真该死啊！

“值日生去树林里找人！”大喇叭里这样喊着。所有营区里的值日生都开始行动，集中犯人人总头目打头阵。

不，不，那会儿还不是克莱默。那会儿还轮不到他。当时的犯人总头目是一个胸前缝着绿色倒三角标志[1]的人，他是一个真正的罪犯，早就死了，那个老混蛋。我们站着等待，直到他们找到逃跑的人为止。我们只能呆站着。站着，然后站着睡着。也许需要一两个小时。那个家伙能溜到哪儿去呢？难道他是跳到茅坑里吃屎去了？

1 在集中营里，不同图形、不同颜色的标志是用来区分不同犯人的，如红色倒三角表示政治犯，绿色倒三角表示普通刑事犯等。

那祝他好胃口吧！可能要等好久好久，直到他们用棍棒驱赶着逃跑的人出来……

说不定他偷了一些面包，克服了恐惧之心，钻到林子中去了。您觉得会是为了那一小块面包吗？那您可不知道。估计只有黑暗中的那些树木才能找到他了吧……

两个小时……三个小时……

雨水浇在我们头上，我们把头低下去，垂在肩膀中间，就好像一群鹳似的。实在是太久了。我们站着，呆呆看着，睡着。肚子饿得咕咕作响。轻微的咳嗽声和喉咙里发出的嘶嘶声随处可闻。我们站着的地方不断增添着黄绿色的痰液，有时候还有些血迹。简直可以做装饰了。哦，我的天，可真好看啊……

有一个人站不住了。他开始打晃，膝盖哆哆嗦嗦，两边的人架着他。他像一个包袱那样挂在两个人中间。另外一个人完全倒在地上，他旁边营区的人将夹克脱下来，团成一个球垫在他的头下，让他至少不要直接躺在烂泥上。

探照灯转换了方向。

有时候，营区长会从上面溜达下来，在队伍中走来走去。“留神！”低语声从一个营区传到另一个营区。躺着的人马上站起来，立正站好，对准前面的人，两边也要对齐……随着分队长一路走过，队伍又变得整齐了起来。

终于，不知道从什么地方传来了哨声。营区里的人又活动了起来。他们找到他了！僵硬的人们活动着自己的身体。大家小心翼翼地把脚从烂泥里拔出来。又脏又难受。

有人脱下了一只鞋子，“金鸡独立”，保持着平衡，用手小心翼翼地在鞋子里面掏着，把烂泥清理干净。泥巴一股脑地流到地上，就像巧克力布丁。

一群人飞快地从林子里跑出来。犯人总头目一马当先！感谢上帝，他们可算是找到他了！他们拖着他的腿，从石头地上一直拖了过来。他的头在粗糙的地面上乱摇乱摆，好像一个皮球。他还活着吗？他被扔到了参谋官的脚下，像是猎回来的兔子一样！现在才是真正的集合时间！

“各个工队集合！”

终于结束了！罚站这件事其实也有它的好处。这么一折腾，一天就过了好几个小时。然后就要回到集中营去了。路上还要唱歌。

“林中有一个小村庄，
沐浴着阳光。
废墟中的最后一间房，
前面坐着一位老母亲，她年迈苍苍……”

或者：

“哦，美丽的藻厄兰，
你如此闻名世界，
每个人都想一睹你的真颜，
因此人们从远方赶来……”

罗瑟哧哧笑着。他想靠着废话连篇蒙混过关，就像以前那样。

我曾经在魏玛的矿井水泵房里工作。哎呀呀呀……看看都发生了什么！罗瑟咂舌弄唇。在山上挖出了一道壕沟。四米深，四米宽。

抽水的设备放在壕沟里。一人粗的管道从壕沟里面伸出来。

我们需要把壕沟填平，这就是我们的工作。听起来多难！您要知道！挖开的土地像石头一样坚硬。必须要用铁锹把冻土敲碎。哎呀呀呀，铁锹柄把手都磨坏了。一开始是起水泡，然后是皮开肉绽。没完没了！敲碎——铲起，敲碎——铲起。休息一下？不，亲爱的，别想了！包扎一下伤口？不，亲爱的，在布痕瓦尔德只有“健康”或者“死亡”！不过在这儿要想变成一个死人倒是挺快的。你在想什么呢！如果分队长过来一把把你推下去，那你相当于自掘坟墓！五米开外站着哨兵，都是年轻人，他们又无聊又冷，嘴里面冒出白色的烟雾，几乎什么也看不清。然而还有更严重的事情！该死的拉屎的毛病！你想要脱下裤子，找一个地方……这是被禁止的。你必须向分队长打报告，然后走到林子里去。哈哈哈，走到林子里。这就意味着：必须穿过岗哨。然而谁要是越了过去，谁就会被视作想要逃走而当场击毙。不过是想拉个屎而已……但是你的肚子实在是不由你做主啊！到了最后一刻，要是真的拉在裤子里了，倒也无所谓了。拉屎甚至比死还令人痛苦。你把土块敲碎填进去，然后踉踉跄跄地走过岗哨，然后死神的镰刀就会砍到你的背上，你能做的也只是颤抖着给其他人展示你的小伤口罢了。“犯人请求批准离开……”

你要是蹲得太近，他就会跳起来，在你身上踹一脚，冲着你吼叫：“蠢猪！你要把屎拉在我鼻子底下吗！”然而如果你挪开一米，他也许就会举起卡宾枪，朝着你的脸瞄准……

罗瑟精疲力竭地把脑袋向后仰着。眼下他感到片刻的安逸。虽然仅仅是一瞬，他感觉自己身体里流失的血液又冲了回来。

罗瑟突然跳起来，开始手舞足蹈了起来：“我必须跟您说明白一切，警官先生！您必须要知道，我之前都经历了什么！谁知道他们安排皮皮希做了什么！关于那个孩子，我什么都没做，什么都没做，我求求您……”

罗瑟没有再继续胡思乱想。关押室的门锁咔嗒作响，这让他吓了一跳。看守走了进来，拖着一个已经被捆起来的人——皮皮希！

“您抓着他。”看守向罗瑟说道，就好像他还能飞到外面去似的。然而罗瑟还是照办了，他从后面抓着皮皮希的胳膊，然后看守把床铺好。他们把皮皮希放到床上。看守把空水壶拿走，灌满水后又拿了回来。他丢给罗瑟一块小布头。“该怎么做，您自己看着办吧。”他离开了。

皮皮希闭着眼躺着。他的一只眼睛肿了起来，左边的耳朵下有一道已经干涸的血迹，一直到脖子上。他的鼻子和张着的嘴巴血迹模糊。他的外套和衬衫已经扯开，衬衫也撕坏了。

罗瑟拿着布头的手颤抖着。带着恐惧和好奇，他探身看着皮皮希。皮皮希眼睑微动，他已经扭曲变形的脸看起来就像鬼一样。那本该是一个笑容。罗瑟吃惊地看着他。皮皮希突然开始说话。轻轻地，但是声音却异常清晰：“帮我擦擦脸……”罗瑟抬起了双手，将布浸湿，清理着皮皮希的脸颊。

皮皮希艰难地抬起了胳膊，小心地把衬衫从皮肤上拉起，把自己的胸口暴露在罗瑟面前。在他的胸口上有许多圆形的伤痕，都是被烧焦的皮肉。已经烧出了洞！皮皮希感觉到罗瑟正在盯着他的胸口看。

“雪茄烫的。”皮皮希说道，过了几秒钟他又说道，“把布浸湿，然后敷在上面。”当冰凉的感觉触及伤口的时候，皮皮希发出痛苦的呻吟。他沉重地呼吸着，喷着热气：“给我点儿喝的，快。”罗瑟看看关押室，从墙柜上找到一个铝杯，帮皮皮希倒满了水。他扶着皮皮希起身，皮皮希将水一饮而尽。现在罗瑟可算明白他“之前都经历了些什么”了。皮皮希又发出了一声如释重负般的叹息，躺了回去，他的脸上也轻松了一些，那只没有受伤的眼睛也只能半睁着。现在他开始做一件对自己来说最重要的事：他用手指在嘴里检查着。少了几颗牙，其他的还是很结实……皮皮希用手势骂了一句粗话：都给我滚蛋……他把布头从胸口上拿下来，然后递给罗瑟：“帮我再弄凉一些。”他看起来有一些力气了。过了一会儿，他的言语更加清晰了：“没什么可怕的，他们不会这样对你。我知道他们是什么意思。”他舌头不是很利索，需要适应适应缺少牙齿的牙床，“我们被关在同一间屋子里绝对不是偶然。他们也在思考，这群狡猾的东西。我们也是一样。——听着，奥古斯特！”他疲惫地直起身子，将罗瑟正在帮自己敷伤口的手推开，冲他说道，“听着，奥古斯特，这很重要。那个混蛋没有继续打我，是因为我什么都没说。他知道，他从我这儿什么都得不到，因为……你听着，这是一种策略……”皮皮希快速地说着，他的呼吸都急促了。“你不要动了。”罗瑟请求道。皮皮希向他挤出一个笑容：“我根本没动……”他不再说话，只感受着伤口处一阵惬意的冰凉。“干得好。”他沉吟道。他只能平躺着，于是躺了一会儿，什么都没说。罗瑟犹豫地问了一个问题：“为什么——他没有——为什么他——不会这么对我？他这么跟你说的吗？”皮皮希没有回答！真是一个令人尴尬的问题！终于，他说道：“你这个傻瓜……”罗瑟感觉很羞愧，用躲闪的目光看着他。皮皮希继续说道：“那个混蛋知道，你——你是一个感情丰富的人。所以他会把我们关在一起。假如你看见我这个样子，你就会害怕得不像话。然后他就可以搞些花样了。然后——把你单独关起来——然后他就会给你些甜头。如果你不想被揍，那你就必须挺住……”

“我应该怎么办？”罗瑟的脸色非常难看。

“你要闭上嘴，别的什么都不用做。”

罗瑟咽了咽口水。

“你本来就什么都不知道，保持这样就可以了，他最多也就是扇你几个嘴巴——我的天，那你说不定就说了！”

疼痛是无法忍受的。皮皮希呻吟着，脑袋不安地乱动着。伤情严重，他太难受了。

“老天，再给我点儿喝的。”皮皮希呻吟着，用手肘撑起身体。罗瑟颤抖着把水杯递到皮皮希的嘴唇边，他便又一饮而尽了。

罗瑟看着皮皮希的脸，布满伤痕又紧张激动。也正因为紧张激动，那些伤口都扭曲了起来。突然，罗瑟感觉到一阵羞赧。他轻轻地说着——更像是对自己说的：“好了，卢迪，好了，我什么都不知道……”

皮皮希躺平了身体：“你看看，你看看，”他十分高兴，“你就这样说就可以。可千万别说漏了，奥古斯特，你听到了吗？假如那个混蛋察觉到你知道些什么，那他就该让你吃苦头了，明白吗？但是如果你一直不松口，你要明白……我已经故意向他传递了一些讯号，证明你对这件事一无所知。”

“你把一切事情都自己承担了？”

“你是个白痴吗？”皮皮希突然说道，骂得出奇的有力，就好像他根本没受伤似的，“我跟他说了，假如我们所有人都坚持说什么都不知道，那么你就真的是那个什么都不知道的人，因为你是……一个傻瓜……”

罗瑟深深地把头垂了下去。他实在是太羞愧了。

在皮皮希之后，盖伊又提审了几名从布痕瓦尔德来的犯人。倒也不是想问出什么，他只是想先探探他们的底细。他的方法是，先挨个儿问一遍。无论是谁，只要在他面前一站，他就能得出结论，这个人是不是宁死不屈。没有人知道他打的是什么算盘。

很好，盖伊这样想着。我们就这么继续，过不了多久，他们就会像夜莺一样唱起歌儿来。

现在，他的注意力完全集中到了罗瑟身上。他故意把罗瑟和皮皮希关在了一起。传讯罗瑟的时候，已经快要黄昏了。

“呐，亲爱的，您先坐。您叫罗瑟，对吧？”

“是的。”

盖伊点燃了雪茄，又从从容容地把火柴扔进烟灰缸。他充满关心地叹了口气，然后说道：“您看看您被卷入了一件多么愚蠢的事件里啊。是是是……您到集中营有多久了？”

“八年了。”罗瑟回答道。但说完他便十分错愕——审讯竟然以这样的问话作为开始——这跟他刚刚胡思乱想的一模一样。盖伊意味深长地摇摇头：“八年！是是是……八年！我可真忍不了。”

竟然还连续上了！罗瑟没有回答，只是恐惧地尝试着不要刺激这个混蛋，而是安抚他的情绪。

盖伊看起来似乎没什么特别的反应。他抽着雪茄，罗瑟看着闪烁的烟头。这个混蛋就是用它烫出了那些血窟窿……盖伊半躺在椅子上，惬意地把双臂交叠抱在胸口，友好地看着罗瑟。

“你们布痕瓦尔德来的真是一群怪人。就为了一个孩子，为了你们的好心肠，你们宁可挨揍。你们就算是要说什么，也都是商量好的。不过经过刑讯之后，如果你们中有人说出些什么，你们也不必觉得惊讶，反正也不会有人把你们当成有理智的人来对待了。”

盖伊向罗瑟充满信任地探了探身子。

“那个皮皮希是一个勇敢的家伙，没错！没什么说的！但是之后他不可能一直这样下去。他迟早会告诉我，很好，警官先生，我们已经找到那个小家伙了。要是他早就这么说了，该多好！不，非要在热锅上走一遭，吃尽苦头，然后再说实话。你觉得这是一个有理智的人的所作所为吗？”盖伊又躺回到椅子上，继续说道，“感谢上帝，你们其他的兄弟中有人更加理智，他们说出来也是一样的——那个皮皮希怎么样了？”

罗瑟垂着眼睛，看着椅子下面。盖伊感觉自己的计策已经开始要成功了。他站起身，在房间里走来走去，开始了自己的演讲：“你们在集中营里干了些什么，我不感兴趣。我关心的是其他的事情。你们那位克鲁提希官僚作风太严重了。跑到我这儿，冲着我摊开手：帮帮我！集中营里来了一个孩子，还没有登记在册，完全不在犯人名单里！”

盖伊强调着：“他就为这么点儿事儿跑来了！再过几天，美国人就来了，我们必须赶紧滚蛋。我们而不是你们！记得告诉那个愚蠢的皮皮希这一点！都到了火烧眉毛的时候了，那个傻瓜还为了这么一点儿小事儿想把命都搭进去——我可以打死他的——你们到底在想什么啊？”

罗瑟的脑海里不断闪现着可怕的念头。这个混蛋所说的话，就是所谓的“甜头”了。他看起来知道很多事情。皮皮希到底有没有招供什么？还是真的保持沉默了呢？其他的人呢？原本罗瑟还能保持头脑清醒，那个混蛋却站在他前面，鼓励地摇着他的肩膀："你们到底在想些什么啊？"

罗瑟就那么坐在那儿，低着头。

"整件事我都没有参与。"他轻轻地答道。

"我知道！皮皮希和我说明了一切，"盖伊急切地肯定道，"在哪儿——以上帝的名义，我的天——你们把那个小可怜虫藏到哪儿了？"罗瑟沉默了。盖伊站在窗户边，透过玻璃向外看着，他只考虑了几秒钟的时间，然后就做了决定：他向罗瑟走过去，和蔼可亲，又极具攻击性地抓住了罗瑟的胸口，把后者拽了起来。盖伊感受到了罗瑟的软弱无力，这就对了。他把雪茄从嘴里拿出来，抖了抖烟灰，然后故意把烟头拿到了罗瑟的鼻子下面。灼热感啃食着罗瑟的皮肤。

盖伊带着慈父般的口吻说道："现在，做一个理智的人吧，罗瑟。"

罗瑟看着这个混蛋的眼睛。里面闪烁着深不可测的危险——罗瑟咽了咽口水，他觉得胸前抓着自己的手如同千斤巨锁一般。盖伊松开了罗瑟，拍了拍他的肩膀。

"我没兴趣像对待皮皮希那样对待您，我不想那样做。但是假如您对我有所隐瞒……罗瑟，我的老天，我也只能履行我的职责了！"

假如被他察觉，我真的知道什么……

罗瑟的视线始终没离开这个混蛋。

"那么，你们把那个小可怜虫藏在哪儿了？"

罗瑟眼光乱闪。他把所有的勇气凝聚到了一起。"我不知道。"罗瑟说道，等着那个混蛋的拳头落下。

然而盖伊只是叹了口气，意味深长地举起了胳膊。

“那好吧，那就抱歉了。现在您回去吧，去和皮皮希谈谈。今天夜里我会再提审您一次……”

罗瑟被看守带回关押室的时候，天已经完全黑了。皮皮希开始发烧了，神志也有些不清。看守在他的额头上放了一块湿布，然后低声交代罗瑟：“您可别干傻事，一个人这样就够了。”

罗瑟在板凳上面蹲下了。似乎整个世界的愁苦都集中到了这间小小的关押室里。罗瑟感觉，此刻要是自己能说点儿什么就好了。

“卢迪……”

皮皮希一动没动，他的呼吸灼热而急促。

“卢迪……”

罗瑟摇了摇他的肩膀。

正在发烧的皮皮希被惊扰了。罗瑟放开了他，又悄悄弯着身子蹲到了板凳上。现在，罗瑟彻头彻尾地孤身一人了！

罗瑟的鼻子里似乎还留着呛人的雪茄烟的味道。那个混蛋在他胸口处抓的那一下，那种危险的感觉也还没离去。关押室里寒冷无比，似乎在皮肤上也凝结出了冰碴。

关押室屋顶上吊着的昏暗灯泡，燃烧出少得可怜的一点儿红色的光。

黑夜来得如此猝不及防……

集中营总指挥官已经对整个指挥部下了命令，因此晚间集合在匆忙间便结束了。克鲁提希没有参与，怀桑科顶替了他的位置，并像往常一样，总是那么愤怒无比，指挥着集合。雷涅博特站在打头的营区长前面，专心做着登录工作。

“解散！”随着一声令下，今天就这么仓促结束了。然而空气中似乎残留着什么不寻常的气息。这几万人都明白那是什么！关于大撤离的传闻就好像毒气一样，在空气中弥散开来，在集中营内不胫而走。然而仅从表面上看，人们列队行进的样子与以往别无二致。拐过一个营区，接着又是一个营区，迈着统一的步伐，穿过集合场，向坡下走去。与往常一样，在营房之间狭窄的通道里，人们挤挤挨挨，塞得水泄不通。与往常一样，一到达通道附近，整个队伍就开始涣散，因为每个人都想尽可能地早点儿回到营房里。

这所有的一切都不过是日常小事，显示着一切如旧，与往常并无区别。然而还是有些事情与以往不同：参谋官、集中营长官、营区长们并没有像以往一样随处可见，直到集合场上的犯人全部离去后才离开。今天，他们急匆匆地赶往大门处。只有那些岗哨依旧站在塔楼的回廊里，在机关枪旁迈着沉重的步伐走来走去。他们把大衣领子高高竖起，护住头脸，抵御着三月间料峭的寒风。他们在塔楼的角落里吹着哨子，注视着渐渐散去的营区的队伍。

集合刚刚结束，在集中营指挥部工作的犯人们也都马上离开了。通常他们都会工作到很晚，然后从党卫队的各个建筑中回到集中营里。空气中确实有什么不寻常的气息！

营区里还是像以往一般嘈杂。犯人们挤在汤桶边，值日生也像往常一样费力地分发着汤，汤碗叮叮当当。人们像往常一样拥挤地坐在长桌边的板凳上，人挨着人，几乎连举起勺子的活动空间都没有了。像往常一样，人们狼吞虎咽地喝完自己的汤，领到一点儿面包头，那是第二天的口粮。然而，还是有些事情与以往不同。

流言蜚语如同长了翅膀，在集中营的各个角落里呼啸而过。几万个大脑都有着一样的想法，几万个想法在此刻是一致的，都在思索着同样一件令人震撼的、前所未有的事情。希望与期待的旗帜此刻已经高高扬起，指引着大军浩浩荡荡地向着尽头前行。迅猛如雷霆乍现，令人猝不及防地将这厚厚的云层撕裂！

在所有的营区里，人们都只讨论着一件事情：大撤离！也有一些人，在经历了常年的囚禁生涯之后，将他们的目光投向了即将到来的未来。他们将此刻视作终点来临的前夕——他们的时刻。然而未来到底会怎样？死亡还是自由？前景并不明朗。事情会怎样发展，并无规律可循。一切看起来都动荡不安，杂乱无章。死亡还是生存？谁知道呢？

所有的营区里都在讨论着这件事。即便是到了最后一刻，到了最后一分钟，整个集中营也有可能遭遇集体枪决。他们什么都有！炸弹、毒气、飞机！司令部一个电话，就可以紧急启用附近的机场……半小时之后，布痕瓦尔德集中营将不复存在，只会留下一片焦土而已。别做梦了，朋友们！你们已经等待了十年，等待着奇迹的发生！没有人想在一切即将结束的时刻就这样死掉！该死！会是怎样的结束方式呢？要是有人知道就好了！有些人突然发现，多年来他们在自己的胸膛上磨砺出了厚厚的老茧，在这个盔甲内跳动着的心脏中，已经没有足够的力量想要去做些什么反抗了。有些人则感觉，他们已经习惯了死亡的威胁。这么多年来死亡就如同全副武装的哨兵一样，在他们身后如影随形。这种习以为常让他们产生了一种幻觉：这世界上总有些荒唐的事情，远远比死亡来得更加重要和崇高。

那可怕的幽灵已经发出了幸灾乐祸的嘲笑了：谁笑到最后，谁才笑得最好！

心中那蠢蠢欲动的想要和自己的盔甲做抗争的想法，并不是追求什么所谓的崇高，朋友们……对对，你动动手指头就能把死神弹走了。然而不要忘了，你的“崇高”不过是另外一种形式的死亡，在你指尖跳跃着的死亡……那是你的死亡，也是属于集中营的一部分，就如同你个人一样！

然而死神已经在门外嗤笑了：我亲爱的，你不可能弹弹手指就把我赶走！死亡，多么阴险狡诈！多么残忍可怖！它就是一个反复无常的小人，在你最后一次摆弄花瓶的时候，它还会将一束鲜花递到你鼻子底下来呢。那束鲜花代表了一切：房子，街道，人们，小村庄，一片树林，一座城市，汽车，马车，自行车，一件干净的、刚刚熨烫平整的衬衫，一杯啤酒，一个女人，一张床，一间装潢得体的起居室，窗子前面的花园，小孩子们……

一个完整而美好的世界，已经递到你的鼻子底下来了：闻闻它的味道吧……别说话，朋友！所以没有人乐意去死，尽管从很早之前死亡的阴影便已降临。只要死神打一个响指，任何人都随时可能送命。

所以现在的情况是这样的：集中营里的死神如同你的伙伴。而铁丝网处的死神则是你的敌人！

死神已经伴随着流言一起，蹑手蹑脚地进入集中营，躲在营房里的每个角落，蹲在聚坐在一起的人们脚边。死神也蹲在病房区营房的地基洞内，参与了那小小的集会。它溜到地板下面，被细碎的小石块绊得踉踉跄跄，来到了燃烧着的蜡烛旁边。每一个人，无论是博果斯基还是博科夫，里奥蒙德还是普里布拉，科迪茨克还是范·达伦，每一个人都知道，死神，这位沉默的不速之客已经来到了他们身边。

博科夫将他所知道的消息告诉了众人。物资库里有十个人被抓了，即将进行可怕的大撤离，前线已经逼近图林根，很快到来的最终结果有着怎样的可能。里奥蒙德进行了补充，他偷听到了指挥官之间的谈话：毫无疑问，上层对此已经开始有所行动了。急躁的普里布拉想要用武力抵抗大撤离，他要求反抗组织进行紧急戒备，并且为大家发放武器。

“你疯了吗?”博果斯基用波兰语冲他喊道。

兵营里有3000名党卫军军人。医疗队几乎每天都在外面巡逻观察，这是科恩带来的消息。前线已经推进到卡塞尔，很近了，也还很远。每天都有新的事情发生，每天都是一次胜利。正因为如此，正因为危险和拯救如同不安的波浪般不停晃动着，所以绝对不可以鲁莽决定、勉强行事。只能采用等待、推迟、观望这种古老的战术——也只有这样，才能在撤离开始之后，尽可能地解救更多的人。然而他们也清楚，一旦时机成熟，就到了收网时刻了。那时候会发生什么……博科夫用极其严肃的口吻说道：“……会发生什么，同志们，会是决定生与死的时刻。我们必须要活下去！我不会说什么豪言壮语，但是今天我要说：能在集中营的铁丝网后面最终活下来的，将会是新世界的先锋队！我们不知道接下来会发生什么。同样，之后的世界会是什么样的，它会是一个正义的世界，还是我们应该始终对人性抱有怀疑的世界，这些都是不确定的。我们不是肥料，不是殉道者，也不是牺牲品。我们是肩负起最高使命的人!”然后，就好像对自己慷慨激昂的演讲感到羞愧似的，他很快便不再说话，又把后面想说的话咽了回去。博果斯基看向他的目光十分温暖。

博科夫用他一贯冷静和寡淡的语言继续说道：“我们还有一些事

情需要讨论，同志们。关于孩子的事。不能再这样下去了！我不想责备霍费尔什么，然而孩子已经渐渐演变成了危险。克鲁提希站在他后面，像是一个魔鬼。他想要找到我们。很显然他还在黑暗中摸索，因为我们还没对孩子做什么。然而霍费尔……”

博科夫看向博果斯基，好像等着他反驳自己似的，然而回应他的只有沉默。因此博科夫继续说道：“霍费尔，也只有霍费尔，有可能成为突破口。我知道，同志们，他一直顽强坚持着，我很确定，我们应该相信他。然而纵然信任是好事，小心行事总是没错的。只要他们找到了孩子……我们不知道那时候霍费尔会怎么处理这些事情。危险也不是针对霍费尔一个人而言的。该如何对待这个孩子？我自己考虑过了。我们把他带到这里来，藏到坑里。”

这个想法令所有人大吃一惊。大家谈论着这件事，嗡嗡声此起彼伏。只有博果斯基，他依旧沉默着。博科夫并没有动摇自己的想法。

“安静，同志们！”博科夫用短短几句话解释了自己的设想。在坑洞的角落处，需要给孩子布置一个柔软的巢穴。

每天都需要一位值得信赖的同志——当然，需要运用一切安全措施，小心行事——来这里给孩子喂吃的。孩子在这里必须要舒适而安全。

范·达伦怀疑地摇摇头。“他们还是能够撕开整个链条，你只不过是换了一个新的连接口而已。”

博科夫太阳穴上的血管都爆起来了。“不然呢？”他咆哮着，“难道要打死他吗？你要是有什么更好的想法，来，说出来。”范·达伦高高耸起肩膀。其他人也没有什么主意。博果斯基朝博科夫笑了，看起来像是在感谢他似的。“茨德科夫斯基会让整个链条崩盘？对吧？那好！没有任何一部分和现在的这条链子相关。对吧？”

他们沉默了。也许这的确是最好的方法。博科夫也明白，这个方法并不完美。

“除了皮皮希和克罗皮恩斯基两个已经不在这里的人以外，和孩子相关的人，茨德科夫斯基只认识克莱默。所以只能是克莱默出面，将孩子从他那里抱走。”没有人乐意由克莱默去做这件事。“偏偏就是克莱默。”所有人都持反对意见。

“安静，同志们！”博科夫粗暴地打断了大家，“我知道我在做什么！整个链条在克莱默这个环节已经无法修补了，很显然，一旦……一旦茨德科夫斯基泄密的话——我相信不会……”

“就这样吧，很好，”博果斯基突然说道，“我们给孩子做一张柔软的小床，然后由克莱默把他带过来。很好。不需要再讨论什么了，同志们，我们没有时间了。克莱默什么时候去接孩子？”

博果斯基用他坚定的话语肯定了博科夫的计划。一切反对的声音都戛然而止。博科夫十分高兴，他回答道：“今天太晚了。明天我去准备所有事情。”

施瓦勒给克鲁提希下了命令——他对于即将到来的和这位集中营长官之间发生的对话冲突十分担忧——桌子上躺着来自希姆莱的电报，要求对集中营进行疏散。

判断如何进行撤离由集中营领导班子全权负责。这道命令中满含惊慌。谁能够在此时自救？施瓦勒想要放手了，唯一会对他造成阻碍的，就是那个狂热的克鲁提希。这个人太过于精明，一有机会就要搞些阴谋诡计出来。因此，施瓦勒想要和他开诚布公地谈谈。

尽管施瓦勒根本不想和克鲁提希独处，他还是必须要进行这次谈话。他对自己八面玲珑的本事十分信赖。克鲁提希姿态僵硬地走进施瓦勒的办公室。

施瓦勒以和蔼可亲的指责开始了这场对话:“我亲爱的，您在我背后搞什么小动作呢?”

克鲁提希仔细听着，那种声调让他感觉十分愉快，他的喉结从领口抬了起来，显示出他的好斗:“我对我自己做的事情全权负责!”

“哎哟哟……负责!您把我集中营里所有的事都搅得一团糟。我们现在可不能意气用事。”克鲁提希将双拳撑在胯骨上。一个危险的姿势!施瓦勒注意到了这点，出于小心谨慎的缘由，他缩到了写字台后面。“您为什么为了一个犹太小鬼发这么大的火呢?”

克鲁提希的双眼里蕴含着狠毒的神色，他的下颌骨由于紧咬牙关而颤动。他一步跨到了写字台前。“您听好了，长官——我们从来都不是朋友，即便到了最后一刻，也不会成为朋友。这里一切乱七八糟的事儿马上就都要结束了。我们没什么筹码，也没有靠山。我建议您:我自己这点儿破事儿，就不劳您费心了。”施瓦勒的脸拉了下来。有那么一刻，他试图迎着挑衅而上，然而他并没有，只是思考着什么。

“好吧。”施瓦勒回应道。他离开了那张起保护伞作用的写字台，一边走来走去一边说着话，如同在做报告一般。

“我们没什么筹码，也没有靠山。您就这么坦然地说出来了。您不过是把我当成了一个胆小鬼，想要讨好那些美国人的胆小鬼。您错了，我亲爱的。我只不过不像您似的，是一名狂热分子，我是一名真正的政治家……没错，真正的政治家。”施瓦勒突然转向克鲁提希。

克鲁提希正想说些什么反驳的话。施瓦勒拿起那份电报并且展示了一番，做作得就像是演讲会的发言人在展示什么物品一般。

“大撤离！帝国党卫队长官亲自下的命令！难道您还想违抗命令不成吗？”他阴恻恻地问道。

克鲁提希想要给出的答案几乎等于宣布他要搞兵变了，因此他没有说话。

施瓦勒继续利用着自己的优势说道：“如何进行大撤离，是由集中营领导班子评估后再决定的。那么我请你想清楚！司令指挥权还是在我手中的，或者你有什么异议吗……”克鲁提希依旧保持着沉默，施瓦勒继续说道，“上尉，现在只有咱们两个，我们说实话，眼下还有谁能帮助我们？元首吗？还是帝国保安部？”施瓦勒抱怨着，“我们已经跌入罗网之中了。为了伟大事业奋斗的时代已经过去了——过去了！”带着强调的意味，他又重复了一遍，“现在还是关心一下眼前吧。”

克鲁提希想要爆发。施瓦勒的言语实在是太过分了。

“我们离开这里之前先留下一座尸山，没错，这可以说明我们对党国确实至死不渝，然而——我们为此又要付出什么代价呢？”

“胆小鬼！”克鲁提希咬牙切齿。

施瓦勒笑得充满了谅解的意味：“我可是很关心自己的前途命运的。假如我们打赢了战争，毫无疑问，我十分乐意把集中营变成一个打靶训练场，把他们全都杀死。然而，很可惜——我们两个人私下里说说而已——可惜我们输了。现在情况完全不同了。”

克鲁提希愤怒地从牙缝中挤出话语：“我不同意！您听到了吗，长官？我不同意！这种卑鄙的、悄悄逃遁的行为，这种……

这种……”

克鲁提希的声音结结巴巴，犹如被割裂了一般。然而这次，他充满恫吓意味的声音对施瓦勒没有起到任何作用。施瓦勒只是在一个很微妙的时刻耸了耸肩膀，然后腆着肚子，双臂交叉抱在胸前。

“啊哈！您又想发疯似的嘭的一声撞上门吗，就像您经常做的那样？我亲爱的，等到用麦克风做演讲的时候再宣扬您的那些英雄气概吧。我们现在可不是在宣传部里，而是在埃特斯堡山上，前线已经近在眼前了。要是我们发疯，就会自食恶果。”

克鲁提希咆哮着：“那我们也算痛快过了！”

“那时候我又能去求谁？求美国人吗？您可别开玩笑了。”

克鲁提希拖着沉重的步子离开了施瓦勒，走到会议桌旁边的真皮沙发椅旁，一屁股坐了上去。他看起来充满了无可奈何的愤怒。施瓦勒观察着面前自己的这位反对者。

“您到底想要怎么做？”过了一会儿，施瓦勒说道，“我认为，您自己也不清楚。您想要屠杀整个集中营的人。然后您还想要找出共产党的那个秘密组织，所以现在您揪着一个犹太小鬼不放，还抓了一批人——您已经丧失理智了，就是这样。”

克鲁提希一下蹦了起来，他冲着施瓦勒吼叫：“我想要什么，我自己清楚得很！”他用颤抖的手从口袋里掏出了那份名单，又拍在了施瓦勒眼前：“就是它！”

施瓦勒看着这页纸。“这是什么？”

“他们那个组织的头头！”克鲁提希果断地回答。

施瓦勒高高挑起眉毛。“这就有意思了……”这句话像是惊讶，然而也像是讥讽。他把注意力集中到那些名字上。

“这人也太多了——您是怎么得到这些名字的？”

“就因为我揪着那个犹太小鬼不放！”克鲁提希回答道，语气极尽嘲讽。施瓦勒依旧波澜不惊。

“那么您打算怎么处理这一大群人呢？”

“刑讯，长官先生！”

“这样啊……”施瓦勒没多说什么，只是背着双手，面带思索地开始踱步。克鲁提希在等待着。现在到了下决定的那一刻！中场休息得太久了。施瓦勒考虑了许多事情。终于，他看起来似乎整理好一切思绪了。他停在了克鲁提希面前。他们彼此注视着。

“您听好了，上尉阁下。对于您现在做的事情，我，完全不能够理解——不，请您不要打断我。您好好听着我说的话。现在发生的一切，都显得您的行为实在太过于粗暴了。假如我能够把您的行为稍微往回拉一下的话，也许还可以不要让集中营里的那些人看到我们的弱点……”

“弱点？”克鲁提希忍不住提出疑义。

“是的。”施瓦勒干脆利落地答道。这一刻，他意识到自己才是更聪明的那个人。他从克鲁提希身边走开，开始围着写字台绕圈。当他有什么重要的话想说的时候，他总是这样绕圈。

“让我们来说点别的。帝国保安部下的这道命令已经在那儿摆着了，那就必须要去施行。集中营必须清撤！现在只有你我两人，克鲁提希，我们明人不说暗话。会发生什么事情，谁都不清楚。没准哪天我就要给帝国保安部打报告，说我已经把他们的命令执行了。也没准儿哪天我就要在美国人面前解释这些，为这些负责！我！您！我们所有人都要！”

他站在写字台后面，停住了。

“我什么都不怕！”克鲁提希切断了施瓦勒的话，下巴向前伸着说道。

“我知道。”施瓦勒答道。他的脸上现出一种神情，无法判断那到底是敬佩还是嘲笑。施瓦勒从写字台后面走到前方，挑衅地站在克鲁提希面前，两只手撑在身体两边。

“我碍了您的事。如果您顺利的话，我早交出指挥官的位置了。但是事情没有这么简单，我……”施瓦勒正式地向后转，又戏剧化地走了几步，然后突然向克鲁提希说道，“那也没有那么简单，您……”然后又重复了一遍刚才的动作。

施瓦勒说得十分明白。克鲁提希没什么好辩驳的。

施瓦勒利用了这一点：“因此我认为，勇气和智慧不是相对立的，而是相互……您明白吗？”

“那是否可以解释为，您的宽容大度允许了……”

施瓦勒突然受不了这种拐弯抹角的说话方式了，他决定直奔主题。他疾步在克鲁提希身边走来走去，用手指轻轻戳着他的胸口。“再说明白一点！我将那道命令的执行权交给您，要用无害的方式处理掉那个组织！”

克鲁提希明白了对话的要领。然而他盯着指挥官，从他厚厚的眼镜片中射出不信任的光芒。施瓦勒说的这些话，似乎是想要套出克鲁提希的想法似的。

“不，不，我亲爱的，”施瓦勒说道，“这后面没藏着什么猫腻。您也不要产生自我幻觉，觉得我对您投降了。我的命令也只适用于眼下的集中营。我不想给您找麻烦，也对您毫无期待。所以有一说一，没什么所谓弦外之音。明白了吗？”

施瓦勒又看了一遍名单，仔细认真，花了很长时间。终于他问道：“您是否能够确定，您和名单上的这些领头的……”

“我十分确定。”克鲁提希回答，用声音盖过他心底藏着的不确定。施瓦勒走到写字台前，拿起一支钢笔，在一些名字下面画了横线，然后将名单递给克鲁提希。

“没画线的枪毙！不要引起任何注意，保持低调！”

克鲁提希拿过被施瓦勒标注过的名单看了一眼，发现这位指挥官把克莱默的名字也画了线。

“长官先生！”他说道。

“我还需要这个人！”施瓦勒打断了他的话，没有一丝一毫的耐心去听任何的反驳。同时，他也耸了耸肩膀。“嗨，我亲爱的，现在就这样吧。这些年来我们已经把集中营的所有设施搞得够舒适的了，让犯人们放任自流。现在我们需要让他们服从命令了。没有一位合作的犯人总头目的协助，大撤离就没法顺利进行！”

“可是长官！克莱默是一个非常重要的人……”

施瓦勒笑得十分了然：“重要得就像是一位将军一样，不是吗？真是谢谢了。要是这样的话，那对我们更有利。那么该如何让一位将军失去他的力量呢？剥夺他的部下。您把他手下的人换掉，这样克莱默就无法闹出什么花样了。您明白了吗？”施瓦勒对自己的聪明洋洋自得，并以一副居高临下的样子拍了拍克鲁提希的肩头，“要是您足够仁慈，就看在我的面子上，最后再杀死这个人。现在我还需要他。”

克鲁提希只能表现出一副对此安排十分满意的样子。

在司令部的人员集合完毕后，克鲁提希就坐到了办公室的角落里。他有一种不快的感觉，就是自己被狡猾多端的施瓦勒愚弄了。施瓦勒伸出了诱饵，自己就张嘴咬了上去。克鲁提希极其不信任地观察着在座的军官们。施瓦勒，那个大腹便便的家伙，自我感觉良好，装腔作势。施瓦勒走来走去地发表着自己的演说，手里拿着希姆莱的电报。“命令很清楚，当然要执行下去！”克鲁提希用凌厉的目光扫视着其他人的脸，观察着施瓦勒的话对他们起到了何种作用。施瓦勒的写字台旁坐着醉醺醺的怀桑科，他正目光浑浊地呆呆望着前方。很显然，当所有人都集合了之后，总指挥官就吝于把自己的酒拿出来分给大家了。

二级突击队大队长、武装党卫军少校卡姆罗特，党卫军部队的指挥官，站在房间的中央。他伸着腿，双手在身体前面交叠着。会议桌旁坐着工作组指挥官、管理部指挥官和司令部通信官。在高级军官后面，许多营区长站在他们相应等级的位置上。

就连雷涅博特也找到了自己的正确位置。按照他在整个体制内的级别，他老老实实站在了自己该站的地方。

克鲁提希的目光挨个儿扫过这些人的脸。所有的脸上都显现出了绝对的服从，以及对总指挥官的理解。

克鲁提希心中像是有一条愤怒的疯狗在不停咆哮。这群家伙都是懦夫！看来他们对希姆莱的命令甘之如饴，巴不得趁机悄悄溜走，远离危险。所有人都抱着这种想法！甚至连雷涅博特都像一只温顺的羔羊般一脸顺从。

没有人关注克鲁提希，他们就好像完全忽视了他的存在，只是全神贯注听着总指挥官的发言。

“大撤离的具体时间由我们来决定。我们需要针对前线战况制定具体方针。”施瓦勒站在地图前面，就好像一位将军似的，用手在德国南部的位置上比来比去，“只有在这个地方，我们还有可能突围。”

怀桑科发出了呼噜声。施瓦勒富有戏剧性地展开了双臂：“另外一条路对我们而言已经走不通了……”

克鲁提希心里思考着这一切。他想要猛然跃起、振臂一呼，然而所有人表现出来的那种深刻的理解之情压制住了他的这种冲动。施瓦勒走到了房间中央，就好像想要嘲弄克鲁提希一般说道：“显而易见，在集中营里存在着一个秘密组织。我们又不傻，事实就摆在眼前。不过这也就是一个事实罢了。”他转向卡姆罗特说道，“少校先生，您觉得您的部队真的会惧于这个组织的威胁吗？”这位少校用一个轻蔑的笑容回答了这个问题。施瓦勒赞许地说道：“您这个态度完全正确。集中营里的几个囚徒罢了，他们的反抗行为霎时间就会被镇压。我完全不觉得需要对他们采取什么措施，即便已经证据确凿——他们的确存在。”他故作沉吟，停顿良久，将双手背后，高昂起头，开始围着写字台绕圈。然后，他继续说道：“然而现在还不是时候。我的先生们，我可以为你们的安全全权负责。不仅仅是现在，也包括将来。”他用一种特别的语调说着这些话，好让所有人确信，他是真的了解他的部下。

“是的，也包括将来。”施瓦勒重复了一遍，“你们了解我的意思。”没有人试图表达什么，所有人都把自己的真实想法隐藏在沉默之后。此刻对于施瓦勒而言已经足够了。他带着明显的胜利的语调说道：“我们要感激中队长克鲁提希的干劲儿。他——我一定要说——在最后一刻将集中营里那个秘密组织的头目揪了出来。

他为我们做了一件了不起的事。我已经给他下达了指令，将那些反叛者的头目枪决。我确信，他一定可以聪明而谨慎地完成我的这道命令。”

“然后要怎么做？”卡姆罗特终于不再缄默，发出了提问。施瓦勒仿佛极其诧异般挑起了眉毛：“执行帝国保安部下达的命令。”但卡姆罗特慢吞吞地说道：“希姆莱？简直胡说八道！他离枪林弹雨远得很，稳坐钓鱼台，然后下达了这么出色的指令。然而在这儿为那个混蛋操碎了心的不还是我吗？杀光他们，一个不留，这就是我的座右铭。”

施瓦勒对此有些不安：“那美军呢？”

卡姆罗特无所谓地将手插进裤兜：“您可别说傻话了，施瓦勒。等不到他们来，我就已经把这儿处理得连一个纸片都不留，我自己也早就远在千里之外了。”他笑得粗野。施瓦勒的脸色变得苍白，浮肿的双颊开始颤抖。

突然，施瓦勒歇斯底里地喊道：“以帝国保安部的名义，您给我听好了！谁才是这里的总指挥官？”

“谁指挥部队？您还是我？”卡姆罗特回击道。

克鲁提希忍不住站起身来。他站在离这位二级大队长几步之遥的地方，想知道他到底是什么意思。这句话产生的刺激让他说不出什么来，他只是疑惑地看着施瓦勒。其他人也有些抑制不住了。他们嗅到了暴风雨的气味。然而施瓦勒还是将这紧张的气氛推向了顶峰：“这是阴谋吗？还是您叛变了？”

卡姆罗特却没有感受到气氛有何不对，他人畜无害地回答道：“您别胡说八道了。叛变？简直是废话！我可没兴趣跟一群底层的渣滓同仇敌忾。要我说，就只有一个字：杀。”他坐到了会议桌边的真皮座椅上，又点燃了一支烟。有了这位有力的盟友作为依托，克鲁提希突然觉得底气十足。

“枪决！这也是我的座右铭。”克鲁提希叫嚣着，紧接着卡姆罗特的话，充满挑衅的意味。

这场突如其来的变故震惊了所有人，他们不再闭口不言，而是感觉十分疑惑。他们开始讨论了起来，场面混乱失控。其中卡姆罗特一派的营区长们最为肆无忌惮，他们丝毫不顾及施瓦勒这位上级指挥官的颜面。

司令部通信员维提希冲着他们吼叫，结果他们又吼了回来。人人都把帽子摘了下来，手臂乱舞，争得脸红脖子粗。刚刚还严格遵守的上下级别关系也都抛诸脑后了。维提希站在这一片混乱中，出于维护施瓦勒而向他嘶吼道：“总指挥官先生，请您立刻下达安静的命令！”

骚动立马停止了。

几位站在总指挥官面前的营区长被威慑住了，甚至连动作都凝固了。雷涅博特是唯一一位置身事外的人。他已经有所察觉，两股势力之间正在较量着，争取着裁定权。尽管对于当下这种徘徊不定的情况感到十分兴奋，他还是十分明确：总指挥官一方依旧处于优势地位。

一直保持沉默的怀桑科突然用拳头砸到了写字台上，他愤怒地吼叫着：“真该死，总是变来变去！施瓦勒怎么说，你们怎么办就是了！他才是我们的总指挥官，不是别人！”没有人注意到他。雷涅博特闭上双眼。事情会朝着何种方向进展？卡姆罗特把烟熄灭，站了起来。作为这次骚乱的始作俑者，无论如何他都不占道理。他本人也属于高层军官，然而他却将上层圈子的威望削弱了。他的异议也并非出于政治上的权衡，而纯粹是出于自保。可是在通往善终的这条路上，犯人们挡了他的道。美军和他有什么关系呢？终究会轮到这里。他不明白总指挥官到底是什么意思。他自己的目的也并不在于要削弱总指挥官的权力。只是为什么在狼狈而逃的时候，还要照顾集中营这个大包袱呢？完全可以采取更加简单的方式去处理这个问题啊。详细一点儿说，把这圈铁丝网里围着的所有犯人，不管好赖，直接乱枪打死完事。然后，他就可以坐进汽车，然后……

“您现在可算看见这群人都是怎么想的了，”卡姆罗特向施瓦勒说道，“您到底为什么要反对集体枪决呢？”

施瓦勒已经被逼得没办法了，只好回到了写字台后面。

“谁说的我反对枪决？如果必须要这么办，半个小时以内就可以让整个集中营灰飞烟灭！”

“那您就让它灰飞烟灭！”克鲁提希咆哮道，“让一切都毁灭！如果我们要离开，那么走之前，绝对不能让一个布尔什维克党留下狗命！”

营区长们又为了新的辩题而吵闹。

“弄死这群混蛋！”他们叫嚣着。好不容易平复下去的混乱复苏了。被这么一吓，施瓦勒原本盘算得好好的计划又被打乱了。

施瓦勒迈着沉重的步子，走到了争吵的人们当中。“我命令你们，马上安静！”

命令还是有威慑效果的。施瓦勒对于这群人还是听命于自己感到十分满意。瞬间到来的安静带给了他许多安全感。马上他也意识到，采取恫吓的方式可以巩固自己摇摇欲坠的威信力。在这种信念的鼓舞之下，他气势汹汹地用双拳抵在胯骨两侧，盛怒地依次打量着这些部下。在这种大气都不敢出的安静状态之下，自己说的话才最有力度。尽管已经说过一遍了，施瓦勒还是重复道："谁说的，我反对枪决？"这句话如同子弹一般射了出去。不过看起来施瓦勒并没有击中靶心。

他首先要对付的就是卡姆罗特。

"我，以上校的名义！"施瓦勒喊了一声，其中掺杂了极其明显的强势和逼迫。施瓦勒走到了卡姆罗特少校身边。有那么短短的一刻，两人用目光审视了彼此一番。

"您是在提醒我您的军衔吗？"

"我是在以我的名誉向您担保！"施瓦勒用咄咄逼人的语气回答，那态度与卡姆罗特提问的态度别无二致。两个人针锋相对，火药味极浓。从对方的态度来看，施瓦勒感到自己此刻是击中靶心了。

雷涅博特警觉地观察着，思索着。他知道这位机灵的总指挥官已经陷入胶着了，不过此刻自己还是技高一筹。

"各位回到自己的位置吧，请吧。"

施瓦勒等着，直到原本已经毫无秩序可言的部下们各归各位。

就连卡姆罗特也回到自己的位子坐下了。

施瓦勒对这期待已久的安静感到十分愉悦。他度过了这次的危机。现在他又重掌大权了。他站在怀桑科旁边。怀桑科倒在椅子上，摊开双臂——他一向怀柔的上校先生终于金刚怒目，肯于弹压这帮人了，为此他感到十分骄傲。

施瓦勒走到写字台后面："我把帝国保安部的电报明示给诸位。"

他开始朗读："鉴于美陆军第三集团军巴顿将军[1]于图林根州之威胁，我在此命令：隶属我麾下之布痕瓦尔德集中营进行全员撤离。具体撤退时间及行动方式委任集中营领导部门自行审度后执行。唯一指挥权交由集中营总指挥官全权负责。忠于元首。希特勒万岁。帝国保安部，希姆莱。"

沉默。

朗诵得何等庄严。施瓦勒将下巴从衣领处高高昂起，那种感觉就如同方才他为希特勒代言一般。卡姆罗特看着他晃动的鞋尖。怀桑科把拳头也抵到了胯骨上，身体前屈，眨着那双狗一般泪汪汪的眼睛。此刻情境就是如此。那么，到底谁该笑出声呢。朗诵的张力作用到了每一位聆听者身上，效果显而易见。施瓦勒充分利用了这种效果。

"集中营要撤离到大后方。每天 1.5 万人。从犹太人开始。方向：霍夫、纽伦堡、慕尼黑。[2]二级突击队大队长兼武装党卫军少校卡姆罗特负责分配押送部队！"

---

1 乔治·巴顿可谓二战战场中的风云人物，在他担任美陆军第三集团军总司令期间，这支部队战绩辉煌，在欧洲战场上展现了惊人的战斗力。1944 年 7 月，巴顿率部队开赴法国诺曼底，8 月 1 日投入战斗，突入布列塔尼半岛和法国中部。之后协同盟军其他部队在法莱斯战役中重创德军，并向洛林方向追击。1945 年 3 月到 5 月期间，巴顿率领部队突破齐格菲防线，强渡莱茵河，突入德国腹地。巴顿的推进速度之快，不仅出乎德军的意料，连美军自己也深感震惊。——译者注

2 以上三座城市皆位于德国巴伐利亚州。巴伐利亚与图林根接壤，是德国南部的一个州。此刻只有向南部撤退，才能躲避从东西两边夹击的美军与苏军。然而美军已经挺进至图林根西侧与西南侧的黑森州和巴登 - 符腾堡州，从图林根全身而退的可能性微乎其微。从魏玛到慕尼黑直线距离 316 公里，可谓长路漫漫，艰苦卓绝，如果真的令集中营内的囚犯向慕尼黑方向撤退，死亡人数将不可估量。——译者注

“把这群混蛋送到慕尼黑以后，我的部队要做些什么?”卡姆罗特问道。施瓦勒的嘴角浮现出一丝微笑：“最终到达慕尼黑的人能有多少，那就是您的事儿了，少校。不过让集中营里不要留下一个死人，却是我的事儿。”

“啊哈，我明白了。”卡姆罗特讥讽地说道，“您想在美国人面前装实在人，把擦屁股的事儿丢给我干。”

“您根本没明白我的意思，少校。”施瓦勒忍不住开始了谆谆教诲，“到达慕尼黑这一路上会死多少犯人，这根本就不是您的责任。但是无论如何，从我这里您都不会得到杀死犯人的命令。要强调的是，有时候给人以致命一枪也并非是蓄意杀人，而应该被看作是一种人道的解决问题的方式。”

卡姆罗特把双臂环在胸前：“聪明，可真聪明。”

施瓦勒顶和蔼地回应道：“您要是乐意枪决，少校……”

“随时乐意效劳。”卡姆罗特无不讽刺。

一场唇枪舌剑，两人对彼此的想法已经心知肚明。

“至于什么时候开始行动，你们等着我后面的命令吧。从今天起，所有指挥人员和部队要做到实时待命。外出和休假禁令即刻生效!”施瓦勒两手撑在屁股上，肩头一动一动，眉毛耸起。接着，他用一种很私人的语气向这些部下们说道：“我的先生们，我建议你们，将你们私人的事物安排妥当，收拾好行李，随时准备出发。”

最终罗瑟也得到了一张草席子、一卷铺盖得以过夜。关押室里的木板床则让给了皮皮希。然而他的状况越来越糟糕了。一开始，罗瑟还能跟他说几句话，皮皮希尽管受了重刑，却依旧充满了坚持和希望。可是现在，皮皮希对罗瑟的话语没有任何回应了，而且身体滚烫。罗瑟可怜兮兮地蹲在角落里的草席子上，他担心着入夜后的刑讯。恐惧如同他自我中抽离出来的一部分，就像是另外一个他，蹲在他的身边。

孩子被送到61号营区了，这在物资库里倒也不是什么秘密。罗瑟通过和其他犯人聊天，对此事也是知情的。然而这可恶的知情强烈地折磨着他，他简直后悔当初没有把自己的耳朵堵住。不过现在说什么都晚了。他坐在这里，带着沉重的包袱。要是这件事与他无关就好了。

黑夜如此清晰。冰冷的天花板上映出窗户栅栏的影子，宛如张开的手指。现在是什么时候了？罗瑟不想躺下，不想入睡。他随时都可能被提审。

罗瑟仔细聆听着外面的动静。只有死一般的寂静。黑暗的关押室里阴冷如坟墓。

“卢迪……”

对面没有任何回答。

“卢迪……”罗瑟只听到了自己的声音。突然他站了起来，蹑手蹑脚地走向皮皮希。皮皮希躺着，双腿蜷曲，脑袋在枕头上歪着。

难道他是死了吗？罗瑟咽了口唾沫。

“卢迪……”

罗瑟忍不住了。他想要大喊，因为他实在是太害怕了。他想要拿拳头砸门，因为他实在太懦弱了。然而他只是把拳头堵在嘴边，蜷缩起身体。

就在他转过身、爬向自己的草席的时候，他突然愣住了。毫无防备地，钥匙在锁眼里转动的咔嗒声划破了夜的寂静。关押室的门打开了。手电筒刺眼的光线一下闯了进来，无情地照射着罗瑟的脸。一名冲锋队夜间执勤的年轻士兵走了进来。

“滚出去！”士兵霸道的拳头落在罗瑟身上，将他赶出关押室。

与此同时，在位于集中营北侧的党卫队猪圈里，有一个悄悄蹲着的黑色身影。这片空地上还残留着一些低矮的树桩，证明这里之前曾是一小片山林。猪圈对面是犯人病房区的建筑。从所谓的病房通道走到另一边，就是小集中营了。

那个黑影在树桩的掩映下，长时间保持着一动不动。看起来他似乎也在留意着周围的动静。猪圈不远处立着通电的铁丝网，绕着集中营，整整一圈。拴着铁丝网的残损断裂的水泥柱子一直曼延到坡上，上面挂着的灯泡发出血红的光芒。塔楼上站着岗哨，随时随地注意着塔楼下的情况。很显然，那个一动不动的黑影正全神贯注地注视着他们的动向。哨兵们的双眼看起来就像猫头鹰的眼睛一般。黑漆漆的冲锋枪从塔楼的栏杆中伸出头来。黑影还是纹丝未动。裹着大衣的哨兵们也静静地观察着集中营里的一举一动。当他们时不时走动的时候，靴子踩在木地板上会发出嘎吱嘎吱的声响。猛然间，那个黑影矮着身子，如幽灵般无声无息，飞速冲向了一个树墩。他蹲在树墩后面，观察着四周，并且计算着何时该向附近的树墩进行下一次冲刺。当时机合适的时候，他会一口气连续蹿过几个树墩。黑影没有穿鞋，只穿了一双高腰袜子。那是一名犯人。他像一名杂技演员似的，身形灵活。现在，他紧紧贴着一个树墩，等待着新的时机。现在他面临的挑战，是要横穿过宽阔的病房通道。危险极了。他犹犹豫豫，长时间地观测着塔楼和周围环境。

然后，他低下身子，敏捷地穿过通道，藏身于空场之中的树墩和栏杆之间。等待，一动不动，和地面完全融为一体，躺一会儿，在树和树之间穿梭，直逼小集中营。他将铁丝网最下面的一根线小心翼翼地抬起，然后钻了过去。现在他已经远离塔楼岗哨的视线范围了。现在，终于稍微安全了一些。他在营房后面的茅厕之间穿梭，在随处可见的垃圾堆和垃圾桶之间穿梭，悄悄接近了61号营区。他紧紧贴着营房的墙，一毫米一毫米地压下了门把手。他一点一点打开门，直到宽度足够让身体钻过去为止。

一切都风平浪静的。他没有马上关上门，而是站了一会儿，直到双眼适应了房间里的黑暗为止。然后，他搜寻着自己的方向。那边是杂物间。这名犯人蹑手蹑脚地走了过去。门只是虚掩着。茨德科夫斯基睡在床架上。他的三名助手躺在地板上的草垫子上。茨德科夫斯基打着鼾，孩子睡在他旁边，紧紧依偎着他的背。那名犯人小心地穿过熟睡中的病人，迈着谨小慎微的步伐，走到茨德科夫斯基身边。他谨慎地伸出双手，把孩子抱起来。因为他动作极其周到，孩子并没有醒来。带着这件战利品，他像猫一般溜出了杂物间和营房。然后，又轻轻带上了门。

他在门外站着思考了一会儿。他不得不把孩子叫醒，这样他才不会因为受到惊吓而发出声音。他轻柔地晃了晃熟睡中的孩子。孩子惊醒后发出了害怕的呼喊。那名犯人立刻用手捂住了他的嘴，又用波兰语低声安慰着他。他温柔地摇着孩子，将他贴在自己的胸膛上。这不同寻常的情况让孩子马上领悟到危险的存在，他不再发出任何声响。犯人那带着浓重俄国口音的波兰语起到了很好的安抚作用。按照犯人教给他的那样，孩子用自己的小胳膊紧紧环绕住犯人的脖子。这名犯人紧紧搂着孩子，又蹲下身子，静悄悄地离开。

差不多一个小时之后，罗瑟回到了关押室，还是一如既往地蜷缩着身子。那名冲锋队士兵嘲笑着这个可怜的人。

罗瑟没去查看皮皮希的情况。他轻轻地走回草席边，躲在那床铺盖下面。他心中充满了糟糕的自厌感。自己真的太卑劣了。

克鲁提希床边的电话突然尖叫了起来，一下将他从睡梦中惊醒。是盖伊。克鲁提希睡眼惺忪，听着电话那头沙沙的声音：“喂喂，你们这群傻瓜。去小集中营 61 号营区，犹太小鬼在那里。”

克鲁提希一下就清醒了：“天，盖伊，你是怎么办到的？”

“用一点儿智慧。”电话那头传来噪声，说明盖伊已经挂断了。

克鲁提希从床上坐起，直直盯着前方。他把手伸到睡衣里，神经质地抓了抓腋下。必须马上采取行动。克鲁提希急匆匆穿上制服，奔向集中营。他穿过大门，让执勤的哨兵通报塔楼岗哨，自己到集中营来了。他着急地就近找了一名营区长，和他一起去 61 号营区。他冲进杂物间，用手电四处照着，大吼道：“起床！”

那几名波兰人被突然从睡梦中惊扰，从自己的铺位上一跃而起。茨德科夫斯基下意识地用铺盖罩住自己睡着的床架。

克鲁提希一瞬间就注意到了他的这个动作。他一把扯掉铺盖，用手电筒照了过去。茨德科夫斯基吓得浑身冰凉。他和他的助手同时将目光投向了空空如也的床架，呆呆地看着。克鲁提希完全没有料到这几名波兰人竟会是这样的反应。他在房间里疾速地搜寻翻找，愤怒地将地上的草垫子踢到一边。由于担心传染病，他没有动手，只是用脚和眼睛四处查找着，然而什么都没找到。他把那几名波兰人赶到病房里，拿着手电四处乱照，咆哮着：“所有人起立！”

在一层层的像水果篮的栅栏中，轻病患们由于受到惊吓而发出一阵嗡嗡声。而在草垫子上躺着的重病患们则无动于衷。

克鲁提希将手电筒直接对着茨德科夫斯基的脸。“听得懂德语吗，混蛋?”

茨德科夫斯基点点头：“一点点。”

“所有人都马上起来！快，快，赶紧告诉他们！”克鲁提希挥舞着胳膊。茨德科夫斯基用波兰语重复了一遍命令。病人们从“果篮”中涌出来，站到地上。其他国家的病人也学着这些人的样子，爬出了栅栏。克鲁提希把栅栏照亮。

“这是什么?”那名营区长粗鲁地问道，指着草垫子。

茨德科夫斯基举起双臂说：“快死掉的人，或者已经死了……”

克鲁提希太着急了，甚至都不知道该从何处查起。他朝茨德科夫斯基喊着：“混蛋！让那些人都给我滚开！”他的靴子踹了踹脚边草垫上的人。几个波兰人连忙把重病患从草垫子上扶起来。重病患们几乎是堆叠在一起，因为实在没有多余的地方给他们躺着了。病人们从几乎麻木的状态中惊醒过来，叹息着，呻吟着。克鲁提希漫无目的地穿梭在草垫子之间，不时用脚尖踢踢草垫子。不过，他眼前摆着上百个草垫子，实在无法一一查看。

他吼叫着把茨德科夫斯基和几个看护赶回杂物间：“你们把孩子藏哪儿了？把他给我交出来，混蛋！”为了躲避他愤怒的踢打，那几名看护躲到了角落里。茨德科夫斯基还不知道孩子是怎么凭空消失的，他依旧处于震惊中，无法回神。他嗫嚅着说道：“没有孩子。孩子在哪儿?”他毫无顾忌地当着克鲁提希和那名营区长的面儿掀开了自己的铺盖，又把整个垫子从床架上搬开。“孩子在哪儿?”他呼喊着，犹疑地在房间里四处寻找。

克鲁提希放弃了。他的愤怒值已经攀升至顶峰。他狠狠踹了茨德科夫斯基一脚，急不可耐地离开了传染病营房。营区长紧随其后。

直到能够适应黑暗，摸出些头脑为止，这四个波兰人才聊了一下目前到底是个什么状况。他们迅速恢复了病房的秩序，将轻病患重新扶回架子上，又让重病患躺回草垫上。他们站在房间里，毫无主意。孩子在哪儿？这可真是见了鬼了！晚上的时候，茨德科夫斯基还给小家伙喂了吃的，现在他竟然消失不见了！

他是不可能自己离开营房的。奇迹真的降临了。这四个人不明所以，毫无头绪，就这么无言地站着。茨德科夫斯基慢慢地跪下了。他拢起双手，垂下头，闭上眼睛。“圣母玛利亚……”

三名看护也照着他的样子做了。

克鲁提希急匆匆冲出集中营，奔回自己的公寓，一进门就迫不及待地接通了盖伊的电话。盖伊已经回到自己的私人公寓了。他的住所也位于马厩所在的建筑之中。不过他还没有上床睡觉——他也在为跑路做着准备。在自己的办公室里，盖伊整理着一摞摞的纸张文件，焚烧着那些卷宗和档案。克鲁提希的电话接到了他的住宅里。“你说什么？”盖伊对着话筒嚷嚷着，“没找到？”盖伊不禁怒火中烧。

“这该死的混账！”他把话筒狠狠挂断。

皮皮希动了动。他将蜷曲的双腿伸展开来。醒过来之后，有那么一会儿皮皮希是备感轻松的。然而当他的意识逐渐清晰之后，他也意识到了自己身上究竟发生了什么。同时，疼痛感也重新席卷而来。皮皮希浑身上下都火烧火燎般疼痛着。疼痛影响着他的意识，让他渐渐发狂。皮皮希集中起自己全部的意志，默默与之对抗着，尽量留住自己清晰的思路。他明白，他快要迎来自己的结局了。

皮皮希大脑飞速运转着。他的思维非常清晰，不过他还是不能把脑海中的思绪有机地联系成一个整体。他嘴里一阵干涩，就好像粘着一张纸。不过以皮皮希现在的状况而言，他也没法要求喝点儿什么，好让自己重振精神。他一直躺在那里，一动不动，感受着疼痛如何换着花样折磨着自己的身体。那个混蛋把自己踹在地上之后，用坚硬的靴子狠狠地踢了自己的腰部和胯骨。他的肾脏一定被踢出毛病了。他感觉疼痛之火的火源就在腰部。要是肾脏坏了，人会死掉吗？皮皮希对这个问题感到十分好奇。他的思绪浮浮沉沉，猛然间，又有一件事浮上他的眼前。幸亏我把手枪……幸好在正确的时候……只要晚一步，就……

皮皮希呻吟了一声。突然，他想到了罗瑟。他没有再度被审讯吗？皮皮希还记得，有一束光照进了关押室。他还听到了一些声音。然后一切又归于沉寂了，漫长的沉寂。皮皮希感到一阵恐惧。这沉寂持续了多久？关押室中只有一片黑暗，凝滞而麻木的黑暗，死气沉沉的黑暗。罗瑟去了哪里？在这期间里发生了什么事情？皮皮希的意识再度清晰。他感觉自己似乎正看着被雨淋湿的玻璃窗，而窗外的一切都无法辨识。一阵恐惧袭来。

“奥古斯特！”这声呼喊听起来更像是可怕的尖叫。然而，呼喊只回荡在皮皮希的心里，他脑海中的这声呼喊如同在穹顶之下，荡出阵阵回音。实际上他干涩的嘴巴几乎连一声痛苦的叹息都发不出来。

罗瑟处于一种半梦半醒的游离状态之中。他猛然惊醒，一下坐起身来，在草席子上充满恐惧地聆听着。他不知道自己究竟是听到了一声呼喊，还是只是在做梦。他听到有人在叫自己的名字。声音是如此的虚弱而干涩，几乎是断裂着、一个音节一个音节地发出来的。罗瑟距离皮皮希只有一步之遥。皮皮希似乎恢复了一点儿生气。他正在努力着，想要穿越模糊的视线，看清眼前的一切。然而他没有成功。在他肉体的空洞无物的穹顶之下，只有绵延的回音。而他努力着想要说出的话，又在绵延的回音和呐喊之中扭曲变形了。皮皮希一点儿声响也发不出。在他胸膛之内冲撞激流着的，是血液吗？皮皮希此刻只剩下了苟延残喘。

突然，一阵急促的脚步声从外面的走廊上传来。脚步声很快到达关押室外。钥匙转动，屋顶上昏暗的灯光不安地跳跃。一名士兵打开了房门。盖伊冲了进来，开始痛殴罗瑟。罗瑟承受不住，向后倒去。

“你这个混蛋，你这个狗东西！你他妈要我！”盖伊疯狂摇晃着罗瑟，罗瑟像风雨中的小树杈一样瑟瑟发抖。物资库的其他八名犯人早就因为突如其来的暴动而从睡梦中惊醒，他们站在各自关押室的门边，心惊胆战地听着这一切。

盖伊肆无忌惮地在罗瑟身上发泄着自己的愤怒。他把罗瑟扯来扯去，疯狂地殴打着他，冲着他大声嘶吼，拳脚相加。罗瑟如同面对着一场雪崩，他的身体飘飘摇摇，抬起手臂护住垂下的头。罗瑟可怜地喊道：“我什么都跟您说了，警官先生。求求您，求求您！再多的我也不知道了！”

“谁知道？”盖伊咆哮着，将罗瑟逼入角落。

“别再打了，警官先生！皮皮希知道，他什么都知道。我什么都没做。”

盖伊早就因狂怒而失去了理智。他把皮皮希从床上扯下来。皮皮希的身体依旧一动不动地躺在地上。出于胆怯和恐惧，罗瑟尖叫着，寻求着帮助。

那名士兵一步跨到罗瑟身边，用手中的橡胶警棍一边殴打罗瑟一边骂道：“闭上你的嘴！”

盖伊野蛮地用坚硬的靴子踹着地上那一动不动的人，只是盲目地踹着。

与此相比，死亡是多么惬意舒适啊！皮皮希慢慢地用手护住了心脏的位置，那曾经是多么快乐的一颗心……

其他关押室里的犯人们都把耳朵紧紧贴在门上听着动静。他们听到关押室的门被锁上了，紧接着一阵重重的脚步声传了过来。他们连忙回到了自己原本的位置。然后，他们静静站着，呼吸艰难，试图看透这无边的黑暗。那变故撕破了黑夜原本的宁静，一切已经结束，而此刻他们虽然相对无言，脑海中却是纷纷扰扰，杂乱不堪。

一大早，各个营区的犯人头目就来到克莱默这里，上交等会儿早集合要用的人员报备单。

“小集中营夜里怎么了？”

“克鲁提希去了61号营区……”

“我知道，他是去找孩子了，对吧？”

为了能跟克莱默说上话，博科夫特意帮伦基来交报备单。他抑制住同时又调动起自己所有的好奇心，企图让克莱默尽可能地多告诉自己一些信息。

“走，去趟小集中营，打听一下到底发生了什么。”

克莱默听出了博科夫交给自己的隐藏任务，便故意发着牢骚，好假装自己对这件事丝毫不感兴趣。然而他心中的不安感和未知感和博科夫一模一样。因为那张网原本可以罩住霍费尔和克罗皮恩斯基，可以罩住皮皮希和其他的犯人们，可以罩住61号营区里那四个可怜的波兰人，同样，它原本也可以罩住 ILK 和整个党组织。然而在这一夜，这张网再一次被破坏了。那么现在，躲在这张保护网下面的所有人，必须要清楚一点：是否有什么东西会将这张网彻底撕碎！

如同往日一般，早上，集中营里的犯人们列队向集合场走去。如同往日一般，大家站在那四四方方的操场上，排头们把队列校正整齐。如同往日一般，随着雷涅博特“开始工作，出发”的命令，人们叹息着、骚动着，按照分工分成大大小小的队伍，伴随着脱帽礼穿过大门处的岗哨，由持枪的哨兵押送着，或者前往集合场后面的各个工作间和指挥部门，开始一天的工作。

然而从昨天开始，似乎有一股全新的风拂过了山巅。成千上万的人都呼吸着这与众不同的空气。在遥远的某个地方，发生了重大变故。不知何处传来了隆隆的坦克声。大地都在晃动，在山上工作的上千人都感受到了震颤。他们把那误认成了地震。人们看着破破烂烂的地图，听着营区大喇叭里关于前线情况的报道，那些原本遥远发生着的好似与他们毫无关系的事情，从昨天起摇身一变，成了与他们切身相关的最真实的事情。集中营里关于大撤离的传言成了真，他们每个人都将参与其中。

克鲁提希、雷涅博特、工队长官和一群营区长沉默地站在铸铁大门之外，他们叉着双腿，拳头或撑在胯的两侧，或背在身后。准备出去进行工作的大队从他们身边经过。他们审度的目光掠过一个个光秃秃的脑袋，其中闪烁着秘而不宣的想法。

囚犯们一队接着一队地走过，手里抓着帽子，胳膊紧紧贴着身体，眼睛直直看着队伍行进的方向。

在人群和统一的囚服的掩护下，队伍中藏着许多反抗组织的人。

他们的手抓着铁锹的手柄。也是同样的手，在无数个不为人知的夜晚，在那个隐蔽的地基洞里，紧紧握着卡宾枪的枪托。他们从教练那里学习正确的持枪方法，而那位教练如今正被关押在刑讯室里。他们列队路过刑讯室的时候眉头都不皱一下，僵硬得好像他们面前矗立着的指示牌一样，将自己全部的情绪和想法掩盖起来。他们最深的秘密和最深的追求从未改变：为了未来而做些什么。未来已经触手可及，似乎张开双臂就可以将其拥入怀中——不过此刻，他们的双臂还须紧紧贴着身体。经过的队列中的每一双眼睛都流露出这种想法——然而，他们的渴求与现实的差距似乎还是那么遥远，让人好像一脚踩在云端，那样不切实际。而且如果产生冲突的话……

“哦，布痕瓦尔德，我们既不痛苦也不抱怨，

这就是我们的归宿所在，

然而我们依旧对生活有所期待，

也许有一天，我们可以自由自在……”

如同往常一样，囚犯们在前去做苦工的路上，悄悄唱起了集中营之歌。歌声如同隐秘的旗帜，在一个一个光秃秃的脑袋上若隐若现地飘扬。

当最后一组犯人出发之后，克鲁提希和雷涅博特回到了参谋官办公室。他们没让其他人进来。克鲁提希叹息着倒在一张椅子上，反思着自己夜里做出的失误行为。

“我去集中营之前，那些混蛋一定察觉到了什么。”克鲁提希闷闷不乐地说着，“我应该做得再隐蔽一点儿。”

雷涅博特把汇报簿放到桌上。“说不定他们也把你的那位盖伊先生给玩儿了，其实61号营区里什么也没有。”

克鲁提希挺了挺脊背，探身向前咒骂道："那我倒要问问，是谁唆使我找盖世太保帮忙的?"

雷涅博特为自己辩解道："难道我没告诉过你，说不定他们已经把那个小鬼像丢垃圾一样给丢了? 可是你非要跟条疯狗似的冲过去乱咬一通!"

雷涅博特随即点燃了一根香烟。

"按照施瓦勒命令的那样，把这些家伙直接干掉完事。这样至少你还能抓住点儿什么。"

"这不过是那个废物哄我的话罢了。"克鲁提希恶狠狠地抱怨着，"我可以帮他把那些家伙神不知鬼不觉地干掉。"

"他也不是一个彻头彻尾的笨蛋。"雷涅博特说着，走向地图。他认真研究着地图，把彩色图钉扎到了特赖萨上面，又指着地图上标记着黑施费尔德的那个点。他习惯性地将两个拇指塞进扣眼儿，思考着，开始晃动手指。

雷涅博特转过身看着克鲁提希，后者正瞧着图钉标记过的地方。雷涅博特懒洋洋地坐到了桌子后面，两腿叉开，双臂支在桌面上。

"我现在就只剩下一个想法。我们那位聪明的指挥官倒也不是全错……"

克鲁提希猛地昂起头，动作太僵硬，导致他脖子都疼了。他站起身，走到雷涅博特旁边，站立在桌子前面。

"你想说……"

他们紧盯着彼此。

"啊哈，"克鲁提希讥讽地说道，"第二号聪明指挥官……"

雷涅博特苦笑着。克鲁提希几乎是破口大骂："是谁不久之前还大言不惭地拍着夹克说，自己穿这身制服已经穿了这么久……”

雷涅博特回答道：“嗯，久得就如同……”

克鲁提希恶毒地扬起下巴。他厚厚的眼镜片上反射出的光芒变得尖锐起来。“不过，那些勇敢的斗士们对我而言依旧如芒刺在背……”他将拳头狠狠砸到桌面上，“我绝不改变，我就是我！”

雷涅博特把香烟按在烟灰缸里，然后优雅而灵敏地站起身来。

“我也一样，上尉先生，只不过……”他狡猾地挑了挑眉毛，“只不过，此一时，彼一时。”

接着，他指了指地图。“黑施费尔德、爱尔福特、魏玛……”他看着克鲁提希，笑得不无嘲讽。“今天，4月2日。我们还能在这儿待几天？多久？”

他在克鲁提希眼前挥动着十根手指，就好像一个变戏法的。

“多久呢？”他右手攥起拳头。

“多久呢？”他左手的手指一根一根弯起，“好好学英语，老老实实的。”他重复了一遍以前曾说过的话。

“你可真是滑头。”克鲁提希讽刺道。

雷涅博特笑了。他丝毫不觉得自己被冒犯了。克鲁提希误会了他的意思，愤怒地说道：“所以只有我和卡姆罗特留下？”

“卡姆罗特？”雷涅博特怀疑地摇摇头，“他不会留下陪你的。他只想舒舒服服地滚蛋。”

克鲁提希出于对自己无能的愤慨发出了咆哮：“那么，我留下！”

“那又如何？”雷涅博特问道。

克鲁提希故意曲解他的意思：“所以你要跟我一起留下吗？克鲁提希阴森森地说道，“几周前我就开始留意那群人了。现在，我已经抓到了狐狸尾巴，难道我要像个胆小鬼似的就这么放弃？”他把口袋中的名单掏出来，然后走到了广播旁边。

雷涅博特惊呆了：“你要干吗？”

克鲁提希扬了扬手里的名单：“我现在就要把这些人捆到采石场，就地枪决！”

“当着所有人的面？采石场有300个犯人正在工作，我的天！”

“无所谓！”克鲁提希吼道。

雷涅博特把名单从克鲁提希手中抢走：“我拜托你用你所有的谨慎周到和聪明才智好好控制一下自己，长官先生。”

“我要做的，”克鲁提希狂叫着，“就是悄悄地、隐蔽地、悄无声息地……”

“别做蠢事，”雷涅博特斟酌再三，劝说着克鲁提希，“应该公事公办。名单交到书记办公室那里，完全走公务流程，明白吗，长官先生？让所有涉及的犯人明天一早到二号指示牌前集合。”

雷涅博特闭上一只眼睛：“要让他们觉得自己是被释放了。明白吗，先生？[1]暗号：家乡。开车把他们带走，随车有押送的士兵，到达树林，然后射击。”

雷涅博特把名单夹进汇报簿里。“要小心，要用智慧，这也是我们那位指挥官所考虑的。”

克鲁提希又一次认识到了，眼前这位年轻人的狡猾是自己万不能及的。他用恶毒的口吻暗示着雷涅博特：“你和总指挥官还真是合得来。”

1 原文为英语。——译者注

“正好相反，”雷涅博特用他特有的虚伪反驳道，“我只不过是自打昨晚开始变得更聪明了一些。”

电话铃声大作。

电话是找克鲁提希的。雷涅博特把听筒递了过去。

是盖伊。雷涅博特就站在克鲁提希旁边，完全能听到他们的对话。因为声音实在是太大了。

盖伊不想再和孩子做游戏了。夜里，他弄死了一个犯人。他再也不想看到其他的废物们。

克鲁提希一时语塞。

雷涅博特拿走了听筒说：“没问题，盖伊同志，我们会把那群人接回来。我去通知押运车。当然，那位已经去世的我们也会带走，尸体由我们焚烧。”他把电话挂掉。

“现在我们又重新拴在一起了。霍费尔和那个谁还在。你该不会是把他俩给忘了吧？”

“我们现在该如何利用他们？”克鲁提希嘟囔着。

雷涅博特打开门，冲着走廊大喊：“通知曼德拉克分队长马上到参谋官办公室来！”门岗马上将他的命令通知下去。

山魈一进门，雷涅博特就递给他一支烟。

“您觉得您还能从霍费尔和那个波兰人口中再挖出什么吗？”

山魈接过烟，别在耳朵后面。他脸上的表情显得他似乎对这件事毫不关心。

过了一会儿，他才回答道：“现在我能做的只有弄死他们。”

“理解，我们确实不需要他们了。您想怎么做就怎么做吧。祝您玩儿得愉快。”

山魈毫无血色的嘴唇之间闪过一丝嘲弄。

茨德科夫斯基还在心烦意乱着。克莱默来找他的时候，他就赌咒发誓，孩子原本就在他身边躺着，现在他都还能清晰地感觉到孩子就贴着他的背。为了向克莱默掩饰这怪事是如何发生的，他把铺盖又盖回到了自己的床铺上。“克鲁提希就这么把铺盖掀起来，那时孩子已经不见了。”激动让他的双唇不停颤抖，他的眼神里充满了恳求，“孩子去哪儿了？”

事情诡异，克莱默发出了一声急促的感叹。

“哈。要是我只能知道……也许他是爬到哪个角落里去了？所有地方都查看过了吗？”

“都查看过了。”

克莱默思索着，噘起了下嘴唇。“你们的人有了解情况的吗？或者你们在营区里寻找的时候，把孩子惊动了，反而赶得他四处爬来爬去，所以才没能找到他？”

茨德科夫斯基否定了这种猜测。

克莱默不知道还能问些什么。他自己也想不到能有什么理由让孩子凭空消失。他隐约感觉，是不是ILK的人来过……然而这种猜测站不住脚。如果真的是这样，博科夫一定会知道，那他就不会那么着急忙慌地让自己来调查孩子的下落。

博科夫来营区找克莱默的时候，克莱默告诉了他调查全无结果的消息。听到这个结果，博科夫感觉自己几乎束手无策了。孩子消失了，这就是事实。到底是谁在这场角逐中横插了一脚？

孩子消失了，这并不是什么神秘事件，而是一个事实。然而出手的人并没有知会ILK，这令博科夫感到惴惴不安。这只可能是与此事无关的某个同志做的。但是是谁呢？也许是那个永远毛毛躁躁的普里布拉？或者是慢条斯理的范·达伦？还是头脑清醒的博果斯基？然而，在没有向组织报备的情况下，就贸然独自进行如此危险、有可能导致严重后果的行动，这是违反规定的。这种行为不仅违规，而且不能被原谅。假如某位同志发现了比地基洞更好的藏匿点，无论如何他都应该事先通知组织，这是他的义务所在。逞英雄的行为是毫无纪律性可言的，因此即便克鲁提希栽了一个大跟头，博科夫也没法像克莱默一样，感觉由此得到了些补偿。

“他是如何知道孩子被藏在61号营区的？”博科夫不客气地问道。

“是之前藏在那里，”克莱默回答道，他的眼睛带笑，迸射出小小的得意，“你是觉得破坏纪律很可恶对吗？你应该感到庆幸，你们当中某位无名英雄能有这样的警醒。设想一下，如果那个小家伙被克鲁提希抓住了，会发生什么……？再胡思乱想就没劲了。我觉得这确实是发生在茨德科夫斯基身上的奇迹，而且我觉得很高兴——你们的领导班子里发生了这样无组织无纪律的事情。”

克莱默幸灾乐祸地耸了耸肩膀：“现在谁也不知道那个小家伙身处何方。这难道不好吗？”博科夫沉默无语，面色阴沉，他点点头回答道：“是很好。”

博科夫注视着克莱默，克鲁提希的马失前蹄着实让他开心，而这种开心在他脸上也显而易见。

然而这件事不光关乎那个孩子。该死！这关乎整个链条，牵一发而动全身！博科夫紧紧抿着嘴唇。假如不是博果斯基，那么究竟是谁？博科夫的思维卡住了，他毫无头绪，希望这件事的确意味着转机。可是他又为什么要自己去做这件事呢？他苦苦思索着，感觉自己就像是在照镜子，他的视野里只有自己的影子。他还能跟谁去倾吐呢？没有人了！他只能独自研究链条上的每一个人、每一个环节。他的沉默寡言有许多难言的理由，他只能在沉默中自行找到支点。

无纪律？是的，的确是这样，有一个人破坏了纪律！

然而，博科夫心中的气愤已经悄然改变了。那个无名氏的行为很好，充满了人情味。他更看清了一点——那个无名氏用自己的双手挡在他们面前，保护了所有的人。他明白，破坏纪律也是无奈之举，因为需要在两种责任之间权衡，选择更重要、更急迫的一种来完成。

博科夫深吸一口气。他把双手插进口袋，又思考着，在门口站立良久。然后，他缓缓走回了营区。

福斯特看到山魈去找雷涅博特了。对此，他满怀忧虑。该不会是他一直保护着的那两个人又要出什么差错了吧？他溜到关押室，打开门镜，往房间里偷看。

霍费尔和克罗皮恩斯基面对着房门，一动不动地站在关押室里。霍费尔刚刚恢复到可以站立的状况之后，就开始遭受眼下的这种虐待了。他的身体和精神每一分钟都在消耗着大量的能量，才能够站得笔管条直。福斯特看出他的身体在轻轻晃动。山魈还将这种刑罚进行了升级，他在两人的脚上撒了彩色粉末。一旦双脚稍有移动，就会被发现。然后，他就会毫不留情地痛打两人，更可怕的是，会剥夺他们一整天的饭食。

福斯特关上了门镜。他知道，这两个人确定自己不被人监视的时候，就会靠在一起，给彼此以支撑。他不能给他们任何鼓励，因为在走廊上站着几名党卫军，他们是专门负责监视囚犯的。福斯特需要小心他们。

他们在雷涅博特的办公室里谈了什么呢？

山魈回来以后，福斯特警惕地留意着他的动向。山魈走进办公室，待了好一会儿。福斯特一直在过道里假意打扫着，好观察山魈的动静。现在，这位勤杂工打扫到霍费尔的关押室附近了。山魈走出办公室，手里晃着两根粗绳打成的套索。

福斯特的心跳停止了。他看起来还是很冷静，然而全部注意力都在山魈的行动上。

山魈走进了关押室。福斯特一边打扫一边偷听。山魈在两人身边，先是检查了一下粉末的痕迹。他没发现什么不对。

他手里拿着麻绳套索，绕着两人走了几圈，靴子发出有力的咔咔声。最终，他站在两人面前。克罗皮恩斯基的脸上写满了惊恐，瞪大了双眼，不停咽着口水，想把恐惧不安都吞下去。山魈带着冷酷无情的兴趣端详着这个波兰人的脸。霍费尔面色苍白，他太阳穴上的血管灼热刺人地突突跳动着，那里还留着螺栓造成的伤口。他吓得双膝发软，因为他也看到了套索。

仿佛有一行残酷冰冷的字迹在霍费尔脑海里被书写下来：现在，我要死了。他仿佛掉入了冰窟，寒意随着眼前这个可怕的人一同袭入关押室。山魈无言地注视霍费尔良久。如果我把套索套在他脖子上，他会拼死反抗吗？山魈这样想着。突然，他开始讲话了。然而他说出的一切，是那么诡异。

“希特勒，”他说道，“是一个混蛋。他让我们输掉了战争。再过几天，美国人就要打到这里来了。”说着，他在心底无声地笑了，笑得面无表情。

“至于你们想着美国人什么——毫无意义。我会在这儿，在刑讯室，让一切都结束——现在你俩已经走到终点了。”他似乎觉得自己说的实在是太多了。他将套索套在两人的脖子上，然后用力收紧，仿佛是在打领带一般。

“绳子会伴随你们走到最后。我先留着你们的狗命。在我离开集中营的前五分钟，会过来，然后——啧啧。”他牙齿间发出一声怪音，又用手做了一个抹脖子的动作。他不再说话，仔细看了看绳索是否美观，然后又开口了。

“把你们吊死之前，我打算再揍你们一顿。因为这是你们能给我带来的最后的快乐了。”说完这句，他没话了。

山魈丢下二人，离开关押室。可怕而漫长的时间。关押室门外传来点燃香烟的声音。山魈放空大脑，看了看勤杂工，然后回到了办公室。

福斯特把垃圾撮到簸箕里，走到角落里，把垃圾倒进垃圾桶。

过了好久，那两名犯人依旧处于巨大的恐惧之中。他们被漫长的沉默和等待凌虐着。过了好一会儿，霍费尔才感觉自己的血液开始流动。原本恐惧感已经将他的一切感官系统都阻碍了，当那种感觉渐渐消失，霍费尔觉得一阵舒适。现在霍费尔又感受到自己正在呼吸了，关押室里的阵阵恶臭对他而言也如同新鲜空气一般清爽。

“兄弟……”克罗皮恩斯基轻轻叫了一声。他站在霍费尔身后。

这声简单的呼唤钻到了霍费尔的心里。他无法回答，然而他感激地向身后伸出了双手，波兰人安静地握住了他的手。来自生命的温暖在两人之间流动。那沉默比任何言语都来得更有意义。

午间，雷涅博特已经通过广播命令囚犯书记办公室的工头来见自己。他把名单给了这个工头。

“以下这些人明天一早到二号指示牌前集合。动作要利索，明白吗？不许在背后胡说八道。我们要把他们悄悄送回家。”

释放？

从来没有任何政治犯被释放过。工头回到办公室后就开始研究名单。名单上列有46个名字，他们分别是营区犯人头目、犯人工头、在集中营各类部门工作的犯人。这些都是进来很久的、值得信赖且颇具威望的犯人。他甚至看到了自己的名字，以及身为集中犯人人头目二把手的普略勒的名字。

其中一定有鬼。

这名工头连忙找到克莱默。普略勒刚好也在。看完名单之后，克莱默悲愤地笑了：“释放？在大撤离之前释放这么一大群人？这群混蛋！”他闷闷地说着，“可恶的骗局！”

“我必须要把这件事通知下去。我该怎么做？”工头问道。普略勒突然生出一个念头：“他们是不是想杀掉我们？”

普略勒意味深长地看着克莱默。尽管克莱默也有着同样的想法，但他不想表示赞同。

“等等，”克莱默不带任何感情，“得到下一步指令之前，你先什么都不要做。”他对那名工头说道：“我看一下名单，你等我把名字抄一下。”

当他写字的时候，手还是由于不安不听使唤地颤抖起来。他一下就明白了，这46个人难逃一死，别无他选。然而为什么他自己不在名单中呢？难道是因为上面有人觉得他还有什么可利用的价值吗？这46个人都是ILK的成员吗？博科夫必须要知道这件事。他现在就要去找博科夫谈谈。他动身前往营区。

刚好值日生抬着空饭桶往厨房去了，伦基也就不用为他们掩饰什么了。

“赫尔伯特，我要检查一下你们睡觉的地方。”克莱默说道，“跟我来寝室。”这只是托词。一旦营区长突袭，博科夫就可以用这个借口解释为什么克莱默会在这里出现。在寝室里，克莱默用简短几句话给博科夫解释了一切，然后把自己抄写下的名单拿给他看。博科夫默默看着名单。

“这里面有你们的人吗？”克莱默问道。博科夫摇了摇头：“不止一个。”

“很好，”克莱默平静地回答道。他们缓缓走到寝室的后面。克莱默检查着床架。

“现在怎么办？他们一定会被杀死，毫无疑问。”

克莱默将一个床铺整理平整。博科夫呼吸沉重。现在，危险链条中又出现了新的一环——是谁出卖了这46个人？出于何种目的？克鲁提希？雷涅博特？茨威灵？

还是说，是物资库里的那个奸细干的？……

“现在怎么办，说说吧。”克莱默催促着。两人停下脚步。

“是啊，怎么办。”博科夫叹了一口气。他手中的那张纸逼着他做出决定。这也许是他多年囚禁生涯中最讨厌的一件事了。没有几个小时了，到明天早上，什么都晚了。现在他必须要和ILK的同志们谈谈。然而谁去通知他们呢？ILK必须要在几小时内集合。不能去地基洞，只有在夜色的保护下，地基洞才是安全的。

博科夫用手蹭了蹭额头，思考折磨着他：“我必须要和同志们谈谈，现在，马上。”他说道，“必须要充分利用防空警报，除此之外别无他法。”

美军对图林根、萨克森和布兰登堡的空袭总是固定在中午，不早也不晚。这种情况已经持续了几周。美军的飞机总是准时飞过集中营上空，完全可以掐算时间。机群在阳光下闪耀，高高翱翔过天际。轰鸣的声音传达着这里有多么危险。防空警报每天都会拉响。各个工作组的犯人们对此已经习以为常，他们会迅速集合，回到集中营，在警笛的呼啸声中跑过集合场。不消几分钟，整个集中营就会一干二净，不见一个人。只有几个岗哨在门口处侦查天上的动静。一般来说，几个小时之后警笛才会再次响起，那意味着警报解除。它们尖锐上扬的声调听起来就像是嘲笑：哎呀，又逃过一劫，干得漂亮。

然后集中营又会焕发原本的生机。

博科夫看起来似乎是做了决定。他看着克莱默说：“你必须要帮我——实际上我不能泄露同志们的身份，不过……我还能怎么做呢？”

克莱默明白这对博科夫来说有多难，于是说道：“别担心，我记不住那些名字。我能理解你，同志们也会理解。这件事关乎生死。”

博科夫冲克莱默感激地点点头。

“那么听好了。我现在马上去病房区，告诉工头该如何去做。他需要为我们安排一间空房，保证我们不会被打扰，然后我会告诉你。你必须要替我……你看，现在……对，你必须替我马上去浴室走一趟——我不能被人看见出现在那里。”

“直接告诉我，要找谁？”

“博果斯基。”博科夫轻轻说出了名字，“警报响起以后，让他别回营区，直接来病房区。”

“好的。”克莱默点点头，“我们要怎么知道该去哪个房间找你？”

博科夫思索了一阵，然后说道：“10分钟之内，我们在病房通道那边碰面，你在我的营区附近等我。”

克莱默明白了。

里奥蒙德必须在警报响起的时候留在外面，只能放弃让他参加这次会面。通知范·达伦很容易，科迪茨克和普里布拉也可以在半路被截住。

博科夫从病房区出来的时候，克莱默已经迎面朝着他向营区方向走过去了。简短地打了个招呼之后，两人停住了脚步。

“二号手术室。”博科夫轻轻说道。克莱默点点头，两人继续各自走路。二号手术室位于病房区扩建楼的上层，在警报拉响之后不会有人前来。

几乎没有一分钟偏差，警笛准时开始呼啸。声音覆盖了整个集合场，以及营区之间纵横阡陌的岔路。

博科夫站在自己的岗哨位置上，留意着科迪茨克和普里布拉的身影。在两人往营区赶的时候，他一把抓住他们。

“过来。”博科夫向他们说道。

“怎么了？”

两人一惊，然后急匆匆跟在博科夫身后。博科夫挤在从病房区冲过来的一大群犯人之间，逆流而上。

ILK的同志们从未像今天这样，由于压力和紧张如此激动不安。

格沃古夫[1]失守了！在泰克伦堡两侧的条顿堡林山里，发生了几

1 波兰西南部城市。——译者注

场硬仗。盟军在黑尔福德成功打开了一个深深的豁口。他们应该已经穿过瓦尔堡地区和威拉河流域，直达爱森纳赫[1]北面了……当科迪茨克和普里布拉带来这个消息之后，大家明白，那46个人的死毫无疑问是为大撤离做准备的。大撤离随时有可能发生！

突然，警笛又开始咆哮，警报再一次拉响。同志们挤在手术室的角落里，仔细聆听着外面的动静。发动机的轰鸣之声笼罩在沉默的集中营上空。这次肯定是一次强有力的袭击。没有人说话。

博果斯基看了看毫无生气的众人。博科夫双拳支着头，呆呆看着前方。范·达伦的脑袋靠着墙，他宽宽的脸上呈现出思索的神态。

普里布拉的目光僵硬空洞。他咬着牙齿。科迪茨克察觉到博果斯基的目光，垂下了眼睛。在这一致的沉默背后隐藏了什么？博果斯基看向博科夫，同时也沉默着。

远处传来空袭发出的巨大声响。炸弹轰然而落，不知是落在哪座城市的街道房屋之间。它们点燃了空气，棕黄色的火焰直冲云霄，崩裂的石块如同冰雹一样，砸得大地都晃动起来，仿佛要将一切摧毁。

不知在何处，这种雷霆之怒已然降临，在尖叫和混乱的人群中奔腾咆哮。在离集中营很远的地方，不知何处。

然而在这里，在低矮的营房内，这里，在手术室的角落内，蹲着几个人。他们的命运，集中营里5万囚犯的命运，转嫁到了那46个人的身上。到了明天早上，那46个人就会死去，然后……

博果斯基不想再等着谁发言了。他最先打破沉默，说出了大家

---

1 以上几个地名均位于德国北莱茵－威斯特法伦州。——译者注

一致所想的：明天一早有46个人会被枪毙，他这样说道。但那46个人，并非全部都是ILK组织的人，其中一些人被误认了。

然后，他继续说，法西斯就会认为，他们就可以掌控大撤离的全局，因为和他们作对的领头羊已经死绝了。可是同志们，我们还在这儿，组织也没有失去控制。我们可以救人，救许多人。46个人会为我们而死，也是为了那5万人而死！

这难道不够好吗？

范·达伦高高挑起眉毛。科迪茨克垂下目光。普里布拉嘴里骂骂咧咧，他忍够了，不想就这么静静地蹲着。然而他也不能跳起来，因为他不能让人透过窗户看见自己。他不安地扭来扭去。

“不行。”博科夫直接拒绝了，盯着博果斯基的脸。这句“不行”如同一把钥匙，释放了每个人心中的危险想法。普里布拉想说的话太多，但是他只能把那句德语的“不行”用波兰语不停地重复：“不行！不行，不行！”他低声重复着。博果斯基此刻也靠在墙上，闭上了眼睛。他觉得筋疲力尽，又感到解脱。

博科夫开始说别的事情。

“那个孩子，同志们，”他说道，“我们现在处境危险，会给他带来大祸。现在这个孩子踪迹全无。谁把他带走了？只有我们其中的一员知道他在哪儿。这是一个波兰孩子，对吧，约瑟夫？”他问普里布拉。那名年轻的波兰人高高举起双臂。“我？我自己还想问呢，孩子哪儿去了？”

“是你吗，雷奥尼德？”

博果斯基睁开眼，用令人信服的声音说道：“我没带走那个孩子。”

范·达伦和科迪茨克也声称不是自己。博科夫仔细地观察了，他觉得每个人都说了实话。现在最可疑的就是没在场的里奥蒙德了。所有人，包括博科夫自己，都觉得不可能是那个法国人干的。博科夫认命地抬起手："好吧，说不定是克莱默给藏起来了。不管那个孩子藏在哪儿，也不管是谁干的，随便什么都好，总之现在他消失不见了——我要告诉你们一些事情。"博科夫把双手放在胸前，"我的很多想法都改变了，我的心，同志们……"他强迫自己表明了自己的心意，"当我被送到这里来之后，我的心就不会再悲悯了。这是一种无用且危险的感情，在这里我不需要它。它只会让心变得软弱无力，我相信。我也绝对不会原谅霍费尔，他……"博科夫停顿了，思考片刻，"我在 ILK 里是所有德国同仁的代表，除此之外我还要为国际反抗组织的军事行为负责。你们让我担任这项工作，是对我的信任。我是你们的好同志，不是吗？我也是一名不合格的同志！"

博科夫防御般地向其他人挥了挥双手。他们并不接受他的这番独白。

"我已经告诉你们了，你们必须要知道！你们必须要知道，我过去太自大了。我对我的头脑怀着盲目的优越感。我阴沉而强硬，毫无感情的强硬！自从那个孩子到集中营以来，越来越多的人心里面都想给孩子提供保护……霍费尔、克罗皮恩斯基、瓦尔特·克莱默、皮皮希和他的伙伴们、61 号营区的几位波兰人，甚至包括那个不知名的人……事情一件一件地发生，同志们，没有人想让克鲁提希或者雷涅博特将这些保护破坏掉。我知道，我不是一名好同志，我知道，我们面临着怎样的屈辱，我知道霍费尔和克罗皮恩斯基根本不怕死，他们比死神更加有力。"

博科夫的独白结束了。所有人都沉默了，也都被震动了。博果斯基把头垂在胸前，他看起来就好像睡着了。普里布拉心中汹涌澎湃，膝行向博科夫而去。他抱住了博科夫，在他的肩膀上流泪。博科夫紧紧贴着这位年轻的波兰人的胸膛。

外面是死一般的沉寂。警报的危险威胁着整座集中营。

博科夫离开了普里布拉的怀抱，便再度沉着冷静了起来。“我们现在需要做出决定。”他说道，“趁着还没结束，大家都好好想想。有没有可能救下那46个人？雷奥尼德，你刚才说的并不是你的真实想法吧？”

博果斯基如梦方醒，抬起了头：“我确实是那么想的。”他回答得十分简略，“不过我也仔细想了一下，我们应该勇敢，应该怀有人道主义精神。那46个人不应该就这么死掉。要么活着，要么就和我们所有人一起死。这就是我的想法。”

范·达伦也说道：“我也这么想过了，如果他们死了，那么……”他没有把话说完，向博果斯基沉默地点了点头，然后才继续说道，“我们应该以ILK的名义保护那46个人！我们要保护他们！我们可以把他们中的一些人藏到病房区。剩下的藏到集中营里。集中营里有足够多的避难所。”

“然后呢，然后该怎么做？”科迪茨克问道。不是出于恐惧，而是出于担忧。不过普里布拉还是误会了。“你是个胆小鬼吗？”他嚷道。

博科夫将手放到了波兰人的肩头。

“波兰小同志，我们必须胆小一些，因为胆小才能谨慎——是的，同志们，这46个人会被ILK保护起来！我们决不能把他们抛弃！”

“我可以带10个人到病房区。”范·达伦说道，“可以给他们打退烧针，这样混在病人里也不会被人发现。”

“为什么不把46个人全部藏到地基洞里呢?”科迪茨克问道，“那里地方足够大。”

“不行。”博果斯基反对。他认为，如果把所有沙子堆成一堆，那一铁锹就全都铲走了。如果想让一把沙子不被人发现，就必须把它们撒开。他的意思是，最多在病房区里如范·达伦提出的建议那样安置两名犯人，剩下的人必须要在集中营里分散开来。

“如果他们还是找到了其中的某些人该怎么办?”科迪茨克再次发问。如果被发现了，就只能听天由命了吗?这个问题如同一块巨石，横亘在众人面前。

“我们不能放弃任何一个。”博科夫简洁地回答，“毫无疑问，我们总能巧妙地避开危险。没问题，这很好。我们早就清楚这一点，我们只要动用聪明才智，狡猾一点，利用偶然事件和巧合，总是可以避开危险的。这么多年来我们一直都是这么做的。我们需要用那种动物的狡猾去保护和捍卫我们人性的一面，我们经常要把人的特征深深隐藏起来。总是要面临这种情况，同志们，对不对?现在我们已经到了冲刺阶段了。自由或者死亡!没有别的出路了。现在我们不再是囚徒，从这一刻开始，我们要做真正的人!此刻，永远，直到最后，都要做一个真正的人。

“对于一个囚徒而言，绕着危险，躲开它，这是没有问题的。然而对于一个人而言，唯一可走的路，就是直面危险!这是我们的意愿，也是我们的骄傲。我知道我在说什么，同志们!一旦谁被发现了，他一定要保卫自己，如果可以，就使用武器!也该到了终点了!那一刻意味着起义枪声正式打响。自由或者死亡!自从斯巴达克同盟[1]开始，历史不止一次地证明了人的伟大与光荣——我们准备好起义了吗？”

博科夫向前伸出双手。

其他人沉默着，纷纷伸出双手，叠在博科夫的手的上面。大家互相看着彼此。每个人脸上都闪耀着仿若生命初始般的光芒。每一个人都是一样。

最终决定，向所有反抗小组的领导发送二号预警。这个决定，意味着每个营区内都要安排好特定的岗哨；意味着隶属于集中营守卫组的成员要准备分配各自保管的、存放在藏匿点的武器；意味着马上要在晚间之前为那46个人寻找藏身之所；意味着一切都要被安排好、准备好——这几个小时内，整个组织要做到暗中守候，埋伏以待。尽管不能让集中营中其他任何人知道他们的行动，然而每一分钟他们都要做好揭竿而起的准备。一旦到了最后的时刻，斗争势必会将集中营的所有人都席卷在内。大撤离也会被扰乱，到时候必须要尽可能地救更多的人。

每一天、每一个小时都有可能意味着胜利。前线阵地越来越近。

“我对你们还有一个建议，”博科夫说道，“我们现在将如何隐藏和通知人员的任务集中到瓦尔特·克莱默手中。一切都在他那里汇总。假如我们不放弃，不久之后的大撤离势必会改变目前集中营的秩序，我们拭目以待吧。

1 斯巴达克同盟是德国左派社民党人的组织。它原称“国际派”，因该派曾创办《国际》杂志而得名。1916年1月1日，在国际派会议上，以古罗马奴隶起义领袖斯巴达克斯的名字发表了政治通信，称《斯巴达克信札》。该组织由卡尔·李卜克内西和罗莎·卢森堡领导，1918年12月改组为德国共产党。——译者注

“所以，我，唯一一个 ILK 中和克莱默进行直接联系的人，建议给他更多的行动自由。”

同志们赞同了他的建议。

克莱默焦躁不安地等着警报结束。两个小时之后，警笛声大作。克莱默马上着急忙慌地来到病房区，找博科夫。

“怎么样？”他一拦住博科夫就赶紧问。他们一起在小路上走着，悄悄地、丝毫不引人注目地谈着话。

“今晚之前，那 46 个人必须消失。一个也不许出现在二号指示牌前。”

而另外一个会议决定是克莱默没有预料到的。

“要把人都藏到哪儿去？”他只是问道。

“什么地方都行，只要是安全的，可以藏身的地方。”博科夫回答道，“浴室存煤的地下室，厨房存土豆的地下室，藏在箱子里，或者小杂货间里！把煤和土豆堆在他们身上！我们要把他们藏到各个营区之中。他们要做的是在排水系统和下水管道里面爬行，我们要做的是让他们潜伏在小集中营的马厩里或者把他们的号码写错。他们必须要穿得像小集中营里的其他人一样破破烂烂。”

博科夫做了一个总结般的手势：“不管在哪儿吧，藏住就好，明白了吗？晚集合后，等天色一开始变暗，一切都要安排好。谁能帮到这 46 个人，就交给谁。”

克莱默无言地听着，呼吸十分沉重。这不是件容易的事儿。

“要是他们中有人被发现了可怎么办？”他无不担心地问道。

博科夫停住了脚步：“听着，瓦尔特……”随即压低了嗓音。克莱默用紧张严肃的态度回应着这沉重的、命定般的关于起义的决定。

这完全没有震惊到克莱默，他只把这当成了某种必然。

当博科夫对他推心置腹地说完之后，克莱默已经成了 ILK 和集中营之间直接联系的一环。他只是点点头。他们继续往前走。

“是你把孩子抱走的吗？”博科夫直接问道，“如果是你做的，你就说。”

这个问题让克莱默感到吃惊，他一直以为是 ILK 把孩子藏起来了。

“不是我。”他这样回答，然后补充道，“我之前就说过了，咱们有一说一。”

博科夫只能信了。

“怎么搞的？”克莱默停下脚步。博科夫的这个问题让他终于又恢复了一点儿活力。“你……难道真不知道，那个孩子去哪儿了吗？”

博科夫摇摇头，笑容疲惫。

黄昏时分，离集合时间还有短短的一个小时。这时候却发生了意外。雷涅博特慵懒随意的声音从大喇叭里传了出来，飘在整个集中营上空：“集中犯人人头目注意！带着所有营区犯人头目，到大门处集合！跑步！”广播通知的时候，克莱默的房间里已经集合了一批营区犯人头目了。克莱默让这些同志们来找自己的目的，就是要告诉他们，状况紧急，必须要找到一些藏匿点。博科夫的营区犯人头目是伦基，他也在名单之列。博科夫为此拆了自己的斜面桌下面的支撑，好在地基洞里做一个可以藏身的地方，这样伦基就可以一直躲在里面。

当雷涅博特的声音响起的时候，他们马上小心了起来。而所有的犯人也都同样小心翼翼地听着，无论是在营区内的，还是在工厂车间里的。

犯人们从营区里着急忙慌地出来，按照通知，聚集到克莱默房间对面的书记办公室前。他们急切地围在克莱默身边，想要知道此时集中营到底处于何种状况中。发生什么了？为什么营区犯人头目们要去大门处集合？大撤离吗？今天？现在？还是明天？

“朋友们，”克莱默喊道，“和平常一样，安静、秩序、纪律，明白？”

克鲁提希此刻正站在雷涅博特房间的窗户旁边，看着那队人正穿过集合场走来。

“太荒唐了。”克鲁提希咕哝着。

“长袖善舞，八面玲珑。”雷涅博特听出了这位集中营长官的弦外之音。

克鲁提希从窗子边走开了，他认为让营区犯人头目们集合的命令根本就是一坨臭狗屎。

“聪明的狗屎。”雷涅博特纠正了他的形容，脸上讽刺的意味极其明显。

“我可不想看这场闹剧。”克鲁提希冷漠地说道，想要离开房间。

“你不想看也没人请你观赏啊，你真去了才是搅了这出好戏。”雷涅博特恶毒地笑着，“每个人都有自己要做的事。明天一早你就可以做你想做的事了。”他意味深长地指了指克鲁提希。

克鲁提希愤怒地撞上了门。

营区犯人头目们在大门处等待着。没有人看到雷涅博特的身影。克莱默注视着铸铁大门前面的那条路。他看到克鲁提希迈着大步沿着那条路离去了，消失在了指挥部办公楼后面。窗户那边有几个值班的营区长在闲晃。

出其不意地，一辆运货马车沿着那条路跑了过来，在大门处停下了。先是从车上走下来几名党卫军，然后就是犯人。克莱默的眼睛睁大了。营区犯人头目们都目不转睛地盯着大门，那里……

克莱默的心跳变得沉重了起来。那是物资库被捕的犯人们。他们被营区长们带了回来。雷涅博特看起来想要给这些回来的人一个下马威。在众人的注视下，施瓦勒走了过来，他身边是怀桑科和通信兵维提希。他们从大楼里出来，走到大门处。雷涅博特没有时间去关心这些犯人了，他让他们在大门旁边的墙前面集合，然后迎着指挥官走了过去。

施瓦勒走到犯人们面前，停下。“这是干什么呢？”

雷涅博特报告说：“在冲锋队长克鲁提希的命令下，将九名犯人和一名死者从魏玛盖世太保处接回。”

“啊。”施瓦勒似乎颇有兴趣。他打量着犯人们。在他们旁边，放着一个盖着单子的横躺着的东西。

克莱默的心跳都快要停止了。在回来的人里，他没有看到皮皮希的身影……而且还有一名死者……

施瓦勒向犯人们打招呼。说得极其清楚，他的每一个词甚至连远处的营区犯人头目们都能听得明明白白。

“真是感谢上帝，您又在我眼皮子底下玩弄些什么花样呢。”施瓦勒转过身来，对雷涅博特说道。“将犯人带回集中营内！”雷涅博特脚跟“啪”地并拢。营区长们打开了大门。那几名犯人从营区犯人头目和克莱默身边跑过，向集合场跑去。那名死者还躺在墙边。

克莱默被眼前的一幕搞得混乱了。然而指挥官已经穿过了大门。克莱默不得不想着他要干的麻烦事。“营区犯人头目，安静立正！脱帽！”

施瓦勒示意："稍息！"雷涅博特站在后面，两个大拇指伸进扣子眼儿，晃动着手指。

施瓦勒来来回回迈了几步，然后站住了。他将拳头支在身体两侧，腆着肚子，刚好撑起自己。

"我已经把那些人带回集中营了。您看到了吗？"他看了看旁边的克莱默。"是的。"克莱默如此回答。

施瓦勒又说："他们身上也没发生什么特别的事儿，您现在明白了吧？"克莱默又不得不再次回答："是的。"

施瓦勒向怀桑科和维提希讲着自己的安排，语带夸张："他们身上根本就没发生任何事。我可以负责地告诉您——这种待遇和军官已经一样了——集中营不会被抛弃。我会在这里，直到最后一刻。假如盟军到来的时候我还活着，我一定会把整个集中营的管理参考移交出去的。"他顿了顿，看着眼前的这群人。

"你们了解我的意思了吗？"犯人头目们齐声回答："是的。"声音闷闷的，像袋子坠落在地上发出的啪嗒声。

施瓦勒像一位演说家般走来走去："外国电台已经报道了，布痕瓦尔德自从我担任总指挥官以来，各类关系情况都大有改善了。公众知道了这件事后，也颇为满意。明天会怎么样，我们谁也不知道。诸位可以自行做主，通知你们营区中的人，我和你们说的这些话。你们放心，我可以向你们保证。所以请你们保持平静，维持纪律，不要风声鹤唳。我会给分区的党卫军长官下命令，腾出周围的村子，好安置犯人。犯人们会得到人道主义关怀，如果在工作期间遇到了空袭，他们可以暂时躲避，直到结束之后再回到集中营。我也希望犯人们可以肩负起自己的责任。"他站在这群人面前，一个一个打量着面前的营区犯人头目，简直是一切尽在不言中，“集中犯人人头目，带回！”

克莱默脸上纹丝不动。他听到命令后直接转向大家：“戴上帽子！小队注意！齐步——走！”

克莱默走在队列的最后一个。他的胸膛里泛起一丝寒意。皮皮希还躺在那儿……

施瓦勒目送着他们离去。然后，他转向雷涅博特：“您是怎么看的？”

雷涅博特敬了个礼：“令人叹服的智慧与计谋，总指挥官先生。”

施瓦勒在衣领之间昂起了下巴，离开了。跟随在指挥官之后的怀桑科在经过雷涅博特身边的时候，轻轻戳了戳他的肚子：“可真有你的，对吧？”

雷涅博特狰狞地笑了。

霍费尔和克罗皮恩斯基清清楚楚地听到了外面进行着的对话。几天以来，他们都在山魈的逼迫下在关押室里站着。从一大早就开始罚站。直到晚间集合时分，他们才可以倒下休息一会儿。然后，这两个人就在冰冷的地板上，紧紧地依偎在一起。然而夜晚的寒冷总是折磨着他们的身体，让他们难以安睡。他们总是被饿醒，被关节撕裂般的疼痛折磨醒。无尽的长夜也会过去。早上五点的时候，山魈就会闯进关押室的门。

然后，刑讯室的走廊和盥洗室就会变成人间地狱。所有刑讯室内的犯人都必须在三分钟之内脱掉衣服，盥洗，再穿好衣服，打扫关押室，倒马桶。一个个身体飞速地转来转去，手舞足蹈，犯人们好像恶魔附体一般四处奔波着。无声无息，唯独鞋子不断发出咔咔的声响。在这种群魔乱舞的景象中，山魈直挺挺地站着，手中拿着他的四棱皮鞭，抽打着犯人们。抽打让人们疯狂地加快速度，把衬衫套到头上，把腿塞进裤子里，穿上外套。这样才能为打扫关押室争取一点儿时间。霍费尔和克罗皮恩斯基则是幸运的，他们不需要参加这场魔鬼的舞会。他们根本不被允许盥洗，也不许倒马桶。马桶放在关押室的角落，破破烂烂，像个果酱瓶似的。自打好几天以前，霍费尔他们就被禁止倒马桶了。他们只能忍受着空气中臭气的折磨。天亮之后，两个人又必须立正站好，站一整大。每大山魈都会把犯人们赶到走廊上，做蛙跳和蹲起，直到他们筋疲力尽为止，一天两次。霍费尔和克罗皮恩斯基所受的折磨已经够够的了，而众人进行的这项“户外游戏”也让他们胆战心惊。他们默默地听着走廊上传来的动静，听着山魈鞭笞犯人发出的噼啪声，听着犯人们由于疲累而发出的叹息声。他们的精神已经到达崩溃的边缘。只要山魈在外面狂吼，他们就可以享有片刻安宁，因为这时他肯定没有通过门镜偷看。这时，他们就会小心翼翼地依靠着彼此的肩膀，支撑着彼此沉重的身体。外面一旦安静下来，他们就必须马上站直身体。罚站导致的疼痛如同刀子一样割在后背上。尽管霍费尔总是在拼命忍耐，他还是一次又一次地倒下了。

霍费尔无助地呻吟着，一点儿思考的力气都没有了。克罗皮恩斯基感觉自己剩余的力量也在不断流逝着，但他仍试图安慰霍费尔。

“很快就要到集合的时间了，我们就能睡觉了。可以好好睡个觉。”霍费尔对他的安慰全无反应，反而摔倒得更加频繁。

“我希望一切尽快结束，”霍费尔呻吟着，“我想上吊算了……一了百了……”克罗皮恩斯基吓坏了，他急切地恳求道：“别这样，兄弟，别这样。再忍一会儿，马上就要集合了。”霍费尔发出叹息。他的头不自觉地下沉，残存的血液还在血管里流淌，他的身体也在摇摇晃晃。克罗皮恩斯基突然压低声音说道："你听！外面！谁在说话？"霍费尔从迷糊中醒来，抬起了头。他听到了命令声。那是克莱默的声音……自从他进入刑讯室以后，第一次，他听到了那熟悉的声音——他原本在集中营里，和伙伴们团结地在一起，此刻却和他们分离了。他孤苦伶仃，绝望而孤寂。霍费尔拼命汲取着克莱默声音中那亲切而可靠的力量。克莱默说出的每一个词，都像是一声告别，孤独而热情洋溢。

无论如何，霍费尔的头脑总算是清醒过来了，意识也开始集中。他听着克莱默在传达指挥部的命令。霍费尔睁大了双眼："马利安？"

"嗯？"

"不会进行大撤离了。我们都要被移交……"

"真的？"

"听着好像是！"

霍费尔紧张极了："如果这是真的，"他急切地低语着，"如果这是真的……"克罗皮恩斯基脸色一下变得很苍白。

"我的上帝，"克罗皮恩斯基喘息着，每一个词都像是一根细细的线坠连在一起，"我们——也许——可能——不会——死了……？"

营区犯人头目们在书记办公室前激烈地讨论了很长时间。总指挥官刚刚对他们发表了一通演讲。到底怎么做才能真正保证安全？条条建议都被否决，一时陷入僵局。尽管几乎没有人相信总指挥官所说的话，他们还是紧紧抓住了这虚空的承诺——出于人类最基本的对于安全的渴求——抓住了那模糊的希望，也许真的可以平安抵达即将到来的终点？也许集中营真的会被毫发无损地移交给美军呢？有些营区犯人头目对于这种荒诞的想法嗤之以鼻。那番演讲于他们而言不过就是往眼里撒了一把沙子，除了让人难受没有什么别的作用。

克莱默听着周围七嘴八舌的讨论，试图用三言两语让大家思路清晰起来。

和其他持怀疑意见的人一样，克莱默也看穿了施瓦勒那蛊惑人心的把戏。然而全部犯人头目的意见并不统一。他们中有些人试图从政治或者个人性格的立场提醒大家，要多观望。对此克莱默只能坦言，现在这种情况下什么都不好说。

如往常一样，他总是在这种情况下保持中立："看看再说吧，朋友们。"

两名营区长走了过来。"你们在这儿干吗呢？"有几个对犯人头目们扎堆十分好奇的犯人也鬼鬼祟祟地向这边偷看。克莱默和犯人头目们赶紧摘下帽子。"我们刚刚去了大门处。总指挥官给我们讲话了。"克莱默解释道。

"集中营将被移交。"几名犯人头目补充说道。营区长不想和犯人们讨论这类话题。"都散开，马上！回到营区里！"他们指挥着。一听到这个命令，人群便一哄而散。

茨威灵百无聊赖地坐在写字台旁。犹太小鬼事件让他吃瘪了。那个狡猾的雷涅博特把他手里所有的筹码都拿走了。霍费尔和克罗皮恩斯基被收押在刑讯室。他原本想让皮皮希顶替霍费尔，想要和他搞好关系，结果皮皮希也不在了。几天前开始，指挥部里其他的人就开始对他防范有加。就因为那十个人被送到了魏玛，现在所有人都给他脸色瞧。他们想些什么，都清清楚楚地写在脸上了。最让茨威灵厌烦的，就是伍拉赫那个蠢货还在竭力扮演着值得信赖的角色。打从第一天起，他就想千方百计地讨好指挥部里其他的犯人。不过外面的那些家伙更加诡计多端。他们马上就发现了这个新来的人是不可靠的，无论干什么都防着他，根本不让他接近。

伍拉赫自从交给了他那写着46个名字的名单之后，就变得更烦人了。一小时前他还来办公室找了茨威灵。

“怎么样，长官，您和上面谈过了吗？”

茨威灵恼怒地说：“您不要来得这么勤快，这太引人注意了。时机到了之后我自然会帮您。”

“可是没有什么时间了，长官。我不能再待在集中营里了。要是名单的事儿暴露了，我会被他们打死的。”

这个傻瓜像苍蝇盯着屎似的，一直围着茨威灵打转。

“您必须帮帮我，长官。我也帮了您。释放的事儿已经吹了，我不做他想。这群恶魔每天都可能被解放。您想眼睁睁看着我去死吗？”

为了赶紧打发这个烦人精，茨威灵向伍拉赫做了最空洞无力的承诺：他会在合适的时机把这个家伙带出集中营，放到部队安置。伍拉赫半信半疑，却还是接受了这份安全的保证——他身处窘境，无论如何都没法多抱怨什么。茨威灵坐在写字台后面已经有一段时间了。他一直在绞尽脑汁地思索着。他半张着嘴，舌头抵着下嘴唇。他给自己留的退路已经通通被堵住了。脱掉身上的这身制服，他就再也不会被发现了。难道他要穿着这身衣服，和其他人一起逃跑，一起被抓，一起被……

茨威灵不敢想下去了。

外面一阵嘈杂。有人在来来回回地走动。茨威灵吓了一大跳。

他急急忙忙走出房间，又错愕地呆立在门口。那些被送到魏玛的犯人此刻正站在长板子之前，正在接受其他犯人友好的招呼。他们被围绕着，大家涌向他们。看起来最惊喜的人是伍拉赫。他摇晃着每一只手，热情地喊着："了不起，朋友们，你们又回来了。"

茨威灵脸色变得煞白，他强撑着站在那里。

"你们从哪儿回来的？"

犯人们一下都不说话了。伍拉赫自觉承担起发言人的角色："盖世太保把他们都放了，长官。"茨威灵并没有让沉默变得更加尴尬。在这种惊讶的情况之下，他只是说了几句含混不清的话："那么你们又……赶紧去剃头刮胡子。你们太脏了。"犯人们没有回答。他们不想和他分享自己的快乐。这也不是什么难理解的事儿。

茨威灵回到了自己的房间。他听了好一会儿外面传来的激动的喧嚣声。他感觉，把这种激动和"解放"带来的惊喜感相关联是很不合适的。突然，他想到了什么。他来到写字间，犯人们正待在那里。茨威灵站在罗瑟面前。罗瑟脸上依旧带着面对党卫军长官时的强烈恐惧。他一定是害怕茨威灵的。茨威灵盯着他的脸。然后，他的眼睛扫过沉默的犯人们。

"皮皮希……去哪儿了？"

所有人都垂下眼睛，看着地板，沉默。只有伍拉赫的一双贼眼瞄来瞄去。茨威灵走到了罗瑟身边。"那么，他在哪儿呢？"

罗瑟的脸抽搐着，仿佛是一张哭泣着的丑陋面具。他抽搭了两下，然后张开了嘴，想要回答。这时，广播突然响起。是雷涅博特的声音："马上来两名抬尸工，带着担架，到大门处来！"罗瑟的脸变了变，他结结巴巴地说道："长官先生……我……皮皮希……

他……”

“两名抬尸工，带着担架，马上来大门口！”命令又重复了一遍。犯人们抬起眼睛，看向茨威灵。所有人一言不发。茨威灵感觉自己像被抓住了似的，浑身不自在。他伸出了舌头。

“怎么了这是？”他粗暴地问道。过了好一会儿，还是没有人回答他的问题。

“行，那就这样……”他耸了耸肩膀，回到自己的办公室。

过了好久，犯人们才艰难地动了动。罗瑟还带着那种惊惧扭曲的表情站在那里。他觉得，他们好像在疏远他。“我……我……我不能……”他唯唯诺诺地说道。

其他人仿佛没有察觉到他那无力的申辩一般，默默地离开了那尴尬的境地。

克莱默和普略勒站在房间的窗户边，看着大门处。暮色将近，夕阳慢慢沉到那一排建筑之后，发出一点儿猩红的光，留下狭长的影子。

两名抬尸工，穿着原色的帆布工作服，从火葬场跑到大门处。担架在两人之间颤颤巍巍。执勤的营区长打开了一扇铸铁小门，他们溜了出去。

克莱默和普略勒沉默地等待着。没多大会儿，抬尸工就回到了集中营里。灰色的棉布单子垂在担架两侧。

克莱默脸上不动声色。抬尸工朝着火葬场的方向拐弯的时候，他摘下帽子，痉挛般将它抓在两手之间。他的眼中满含着送别之情。

抬尸工抬着担架，缓缓走过集合场。他们长长的影子投在身前，它们跳跃着，就好像指引着死者在这世上的最后一段路程……

当夜晚的第一抹黑暗降临到集中营上空之时，中午在病房区手术室里所做的决定已经开始悄然进行。组织成员们迅速地开始行动。联络员们把消息通报给营区中各个反抗小组的负责人。一切都悄悄摸摸地进行——简单的几个词而已，谁都可以听，然而只有他们明白这之间传递的 ILK 的指令信息。

二号预警！任何反抗小组的成员都不能离开营区，所有人都要严阵以待。他们知道，即将发生什么。

小集中营马厩里的营区犯人头目也已经准备好了。人员过剩的营区里悄悄出现了几个来自病房区的人。科恩和医疗队用绷带缠住头，掩盖了自己的面容。他们穿着破破烂烂的囚服，看起来与其他人别无二致。那 46 个死亡预备名单中的其他人，也都找到了藏身之处。普略勒下午就已经在小集中营里给自己找好了地方。现在，他向克莱默道别。“去吧，哥们儿。”克莱默说道，“用不了多久，我们就去接你们了。”

一名德国营区书记员和两名波兰值日生已经在小集中营内的一个马厩前迎接普略勒了。普略勒在营房旁边的一个地方找到了容身之所。在一堆路石之下，他发现了一个井盖。附近还躺着一个满是屎尿的破草垫子，也不知道是什么时候从马厩里扔出来的，被人遗忘在这里。普略勒马上就觉得，这是一个很好的藏身之处。那名营区书记员什么也不想知道，然而普略勒还是告诉了他，自己要藏在这个井盖下面，现在他需要有人来帮自己藏身于黑暗之中。他们把下水道的井盖抬起，普略勒不到一分钟就消失在其中。这个垂直的井道是一个大约半米深的开口，它直接通着厕所管道，然后通往集中营的整个排水系统。普略勒只能把双腿蜷曲着放在排水沟的边缘上，低着头，才能把井盖盖上。那两名波兰人飞速地把路石堆在上面，又盖上草垫子，然后溜回自己的马厩之中。现在，普略勒完全一个人了。他感到全然的安全，试着调整到一个舒服一点儿的姿势。他大衣的每一个口袋之内都塞了一个面包头。

他的双腿之间汩汩地冒着粪水。要不是闻起来实在太臭，普略勒倒是乐意把那声音当成小溪潺潺。带着一丝苦中作乐的心态，普略勒对他这座“地牢”十分信赖。“至少拉起屎来十分痛快。”他这样告诉自己，并做好了持久的准备。

克莱默对行动忧心忡忡。他也尽了自己的一份力，藏起了几名犯人。经他提醒，下午时分，博果斯基带着浴室工队的犯人们，在储煤间里准备好了藏匿点。他们在煤山中挖出了一个小洞，又快速制作了一个牢固的板条架子放在里面。犯人们聪明又机灵，他们用一根旧的陶土管子充当换气孔，隐蔽又安全。一名犯人正藏在板条架子里。这个藏匿点被用山一样的煤堆掩盖了起来。在厨房储存土豆的地下室里，事情就简单多了。把一个大箱子掩藏在土豆山里根本不费吹灰之力。地下室的排风扇也给房间里提供了足够的氧气。晚些时候，克莱默穿过了集中营，准备吹响熄灯哨。那会儿，散落在集中营内的所有行动都已经完成了。死亡预备名单上的全体人员都已经消失了。克莱默身心俱疲，他踏入了指挥部内的3号营区，回到了自己的床铺上。有几个人还没有入睡。他们紧张地围着克莱默，他不得不艰难起身，坐到桌子旁的凳子上。

“事儿成了？”温德里希问道。克莱默没有回答，只是解开了鞋带。在他的沉默中，藏着闷闷不乐的情绪。那几个犯人对他太了解了。他们没有误解他的意思。这不过是对于已经过去的极度紧张的一种反应罢了。过了一会儿，克莱默说道：“如果我们能够忍过明天……”其他的人不约而同地发出沉重的叹息声。克莱默把鞋子放到凳子下面。温德里希站在他面前：“我也不能确定消息是真是假，瓦尔特，但是我听到上面说明天就要开始大撤离了……”克莱默疑惑地看着温德里希。温德里希不确定地耸起了肩膀。围在克莱默身边的犯人们没有一个人出声。这份沉默传递着他们的感受。面对这令人费解的事情，他们又能说什么呢？并非是大撤离本身让人难以理解，而是这件事根本没有人事先通知。最终时刻就藏在他们眼皮子底下。在浑浑噩噩的集中营生涯里，几千个日日夜夜就这么沉沦了。这个雷霆般的消息就这么毫无征兆地出现在这个夜晚。因为对此毫无准备，所以没人知道能说些什么。克莱默自己也找不到任何词语足够去表达这种震惊之情。“迟早都会来的……”他只能这么说。他脱下外套，把它挂了起来。没有人接话，克莱默继续说道：“现在我们最好先去睡觉。”

博科夫躺在床上，辗转反侧，心绪不宁。事情就这么发生了。伦基藏在他身下的地基洞里，其他人藏在集中营各个隐蔽的角落之中。就这么发生了，没有任何回头的余地。起义的决定是从他嘴里说出来的，接下来会异常艰难，然而没有回头路了。博科夫闭上双眼，强迫自己睡去。他倾听着自己内心的声音。我害怕吗？犹豫吗？那是什么？同志们难道没有同仇敌忾吗？难道大家不都是团结一心吗？大家，所有人！是5万个人，而不是ILK中的几名成员而已！就这几个人足够对整个集中营负责吗？似乎有上千根手指指着他：你需要承担全部责任！你一个人！那个词是从你口中说出的！你需要负责！……博科夫思绪纷乱，他尽量让自己坚强。他只是说了，如果情况危急，不可避免的话！不管怎样，他是睡不着了。黑夜丝毫不退步。黑夜站在他胸口里，如同一尊黑色的、沉默的塑像……

那是1945年4月4日，一个周三。一切都在晨曦的薄雾中苏醒。3号营区的门打开了。克莱默走了出来。空气冰冷而湿润。天空飘着毛毛雨。清晨才刚刚甩脱了黑夜的沉重，塔楼笔直地矗立在原地。铁丝网上红色的探照灯闪闪烁烁，如同窥伺着的眼睛。空无一人的集合场看起来那么寥廓。大门和建筑物立在坡上很高的位置。残存的树林环绕着整个集中营，树木突兀地耸立着，直直刺入那连接了夜晚与清晨的薄雾之中。克莱默感觉到一阵寒意。他立起了大衣的领子，从口袋里掏出了哨子。“现在，”他这样想着，“就让这一天开始吧！”

尖锐的哨声如同闹钟一般，刺破了宁静。克莱默穿过了整座集中营。厨房里的犯人必须要起得更早。起床哨响起的时候，他们就应该准备好咖啡了。各个营区也活泛了起来。人们收拾着床铺。犯人们光着膀子，挤在一起洗洗涮涮。值日生冲着人群大喊：“来取咖啡！”人们纷纷涌到营区之间的小路上。木头鞋咔嗒作响。取咖啡的人从四面八方走向厨房，发咖啡的人试图组织出纪律。厨房的工头和他的助手们将每个营区划分开来。汤桶叮叮当当。吵闹而又有生机和活力。这种景象天天都在上演，已经成为一种规律。然而今天，在清晨的嘈杂之中蕴藏着一丝紧张的气氛。人们只是悄悄私语。一些营区犯人头目在夜里神不知鬼不觉地消失了。通常来说，他们都担任着营区书记员或者值日生的任务。犯人们并不感到惊奇。所有人都明白夜里发生了什么，他们不约而同地对这不寻常的事情视而不见。犯人们只是时不时地互相提醒着：“我想知道今天会发生什么……”每一位反抗小组的成员——每一个营区内的小组都只有五名成员，被一名组长领导——比其他人心中都更为紧张。二号预警!

除了军事教学以外，这是组织成员所面临的最重要的一次任务了。所有人都承受着强大的压力，做好了集体被捕的准备，也激发出了强烈的团结一致的信念。这并不是一件容易的事情。在庞杂的人群中总是藏着些坏蛋，或者胆小鬼，又或者原本就心怀鬼胎，只考虑自己利益的人。一个所谓“不图什么”的人，势必内心孤独，或者被其他人所孤立。然而在这个清晨，宣传工作的作用和在极端情况下人性的力量终于站到了一起。每一个人都感觉，自己属于这个命运共同体。特别是在那些有人消失的营区内，那里的犯人们都明白了一件事，不需要任何人解释：一个人为了所有人，所有人为了一个人。他们收敛起自己小小的紧张，让那种感觉不要侵扰到自己。他们几乎是本能地察觉到，今天会发生一些重大的事情，并非仅仅是由于那 46 个人所导致的。即将来临的终点把所有人的意识融汇成一个整体。尽管这也取决于个人的勇气，取决于不同的希望、信心或者恐惧，然而在今天清晨所有人都被同样的命运拴在了一起。当清晨的第一缕光照耀在集中营里的时候，也就到了集合的时间。人们列队行进，一队接着一队，一个营区接着一个营区地向山坡上移动。只有一件事与往常不同。人们的步伐沉重、坚毅、果决。他们脸上的表情也是同样的坚毅而果决。

集合场很快就站满了人。在这块方形的场地上，人们肩并着肩，沉默而满怀希冀。上万双眼睛抬起，看着大门处。雷涅博特正站在那里，站在三角麦克风的旁边。怀桑科也站在那，他是集中营党卫军的头头，身边还站着一些营区长，那些都是他粗鲁无礼、面目可憎的同伙。

克莱默将集中营点名单上交给雷涅博特。那群营区长正在心不在焉地清点着队列中的人员。怎么回事？有46个人没来参加集合！这在集中营中还从未发生过！这是要造反吗？犯人们屏住了呼吸。他们在沉默中仔细聆听，听着一切动静。仿佛有一根绷紧的丝线，随时可能被扯断。为什么营区长们没有一个人狂吼？

克莱默站在他通常站着的特殊位置，背后是整齐集合的各个营区的犯人们。他感觉自己独自一人置身于旷野。他感受着自己的神经和肌肉。心脏跳得如何？扑通，扑通，扑通……双臂是否沉重如铅？胃部是否有被挤压般的不适？都没有。他的肺均匀地呼吸着。很好——他等待着。在他面前20米远的地方，雷涅博特等待着营区长们的汇报，醉醺醺的怀桑科也在等着。为什么今天克鲁提希没来参加集合？克莱默听到身后响起了一名营区犯人头的声音："第16号营区，立正！脱帽！第16号营区全体353名犯人集合完毕……"

"第38号营区，立正！脱帽！第38号营区全体802名犯人集合完毕。少一人。"

这是博科夫的声音！克莱默的呼吸停滞了几秒。他背后发生了什么？他心中焦躁不堪，想要转过身去。然而此时，他并不能这样做。

博科夫报出"少一人"的时候丝毫没有恐惧之情。一直让他抄写格言警句的那位营区长瞄了一眼营区名单，记录下了数字，不带任何惊讶地问道："他去哪儿了？""我不知道。"博科夫没再说什么。他的心里突然一凛：他们（党卫军）一定得到什么指令了！

营区长沿着队伍前列走着，目光划过一个一个光溜溜的脑袋，十个十个地点着数。犯人们的眼睛偷偷跟随着他的身影。为什么没反应？沉默中藏着不寻常。每一个营区长都发现了人数的不对，难道还有什么更大、更不可知的危险存在？所有人的目光都紧张地投向了上面。营区长们一个接一个把名单交到雷涅博特手中。他做着登记，好像什么都没发生一样。

克莱默观察着那位参谋官。现在，他把全部名单汇总，比对总数。计算，再次清点，再次计算。他的嘴边露出一丝狡猾的笑容。现在，报数完毕。他没有像往常那样走到麦克风前，而是走向了怀桑科。他们说了些什么，克莱默听不到，然而，他读出了那两人的表情和动作——他们在谈论着藏起来的那46个人。怀桑科似乎在和雷涅博特商量什么，神色匆匆又紧张。他给了雷涅博特什么指令。雷涅博特耸了耸肩膀，又挥了挥手，就像是在说：拜托，随他们去吧。然后他走向麦克风："结束！立正！脱帽！"

殴打也如往常一样不期而至。

集合的时候，苏维埃战俘们会在他们用铁丝网隔离开来的营区内单独进行点名。他们可以通过营区的大喇叭听到麦克风里的声音。这800名囚犯中有相当一部分人都是反抗小组的成员。博果斯基是他们的领导者。他们之间也严守着组织的秘密，只有最优秀和最值得信赖的人才会被吸纳成为其中的一员。犯人们通常都会坐在桌子旁边，等待着集合结束。范·达伦、科恩、其他的看护和医疗队成员，也都在病房区听着广播通知。他们把雷涅博特每日的指令看得十分重要。又发生什么事了？

在小集中营里也是一样要清点报数的。这就需要用一点儿技巧了，这样才能把多出来的人藏起来。每天都有死掉的人，只能隐瞒不报死者人数了，让新来的人充他们的数。他们需要模仿出那种将死的苦态，才能瞒天过海。

要和集中营里的所有人做斗争，这很危险，也很不好受。克莱默、博科夫、博果斯基、普里布拉、科迪茨克、里奥蒙德和范·达伦，都在等待着暴风雨来袭的那一刻。如果有人因为恐惧新的一天而悄悄躲起来，他的缺席不会引发一场风暴吗？更何况今天少了46个人！“上面”难道没有注意到吗？

雷涅博特如往常一般，将报告交到集中营长官的手里，然后走到麦克风前：“戴帽！立正！准备！”

当雷涅博特回到自己的位置后，怀桑科又走到麦克风前抓住支架，带着他浓重的拜仁口音开始讲话：“全体注意！全员留在集中营，所有工队暂停外出！所有人都给我待在营区里，谁也不许外出！”他把一条腿蜷了起来，说完这几句话，他就感到累了。他看起来还想再说些什么，然而他将麦克风留给了雷涅博特。他露出一个意味深长的笑容，退到后面。“被通知过的犯人马上去二号指示牌前集合。其他人带回！”雷涅博特关掉了麦克风。所谓“被通知过的犯人”，就是那46个人！

当犯人大军浩浩荡荡地往各自的营区移动的时候，营区长们穿过大门，消失不见了。雷涅博特告诉怀桑科：“那帮家伙一个也不会来了。他们已经躲起来了。”

“真是一群蠢猪，这帮家伙。”

在通往集中营的主干道尽头的栏杆处停着两辆计划之外的卡车。一队配备卡宾枪的党卫军，在一名冲锋队分队长的领导下，站在卡车旁边。栏杆旁边的哨兵来来回回巡逻。旁边有一间作为宿舍的小石屋，克鲁提希正坐在里面，等待着。

雷涅博特待在自己的房间里。他抓起了电话筒，然而还是又放了回去。还是别管了，他这样想着。让克鲁提希自己去和总指挥官商议吧。现在这个情况太棘手了。看起来雷涅博特选择置身事外还是更聪明些。那 46 个人的消失几乎可以等同于为战斗拉开了序幕。雷涅博特对此十分不解，他摇了摇头。集中营里的情况变得复杂起来了。总指挥官每一次对他充满教育意义的谈话都让他变得更谨小慎微一点儿。如今这种情况，彻底说明了他的傲慢自大是多么可笑。他完全轻视了那股隐藏的力量，不知道它是多么强大。他本以为那群凡人不过是一群毫无斗志的人，每天不过是行尸走肉般活着；如今这个年轻人才警醒过来，事情远没有这么轻巧，更不是说简简单单地拿重武器压制就可以高枕无忧了。而且除此之外……雷涅博特几步迈到地图前面，开始思索。彩色的图标向集中营方向移动着，一日近似一日。这位年轻人忧心忡忡地噘起了嘴。一切都玩儿完了，阿黛勒[1]……桌子上立着一副镶在银质相框里的照片。这位年轻人弯了弯嘴角，露出傲慢轻蔑的笑容，注视着照片中的人，那位偶像。照片中的他头发梳得油光水滑，一丝不苟……突然，这位年轻人伸出手，弹了弹照片中人那撇小胡子上面立着的鼻子。“阿黛勒。”他讽刺地说道，在他的眼神里充满了无限的睿智与忧思。

怀桑科通报了 46 人消失不见的情况。施瓦勒愤怒了，他将双拳撑在胯间，不停抱怨：“我们必须要找到他们！这群人在集中营里待着，只能搅得我不得安宁。”

然而施瓦勒不可能花费大量时间和气力开展漫长的搜寻工作。第一辆转运车已经等在魏玛火车站了。

---

1 指阿道夫 · 希特勒。阿黛勒是女性名，与阿道夫谐音。——译者注

施瓦勒发泄了一通自己的怨气之后，倒是平静了许多。他思索着，在房间里踱来踱去。突然，他停在怀桑科面前。怀桑科此刻正坐在会议桌旁边的沙发椅上，他忧心忡忡的目光一直追随着自己的长官。

“那群布尔什维克要打过来了吗？”施瓦勒突然问道。

怀桑科又是眨眼又是咽口水，仿佛是在考试。“也许吧，这又怎么了？”

施瓦勒又匆匆走了几步，伸出手指向不明所以的怀桑科。“有一点是明确的！1943年盟军在莫斯科决定了战后如何审判战犯。[1]”施瓦勒意味深长地拍了拍胸脯。

“这是说……”怀桑科惊讶地脱口而出。

施瓦勒痛苦地叹息着：“审判很快就要到来——也许我足够幸运，可以挨过去。也许我还能偷生。也许我还有机会到拜仁州的什么小树林里去干苦工……”

“这也不错。”怀桑科热情地表示赞同。

“然而一旦他们抓住了我……一旦他们抓住我……对于他们而言，我永远都是布痕瓦尔德集中营的总指挥官。要是他们发现这里变成了万人坑……”施瓦勒挥了挥手，“不，不，我亲爱的……”

怀桑科试图去理解施瓦勒的忧郁，然而他失败了：“你才是老大。接下来该怎么办？”

施瓦勒的双手紧张地在空气中比比画画。

1 指1943年10月30日美、英、苏、中四国在莫斯科发表的《莫斯科宣言》。宣言宣布，同盟国将于战后把德国战犯引渡到受害国，由该国法庭进行审判。——译者注

“别管那46个人了！我们已经挫了集中营里反抗组织的锐气。其他人照常上路。路上会发生什么，我才不管。这是一个很好的借口，当官这么多年，我明白的。无论如何，不能有人死在集中营。”

“明白了。”

施瓦勒把食指按在下嘴唇上，摆出一副冥思苦想的样子：“我们必须在克鲁提希之前行动，他绝对会酿成大祸。你现在马上去大门处，叫集中犯人人头目和集中营守卫处的人，马上去找那46个人。”

“长官，那就正中守卫处那帮人的下怀了，他们肯定会帮那些家伙……”

施瓦勒突然失控地大喊：“我不管！我无所谓！我现在在对你下达命令！我不允许克鲁提希在集中营里兴风作浪！”

怀桑科受惊吓般一跃而起：“是是是，我现在就去……”

集合之后，营区犯人头目们集中到克莱默的房间内。他们脸上疲态尽显，眼神焦灼不安。事情将会如何进展？他们现在该做些什么？激动和紧张的情绪困扰着他们。“朋友们，”博科夫喊着，“我们现在不能自乱阵脚。现在我们一定要保持头脑清晰。他们想将我们撤离。那46个人会留给克鲁提希。如果他确定可以抓住反抗组织的人，他一定会搅得天翻地覆。”博科夫费劲地在一片吵闹中喊话。他觉得非常惊奇。这么多年以后，他竟然还能听到自己的声音，不是秘密的窃窃私语，而是洪亮的、充满力量的声音。所有人一下子都看向了他。这些年来，原本已经渐渐熄灭的生命之火又重新雄壮了起来。他一直误解了自己。现在，他的灵魂爆发出如此惊人的力量，这让他想要张开双臂。朋友们！同志们！兄弟们！人们！

这种迫切渴求的感觉也感染到了克莱默，他接过了话头：“朋友们！这么多年来我们已经紧紧团结在一起了。现在是时候证明，我们的纪律确实起到了作用。千万不要轻率大意，朋友们。我们绝对不允许有人挑拨离间，我们绝对不能被上面那些人哄骗。大家想想！上千人已经献出了生命。现在，给上面看看，我们不是一群乌合之众，而是有组织、有纪律的正规军！朋友们，听好我现在说的话！我们得到的每一道命令，都必须马上执行，而且要成功。就好像我们执行他们的命令那样！”克莱默的目光检视着一张张紧张的面庞。营区犯人头目们明白了他的意思。“我们！”克莱默又重复了一遍这个词，把拳头放在胸口，“回到你们的营区，找到你们的人。别担心，别害怕。最艰难的日子要来了。现在我们要为了生命抵抗一切！别忘了，我们有5万个人。我们要拿起武器，守护生命，用我们的勇气和铁一样的纪律战胜一切！”

克莱默的话给了犯人头目们极大的信心。博科夫心中对克莱默生出了一阵暖意。犯人头目们离开后，他又回到了房间。

两个人看着彼此的眼睛。克莱默有一点儿尴尬，他想要掩饰刚刚自己的热情洋溢，尽管此刻他依旧心潮澎湃：“我必须那样说……”

然而博科夫并没有回话。

他们给了彼此一个拥抱。这个拥抱是感情的流露，他们不再羞于表达自己的情感。两个人无言地站着，心脏跳动的声音代替了对话。集中营里的艰苦岁月不允许他们太多愁善感，对朋友的情感和关怀也必须隐忍克制。而此刻他们眼神中流露的正是这种压抑多年的感情。当克莱默觉得自己内心变得柔软起来的时候，却仍像往常一样粗鲁生硬地说道：“一切蓄势待发了，赫尔伯特。”博科夫也觉得十分开心：这位老朋友一点儿都没有变。

“肯定的，马上就要天翻地覆了。我们也会有更多自由。ILK 要从何处展开行动？你有什么想法吗？”

克莱默思索着。“我觉得，应该从 17 号营区开始。那里是传染病隔离区。那里和 61 号一样，党卫军是不会乐意去的。17 号离书记办公室不远，我们可以一直保持联络。17 号的犯人头目是一位值得信赖的好朋友，他办事绝对妥帖。”

“很好，”博科夫决定了，“你去和他说，我去通知其他同志。”他们握了握手。这握手充满了果决和坚定。

克鲁提希还在等——集合应该早就结束了——他不耐烦地从警卫室走出来：“怎么回事？那帮家伙什么时候来？”

他身边的分队长耸了耸肩。

犯人们在营区里小心地听着外面的动静。可以清楚地听到喇叭刺啦刺啦响着，有人在测试话筒。所有人屏住呼吸。雷涅博特懒洋洋的声音传了出来：“集中犯人人头目和集中营守卫处的工头马上到大门处来。”

这不过是集中营里很普通的一条通知，此刻却如同轰动性事件一般，人们炸开了锅。这会儿，无论什么风吹草动都有可能发展成轰动性事件。犯人们按照命令留守在营区内，所有人都好像是被捆住了似的。无论发生什么，对于他们来说都是威胁和灾难。挨着集合场的第一排营区内的窗户旁边，堆着一张张好奇的脸。被传唤的两人小跑着穿过集合场。在坡上，怀桑科穿过铸铁大门，朝集中营走来。其他的营区无法直接看到集合场的情况，激动的对话也渐渐平息；犯人们挤挤挨挨地坐在长桌子旁边，等待着新的通知。然而大喇叭一直沉默。到底在酝酿着什么?

“谁干的?”怀桑科问那被传唤的两人,“为什么有46个人没来集合?”

克莱默用极其官方的口吻一脸实诚地回答:“我不知道他们为什么没参加集合。”

“他们应该来集合的,”怀桑科嗡嗡地说道,“他们不能这样。布痕瓦尔德不能再出什么乱子了。他们还在集中营里吗?”

“我个人认为他们应该还在。”

怀桑科弯起一条腿,斜拉着身子站着。“那就赶紧去找。”他转向工头。现在发生的这番对话已经超出了怀桑科的能力范围,他知道,施瓦勒已经给克鲁提希打了电话,现在克鲁提希人就在施瓦勒办公室内,事情必须要在他出手之前办好。怀桑科做了一个威胁的手势:“中午的时候我要看到那些人,明白?”

“是。”

怀桑科没有什么要和克莱默和那个工头说的了。于是这两个人穿过集合场,走了下去。

“你们就努力地找到中午吧。”克莱默这样说道。

“明白,瓦尔特。”工头回应道,“不过——我们是否需要真的找到一个人……你怎么想的?”他眯起眼睛,看着克莱默。

似乎又要起冲突了。犯人们如此胆大妄为,克鲁提希充满恶毒地向施瓦勒咆哮着:“您一直偷奸耍滑,八面玲珑。现在可好,那些家伙都跑到我们鼻子底下跳舞了!”

“哎哎哎,”施瓦勒连声敷衍,“集中营守卫队的人已经去找了。”

“守卫队?您是疯了吗?这事儿应该由党卫军的人来做!每一个

草垫子都要掀起来仔仔细细地查！”

施瓦勒被逼得抬高了双臂：“我们两个不要再这样了！您一直咄咄逼人，我脑子都乱了，您一直像一头犴牛一样，粗鲁，莽撞！”

“上校！”克鲁提希吼道。

施瓦勒也想大吼大叫，然而话到嘴边只变成一声叹息。他搓着双手，试图按压自己的怒火。

“叫我施瓦勒，或者监狱头子，我很乐意。就像从前那样，像我们还亲密无间的时候那样。”

他从写字台上拿了一瓶白兰地，又把两个玻璃杯子放到会议桌上。他将两个空玻璃杯注满，然后颓丧地倒在厚厚的沙发椅上。

“假如你还想保持一丝理性，”他叹息着，“我们必须离开这里。刀已经架到我们脖子上了。”

施瓦勒小小的眼睛闪着光，双手颤抖。“坐下。”他紧张地说道。克鲁提希并没有马上服从他的要求。施瓦勒朝着他喊道：“你听到了吗，你个卖布头儿的，我让你坐下！”

克鲁提希恼怒不已，然而他也感受到了，施瓦勒的忍耐已经到了极限。由于级别压制，他还是坐下了，然而他还是从牙缝中挤出：“上校先生害怕了……”

“别再叫我什么该死的上校先生了，我听都不想再听！”施瓦勒怒吼着，拳头砸到桌上。突然，他闭上了嘴。他向前探着身子，一动不动，盯着克鲁提希。他换了一种表达方式，脸都快要贴到克鲁提希脸上去了。

施瓦勒的发难对克鲁提希并非毫无作用。为了给自己解围，克鲁提希喉结动了动，一句话没说，拿起面前的酒杯一饮而尽。施瓦勒始终盯着他，手还是在不停颤抖着，但又声音平淡地警告道："我们眼光要长远一些，要长远……"

克鲁提希突然用空着的那只手拍了一下桌子："算了！"

"对，我们都算了，"施瓦勒用他那挖苦的口气说道，"从今天开始，不要想着再蹦跶了！我请您动动脑子，集中营副指挥官，您还想在这儿再待多久啊？"

施瓦勒站起身。他如平常一样，转转肩膀，腆着肚子，两个拳头支在身体两侧。

"从根本而言我们两个现在还在一条路上，只不过要往不同方向走罢了。一切都算了吧。你一直都是一位勇敢的斗士，忠诚可靠。注意，罗伯特！"

克鲁提希咬牙闭上了嘴。施瓦勒的阴晴不定让他变得看起来有点儿吓人。而这也暴露了，他们确实大势已去。克鲁提希知道，施瓦勒的任何保证都空口无凭，而他自己着迷于摧毁一切，只不过是试图用盛怒来抵抗这排山倒海的颓势罢了。其实除了早早收拾好行囊、把汽车装满，然后在正确的时机从美军眼皮子底下溜走以外，他们别无他选。猛然之间克鲁提希想到了丰满的霍顿斯。那个女人一直想让自己带她走的。

施瓦勒戳了戳克鲁提希的肩膀："你听到我说什么了吗？"克鲁提希挺了挺身子答道："是的，当然，是的。我听着呢。"

"一周之内，集中营必须清空。我们没有多余的时间了。一辆转运车配一队人。今天下午我就开始做疏散工作。"

"那 46 个人怎么办？"

克鲁提希的死心眼儿让原本就紧张的施瓦勒瞬间怒火中烧："我

不可能就为了那 46 个人打乱原本的计划。”

“他们是反抗组织的头头……”

“那又怎么了，我管他是头头还是尾巴！所有人都要撤离。”

“要是有人反抗怎么办？”

施瓦勒怀疑地用双手抱住头。“那我们就放狗。”

克鲁提希狰狞地笑了：“那样可就死人了，你可不想这样吧。”

施瓦勒强行给出解决方案。“如果转运车都变成了灵车，”他喊道，“集中营里就不会留下尸体了。”

克鲁提希依旧固执己见：“如果他们不交出那 46 个人，我会在夜里彻底搜寻。”

“好好好，”施瓦勒累了，小声说着，“你去找吧，我以个人名义给你批一队军犬。不过你别打扰我进行大撤离。”

他筋疲力尽，彻底瘫倒在沙发上。

守卫队的犯人们一个营区接一个营区地检查。“你们把那 46 个人藏起来了吗？”

“没有，我们谁都没藏。”

“妥了。我们去别的营区了啊。”

他们信心满满，干劲十足。

在此期间，施瓦勒已经开始大撤离行动的第一步了。整个司令部的人现在都集中到了他的办公室里：维提希、通信兵、卡姆罗特、克鲁提希、怀桑科，以及其他各级军官。施瓦勒下达各种命令后，军官们就匆匆离开，去执行各自的任务。不一会儿，集中营外就一片喧哗，卡车发出的轰鸣和党卫军部队行进的声音异常嘈杂。围绕集中营的外围岗哨负责强化贯彻施瓦勒的命令，塔楼上的岗哨则增添到平日双倍的数量。除了各类轻型和重型机枪外，手雷、炮筒也齐齐上阵。

施瓦勒的办公室摇身一变，成了总指挥部。电话铃声就没有断过，不断有人报告着命令已完成，请求下达新的命令。事务繁多，施瓦勒必须亲力亲为，为所有事情做决定。他完全被此起彼伏的电话铃声淹没了。在一片混乱之中，一辆载有武装军官的轿车停在了附近。他们给施瓦勒带来了魏玛城市警备司令官的命令：在党卫队军火库中贮藏有大批量的武器弹药，必须马上运走。军火库位于哈勒和霍夫之间，原本是为了躲开美军的势头，在新建防御线附近紧急建造的。

“先生们，先生们！”施瓦勒拼命喊着，“请你们注意，我们清空集中营的诸项准备工作已然过半了。”他不得不把命令宣布给大家，并且交给卡姆罗特去办。卡姆罗特带着几名军官飞奔到部队集合处，并把布鲁尔和麦斯盖尔揪出来：“马上准备 20 辆卡车！”很快，车队便轰鸣着穿过，驶向党卫队军营后方的军火库。

命令一道接着一道，人们吵吵嚷嚷，乱作一团，简直像是仓皇而逃……

施瓦勒无法平静。又来了一个电话报告。一辆从哈尔茨的一个附属营[1]开来的转运车，满载着犯人，回到了布痕瓦尔德，刚刚停到了栏杆处。施瓦勒已经彻底崩溃了，他冲着听筒狂吼，发泄着自己

1 附属营的概念是和主营相对应的，集中营都对下属的所有附属营拥有高一级的行政权和管理权。附属营中的犯人资料和死亡注册登记全部保管于主营内，附属营的管理人员也是从主营派出的军官。——译者注

的情绪。他给雷涅博特打电话，命令他马上去入口处照管一下情况；他又让克鲁提希赶紧去找克莱默，让克莱默赶紧开始着手安置犯人。然后，施瓦勒悲情地沉吟着，彻底瘫在了自己那张扶手椅上，他的双臂充满戏剧性地张开着："我的先生们，我的先生们……"

怀桑科给眼前焦头烂额的施瓦勒倒了一杯烈酒——怀桑科一大早就站在桌子旁边，看到了施瓦勒是如何忙忙碌碌的。

"喝点儿吧，能让心情好点儿。"

雷涅博特骑着摩托，沿着集中营大门外的路行驶。他经过整装待发的队伍和轰鸣作响的卡车，冲到栏杆处。当他看到那些衣衫褴褛、筋疲力尽、几近成为饿殍的成千名囚犯的时候，他惯有的那种轻蔑的态度离他而去了。犯人们聚集在距离栏杆几百米的地方，站在山间公路边上。他停好摩托车，绝望地摘下帽子。几名党卫军的下级军官（中士和下士），从栏杆处向雷涅博特走来。他们风尘仆仆，满身脏污，并未梳洗。显而易见，他们十分紧张，精神状态欠佳。

"怎么回事儿？为什么你们看起来这么脏？你们是从哪儿来的？"雷涅博特问得有些语无伦次。

其中一名下士恶狠狠地笑了。

"还问呢，我们从哪儿来？美军都快把我们赶尽杀绝了，你们倒是在这儿逍遥自在。行了，赶紧的，把大门打开，让我们也进去快活快活！"

转运而来的大军允许同行了。雷涅博特一刻也没多待，直接冲回集中营。负责押送的党卫军们驱赶着那些可怜人。雷涅博特完全抓不到头绪了。今天本应该清空集中营，结果现在一下子又多了上千名囚犯。他跳上摩托，仓皇而去。回到传达室的时候，克鲁提希已经在那里等着他了。雷涅博特极尽尖酸之能事，朝着克鲁提希说道：“我由衷地祝愿这次大撤离行动圆满完成！”

克鲁提希对这年轻人讽刺的话语感到莫名其妙。

雷涅博特笑得十分神经质。他跌坐到椅子上：“悉听尊便！我的阁下，敬爱的集中犯人人头目先生，为了安置犯人鞠躬尽瘁。既然他能让46个人消失不见，为什么不能再多让3000个（消失不见）……”

“你给我闭嘴！”克鲁提希嘶吼着，他被雷涅博特讽刺的笑激怒了，“我要不是听了你的话，这会儿他们早就死在采石场了。”

“哎哎哎，”雷涅博特学着施瓦勒的蠢样，“克鲁提希去执行命令吧，务必小心。上帝啊，原谅我的行为吧。”

雷涅博特又冲到窗户边：“那群野蛮人来了！”

转运车启动了，朝着大门开去。车辆必须开到另一边才能停下。营区长们从各自的房间里走出来。克鲁提希和雷涅博特也急急忙忙跑了出去。他们让门岗打开铸铁大门的一边。克鲁提希指挥着营区长们，在集合场上隔绝出一块巨大的空间。负责押送的党卫军用枪托和拳脚驱赶着犯人们穿过大门。人们你推我搡，乱七八糟，穿过那狭窄的缝隙。他们挤作一堆，与此同时，他们头顶上飞过一群战斗机。由于激动，犯人们窃窃私语着，然而他们的声音被营区长们的叫喊声盖过了。他们揪出了一批议论的人，对其拳脚相加，好制止议论的行为。许多被殴打的人已经无力站直身体。他们跌倒在地，痛苦地喘息着，呻吟着。大门关上了。党卫军们回到了各自的营房。

前排的营区内，犯人们都聚到窗户前。

“集中犯人人头目，所有营区犯人头目，以及集中营守卫队，马上到大门处来！”雷涅博特的声音在大喇叭里响起。他又要做什么？整个集中营已经不再运转，未知摆在它的眼前。对于守卫队的犯人们来说，这道命令来得十分及时，他们也不用再装模作样地继续找人了。他们从营区中跑出来，在自己的营房前集合后，在队长的带领下，急匆匆穿过集合场。途中，他们遇到了营区犯人头目们。

雷涅博特没等克莱默说什么，就直接下达了命令：“马上把这些人带入集中营，分散安置！”

克鲁提希让守卫队接替了营区长们的位置，把人群组织出秩序。克莱默立刻明白了眼前发生的事意味着什么。这两个天性专横跋扈的人现在只剩下无助了。他们只想马上摆脱这些人。克莱默意识到自己为了在集中营中掌握主动权所展开的策略是正确的。营区长们已经精疲力竭，好像一群好咬人的狗，被围攻之后，已经狼狈不堪。克莱默很快便开始指挥：“营区犯人头目列队集合！”犯人头们马上就站成了两排。

“安静！立正！”

趁雷涅博特和克鲁提希没有注意的时候，克莱默走向了人群。

“朋友们，”他喊道，“现在你们每100个人分成一个小组，分派入各个营区。集中营守卫队的朋友们会带你们分组，然后带你们进入营区。注意组织纪律！快！”

守卫队队长向他的队员们下达命令。此刻，曾经进行过的军事教学初展成效。很快，他将队员们每十人分成一组，每组人都要负责组织100个人。这并不简单。这些疲惫的人们并不像训练有素的士兵那样便于管理。不过这些犯人们只是本能地不愿服从营区长们的调度。营区长们若想将犯人们划分出批次，就必须要严格限制着他们，处处拳打脚踢。然而克莱默只是告诉营区犯人头目们该如何行事，没用多长时间，第一批犯人们就开始移动了。还没到一个小时，所有犯人就分配完毕了。营区长们悄悄溜了。雷涅博特和克鲁提希还留在原地。他们一直站在旁边看着。一个人幸灾乐祸地把大拇指塞进扣子眼儿，另外一个愤怒得想要咬人。现在，克莱默摘下帽子，报告道："命令执行完毕。所有人都已经被带入各自营区。"

克鲁提希向前伸着下巴："您把自己当司令官了，是吧？"

如平常一样，只要克莱默站在克鲁提希面前，总能感受到克鲁提希对自己的恨意。为了不再刺激克鲁提希，给自己带来危险，克莱默对他这挑衅的问题不能沉默。沉默等于认同。

"不，队长先生，我只是想执行您的命令。"

"执行命令！"克鲁提希失控地喊着，"如果到了中午，那46个人还没有找到，我就把你吊起来！"

话题没来由地跳到了那46个人身上，这不禁让克莱默警觉起来。他私心希望，对那46个人的搜寻就这么雷声大雨点小地算了，就像对那个孩子的搜寻一样。对于这种恫吓，他必须做出反应。现在可谓千钧一发，到底什么样的回答才是最正确的呢？

雷涅博特倒是无意地替他做了回答："让守卫队继续去找，明白吗？"

"是的。"克莱默如此回答，呼吸轻松了一些。

"滚！"

当那些百人组进入营区起居室之后，各个营区的人们都动了起来。他们热心地为那些疲惫不堪的人让出了长凳，或者让他们躺在地板上，舒展四肢。此刻，他们终于不用再随时为了周围的环境而提心吊胆了。在他们疲乏的面容上，终于展露出解脱的神情。在痛苦之后，他们终于有了庇身之所。博科夫代替了伦基犯人头目的位置，他也接收了100人。他为他们腾出了安静的地方，又禁止营区里好奇的人们前去探望。“让他们好好休息休息吧，给他们点儿喝的。谁要是能分出一块面包，就帮帮忙吧。”他从碗橱里拿出自己那份定额的面包，分给了他们。其他人也学着他的样子，纷纷慷慨解囊。值日生拿来了咖啡。人们也拿来了许多铺盖，为他们铺出临时休憩的地方。许多人为生病的人让出了自己的床铺。不用想，在日间上床休息是被严令禁止的。“我们还能给你们什么？快，跟着朋友们进去！”他们拉着新来的人身上那破烂的衣服。一个人因为开心而抽泣了起来。他终于能躺倒草垫子上、伸开四肢了。睡觉，睡觉，没什么能比得上睡觉！面对对于睡眠的强烈渴求，就连饥饿都让步了。新来的人们都找到了自己的位置。营区里安静下来之后，博科夫也可以和他们说说话了。他告诉身边围绕着的好奇的人们：

几周之前，这些人还在诺德豪森[1]的下级集中营。他们在山上的军工厂工作，后来遇到了撤离行动。途中他们又遇到了境况相同的来自哈尔博士塔特、米尔豪森、朗根萨尔察[2]的犯人转运车，与他们交汇在一处。他们被赶来赶去，始终徘徊于前线边缘。党卫队逼迫他们不停移动，让他们始终从不停推进的美军眼皮子下面溜过。他们离前线阵地异乎寻常的近，这是一件很危险的事情。低空轰炸机

1 图林根州一个位于哈尔茨山前地带的城市。——译者注

2 哈尔博士塔特，位于德国萨克森－安哈特州，米尔豪森和朗根萨尔察位于图林根州。——译者注

总是袭击他们的队伍，大概是由于无法区分哪些是犯人转运车，因此总是对他们毫不留情地进行袭击。死亡人数不可估量。他们死于病疫、劳累、党卫军的暴虐以及行进过村镇的时候被忠于希特勒的年轻人们打死。队伍不得不在小路上行进，因为大路总是被坦克、警戒线、军队所阻绝。满载军官的摩托车和汽车从他们身边呼啸而过，发出雷鸣般的噪声。跟在部队后面的往往是逃难的普通居民。在图林根的大街小巷之中，到处都是逃亡的百姓。绵延起伏的群山之间，一排排带不走的大炮和高射炮被随路遗弃，从乡间公路一直延伸到田野里。纳粹已经丢盔弃甲，仓皇逃窜！

犯人们带着紧张的神情全神贯注地听着博科夫说话。外面的世界，现在就是这样的！前线阵地得是近到什么地步，才能逼着图林根的纳粹司令部倾巢而逃！其他营区的犯人们也悉数获知了这一情形。期待和希望让集中营里的所有人此刻休戚与共，仿佛是一个整体。到底哪天美军的先锋兵才会踏入集中营啊？

上午，还不到 11 点，警笛声呼啸了起来：空袭警报！这么早就开始报警，还是头一遭。这回，集中营里完全没有骚乱，也没有工作组带回的情景发生。只有 16 名医疗队队员跑过集合场。4 月 4 日上午的艳阳照耀着整座集中营。这也不耽误那些闪着银色光芒的大鸟在天空中划过。警报通报着美军低空战机飞过来了。它们在高高的天上向一队队卡车进行扫射。这些卡车从山上开下来，向魏玛方向移动着。在党卫军那里，警报让他们的准备行动匆忙中止。军火库前停着一些卡车，孤零零的，有些才刚刚装了一半。党卫队的人已经不见了。他们蹲在掩体之下。押送者们躲在三重交错的警戒线之下，蜷缩在满是碎渣的壕沟里。在离壕沟远远的地方，被押送的犯人们喘息着，号叫着，队伍一直排到山上。

这次警报只持续了短短一两个小时，不过警报解除一个半小时之后，克莱默已经将那 16 名医疗队成员在外面的所见所闻通过科恩通知了所有人。他们已经看到了转运军火的车辆。在外围警戒区，他们被三重警戒线阻碍，在警戒线之间立着机关枪。塔楼上有双倍的岗哨，还有许多重机枪。一切都看得十分清晰，外面已经有水深火热的趋势，这一切还在继续着，只不过被警报打断了而已。必须马上通知博科夫这件事。克莱默急匆匆走向他的营区。博科夫跟着这位犯人总头目走上了外面通往上层的石头台阶。在这里，他们不会被任何人打扰。克莱默做了简短的汇报。博科夫听着。他的目光掠过集中营上层，又一直向上望去。一排排营区寂寞无声地伫立着。一个犯人的影子都看不到。铁丝网那儿的岗楼也是沉默僵硬地站着。在那后面，火葬场被熏得漆黑的烟囱里呼呼往外冒着火焰。又平添了无辜枉死的冤魂。尸体燃烧的腐臭味和厨房里烹制汤羹的味道混合在一起，异常刺鼻。博科夫眯起了双眼。穿过营区的屋顶，他能看到一部分集合场地，以及大门区域的建筑物。他似乎可以看到在主塔的走道上立着四挺机枪——那里平日里是两挺。大门上方的建筑一丝生气也无，唯有可怖的寂静；整个集中营一丝生气也无，唯有可怖的寂静。就如同暴风雨来临之前，紧张沉闷，隐忍不发。

“气氛太紧张了。”博科夫闷闷地说。然而已经没有时间想别的了。这种沉闷每时每刻都有可能被打破，复仇女神随时可能降临。此时 ILK 的同志们迫切需要一次会谈。何种方式可以让大家秘密地在 17 号营区集合呢？克莱默可以帮忙。烹饪和焚尸的臭气——很奇怪——倒是令他想到了一个绝妙的点子。

“注意，”他说道，“让 ILK 的同志们代替 17 号营区的值日生，到厨房那里集合，然后把吃的送到营区里。让他们按顺序过来，这样就不会引人注目。不过你要怎么搞定你那个小傻瓜呢？”博科夫明白克莱默的意思。集中犯人人头目是唯一一个可以不顾怀桑科的禁令，在集中营里随意走动的人，所以只有克莱默可以通知所有的同志们。博科夫现在要把迄今为止一直严格不透露给克莱默的秘密彻底交出了，他告诉了克莱默所有同志的名字，并且把营区号码告诉了他。必须要马上通知他们所有人。博科夫把双手放在克莱默肩头。

“你现在有一个艰巨的任务要完成，瓦尔特。你要将所有人集合。”

克莱默什么都没说，他的双手紧紧握住了锈迹斑斑的铁栏杆。过了一会儿，博科夫继续说道：“你的生命安全随时随地都会受到威胁。我们没有办法提前准备什么。假如他们找到了那 46 个人，你就……然后你就会面临很多危险，他们会……他们只会抓住你，杀一儆百。”

“我知道。”

“即便你适时躲起来，情况也不会好到哪儿去。不管消失的是 46 个还是 47 个人，这都没什么不同。”

克莱默看着博科夫，后者的脸上显出思考的神情。克莱默想着克鲁提希带来的威胁，他没有和博科夫多说什么。

“也许我们没有时间也没有机会再在一起说话了，赫尔伯特。”克莱默薄薄的双唇之间吐出这样的话来，“所以现在有些话我必须要和你说。你要记住。我想要活下去，而不是在结束之前死掉。你了解我。我们都想要看到结束到来的时刻。也许我只是想活下去，因为……我觉得，任何人都会对即将到来的事情抱有好奇吧。”博科夫的这句玩笑话让克莱默觉得心情很不好，他看着天空，“过去一周里我回顾了自己11年的牢狱生活。11年！上帝！真不知道这11年到底有什么意义。”克莱默沉默地咬着嘴唇。博科夫用沉默表达了最大的尊重。克莱默愤怒于自己此刻的伤感，他开始骂自己：“胡说八道！死？尽管放马过来。他们以为自己已经掌握了我们的生死大权，然而结局往往出人意料。我想ILK总能渡过这次难关，不是吗？”他并没有期待博科夫回答自己的问题，索性不假思索地笑了，“看看我们周围的情况，我可真是胡说八道……”

克莱默的主意奏效了。17号营区的犯人头目被通知之后，又简单明了地告诉值日生如何行事：“听好了。有几个朋友要和你一起把吃的拿回来。他们要单独待一会儿，不能被打扰。把他们带进来，别和别人胡说八道。”两个值日生什么都没问，直接去了厨房，又将几名同志悄悄带入营区。他们马上走进了空无一人的寝房。传染病隔离营区里混进了一些不同国家的人，他们看起来困顿不堪，就好像小集中营里的那些人似的，倒也没有人把他们当回事。谈话必须迅速进行。饭后同志们还要把空汤桶带回厨房，这是让他们悄悄离开营区、回到自己住所的机会，就像他们悄悄进来时那样。博科夫从医疗队那里得知的各种消息：围绕着铁丝网外围布下的三重警戒线，塔楼上埋伏着的重机枪，随时待命的手雷和火炮筒……如同一只虎视眈眈的老鹰，危险向着集中营步步紧逼。当大撤离发生的时候该做些什么呢？问题摆在眼前，来来回回都是围绕着它，总要寻出一个答案。当那只老鹰俯冲下来的时候，必须将尽可能多的人从它的利喙中救出。而方式就是被动的斗争行动和尽可能地拖延时间。

武器，反抗组织——以及种种准备，这些东西到了最后一刻都变得毫无意义了，因为ILK的所有成员都反对狂热的普里布拉想要直接进行武装斗争的想法。但普里布拉不明白为何拖延时间。为什么不那样做呢？他觉得自己才是对的。

“我不明白，”普里布拉说道，“如果我们不起义，岂不是置许许多多的人于死地吗？如果那46个人中的某一个被发现了，我们就该开火，不是吗？我真的不懂。”

“是这样，”博科夫暴躁地回答道，“我们要尽量避免踏出最后的那一步。不到万不得已，不要轻易言死。我们已经活到了现在，尽管会有巨大的牺牲，但我们还是要继续捍卫生命。如果到了开战的时刻，我会毫不犹豫。但是现在还不是时候。”博果斯基赞同博科夫的观点。反抗组织的武装水平差得太远，敌我实力悬殊。但是如果前线已经推进得足够近了，犯人们就可以和美军取得联系。然而美军现在离得还不够近。针对现在的情况，所有人最好都老老实实待在营区里，整齐有序，挨过这段惶恐不安的未知期。

博科夫给出的建议是，通过所有组织内的同志们、所有营区犯人头目以及所有其他值得信赖的狱友们将统一的暗号传播开来：推迟大撤离！每一天、每一个小时都是一次胜利。

“也许就是明天了，”博科夫补充道，“也许明天集中营就要改天换日。到时候我们必须做出新的决定。也许明天前线就会足够近了，我们就可以主动发起起义，完全阻止撤离。”博科夫的话是针对普里布拉的，他在提醒着普里布拉。

时间上的紧迫感越来越强烈了。孩子失踪所带来的忧虑和困境反而退后了。此时此刻没有人再关注那个孩子了，也没有人再考虑霍费尔和克罗皮恩斯基的境况。甚至连对那 46 个人的紧急营救行动似乎都被人遗忘了。当人们面临决定自身命运的时刻，其他的一切都不重要了。

当 ILK 的同志们商讨的时候，施瓦勒办公室里也是一阵紧张。由于防空警报，党卫军军官们聚集于此，担心美军的飞机会不会突然发动袭击。这次短暂的警报在预料之中，看起来一切还在掌控之内。施瓦勒本人已经精疲力竭了，尽管他看起来还占据着优势地位，但实际上已经坚持不下去了。种种紧张刺激都让他崩溃。办公室里，所有人都在激动地说着话，毫无秩序。“求求你们了，我的先生们，”施瓦勒努力地在一片嘈杂中大声喊，“美国人已经跟我们干上了！我已经接到通知，美国人的坦克已经渗透到哥达附近了。”

克鲁提希激动地狂喊：“我们还站在这儿，讨论来讨论去！您在塔楼上安排下重武器的用意何在？”他朝着施瓦勒大喊大叫，然后又向其他人骂道，“你们都是一群混蛋！滚吧！”

在克鲁提希的这种狂喊和暴怒之中，并不能看出什么意见倾向。所有人都心如乱麻。施瓦勒敏捷地站起来，走到写字台后面，从抽屉里拿出一把手枪。“先生们!”所有人都看着施瓦勒手里的枪，等着他继续说下去。克鲁提希面目扭曲，目光紧盯着这位总指挥官。

“我已经准备好了，随时可以在你们面前饮弹自尽。然后诸位就可以由于此故全权听从克鲁提希的指挥了！然而只要我活着，你们就得听我的命令！”

施瓦勒盯着每一张脸，观察自己这番话是否起到了作用。然后他把手枪放回了抽屉：“不要恐慌，先生们！我们的部队还坚守着阵地。用不了多久集中营就会清空，我们还有机会脱困。我的命令还有效。这是党卫军全国领袖下达的命令！”

物资库里并没有茨威灵的身影。所有犯人都没有工作的心思，他们全部挤在书记办公室和衣物室里。整个指挥部的命运该何去何从，这个问题重压在每个人心头。皮皮希的死让他们沉默。

罗瑟坐在自己工作的位置上。没有一个犯人同他说话，他也不敢看他们中的任何一个人，尽管看起来他应该对这种排挤行为提出抗议。这种无声的蔑视给他造成了很大压力，于是他孤独地蜷缩在桌子旁，满含愠怒地故意忙碌着。然而犯人们用沉默留心防范着的人其实是奸细伍拉赫，他察觉到了空气中这种不同寻常的默契是针对自己产生的，便尽量想要做出一副快快活活、和大家亲密无间的姿态来。他是唯一一个嘴巴一刻不停闲扯的人，不过完全没有人和他进行对话就是了，大家都担忧着即将到来的大撤离。

“我觉得早一天是一天。恐怖的结局总比没有尽头的恐怖强。”

伍拉赫的言论先是迎来了一番沉默。于是伍拉赫忍不住了，他又抓着书记办公室里的一个犯人继续说道：“当然还有另外一种可能，很好理解，所有人一起翘辫子……”紧接着他又拉着另外一个人说，“现在的情况是，已经凉了一个……”

伍拉赫暗示得非常明显了。他故意将隐藏着的威胁传达给众人。犯人们依旧沉默。然而所有人心里都十分恐惧。他们多希望能直接拆穿这个奸细的真面目，指着他说：就是你这个该死的家伙出卖了我们所有人！是你害死的皮皮希！然而他们不敢。现在这样做太危险了。

茨威灵在下午的时候出现了。霍顿斯对他连逼带赶，他这才出现在集中营里。茨威灵本人现在完全不想看到集中营里的任何人。

“谁也不可能知道……”他的观点永远充满了哲学意味。然而霍顿斯一直逼着他：“所有人都坚守岗位，你还想逃？”

“每个人都可能是下一个……”

“下一个？”霍顿斯咒骂着，“下一个要完蛋的就是你这个王八蛋！”

“为什么是我？”茨威灵问了一个蠢上天的问题。

“听着，小队长先生，听好了！——先是想利用一个犹太小鬼耍花招，然后又想利用一个共党分子耍花招……”霍顿斯充满攻击性地插着腰，“假如我是克鲁提希，我一定会说：我们现在有证据了！他躲到一边去了，他就是一条胆小如鼠的狗！”

霍顿斯肆无忌惮地骂着茨威灵：“现在你必须坚持到底！你要向你们的人证明，你可以坚持到最后一刻。还是说你还在妄想着得到共产党的庇佑呢？”霍顿斯恶毒地笑了，“你的犹太小鬼呢？那群家伙真是把你好一顿骗。”

茨威灵伸出舌头，看起来在思考着什么。结局会是怎样，一切都太不清晰了。然而似乎有一点是清楚的，那就是趁着第一批美军到达之前离开集中营会是绝对安全的做法。他该何去何从，如何抉择呢？霍顿斯的指责虽然难听，但她又说对了：茨威灵必须跟随大部队一起撤离。

指挥部里的犯人们注意到了茨威灵的改变。他不关心任何人，对工作也丝毫没有兴致，而是直接进入了自己的房间，一直待在里面。茨威灵的举动对于伍拉赫而言是一个信号。伍拉赫已经不再对茨威灵抱有期待，他现在只害怕犯人们。因为他夹在茨威灵和犯人们之间。然而伍拉赫没有注意到，茨威灵正在冥思苦想出路在何方。

尽管经历了漫长的等待，将近黄昏的时候命令还是下来了。喇叭里的声音回荡在荒芜的集合场上，也钻进了各个营区之内，如同一记钝击。

“所有犹太人，马上到集合场上集合！”

雷涅博特的声音让所有营区内嘈杂的议论声瞬间沉寂。然而几秒钟之后，喧哗又起，比之前尤甚。“开始了！开始了！先对犹太人下手了！”

决定命运的时刻到了！

大撤离开始了！

尽管首当其冲的是犹太人，然而每一个人都有一种感觉，下一个轮到的就是自己的营区。许多人都已经着手准备，把铺盖卷成一个卷儿，打包好自己少得可怜的家当。

还有一些人制订了冒险计划，试图逃脱撤离的命运。他们打算在集中营的空地上挖出一个洞，钻到营房下面躲起来……然而这只是异想天开罢了。所有人都摆脱不了无情的铁令，大家都放弃了希望，把一切交给了宿命。

命令一出，集中营中的6000名犹太犯人就由于恐惧陷入了深深的崩溃和绝望。他们当中迸发出了一声惨叫。他们不想离开安全的营区。他们喊着，哭着，完全不知道该如何是好。这可怕的命令如同一只恶狼一般站在他们面前，撕咬着他们，然而他们什么也做不了。尽管怀桑科已经下了命令，不许人们离开各自的营区，然而还是有很多犹太犯人冒失而惊慌地跑了出来。他们跑到其他的营区里，跑到小集中营里的传染病营房，跑到犯人病区。“帮帮我们！让我们藏在这里吧！”

“要我们怎么藏？下一个就是我们了。”

尽管如此说着，这些营区还是对他们敞开了大门。大家把他们囚服上的犹太标志撕下来，给他们换上别的。科恩作为病房区的工头，将跑来求助的人们伪装成病患安置在病床上，给他们换上别的标志和编码。一些人靠着自己的力量，匆忙躲到了病房区的地下停尸房里。其他人则跑到小集中营的马厩里，混迹在一大群人之中。然而这种逃亡毫无意义，因为那里本身就有很多其他国家来的犹太人。然而谁又能保证头脑清晰呢，假如他被一只恶狼穷追不舍的话……

留在自己营区里的犹太犯人们，在面临这道死亡命令的时候，也几近瘫痪。对于接下来要发生的事，他们惊慌失措，无比抗拒。有的营区犯人头目自己就是犹太人，他们没有丝毫勇气组织队伍到大门口处集合。在那儿等待着他们的是死神！都是一样的，就不能让人好好在营区里等死吗？

博科夫进行着思想斗争。他敢不敢站出来呢？除了他和ILK的同志们，又有谁能在此刻帮帮克莱默呢？博科夫跑向书记办公室。

“嗯？怎么？”克莱默好像在等他一般，这个问题里面没有一丝一毫的不知所措。

“推迟出发，竭尽我们的全力也要推迟出发！”

“我们能坚持多久？”

“随便！哪怕只有几个小时，瓦尔特，哪怕几个小时！”

广播响了。雷涅博特的声音回荡起来，没有了往日的懒散和讽刺：“集中犯人人头目马上来传令官处！”

又一个晴天霹雳。克莱默烦心地挪了挪步子，伸开双臂，对着那可恶的喇叭做了几个投掷的动作。“你看看！”

克莱默戴上帽子，穿好大衣。博科夫看着他麻利的动作。

“瓦尔特！”博科夫喊道。

“怎么了？”

他们想说的一切都在这一声短促的呼喊之中了。他们都明白。克莱默不想多谈。

“回到你的营区，我能搞定。”

雷涅博特对克莱默的态度十分不耐烦：“犹太人呢？您赶紧把那些家伙都集合起来，要出发了！还是您觉得这事儿根本不着急？”

“我已经在各个营区里尽可能地传达您的指令了。”克莱默说道。

“尽可能，尽可能！”雷涅博特喊道，“你这个混蛋，你以为你是谁？一个小时之内，集合完毕，否则死的就是你！”

克莱默走向营区，他的双腿就像被灌了铅，这真是一段痛苦的路程。他心中的一个声音喊着：留在营区里，朋友们！谁也别出去！我们有武器！我们可以保护你们！然而呼喊如同火焰般熄灭了。克莱默踏入了第一个营区。

人们脸上透露出惊慌失措，从哭泣着的喉咙中颤抖地挤出话语：“我们待在这里！我们不去！”

他们冲克莱默悲伤地喊着，似乎想从他那里得到救赎。克莱默逼着自己坚持着自己的责任。他努力对哭喊置若罔闻：“你们必须去，朋友们，我们也要去……”

克莱默走向犹太营区犯人头目。他们是老相识了。“集合吧，阿基姆。没有别的方法。慢慢地，你明白，慢慢地。上面的人让他们喊去吧。也许我们可以拖到天黑。晚上的时候他们无法进行撤离。明天又会发生新的变故。”

对于营区犯人头目下达的集合命令，犯人们犹犹豫豫，拖拖拉拉。克莱默没有制止他们这样做，他去了其他的营区。情况也是一样。绝望的人们总是跑回营区里，几乎没有人站到外面集合。队伍完全不成样子。营房窗户后面，距离犹太营区很近的地方，其他人目睹着这孤独而绝望的斗争。波兰犯人的营区里也上演着这一幕。普里布拉贴在窗户上，和其他几名反抗小组的成员一起看着这一幕。他的拳头重重捶在玻璃上。

“该死！我们就只能在这儿看着！该死！”普里布拉身边的朋友们很理解他此刻的心情。他们沉默着，眼睛中闪烁着愤怒和阴郁，注视着外面戏剧性的一幕。然而他们也看到了，克莱默没有做出丝毫的努力去在一团混乱中组织出秩序来。几乎没有犹太犯人在营区前集合，克莱默走向了下一个营区。很快原本集合起来的一点点人再度消失了。他就这么走来走去，度过了一个小时。

“犹太人在哪儿呢？集中犯人人总头目！马上就要出发了！”

广播里咆哮着，恐惧的人们更加惊慌失措。一个营区前面终于排出了一个像样的队伍，然而当克莱默走到下一个营区的时候，这里的队伍马上散乱了，犯人们跑进营区，寻求着庇护。他们哭泣、叫喊、颤抖、逃跑、祈祷。他们彼此拥抱，彼此亲吻，祝愿彼此活下去。营区犯人头目试图让他们重新集合。他们钻进寝房，爬到床上，或者躲进茅房，然而一切都无济于事，他们无处可躲。那条恶狼已经向他们的血肉之躯伸出了爪子。广播又可怕地响了起来：“集中犯人人总头目！马上组织集合！”

克莱默穿过了一大群犯人。他们像一群没头苍蝇一样乱跑，把营区大门都堵死了，甚至还有人钻到了犹太犯人头目的桌子底下，好像这样就不会被发现了一样。阿基姆看着眼前的灾难。

“我们去上面吧，”他说着，“这于事无补……”

克莱默高高举起双臂，然后双拳愤怒地捶在桌子上。

紧张和压力一瞬间爆发了。克莱默跳了起来，冲着阿基姆全力大喊道：“一直让他们集合，只要上面一喊，就一直让他们集合！”

施瓦勒已经对传令官三令五申，强迫他赶紧让犹太犯人出发。一群营区长像被拴了链子的狗一样，在大门口办公楼的窗户那偷偷向外瞧着。又过了半个小时，集合场上依旧空空如也。

博科夫并不希望这道命令让集中营的各个营区里都产生骚乱——他忍受着难言的不适和未知的痛苦，等待着。克莱默想要做什么？营区里的那些犹太狱友要何去何从？上面大门处会作何反应？突然，广播又响了起来。他一下紧张了。

“集中营守卫队马上到大门处集合！”

博科夫从雷涅博特的声音中听到了一种“终于结束了”的快乐。“全队集合。”雷涅博特说道。一整天都在等待着宣判的犯人们目光向上，望着那可怕的喇叭，人人都在担忧，每一条广播都是如此危险可怕。

“现在他们要叫守卫队了……”一片安静之中，一个人如此说道。

毫无征兆地，另外一个人开始朗诵：

“住所烧得空空如也，

野风据为粗陋的巢穴。

在凄凉的窗洞里面

窝藏着恐怖，

天上的云从苍穹高处

向里面偷看……”[1]

有几个人笑了。笑声听起来像干涩的号叫……

集中营护卫队迈着匆匆的步伐赶到大门处。这回他们队列整齐地行进穿过集合场。这花费了几分钟时间，他们尽各种可能拖延着每一分钟。窗边的犯人们用急切的目光关注着大门处的动向，这时，上百人的集中营护卫队已经完全集合完毕了。犯人们看到雷涅博特穿过大门走了过来，护卫队队长向他做了报告，然后雷涅博特下达命令，守卫队列队出发，雷涅博特又穿过大门消失了。又过了几分钟，门岗打开了铸铁大门一侧的小门，一群营区长走进集中营，穿过集合场，手拿棍棒。窗边的犯人们发出一阵骚乱："他们来抓犹太人了！"

那群营区长像一阵狂风般肆虐着犹太犯人们，使后者喊叫着逃进营区。然而在挥舞如飞的棍棒驱赶下，他们又跑了出来。克莱默就处于这地狱般的场景之中。这疯狂的殴打来得太突然，克莱默完全没有防备，他头上也挨了几棍子。几名营区长锁住了营区入口，其他人将尖叫的人群驱赶到集合场上。有些人半路跌倒，营区长对他们又踩又踏，逼着他们起身继续走。这野蛮的追捕行动山呼海啸般横扫过去，克莱默留下了。营区前空空如也，一片荒凉。衣物、帽子、铺盖、杯子、汤匙，散落在地上。营区里，桌子板凳四仰八叉，橱柜大敞。寝室内，草垫子也都被掀得乱七八糟，破破烂烂。在营区犯人头目的斜面桌上，挂着磨损严重的战局地形图。克莱默

1 节选自弗里德里希·席勒脍炙人口的名篇《大钟歌》。此处译文为钱春绮翻译版本，详见于《席勒文集》第一卷第 132—133 页，张玉书选编，人民文学出版社，2005 年。——译者注

站在这破败的营区之中，只觉呼吸一阵困难。他站了好一会儿，好让自己平复下来。他就这么站着，像一只动物，沉浸在了对致命伤的感知和对死亡的等待之中。渐渐地，克莱默习惯了这种骤然而来的安静。他扯下帽子，抬起手，擦了擦额头上的汗。他的手又瘫软无力地垂了下去。他看了看四周，然后，离开了营区。现在，无计可施……

清点出来了上千人，他们都被赶到一处。守卫队必须在大门处拉出一道封锁线。营区长们消失了。大门内办公楼周围被封锁了起来。人们站在那里，一个小时，两个小时。天色渐渐暗了下来。转运车不能发出了。施瓦勒给魏玛火车站打了电话，通知转运暂停。已经就位的火车没有一辆出发的，全都停在站台里。又过了一个小时，那群人还站在大门那儿。在他们上方的主岗哨塔的过道上，哨兵正在巡逻，时不时好奇地向犯人们所在的位置瞧上一眼。守卫队沉默地站在他们周围，队员们手拉着手，围绕在他们身边。犹太犯人们吓坏了。在党卫队的眼皮子底下，没有人敢和守卫队的人说话。然而他们的目光中透露着他们的想法：你们和我们是一样的，为什么你们要这么紧紧地看着我们？一名守卫队成员在和一名犹太犯人对视的时候，瞬间有了一个想法：如果他现在跑了——我是不会把他抓回来的……思想和思想之间可以进行隐秘的对话吗？他们直直地注视着对方的眼睛。犹太犯人僵直地站着，屏住了呼吸。他的僵直是一种专注，专注于下决心。猛然间，他蹲下了身子。守卫队队员有所察觉，因为他身边的人胳膊动了一动。然而那名犹太犯人已经溜过了这道手臂形成的警戒线，跑远了。这大胆的逃跑行为引起了连锁效应。四个，五个，十个，都偷偷溜过警戒线，穿过集合场逃跑了。人群开始互相推搡，出现波动。守卫队制造的警戒线逼近他们，逃跑行动终止了。而他们之间那秘密的联系已经建立了。守卫队阻止他们继续逃跑，只是因为不想让人一次性跑光罢了。过了一会儿，他们将胳膊抬高，好让下一拨逃跑的人更容易溜过去。队员们的脑海中想着一些别的事情。我们该怎么办？他们可是从我们手里逃跑的！我们做了最大的努力想要把他们抓回来，但是没成功……他们还想了其他许多事情，比如不要惊扰到党卫军。尽管塔楼上的哨兵在黑暗中并不会注意到逃跑行动，但如果动静太大，他们还是会开枪的。雷涅博特或者其他人听到声音也会冲过来。不能让这种情况发生！伴随着逃跑而生的紧张气氛让他们没有空间思考，为何会产生这样闻所未闻的骇人行动。此时雷涅博特正在指挥官那里，所以他们担忧的事情也许并不会发生。也许，塔楼上的哨兵抱着这样的想法：他们是跑是留，关我们什么事呢，反正一切都快要结束了。守卫队放走了一拨又一拨的人，终于，只剩下他们，孤零零站在大门前。队长耸了耸肩："现在我们也走吧。走吧，集合。"他们轻轻地，不想惊扰任何人，组织好队伍。开始的时候，他们还有一点点犹豫，然而之后便坚定地集合并穿过集合场离开了。在第一排营区后面，他们遇到了克莱默。他悄悄看到了这一切。队长又耸了耸肩膀，一脸听天由命。

"赶紧回你们的营区去吧。"克莱默说道。面对现在这种诡异的情况，也实在没办法说些什么别的。

"回去吧。"克莱默回去之后，也对书记办公室里的犯人们这样说道，然后他也回到了他的3号营区内。"这样我就可以……"他也有了一个莫名其妙的想法：他不想在夜里吹熄灯哨了。"我再也不吹哨了。”令人匪夷所思的是，在犹太犯人的集体逃跑行动之后，什么事情都没发生。雷涅博特从总指挥官那里回来之后，看到这番景象，是不是和塔楼上的岗哨怀了一样的心思？他是不是根本没有把犹太人全都消失了的事情报告给总指挥官？克鲁提希不在这儿，他要是在的话，是不是肯定又要狂暴地大喊大叫，在大门处发一顿脾气了？

夜色越来越浓。营区里的犯人们已经全都知道守卫队偷偷放跑犹太人的事情了。所有人都在等着接下来会发生什么事。人们窥测着这可疑的安静，人人都在随时关注着，大喇叭什么时候会发出吼叫。似乎有一只巨大而可怕的猛兽潜伏在起居间的门边，伺机而动。大家坐不住了。有些人拖着疲惫的步伐走进寝室，爬上了床。

小集中营内，那名德国营区书记员和他的两名波兰助手一直保持着清醒。这是普略勒在他的藏匿点度过的第二个夜晚。

由于只能保持蜷缩的姿态，普略勒早就痛苦不堪了。他的脖子火烧火燎地疼着。他的腿只能一直弯着。他不能翻身，不能坐着，不能蹲下。他只能把头靠在下水道的壁上。现在是白天还是黑夜？已经过了一天，两天，还是四天？普略勒叹息着，他精疲力竭，虚弱不堪。他闭着眼睛，却无法入睡。他保持一个姿势固定不动太久了，脖子上的肌肉已经麻木，然而只要稍微一动，那种麻木就会像火焰一样，燃遍全身。普略勒咬紧牙关。

突然，普略勒吓了一跳。他头上的盖子动了。他头脑里迅速闪过了一个念头：他们抓到我了！随后，他听到了可靠而熟悉的、轻轻的声音：“弗里茨！我的老天啊！你还活着吗？”一双手臂拉着他，把他拖了出来。

普略勒颤抖着动了动。大衣在夜的湿寒中已经几乎结冰。“快，到营房里去！”两名波兰人架着他。普略勒在两人中间，麻木的双腿在地上摩擦着。书记员把他带到了一间小屋内。

书记员给他倒了一小杯热乎乎的汤。普略勒用颤抖的双手将杯子送到嘴边，热热的液体让他的血液又流动起来了，感觉舒舒服服的。现在他终于想起来那些面包头了。他掏出了一块已经硬如磐石的面包，用牙齿把它撕成一小块一小块的。其中一名波兰助手跑了进来。“他们来了！”普略勒飞速跑进了黑夜。两名助手跟在后面。他们跑回下水道处。普略勒正想要躲回去的时候，四所营房中的一所后面便出现了两名党卫军的身影，模模糊糊，只能看个大概。他们牵着一条训练有素的军犬。他们手持带着挡光板的手电筒，时不时地照照路。四名犯人站在石头上，吓得浑身僵硬，大气不敢出。两名党卫军距离他们不到15米远，沿着营房走着，发出嘎吱嘎吱的脚步声。普略勒惊恐地看着他们走得越来越近。现在，他们横穿过营方之间的空地，那片空地上也有下水道井口。这四名犯人马上就要被党卫军看见了，毫无疑问，他们无处可逃……

他们之间的距离只有几米了。碰面，惊讶，喊叫，或者直接开枪……那条狗抬起头了吗？它在嗅着空气中的气味吗？他们的心脏仿佛停止了跳动——党卫军已经穿过了空地，继续沿着营房的墙根走着……越走越远……四个人的头齐刷刷转向他们，眼睛在黑暗中睁大了……死神步步逼近，黑色的苍穹撑在他们头顶，没有塌下来。普略勒悄无声息地消失在下水道里。其他人悄悄把井盖盖好。普略勒把头靠在墙上，还没缓过神儿来。现在他才感觉到，他活着的每一分钟，都是有代价的。

第二天一早，博科夫是第一个来找克莱默的人。他的房间已经变成了接头点——对于46个人的营救行动，以及头天晚上犹太犯人的逃跑行动，可以说是公然为斗争拉开了序幕。每一个人：克莱默、博科夫、营区犯人头目们，或者营区里的犯人们，全都等待着镇压行动。集中营运行到今天，他们清楚，即便是最微小的违纪行为，都会受到残酷的惩处。

营区之间又恢复了生活的气息。犯人们围在一起，猜测着今天会发生什么。克莱默无聊地等待着雷涅博特下命令，如平日一般组织大家集合。时间到了，然而雷涅博特只是通过广播通知在犯人厨房和军官厨房工作的人就位，除此之外，其他工作组的人依旧原地待命。没有集合命令，也没有镇压行动，这太不寻常了。克莱默不安地看了看大门上悬挂着的时钟。过了集合时间已经两个小时了。

“今天不集合了，”他说，“再也不会有集合了……”

“我已经听说了，”一名营区犯人头目用充满寓意的口吻说道，“总指挥官给附近的机场打电话了，还安排了轰炸机。”

克莱默走来走去：“听说，听说！”他冲那名犯人头目喊道，“你听说的都是什么屁话！空口无凭，我们不要再传散这些坊间流言了！”

“大家头脑清醒一点儿，理智一点儿，不要被流言影响了。”博科夫提醒道，“现在这种情况，最好安心等待，看看他们对于犹太犯人逃跑事件是如何反应的。”

“现在风平浪静的，我不喜欢。”克莱默咕哝着。

广播又响了。所有人一下紧张起来，盯着那个小小的箱子。电流嗡嗡作响，先是传出调试麦克风的噗噗声，随后雷涅博特的声音传了出来：“集中营总犯人头目注意，集中所有犯人，马上在集合场集合，准备列队出发！”雷涅博特又重复了一遍，之后喇叭便沉寂了下去。房间里有一种诡异的安静。所有人都沉默不言，面带思索。集中营里，广播一石激起千层浪，犯人们立即讨论起这道命令的用意。大家都不知道外面怎么了，只是冲回自己的营区，讨论引起阵阵骚乱。“我们不出去！我们不撤离！”几分钟之内，整个集中营内仿佛空无一人，外面一个犯人都没有了。“我们不出去，我们不出去！”犯人头目们从克莱默那里回到营区里。“我们不出去！”犯人们这样冲他们喊叫。“我们必须出去。”犯人头目们如是回答。又过去了一个钟头。这期间，克鲁提希和雷涅博特在施瓦勒那里。雷涅博特先前那种玩世不恭的派头又回来了：“总指挥官先生，集中营纹丝未动。”施瓦勒目光中带着困惑：“为什么？纹丝未动？”对于这个问题，雷涅博特只是潇洒地一耸肩作为回答。克鲁提希失声喊了出来：“这帮家伙早就发现了，在您这儿他们一根头发丝儿都不会被伤到！”面对这种公然的抗议，施瓦勒拒不承认。他用他惯用的、自吹自擂的语气词“哎哎哎”来打着圆场，同时还接了一个电话。电话里通知他准备出发的转运火车已经准备就绪了。于是他又对着克鲁提希自我夸耀了起来：“现在怎么样？一切如您所愿！火车已经随时待命了。最晚两个小时后犹太转运车就要出发了。”

突然，施瓦勒朝雷涅博特喊道：“您马上组织集合。如果半小时之内无法完成集合，我就让一队人带着狗到集中营里把他们都赶出来！立正！”然后他又叫住了雷涅博特，“无论如何您都要把我的命令传达下去，但是不要恫吓，您一定要避免给他们留下那种印象——就好像我们不让他们活下去了似的。”

雷涅博特的嘴角划过一丝不易察觉的微笑——他的第二遍广播

催化了犯人们的骚乱。在小集中营里，人们交头接耳。犯人头目和书记员站在犯人们中间高喊："集合！集合！"犯人们就像待宰的牲畜那样不情不愿地站到营区前。各种语言组成的叫喊声和咒骂声汇聚到一起，理不出个头绪。每个营区的犯人头目都面临着一样的问题——他们中没有人能够将如此混乱的一群人理出秩序。人们来回来去地走着，推推搡搡，大声喧哗，没有人自觉站好，犯人头目们对此无从下手，根本无法排出队伍。此刻迈出的每一步都是令人绝望的。整个集中营里弥漫着这种绝望的气氛。犯人们聚在营区前，然而长时间无法按秩序整队出发。又过去了一个小时。克莱默来到了小集中营。雷涅博特又通知了他一遍："集中犯人人头目，组织列队！组织列队！"声声呼喊在一片混乱中如此骇人，克莱默只能硬着头皮将人们组织好，让他们动起来。终于，一个营区接着一个营区在犯人头目的指挥下排成了队伍，缓缓地向坡地上集合场的方向蠕动。集中营内所有营区的犯人们挨挨挤挤着走到一起。只有病房区和 61 号传染隔离营房的护工们，以及他们的病患们还留在原地。还有就是那些苏共战俘，他们原本就与其他犯人隔离开了。

等到集中营终于集合完毕，时间已经过去很久了。犹太犯人藏在营区间巨大的阵营里，无人注意。他们隐没于人群之中。然而事情并不会这样轻而易举地结束。冲过来一群营区长和指挥官，其中一些人锁闭了营区，剩下的人将队伍中看起来长得像犹太人的犯人们赶出来，连拉带扯，拳打脚踢。队伍没有挪动，只是像被风吹过的麦地一般波涛汹涌。犹太犯人们在队伍之间窜来窜去，想把自己藏在其他人身后。当党卫军伸出手想抓住他们的时候，他们尽最大可能地和别人挤在一起。营区长们在小集中营的方阵里收获颇丰。

没过多久，就有上千的犹太犯人被从营区中揪了出来，赶到了大门口处。他们挤在一处，紧张不安地交谈着。铁丝网外是狂吠的军犬。营区长们似乎又接到了新的命令。他们突然离开队伍，跑向了大门口。队伍中的波涛渐渐平复，人们惊恐地站在原地，如同血液都被抽干了似的。大门边，营区长们确认了一下犹太犯人的人数，又将他们组织成一支队伍。一支武装党卫军的百人小队牵着狗走了过来。雷涅博特的声音从塔楼的主扩音器中传出来，响彻整个集合场："所有人，回到营区！"人们步履匆匆，如同一阵旋涡般涌回集中营，毫无秩序可言。各个营区的走廊被人流堵了个水泄不通，人们窃窃私语，流言满天飞。终于回到营区了，安全了。犯人们心力交瘁地一屁股坐到凳子上，上气不接下气。原来"终点"是这样的！现在每个人都明白了，他们等待的是什么。趁着列队时的混乱情况，博果斯基离开了自己的营区，半道上截住了博科夫。他们很快进行了一番交流。博果斯基急着想要告诉克莱默一些事情，博科夫则跑到普里布拉的营区内。那位年轻的波兰人又需要找到科迪茨克。这次紧急谈话在 17 号营区内进行，只有短短几分钟时间。大家脸上都露出焦急的神色。克莱默双手颤抖地将帽子摘了下来。刚刚发生的事，他袖手旁观了。

普里布拉坐在床板上，咬牙切齿，喘着粗气，双拳握紧。博果斯基明白这个年轻人心里有多着急。"不。"但他只能如此说，摇着头。普里布拉看了博果斯基一眼，博果斯基看到了对方眼中隐藏的愤恨，继而用波兰语继续说道："我们必须等待斗争，同样要在斗争中等待……"普里布拉完全失去了耐心，他猛烈晃动着看似平静的博果斯基："等待！永远是等待！"他发泄着内心深处的痛苦。事实上，博果斯基和其他人在经历了这一切之后也心有波澜，他们同样对博科夫的话失去了耐心："同志们，我们把第一次转运推迟了一天。"说完这话，他自己也说不下去了。他的呼吸变得急促起来。普里布拉用拳头痛苦地捶打着膝盖："总是推迟。推迟！"他又开始抱怨了。博科夫假装没有听到，转向了克莱默。然而他冲克莱默说的话，字字也都是在回应普里布拉："现在一切都看你了，瓦尔特。一定要拖延，拖延！"普里布拉一跃而起，失声大喊："就没点儿别的了吗！"接着，他突然一阵疲惫，"好吧……""注意点儿！"博果斯基向波兰人说道，"我们很虚弱，因为我们也无法阻止大撤离发生。好吧。不过法西斯也很虚弱。"博果斯基转向所有人继续说道，"每天前线都在逼近，我们在逐渐变强，然而法西斯只能越来越弱。我们必须耳清目明，一定要清清楚楚地知道前线到底到哪里了。"博果斯基拍了拍克莱默的肩膀，"如果克鲁提希跟你说：去，组织一批队伍，进行转运。你只要回答'好的，我现在就去'就可以了。"在博果斯基的劝说下，克莱默的面色稍稍舒展了一点儿。同时，其他人脸色也好看了一些。转运的名单，博果斯基这样说道，是需要编整的。法西斯首先会挑选他们认为的政治和道德上都不值得信赖的那些人送走。挑选！集中营进行了一次自我清洗。"在这场战役之中，你务必要表现得像一位将军那样，"他这样对克莱默说道，"书记办公室的人和所有的营区犯人头目就是你麾下的将士。你所有的安排就是你下达的军令。军令如山不可改！你明白吗？"

克莱默无声地点点头。突然，警报声响起。警报骇人的号叫声一直都要重复三遍，回荡在整个集中营里。"很好！"博果斯基胜利了！"警报！每天都准时造访。一遍，两遍，然后就无法进行撤离工作了！"

“走吧!”博科夫催促着。博果斯基拉住克莱默，想要给他和其他人一些力量：“朋友。”他温暖地说道。作为回应，克莱默抓住了这个苏联人的手。然而对方却在他脸上吻了一下。

五号关押室里上演着一出无声的悲剧。那两个人还在罚站。然而诡异的是，自打山魈在他们脖子上套上绳索之后，就没有去搭理过他们。他们瘦得皮包骨，脑袋看起来就像骷髅一般，眼睛红得像是着了火。胡子疯长，这让他们的脸看起来更加可怖。几天来山魈不给他们提供任何饮食。晚上，当他上床之后，福斯特会给他们带一点儿面包，但也不是次次都能成功。角落里立着的那个“果酱罐”已经污秽不堪，恶臭充斥在空气里，令人窒息。就在过去的这几天内，雷涅博特一直跟犹太人较劲，霍费尔则伸着脖子听着外面的动静。两个人开始悄悄说话。“马利安……”“什么?”“你听到了吗?……犹太人……他们要被送走了……他们要回家了……我们所有人都要回家了……”克罗皮恩斯基对此只有沉默，他希望这种虔诚的信念能带给霍费尔一丝慰藉。今天，自从早上以来，霍费尔就陷入了一种在他身上十分罕见的、不平静的情绪当中。刑讯室的过道上出其不意的安静，没有平时山魈制造出来的那些噪声。晨起的时间就那么过去了。两个人脸朝着门，一直站着。集中营里早集合的时间到了。没有任何响动。集合的时间也过去了。霍费尔越来越不安。“肯定出什么事儿了。”他焦急地说着。突然他忘了自己还在罚站，跑到了窗户旁边，全神贯注地透过那个小小的方形窗口向外瞧着。克罗皮恩斯基吓了一大跳，轻声恳求着他：“赶紧回来，安德烈。要是山魈看到你站在窗户旁边，他会杀死我们的。”霍费尔坚决地摇摇头：“他不能！我们反正已经套上上吊绳了。”不过他还是走了回来，机械地站到了自己原本的位置上。他一边罚站一边仔细听着外面的动静，过了好一会儿。他咽了几口唾沫，喉结动了动，脖子上的血管爆了出来。霍费尔看起来正在紧张地思考着什么。他走到门边，把耳朵贴到了门上。

“兄弟，”克罗皮恩斯基恳求着他，“你赶紧回来吧……”

霍费尔突然用恐惧的眼神盯着克罗皮恩斯基。“走了！”他突然说道，“全都走了！”他站在门边，将佝偻着的身子立起。原本他还想用拳头敲打房门，克罗皮恩斯基却走到他身边，一把把他拉了回来。霍费尔在克罗皮恩斯基怀中摇摇欲坠，他呜咽着说道：“他们把我们给忘了！我们是这个世界上最后的人了！现在我们只能在这里憋死！”

克罗皮恩斯基安抚地拍着霍费尔，试图让他安静下来。然而霍费尔已经神志不清了。他不管不顾地拉扯脖子上的套索，让绳子越来越紧，同时喊道：“憋死……憋死……！”克罗皮恩斯基被他吓得够呛，连忙捂住他的嘴，让他不要喊出声。霍费尔猛然来了一股力气，两个人扭作一团。霍费尔成功地从克罗皮恩斯基手下挣脱开来，便又高声喊了起来。这一番打斗让克罗皮恩斯基疲惫不堪。他依旧试图控制住霍费尔，让他闭上嘴。霍费尔的喉咙中发出咕咕的声音，他喘息着，然后又喊了起来。克罗皮恩斯基用胳膊紧紧圈着霍费尔，然而一切都晚了。门被打开了。山魈走了进来。在他身后，站着影子一般的福斯特。克罗皮恩斯基惊慌失措地抓着狂喊的霍费尔，直勾勾盯着山魈。山魈什么都没说。他眯起双眼，紧盯着霍费尔，看了几秒钟，然后便挥起了手。这是一次极其可怕的殴打。霍费尔被一拳打到角落。他撞到了墙上，跌坐下来，又撞倒了“果酱罐”。里面那些恶心的东西溅到了失去知觉的霍费尔身上。山魈用一种漠不关心的眼神查看了一番他这记拳头所带来的效果，然后离开了关押室。他在重新锁好的关押室的门前站了片刻。他用恐怖的口吻说道："要是他就这样一命呜呼了……"

"要把他清理干净……"福斯特大着胆子说道。山魈冷冷地看着他："你可真好心，是吧？"他走回自己的房间，懒得再管那个勤杂工。

由于警报响起，犹太犯人被推迟转运了。在警报声中，克鲁提希用军犬将已经集合完毕的犯人们驱赶到集中营外的一间厂房里。这间厂房是 1944 年一次空袭之后残存下的。高空之中，一队飞机掠过了集中营。

在从魏玛通往集中营的公路之上，警报令上千人的犯人转运队伍受到了惊吓。他们从哈尔茨和图林根的两座集中营向布痕瓦尔德而来，一路上被美军追得四处逃窜。魏玛和四周村庄发出的防空警报让这支苦难的队伍不得不沿着乡村公路匍匐前进。在这种空旷的区域，四周毫无掩体。尽管天上飞过的飞机并不意味着直接的危险，然而警报还是让负责押送的党卫军疯狂了。他们就像野兽般吼叫着，分队长们浑身都是土，在队伍中走来走去。队伍一路上被武装党卫军押着，死伤无数。他们用扯下来的树枝抽打着这些衣衫褴褛、疲惫不堪的人们，逼着他们跑步前进。这群被逼赶着的苦命人饿得前胸贴后背，还要被那群暴徒不断抽打。他们早就放弃了抵抗，听天由命。然而队伍丝毫没有加快速度。

"跑起来，跑起来！你们都给我跑起来！"

根本没有落脚的地方，而且人们也没有力气奔跑了。只有一个个晃动的脑袋显示出他们沉重的双腿确实想要尽力奔跑。在起伏的人头大潮之上，是轰鸣而过的飞机和疯狂挥动的棍棒。他们赤裸着的、伤痕累累的脚上飘零着破烂的裤管。坚硬的木头鞋在长途跋涉之中早就丢失或者走掉了。轰炸机的轰鸣和分队长们的咆哮交织在一起，形成了一曲恐怖的二重唱。

“跑起来！快！”

分队长们怒气冲冲地四处抽打着人群。

四处都是袭击的声音，大街上满目疮痍，哨兵们把被打死的犯人尸体拖到路边。

“跑起来！跑起来！”

殴打，射击，喊叫，哭泣，血，尘土，步履踉跄，人潮汹涌……倒下的，被抛弃，被拖拽。巨大的千足虫蠕动向前，步履不停。

从魏玛到集中营一共有九公里的路程。路上的农民们小心翼翼地躲到道路两旁。两名警察骑着自行车迎面而来，停下和分队长们交谈了几句：“你们在这儿杀人，还把他们丢在这里，美国人来了以后，责任就算我们的了。”

“闭嘴！这是我们的事儿。滚！”

距离集中营还有八公里。到了山前，开始走上坡路了。

“跑起来！跑起来！”

“我走不动了，我走不动了……”

“坚持一下，朋友，再坚持一下，我们马上就要到了……”

一小时之后，队伍进入了树林。山路越走越高。人们困顿不堪，粗重地喘着气。党卫军们越来越疯狂，他们的殴打丝毫没有减弱。

他们开枪了！

打死了一个，两个，还是三个……

奔跑的步伐早已开始蹒跚。队伍走得稀稀拉拉，每只脚终于有了多一点儿空间。人们的脑袋向前伸着，发出沉重的叹息声，摇摇晃晃地向前走着……队伍中的一个人绊倒了。跌下的时候，他用双手护住了自己……

“站起来，你这混蛋！”

动作稍慢一点儿，就只有死……

亲爱的上帝啊，让我活下去吧！

他用尽全身最后一丝力气，挣扎着想要站起。然而他已经被哨兵拖出了队伍。他想要向前爬动，然而一名分队长掏出了手枪，瞄准了地上那条可怜虫：“混蛋，去死吧！”一枪之后，又补了一枪。

继续，继续。队伍在爬山，越爬越高。

魏玛已经远在天边。所有人都感觉集中营已经近在咫尺。队伍路过了那块惨白的、写着黑色字体的警告牌：“布痕瓦尔德集中营司令部辖区。注意……”上面还画着一颗骷髅，下面带有两根交叉的骨头，以示警诫。

几名军衔稍高的党卫军军官走在队伍前列。他们停了下来。队伍也停了下来。

四名头戴钢盔、罩着防毒面具、挎着医药箱的犯人站在他们面前。

“你们几个家伙在这儿干吗？”

犯人们立正站好，报告道：“医疗队。总指挥官命令我们在防空警报的时候在外围警戒线巡逻。”

这几名军官互相看看，觉得这事儿十分滑稽。“这儿什么事都没有……嘿，你们几个傻鸟，这里离集中营还有多远？”

“还有十分钟的路，下士先生。”

这名军官招呼了一下，长长的队伍又开始移动。他们经过了铺满了碎石的战壕和防空洞，在里面蹲着三重交错的警戒线哨兵。

突然，警报声响了起来。终于，它们的气力用得差不多了，声音渐渐弱了下去：警报解除。队伍开始向栏杆处移动。警戒线上的哨兵们从战壕里爬出来。党卫军军官们终于到达集中营了。

“我们带了多少人来？我们也不知道。大概 3500 个人吧？也许只有 3000 人吧，我们怎么知道路上打死了多少人呢？我们靠两条腿走了一个多星期。我们从奥尔德鲁夫、米尔豪森、贝尔勒施代特和阿德罗德过来的。”

其中一名负责押送的哨兵给雷涅博特打了电话。那四名医疗队成员回到集中营，打了进门的报告，然后便匆匆和大门口处医疗队的其他队员会合。雷涅博特骑着摩托车，从他们身边飞驰而过，驶向栏杆处。

警报解除之后，集中营又活动了起来。营区内的犯人们又开始聚集了起来。命运的树枝已经捅进了蚁群，将他们搅得天翻地覆。各种流言从一群人传到另一群人当中。四处都散布着猜测和恐慌。

“他们会把我们弄到哪儿去？”“我们绝不离开集中营。”“如果我们拒绝的话，他们会杀死所有人的。”“施瓦勒已经要求诺赫拉[1]的机场提供轰炸机了。”“天啊，别说这样的蠢话了。他们还要把飞机派到前线去呢。”“如果他们投毒气弹呢？”“混账！那他们自己不是也一样完蛋？”

1 位于德国图林根州。——译者注

在此期间，ILK 派出的独立联络员正在一个营区一个营区地联络反抗小组的组长。他们需要从满天飞的流言中理出一个头绪来。

“我们必须要拖延大撤离的时间。美军随时都有可能到达。他们应该已经到达爱森纳赫和迈宁根了。”

在迁走犹太人之前，首先要解决新来的人的安置问题。

“我们打算把这群废物赶走，看来你们也没想出什么更好的方法。”雷涅博特叹了口气。那几名军官说道：“该去哪儿就去哪儿。要是把垃圾扔到大街上，老百姓就该不乐意了。”

“已经不乐意了，”雷涅博特抱怨着，“路上死了多少人？”

“整一卡车。”

“现在这群混蛋是来了！洪水猛兽都来找我们了……”

雷涅博特又回到集中营里。又来了一群将死之人。雷涅博特又朝着麦克风喊道：“所有营区犯人头目和集中营守卫队马上到大门处来！”人们的良知又一次被唤醒。发生了什么？犯人头目们聚在书记办公室里。新来的人已经通过大门上的那个小洞进入集中营了。

一片混乱之中，克鲁提希野蛮地叫喊着：“都给我滚蛋，我受够了！”雷涅博特朝他喊了回去：“你把烫手山芋扔给我，就为了自己赶紧完事。我只是个参谋官，无论如何这是你的职责所在……”

“我的职责所在？我他妈的就是个二线！这事儿应该怀桑科管！那条老狗又跑到施瓦勒那儿去喝酒了，又喝得醉醺醺的！”事实上克鲁提希还是把事情丢给雷涅博特了。雷涅博特迅速被人潮包围，而克鲁提希倒跑到了军官赌场。

几辆卡车停在大门前，党卫军哨兵从车上跳了下来。雷涅博特不费吹灰之力便让营区长们把集合场封锁起来。他把这些人都交给克莱默，并冲着后者和营区犯人头目们喊道："把这些人都带到营区里，快！"

"营区已经人满为患了，参谋官。我们没有床位也没有铺盖。"

"您怎么这么多事儿？"

"我们应该把这些人安排到哪儿呢？"

雷涅博特疯狂地大喊："关我屁事！马上清空集合场，一个人也不许留！"他冲集合完毕的守卫队喊道："来25个人，上车。出发，出发！到大街上去把尸体都给我抬回来！"他们热火朝天地出发了。

汽车一溜烟开远了。克莱默必须迅速麻利地完成任务。在犯人头目们和余下的守卫队队员的帮助下，他迅速将集合场上的人们分成几个大队，然后把所有人带到浴室。集中营内的犯人们涌了过来，对这些新来的人充满了好奇："你们从哪儿来啊？外面看起来是什么样的？"

犯人头目和护卫队的人把这些好奇的人阻拦住了，他们退到了过道上。一大群人堵在浴室门口，看起来杂乱无章。克莱默还不能松一口气。此刻，务必要在已经饱和的营区内为新来的人们寻出落脚地。在这种急迫的状况下容不得商量，克莱默直接下了命令。一个营区犯人头目绝望地喊道："我要把这些人带到哪去呢，我的营区已经要爆炸了！"克莱默喊了回去："整个集中营现在都已经爆炸了，不单单只有你的营区！赶紧的，领50个人走，快！"小集中营也必须安置一部分新来的人。经过甄别之后，营区里还剩下一些犹太人，然而也产生了许多空位。克莱默让新来的人填补到空位之上。有一些单一国籍的营区现在也成了国际部了。无所谓，只要能塞进去人就好。谁知道还能在这里待多久呢？集中营再也无法安静了。等到把所有人都安顿好，已经是下午了。上街捡尸体的卡车也已经满载而归。卡车在火葬场厚厚的围墙之后消失了。波兰搬尸工爬上车，在尸体间走过，尽量维持着平衡，然后一具一具往下抬。尸体起劲儿地飞着，有的头先着地，有的腿先着地。身体砰地撞到地上，发出钝响。一具接着一具，让那座尸体的小山越堆越高。它们有的坐着，看起来就像是喝多了；有的跌了几个跟头，四肢在头上交叉着；有的尸体纠缠在一起，做了最后的拥抱；有些因为脱臼看起来姿势怪异；有些看起来在笑；有些睁大双眼，咧着嘴巴，就这么飞了下来……小山越堆越高。

雷涅博特给克莱默下了命令。那个年轻人已经收起了他所有的玩世不恭，尽管他还在用自己的腔调说话，然而那种讽刺的调调已经消失不见了。

“您已经把那些人都安顿好了？”克莱默一进来，他就这样问道。

“是的。”

“那么，很好！听好了！明早的时候，您要组织出一支千人转运队伍。要有行动能力的人，明白吗？”

“是的。”

“明天一大早，八点钟，转运集合。走吧！”

桌子旁边坐着克鲁提希，他突然拦住克莱默：“那46个人在哪儿？”

克莱默的舌头转了个圈儿，想要说出“我不知道”几个字，然而他这样说道：“他们藏在集中营的各处。守卫队的人已经在找了，但是没有找到。”

克鲁提希在克莱默胸口重重打了一下。“胡扯，”他阴森地说道，“我给你最后一次机会。别觉得你在这儿就说了算了。别觉得你能置身事外！你，霍费尔，还有那个波兰人……你们三个人，我有你们的把柄。”他用手枪指着克莱默的鼻子尖。面对这种威胁，克莱默只有沉默。他心中只有一个想法：霍费尔和克罗皮恩斯基还活着……

“还有你藏起来的那个犹太小鬼，别想躲过我们！我们会把你们全都收拾干净，一个也不留！”

雷涅博特走到两人中间。“您明白的。”他打断了克鲁提希，围着他绕圈，把克莱默当空气，“你这个傻瓜！我和他解释过了，那个波兰人和霍费尔早就死了，可是你……”

“你这是怎么和我说话呢，这是和长官说话的口气吗？”

雷涅博特尖酸地笑了：“我怕您是长官当得太久了，宝贝。现在我们要尽可能地做那种恭谨，还有——谦卑的人。”

当看到克莱默从集合场远远走回来的时候，一直在等候的博科夫拦住了他，两人一起来到克莱默的书记员办公室。博科夫急需将实情的来龙去脉整理清楚。克莱默一把将帽子甩到桌子上。博科夫觉得他有点儿不对劲：“发生什么了？”克莱默盛怒之下竟然笑了起来：“当他把枪对准我的鼻子尖的时候……”

“谁？”

“克鲁提希。”

克莱默坐在桌子旁边，笑得尖刻：“雷涅博特一时间也无法干掉我。那个蠢蛋对他的长官说得太多了。”

“说什么了？”博科夫十分焦急。

克莱默带着满满的胜利感，将双臂高举过头顶。他想要喊叫，想要充满了笑意地欢呼。此刻这种心情已经写在他的脸上了。然而这种感觉马上收敛起来，化成了低调然而更为强烈的胜利感。他的血液又重新在僵硬的身体里激荡起来了。克莱默放下手臂，站了起来："先这样吧，赫尔伯特，先这样。首先，我必须要把里面的事儿解决。"克莱默的语气十分温暖，他将两只宽厚的手掌抚在自己胸前。他绕过桌子，站在博科夫面前，将双手按在他的肩头："我们那两个刑讯室里的人……他们还活着。我知道。我知道了很多事情。现在我们可以把那 46 个人放出来了，已经没有人再找他们了。"

"你确定？"

"确定。"

克莱默深吸几口气，鼻子上的皱纹愈加明显："又是新一轮斗争！明天早上我必须要组织出一支千人的转运队伍来。也许我可以把出发时间拖延到中午，拖到拉防空警报的时候。这样我们就赢得了一些时间。"

"尽全力去做吧，瓦尔特。"

克莱默突然没来由得问道："那个孩子呢？他在哪儿，赫尔伯特？"

"我也不知道。"

克莱默仔细看了看博科夫的脸，确定了一下这话的真实性。

"必须找到他！"他深沉地说道。

"为什么？"

"为什么？"克莱默有些生气，丢回了这个问题。他坐回到桌子旁边，盯着自己交叠的双手，轻声说道："为了这个小可怜虫，我们已经付出了太多太多。现在他理应回到我们身边了，其他人也是一样。霍费尔，克罗皮恩斯基，那 46 个人，你，我……我们应该同生共死，同进同退。然而无论如何，他都理应在我们身边！"克莱默紧紧攥起了拳头，"他应该在！找到他！"

博科夫沉默了。他理解他的朋友。克莱默激昂的语调回旋在他的心间。

克莱默用满含愤怒的话语打破了博科夫的沉默："肯定是你们中的谁把他抱走了。ILK 中的人！是谁？"

博科夫耸耸肩。

"找到他！把孩子找回来。把我们的朋友们从藏匿点中解救出来，还有那个孩子，不能再拖了……谁知道他在哪儿呢。"

博科夫点头同意："你说得对，瓦尔特。为什么他不能与我们同进同退或者……你说得对，瓦尔特。无论他藏在哪儿，我都会去尽力寻找。"

克莱默缓缓起身。他的情绪缓和多了，态度也友好多了。

新一轮转运的命令如同一枚重磅炸弹，在原本就人心惶惶的营区中激起千层浪。犯人头目们接到了克莱默的通知，纷纷来到书记办公室。"我们必须要在明早的时候完成工作，朋友们……1000 个人！这意味着要清空一整个营区！"

对抗越来越尖锐，越来越不可避免。这是一条不归路。

由于命令的效果，原本麻木的营区一下变得激动而混乱。"我们不去！我们死也要死在集中营里！"一些犯人头目掏心挖肺地跟这些激动的人们讲着道理："你们好好想想，朋友们。要是党卫军来了，他们可不会像我这样和你们讲道理。我不能邀请你们留下，因为我没办法对你们的死亡负责。"

在这种情况之下，集中营各处角落里开始进行着某种秘密的交谈。组织的联络人员和每一个反抗小组的组长做了交接。"每一个小组都要派出一名同志参与到转运中来。自愿！和你们的人谈谈。让他们带上武器，刺刀或者匕首类的。他们一定要尽量在途中保证转运的安全，同时解放转运队伍。”这能否成功呢？嗨，谁知道呢。

博科夫和博果斯基下达了指示。然而此刻并不是召唤全体 ILK 成员的最佳时间。各个小组长和他们的小组成员分别进行了简短的交流。地点都很隐蔽，要么在营区的短短的过道之间，要么在寝室的角落中。“你愿意去吗？”沉默，双唇紧闭，思绪如同鬼魅，忽而飘至远方。那是他们心中家的方向。在那里，有一位女性：一个小女孩，一位母亲，抑或是一位少女……等着他们归家。想到这些之后，他们点点头，或者摇摇头。有些人痛快地给出了答案，因为他们没有远方，不必在做抉择之前进行一番深思熟虑：“当然了。我去。”他们自愿将死亡的重担扛到肩头。

就在这些简短对话进行的同时，博科夫在和他的朋友谈天：“跟我说实话，雷奥尼德，你把孩子藏起来了没有？跟我说实话。”

“你为什么这么问？我早就跟你说实话了，那现在我再说一遍：我没有把孩子藏起来。”

“但这事儿肯定是咱俩当中的一个人做的。”

博果斯基热情地点着头，想要证明自己的清白。

“你知道孩子在哪儿吗？”

“不是我干的，我怎么可能知道？”

博科夫叹了口气，他根本不信任博果斯基：“只可能是你把孩子藏起来了。你为什么不跟我说实话呢？”

面对这种不信任，博果斯基只能遗憾地耸耸肩：“你要是不信任我，那好吧。我也没什么好说的了。”

没办法。

今晚，德国国防军的广播播送的时间特别久。这可真不寻常。

下午的时候，施瓦勒就已经下达了相应的命令，他和卡姆罗特交代了转运的事宜。

“您还是坚持要进行撤离工作吗，总指挥官先生？”

施瓦勒双手局促地叠在身后，绕着写字台转圈，没有回答卡姆罗特的话。

“我他妈的再说一遍，您不要只盯着前线！要是您总是这么乖觉、听话、愚蠢，迟早我们得一起下地狱。我们没有时间了。”

“我们还有时间！”施瓦勒歇斯底里地喊叫着，“我们的部队还在坚守着阵地！”

卡姆罗特干笑了两声：“还能坚持多久？”

施瓦勒松弛的脸颊晃动得像个面团：“日子已经很不好过了，您就别再给我找麻烦了。明早您带1000人去达豪[1]，就这样！”

卡姆罗特又干笑了两声：“达豪那边的人会热烈欢迎我们的到来的！也许他们那的集中营已经倾巢而出，我想想，在朝着布痕瓦尔德方向而来？真是一个有趣的置换游戏，我们就搬家去那里吧——他们会帮我们干掉这群坏家伙，污渍一消灵。”

施瓦勒恨不得给卡姆罗特两拳。他的手都已经挥出来了，然而他还是忍住了，开始绕着写字台继续走圈：“您是一个有理性的人，卡姆罗特。您觉得，您的部下还值得信赖吗？毕竟您已经不是过去那样的核心人物了。而您下面蠢材辈出。”

1 位于巴伐利亚州，地处慕尼黑西北20公里处。1933年，纳粹德国在该地创建达豪集中营。——译者注

“一道命令，就足够了！”卡姆罗特自信满满。

施瓦勒脸上的表情松弛了不少：“您真的这么认为吗？我倒不这么认为。我下了命令，让克鲁提希带着狗去找那46个人。然而他一个都没找到。”

“因为他们不行。”

“或者不想……也许我比您更了解您的部下？战争输了。我们还能做什么呢？”施瓦勒站在卡姆罗特面前，“我们现在无计可施，不是吗？成王败寇，谁管你是将军还是小兵？我还需要说得更明白点儿吗？”

面对这令他不快的事实，卡姆罗特还想固执地驳斥：“您先让我们上路。我的小伙子们早就咬牙切齿了，他们会像猎狗撕兔子那样撕了他们。”

施瓦勒很快就明白自己已经有了保险了。他竖起一根手指：“这是另外的事！不过现在我们已经把捕鼠夹做好了，我亲爱的……”

“您总是思虑周全。”

施瓦勒洋洋得意地回答：“我总是思前想后。比如说……”他走到电话那里，给了雷涅博特一个任务，就是把今天的军事报告传播到集中营里。“成王败寇，”他又重复了一遍自己的金句，“里面关着的那些人，他们也明白这一点。如果他们听说我们拖了美军的后腿，那他们就该着急了。明天一早，他们就会像一群小羊羔那样乖乖到大门那儿集合，准备上路。”

消息迅速在集中营传播开来，引起一阵紧张。这种效果是施瓦勒所期待的。

美军的先头部队驻扎在了爱森纳赫、迈宁根和哥达地区。犯人们听闻此讯，都十分惊恐。事情会怎么发展？反抗小组已经处于二级警报的状态中。他们不能离开营区，而是要时刻做好准备。除了跟随转运离开的命令之外，组织没有再下达过新的任务。这次军事计划，组织已经部署了几个月有余。他们会成功吗？现在情况瞬息万变，一切尚未可知。当晚，又有一条流言传遍了集中营：美军的空降兵已经在爱尔福特着陆了。今天早些时候集中营司令部给他们下达了新的命令，同时也带来了最近战报。大家交流着新的小道消息，情绪高涨，而这也和那则令人沮丧的战报形成了鲜明的对比。如果他们做对了，那么转运就不会成功了。希望之于绝望，就如同波涛上漂浮着的一截麦秸秆。然而如果前线已经停止继续向前推进了，空降兵是如何在爱尔福特降落的呢？这有可能吗？不过，在战争中什么都可能发生。如果战报陈述的都是事实，大撤离还有时间进行，那么这么大批的人要去哪里呢？真相到底在何处？谁知道呢？在这黑暗之中，谁能带进一缕光来呢？

夜幕笼罩在集中营上空。在浴室的地下煤窖里，在厨房储藏土豆的房间里，犯人们吃力地从自己的藏身之所中爬出。小集中营里的书记员受克莱默之托把普略勒从下水道里拉了出来。重获自由的人们溜进营区里，克莱默已经提前知会了各位犯人头目，把他们掩藏起来，泯于众人。不过有些人还是留在了他们藏身的地方，比如说伦基，他就待在了地基洞里，这比出来要强得多。克莱默要做的事太多，他四处奔走，处理善后事宜，当他往自己营区走的时候，刚好碰到了从里奥蒙德那里回来的博科夫。博科夫是去求证那振奋人心的、在爱尔福特着陆的消息是否属实的。不管怎样，法国厨子还是有点儿探听消息的门道的，毕竟里奥蒙德在党卫军的赌场里做事，而那里经常有人谈论时事，还能听到国外的电台，也许会播报此事。没有什么靠谱的消息，也就是说，眼下还无法判断出准确的军事形势。

“现在还不能动手，”博科夫这样告诉克莱默，“我们必须让转运顺利出发。”

“孩子呢？”

博科夫实在不想让克莱默失望。他只能说：“很快就会找到了。一找到我就把他带过来。”

克莱默点点头：“很好，赫尔伯特，很好。孩子必须要回来，我们要对刑讯室里的那两个和……和皮皮希负责。”

博科夫沉默了。

这一夜克莱默睡得并不安稳。一大早，他就伴着晨雾起身了。各个营区已经将转运名单确定下来了。自愿参与转运的小组成员接受着来自他们同伴们的沉静的送别。他们贴身藏着武器。到底有没有可能解放转运队伍、将他们送到美军那里呢？会有多少党卫军押送转运呢？要去哪里呢？

克莱默一个营区一个营区地走着：“雷涅博特下令的时候，出去集合。混在人群里，你们知道怎么做。可能今天很快就会响起警报，我们就可以推延出发了。”

然而却发生了其他更加出人意料的事情。所有的推延计划全都作废了。规定出发时间的半个小时之前，有一支百人党卫队集结在大门口处。他们列队在两边，枪已上膛，手雷别在腰间。铸铁大门大敞着。营区长们跑过空无一人的集合场，手中握着棍棒或者手枪。他们无差别地从各个营区中揪出犯人，殴打着他们，就好像他们想把整个集中营的人都赶到大门口似的。一片混乱中，营区长们的怒吼声和逃窜的犯人们的喊叫声交织在一起。为了这次转运所做的安排都白费了。现在，只有恐慌，喊叫和逃窜。人们被驱赶着，穿过石板路，穿过集合场，穿过敞开的大门。营区长们还在集中营里不停地抓人，赶着他们去大门处。

被驱赶的人们已经失去了理智和思考力。他们在恐惧、奔逃和从未有过的殴打之下乱成了一锅粥。他们争先恐后地跑向大门，就好像跑出去就能得到解放似的。集中营中仿佛刮起了一股龙卷风。党卫军分列两队，排成巨大的长龙。被赶出来的人越来越多，直到凑够了人数，大门才砰的一声关闭。人们哭喊连天，跌跌撞撞，被赶着跑到大路上。在栏杆处有一群党卫军，通过殴打的方式，把混乱的人群排出一个大致的队形。

这场哭泣的风暴持续了不到一个小时。留在营区里的人们，什么都不愿去想，不愿去谈。他们的心脏还在怦怦跳着，大脑也是一片混乱。在桌子边、长凳上，在寝室里的床上，到处都是垂头丧气的人们。他们双手捂住眼睛，大口喘着气，逼迫自己平静下来。

在这场浩劫之后一个小时，防空警报开始号叫了。号叫声就如同一个满脸大胡子的男人突然闯进了女更衣室一般。新一轮防空警报！

物资库的犯人们已经好几天没有工作了。小小的物资库成了深受他们喜爱的避难所。待在这里很安全，可以躲过转运的劫难。就在集中营里风暴四起的时候，他们也慌乱不已。警报一响，他们终于松了口气。这时候他们才发觉，伍拉赫已经消失不见了——那个骗子是躲起来了吗？还是说他还在物资库没有走？早晨的时候，他还和物资库一起集合了。

他们寻找着他，先是问二层衣物室的犯人们，又去问了一层工具间的人："那个奸细消失了。你们看到他了吗？"

没人能提供什么信息。也许那个奸细在一片混乱的时候被抓了，被带走了？也许他是自愿随着转运离开的，省得会被别人报复？犯人们又走到了楼上。应该把这件事告诉茨威灵吗？有些人不认为应该这么做。就让那个坏蛋自生自灭吧，他就是一块烫手山芋。也许茨威灵自己也正在发愁呢。最终，他们决定还是保持缄默。

反抗小组内部情绪正在发酵。大家要求派发武器。不安和烦躁撼动着纪律的威仪。联络员传达了通知，但是毫无作用。在这危急时刻，大家都坐不住了，ILK 的同志们开始跃跃欲试，想要暴露身份。他们很快便决定要和反抗组织的组长们聚一聚，大家好好谈谈。

这黑暗一刻之后，上百人聚集到了一个空出来的营区里。克莱默也参加了这次谈话。

博科夫还没来得及说什么，大家就开始要求装备武器，好反抗接下来的撤离行动。最没有耐心的依旧是普里布拉。他波兰小组的伙伴们也十分赞同这个要求。然而还是有其他的组长希望能够继续被动等待。

大部分人还是支持反抗，他们宁可在斗争中灭亡，也不想再这么等下去，眼睁睁看着朋友们赴死。今天是 1000 人，明天也许就是 3000 人。不安的情绪越来越高涨。"给我们武器！明天就起义！"

站在一边的克莱默没法再袖手旁观了。他冲着群情激荡的人们喊道："大家先别吵了！我们不是在组织罢工集会，现在可是在集中营！你们再这么嚷嚷，小心惊动党卫军！"瞬间，大家便安静了下来。"你们想要武器，明天就起义？行，就这样吧。"克莱默的讽刺刺激到了大家。人们又开始躁动。

“让我说完，我的老天爷！我毕竟还是这个地方的犯人总头目，还是有点儿话语权的。我们到底有多少武器，其实我也不知道。你们都比我清楚。然而，有一点我是清楚的！武器不够好，数量也不够，不足以支持我们和6000名党卫军交战。我还清楚一点，只要我们不愚蠢地逼他们，司令部的人会尽可能避免在集中营里留下一座尸山！”

“愚蠢？”

“你这个集中犯人人总头目在说些什么啊？”

“听着，他还在替党卫军说话呢。”

博科夫插话道：“让犯人总头目把话说完。”

克莱默叹了口气：“我不知道，你们是否都是共产党员。但我是！仔细听好我说的话，希望你们明白我的意思。”

他顿了顿。

“我们在集中营里藏了一个孩子。你们肯定都知道这件事。因为这个孩子，我们已经经历了许多磨难。由于他的原因，我们中的两个人被关进了刑讯室，你们认识他们。因为这个孩子，我们的皮皮希已经死了。因为这个孩子，许多其他的狱友奔赴鬼门关。你们，现在坐在这里的你们，也因为这个孩子而身处极大的危险之中。这孩子身系整个集中营的安危命运。把一个孩子藏在集中营里，我们是多么愚蠢才能干得出这种事儿啊！如果在发现那个小孩的时候，我们把他直接交到大门处，那我们的皮皮希，他现在还活着，霍费尔和克罗皮恩斯基也不会被关在刑讯室里受折磨，随时准备迎接死神的到来！如果我们那样做了，一切都不会到现在这一步，是不是？”

房间里有一种奇异的静默。所有人都异乎寻常地集中着注意力。

“那你会把孩子交给党卫军吗？”克莱默问站在身边的普里布拉。

那年轻的波兰人没有回答。克莱默看到他眼睛里闪烁着隐秘的光芒。

“你看，要决定生死是多么难的一件事！你觉得，让我亲手把死亡转运名单送交大门处，是一件很轻松的事吗？”

克莱默转向所有人：“我该怎么办呢？我应该去找克鲁提希：我拒绝您的命令，枪毙我吧？……我是多么伟大啊，对吧？……然后你们会给我立一座纪念碑……可是我没有这样做，我拒绝了这项殊荣，而是把无数人送到死神手里，只为了……为了救人，也就是说，为了让施瓦勒不要展开屠杀。”

克莱默看着眼前的一张张脸，他们齐刷刷注视着他。“你们明白了吗？要理解起来可能并不容易。非常不容易。那么大伙儿，我们现在该做什么，这也不是一个容易的决定！我们不能轻易地便决定生死！如果可以，那我很乐意说：好的，大家拿好武器，明天开火！我可以说：我们救了那个孩子，所以皮皮希因此而死，对吗？我可以说：我们应该杀死那个孩子，这样皮皮希就可以活命了，对吗？那么，说说吧！谁能给我一个正确答案呢？”

克莱默情绪激动了起来。他还想说很多很多话，然而他的思绪十分混乱，他打着手势，尽量想表达些什么，却失败了。最终，他放弃了，屈服于面前这些沉默的人们。

大家沉默着。克莱默说出的每一个词都如此沉重。每个人手中似乎都有一杆秤：现在自己称称这些话的分量吧！

大家重新陷入思索。会议结束在一片肃穆之中，一如之前。

小组长们可以给 ILK 的其他成员部署第二天的行动了。大家不再想着提关于武装反抗小组的要求了。通过这番谈话，大家都坚信，目前缄默的状态只是暂时的。法西斯已经走到末路了。现在又回到了原来的轨迹，继续制订拖延计划，进行被动反抗。然而，将上千人送进鬼门关，这种滋味实在是不好受。

这时，集中营守卫队的布兰登来了，他和博科夫耳语了几句，脸上露出了关切的神色。“朋友们，”他说道，“前线又开始推进了！这回消息可靠！现在米尔豪森东边正在激烈作战！朗根塞尔察[1]和爱森纳赫已经被占领了！”

“安静，不要吵！你们是疯了吗？”克莱默站到大家中央说道。大家已经纷纷从凳子上站了起来，议论纷纷。

几天之后的一大早，克莱默就得到了新的命令。几小时之内，他必须要组织 1 万人。有 1 万个人要上路了。同一天之内，还要组织出 800 名苏共犯人秘密出发。

党卫军军营里已经吵吵嚷嚷，命令不断了。需要安排出一批人来押送这支庞大的队伍。爱森纳赫的突发事件让出发变得仓皇失措，更像是逃跑。几天以来，已经有数千名犯人上路了。集中营里哀鸿遍野。正在克莱默、犯人头目和守卫队组织第一批转运犯人的时候，党卫军的人已经在军营前排成了长长的队列，向集中营行进。17 号营区里的 ILK 成员紧急进行了一次集会。

押送犯人意味着反抗小组会迎来一次重大损失。然而他们已经决定执行这道命令。随着美军的脚步越来越近，安全也越来越近了。

1 位于图林根州。——译者注

他们推测出了一个靠近美军的地方，要在那里发动武装斗争，将负责押送的部队逼到美军处，然后消灭他们。他们能配备的只有一些冷兵器，以及区区几把手枪。博科夫的任务是搞来武器。这是一个关乎生死的决定了。这个胆大的行为是博果斯基决定的。ILK 的同志们走得太匆忙了，一如他们来的时候。

法国人、波兰人、苏联人、德国人、荷兰人、智利人、奥地利人、南斯拉夫人、罗马尼亚人、保加利亚人、匈牙利人，还有许多别的国家的人，所有人团结到一起，投身于此。每个营区里都乱乱哄哄，传出嘈杂声、喊叫声。人们拥拥簇簇，说着不同的语言。

就在仓促准备的时候，警报猝不及防地响了：空袭！所有人欢呼着跑回营区。已经集合完毕的党卫军也赶回了军营。16 名医疗队队员跑过集合场。雷涅博特隔着那扇已经锁上的大铁门朝着他们喊道："你们回来！"一瞬间，那 16 个人便停住脚步，转身又回到了集合场。第一排营区窗户边的犯人们喊着："他们不许医疗队的人出去了！"

科恩离开了病房区，他跑着，拐了个弯，来到了书记办公室，一把推开克莱默办公室的门，疯狂喊道："哎嗨，围猎结束！"然后他把门撞上，又跑着去通知别人。

短短时间之内，集中营里里外外如同秋风扫落叶一般干干净净。空袭的声音从远处传来，闷闷的，如同隐忍不发的雷暴。营区的墙壁都在颤抖着，犯人们在营区里或坐或站，挤在一起，如同遭遇暴风雨的行人找到了一个可以遮风避雨的屋檐。有的人把铺盖团成一个球，斜斜地挡着上半身；有些人用绳子把小水杯、饭碗绑在身上，胳膊下还夹着纸板箱，仔细聆听着外面发生的事情。美军越来越近了，可信吗？有希望吗？那些轰鸣声和射击声是从哪儿传来的呢？

从爱尔福特，甚至是从魏玛？

施瓦勒、克鲁提希、怀桑科、雷涅博特、卡姆罗特，还有其他一些军官，齐刷刷躲在集中营前面的混凝土建造的刑讯室里。掩体和防空洞里也藏满了党卫军。空袭的声音敲打着他们的恐惧。一股强大的力量笼罩在他们上空，他们仿佛被关在一个密不透风的铁牢里。

一个小时又一个小时过去，只有沉默和恐惧。终于，解除警报的声音响起。人们从地下纷纷钻出，狼狈不堪，好像一群涌出来的昆虫。吹响了信号哨，命令还是要执行。党卫军重新整队。施瓦勒和他的下属们回到了办公楼。雷涅博特急匆匆地走回自己的办公室，他的声音回响在集中营之中："集中犯人人总头目，马上组织队伍！马上准备出发！"

拉响警报期间，犯人们心里一遍一遍暗自发誓，绝对不离开集中营了。现在迫于命令的淫威，他们又不得不前往大门，组成了上千人的大队。时间紧张，不用再点数了。克莱默走在一群守卫队队员中间，为自愿上路的人送行。"走吧，祝你们好运。"没有一个营区长过来交接，此刻他们都在忙着把其他犯人扫地出门。

几名营区犯人头目自愿跟着自己营区的犯人一起，加入转运队伍。这一波风暴过后，克莱默和其他犯人头目在一所新空出来的营区内集合。

"今天又送走了1万个人。"大家都清楚这个事实。克莱默脸上写满了疲惫。犯人头目们也是身心俱疲，一张张脸都皱成一团。

"我们还要继续坐视不理吗？我们不能采取点儿防御措施吗？谁知道那群美国人现在在哪儿啊？"

"谁知道呢？"克莱默疲倦地点点头，"大家听好。我不会再组织转运了，你们要清楚这一点。防空警报拉响的时候就是我们最珍贵的时机。也许今天还会有二次警报，他们不会再组织撤离行动了。不过也许他们还会再进行一次追猎活动，就像昨天似的——迄今为止我们依旧受党卫队力量的制约，作为犯人总头目，我也还是要行使我那该死的职权：我要帮他们执行命令。现在我告诉你们，今天还有二次转运的命令。但是我不会再组织转运了，这样的话，我们又会陷入昨天那种危险的情况：他们会追猎我们。你们明白了吗？”

克莱默并不期待回应，他看着每一张脸，从表情中得到了答案：“坚持，坚持下去！告诉你们的人，一定要坚持。”

犯人头目们在回去的路上被群情激奋的犯人们拦住了。疯狂的流言在人们心间煽风点火，愈演愈烈。美军的空降兵好像在布特施泰特[1]降落了，接下来应该朝着爱尔福特前进了。

“你们知道什么具体的吗？你们知道吗？今天还有一次转运，是不是真的？”

疑问，希望，恐惧……

这些年来压迫着犯人们的、集中营内如山的铁律，在最后的日子里也土崩瓦解了。没有人顾得上那些条例和禁忌。法西斯日渐式微，现在犯人们最大的威胁来自于大撤离，以及最后时刻有可能发生的大屠杀。在克莱默的陪伴下，博科夫来到了苏联战俘营。博果斯基和其他几名反抗小组组长带着他们俩偷偷来到了营区的厕所。博果斯基拿出五把准备好的手枪。大家迅速把手枪藏在衣服下面。

博果斯基制订了一个很简单的方案。苏联反抗小组走在队伍两

1 位于德国图林根州。——译者注

侧，同时进行保护。他算了算，会有 200 名党卫军负责押送转运。也就是说，平均每四名红军对付一名党卫军。行动的目的是，趁着党卫军不设防的时候，在最快速度内将尽可能多的党卫军打倒，解除他们的武器。这就是负责掩护队伍侧翼的战士的任务。剩下的红军需要马上参与战斗。突袭成功之后，队伍必须向图林根森林的高地突围，同时与最近的美军取得联系。如果计划失败……“很好，”博果斯基直截了当地说道，“那么，肩负起我们的责任吧。”他让小组长先走，他们要回去分派武器。现在，只剩下他和克莱默、博科夫了。似乎到了告别之时了。

他们彼此没有说什么。博果斯基摇了摇克莱默的手，只如往常那样说了一句：“朋友……”然后，他们便无言地拥抱——博果斯基将双手放在博科夫肩头的时候，博科夫只觉得心中热浪上涌。他们之间亲如兄弟的感情全都在眼神和热泪中传达得淋漓尽致了。他们笑了。

他们松开了彼此。快乐和痛苦在他们心中交织。

“我必须再和你们说点儿什么——关于那个孩子。”

“孩子在你们这儿吗？”克莱默惊讶问道。

博果斯基否认了。

“就是你把孩子抱走了，”博科夫说道，“你根本没跟我说实话……”

“我一直跟你说的都是实话，现在我跟你说最后一遍：我本人并没把孩子抱走。”

博果斯基急匆匆地走了，片刻之后，他带着一名年轻的红军战士回来了。“他。”博果斯基指着那名年轻的士兵说道。

那名士兵点点头，一脸真诚。猪圈就在病房区的后面，归党卫军管。很久之前，这名年轻的士兵在博果斯基的命令下把孩子从茨德科夫斯基的床上“偷”了出来，藏到了一头怀孕母猪的小隔板间里。孩子现在都还在那儿。在猪圈工作的犯人没有一个人知道这件事……

不久之后，克莱默出发了。他和博科夫已经商量好了。孩子应该被送到 38 号营区。

由于大撤离，猪圈工作小组的人数也锐减了。现在，只有几名犯人还留在这里。克莱默走进那间粗糙破烂的小木屋时直接向他们表明了来意。孩子居然藏在自己眼皮子底下，这些犯人全都惊呆了。克莱默没给他们留太多啧啧称奇的时间。“过来。”他对一名波兰饲养员说道。两人一起走进了猪圈。

按照那名年轻士兵的指示，他站到了隔板前：“就是这里。”

母猪受了惊扰，不满意地发出呼噜呼噜的声音。那名波兰人爬进了小隔板间。在一大堆高高摞起的稻草后面，他真的找到了那个孩子。克莱默随身携带了一个包袱皮，把他装了起来。

博科夫和营区里的其他犯人们全都翘首以待。他们等着孩子的到来，等得都不耐烦了。终于，他们看到克莱默的身影出现在了起居间。博科夫让克莱默把包袱放到桌子上，然后把带子解开，小心翼翼地打开了包袱。

那羸弱不堪的孩子颤抖着出现在他们面前。他衣衫不整，浑身脏兮兮。犯人们惊奇地盯着他。他看起来并没有挨饿，那名年轻的士兵将他的饮食照顾得很好。不过，他浑身上下都是自己的屎尿，又脏又臭。克莱默闻到了那股味道：“你们看，从那个地方出来以后，又可以做个人了……”旁边的人明白了。他们脱掉了孩子身上污秽不堪的衣服，又把他好好洗了一遍。一名波兰犯人随时陪在孩子身边。他用充满慈爱的口吻，用母语安慰着孩子，用一条毛巾把那小小的、冻僵的身体擦干净。之后，他们把孩子带到寝室，把他放在温暖的床铺上。犯人们带着害羞的沉默，围在孩子身边。博科夫朝他们感激地点着头："这个孩子确实让我们吃了不少苦头。克鲁提希和雷涅博特一直想找到他。他就像一个包裹，从这个人手里送到那个人手里。现在他跟着我们了，他会在这里一直待到最后。"

也许有些人并不明白博科夫在说些什么。在"老居民"当中，混杂着许多"新住户"：法国人、波兰人、捷克人、荷兰人、比利时人、乌克兰人、不知道哪儿的人——博科夫环视着他们，又送给他们一个笑容。一张张面孔也对他回报以微笑。

集中营里的二次警报终于平息了。警报持续了数小时之久，这期间，人们什么也没听到。既没有远方传来的空袭声，也没有天空中传来的飞机发动机的轰鸣声。营区里的喇叭也一直没动静。集合场上空空如也，要知道几个小时之前那里还发生了一场浩劫。唯有塔楼上的哨兵站在那里，一动不动。集中营里一片死寂，仿佛天地间的生灵都灭绝了一般。为什么战争会如此安静？

这种情况一直持续到当日傍晚。终于，代表着解除警报的警笛声响了三遍，集中营也开始死灰复燃。

整个警报期间，克莱默都待在办公室里。此刻他看着窗户外面，忧心忡忡。坡上面大门处还是寂静一片。恐怖的寂静！原本应有1万名犯人被转运出去的。每一分钟，克莱默都在等待着广播。然后又会发生一场追猎战，因为他根本不会去组织转运的人员。

为了让自己不再那么焦虑，克莱默想着："警报帮了大忙。我们又赢得了一天。他们今天不能再组织撤离了。”

然而，上面还是有了动静。书记办公室的犯人们都跑到了窗户边。一支党卫军从军营里走了出来，沿着铁丝网一路向大门走来。

“这是什么意思？”

雷涅博特的声音响了起来：“集中犯人人总头目，把战俘带到大门口！”

克莱默看了一眼喇叭，点点头。他心中隐隐有些担忧。克莱默穿上大衣，迈着沉重的步伐离开办公室。

广播让集中营又活泛了起来。犯人们从各个营区跑了出来。克莱默到达的时候，一批战俘已经站到了营区前。博科夫、科迪茨克、普里布拉、范·达伦站在这一群人的前面。他们紧紧倚靠着彼此，沉默无声。克莱默从营区里走出来，穿过犯人们，站到他们面前。人群随着他的走动微微耸动。他们自动排成了一个队列。队伍最后站着博果斯基。他没有继续穿着平日里那身粗布囚服，而是像其他的伙伴那样，穿着一套平整的红军野战服。

战俘们每十个人分成一组。

克莱默必须要去报告可以出发了。他站在队列的最前面。博果斯基站在队伍旁边，看着他从自己身边经过。克莱默在检查隐秘的部署是否无误。然后，他转向了人群。“再见了，朋友们。”他用德语喊道。犯人们向送行的人们挥手告别。ILK 的同志们脱帽伫立。博果斯基用他那最后的、沉静的目光，向他们致意。

遵守着军人的秩序，那 800 个人用典型的、略微有些摇晃的行军步伐走在集合场上。营区间的过道上站满了犯人，默默目送着他们离去。铸铁大门上的小门打开了。队伍暂停，立正站好，然后开始继续向前，直到最后一个人穿过大门。大门关上了。

克莱默的帽子依旧攥在手里。他戴好帽子，慢慢地穿过再度变得寂寞空荡的集合场，走回集中营。

今天不会有二次转运了。这一天在一种诡异的太平无事中结束了。

接下来的日子里，撤离计划越发无章法可言。司令部预计将整个集中营清空，然而看起来计划要落败了。防空警报越来越频繁，只要警报一响，即便转运队伍已经准备好要出发了，也不得不拖延下来。一下就是好几个小时，犯人们可得救了。有时候警报响起时还根本没有组织好转运队伍。在两次警报之间，犯人们总会被无差别、无组织地驱赶到集合场上。只要数量差不多够了，他们就会被赶到大门处。尽管制定了拖延策略，还经常有防空警报这个救星的帮衬，这些天来还是有 1 万名左右的犯人被赶出了集中营。原本的 5 万名犯人人现在只剩下 2.1 万名了。再也没有什么组织纪律可言。混乱和动荡每天都在扩大。余下的犯人每天都在和追猎行动进行着殊死搏斗。每一条未经验明的消息都会让他们激动好久。突然有消息说，美国人已经到了魏玛的东南边了，突然又传闻爱尔福特东北边出现了美国人的坦克。还有别的消息称美国人已经穿过了布茨特。在不可控制的消息和流言的旋涡当中，还掺杂着一条：集中营的指挥权和撤离任务将移交给美军。

每一个没有警报的清晨，似乎都随时会走进来两个美国人。然后犯人们涌出营区，欢呼着："他们来了！他们来了！"

然而出现的只有飞机，它们在集中营上空呼啸而过，转瞬即逝。

有时候，在警报期间，集中营内死寂一片；有时候，警报器响了没多久，营房薄薄的墙壁会在外面战斗的喧闹之下微微颤抖，就好像炸弹和炮火近在咫尺。犯人们以狂热的态度期待着解放。战火之风吹过集中营，将其轻轻摇动。日子还是一天天地过去。被四下驱赶的人群好似一个巨人的身体。垂死挣扎的猛兽还在向他挥动着残暴的利爪，他已千疮百孔，血流成河，然而依旧试图捍卫自己的安全。克莱默、犯人头目和集中营守卫队都身处这绝望的斗争之中。

趁着追猎战造成的混乱，博科夫、普里布拉和几名波兰籍反抗小组的成员偷偷在犯人病区的手术室里开会。很久以前，克鲁提希下了命令，严厉搜查秘密电台。当时不得不销毁那台设备。现在，几名波兰犯人拿着小心翼翼地保存下来的机器零部件，组装出了一台新的电台。手术室里还藏了两条伪装成避雷针的电台天线。

集中营里一团乱的时候，正是用这台简陋的设备大胆求救的最佳时机。

“呼救！呼救！这里是布痕瓦尔德集中营！这里是布痕瓦尔德集中营！紧急求助！呼救！这里是布痕瓦尔德集中营！”这呼叫会被人听到吗？

当夜，ILK的同志们再一次和反抗小组的组长们进行了会面。他们还是选择了一个被清空了的营区。苏联组损兵折将，必须要进行改组。负责对付司令部区域的小组：德国组、法国组、捷克组和荷兰组，需要扛过苏联组的大旗，负责党卫军军营区域，在战斗中充当先锋。

虽然还是缺乏关于前线战况的稳妥可信的消息，但空气中还是充满了暴风雨来临前的味道。集中营的犯人正在掰着手指头度过每一天、每一个小时。法西斯随时都有可能逃遁。前线近了，很近了！毫无疑问。这匆匆忙忙的大撤离，党卫军与日俱增的暴怒和紧张，不计其数的流言和传闻，越发频繁的警报，与日俱增的飞机数量，和越来越清晰的战斗发出的噪声，这一切的一切交织成了一幅景象，将目前的情形精准无误地展示出来。最后一决胜负的时刻近在眼前。

博科夫准备和大家谈一谈。他的目光扫过普里布拉，直截了当地对这位波兰青年说道："你的不耐烦总是给我们带来麻烦，不过你一直严守着纪律。我感谢你的所作所为，我的同志，我的朋友。"

博科夫走到大家正中间，坐到了桌子旁边。所有人都能听到他说的话。

"武装起义，"博科夫简短地说道，"有两种可能。要么是法西斯突然要逃跑，他们不会在那时候对集中营进行大屠杀，那么我们就不需要反抗了；或者他们在最后时刻还是要把我们杀干净，如果是这样，我们就必须战斗了！无论如何前线都要足够近，这样我们才能有保障地发动起义。明白了？"

大家没有回答，只是点点头，然后坐得离博科夫更近了些。博科夫继续轻声说道："法西斯失道寡助。他们既没有军队的援助，也没有空中力量。我们都知道，为什么施瓦勒迄今为止都不敢在集中营里进行大屠杀。然而并不排除这件事会在最后一刻发生。也许就是明天——我们必须有所准备。"

大家向前探着身子。

"明天，朋友们，二级警备随时都可能转为三级警备。这意味着，所有小组都要在自己的位置上准备好，我们会发给大家武器。除了砍刺类的武器外，我们还有 90 支卡宾枪，200 枚燃烧瓶，16 颗手雷，15 把手枪和左轮枪，还有一挺轻机枪。东西不多。"

博科夫观察着眼前沉默的面容："两个因素会在战斗中帮助我

们：近在眼前的前线阵地，和毫无斗志的法西斯敌人。他们随时随地都可能突然逃走，不过他们还是有时间把我们全部杀光。明白？”

博科夫将两只手放到额头上。

“我们也不知道，那时候的情形是什么样的。也许他们只是从塔楼上往下扫射？也许他们在集中营和营区里投掷燃烧弹……”

“也许他们根本不会管我们，这群混蛋。”一个德国小组的组长咕哝了一句。

这个充满挖苦意味的提醒刺激了博科夫。他放下了双手。

“不管怎么说，无论他们会用哪种方式屠杀我们，我们的抗争都必须强有力。我们要把他们赶到铁丝网里，只有通过快速突围战我们才能攫取先机。”

“三重警戒线怎么办？”一个人问道。

博科夫摇摇头。普里布拉突然说话了：“法西斯也要逃命！一切都会很快，无论是屠杀还是逃跑。到时候他们还会顾得上警戒线吗？”

“是的。”博科夫赞同，“他们要一边杀人一边逃命，到时候就没有什么警戒线了。”

所有人都明白了。

“我们需要快速离开集中营。波兰组、南斯拉夫组，负责打开突破口。”

这些组的组长点点头。他们了解自己的使命。

突然，窗户旁边负责放哨的人发出警报声。他们马上把灯关了。

“怎么了？”

“大门那开过来一辆卡车。”

“朝着我们?”

“停下来了。”

“灯!”博科夫说道。灯泡又亮了起来。

“寝室,快!马上上床!”

大伙从桌子和凳子上一跃而起,火速奔向寝室,扯下衣服,蹿上三叠床架躺好,又扯过铺盖盖住自己。

“还开进来一辆小汽车。向左拐弯了。”

灯又关上了。博科夫走到了放哨的人身边。

卡车上走下来两个党卫军。小汽车里,坐着施瓦勒、维提希和怀桑科。两辆车朝着火葬场驶去。当他们要搞什么鬼的时候,火葬场的工作小组就会被锁在他们的寝室里。负责管理火葬场的分队长将大门打开。车子拐了进去。施瓦勒在其他人的陪同下进入了焚化间。“点了三个炉子?”他一边问一边检查着。

“按照您的命令做的。”分队长回答。

“动手。”

党卫军从卡车上走了下来。他们将小山一样的文件拖进焚化间,把它们通通丢进炉子。

“他们在烧什么东西。”放哨的人轻轻说道。

博科夫将眼睛凑近窗户,穿过这黑暗的夜幕,他窥测到了一副可怕的景象。火葬场黑色的烟囱迸射出一束强有力的火光,火焰直冲云霄。不计其数的黑色灰烬升腾而起,摇曳出红色的光影。

党卫军把一堆一堆的档案撕碎。施瓦勒和他的随从们沉默地站在旁边。他紧张地点起一根烟。沉重的炉门打开了,灼热感伴随着火焰燃烧的、噼噼啪啪的声音一同蹿了出来,张牙舞爪,形如鬼魅。

分队长用火钩子搅动着炉内炽热的燃烧物。突然，施瓦勒暗暗地想到了什么。他看了看维提希。

“我聪明吧？”

那位通信兵表示赞同。

“现在什么证据都没有了。”怀桑科心满意足地咕哝着。

博科夫在窗户边几乎悄悄看了两个小时。终于，他看见车辆驶了出去。他们离开之后，铸铁大门马上又合上了。

那束呼呼冒着的火光渐渐熄灭了，唯有烟囱口还时不时大口喘两下，仿佛做着垂死前的挣扎。

“他们烧的是什么？”

博科夫耸耸肩：“反正不是人……”

惶惶的一天又开始了。原本服务于党卫队司令部的犯人工作组被禁止离开集中营。他们回到3号营区内。头天晚上就已经传进来的新消息还是激起了一阵热浪，随着风在集中营里散播开来。爱尔福特已经被攻克了，美国人距离魏玛只有区区12公里远了。尽管不愿相信，但大家都知道，法西斯在最后不得不选择逃亡的时候，一定不会善罢甘休，就这么弃集中营而去。每一次强行进行的撤离都是垂死挣扎。这也证明了，美军真的已经很近了，然而依旧不够近。如果现在集中营里发生大屠杀，他们是没有能力去阻止的。一切都是未知的。这是一场和时间之间的赌约。危险迟迟不到，一个又一个小时过去了。然而那巨大的威胁始终挥之不去。

博科夫正赶上伦基从藏匿点里钻了出来。如果每一个小时都有可能是生与死的拐点，那么他就算一直待在自己那座地下城堡之中又能如何呢？伦基在他的朋友们的欢呼声中爬了出来——胡子拉碴，瘦了吧唧——他顺着地板上的洞爬了出来。那个孩子正坐他的犯人头目办公桌上。孩子穿着一件合体的新衣，是临时用囚服改的。大家簇拥着伦基，为他介绍："这是我们最小的狱友！"

集中营守卫队的特殊小队将战斗用的工具从藏匿点中取出。这些撬棍、贴钳原本是用于修补铁丝网和上面的电路设备的。守卫队的其他小队爬上了在集中营北坡的空地。几周以来，他们一直在此碰面，时刻为起义做准备。这片区域有许多天然的起伏地段，还时不时能看到一些灌木丛。在树墩子之间放着许多厚厚的板材，还有被扔掉的门板，都是些被人遗忘的垃圾。没有人顾得上瞧它们一眼，没有人知道那些看起来随意堆放的木头板到底有何不为人知的用意：一旦开战，这些木板组成的狭长走道可以帮助突破中间地带的封锁……

营区里，反抗小组的成员已经蓄势待发了。他们和几千人齐齐站在路边，凝视着天空。美军的轰炸机再度呼啸而过。两架，三架，四架……他们盘旋在集中营上空，向西方而去。那是魏玛的方向——然而警报并没有拉响。过了一会儿，爆炸声从远方传来。他们在轰炸魏玛吗？战斗的噪声越来越强烈了。沉闷狂野的射击声滚滚而来。

克莱默、博科夫和几名小组长聚集在克莱默小小的办公室里。他们仔细聆听着战火的怒吼声，虽然沉默，然而气氛紧张无比——战火是不是已经很近了——集中营外环绕的死亡之环可怕得让人难以忍受。大家没有彼此交谈。他们盯着空荡荡的集合场。哨兵笔直地站在塔楼上，纹丝不动。大门上方主塔楼上的火炮筒清晰可见。塔楼过道上四周环绕的机枪伺机待发。一切的一切都纹丝不动，静得可怕……

博科夫面色苍白，他的忍耐力已经濒临极限。他在窗户旁边，生硬地转过身，走来走去。一名德国小组的组长再也忍不住了，他的拳头重重打在了窗台上。“该死！总该发生点儿什么了吧！”

克莱默叹了口气。

博科夫站住了，紧张地听着动静。交战的声音清晰可闻。

突然，一名小组长一跃而起，指向铁丝网的方向：“看那儿！”

一队全副武装的党卫军，沿着铁丝网急匆匆地前进。博科夫冲了出去，其他人跟在后面。犯人们站在营房之间，看着飞奔而来的党卫军。他们突然出现，又突然消失，如同一阵旋风。然后，整个集中营又沉寂了下去，那种难以忍受的僵滞又重新回来了。只能听到交战的轰鸣声和子弹的嗒嗒声。近了，近了，逃跑，更近了……

上午 10 点左右，雷涅博特的声音打破了这了无生气的沉静。

“集中犯人人总头目和所有营区犯人头目马上到大门处集合！”

犯人们蜂拥而起，惨叫和呼唤声此起彼伏。书记员办公室前面还站着几名犯人头目，他们十分紧张，面色苍白。克莱默从房间里走出来。

“我们走吧……”

他们在坡上大门处站了一会儿。营区一侧的路上，犯人们向大门方向移动着。执勤的营区长打开了铸铁大门，雷涅博特走了进来。只有他自己一人。他嘴边露出一种诡异的、局促不安的笑容。

克莱默迎着他走了上去，向他报告。雷涅博特一副不急不忙的样子。他慢悠悠地戴上那双猪皮手套，又伸了伸手指。他把双手背到身后，充满兴趣地听着隆隆的炮火声。他看着排成一列的犯人头目们，终于说道：“我的先生们……”他笑得充满了讽刺，“我们必须要离开了——中午 12 点之前，集中营必须清空。”

他一把抓住了克莱默的领扣：“12 点！您听明白了吗，将军先生？集中营必须准时出发，否则……”他优雅地用手指弹了弹克莱默的扣子，走出了大门。

克莱默和犯人头们走回了集中营。他们脑海中的思绪渐渐清晰。前线已经到了！拖延几个小时可以救命。雷涅博特的手指弹了他的扣子，也预示着危险。迄今为止最大的危险……在危险之中也蕴含着希望，在环绕集中营的炮火中的希望。到了选择的时候。

在书记办公室前，犯人们把犯人头目们团团围住。转眼之间消息就已经传遍集中营。“12 点的时候集中营必须清空！”

所有人都在乱喊一通：“我们不出去！我们不出去！我们不出去！”

博科夫和克莱默待在一起。

“现在呢？现在怎么办？三级警报？”

博科夫一把抓下帽子，用手在光溜溜的脑袋上胡噜了两下。下决定很难，太难了……

三级警报？还不是时候，不，还不是时候！等待。

太阳升得更高了。天空蔚蓝，微风和煦。春日的和光让万物变得柔美动人。

集中营如同遭过洗劫一般，已经几乎没什么人了。寂静用它那柔软的野兽般的利爪，围绕着集中营轻巧踱步。犯人们被包裹其中，沉默，等待。

他们中的许多人早就离开了。厕所旁边站着一拨人。人们互相传递着一根香烟……

各反抗小组组长来到17号营区集合的时候，ILK的同志们正在克莱默处。小组成员们混迹在营区内的犯人当中，沉默，等待。

在集中营的各个隐秘的地点，守卫队的队员们把武器悄悄拿了出来……

距离12点还有半个小时。

里奥蒙德分发着香烟。面对这样的馈赠，克莱默摇摇头表示拒绝：他不抽烟。

“他们肯定还有一条开放的逃跑路线，”博科夫说道，“万一他们不想组织撤离了，会顺着那条路逃跑。”

他突然有了个念头。让小组长们齐齐聚到17号营区，这是明智之举吗？如果集中营正准备反抗的时候，党卫军突然来抓人怎么办呢？那么所有反抗小组的组长不就全都落入党卫军之手了吗？博科夫通知了ILK的同志们。还来得及中断集会。博科夫改变了部署。他让一名同志去17号营区，让大家先回到各自的营区内。党卫军一旦开始抓人，大家就要准备好用武器进行反抗，也就是说起义战斗正式打响。根据最新的指令，第一声枪声就是起义信号。当务之急就是要迅速配发武器，然后每个独立组要马上到自己负责的区域内就位。谈话结束，ILK的成员们离开了。

博科夫也回到了自己的营区里。克莱默一个人留在自己的办公室。

12点了。

紧张感越来越强烈。

12点05分！什么事都没发生。坡上大门处依旧安静。

克莱默把双手深深插进口袋，在自己的房间里走来走去。营区里一片沉静。

12点10分!

突然——尽管期待已久，却还是吓了所有人一跳——雷涅博特的声音突然在大喇叭里响了起来：“集中犯人人总头目！组织队伍，出发!”

克莱默停下了脚步。他弯着脖子，好像在等着有人在他后脖颈子上打一下子似的。广播又重复了一遍，声音更加尖锐刺耳：“集合，出发!”

营区里发出了嗡嗡声。

“安静，朋友们，安静!”

12点15分!

阳光灿烂。羽毛般的云飘荡在蓝天之上。

12点20分!

广播里的声音咆哮了起来：“集中营里的人呢？马上集合出发!”

克莱默一动未动。他艰难地转过身，坐到桌子旁边。他双肘摊开，用拳头支着额头。

营区里的嗡嗡声再度响起。犯人们站在床边。然而外面空空如也……

距离集合场最近的一排营区内的犯人们突然骚动起来。后面人的脑袋叠着前面人的肩膀，一个个趴在窗户旁边，惊恐地睁大眼睛，注视着大门的方向。

克莱默也焦急地跑到窗户边看着外面的情况。

两辆汽车开了进来，停在集合场上。第一辆车上跳下来两个人。克莱默看到了克鲁提希和卡姆罗特。施瓦勒、怀桑科和维提希从第二辆车上走了下来。

逼近了！几百名党卫军穿过大门。卡姆罗特下达了命令。机枪已经就位，长长的子弹带垂了下来。机枪后面站着一队党卫军，他们配着冲锋枪和手雷。

克莱默感觉自己太阳穴一跳一跳的。

一旦开火，离集合场最近的一排营区首当其冲。犯人们惊恐万状地逃离窗户。

“来了，来了！”

他们想要逃跑，钻到了桌子和凳子下面。

几个胆大的人依旧站在窗户边。他们喊着：“总指挥官来了！”

克莱默飞速扫视了一下目前的状况。主塔楼和其他塔楼上有了动静。哨兵们都就位到机枪旁，对着营区方向瞄准。

克莱默跑了出去。

汽车开到了最后一排营区旁边停下。克莱默冲向他们。克鲁提希第一个跳下汽车，跑进了最近的一个营区。第 38 号营区！

施瓦勒从车上走了下来。

“犯人们为什么不集合？”他朝着克莱默喊道。

克鲁提希踹开门，冲进营区起居间。他目露凶光，透过厚厚的眼镜片飞速扫视了一眼房间。所有犯人都被这突如其来的状况吓得站了起来。伦基迅速把自己藏到人群中。克鲁提希伸着下巴，一个一个打量着眼前这些沉默的人。突然，他睁大了眼睛。他推开了身边的两名犯人，一步向前。在犯人头目的桌子上，他看到了那个孩子！孩子惊恐万分，紧紧靠着博科夫。博科夫把颤抖的孩子抱起。克鲁提希张开了嘴，喉结一动一动。博科夫岿然不动。沉默的犯人们一下僵硬了。克鲁提希先发制人：“啊哈，这是什么？！”

他一把掏出手枪。

事情发生得太突然了。一瞬间克鲁提希身边的人都散开了。犯人们站在孩子前面，组成了一道人墙。没有人说话。人们沉默地站着，目光紧盯着克鲁提希。

突然，克鲁提希感觉到自己身后有动静。人们一层一层站到他身后。门被彻底堵住了。

克鲁提希孤立无援。

克鲁提希四周都是沉默的面容，都是举起的手臂和拳头。每一双眼睛都紧紧盯着他的每一个动作。克鲁提希觉得自己被擒获了。他感觉到周围的人等待了许久，已经蓄势待发。他嗅到了危险。开枪吗？突然，他将枪上膛。

又突然发生了一些事情。门边的犯人们——秘密小组的成员们——走到了一侧。门被让开了……这是一种无言的要求。克鲁提希表情僵硬而愤怒。他声音干涩，从牙缝里挤出几个字："那么——这——是——"他说着，走到了门口。

几个犯人头目看到克莱默和施瓦勒站在一起。他们赶了过来。

"犯人们为什么不集合？"施瓦勒又喊了一遍。

克莱默向前一步："大家都害怕飞机袭击铁路和队伍。"

施瓦勒肩膀抽搐，挥舞着拳头："我们会保护你们！我再给你们半个小时。如果集中营不能集合，就别怪我使用武力。"

克鲁提希冲了过来。与此同时，警报声突然大作。施瓦勒吓了一跳，赶紧跳上汽车。警报声起起落落地尖叫着。

"上尉！"卡姆罗特朝着车外喊着。

克鲁提希突然升腾起一股怒火，他一把抓住克莱默，拳头狠狠揍在他脸上，喊道：“混蛋，去死吧！”

克莱默朝后踉跄地退了几步。

克鲁提希跳上汽车，举起手枪。一名犯人头目失声大喊。克鲁提希开枪了，两枪，三枪。射击声密集而迅速。克莱默朝空中挥舞着双臂，似乎想把汽车赶紧赶走。他晃晃悠悠，向前倒下去。警报声依旧尖锐。

犯人们从四周的营区里冲了出来。博科夫穿过人群，抱起克莱默。“快，病房！”

克莱默躺在长凳充当的担架上，被抬到了科恩那里。

第一排营区的犯人听不到枪声。窗户边的犯人们只是看到了汽车又开出了集中营。车子驶过的时候，卡姆罗特暴躁地朝着党卫军大呼小叫，下达命令。

窗户边的犯人们雀跃了。他们看到了，党卫军带着人马武器，迈着匆匆的步伐穿过大门消失了。

“他们滚蛋了，他们滚蛋了！”

博科夫和犯人头目们围绕着克莱默，在他们的沉默中隐藏着巨大的恐惧。克莱默伤得不轻。他被放在一张桌子上。

科恩镇定自若地进行着手术。克莱默的胸口上有两个可怕的枪眼。科恩用针头从中将子弹挑出。他清理了伤口，两名看护开始包扎伤口。

“会死吗？”

科恩没回答博科夫的这个问题，而是走到水池前洗手。然后，他转向博科夫，摇了摇头：“克鲁提希是不会把他从我们身边带走的……”

这次警报已经持续了两个小时。犯人们坐在一起，满脸欢欣鼓舞。集中营外面一定在进行着激烈的战争。轰隆隆的声音不绝于耳。射击声、炸弹声清晰可闻，足以说明他们已经有多近了……

大家把克莱默抬到了看护的寝室里，让他躺到床上。科恩坐在他身边，等着他醒来。终于，克莱默呻吟着睁开双眼。

“现在怎么样了？”克莱默看到科恩脸上的表情，生硬而虚弱地问道。

“空袭警报。”科恩愉快地回答。

“我怎么样了，告诉我。”

“没什么。中午的时候发生了一点儿小意外——来，喝点儿水，老兄。”

科恩把杯子送到克莱默唇边。

“小心烫。”科恩提醒着。

克莱默咽了一口，尝出了味道。他惊讶地看着科恩。科恩调皮地单眼眨了眨：“喝了。”

克莱默贪婪地一饮而尽，咂咂嘴，把杯子还了回去，满意而畅快：“老天爷，你是从哪儿弄来的这好东西？”

“什么都别问。”科恩神秘兮兮地回答。

上好的咖啡，功效着实显著。

“说说吧，我怎么样了？”克莱默问着。

“克鲁提希在你身上开了两个窟窿。不过用不了三天你就好了，我了解你的。”

一说到克鲁提希，克莱默马上忧心忡忡：“外面的情况如何了？”

“警报啊，我都说了——你听不见吗？”他们倾听着远方传来的战火声……

“还有别的事吗？”

“有。”

“什么？”

“党卫军收拾好东西滚出去了。”

克莱默看着科恩脸上洋溢着的笑容，他突然愤怒了：“你刚刚说什么？三天？没有商量余地了？我得马上站起来。快。”然而克莱默刚刚试图站起来，他就呻吟着倒下了。科恩和蔼可亲地“诱导”着他：“好了好了，慢点儿，孩子，慢点儿，慢点儿……”

解除警报的时刻始终没有到来。几个小时之后，警报依然在集中营内咆哮。下午过去了，夜色渐渐降临。又响起了新的警报。第一次警报还没结束，二次警报竟然就这么拉响了。天色暗了下去，可怕的黑暗悄悄爬进集中营，环绕着营区。没有一个犯人有心情睡觉。他们躲在起居间和寝室里，根本不敢开灯。营区里只闪着星星点点的冰蓝色紧急照明灯。它们时不时吓人地闪烁几下，似乎是一只只眼睛，在暗夜中寻找犯人们的身影。外面依旧轰鸣。飞机在天上盘旋，飞速掠过集中营上空，近在咫尺。犯人们一个个都呆呆望着营区天花板的横梁，同时伸着耳朵听着外面的动静。战火声越来越大，震耳欲聋，在营区内奔腾咆哮。它如同洪水一般，从黑暗中，从远方呼啸而来。

然后，又陷入了可怕的安静。飞机还会回来吗？是德国人吗？他们正在黑暗中瞄准吗？他们要杀光所有人吗？每一分钟都令人紧张无比。警报呢？没有警报了吗？

夜深了。

指挥官办公楼前面，几辆汽车站在黑夜之中。克鲁提希的车也在其中。此刻，他和卡姆罗特、怀桑科、维提希一起，待在施瓦勒的办公室里。在角落里的会议桌后面，站着雷涅博特。此刻正在上演着分崩离析前的最后一个环节，这让雷涅博特由于激动而面色苍白。电话铃突然尖叫起来，打断了激烈的争吵。这几个人正在互相撕咬，争得面红耳赤。施瓦勒把听筒放到耳边，手直发抖，他冲电话那头嚷嚷道："我没听懂，请您重复一遍！"他全身的力气都用到听电话上了。克鲁提希对雷涅博特生出阵阵无明业火，朝他喊着："你这个卑鄙小人，你这个可耻的叛徒！"卡姆罗特拉着克鲁提希的袖子，把他从雷涅博特身边拽了回去。

"我拜托你们，"克鲁提希咬牙切齿地说着，他注意到施瓦勒已经把电话挂了，"你们这些胆小鬼还有什么可向我解释的？"

头脑简单的卡姆罗特把克鲁提希扯到自己身边，恫吓着他："我们不是胆小鬼，你明白吗？施瓦勒说得对。"克鲁提希甩开了卡姆罗特，整理好自己的制服，然而他的整个身体都在颤抖："他说得对？那个官僚，那个油滑鼠辈，那个区区牢头……"他看着站在自己面前的人们，失声喊道："你们这群下三烂！胆小的下三烂！"

"你以为你的这种固执就是勇敢了？"施瓦勒已经背上了防弹服，他朝着克鲁提希迈了一步："警报二次响起，我很满意……我的先生们，现在我通知你们最后一次：敌人已占据压倒性优势。在战斗中，他们拿下了图林根森林里所有的据点。飞机已经飞到魏玛火车站上空了，火车头和车厢都被炸毁了——所以现在呢？"

"现在？"克鲁提希嚷嚷着，"现在集中营里的那些垃圾对我们而言就像裤衩里的跳蚤！"

施瓦勒摇了摇头，仿佛在说克鲁提希幼稚："跳蚤永远是最好的借口。"他伸出宽厚的手掌，转向其他人，"我们是人，我的先生们，难道不是吗?”

“你只是一条胆小的狗。真应该把你乱棍打死!”

克鲁提希从口袋里掏出手枪。卡姆罗特跃到两人中间，把克鲁提希的手臂一下打高。克鲁提希喘着粗气，透过厚厚的镜片射出凶狠的目光，他猛地又把枪塞回口袋。其他人还没反应过来，克鲁提希已经夺门而去。

“无论如何，现在我们一败涂地。”怀桑科深吸一口气。

施瓦勒又变成了指挥官，他习惯性地颐指气使着:“我的先生们，这是最后一夜了。为了明天一早的行动，我们也准备准备吧。”

克鲁提希手执安了挡光板的手电筒，回到了居住区。他站在茨威灵家门前。霍顿斯走了出来，她在睡衣外面披了一件大衣。

“你的行李。”克鲁提希嘶哑地说道，经过她身边，径直走进房子。

茨威灵站在桌子边收拾着箱子。

“完蛋了，赶紧，”克鲁提希朝惊讶无比的茨威灵喊道，“行李呢?”

匆匆赶进来的霍顿斯比茨威灵反应要快:“在这儿呢。——我马上收拾收拾。”她消失在卧室里。

“滚!”

茨威灵依旧处于极度的震惊之中。他眨着眼睛。克鲁提希已经冲到了橱柜前面。“快点儿，快点儿，打包!”

他们把箱子拖到了汽车上。霍顿斯还有一只箱子。克鲁提希把茨威灵赶回房子:“10 分钟之后我回来接您。”他把霍顿斯推到车里。

克鲁提希猛踩油门，奔到自己家门口，冲进房子，拿出两只箱子，堆在后座上。“我们必须赶紧走，上车!”他喊着。

“茨威灵呢?”

克鲁提希跳到车上："你要是还想带着那只拖油瓶，你就滚回去。"他发动了汽车。

"他的行李怎么办？"

"去他的狗屁行李，"克鲁提希咬牙切齿，"你管他呢？"

霍顿斯跳上车，关上车门。克鲁提希想要笑，然而他只是发出了干哑的嘶嘶声。他的手从方向盘上伸过去，贪婪地抓住了身边的女人。他喘息着："为什么不呢？"

霍顿斯顺从地让他摸着自己。

克鲁提希克制住自己的贪婪，把这个女人推回到自己的座位上。他踩了一脚油门，汽车奔了出去。

赌场里，麦斯盖尔、布鲁尔和山魈坐在桌子旁边。他们喝得酩酊大醉。余下的营区长、各类工作组组长犹如醉酒的野兽，在进行最后的狂欢。他们自己为自己服务，把能找到的东西全都拿出来喝了。场面极度失控。他们大喊大叫地闹着。麦斯盖尔和布鲁尔也没少喝，大声咒骂着胆小的总指挥官和卡姆罗特。这帮人根本不顾底下人的死活。瘦小的麦斯盖尔满脸的痤疮都变得苍白了。他用他破碎的声音骂道："他们全都是一群狗娘养的！要是我的话，我让这里一个活物都留不下。明天我们就得滚蛋了，也许今天夜里就得滚。"

布鲁尔突然野蛮地把一个瓶子放到桌子上："我告诉你，明天那个牢头就会给你下令，把刑讯室清空。放走那些畜生，放走……"

山魈目光呆滞，身子却没有丝毫晃动："我的刑讯室，我做主。"

"太棒了！"麦斯盖尔欢呼，"山魈，你真有种！你有种吗？——我们都怕你。你有种！"

山魈把双手放到桌子上，犹如两块厚板子："我绝不许任何人带走我刑讯室里的东西。施瓦勒不行，谁都不行！”

麦斯盖尔给了山魈一拳头，又做了一个拧断脖子的动作：“你有种吗？”

布鲁尔向前探了探身子，预备做山魈的帮凶：“明天？”

山魈用余光瞥了他一眼：“现在！”

“麦斯盖尔！”布鲁尔喊道，“我们一起干！”

山魈一把抓住了布鲁尔，恶狠狠说道：“你最好清醒一点儿。”布鲁尔点点头：“我很清醒。”麦斯盖尔把帽子推到额头上。山魈站了起来。

福斯特听到了脚步声。他从木板床上一跃而起，迅速穿上衣服，悄悄走到自己睡觉的关押室门边，听着外面的动静。

麦斯盖尔拿着武器。山魈让他把枪放回去：“刑讯室里不许开枪。”

三个人走进山魈的房间。山魈从一个箱子里掏出一柄沉重的扳手和一根四棱铁棍，交到那两人手中。“我不能见血。”山魈脸色灰白，冷冷说道。他们走在刑讯室的走廊上，打开了一间关押室的门。

福斯特站在门后面，举着双臂，整个人贴在门上，如同被钉在十字架上一般。他呼吸颤抖，仔细听着一切。

门突然开了，泛着蓝光的、幽灵般的紧急照明灯之下，山魈和那两名分队长的身形清晰可辨。关押室里的四名犯人吓了一跳。

布鲁尔和麦斯盖尔打倒了两名犯人。剩下两名刚一明白怎么回事，就被重重击倒在地。这两个人费了好长时间才彻底完成工作，那四名犯人终于没有一个人再发出任何响声了。其他关押室里的人早就听到了脚步声、惨叫声、呻吟声、喘息声。突然，那间房间旁边的五号关押室里爆发出一声喊叫。不自然的刺耳和尖锐的喊声。

接着又有一声喊叫传了出来。

霍费尔和克罗皮恩斯基在黑暗中僵硬地向前探着头，喊叫声传入他们的房间。

山魑骂骂咧咧地踹开门，喊叫声便传了出来。两名分队长冲进去，狠命打着犯人们。

山魑用蛮力将喊叫着的犯人们拖拽到走廊上的栅栏门处。他把犯人的头抵在铁架子上，猛地关门。犯人的脖子被轧断了。犯人的身体萎缩成一团，喉咙中发出窒息的咕咕声。然后山魑把这尸体拖回关押室，和其他被打死的人关在一起。“我不想听到任何喊叫声。”他一边说着一边锁上了房门。

由于对杀戮的渴求，麦斯盖尔嘴唇颤抖着。布鲁尔想要冲进五号关押室，然而山魑把他拦住了。“他们是我的。”他只说了这样一句话，然后走向了其他关押室。“注意，这里面关了六个。”他听了听里面的动静。里面十分安静。

麦斯盖尔和布鲁尔已经计划好如何杀人了。山魑迟疑了片刻，然后踹开了门。一个身影从关押室里冲了出来，四五个跟在后面。布鲁尔咆哮起来，山魑被撞得跌到了地上。一群人冲了过去，两名分队长怒吼着殴打着这群人。这些绝望的人没有多少力气，山魑却浑身都是力气，他驱散了攻击自己的人，抓住了领头的人。山魑跪在他身上，掐住他的脖子，把他的头疯狂地撞向水泥地。

这场野蛮的搏斗没有持续几分钟，地上的那个人就被打死了。

这场意料之外的反抗让布鲁尔更加狂野。屠杀和酒精让他完全失去了神志。他沿着走廊慢慢走着，大喊：“其他的杂种呢！”

霍费尔和克罗皮恩斯基在关押室的角落里咒骂着。他们坐立不安，表情由于愤怒而变得扭曲。

福斯特也在自己的房间里坐立不安。如果他们到我这儿来了，他想着，如果他们到我这儿来了……终于，他下定决心。求生的本能让他决定，一旦他们走进来，无论如何也要扑过去做殊死一搏。然而他的房间始终毫无动静。

可怕的黑夜终于退去。早上来了。黑色被染成了无精打采的昏暗的灰。福斯特坐在木板床上。整整一夜，他都等待着死亡降临，因为他知道，山魈是不会允许自己这个工具活下去的。

灰白的晨光爬上了福斯特的脸颊，惨淡的光芒让他渐渐看清了关押室的样子，他衰颓沉默地看着四墙。福斯特无助极了，他在刑讯室里如影子般悄无声息地活着，也会如影子般悄无声息地死去。终于，他残存的一点儿人类的斗争之心也被这可怕的黑夜谋杀了。现在他不过是行尸走肉，在生命的余烬里，还有那么一点儿隐秘的火花。希望让火花依旧存在。在绝望中，福斯特依旧在寻找让自己获救的可能。留给他的时间不多了。朝阳的光芒在墙上洒下的痕迹越大，时间就越短。他能在关押室里藏起来吗？他一定要扑向山魈，掐住对方的脖子吗？或者说刑讯室里有什么角落能供他暂避一时吗？他内心充满了恐惧，不停思考着。

同福斯特一样，霍费尔和克罗皮恩斯基也面临着这种状况。死亡之夜与他们擦肩而过了。他们心里清楚，他们是刑讯室里活到最后的人，因为他们必须要留到最后才能去死。他们紧紧站在一起，企图从彼此身上得到保护。从窗户中透过一丝晨光，让他们能看清彼此的脸。两个人都是一样的病容满面，睁大了双眼，脸上写满了对死亡的恐惧。克罗皮恩斯基轻轻说道："也许山魈不会回来了？也许他已经跟着他们走了？”

霍费尔激烈地否定了：“他还在。我知道的，我能感觉到。如果他们全都跑了，他们会像杀死其他人那样杀死我们。他还会来的。今天他就会来……”

霍费尔急促地在灰白的关押室里四处乱看。最终，他的目光停留在门上。这扇门几乎和关押室一样宽了。

“留神，马利安，我们要这样做。”霍费尔贴着站到门旁边的角落里，“我站在这儿，你站在那儿。”霍费尔指了指对面的角落。克罗皮恩斯基也紧贴着站了过去。

“当他进来的时候，你马上掐住他的脖子，要死命掐住。你敢吗？”

克罗皮恩斯基不再是那个温柔的他了。他闭上眼睛，下颚向前伸着，双拳握紧。然后，他缓缓睁开了眼睛。

“我压着他，扯他的脚——不！”霍费尔连珠炮似的说着，“别的方法！他进来的时候，我就用尽全力在他肚子上给他一下子，让他没办法喘气，然后你掐住他的脖子。”

他们目光灼灼地看着彼此，检视着彼此脸上的决心和力量。两人紧紧贴着墙面。他们随时准备着门会突然打开，等待着，等待着……

天光大亮。这一夜炮火声不断，集中营里什么事也没发生。因为爱尔福特已经被攻陷，一条大路直通魏玛。不断挺进的美军要发起总攻了。

然而，集中营里剩下的 2.1 万名犯人并不知道，这不平静的一夜中，在刑讯室里发生了怎样惨痛的杀戮。他们不知道，看起来危险无比的克鲁提希竟然是第一个跑路的人，其他的党卫军军官也在热火朝天地准备着逃跑，把行李忙不迭地塞进汽车。要是今天再不走，就再也没机会走了。除非他们想冒着被美军生擒活捉的危险上路。

然而他们还没有走。塔楼上还站着双重警戒线。朝阳越升越高，哨兵们黑色的影子越来越清晰。他们一动不动地站着，虎视眈眈，大衣领子竖得老高，以抵御风寒。

只要一声令下，机枪、手雷就会齐齐发动，瞬间燃烧一片火海——只要10分钟的集中火力，足够让铁丝网之内的一切生命陨落殆尽。

只有通过适时发起武装反抗，才能在这场浩劫中抢得一丝先机。在清晨的湿气中，ILK终于做了这个决定。此刻，只需要博科夫的一道命令。作为一切军事行动的总负责人，这是他的使命。

在博科夫的命令之下，营区里的各个小组已经整装待发。守卫队队员们重新回到了武器藏匿点的位置。集中营守卫队的任务是尽可能地躲过环绕四周的塔楼岗哨上的监视，埋伏在集中营北麓的低洼地带。他们甚至配备了望远镜。

远方依旧传来不间断的隆隆炮火之声。有时候声音似乎已经很近了，好像手雷就爆破在离铁丝网不过几百米的距离。这种不平静早就赶着犯人们从营区里跑了出来。他们站在路上，怀疑地看着塔楼和大门。突然，一切都动了起来。一群美军战斗机划破清澈的长空，从集中营上空呼啸而去。犯人们欢呼了："他们来了！他们来了！"然而飞机消失在了远方。博科夫和几名同志也跑了出来，目光随着飞机而去，身边站着手插进口袋、紧紧抿着嘴唇的普里布拉。"你为什么一定要坚持等到最后一刻？"他沉闷地问道。

博科夫没有回答。他由于紧张而颤抖不已。前线交战地距离集中营越来越近了。机枪的声音近近远远地响起。

9点的时候，茨威灵来到集中营里。守卫队的穆勒和布兰登正在物资库附近待着。这是他们的任务：将皮皮希藏起来的手枪取走，持续观察茨威灵的一举一动。这个家伙来干吗？

9点30分的时候，守卫队的观察岗哨跑着去跟博科夫汇报情况。他们跑得太着急，以至于说话的时候还有点儿上气不接下气的。他们告诉博科夫：从北麓看过去，远处的一座山丘上有坦克活动的迹象。谁的坦克？法西斯的？美军的？这活动迹象是逃跑还是进攻？这些都不能确定。只能继续观察。

茨威灵仍旧等着克鲁提希回来接自己。直到天亮，他才明白，毫无疑问自己是被骗了。他的老婆和他的上司跑了。居住区里一片狼藉。在被行李塞得满满的汽车之间，挤着不断咒骂喊叫的分队长和妇女儿童们。茨威灵站在房间里，看着这一切。现在，他必须为自己的安全着想，考虑考虑如何逃跑了。他无措地看着周围仓皇的人，感觉心底泛起一阵怒意："全都收拾好了啊。"他挥挥手，想要驱散怒火，但是不起作用。他突然有了个念头，然后再度踏入物资库的大门。在写字间里，他把犯人们的资料都翻了出来。他用颤抖的手在堆在书桌上的杂乱的文件中翻找了足足半个小时。

福斯特一直坐在自己的关押室里。他一动也不敢动。他看不到任何出路，看不到任何被营救的希望。他的心中涌起阵阵悲伤。他承认，这么多年来，他在刑讯室里一直如同鬼魅一般活着，从来没有做过伤天害理的事，他做的事情甚至像一个斗士。因此，他无愧于心：他始终是一个好人。他这样一想，心中便升起了一种简单的快乐。霍费尔和克罗皮恩斯基要和自己一起死去了，他对得起他们俩。他的死亡会被算在一大批死亡事件当中，没有名字，没有编号，归于尘土。一个更加美好的世界会在他们身上开花结果。也许他一直寻找的意义就在其中。当集中营的大门被摧毁的刹那，他要找的意义就在其中……

战斗机飞过集中营上空之后不久，飞机又出现了。犯人们又看到了。这架飞机在集中营上空来回来去地慢慢飞着，高度非常之低。塔楼上的哨兵十分不安。他们激动地呼喊着，提示彼此注意。营区间的犯人们盯着他们，这种情况是非常罕见的。美军的飞机在观察敌情，寻找攻击目标。飞机不仅仅是在观察犯人，更是在观察仓皇的党卫军。党卫军的摩托车冲到铁丝网下，卡姆罗特朝着塔楼上的岗哨喊话下令。这是他下的最后一道命令了。

茨威灵找到了自己想要找的东西。他的伪装策略所需要的不仅仅是一份身份资料而已。他从一大堆犯人的衣服当中挑出一件西服夹克，把自己身上的制服换了下来。

突然，他被吓了一大跳。他身后站着一个人。伍拉赫！一看到这个人，茨威灵不禁汗毛倒竖："您怎么来了？"

伍拉赫目睹了茨威灵是如何脱掉了党卫军的衣服，换上了囚犯的服装的。他骂道："你竟然这么做了，你这个混蛋……"茨威灵骂了回去："滚吧！"

伍拉赫恫吓地伸了伸脖子。茨威灵掏出了枪。

穆勒和布兰登听到了枪声。怎么了？他们对视了一眼。"走，快！"

他们冲进办公楼，奔上楼梯。物资库的门锁上了。他们猛地把门踹开。

"把手举起来！"

茨威灵枪还在手里，他吓了一跳，举起了胳膊。两名守卫队队员扑向了他。被射中的伍拉赫躺在地上。

办公室里，施瓦勒正冲着卡姆罗特大喊大叫，他面色灰白，下垂的双颊不停晃动："您疯了吗？"

卡姆罗特下了命令，党卫军部队撤退前一刻钟的时候，向集中营里全面开火。

"您马上把命令撤销。您这是要把我们全都送上断头台！"

卡姆罗特疯狂地骂着："去你妈的，反正全都完蛋了。"

"贱人，该死！"怀桑科怪叫着。

卡姆罗特在施瓦勒肚子上揍了一拳，后者不由得向后踉跄了几步。"你们好好看看自己的下场吧。"卡姆罗特把帽子拉到额头上，"我滚蛋。"

施瓦勒颓丧地瘫坐到扶手沙发上。外面响起了摩托车的轰鸣声。卡姆罗特走了。三四声炸弹爆破的声音又在附近响起。施瓦勒一下蹦得老高，他心烦意乱地看着怀桑科："现在呢？怎么办？"

怀桑科无助地摇摇头。施瓦勒抬起写字台的桌面，从桌斗里面掏出一大堆纸张、文件，在防弹衣外面又套上大衣，戴上帽子。"走，快！"他喊道。

雷涅博特透过窗户，看到了指挥官匆匆上了汽车。"施瓦勒滚蛋了！"他冲着自己身边的山魈喊道。

福斯特战战兢兢地站在关押室里。他听到走廊里响起了山魈的脚步声。他的门锁被打开了。"滚出来！"

福斯特在山魈灰色的面庞上看到了一种冷酷的兴奋。他野蛮地把毫无反抗能力的福斯特赶出了关押室。走廊上横尸一地，都是前夜死去的人。山魈对福斯特拳脚相加，把他赶进自己的寝室，然后指着一个箱子说道："把所有东西打包！"福斯特一颗心脏咚咚乱跳，他吓得不轻，然后开始顺从地清空柜子和桌子里面的东西。

穆勒和布兰登把茨威灵押到角落里。然后，他们把写字台移到一边，把地毯卷起。布兰登缴了茨威灵的手枪，看着他；同时，穆勒将地板撬起。当茨威灵看到地板下面藏着的武器的时候，他瞪圆了眼睛。

"你很惊讶吗？"布兰登笑着说道。笑容中既有轻蔑，又有骄傲。

茨威灵咂咂嘴："这——我不知道……"

"我们确实没告诉你。"布兰登讽刺地说道。穆勒在茨威灵鼻子尖前面晃了晃手枪："你要知道，一名党卫军的屁股就是最好的伪装……"他把手枪收了起来，"我们把手枪拿出来得太早了。现在还没有命令。我们该怎么办？"

布兰登耸耸肩："那就等着，等着命令下来。"

"我们怎么处理他？"

"等等，他可是我们的第一个犯人。"

茨威灵跪下了。布兰登抓起他，让他贴着墙站好："站直点儿，你这个混账。"

第一排营区内的犯人们站在窗边，实时留意着大门处的动向。他们察觉到了党卫军正在忙着逃跑。分队长们把一个个箱子从办公楼里拖出来，堆在卡车上。他们看到雷涅博特急匆匆地走来走去，心急火燎地指挥着。山魈也从刑讯室里走了出来，把行李丢到车上。

"他们在打包。"犯人们激动地悄声说道。

福斯特做着强烈的心理斗争，他还有最后一项工作要去完成。山魈已经准备好逃跑了。福斯特聚精会神地留意着外面的情况，这是实施营救的最后的机会。他们在哪儿呢，在哪儿？只要山魈的视线一转到福斯特身上，他就马上装出一副忙忙碌碌的样子，然而心里在想着方法。他能不能在关押室里做些什么手脚呢？或者在刑讯室的某处躲起来，甚至溜走？由于一直过于激动，福斯特一直没有注意：钥匙竟然挂在了房门外侧。这简直是惊天大发现，福斯特又激动了起来。这是营救的法门吗？

山魈带着两名分队长冲了过来。他们把箱子拎走，放到车上。

几秒钟之间，福斯特就下定决心，不再犹豫。他一步迈到门前，拔下钥匙，溜进房间，把门锁了起来。他整个身体都在颤抖，紧紧贴在门边的墙上，心跳个不停。等会儿山魈一定会回来的……这可怕的一分钟内可能会发生许多事。突然，一阵厚重又洪亮的轰鸣声响起。那声音令人恐惧，穿透八方，犹如终审的号角之声。这是敌情警报，警示着党卫军，他们的敌人就要来了。这可怖的声音回荡在集中营之中。营区里，犯人们紧张得几乎无法呼吸。博科夫和他的同志们冲出了营区，站在空地上，享受着咆哮的警报声。党卫军那边，他们已经如同热锅上的蚂蚁。一队一队的人从兵营里冲出来，随便站了站队，就开始跑路。分队长们慌作一团。大门口处，已经装得满满当当的卡车猛地转弯，从人群中冲了出去，开到了路上。雷涅博特在大喊大叫。山魈跑回刑讯室，他咆哮着，摇晃着上锁的大门，疯狂地踹着。雷涅博特跑了过来。“走吧，走吧！”他喊着。已经没有时间等气急败坏的山魈了。他跨上摩托，又喊了一声：“山魈！”然后发动了车子。发动机轰鸣，山魈也跳上后座，两人扬长而去。

福斯特蜷缩在房间的一角。门好好锁着。他用全身最后的力气哭了出来，泪水肆意横流。他得救了。他从未像此刻这般，觉得生命如此珍贵。

霍费尔和克罗皮恩斯基靠着关押室的门站着，聚精会神地听着外面的动静。他们随时准备一拥而上，没有丝毫犹疑。他们听到外面一片嘈杂，步履匆匆，然后又听到了震撼的号角声。他们听到了雷涅博特的喊叫声，山魈的咆哮声，听到了踹门声。然后又突然听到了扑通扑通的声音，以及走廊上喊叫的声音，好像什么东西被吞没了似的。克罗皮恩斯基站在门一侧的角落里，听着外面渐渐变得安静，不明所以。他的双手像两只张开的钳子。这两个将死之人大气也不敢松，也不敢在心中有一丝一毫的希望。他们只是在一片寂静中小心感受着、观察着。

警报在周围的战斗声环绕之下响起的时候，各小组的组长们也赶到了 17 号营区。一路上蜂拥着惊慌的犯人们。博科夫和 ILK 的成员们依旧匆匆赶往 17 号营区，他们心中燃烧着熊熊烈火。已经决定了。

是时候了！

响亮的钟声表示，时间已经到了中午 12 点。震耳欲聋的炮火声摧毁了一成不变的一切，新的世界冉冉升起。一切就绪，只待一声命令。博科夫现在要做的就是发出命令。

“三级警报！发放武器！各小组就位。马上发动起义！”博科夫下了命令。

普里布拉高高举起拳头。他发不出一点儿声音，尽管他的整个身体都想要痛快地大喊出来。各小组的组长们分别领命而去。

各个营区突然有了统一指挥。

“所有小组集合！”

犯人们这才惊讶地明白，眼前发生的一切到底意味着什么。各营区前已经站好了队伍。他们不顾其他犯人的惊讶，也忽略了犯人们好奇的探究之心，迈着匆匆的步伐，分头进入指定好的营区，以及病房区的后侧。那里是供暖道和下水道的交汇处。集中营守卫队的队员们早就就位了。地板被掀起，墙面被砸毁，那些秘密的洞穴也被掘开。武器重见天日，四处都是武器。武器，武器！

普里布拉和他波兰小组的人们将病区营房窗户前的花槽掘开，打开防水油布，拿起卡宾枪。

一个小组带着机枪跑到书记办公室。克莱默的房间正对着大门处的办公楼。机枪就架在这里。博科夫掌管着总指挥权。

一种前所未有的激动震撼着整个集中营。

几分钟之内，武器配发完毕，所有小组均已就位。没有丝毫犹豫，在集中营北麓，响起了第一枪。这枚子弹打穿了一名震惊的哨兵的头颅。

风暴来临了！

位于北麓的小组跑到缓冲区的空地上。德国和南斯拉夫小组将火力瞄准腹地四周的塔楼。普里布拉领导的波兰小组已经将木板和门板架在了路障上。同时，铁丝网上被开了五六个窟窿。普里布拉高喊着，率领自己的人穿过铁丝网。远处塔楼上的哨兵用机枪对他们进行扫射，然而德国和南斯拉夫小组已经就位，他们用火力和手雷牵制敌人。塔楼上火光四射，爆炸声四起。岗哨的位置上燃烧起了熊熊烈火。一座塔楼前的哨兵被突如其来的开战吓坏了，还以为是敌军已经到了。他们慌忙逃入了附近的森林。普里布拉在冲锋中闯了进去，抢到了一挺机枪。万弹齐发，轰鸣声犹如阵阵欢呼。他扫射着四周塔楼上的敌人。

在北麓进行突围战的时候，其他人开始向大门处突围。

里奥蒙德负责操纵机枪。在玻璃后面，他认真瞄准。子弹不多，他要好好利用，干掉四周塔楼上的岗哨。一枪出去，玻璃被震得粉碎。他打中了一名岗哨。那个人挥舞着胳膊，一头栽了下去。其他岗哨连忙扶着他，震惊于这突然的袭击。

一瞬间，埋伏在第一排营区的队伍揭竿而起。手持武器的人们冲向集合场。德语、法语、捷克语、荷兰语……各国语言的冲锋呐喊声交织到一起。

里奥蒙德的机枪愤怒地射向大门两侧的塔楼，掩护了埋伏在大门处的守卫队特别任务组。他们用撬棍砸毁了铸铁大门。

“停火！”博科夫朝里奥蒙德喊道。机枪马上静止下来。几乎同时，在坡上大门处，特别任务组的组员冲上了主塔楼的台阶。上百名其他小组的组员也通过大门上的豁口，沿着铁丝网左右跑去。手雷和扫射不断朝着他们袭来，然而他们依旧势如破竹，如同一群愤怒的黄蜂冲入了两边的塔楼。呐喊声、爆炸声、机枪发出的嗒嗒声围绕着铁丝网，与不远处田野里的战火声交相辉映。山后面升起了棕黄色的烽烟，直冲云霄。观察机又出现了，这次它几乎就是贴着集中营慢慢地盘旋。飞到低空的时候，飞机开始朝地面开火。机枪发出的咔嗒声清晰可辨，扫射着逃跑中的法西斯装甲车。

在突袭之下，哨兵们被打蒙了，还没来得及明白是怎么回事。犯人们多年来郁积的愤懑此刻倾泻而出。两条清晰的战线夹出一条通道，上千名犯人冲向前去。战斗力伴随着每一把抢夺来的卡宾枪、每一挺缴获的机枪在不停提高。哨兵们已经毫无斗志，他们失去了在这汹涌大潮中自卫的力量。

没来得及逃跑的都变成了俘虏。想要反抗的敌人都被消灭了。伴随着一次又一次的冲锋，战斗组不断冲上塔楼，然后迅速将其占领。

克莱默却突然消失了。科恩负责照顾被送来的伤员，当他发现克莱默失踪后，朝着两边的看护大喊："你们这两个傻瓜，没有把他看好。他肺部有两个弹孔！这个家伙想要流血致死吗？快！马上找到他！把他拖回来！"

克莱默在没有人照顾下自己就悄悄溜走了，他要干什么呢？

趁着没人注意到自己，克莱默只穿着衬衫，大衣披在肩膀上，就跑了出来。他没有走远。他踉踉跄跄地走进38号营区，呻吟着在凳子上坐下。守在营区里的，以及不是战斗小组的人围了上来。"你从哪儿来？"

克莱默费劲地喘着气，眼中闪着灼热的光芒。

"天啊，瓦尔特，你得赶紧回到病房里去。"

伦基想要扶着他。克莱默不情不愿地推了推伦基。"别管我！"然而伦基还是强行把他架了起来。"你都快死了。"

其他人想要帮伦基抓住他。

"走开！"克莱默不满地咕哝着，"我要待在这儿！"

他看着四周的犯人，忽略了他们对自己的担忧。他全神贯注地聆听着外面的动静，看看是哪儿在打斗。

"该死！我好歹也要赶上最后一次……"

"瓦尔特，你要是不这么闹腾，你还能好起来。"

伦基小心翼翼地把手掌放在他的肩头。

"那个小家伙在哪儿？那个孩子？是我把孩子带来的。你们把他放哪儿了？"

“在这儿呢，瓦尔特，在这儿呢。”

几个人跑到寝室里，把孩子带了过来。克莱默把孩子放在自己膝头。

克莱默终于展开笑颜。他朝孩子温暖地笑着，轻柔地抚摸着孩子的小脑瓜：“你这个小东西……”

克莱默的态度突然一下柔软了。他请求道：“让我留在这儿，朋友们。让我和你们在一起。我很好，我没有问题。”

他们给克莱默拿了一个草垫子，垫在桌子和长凳之间，让他可以靠在上面。克莱默充满感激地靠了上去。他向关心自己的伦基笑笑：“呐，奥托，老朋友……”

伦基也笑了，轻轻拍了拍他。

一如往常，一旦这些人彼此多说了几句话，就会觉得浑身不自在。然而克莱默这声简单而亲切的称呼，以及伦基默默的体贴，都传达了很多东西。此刻大家专注于外面的情形，环绕集中营的枪炮声说明了一切。

里奥蒙德打响第一枪之后，千百声各种语言的呐喊响起，人群从集合场上呼啸而过。那时，福斯特原本还瘫在地板上，没有从惊吓当中缓过神儿来。听到动静之后，他一跃而起。透过刑讯室的窗户，他看到了冲锋的队伍。面对这闻所未闻的壮观场面，他激动地大喊了出来，喊声几乎撕碎了胸膛。当人们冲破了大门的时候，他也冲出了房间——迈过了一路尸体——冲到了五号关押室前。

霍费尔和克罗皮恩斯基疯狂地摇晃着门，大声喊叫着。福斯特想要撞开门锁，然而没能成功。博科夫、里奥蒙德、科迪茨克、范·达伦突然出现了。他们震惊于眼前横尸遍野的惨象。博科夫在昏暗的走廊里大喊：“霍费尔，克罗皮恩斯基！你们在哪儿？”

“这里！这里！”

福斯特奔向他们：“门被锁上了，我没钥匙！”

博科夫冲到关押室门前：“是我，博科夫。你们能听见吗？”

“能，能，能！我的上帝啊，赫尔伯特！能，能，能，我们能听见！”

“离门远点儿。我朝门锁开一枪！”

博科夫掏出了手枪。

“小心，我要开枪了！”

子弹砰地出膛。他们用尽全身的力气摇晃着门。门锁脱落了。霍费尔和克罗皮恩斯基扑向了他们。他们两个再也支撑不住了。大家连忙扶住他们。霍费尔挂在博科夫的胳膊上，摇摇欲坠。

几百名犯人爬到了营区屋顶上。路面上已经乱作一团。铁丝网处的情况显而易见，犯人们群情激动。他们穿过豁口，冲入塔楼，涌到平台上，和敌人搏斗。

“他们攻占塔楼了！”上百名犯人朝着北麓的空地奔去。霍特施代特低地中的一座磨坊着火了。外面的战场离集中营越来越近了。浓烟滚滚，直上青天。犯人们在空地上能捡到什么就是什么，他们拿着短棍、树枝、石头作为武器，冲向缓冲区，爬过路障，穿过铁丝网上的大洞。犯人们将俘获的党卫军缴械后，又穿过铁丝网上的洞，带入集中营。在漫天的怒吼声中，俘虏们被推搡着进入铁丝网环绕的 17 号营区。手持缴获来的卡宾枪的犯人们看押着俘虏。穆勒和布兰登把浑身发抖的茨威灵塞进营区。他是他们的第一个犯人。

普里布拉和他的小组穿过森林，跑上公路，朝着霍特施代特方向而去。

这段时间里，博科夫和其他同志把霍费尔二人带到山魈的房间。刑讯室里已经来了很多战士。几个人把走廊上的尸体拖入刑讯室的盥洗室内安置。霍费尔和克罗皮恩斯基坐在木板床上。福斯特给他们倒了水。这两个人已经快不行了，他们贪婪地摄取着这救命的水分。

一个传令的犯人跑了进来。他给博科夫带来了消息：塔楼已经被彻底攻占了。

博科夫带着前所未有的欢愉，拥抱住了霍费尔和克罗皮恩斯基："自由了，自由了！"他大喊着，大笑着。他大笑着，因为此刻在他心中实在是没有别的感受了。

博科夫让ILK的同志们清理大门处办公楼的其他地方。他们来到了雷涅博特的办公室。

主塔楼顶上，一个战士扯下了高悬的万字旗，随便找了一块白毛巾，升了起来。

博科夫快速来到了雷涅博特的房间，打开麦克风。他的呼喊声在整个集中营上空、在所有营区之间回荡着：

"朋友们！我们胜利了！法西斯滚蛋了！我们自由了！你们听见了吗？我们自由了！"

博科夫的嗓子都喊哑了。他把额头抵在麦克风上，呜咽了起来。他实在是太快乐了，快乐和眼泪融为一体。他再也不想压抑自己内心的情感了。

营区里挤满了犯人，大家高声欢呼。几千个声音一起欢呼，仿佛点燃了一场燎原大火！这火永不熄灭，不断有人往里添柴加薪：

自由了！自由了！

人们笑着，哭着，跳着舞！他们跳到桌子上，高举起双臂，疯狂地欢呼，欢呼，欢呼，好像大家都失去了理智一般。没有人停下来休息。所有人都冲出了营区！汹涌的人潮冲向集合场，大家都好像喝多了似的。

一个人喊道：到大门处去！大家冲了过去。

不，完全是没有目的的四处乱跑。人们陶醉其中，终于，终于，这扇可恶至极、可怕至极的大门被摧毁了。人们狂喜地叫喊着，跌跌撞撞地冲了出去，张开双臂，拥抱自由。

38 号营区里，克莱默突然和孩子独处了。所有人都跑出去狂欢了，他们原本还等待着命令，准备出去战斗的。克莱默听到了广播里博科夫的喊声。自由！喜悦过于强烈，他们所有人一下都把他给忘了，自顾自跑了出去。然而克莱默心中依旧是无比的喜悦。他笑着对孩子说道："他们把咱们给忘了，这群家伙，这群坏蛋，把咱们给忘了！看看他们干的好事吧！"

克莱默热烈地对孩子说着。而孩子哭了，因为太吵了，这让他害怕。"哭吧，没事，哭吧！来吧，到外面去，和其他人一起哭！他们全都在哭叫！你听见了没？"

克莱默忘记了自己身上还有伤，用那条好胳膊抱起了尖叫着的孩子，蹒跚着走了出去。

一路之上，克莱默不停被狂欢的犯人们挡住路。总有人想要扶住他，可是他完全不想耽误人家狂欢。

"走开！"克莱默冲他们喊道，语气中不无嫉妒。幸运的是，尽管气喘吁吁，他还是走到了通往集合场的路上。

克莱默已经看到了，所有人都站在坡上。博科夫也在其中。克莱默被人潮裹挟着，十分无奈，他想要尽力向他们走去。

克莱默看到了——他的心脏几乎都要停止跳动了。他热烈地喊道："安德烈！"

克莱默高喊着："安德烈！安德烈！马利安！"

他的喊声并不能盖过人潮。然而他们还是发现了他。

"瓦尔特！"霍费尔欢呼着，踉踉跄跄朝着克莱默走去。他喉头哽咽。

"帮我抱着这个小东西，他太沉了。"

其他人也走到了克莱默身边。里奥蒙德和范·达伦一左一右架着他。霍费尔把孩子抱在怀里。眼前这个抱着自己的大胡子太可怕了，孩子哭喊了起来。霍费尔向前走了几步，姿态如此费力，好像他的膝盖折断了似的。克罗皮恩斯基接过了孩子。笑声、喊声、谈话声，德语、波兰语奇妙地交织在一起，霍费尔什么都能明白。没人听得懂波兰语，但是大家都明白克罗皮恩斯基在说什么。

突然，克罗皮恩斯基向前跑去。他高高举起孩子，跑向大门处，跑入人潮中。

"马利安！"霍费尔在他身后喊着，"你要去哪儿？"

欢乐的漩涡卷起了更高的浪。

克罗皮恩斯基把喊叫着的小东西高高举起，防止孩子在汹涌的人潮中窒息。

孩子小小的身体在起伏的人群上方一颤一颤，好像一枚小小的果壳。

大门口拥了一大群人。孩子在这犯人们组成的稠密果酱里搅来搅去。然后，他乘风破浪，冲到了自由之浪的潮头。

这股大潮奔流向前，永不停歇。

布痕瓦尔德六记：

来自布痕瓦尔德 2417 号犯人的记录

初入布痕瓦尔德集中营

那是 1937 年 11 月 4 日，我们到达布痕瓦尔德的日子。和其他人相比，我拥有一点儿“优越感”，因为早在 1933 年我就已经见识过两所集中营了（科尔迪茨和萨克森堡）。布痕瓦尔德还能带给我什么新鲜玩意儿呢？然而这种优越感很快就消失了。布痕瓦尔德在第一天就带给人难以磨灭的印象——1937 年的布痕瓦尔德和 1933 年的科尔迪茨完全没有任何可比性，法西斯主义又前进了一步。

在魏玛火车站，“欢迎”我们的是来自党卫军的押送。周围的民众用充满敌意的眼光注视着我们。一辆封闭式警车拉着我们驶向十公里外的集中营。同车的还有一个年轻的政治犯。他刚刚在魏玛被警察审讯完毕，现在和我们一同回集中营。我们就像一群生瓜蛋子，七嘴八舌问了他一大堆的问题。对于我们的好奇心，他用简短的词语和傲慢无声的笑容作为回应。吃的怎么样？待遇如何？棒，他用讽刺的口吻回答，特别棒。那什么时候释放呢？哦，对对，当然会被释放。每三个月一次。我们面面相觑，狼狈而尴尬。那个年轻的政治犯笑容越发明显而意味深长。

刚过中午，我们到了埃特斯堡。在隶属于政治部门的绿色简易兵房前，我们被“卸车”，全体跑步前进。跑步的时候，我们被驱赶进这些兵房，并且必须在长长的走廊上按要求站着：脸对着墙，抬起胳膊，手交叉放在脖子上。这就是臭名昭著的“萨克森式问候”了。我们就这样站着，过了好几个钟头，胳膊早就麻木了，腿也痛得要命，而且人人饥肠辘辘。执行公务的党卫军和盖世太保走来走去，冲我们吼叫咆哮。时不时地，我们的屁股上就会被某只靴子踹上一脚，或者后背被揍上一拳。渐渐地我们学会了解读那空气中的讯息，多年来我们一直呼吸着的那样的空气。伴随着身体上的暴力虐待，登记流程一直持续到晚间。终于我们被带进了集中营。是的，集中营……

周遭漆黑一片。绵绵细雨，如泣如诉。我们看到的只有萧疏破败的铁丝篱笆墙，简陋粗糙如猎人栖息的林间高台般的瞭望塔。只有这些。那几盏弧形灯发出的光太过于浑浊昏沉，稍微远一点儿的景物，视线便无法企及。我们面对的，只有无穷无尽的浓稠黑暗。而当眼睛渐渐适应之后，某些局部的细节倒也能辨认出来了。煎熬带来的精神刺激，即将到来的未知命运，这些吸引着我们的全部注意力，于是我们也就没什么精力去感受环境了。我们开始跑步。我们在漫长的路上跑着。党卫军在身后催逼。我们的脚步沉重地踏在泥泞不堪的路面之上。于是应激系统对局部细节的反应开始变得异常敏锐。局部细节。毫无意义。鸡毛蒜皮。我永远无法忘记对这里的初次印象。目之所及，沉寂如死。散落着的弧形灯发出昏暗的红光，在那光柱闪烁明灭之间，有一间颓败坍塌的小屋。树木参天。我感觉树干上挂着些什么黑乎乎的玩意儿，但又分辨不出——因为与其说是跑步，不如说我们蹩脚地在泥浆的缝隙间跳着前行。但是，我听到了些什么。那声音来自树木。那声音仿佛是低回的哀叹，又如同幽幽的啜泣。猛然间我醒悟：那是人。吊在树上的人。就在此荒蛮之地，绝望，孤独，凄凉。时至今日我仍记得那感觉，那留在我心头挥之不去的记忆——在我们踏入集中营之后，那巨大的门轰然关上之后，那个我们所熟悉、所信赖的世界的大门，也就此关上了。取而代之的，是一个全新的境地，在此文明世界和人类都毫无意义。前院的这些景象：连同这狡黠阴险的绵绵细雨及其笼罩下的荒蛮之地，连同那高耸的黑色树木，连同那吊在上面的呻吟哀叹的生灵，都仿佛通往死亡之境。这前所未有的绝望，侵占了我的一切。

日间工作泥泞污秽，晚间亦不得安睡

朋友们总是希望我能贡献点儿不寻常的故事，好打破那些关于在集中营里度过的单调乏味、千篇一律的日子的描述。但是我只是在描述真实事件，描述那些从1937年到1938年之间度过的漫漫长夜。那些日子里，我们不得安眠。我们只能不停想着那些繁重的工作，而且，亲爱的读者，我不得不说些事儿，可能会让你们猎奇的心觉得有点儿无聊。

在工地上的日子，那些在集中营度过的岁月，是什么样的呢？

那是在埃特斯堡山上的一块荒凉不堪的泥泞土地。四处杂生着树木。在夏日里，降雨很少；然而到了冬天，那黄色的、黏糊糊的土地就会变得泥泞至极。如果在这地里穿行，泥巴会一直没到脚踝。而我们日日夜夜就在这块地里干活儿。烂泥巴像胶水似的四处飞溅。我们的鞋子上、手上、脸上粘满烂泥，又带着它们回到兵房。坐下的时候，我们把泥巴粘到凳子上。吃饭的时候，又把它们带到桌子上。直到睡觉的时候，我们还要带着满身泥污上床。整整七个月，没有水。我们没办法洗澡。我们用面包刀或者小段木头把衣服或者手上的泥巴刮掉，但还是被这些污渍搞得臭气熏天。要是捡到一块烂布头子，或者一小片儿报纸，那我们就有了"毛巾"和"手绢"了。几乎人人身上都有烂疮。这些烂疮都是由手脚上的湿疹或者溃疡变成的。我们用脏兮兮的绷带和那些烂布头子挂在遍体鳞伤的四肢上。我们就用这样溃烂的、满是伤口的双手吃饭、工作。工作！唉，工作啊！我们的残生，就在流淌着的汗水中，在可怖的寒冷中消耗殆尽了。如果有人胆敢竖直疼痛不堪的脊背，企图偷偷喘口气，休息一下，党卫军的哨兵就会立马过来用枪托给你腰上来一下子，或者用穿着靴子的脚给你一脚。有时候我们不得不负重工作。我们就像牲口似的，拖着沉重的木板和石头，在淹没脚踝的泥地里跋涉。我们的任务是搬运具有百年树龄的山毛榉那巨大的树干。二三十人分为一组，那些在泥地里缓缓穿行的队列就好像一只只百足虫。左，二，三，四。我们佝偻着的身躯发出叹息悲鸣，同时拼尽全力挪动这些庞然大物。左，二，三，四。要是谁在工作中"表现突出"，到了晚上他就要接受处罚。如果足够幸运，他会去刑讯室，光着屁股被打上 25 板子。尽管会被打得皮开肉绽，躺也躺不了、坐也坐不住，但这也不算什么大事。造成受伤的原因并不重要，反正我们早就遍体鳞伤。大部分的时候，那些牺牲品会被吊到树上。那些不幸的人，双臂被拧到后面高高举起，然后吊到树上。一吊就是几个小时。剪断吊绳，人就会像破布口袋似的摔到地上，一动不动地躺在那里，直到营区长过来给他一顿鞭子，或者踹他大腿。然后，他便带着因长久悬挂变得麻木不堪的胳膊，步履蹒跚地回到自己的兵房。但是很多人没能再站起来。吊刑把他们的肺扯裂了。

这就是我们的工作日。每天在集中营累得筋疲力尽，死亡和伤痛如影随形。我们昏昏沉沉地站着，在雾里，在雨中，一站两三个小时，直到清点集合完毕。那声“带回”的命令就是救赎。然后我们穿过湿滑的、吧嗒作响的泥巴地，步履蹒跚地回到营区。寒冷、潮湿与饥饿折磨着我们。大家一个紧挨一个坐在桌子旁。破衣烂衫里的水分在营区温暖的热气里蒸腾散出。每一个人都贪婪地狼吞虎咽，大口喝着汤，就为了能给冻僵湿透的身体带来一点儿温热。老布痕瓦尔德人都知道那种感觉：一开始上半身会慢慢回暖，但是脚会一直冰凉潮湿。我们要赶快上床睡觉，因为夜晚是如此短暂……

睡眠深沉。几乎没有人想要再度醒来。然而随着营区里资历最老的人一声哨声，宿舍里的宁静被撕扯开来：“起床！整装准备集合！”

营区在一片嘈杂中开始醒来。人们从梦中惊醒，混沌地爬下床。在浑浊的夜明灯里，人们摸索着穿上囚服。穿上那僵硬潮湿的破玩意儿，原本已经被床铺温暖了的身体又开始瑟瑟发抖了。而要把湿透的鞋子穿上，更需要鼓足勇气。我们在迷茫的雾霭中行进，穿越烂泥地，到达集合地点。门上明晃晃地探照灯用光芒无情鞭笞着我们的眼睛。该死的探照灯直射我们的脸。我们在疲惫和寒夜的笼罩下战栗着。我们挤挤挨挨地站在集合地，一个营区接着一个营区。等到整个集中营列队完毕，命令就来了：“带回！”队列行尸走肉般回来了。人们又踉踉跄跄回到了自己的兵房。最难过的是，在极度疲累的状态下，还要忍受躯体上附着的潮湿衣物。还没脱完衣服，就恨不得已经睡着了。在梦呓中人们爬进已经变得冰凉的被窝。睡了能有多久呢？一个小时，还是十个小时？不知道。尖锐刺耳的哨声再度把人惊醒：“起床！快！快！集合！”人们咒骂着，有些人却在笑——那是心如死灰之后绝望的笑声。又一次的集合。这时候甚至开始下雨了。是的。雨声沙沙作响。雨水把集中营变成一个棕色的湖。被冰冷而又湿漉漉的囚服包裹着的人们在雨中再度开始蠕动。僵硬湿冷的靴子又开始折磨着身体。蹒跚着的人们艰难地穿过凶猛的水流，到集合地后，大家已经变成落汤鸡了。在房檐下躲雨，或者拿一片水泥袋之类的东西挡雨是被绝对禁止的。我们还能怎么办呢？

我们需要片瓦遮身，好能睡觉。睡觉？马上就要到早上了吗？也许根本不该庆幸能再度回到床上。但是很快就下达了“带回”的命令。首要任务是把潮湿的衣服拧干。衬衫是湿的，袜子是湿的。睡觉，只有睡觉！床上还留有一点儿余温。湿透的皮肤上，每一个潮乎乎的毛孔都急迫地吸收着温暖。于是人们又睡着了。睡觉，睡觉，直到被突然惊醒：尖锐的哨声吹响了，这是梦境吗？人们面面相觑。有些人想要竖着耳朵听听发生了什么，但是哨声很快二次回响在宿舍里：“滚下床来！”再一次的集合！该死，该死！这该死的夜晚！我们第三次穿上潮湿的衣服，第三次进入浓雾和冰雨笼罩下的黑夜……至少，雨似乎停了？轰鸣的雨声消失了。不！毛毛细雨纷纷落下，如同从鼓风机里吹出来一般。受伤的身体战栗着。再一次到达集合地点。再一次站在探照灯的灯光里，再一次站在雨里和烂泥地里。然后再一次回到营区，上床。残存的睡眠也被哨声惊扰。这一夜的第四次集合。然后，清晨来临。然而清晨不过也只是漫长黑夜中的夹缝罢了。无论如何，这个夜晚算是过去了。

一夜无眠。新的一天开始。破晓了。又累又崩溃。带着战栗和饥饿，我们挤在集合地清点人数。营区长们咒骂咆哮着。这不算什么。命令再次响起："开始工作！"然后我们又进入了灰暗的、绝望的一天。没有人知道，熬过这一天，自己是否还有命回去。

逃犯

早上十点的时候下达了集合命令。发生什么事了？为什么要提前集合？有人逃跑了？是的，有人逃跑了！所有工作队伍在集合点聚集，根据营区划分列队。现在唯一要做的事情：站着。站着，直到捉到逃犯。那可能要花很久的时间。五个小时，十个小时，也许要站一整夜。

集中营永远不会对逃犯流露出丝毫善意。大部分逃跑的人都会被抓到。由于这种个人的、毫无意义的"自助"行为，成千的人都不得不忍耐随即而来的死刑般的惩罚，以及由罚站导致的疲惫和恐惧感。党卫军带着猎狗和棍棒，已经在寻找逃犯的路上了。而我们站着。中午了，饥饿来袭，身体全靠疲惫的双脚支撑。幸运的是没有下雨。时间缓缓过去。一刻钟。门上的大钟指示着时间。一切仿佛静止了。一瞬间也如同永恒。一个小时过去了。我们快累死了。下午似乎才刚刚开始。但中午又好像再也不会过去了。也许他们马上就找到他了？也许晚上他们就让我们带回了，我们不需要站一整夜？……人靠着人。大家彼此依靠。有的人在其他站着的同伴中间偷偷坐下了。营区里的“老资历”们对此视而不见。但是那声“注意！”的警告，把所有人吓得站了起来。分队长在营区队伍中走来走去，进行管理。他们面朝队列，直接对着站在前面的人。完美。我们心里对这些倒霉蛋朋友幸灾乐祸。他们没能如愿以偿脱离管辖。营区长就站在那儿不走了。我们又一个一个站着了。大概多久呢？从表上可以看到时间。其实还不到五分钟，但好像过了一个小时。一个精疲力竭的人倒下了。他踉跄着，被扶到前面。他的手臂被两个伙伴夹着，膝盖弯曲。大家试图把他扶起来。但是他的双腿不听使唤，膝盖只能曲着。他躺在其他站着的营区队伍旁边。他的身体塞在一件皱巴巴的夹克里，就好像是个枕头。一个人把他的衬衫解开，让他能喘口气。他鼻子抽动，脸色蜡黄，呼吸非常短促。“他完了。”有经验的人心里明白。我们站着。又过了疲惫不堪的一小时。我们站着……现在更疲惫了。我们强烈地感受到，躯体正在一点一点枯萎死去。后背疼得要命，肋骨之间好像有刀在割。肩膀也疼，胳膊虚弱无力。要是可以稍微走几步就好了，几步就好，活动活动还能给坏死的肢体里带进点儿血液……“注意！”分队长又来了。他停在那个倒下的人前面，用靴子尖检查般地踏了踏他的身体，命令他起立。这个病了的人拼命想要遵守命令。但是他太虚弱了，又倒下了。分队长命令旁边站着的人把病人架起来。他们只得服从，一左一右，把他夹在中间。现在，在帮助之下，他终于又“站”起来了——其实不过是飘飘荡荡地挂在那里罢了。腿根本不听使唤，脑袋垂在胸前。一旦他稍微滑下去一点儿，两边的人就必须重新把他架高。他们尽力想让他的双腿竖直，但它们始终弯曲着，就如同两条空空的橡皮管子，就如同，他的身体里根本没长骨头。我们站着……终于，八个小时过去了。我们苟延残喘，累到骨头缝里。吹哨了！令人开心的哨声充斥着每个角落。远远近近，到处都响着哨声。他们找到他了！他们找到他了！晚上有救了。如同得到救赎一般，窃窃私语在营区队列里滋生。所有人看着同一个方向，大概是想看看，带回来的是谁。他是死了还是活着，——虽然都差不多，不过重要的是，他们找到他了……

领头的是一个带着侦查犬的分队长。大家忘了看表的事。因为从此刻起，时间终于继续流逝。又来了几个分队长。他们牵着狗绳，胸前横着卡宾枪。在那里，栅栏墙的尽头，响起一阵喧哗之声。他们把他带回来了！一大群分队长呼喝着，汹涌咆哮的声音从栅栏墙一直延伸到大门。棍棒挥舞！在他们前面，好像有一个什么东西。他步履蹒跚，摇摇晃晃，似乎是个人。周遭恶犬都在向他扑袭。他跌倒了。狗朝着他狂吠。分队长们嘶吼着，挥舞着棍棒，将他从地上扯起来。他继续踉跄向前。他弯曲着身体，试图用胳膊护着自己，好不被那蹿起来的狗咬伤，或者被分队长高高举起又重重落下的棍棒打坏。他的躯体上满是血污。破烂不堪的衣服飘飘荡荡，好像小丑戏服上花花绿绿的彩带似的。骑兵队沿着栅栏呼啸而过，穿过大门，直达营区。在禁闭室的墙前，这个逃犯最后的力气也消耗殆尽了。他像一摊烂泥一样倒下了。一群侦查犬蜂拥而上，肆意撕咬着他的身体。也许这个逃犯已经死了吧？真希望是这样！此刻，我们对他已经没有丝毫怨恨了，尽管因为他的缘故，我们被罚站了整整一天。虽然我们曾一度非常恨他，恨这个逃跑者；但是此刻，一种强烈的感觉在我们心中升起：他是我们的朋友，他是我们的兄弟。

在那边正在发生着的事情，与每一个人息息相关。在那里，又是一个“被解决”的人。我们不得不麻木疲惫地站着，观看，从始至终。我们凝视死者，带着无力的愤怒。没人再去想着疲劳的事儿了。没人再觉得后背疼。上千人与这一个人融为一体，感同身受……这种经历足有上百次。上百次虚弱无力的愤怒与凝视，凝视着他们在那儿玩游戏，追猎物般追一个人的游戏，追逐一个和我们一模一样的人。有些人把手缓缓塞进口袋，好藏起已经紧握的双拳。一张张疲惫不堪的面孔，渐渐变得严肃而坚毅。在这上千个气得冒烟的脑袋里面存着的是同一个想法。这上千双沉默的眼眸闪烁着相同的光芒。分队长带着狗，围绕着人群翩翩巡视。

集中营营长来了。跟随他的还有参谋官和指挥部的其他人。党卫军的高层军官用靴子尖检查般地踢了踢地上那团由血污和破布混合的东西。于是，分队长结束了他的游戏。营长示意两个犯人把行刑用的高架凳拖过来。禁闭室的分队长——我们管他叫老夏——已经挥舞着鞭子等在那儿了。两个分队长扯着那个已经被鞭打和撕咬折磨得不成人形的逃犯，把他丢在了高架凳上。老夏的皮鞭呼呼作响。25，28，30！可怖的抽打落在那个可怜人的屁股上，撕扯着他。他一动也不动了。面对这难忍的疼痛，他竟然毫不挣扎。他就那么躺着，好像死了一般。也许他已经死了吧？……不，他活着。太令人发指了：他竟然还活着！分队长们把他从高架凳上扯了下来。他重重跌落地面，四脚朝地，爬行着——这是怎样的耻辱啊。人类最后一丝尊严，就这样被剥夺了——他爬向禁闭室的墙边。他在地上匍匐着，就好像一头濒死的牲口。一个分队长揪着他的领子，把他提得高高的，颇具艺术性地把他靠在了墙上。他看起来就像是和墙粘在一起了，因为他竟然站着——尽管摇摇晃晃，双膝弯曲，但他真的站着。在他前面，立着一个装货的包装箱。那是一个用木条做成的盒子，随便在什么机械的包装上都可以找到这玩意儿。这都是参谋官施特里普光辉伟大的点子。他和集中营营长鲁道勒商量了一下。鲁道勒点了点头。施特里普走到了麦克风前："栅栏小组，大门口集合！"尽管我们不知道他们在那密谋些什么，但我们知道，他们谋划的一定是极阴森可怖的事情。栅栏小组来了，对着包装盒敲敲打打。那个盒子的高度根本不够一个人直立其中。人要是进去了，就不得不低着头窝在那。这个盒子被铁丝网层层包裹，钉子刺穿木头，向里面扎着。

他们把逃犯锁在这个笼子里，锁在这个由于临时起意、被机智创作出来的"铁姑娘"里。还不如去禁闭室算了。在那儿起码能被吊死，那样的话，这一切很快都会结束。然而现在这样，他就算死掉了，都不能有个地方稍微依靠一下。除非死掉……施特里普又走到麦克风前："带回！"

我们转身，伸了伸僵硬的筋骨。我们慢慢回到了各自的营区。人人病累，迟缓拖拉。营长大人带着指挥部的人去了赌场。分队长回去做记录。集合场上空无一人。戏已散场……

天光渐暗。黄昏之后，夜幕来袭。在集合场上，孤零零站着一个包装盒。孤零零站着一个可怜的囚犯。他已被世人所弃。唯有他头上的星光，永恒闪烁。他是那么孤苦伶仃。他在那儿又站了整整一天一夜。后来，在我们早集合的时候，发现他死了，就那么戳在那个老鼠夹里……

1938年5月13日——集中营里黑暗的一天！

1938年的5月13日真可以说是布痕瓦尔德集中营的历史里极其黑暗的一天了。那天，我们都在第30号营区。那天，阳光照耀大地。在春日的第一抹嫩色中，森林闪耀着光辉。那真是美妙的一天。我们这些犯人，也都被自然的美景所触动。当然我们没空想着那些诗情画意的事，而是在思考一些非常实际的问题。“假如今天，”一个伙伴说，“假如今天不用去砍树，那该多好啊。”

根据这个想法，我们充满热情地展开了一场关于逃跑可能性的讨论。大家都很赞同，甚至有些人还凑在一起组成了“逃跑小团体”。尽管兴奋之中也有懊恼——因为逃跑是不可能的——但是营区里的气氛还是被活跃起来了。犯人们三五成群，好奇心促使他们溜达到集合场上。很快地，流言像风一样在集中营里播散开来：有两个人逃跑了。更令人振奋的是，有传闻说他们打死了一个党卫军。这个传闻犹如一记重击，极大地震撼了我们。如果这是真的，我们会不会被怎么样？如果这是真的，那么全员又要被罚站了，这是那些怀抱幻想的人没有考虑过的。集中营司令员科赫，我们绝对相信，他什么狗屎事儿都干得出来。为了一个党卫军，就算弄躺下半个集中营的人，对他来说也不是什么大不了的事儿。为了一个党卫军？……有些人已经开始散布消息：不止一个，而是两个哨兵被干掉了。没错，这事儿就发生在排污小队那边。其中一个哨兵居然还是被用枪打死的。这事儿谁都不相信，却又人人都相信。对此大家一无所知，却又好像谁都知道点儿什么似的。四处都嘀咕着令人备感刺激的悄悄话，四处都聚着一小撮一小撮的人，紧张地低声讨论着这个消息。

流言从一个人接力到下一个人，从一个营区到下一个营区。很快，整个集中营都传遍了。我们恐惧地看着大门，就好像能从营区长的行为推断出真相的关键所在。但是上面一直没什么动静，一如平常。这又促使大家把整个故事都否定了：逃跑只是谣言，也根本没有人被打死。不过是出于热望，大家才会沉醉于这抚慰人心的故事。

一个营区长走了过来。原本激动的人群一下子四散开来，大家纷纷溜回自己的营区。来不及溜走的人只能按照要求安静地脱帽，并偷偷打量着这个党卫军：发生什么了？他们有什么计划？为什么他在这个时候来集中营了？空气中好像有电流在涌动，一股强大的压力笼罩着一切。呼吸仿佛都变得沉重了。要是有人知道究竟发生了什么事该多好。但是没有人能说明白。四处纷飞的只有窃窃私语、猜测和传闻。但有一件事是明确的：的确发生了什么！所以党卫军的人上午就来了。大约中午的时候，发生了一件事情（这件事情就是传闻为真的可怕证明）：排污小队提前集合了。这就是消息可靠的证据。我们从营区里朝外张望，看到排污小队的第一名犯人已经来了。接着又跑过来五六个犯人。手持焊烙铁的愤怒的党卫军在他们身后驱赶抽打着，沿着栅栏站了一排。不断有人群受到惊吓。党卫军怒不可遏，一边打人一边咆哮。无数犯人醉酒般跌跌撞撞地跑着。很多人看起来受了伤。接着又来了更大一拨人。在狂怒的党卫军的押送下，他们被捆在一起，惊恐万分。这群人好像是一群被驱赶的牲口，跑到栅栏墙旁边。最后还有几个迟来的犯人，他们连跑都跑不动了，只能一瘸一拐地走到山上。当有人不慎跌倒，暴怒的哨兵就用脚疯地狂踩踩，直到他再度挣扎着站起来为止。所有的身体部位都在劫难逃：肚子、下体、脸。哨兵想踩哪儿就踩哪儿。恐怖的是，尽管离栅栏墙有200米左右的距离，我们还是能听到那些犯人发出的凄惨叫喊。到此为止，负责排污工作的所有小队成员，就在禁闭室前的空地上集合完毕了。他们一直站到了晚上，保持着高举双臂、双手在脑后交叉的姿势——“萨克森问候”。我们终于知道了真实的情况。两个犯人逃跑了。他们打死了一个党卫军的哨兵。那个死掉的哨兵名叫卡尔怀特（他是那帮混蛋里最讨厌的人之一）。两个逃跑的犯人，一个叫福斯特，一个叫巴卡茨基。福斯特以前是外籍军团中的一员，而巴卡茨基原本就是个惯犯。

集合场上躺着几具死尸，都是被党卫军残害的无辜的牺牲者。尽管这些死者没有为逃走的人做任何事情，他们还是死在了党卫军枪托的重击下。他们在那盲目的殴打中被捆绑着肆意屠戮。我永远也忘不了，营区长们站在成堆的残破肢体前面，摇晃着他们的脑袋，就好像他们有什么话要说似的，比如说出一些我们原本没看到的事情。就是这样。死者中间有一名来自莱比锡的伙伴。几天之前他才刚刚进入集中营。他的名字叫作库特·霍利兹。福斯特和巴卡茨基是在去工棚的路上用一把铁锹打死了卡尔怀特。原本他们应该是去给工作小队送早餐咖啡的。

其实党卫军早就把死者的兵器收回，并且在所有的山上搜捕两名逃跑者。

现在，排污小队的200名犯人站在集合场上，等待着属于他们的命运。那几个小时，对整个集中营来说都非常难以承受。其他的人都很同情他们的遭遇。党卫军分队长科赫，也就是这个集中营的司令官，已经过来了。我们都悬着心关注着大门那边事件的进展。结果出来了。科赫下达命令，枪毙掉一成的工作小队成员。这沉痛的结果重重砸在我们所有人的心头。我们已经习惯了，当有犯人逃跑的时候，其他人要在集合场上长时间地罚站，直到逃跑的人被找到为止。曾经有一回，我们站了19个小时。但是这次事情不一样了。这次死了一个党卫军哨兵。仅仅靠罚站已经不能起到震慑作用了。还会发生什么呢？

整个排污小队站了一整夜。这不算正式的惩罚。党卫军埋了卡尔怀特，也找到了两名逃犯。但是从那天起，在排污小队里工作的不幸人们变成了死亡候选对象。党卫军把他们中的每一个人都视作仇敌。每天排污小队的人都会把死尸拖出来。他们有些被枪毙，有些被打死，还有些干脆被践踏而亡。有些人倒是没有受到肉体上的虐待，然而他们被要求去做一些足以使人精神崩溃的工作。排污小队！这个词仿佛带着烟的味道——从火葬场的烟囱里冒出来的，死亡烟雾的味道。

党卫军先是捉到了巴卡茨基。在降灵节的前夜，他在集合场被公开吊死。福斯特在穿越捷克的时候被当成政治犯拘留，并且被引渡到德占捷克斯洛伐克境内。他又回到了布痕瓦尔德。1938年的圣诞节前夕，他的头颅伸进了套索之中。当着集中营全员的面，他被吊死在集合场上。我看到了，神情几近愉悦的他是如何在如电的光芒中脚步轻盈地走上了绞刑架的台阶。他摇晃着，直到生命的最后一刻。随后，喇叭里响起了熟悉的命令声："工作小队集合。"

尸体——1945

在集中营最后的那段时日里，尸体的"突袭"成了最可怕的事。战事严重吃紧，导致所有集中营都急需清理场地，尽量不留下“罪证”，也正因如此，大量尸体从各个集中营转运至布痕瓦尔德集中焚毁。那是大量的尸体，而且多数来自奥斯维辛。每天都有尸体从奥斯维辛运送到布痕瓦尔德，没有一天空闲。每一次运输都送来300 ~ 500名死者。这些尸体完整描绘了奥斯维辛的景象。而这些尸体也属于这惨绝人寰的场景的一部分。每一次运输过程都给我们带来繁重的工作。尸体堆在布痕瓦尔德火车站，需要用卡车把它们运送到集中营的火葬场里。有时候我们装卸尸体直到深夜。动作必须要快。我们和党卫军的人都渴望着赶紧干完，好去休息。工作就是“嘿——嗖”。两个人抬一具尸体。一人抬脚，一人抬胳膊。抓牢，挥出弧线，然后“嘿——嗖”。尸体飞上卡车，胳膊和腿都叉着。他们都好轻。大部分掂起来都还不到50公斤。车上还有两个人接着尸体，把他们层层堆起来：朝前——左右对称。在火葬场的院子里卸车就快一些。两个人足够把尸体从车上扔下来。剩下的人也不敢懈怠，匆匆忙忙拖着尸体的胳膊或者大腿，把他们堆成一座山。党卫军的人站在旁边忙不迭地催促：“快！快！抓紧干完！”

尸体满天飞。尸体从车上甩到地上，有的脑袋先着地，有的腿先着地。他们杂乱无章地堆在一起。肢体摔在石头做成的地面上，发出闷响。骨头折断了。他们以奇怪的姿势落地。要么是肚子着地，要么是后背着地，他们跌在地上，脸部受到重击。他们的头骨都碎了。有些尸体规规矩矩地“坐”着，看起来像是喝醉之后被人从小酒馆里送回来了似的。有些滚到了一边，四肢摊开。“快！快！抓紧干完！”一拖一拽，下一个！一拖一拽，下一个！有的尸体掉在了之前的尸体上面，结果两具绞在一起滚出了汽车前面高高摞起的死人堆。他们以紧紧抱在一起的姿势躺在那里。有些尸体脱臼的样子实在太奇怪，甚至惹人发笑。是的，有些死人自己就在笑呢。它们睁着眼睛，似笑非笑地牵着嘴巴，从车上飞到地下。那也许是灰飞烟灭前最后的欢愉。一拖一拽，下一个。汽车往来不断，一直持续到深夜。死人堆越堆越高……

每一个死掉的犯人都要被赤条条地扔进火葬场的焚尸炉，因此给死人剥衣服基本上还需要两天时间。囚服都是纺织品，需要按照真实数量进行统计。每一具尸体的意义都只体现在一个注册号上而已。许多人除了这个号码外一无所有，没有人知道这些死者姓甚名谁。这是一个波兰人，苏联人，法国人，还是一个德国人呢？不知何处，他们的妻子，他们的母亲依旧热望着，等待着这些无名氏回家，她们正由衷地期盼着。这些被我们拖拽着的僵硬冰凉的躯体，这些可怜的人，在下一秒钟就能“回家”了。

也有很多尸体，给出了些别的东西。在赤裸的死人堆之间，有一个手拿钳子的犯人走来走去。管理集中营的党卫军交给他一个任务：拔下死人嘴里的金牙。这些赤裸的、被掠夺的死者在生前早已不被人道地对待，此刻，他们交出了自己最后一点儿有价值的东西。有些尸体在被拖出死人堆的时候会发出咕噜咕噜的声音。新手会觉得也许死人还“活着”，但这不过是腐烂过程中产生的气体罢了。这些气体找到气管这条路径钻了出来，因此发出咕噜声。这最后的呻吟……

因为我们能做这些事情，所以你们觉得我们野蛮吗？我们必须做这些事情。这就是我们的“工作”。我们没有变得野蛮。哦，不。只是心变得有一点点冷酷，皮变得有一点点厚罢了。面对死者和死亡的敬畏之心已经消逝。了解到这些事之后，自然无所畏惧。在和尸体打交道的每一天里，它们不过是最自然不过的东西。它们还保留了人的外观，我们倒是连人模样儿都没有了。连人样儿都没有……那些死掉的人和我们没有分别。不过都是尸体罢了。在“工作”的空隙，我们时常站在他们面前思考着：到底是什么才是存在的意义？答案在生抑或在死？死也是一种“存在”啊。

然而这些胡思乱想很快就被打断了：“老哥，抓紧干，到中午我们必须要再剥光20个死尸。嘿呼，下一个。”存在的意义？——我们已经被关了十年了。但他们依旧没能把我们打败。无论是身体，还是灵魂。嘿呼，下一个。看看这个小伙子穿了啥？两件夹克，四件衬衫，还是被冻死了。

存在的意义？

我们依旧活着，朋友们。当我们能够飞越集中营的时候……

嘿呼，下一个。

当我们能够飞越集中营的时候，朋友们，那会儿我们再去关心这个问题吧。去关心在这场人类大屠杀中丧生的政治囚犯们所要求的，这罪恶卑鄙的系统的覆灭，关于他们最后被掠夺的东西，关于他们的金牙，关于他们作为死者的，应有的安宁。

存在的意义？

嘿呼，朋友，下一个……

“小集中营”

有一首流行歌曲是这样唱的：“没什么能吓唬得了一个水手……”我们这些集中营的老油条把视角改了：“没什么能吓唬得了

一个犯人。”

这种改编方式完全是因为，在饱受锻炼之后，我们已经变得皮糙肉厚。在面对那些集中营生活中存在的危险、党卫军的残暴和死亡的威胁之时，我们反而显得十分冷漠。我们几乎对一切都失去了敬畏心。没有什么事情能够吓唬得了一个犯人。我们必须“站着”，我们要上高架凳，要进禁闭室，要挂在树上。我们没什么可损失的了。面对极端事件，我们也不过是说一声“真倒霉”。尸体、疾病、致残、消瘦、饥饿，还能有什么呢？这些都是集中营的日常景象而已。

当然还是有些东西能够吓唬得了我们这些脱了几层皮的老犯人的。那就是“小集中营”。直到今天，已经离开了那座炼狱的我们一提起这个名字还是会感到一定程度上的恐惧。这个“小集中营”可谓所有人类痛苦的缩影。

“我感受到了人世间一切的苦难！”站在格雷琴的地牢前，浮士德这样悲叹。如果歌德站在埃特斯堡山上成千的地牢前，他还能找到合适的词语吗？在这世界上的任何语言中，都无法找到类似的概念，能够描绘这些发生在“小集中营”里的可怕的事。我该如何描述呢？……

“小集中营”是在布痕瓦尔德集中营内部的一个营区的集合体。它是由一个旧马房改建的，被双层铁丝网围绕。每天都有大批量的人被赶到这里来。那些从别的集中营转移到布痕瓦尔德来的大批囚犯屈身于此。法国人、荷兰人、波兰人、罗马尼亚人、苏联人、希腊人、比利时人、匈牙利人、德国人；所有国籍的犹太人、吉卜赛人；受过高等教育的人；精神病患者、病人、残疾人；囚犯；老人、孩子……所有人杂乱无章、毫无秩序地堆在这里。每一个单独营区内的犯人平均数量超过了 1000 名。

这些营区内的一切都缺乏整编规划。被关押的人数还在不断增加，按理说这里是应该被整顿的。比如说，这里根本没有窗户。之前说过的，这里本来就是旧马房改的。每间房子里只有一个不足 25 厘米的、细长的玻璃缝儿，这就是所谓的窗户了。纵向的墙面上放着“床”。那些床！我头回听说这样的床。从地面一直到墙面和屋顶的交界处，交错叠着三层木头栅栏，就好像水果篮一样。犯人们就在这些“床”上生活。生活！是的。因为营区实在过于拥挤，这些犯人的一切日常活动完全就是在床上完成的。住在这样的营区内，想要穿过拥挤的房间是不可能的。于是犯人们只能在自己的木栅栏上度过每一日。桌子旁边没有位置，他们就只能在栅栏上吃饭，还要在栅栏上面睡觉。没有给犯人提供任何储物柜，因此他们要把自己少得可怜的一点儿小东西和饭碗都放在床上。令人发指的恶臭弥漫在房间内。连我们这些对臭气早就习惯了的人都无法在那些营区里呼吸。四处爬满了跳蚤、虱子一类的寄生虫。跳蚤成群结队地在地板上蹦跶——当我说这些的时候，我请求你，我亲爱的读者，按照字面意思去理解，因为你们是无法想象那种场面的。但是如果你和我去那些营区里走一圈，看一眼那样的地板，你就能看见它们蹦跶得有多欢。

在脏兮兮的、满是虱子的环境里生活的这些人，还要忍受无法清洁、不能刮胡子、粪便的恶臭盈室、伤口化脓等折磨，这就是“小集中营”里人们的生存处境。蜂窝织炎和水肿是最常见的疾病。蜂窝织炎的意思是：伤口由于化脓烂成了手掌大小的孔洞，尺寸足够随随便便放进一个拳头。水肿的意思是：脚肿胀到大腿那么粗。

被关押在“小集中营”里的犯人和其他人有着本质区别：其他人还算幸运，能住在相对好一点儿的环境里；而他们只有一身破囚服日日夜夜裹在躯体上，晚上睡觉的时候也不能脱衣服。他们没有可以盖的东西，然而夜是那么寒冷。那些在文明世界里也许颇有地位的人们，进入此地后也迅速变成了“垃圾桶贵族”和“白痴”，他们从垃圾堆和垃圾桶里挑拣出一切有用的东西果腹，无论是土豆皮还是发霉的大头菜。他们会去喂猪的饲料车里面偷一帽子的猪食，当场风卷残云般地吃下去。畜生般的冷漠无情和麻木不仁让他们互相踩踏推搡。就算痛打一个“垃圾桶贵族”的脸，或者把他丢在尘土里踩踏，他也不会对此有任何反应。他最多不过是像个孩子似的哭着，嘴里吼着：“滚开，你们这些该死的混蛋！”然后他就会行尸走肉般地、慢腾腾地走开。如果这时有人在他背上粗暴地踹一脚，他既不会回转过身，也不会走得快一点儿，只是蹒跚向前——虽然由于被踹导致失去平衡——踉跄了几步而已，继续维持着他迟钝的步履，直到颓然倒下。他们整日地站在“小集中营”的篱笆墙边，好像被捕获的动物一般，双眼无神，呆呆凝望着眼前走过的人，讨要香烟头。他们不能收信，也不被允许写信。对于家人来说，他们是失踪人口。我们不知道他们从哪儿来，他们是谁。他们说着同一种语言，对于我们来说十分陌生。在他们布满皱纹的额头后面思考着些什么，我们也不得而知。他们是集中营里的疫病传播者。斑疹伤寒，腹内伤寒和痢疾在他们体内肆虐。在他们或站或躺的地方，他们就那么悄无声息地死掉了。白天，他们藏在营区的角落里。到了夜晚，他们躲在木头小隔板上。每天清晨都有无数尸体从营区里被拖走（就像我之前陈述的那样）。然而“小集中营”出来的尸体不能被拖到营区，而是被直接扔掉，就像是一铲子废物般被丢弃。然后这些尸体被集中到一辆大车上，直接驶向火葬场。5.1 万名死者中有很大一部分都来自“小集中营”……

无尽的饥饿和赤贫激发了人内心深处最低级的本能，让一切都变得赤裸裸。在营区里，他们用各种方式偷窃彼此的东西。在他们之间每天都会爆发冲突。一旦“小集中营”里的“白痴”们用麻木不仁的态度消极对待他人，他们自己也会迸发出兽性。在那些营区里总是会突然出现暴乱。又发生什么了？那里有两个人像两只饥饿的疯狗一般互相撕咬。无数肮脏的手伸着，把一小块面包层层包围。所有人都想把它抢走。他们撕扯叫嚷，抓着彼此殴打。面包掉到地上，在污渍里被踩了个稀烂。有人在乱蹬乱踩的腿中间踅摸着，匆匆忙忙地把面包屑往嘴巴里塞，又企图搜刮些残渣，然后赶紧消失。但是又有新来的人，他们也嗅到了赃物的味道，于是他们二度抢劫了这些抢劫者。暴乱和人群！营区里的“老资历”早就来了，试图驱散这群神经病。有一个人躺在地上。鲜血从他的肚子里汩汩而出，浸染了他支离破碎的囚服。一把餐刀躺在他旁边。谁干的？犯人在混乱中消失了。犯人可能是任何一个人。他可能正在角落里站着，贪婪地往嘴里塞着面包渣，双眼正警惕地看着别人。是一个波兰人，苏联人，法国人，还是一个德国人？……一个畜生都不如的人！……为了一块面包，或者仅仅是一块脏烂的小碎布头，他们就可以殴打他人致死。

这可怖的景象一直持续到“小集中营”里的犯人和我们一起得到解放的那一天。1945 年 4 月 11 日！那天，整个集中营爆发出了庆祝重归自由的、令人难以置信的欢呼；那天，反法西斯斗士们的队伍长驱直入。人手一支枪，都是从党卫军俘虏和集中营的库存那里收缴上来的。然而，“小集中营”里的人们依旧在铁丝网边上站了很久，向美军队伍讨要烟草。他们的行为举止没有展示出丝毫重获自由后的轻松愉悦。没有开心，也没有激动。他们在这可怕的污淖中沉沦得太久了。法西斯的恐怖带给他们太多摧残和苦痛。在被囚禁的岁月里，人性的尊严已经被完全剥夺。他们完全领会不到，自由，是一件多么重大的事情。

他们还维持着在“小集中营”里的那些行为。

该如何控诉这些纳粹凶手们的罪行？这数以千计的精神上已经变成废人的人，他们该如何了解解放这件事？当那些美国士兵第一次踏入“小集中营”这间地狱的时候，我看见了他们眼里饱含的泪水……

*

在离开布痕瓦尔德集中营后，布鲁诺·阿皮兹根据自己的直观回忆撰写了六篇报道，连同其他几位被囚禁的来自莱比锡的共产党员于1945 ~ 1946年共同出版了一册小书：《这就是布痕瓦尔德：一份真实的报告》，由德国共产党组织出版发行。

此外，他还创作了大量文章。作者的写作意图非常清晰，旨在以档案形式陈述纳粹的罪行，揭示犯人所受的痛苦，以及让有罪的党卫军高层得到指控。这六篇报道主要撰述了集中营建成期到1938年之间的事件，同时涉及他被囚禁于集中营的第一个月内发生的一些事情。从集中营被释放后，他的目光首先投向了“小集中营”中的犯人，并且用非常直接的语言对他们的遭遇进行了赤裸裸的描述。

在报道中阿皮兹重点展示了证据。与此相应，他在前言中直接告诉读者："你应该读这本书，因为你必须读！布痕瓦尔德！对于你来说这是什么？——如果你完全没了解，它对你来说不过是一个名字。但是我们，这些残存的人，这些从地狱里活着走出来的人，这个名字就是残忍的象征。是人类所有的残酷和耻辱的缩影。"(《给你的前言》)

在德国共产党首次以官方名义正式出版关于布痕瓦尔德历史（《布痕瓦尔德集中营：国际集中营委员会报道》，魏玛，1945年）的几个月之前，莱比锡的出版社就已经通过阿皮兹所提供的主观视角介绍了关于集中营的宏大的、鲜有政治色彩的真实景象。

他在所有的文章下面都这样署名：

"布鲁诺·阿皮兹，莱比锡，布痕瓦尔德第2471号囚犯"。

布鲁诺·阿皮兹个人年鉴

1900年4月28日，布鲁诺·阿皮兹出生在德国莱比锡－福克马斯朵夫区，是家里的第12个孩子，也是最小的孩子。母亲玛丽·弗雷德里克·阿皮兹是一名洗衣妇。

1905～1914年，母亲和酗酒成性的油印工人父亲断绝关系，带着孩子们搬走，开了一家小小的乳品店。布鲁诺·阿皮兹被送到了公立学校。

1914～1916年，成了一名铸刻学徒。由于家里太穷，他终止了学徒生涯，到书店做帮工。政治领域，他加入了德国社会民主党的工人青年教育联盟（1914年更名为社会青年工人联盟）。

1917年8月16日，为反战而发表讲话，以支持莱比锡罢工运动。因此被捕，开始了长达九个月的监禁生活。

1918年5月15日，被莱比锡国立法庭判处图谋叛国罪，根据青年刑法规定服刑一年零七个月。服刑地点分别为科特布斯和西里西亚地区握劳（Wohlau）的监狱。

1918年10月25日，被释放。

1919～1923年，成了一名书店学徒工，在一家旧书店实习。在参加了一次罢工集会活动后失去了这份工作。之后在莱比锡邮售商店当帮工。

首次发表社会评论性诗歌和短诗。在讽刺类周刊《巨龙》上发表散文《青年诗人》，在哈勒共产党报纸《阶级斗争》上发表《陋室里的圣诞节》。

私下学习表演，师从埃里希·亚历山大·文德斯，在莱比锡“老剧场”成为配角演员。

1924～1926年，在汉堡的汉堡城市剧院工作一年半，之后在莱比锡大商务公司做商务助理。

创作出首部话剧作品（讽刺悲剧）《赤裸的人们》（*Der Mensch in Nacken*），政治主题引发争议。

1927年，失业，加入德国共产党。在宣传小组进行演艺活动的领导。

1928～1930年，在红色势力的帮助下在柏林从事出版活动，参与杂志《看台》的出版工作。

成为德意志无产阶级革命作家联盟成员之一，并成为莱比锡地区的主席。印刷政治招贴画。

1930～1933年，成为德国共产党莱比锡地区的领导干部，担任文书、负责人、宣传小组主力。

发表讽刺小说《不刮胡子的野人》（*Fleck und Barb, die Unrasierten*），讲述了一名反共间谍的故事。

1933年5月17日，被捕后关入科尔迪茨和萨克森堡集中营三个月。

1934年11月，由于违法政治活动再度被捕。在被盖世太保刑讯的过程中掉了许多牙齿。

1935年5月，由于“谋划颠覆罪”被判处两年十个月有期徒刑。

1935～1937年，在瓦尔德海姆度过30个月牢狱时光。

1936年，母亲去世。发表小说《领主和他的女仆》(*Der Infusor und seine Magd*)。

1937年11月4日，由于“保护性拘留”政策的命令，作为“政治重犯”被关入布痕瓦尔德集中营。在下水道和建筑工队工作。

1938～1941年，转移到雕塑车间，自学了雕塑技艺，在党卫军集中营总指挥官卡尔·奥托·科赫的要求下为他工作。主要创作雕塑和木质工艺品，比如集中营指路牌、摇篮、台灯等。

1941～1942年，在科赫离职后解散了雕塑工作室，然后继续为党卫军领导（总指挥官）赫尔曼·皮斯特做木雕活儿。

由于政治犯的介入被调入“护工队”，在党卫军医生瓦德玛·霍文手下做事。结束了木工生涯。

1943年6月16日，根据“优待政策”得到了一系列奖励：每周可以接收一次包裹，优先成为食堂采购员，不用剃头。

1943～1944年，为党卫军的联谊晚会充当文化策划。参与艺术工作和各种策划，任务是将联谊晚会变成一个“多姿多彩的夜晚”。创作独幕韵文诗，为布痕瓦尔德集中营卡巴雷表演做主持人。

创作中篇小说《以斯帖》(*Esther*)和《大理石雕像》(*Die Marmorstatue*)，舞台剧《天堂和乐土》(*Paradies und Gute Erde*)。

1944年9月18日，参加纪念共产党领导人恩斯特·台尔曼的纪念会并且演奏小提琴独奏（1944年8月18日，德国共产党领导人恩斯特·台尔曼在布痕瓦尔德集中营被杀害）。

1945年4月5日，被狱友藏入下水道。4月11日在党卫军撤离、集中营解放后离开下水道。

1945～1946年，成为德国共产党在反法西斯委员会的代表。在共产党内部从事文化领域工作，组织发行《实事报》和《莱比锡报》。在文化领域所做的工作有：成为莱比锡城市剧院的执行导演，受国民教育委员会的委派在戏剧委员会和宗教文化委员会负责文学方面的工作。

1946～1948年，加入德国统一社会党。离开了所有公职委派工作，潜心写作。为党组织创作宣传剧《诗歌中的演讲》。

因胃部手术住院。

尝试出版中篇小说《以斯帖》失败。

创作关于奥西茨基、台尔曼等人的广播剧和广播节目，在柏林电台、中德电台播出。

文化事业方面的发展，是在齐陶的赫尔希菲尔德煤火发电站业余剧团担任剧作者和艺术指导。

1949～1950年，干部政策调整后进入《莱比锡民众报》编辑部担任记者，并在文化政治运动中担任小组领导。

非自愿地结束了在工会的工作，不再担任工会艺术与文学的第一主席职务和莱比锡文化联盟首席顾问职务，提前离职。

1950年8月起，成为自由作家，并且开始为德国电影股份公司（DEFA）写作。与玛莎·埃贝哈特结婚。

1952～1954年，搬到了柏林－阿德勒霍夫。为DEFA创作了一年的剧本，许多提纲以及分镜头脚本并未得到拍摄。

1952年4月7日，在针对布痕瓦尔德集中营党卫军医生海因里希·普拉察谋杀行为的审讯中出庭作证。证词中陈述了普拉察在布痕瓦尔德中给病人注射毒针死亡的事实。

长期患病、治疗，婚姻发生危机，离婚。

1955年被邀请创作一个关于营救布痕瓦尔德集中营内孩子的故事，但是他拒绝了。最终他决定写一本关于集中营的小说，这就是本书初稿的起源。

被DEFA解雇后面临生计问题。

搬到了柏林－普兰茨劳尔贝格区。

向德国作协申请资金，然而作协对作者本人和布痕瓦尔德的资料持怀疑态度，因此回绝了他。

开始和萨勒河畔哈勒中德出版社合作。

1956 ～ 1957年，小说第二部分完成。

1956年10月5日，中德出版社将小说手稿初步拟定题目“小生命”。

与玛丽斯·里克哈弗结识。

参与编写布痕瓦尔德文献《警醒与义务》（*Mahnung und Verpflichtung*, 1960）。

1957年，参与国家安全部的征集工作，创作《信念之路》（*Wege de Überzeugung*），然而留了一个假地址。两年后同事宣布这是阿皮兹的意愿。

1958年，本书出版，影响力非凡。

广播剧于9月14日开始播放，即在布痕瓦尔德“警示思考纪念馆”剪彩前一天。小说为作者赢得了空前的尊敬和读者群。截至1990年已经被翻译成30多种语言。

1959年，与史蒂凡·海姆作为德意志民主共和国代表前往印度参加世界作家大会。

《以斯帖》出现在年鉴《然而世界已经改变》中，资料由东西德笔会中心提供。

1960年，参与本小说改编电影的分镜头剧本创作（电视电影，于同年4月10日播出）。

创作《以斯帖》分镜剧本（电视戏剧，制作于1962年，播放于1980年4月18日），导演：罗伯特·特罗施，主演：吉塞拉·玛依，音乐：汉斯·艾斯勒。

1961～1962年，成为柏林艺术学院和德意志民主共和国笔会中心的正式成员。

出访西德，参加汉堡东西两德作家大会。在多特蒙德发表讲话的时候被捕，被勒令驱逐出境，然而再次回到德意志民主共和国。

1963年，参与本书改编电影（DEFA制作电影，导演弗兰克·拜耳）剧本创作并担任影片顾问，然而没有出演任何角色。

在为瓦尔德克－皮尔蒙特地区党卫军领袖约西亚斯定罪时，在中部柏林城市区域法庭上做了证人发言。

1965年，合作参与文献剧《调查》的演出。该剧由皮特·怀斯创作，在柏林艺术学院上演。

与玛丽斯·里克哈弗结婚，女儿出生。

1975年，成为莱比锡荣誉市民。

1976年，创作长篇小说《彩虹》(*Der Regenbogen*)。

1979年4月7日，布鲁诺·阿皮兹死于柏林，葬于柏林弗雷德里希公墓。

1984年，沃尔夫冈·怀斯为布鲁诺·阿皮兹生平创作长篇小说《暗火》(*Schwelbrand*)。

译后记：

手无寸铁，群狼环伺

一翻开这本书，我就仿佛又看到了德国的春天。

那里的三月和四月，是湿冷阴暗的。绵绵的细雨，灰色的云，口中喷出的白气，还未吐芽的突兀枝条，以及泥泞地面上覆盖了整整一冬的枯枝败叶。一切都透露出一种诗意的伤感。今天的德国和80年前的德国，春日之景并无差别。

这是无上的美景，在衰败中又带着复苏的希望。

然而对于集中营里的犯人们而言，这景象恐怕与诗意和美丽无关。

魏玛，德意志文明之光，充满了哲思与诗情的一座城市。这里有歌德和席勒的不朽足迹，包豪斯等现代艺术也在此熠熠生辉。

和这些荣光相比，布痕瓦尔德集中营的这段历史，似乎就不那么夺目了。人性的光辉与沦丧，不过一线之隔。

集中营是整个人类的伤疤。尽管过了近一个世纪，那些触目惊心的数据、资料、档案……还是如同一根根剑刺，刺透厚厚的时间，令人不寒而栗。

这本小说里并没有精彩激烈的战斗场面，没有刺激悬疑的谍战故事，只是一段灰暗的岁月而已。

热情快活的皮皮希死了。胆小怯懦的罗瑟活了下来。然而罗瑟有什么错呢，他只是一个普通人，他只想回家而已。党卫军军官们尽数逃走了，他们会得到应有的制裁吗？随着转运出发上路的博果斯基呢？他的起义成功了吗？其他几万走上不归路的犯人呢？他们有谁能活到最后？

最重要的是：彦科夫斯基怎么样了？

一切的一切都没有终结。人们匆匆登场，匆匆离去。没有最终的胜利。

小说作者也并没有给出答案。因为根本没有答案。

这就是真实的历史。面对全副武装的法西斯，手无寸铁的犯人们根本谈不上和敌人斗智斗勇。他们唯一能做的事情，就是等待。尽一切可能让自己活下去，只有活着，活到最后，才是胜利。恐惧和自私，是人类与生俱来的。勇敢与希望，太难了。活下来的人，死掉的人，最终都会淹没在历史的大潮中，无声无息，了无痕迹。

这是这本书的深刻意义之所在。当人处于极端状况之中的时候，大部分人只是普通的“人”而已。战争史属于那些骁勇善战的将军们，然而如雷霆闪电般的漂亮战役毕竟只是历史长河中的明珠，光华璀璨，却并不代表一切。战争，更多还是意味着无数人在漩涡中苦苦挣扎，如草芥般活着，又如蝼蚁般死去。

很多时候，人的力量太弱小了。

本书书名直译过来为“赤裸在狼群之中”，“赤裸”意味着“一无所有”。犯人们，无论从哪个角度来看——生存条件、物质和精神世界、自卫能力、作为人的价值和尊严，他们都一无所有。

人应该活得像一个人。当不可抵挡的外界力量剥夺了你一切的一切之时，还有什么能证明你还是个“人”呢？

是对生命的热爱与尊重，是对自由的渴望与眷恋。

伟大的灵魂，永垂不朽。